Début d'une série de documents
en couleur

L'AMI COMMUN

TOME PREMIER

PARIS

LIBRAIRIE HACHETTE ET Cᵢₑ

79, BOULEVARD SAINT-GERMAIN, 79

Librairie HACHETTE et Cⁱᵉ, boulevard Saint-Germain, nᵒ 79, à Paris.

ÉDITIONS A 1 FRANC 25 C. LE VOLUME

FORMAT IN-18 JÉSUS

BIBLIOTHÈQUE DES MEILLEURS ROMANS ÉTRANGERS

Ainsworth (W. Harrison) : Abigaïl, 1 v. — Crichton, 2 v. — Jack Sheppard, 2 v.
Anderson : Livre d'images sans images, 1 v.
Anonymes : César Borgia, 2 v. — Les Filous d'épave, 1 v. — Paul Ferroll, 1 v. — Violette, 1 v. — Whitehall, 2 v. — Whitefriars, 2 v. — Miss Mortimer, 1 v.
Azeglio (Massimo d') : Nicolas de Lapi, 2 v.
Beecher-Stowe (Mᵐᵉ) : La case de l'oncle Tom, 1 v. — La Floride du ministre, 1 v.
Bersezio (V.) : Nouvelles piémontaises, 1 v.
Braddon (miss) : OEuvres, 33 v. — Aurora Floyd, 2 v. — Henry Dunbar, 2 v. — Lady Lisle, 1 v. — La trace du serpent, 2 v. — Le Cap. du Vautour, 1 v. — Le secret de lady Audley, 2 v. — Le Testament de John Marchmont, 2 v. — Le Triomphe d'Éléonor, 2 v. — Ralph l'Intendant, 1 v. — La Femme du Docteur, 2 v. — Le locataire de sir Godard, 2 v. — L'allée des Dames, 2 v. — Rupert Godwin, 2 v. — Le Dessous du Lieutenant, 2 v. — Les Oiseaux de proie, 2 v. — L'héritage de Charlotte, 2 v. — La Chanteuse des rues, 2 v. — Un fruit de la mer Morte, 2 v.
Bulwer-Lytton : OEuvres, 26 v. — Deveraux, 2 v. — Ernest Maltravers, 1 v. — Le Dernier des Barons, 2 v. — Le Désavoué, 2 v. — Les Derniers jours de Pompéi, 1 v. — Mémoires de Pisistrate Caxton, 2 v. — Mon roman, 2 v. — Paul Clifford, 2 v. — Qu'en fera-t-il ? 2 v. — Rienzi, 2 v. — Zanoni, 1 v. — Eugène Aram, 2 v. — Alice ou les Mystères, 2 v. — Pelham, 2 v. — Jour et Nuit, 2 v.
Caballero (F.) : Nouvelles andalouses, 1 v.
Cervantes : Nouvelles. Trad., 1 v.
Cummins (miss) : L'allumeur de réverbères, 1 v. — Mabel Vaughan, 1 v. — La Rose du Liban, 1 v.
Currer Bell (miss Brontë) : Jane Eyre, 2 v. — Le Professeur, 1 v. — Shirley, 2 v.
Dickens (Charles) : OEuvres, 27 v. — Aventures de M. Pickwick, 2 v. — Barnaby Rudge, 2 v. — Bleak House, 2 v. — Contes de Noël, 1 v. — David Copperfield, 3 v. — Dombey et fils, 3 v. — La petite Dorrit, 2 v. — Le Magasin d'antiquités, 2 v. — Les temps difficiles, 1 v. — Nicolas Nickleby, 2 v. — Olivier Twist, 1 v. — Paris et Londres en 1793, 1 v. — Vie et Aventures de Martin Chuzzlewit, 2 v. — Les grandes Espérances, 2 v. — L'ami commun, 2 v.
Dickens et Collins : L'abîme, 1 v.
Disraeli : Sybil, 2 v. — Lothair, 2 v.
Douglas Jerrold : Sous les rideaux, 1 v.
Freytag (G.) : Doit et Avoir, 3 v.
Fullerton (lady) : L'oiseau du bon Dieu, 1 v. — Hélène Middleton, 1 v.
Gaskell (Mᵐᵉ) : OEuvres, 8 v. — Autour du sofa, 2 v. — Marie Barton, 1 v. — Cranford, 1 v.

— Marguerite Hall (Nord et Sud), 2 v. — Ruth, 1 v. — Les Amoureux de Sylvie, 2 v. — Cousine Phillis, 1 v.
Gerstäcker : Les deux Convicts, 2 v. — Pirates du Mississipi, 2 v. — Aventures d'une colonie d'émigrants en Amérique, 2 v.
Gœthe : Werther, 1 v.
Gogol (N.) : Tarass Boulba, 1 v.
Greenville Murray (E. C.) : Le jeune Brown, 2 v. — Le embals de Beaudale, 2 v.
Hackländer : Boutique et Comptoir, 1 v. — Le Moment du Bonheur, 1 v. — La vie militaire en Prusse, 4 séries. Chaque série se vend séparément.
Hall (Cap. Basil) : Scènes de la vie maritime, 1 v. — Scènes du Nord et de la Terre Sainte, 1 v.
Hauff (W.) : Nouvelles, 1 v. — Lichtenstein, 1 v.
Hawthorne (N.) : La Lettre rouge, 1 v. — La Maison aux sept pignons, 1 v.
Helberg (C.) : Nouvelles danoises, 1 v.
Hildreth : L'esclave blanc, 1 v.
Immermann : Les Paysans de Westphalie, 1 v.
James : Léonora d'Orco, 1 v.
Jonkin (Mᵐᵉ) : Qui passe paie, 1 v.
Kavanagh (J.) : Totour et Pauline, 2 v.
Kingsley : Il y a deux ans, 2 v.
Kompert : Nouvelles juives, 1 v.
Lawrence : Maurice Dering, 1 v. — Guy Livingstone, 1 v. — Prou d'outremer, 1 v. — L'opéra et la robe, 1 v. — Hagadène lisible, 2 v.
Lennep (J. Van) : Les Aventures de Ferdinand Huyck, 2 v.
Lever (Ch.) : Harry Lorrequer, 2 v. — L'homme du jour, 1 v.
Longfellow : Drames et poésies, 1 v.
Ludwig (O.) : Entre ciel et terre, 1 v.
Mayne-Reid : La piste de guerre, 1 v. — La Quatteronne, 1 v. — La Vallée du Death, 1 v. — Le roi des Scalpeurs, 1 v.
Melville (G. J. Whyte) : Les Gladiateurs, 1 v. — Natercliffe, 1 v.
Muggo (Th. J.) : Afraja, 2 v.
Pouchkine : La Fille du Capitaine, 1 v.
Smith (J. F.) : L'héritage d'Olga Tarleton, 2 v.
Stephens (miss A. S.) : Opulence et Misère, 1 v.
Thackeray : OEuvres, 9 v. — Henry Esmond, 2 v. — Histoire de Pendennis, 3 v. — Le Foiraux Vanités, 2 v. — Le Livre des Snobs, 1 v. — Mémoires de Barry Lyndon, 1 v.
Tourguénief : Mém. d'un seigneur russe, 2 v.
Trollope (A.) : Le domaine de Belton, 1 v.
Trollope (Mᵐᵉ) : La Pupille, 1 v.
Wilkie Collins : Le Secret, 1 v. — La Pierre de Lune, 2 v. — Mademoiselle ou Madame? 1 v. — Mari et Femme, 2 v. — La Morte vivante, 1 v. — La Piste du crime, 1 v. — Pauvre Lucile, 2 v. — Cache-Cache, 2 v.
Wood (Mᵐᵉ H.) : Les Filles de lord Oakburn, 2 v.
Zschokke : Alcidor des Maures, 1 v. — Le Château d'Aarau, 1 v.

Coulommiers. — Imprimerie P. BRODARD et GALLOIS.

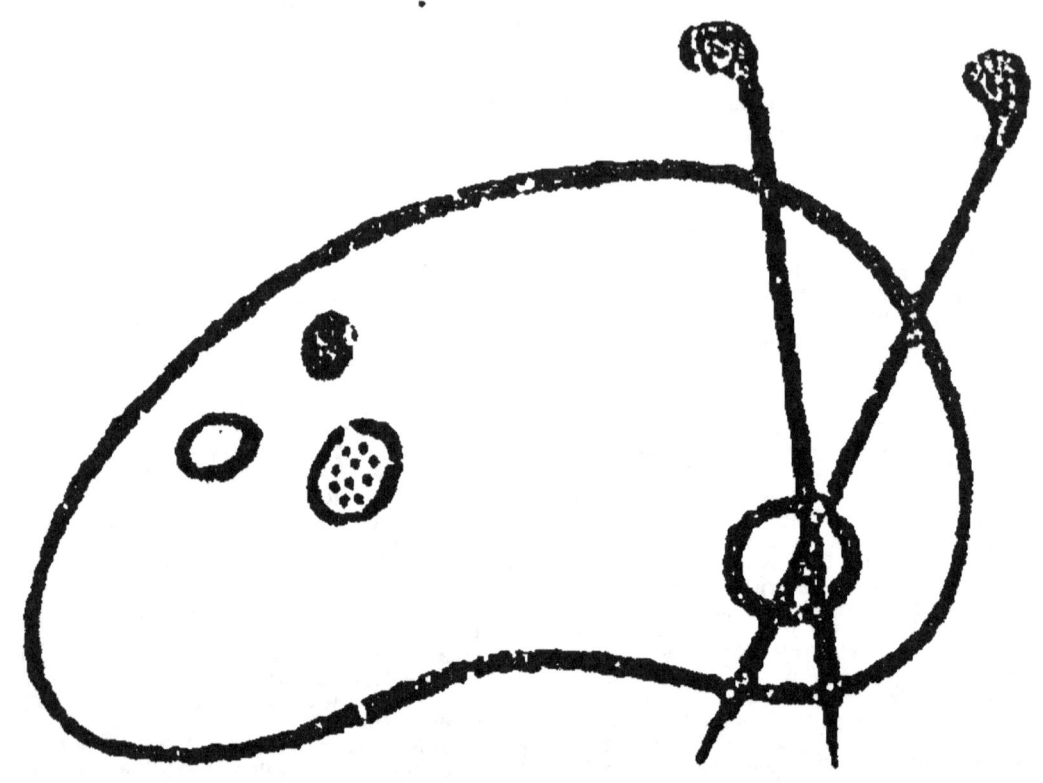

Fin d'une série de documents
en couleur

L'AMI COMMUN

OUVRAGES DU MÊME AUTEUR

QUI SE VENDENT A LA MÊME LIBRAIRIE

Œuvres de Charles Dickens, traduites de l'anglais, sous la direction de P. Lorain. 28 vol.

Aventures de M. Pickwick. 2 vol.
Barnabé Rudge. 2 vol.
Bleak-House. 2 vol.
Contes de Noël. 1 vol.
David Copperfield. 2 vol.
Dombey et fils. 3 vol.
La petite Dorrit. 2 vol.
Le Magasin d'antiquités. 2 vol.
Les temps difficiles. 1 vol.
Olivier Twist. 1 vol.
Paris et Londres en 1793. 1 vol.
Vie et aventures de Martin Chuzzlewit. 2 vol.
Les grandes Espérances. 2 vol.
Nicolas Nickleby. 2 vol.
Le Mystère d'Edwin Drood. 1 vol.

Dickens et Collins : L'Abîme, traduit de l'anglais, par Mme Judith. 1 vol.

Coulommiers. — Typographie P. BRODARD et GALLOIS.

CH. DICKENS

L'AMI COMMUN

ROMAN TRADUIT DE L'ANGLAIS

AVEC L'AUTORISATION DE L'AUTEUR

PAR

Mme HENRIETTE LOREAU

TOME PREMIER

PARIS

LIBRAIRIE HACHETTE ET Cie

79, BOULEVARD SAINT-GERMAIN, 79

1885

L'AMI COMMUN

PREMIÈRE PARTIE

ENTRE LA COUPE ET LES LÈVRES

I

A LA DÉCOUVERTE

Inutile de préciser la date; mais de nos jours, vers la fin d'une soirée d'automne, un bateau fangeux et d'aspect équivoque flottait sur la Tamise entre le pont de Southwark, qui est en fonte, et le pont de Londres, qui est en pierre.

Deux personnes étaient dans ce bateau : un homme vigoureux, à cheveux gris et en désordre, au teint bronzé par le soleil, et une jeune fille de dix-neuf à vingt ans qui lui ressemblait assez pour que l'on reconnût qu'il était son père.

La jeune fille ramait, et maniait ses avirons avec une grande aisance. L'homme aux cheveux gris, les cordes lâches du gouvernail entre les mains, et les mains dans la ceinture, fouillait la rivière d'un œil avide. Il n'avait pas de filet, pas d'hameçons, pas de ligne; ce ne pouvait pas être un pêcheur. Ce n'était pas non plus un batelier; son bateau n'offrait ni inscription, ni peinture, ni siége où un passager pût s'asseoir; nul autre objet qu'un rouleau de corde, plus une gaffe couverte de rouille; et ce bateau n'était ni assez grand, ni assez solide pour servir au transport des marchandises.

Rien dans cet homme, ni dans son entourage, ne laissait deviner ce qu'il cherchait; mais il cherchait quelque chose, et du

I.

regard le plus attentif. Depuis une heure que la marée descendait, le moindre courant, la moindre ride qui se produisait sur
sa large nappe, était guettée par l'homme, tandis que le bateau
présentait au reflux soit la proue, soit la poupe, suivant la direction que lui imprimait la fille sur un signe de tête du père.

La rameuse épiait le visage du guetteur non moins attentivement que celui-ci épiait l'eau du fleuve; mais il y avait dans la
fixité du regard de la jeune fille une nuance de crainte ou d'horreur. Ce bateau moussu, plus en rapport avec le fond de la Tamise
qu'avec la surface de l'eau, en raison de la bourbe dont il était
couvert, servait évidemment à son usage habituel; et, non moins
évidemment, ceux qu'il portait faisaient une chose qu'ils avaient
souvent faite, et cherchaient ce qu'ils avaient souvent cherché.

Sa barbe et ses cheveux incultes, sa tête nue, ses bras fauves,
ses manches relevées au-dessus du coude, le mouchoir au nœud
lâche qui pendait sur sa poitrine découverte; ses vêtements,
qu'on eût dit formés de la boue dont sa barque était souillée,
donnaient à l'homme un air à demi sauvage; mais la constance
et la fermeté de son regard annonçaient une occupation familière.
De même pour la jeune fille : la souplesse de ses mouvements,
le jeu de ses poignets, peut-être plus encore l'effroi ou l'horreur
qu'on lisait dans ses yeux, tout cela était affaire d'habitude.

« Détourne le bateau, Lizzie; le courant est fort à cette place.
Tiens ferme devant la marée. »

Se fiant à l'adresse de sa fille, il n'usa même pas du gouvernail, et se pencha vers le flot avec une attention qui l'absorba.

Le regard que sa fille attachait sur lui n'était pas moins attentif;
mais un rayon du couchant vint briller au fond du bateau; il y
rencontra une ancienne tache qui rappelait la forme d'un corps
humain, enveloppé d'un manteau ou d'un suaire, et la colora
d'une teinte sanglante. Cette tache animée frappa Lizzie, et la fit
tressaillir.

« Qu'est-ce que tu as? Je ne vois rien, » dit l'homme, qui,
malgré l'attention qu'il donnait aux vagues arrivantes, n'en eut
pas moins conscience de l'émotion de sa fille.

La lueur rouge avait disparu; le frisson était passé; le regard
que le père avait ramené dans le batelet s'éloigna et courut de
nouveau sur le fleuve, s'arrêtant dans tous les endroits où l'eau
rapide rencontrait un obstacle. A chaque amarre, chaque bateau,
chaque barge stationnaires où le courant venait se heurter et se
diviser en fer de flèche, à toutes les saillies du pont de Southwark, aux palettes des steamboats, qui battaient l'eau fangeuse,
aux pièces de bois flottantes, reliées en faisceaux devant certains
quais, son œil brillant jetait un regard famélique.

Une heure environ après le coucher du soleil, les cordes du gouvernail se tendirent, et le bateau fut dirigé vers la rive droite du fleuve. Épiant toujours la figure de son père, la jeune fille rama aussitôt dans la même direction. Tout à coup le bateau vira de bord; il se balança comme par l'effet d'une secousse inattendue, et la partie supérieure de l'homme se pencha en dehors de la poupe.

Lizzie releva le capuchon de sa mante, se le rabattit sur le visage, et se détournant de façon à regarder en aval du fleuve, elle continua de godiller; mais cette fois pour descendre avec le courant. Jusqu'ici le bateau n'avait fait que se maintenir à la même hauteur; à présent sa course était rapide. La masse de plus en plus noire du pont de Londres, ses lumières, réfléchies par la Tamise, avaient été dépassées, et les rangées de navires se déployaient à droite et à gauche.

Seulement alors le père de Lizzie rentra ses épaules dans le bateau, et se lava les bras qui étaient couverts de fange. Il avait quelque chose dans la main droite : un objet qui eût également besoin d'être lavé. C'était de l'argent. Il le fit sonner une fois, souffla dessus, et le frappa doucement de la main gauche.

« C'est heureux ! dit-il d'une voix rauque. Lizzie ! »

La jeune fille se retourna en tressaillant; elle était fort pâle, et continua de ramer en silence. Quant à lui, avec ses cheveux ébouriffés, son nez aquilin, ses yeux étincelants, il ressemblait à un oiseau de proie, excité par la chasse.

« Découvre-toi, Lizzie. »

Elle ôta son capuchon.

— Viens te mettre là, et donne-moi les godilles; je ferai le reste de la besogne.

— Non, non, père ! je ne peux pas... vraiment... j'en serais trop près ! »

Il s'était avancé pour changer de place avec elle; cette voix suppliante le fit se rasseoir à côté du gouvernail.

« Quel mal veux-tu que ça te fasse ? demanda-t-il.

— Aucun; mais c'est plus fort que moi.

— Tu as pris en haine jusqu'à la vue de la rivière.

— Je... ne l'aime pas, dit-elle.

— Comme si elle n'était pas ton gagne-pain ! ton boire et ton manger ! »

A ces mots, la jeune fille tressaillit; elle cessa de ramer pendant un instant, et parut sur le point de défaillir. Son père n'en vit rien, occupé qu'il était à regarder l'objet qu'entraînait son bateau.

« Comment peux-tu être aussi ingrate ! et pour ta meilleure amie, poursuivit-il. Le charbon qui te réchauffait quand tu étais petite, je le ramassais dans la rivière, le long des barges qui en apportent. C'est la marée qui a jeté sur la rive le panier où tu dormais; les patins que j'ai mis dessous pour en faire un berceau, je les ai taillés dans une pièce de bois flotté, qui provenait d'un navire.»

Lizzie porta sa main droite à ses lèvres et la tendit vers son père avec amour, puis elle reprit son aviron. Au même instant un bateau du même aspect que le leur, bien qu'en meilleur état, sortit d'un endroit obscur et vint se placer à côté d'eux.

« Toujours d'la chance, Gaffer! dit l'homme aux yeux louches, qui était seul dans ce bateau. Je t'ai ben vu à ton sillage; t'as encore eu de la chance.

— Ah! te voilà dehors? répondit l'autre sèchement.

— Oui, camarade.»

La lune, d'un jaune pâle, éclairait maintenant la Tamise, et permettait de voir le nouveau venu, qui, resté un peu en arrière du premier bateau, regardait le sillage de celui-ci avec attention.

— Dès que t'as été en vue, reprit-il, j'ai dit en moi-même : v'là Gaffer, et il a encore eu d'la chance. N'aie pas peur, camarade; c'n'est qu'une godille, j'n'y toucherai pas. »

Cette dernière phrase répondait au mouvement d'impatience qui venait d'échapper à Gaffer. En la proférant, l'homme aux yeux louches retira de l'eau celle de ses rames qui pouvait être inquiétante, et de la main qui fut libre s'appuya au bateau qu'il suivait.

« Il n'a pas besoin de nouveaux coups, dit-il; autant que j'peux voir, il a eu son compte, est-ce pas, camarade? Battu sur toutes les côtes, et par pus d'une marée. Faut-i'que j'aie peu de chance! Tu le vois ben, camarade. Il a fallu qu'en remontant i'passe à côté de moi; j'faisais le guet au-dessous du pont; est-ce que je l'ai vu? Mais toi, Gaffer, t'es de la race des vautours, tu les découvr' à l'odeur. »

Il parlait à voix basse, et de temps à autre il regardait Lizzie, qui avait remis son capuchon.

Les deux hommes, penchés alors au-dessus du fleuve, contemplaient avec un intérêt diabolique le sillage du premier bateau.

« A nous deux, i'serait facile de l'prendre, dit celui qui louchait. Veux-tu que j't'aide, camarade?

— Non! répliqua l'autre, et d'un ton si dur, que le premier en fut interdit.

— Camarade, reprit-il dès qu'il eut recouvré la parole, n'aurais-tu pas mangé quéque chose qui n'te va pas?

— Oui, dit Gaffer, j'ai trop avalé du camarade; je ne suis pas le tien, moi.

— Ça n't'empêche pas d'avoir été mon associé, sir Gaffer, esquire. Et depuis quand est-ce que tu n'es pas mon camarade?

— Depuis que tu as volé, répondit Gaffer; volé un vivant ! ajouta-t-il avec indignation.

— Et si j'avais volé un mort ?

— C'est impossible.

— Même pour toi, Gaffer ?

— Comme pour les autres. Est-ce qu'un mort a de l'argent ? Est-ce qu'il en use ? A quel monde est-ce qu'appartiennent les morts ? à l'autre monde, n'est-ce pas? Et l'argent ? à celui-ci. Il ne peut donc pas être aux noyés. Un mort n'en a pas besoin ; il n'en dépense pas, il n'en demande pas, ne s'aperçoit pas qu'il lui en manque. Il ne faut pas confondre l'envers et l'endroit des choses, le juste et l'injuste ; après tout, c'est digne d'un lâche qui fait tort à ceux qui vivent.

— Je vas t'dire ce qui en est, Gaffer...

— Non ; c'est moi qui te le dirai : tu as fouillé dans la poche d'un matelot; tu en as été quitte pour quelques jours de prison ; c'est à bon compte. Estime-toi bien heureux, — tu pouvais le payer plus cher, — et fais-en ton profit, mais ne songe pas à me donner du camarade. Nous avons travaillé ensemble ; je ne ne dis pas non ; mais cela n'arrivera plus, ni dans le présent ni dans l'avenir. Et maintenant que c'est dit, gagne au large.

— Crois-tu te débarrasser de moi de c'te façon-là, Gaffer ?

— Si celle-là ne réussit pas j'essayerai d'une autre : tu auras du traversin sur les doigts, ou de la gaffe sur la tête. Allons, file ! vite au large ! Toi, Lizzie, nage du côté de la maison, et ferme ! puisque tu ne veux pas que je prenne ta place.

Lizzie lança le bateau, et l'autre fut bientôt distancé. Gaffer, prenant l'attitude satisfaite d'un homme qui vient de proclamer des principes d'une haute moralité, et qui s'est mis de la sorte dans une position inattaquable, alluma lentement sa pipe et fuma, tout en surveillant ce que traînait son batelet.

Parfois quand celui-ci, rencontrant un obstacle, s'arrêtait tout à coup, l'objet remorqué surgissait d'une manière effrayante, et semblait vouloir rompre ses liens ; à part cela, il suivait le bateau avec une entière soumission. Un novice aurait pu s'imaginer que les rides de l'eau, en glissant sur cet objet, avaient une effroyable ressemblance avec les vagues changements de physionomie qui passent sur un visage aveugle ; mais Gaffer était loin d'être novice et n'avait aucune imagination.

II

L'HOMME DE QUELQUE PART

Mister et Mistress Véndering sont les nouveaux habitants d'une maison neuve, située dans l'un des quartiers neufs de Londres. Tout chez eux est battant neuf : la vaisselle est neuve, l'argente-rie, les tableaux, la voiture, les harnais et les chevaux sont neufs. Eux-mêmes sont des gens neufs, et des mariés aussi neufs que le permet la naissance légale d'un bébé tout neuf. S'ils fai-saient revenir un de leurs grands-pères, il arriverait du grand ba-zar bien et dûment emballé, sortirait de l'emballage, reverni des pieds à la tête, et n'aurait pas une éraillure ; car, depuis les chaises du vestibule, aux armoiries toutes neuves, jusqu'au piano à queue, nouveau mouvement, et au pare-étincelles nouveau sys-tème, on ne voit pas dans toute la maison un seul objet qui ne soit nouvellement poli ou verni. Et ce que l'on observe dans le mobilier des Véndering se remarque dans leurs personnes, dont la surface, légèrement gluante, rappelle un peu trop la bou-tique.

Il y a dans le quartier Saint-James, où, quand il ne sert pas, il est remisé au-dessus d'une écurie de Duke-street, un meuble de salle à manger, meuble innocent, chaussé de larges souliers de castor, pour qui les Véndering sont un sujet d'inquiétude perpé-tuelle. Cousin germain de lord Snigsworth, ce meuble inoffensif, qu'on appelle Twemlow, représente dans maintes familles la ta-ble à manger à son état normal.

Mister et mistress Véndering, par exemple, organisant un dîner, prennent Twemlow pour base, et lui mettent des rallonges, c'est-à-dire lui ajoutent des convives. Parfois la table se com-pose de Twemlow et de six personnes; parfois on la tire jusqu'aux dernières limites du possible, et Twemlow a vingt rallonges. Dans ces grandes occasions, mister et mistress Véndering, placés au milieu de la table, se font vis-à-vis à distance de Twemlow; car plus celui-ci est déployé, plus il est loin du centre, et se rap-proche du buffet ou des rideaux de la fenêtre.

Mais ce n'est pas là ce qui tourmente le faible esprit de Twemlow; il est habitué à ces contre-courants, et peut en sonder la profondeur. L'abîme où il se perd, et d'où jaillit la difficulté croissante qui absorbe ses jours, est cette question insoluble : « Suis-je le plus ancien, ou le plus nouveau des amis de Vénéering ? » L'innocent gentleman a consacré bien des heures à l'examen de ce problème, soit dans son appartement de Duke-street, soit au fond de Saint-Jame's square, dont le séjour ombreux et glacial est si favorable à la méditation.

La première fois que Twemlow a rencontré Vénéering, c'était au club, où ledit Vénéering ne connaissait personne, excepté l'individu qui le présentait. Cet individu lui-même ne connaissait le nouveau membre que depuis deux jours et paraissait être son ami le plus intime.

Une rouelle de veau, scélératement accommodée par le cuisinier du club, cimenta leur union séance tenante. Twemlow reçut immédiatement une invitation de Vénéering. Il accepta et dîna chez celui-ci avec l'individu qui les avait mis en rapport. Aussitôt l'individu lui fit son engagement, et il dîna avec Vénéering chez cet individu.

A ce même dîner se trouvaient un Membre du Parlement, un Ingénieur, un Payeur de la dette nationale, un Poëme sur Shakespeare, une Charge publique, un Abus, qui tous paraissaient étrangers à Vénéering. Cependant Twemlow fut immédiatement invité par celui-ci à dîner avec le Parlementaire, l'Ingénieur, le Payeur, le Poëme, l'Abus, la Charge publique ; et il découvrit en dînant que Vénéering n'avait pas de meilleurs amis que tous ces gens-là ; tandis que leurs femmes étaient les objets les plus chers de l'affection de mistress Vénéering, dont elles recevaient les plus tendres confidences.

La main sur le front, le pauvre gentleman s'est dit : « Je ne veux plus y songer ; il y a de quoi y gagner un ramollissement du cerveau. » Et néanmoins il y pense toujours sans parvenir à se former une opinion.

Ce soir, il y a gala chez les Vénéering ; onze rallonges à Twemlow : quatorze personnes, y compris monsieur et madame. Quatre domestiques, poitrine bombée, vêtements unis, sont rangés dans le vestibule. Un cinquième valet monte l'escalier d'un air lamentable, comme s'il disait en lui-même : « Encore un malheureux qui vient dîner ; telle est la vie ! » et il annonce :

« Mis-ter Twemlow ! »

Missis Vénéering accueille avec joie son bon M. Twemlow. Mister Vénéering s'empare de la main de ce cher Twemlow. Missis ne suppose pas qu'on puisse s'intéresser à des créatures aussi insipides que les enfants ; mais un si vieil ami sera enchanté de voir bébé.

« Ah ! ah ! dit Vénéering en hochant la tête avec émotion devant ce nouvel article de ménage, plus tard vous connaîtrez mieux l'ami de votre famille. » Puis il présente son cher Twemlow à MM. Boots et Brewer, « ses deux amis, » sans trop savoir s'il ne prend pas l'un pour l'autre.

Arrive un incident malheureux : on annonce « mister et mistress Podsnap. »

« Ma chère, dit Vénéering avec un ton du plus affectueux intérêt, ma chère, voici les Podsnap. »

Un homme beaucoup trop gras, la figure souriante et d'une fraîcheur apoplectique, apparaît avec sa femme, qu'il abandonne pour s'élancer vers Twemlow.

« Comment allez-vous ? lui dit-il. Si enchanté de vous connaître ! Charmante maison que vous avez là. Serions-nous en retard ? J'espère que non. Si enchanté de la circonstance ! je vous assure. »

Au premier choc, Twemlow, dans ses jolis petits souliers et ses bas de soie passés de mode, fait deux petits sauts à reculons comme s'il voulait bondir sur le divan qui est derrière lui. Mais le gros homme ne permet pas qu'il lui échappe.

« Laissez-moi, lui dit-il en essayant d'attirer les regards de sa femme, laissez-moi le plaisir de présenter mistress Podsnap à son amphitryon ; elle sera, j'en suis sûr, enchantée de la circonstance. » (Il paraît trouver à cette phrase une jeunesse éternelle.)

Pendant ce temps-là, mistress Podsnap confirme tant qu'elle peut la méprise de son mari. Il lui est impossible, pour son compte, de faire la même erreur, missis Vénéering étant la seule femme qu'elle ait trouvée dans le salon ; mais, regardant M. Twemlow d'un air compatissant, elle demande à sa voisine, en prenant une voix émue, « s'il ne vient pas d'être tourmenté par la bile, » et ajoute que « bébé lui ressemble déjà beaucoup. »

Il est rare que l'on soit content d'être pris pour un autre ; et Vénéering, qui, ce soir même, a revêtu le devant de chemise du jeune Antinoüs (batiste neuve, sortant des mains de l'ouvrière), n'est pas du tout flatté qu'on prenne pour lui un être sec, à figure de parchemin, et qui est son aîné de quelque trente ans.

M. Twemlow, d'autre part, ayant la conscience d'être beaucoup mieux né que Vénéering, considère le gros homme comme un âne mal appris. Pour trancher la difficulté, Vénéering s'approche de mister Podsnap en lui tendant la main, et lui affirme d'un air souriant qu'il est charmé de le voir. Sur quoi l'incorrigible personnage lui répond d'un air dégagé :

« Merci bien. Impossible de me rappeler en ce moment où j'ai eu le plaisir de vous voir. J'en suis confus ; mais enchanté de la circonstance, je vous assure. »

Puis, s'emparant de Twemlow, qui se rejette en arrière autant que sa faiblesse le lui permet, il l'entraîne vers mistress Podsnap, et va le lui présenter sous le nom de Véneering, lorsque l'arrivée de nouveaux convives éclaire enfin la situation.

Les poignées de main recommencent ; elles vont cette fois à leur adresse, et le gros homme termine l'incident à sa propre satisfaction en disant à Twemlow :

« Circonstance ridicule ; mais enchanté de l'occasion, je vous assure. »

Après avoir subi cette terrible épreuve, et noté la fusion de Boots en Brewer, de Brewer en Boots ; après avoir observé que, parmi les derniers convives, quatre personnes discrètes ont cherché du regard le maître de la maison, et, dans leur incertitude, se sont abstenues de saluer jusqu'à ce que Véneering leur eût tendu la main, Twemlow est sur le point de conclure qu'il est le plus ancien ami de Véneering, et son cerveau en est raffermi. Mais il le sent bientôt se ramollir, en voyant de ses propres yeux ledit Véneering et le gros homme attachés l'un à l'autre comme des jumeaux, et en entendant de la propre bouche de missis Véneering que mister Podsnap doit être le parrain de bébé.

« Le dîner est servi ! »

Ces mots sont jetés d'une voix qui semble dire : « Allez vous faire empoisonner, malheureux fils des hommes ! »

Twemlow, ne s'étant vu assigner aucune lady, marche à l'arrière-garde, la main droite appuyée sur le front. Boots et Brewer, le croyant malade, murmurent à voix basse : « Pris de faiblesse : n'a pas eu de lunch. »

Mais il est seulement accablé par l'énigme qui fait le tourment de sa vie. Ranimé par le potage, il devise paisiblement avec Boots et Brewer des faits et gestes de la Cour. Au premier service, interpellé par Véneering sur cette question controversée : Lord Snigsworth, son cousin germain, est-il encore à Londres ? il répond que son cousin germain est à la campagne.

« A Snigsworthy-Park ? demande Véneering.

— A Snigsworthy, réplique Twemlow. »

Boots et Brewer regardent celui-ci comme un homme à cultiver ; et l'amphitryon l'envisage comme un article rémunérateur.

Pendant ce temps-là, s'approchant des convives, le funèbre valet leur offre du châblis et, comme un sombre chimiste, a l'air de sous-entendre chaque fois : Vous n'en voudriez pas, si vous saviez de quoi il se compose.

La glace, qui est au-dessus du buffet, réfléchit la table et les objets qu'elle porte : armoiries neuves, or et argent ciselé, gravé, fouillé, mat et bruni : un chameau pour tout faire. Le collége héraldique a découvert à Vénéering un ancêtre du temps des croisades qui avait cet animal dans ses armes, ou qui aurait pu l'avoir; et les fleurs, les fruits, les lumières sont portés par une file de chameaux, dont quelques-uns s'agenouillent pour recevoir le sel.

La glace réfléchit Vénéering : une quarantaine d'années, cheveux bruns et flottants, disposition à l'embonpoint, air fin et mystérieux, physionomie voilée; une espèce de prophète d'assez bonne mine, gardant pour lui ses découvertes prophétiques.

Missis Vénéering : cheveux blonds (moins pâles qu'ils ne pourraient l'être), nez et doigts aquilins; toilette voyante, bijoux étincelants, air enthousiaste et propitiatoire, sachant qu'elle porte un coin du voile de son mari.

Mister Podsnap : embonpoint florissant, une petite aile blonde et roide de chaque côté d'une tête chauve (plutôt une brosse que des cheveux), boutons rouges sur le front, vaste col de chemise, très-chiffonné par derrière.

Mistress Podsnap: admirable comme ostéologie ; cou et narines d'un cheval de bois, visage dur et sévère, coiffure majestueuse à laquelle Podsnap a suspendu ses offrandes dorées.

M. Twemlow : chevelure blanche; un homme sec, poli, sensible au vent d'est; col d'habit et cravate à la Georges IV; les joues rentrées comme s'il avait fait un violent effort pour se retirer en lui-même, et qu'il se fût arrêté là, ne pouvant pas aller plus loin.

Une jeune fille très-mûre : repentirs aile de corbeau, teint d'un éclat suffisant quand elle est poudrée et fardée, comme ce soir; efforts considérables pour captiver un jeune homme également très-mûr, qui a beaucoup trop de nez dans le visage, de roux dans les favoris, de torse dans le gilet, d'éclat dans les yeux, dans les boutons de chemise, les boutons d'habit, les dents et la parole.

La séduisante et vieille lady Tippins, à la droite de Vénéering : immense figure oblongue, d'un brun foncé, pareil à celui qu'on voit dans une cuiller. Sur la tête une allée garnie de fleurs, comme pour conduire le public au tas de faux cheveux qui couvre la nuque. Elle aime à patronner missis Vénéering, qui est ravie de ce patronage.

Un certain Mortimer, autre ancien ami de la famille, qui n'était jamais venu dans la maison, et ne semble pas éprouver le besoin d'y revenir. Il s'est laissé enganter par lady Tippins (une amie de son adolescence), qui l'a entraîné chez ces gens-là pour qu'il voulût bien y causer; mais il garde un silence désespérant à la gauche de missis Vénéering.

Eugène, l'ami de Mortimer : enterré vif dans le dos de sa chaise, derrière l'une des épaules poudreuses de la jeune fille, et vidant d'un air sombre le calice de champagne, toutes les fois qu'il lui est offert par le valet chimiste.

Enfin, quatre tampons, dont Boots et Brewer, interposés entre le reste des convives et les accidents qui pourraient survenir.

Les dîners des Vénéering sont parfaits, sans quoi les amis ne viendraient pas; et tout se passe à merveille. Lady Tippins, notamment, a fait sur ses facultés digestives une série d'expériences tellement complètes, qu'il serait précieux pour l'humanité d'en connaître les résultats. Approvisionnée de denrées des cinq parties du monde, cette vieille et solide frégate a enfin touché le pôle nord; et tandis qu'on emporte les plats où étaient les glaces, elle laisse tomber les mots suivants :

« Mon cher Vénéering..... »

(Twemlow porte la main à son front, car il lui semble que lady Tippins devient la meilleure amie de son hôte.)

« Mon cher Vénéering, c'est tout ce qu'il y a de curieux! Je ne vous demande pas, comme les annonces, de me croire sans garantie respectable. Mortimer connaît le fait; il vous répondra de mes paroles. »

Le gentleman interpellé soulève ses paupières et entr'ouvre la bouche; mais un vague sourire, signifiant : à quoi bon! glisse sur son visage; il ferme les lèvres et laisse retomber ses paupières.

« Voyons, reprend lady Tippins, en frappant de son éventail sur les phalanges de sa main gauche, dont le squelette est singulièrement développé, voyons, Mortimer! dites-nous tout ce qu'on peut dire sur l'homme de la Jamaïque.

— D'honneur, répond le gentleman, je n'ai jamais entendu parler d'aucun habitant de la Jamaïque, si ce n'est d'un frère de.....

— Alors de Tabago.

— Je n'y ai jamais connu personne.

— Excepté, dit Eugène avec tant d'imprévu que la jeune fille, qui l'avait oublié, retire en tressaillant l'épaulette dont elle lui masquait les convives, excepté notre ami qui n'a vécu si longtemps que de pudding au riz et de colle de poisson, jusqu'au moment où son médecin lui fit changer de régime : un gigot de mouton par jour, ou quelque chose comme cela. »

Eugène, que l'on croyait de retour en ce monde, redisparaît derrière l'épaulette de sa voisine.

« Missis Véneering, s'écrie lady Tippins, je vous le demande, n'est-ce pas une conduite affreuse? Je mène partout mes adorateurs, deux ou trois à la fois, à la condition de m'obéir en aveugle, et voilà le principal, le chef de mes esclaves, qui en pleine société manque à tous ses serments! Puis cet autre, un grossier personnage, qui prétend ne pas se rappeler ses « nursery rhymes; » le tout pour me déplaire, parce qu'il sait que je les adore. »

Cette horrible fiction, touchant ses adorateurs, est la manie de lady Tippins. Elle en a toujours un ou deux avec elle. Elle en prend note, les tient en partie double, en a sans cesse de nouveaux à inscrire, d'anciens à mettre hors de compte, ou sur la liste noire, ou sur la liste bleue, à joindre à l'addition, à soustraire du total, à reporter sur le grand-livre, etc.

Mister et mistress Véneering sont charmés de cette piquante sortie. Peut-être le charme en est-il rehaussé par le jeu de certaines cordes jaunes qui s'agitent dans le gosier de lady Tippins, comme les pattes d'un poulet qui gratte le sable.

« Dès à présent, poursuit-elle, je bannis ce misérable traître; je le raye de mon Cupidon (c'est le nom de mon grand-livre, chère belle). Mais je tiens à mon histoire, et je vous supplie, très-chère, de la demander à cet infâme, puisque j'ai perdu toute influence sur lui. Vilain homme! odieux parjure! continue la vieille belle en regardant Mortimer et en faisant claquer son éventail.

— Nous sommes tous profondément intrigués, dit Véneering, par cet homme de quelque part.

— Vivement intéressés!

— Très-émus!

— Fort dramatique!

— L'homme de nulle part, peut-être? s'écrient à la fois les quatre tampons. »

Et missis Véneering, joignant les mains comme un bébé, car les séductions de milady sont contagieuses, se tourne vers son voisin de gauche, et balbutie d'une voix enfantine:

« Prie! platt! l'homme de quelque part! »

Sur quoi les quatre tampons, mis en mouvement par un ressort mystérieux, s'écrient en chœur:

« Impossible de résister.

— Ma parole, dit Mortimer d'une voix dolente, je trouve excessivement embarrassant d'avoir les yeux de l'Europe ainsi attachés sur moi. Ma seule consolation est que chacun de vous exécrera lady Tippins, quand vous aurez vu combien cet homme de quelque part est assommant. Désolé de détruire son prestige en lui donnant un domicile; mais la vérité m'y condamne. Il vient de... le nom m'échappe; c'est connu de tout le monde... un endroit où l'on fait du vin.

— Day et Martin's? demande Eugène.

— Non, réplique Mortimer sans s'émouvoir; chez eux on fabrique du porto; ce n'est pas cela. Mon homme vient du pays où l'on fait... le vin du Cap. Au reste, mon bon, il importe peu; mon histoire n'est pas de la statistique, car elle est sans précédent. »

Une chose à noter, c'est qu'à la table de Vénéering on s'inquiète fort peu des maîtres de la maison, et que celui qui a quelque chose à dire s'adresse de préférence à tel ou tel convive.

Mortimer s'adresse donc à Eugène, et poursuit son histoire :

« Mon homme, dit-il, qu'on appelle Harmon, est fils unique d'un affreux scélérat qui a fait fortune dans le balayage.

— Gilet rouge et clochette? demande Eugène d'une voix sombre.

— Avec échelle et panier, si bon vous semble, répond Mortimer. Toujours est-il que d'une façon ou de l'autre ce père devint riche comme un entrepreneur. Vivant dans un trou, au fond de ses montagnes composées de balayures, ce vieux drôle jetait, comme un volcan, sur son petit domaine, tout ce qu'il avait ramassé : détritus de charbon, épluchures de légumes, fragments d'os, tessons de vaisselle, fine poussière, immondices, boue et ferraille, toute espèce de débris. »

Ici Mortimer ayant tout à coup le ressouvenir de missis Vénéering, lui adresse quatre ou cinq paroles; puis il cherche un nouvel auditeur, essaye du cousin de lord Snigsworth, ne lui trouve pas les qualités voulues, et se jette sur les tampons qui l'accueillent avec enthousiasme.

« L'être moral (je crois, dit-il, que c'est l'expression consacrée), l'être moral de ce balayeur n'avait pas de plus grande jouissance que de lancer l'anathème à ses proches, et de les mettre à la porte. Il commença naturellement par se délivrer de l'épouse de son choix, et donna ensuite à sa fille la même preuve d'affection. Il lui présenta un mari dont il était enchanté, mais elle fort mécontente, et s'occupa de la dot; je ne saurais dire quelle somme de balayures; mais quelque chose d'immense. L'affaire en était là, quand la pauvre fille lui annonça respectueusement qu'elle s'était promise à ce personnage populaire que les romanciers et les poëtes désignent sous le nom d'Un-Autre. Elle ajouta que ce serait réduire son cœur en poudre, et sa vie en tessons, que de la condamner à ce mariage. Sur quoi le père vénérable s'empressa de la maudire et de la jeter à la porte. On prétend que ce fut par un soir d'hiver. »

Le funèbre chimiste (il a évidemment une faible opinion de cette histoire) concède un peu de bordeaux aux quatre tampons, qui, obéissant au même ressort, se versent la liqueur dans la bouche avec un tortillement de joie particulier, et s'écrient tous à la fois :

« Continuez, je vous prie.

— Les ressources pécuniaires d'Un-Autre, ainsi qu'il arrive fréquemment, étaient des plus restreintes. Je ne crois pas exagérer en disant qu'il était absolument à sec. La jeune fille l'épousa néanmoins; et tous deux vécurent dans un cottage, ayant sans doute un chèvrefeuille à l'entrée. Ils y restèrent jusqu'à la mort de la jeune femme. On peut, à cet égard, consulter le registre de la paroisse. J'ignore de quoi la pauvre créature est morte; mais les inquiétudes, les privations peuvent y avoir été pour quelque chose, bien qu'il n'en soit rien dit à la page où la cause du décès est inscrite dans la forme voulue. Quant au mari, c'est le chagrin qui l'a tué; cela ne fait pas le moindre doute; il fut si malheureux de la perte de sa femme, qu'il n'a pu lui survivre, à peine huit ou dix mois. »

Un rien fait soupçonner chez l'indolent Mortimer que si jamais la bonne compagnie pouvait se permettre une émotion, lui qui est du meilleur monde, il aurait la faiblesse de se laisser toucher par ce qu'il raconte. Il parvient à le dissimuler; mais enfin il l'éprouve.

Eugène n'est pas non plus sans une légère atteinte; car, au moment où cette effrayante lady Tippins déclare que si l'Autre vivait encore, elle le placerait à la tête de ses adorateurs, sa mélancolie augmente, et il joue d'une manière féroce avec son couteau à dessert.

Mortimer continue :

« Revenons maintenant, comme disent les romanciers, chose que nous voudrions leur interdire, revenons au héros de notre histoire. Agé de quatorze ans lors de l'expulsion de sa sœur, et alors à Bruxelles dans un pensionnat au rabais; il fut quelque temps avant d'apprendre ce qui avait eu lieu, et ne le sut probablement que par la jeune fille, car sa mère était morte. Aussitôt la nouvelle, il prit la fuite et revint en Angleterre. Un garçon de ressources pour avoir eu de quoi faire ce voyage avec les cinq sous qu'il touchait par semaine. Il arriva cependant, tomba comme une bombe entre les bras paternels, et plaida la cause de sa sœur. Le vénérable père lui répondit par sa malédiction, et s'empressa de le mettre dehors. Choqué, blessé, terrifié, cherchant fortune, le pauvre diable s'embarqua ; et, finalement se trouva dans les vignes du Cap, où il devint propriétaire, éleveur ou colon, comme vous voudrez l'appeler. »

Un pas indécis traverse le vestibule; quelqu'un frappe à la porte. Le chimiste va voir ce que c'est; il confère aigrement avec le frappeur invisible, paraît ému de la réponse qui lui est faite, et quitte la salle.

« Bref, continue Mortimer, on a fini par découvrir sa résidence; et il revient après quatorze ans d'exil. »

Un des tampons surprend tout à coup les trois autres en se détachant du groupe; il désire savoir pourquoi cet homme revient?

« Merci de me l'avoir rappelé, poursuit Mortimer; j'oubliais de dire que le père est mort. »

Enhardi par le même succès, le même tampon demande à quelle époque.

« L'autre jour; il y a dix mois, peut-être un an.

— Et de quelle maladie? s'écrie le tampon, d'un air dégagé. »

Mais, triste exemple du courage malheureux, ses trois pareils le regardent bouche béante, et personne ne lui répond.

Mortimer, se rappelant alors qu'il existe un Vénéering, s'adresse à lui pour la première fois :

« Le père est mort, redit-il.

— Mort! » répète d'un air grave le Vénéering satisfait. Il croise les bras, se compose un visage pour écouter d'une façon juridique les détails qu'on va lui offrir, et se voit replongé dans une froide solitude. Mortimer a saisi l'œil vagabond de M. Podsnap, et dit au gros homme:

« On a trouvé un testament, daté d'une époque ancienne, peu de temps après le départ du fils. Une chaîne de tas d'ordures et une espèce de maison située au pied de ces collines, sont léguées à un ancien domestique, exécuteur testamentaire. Le reste, qui est fort considérable, est laissé au fils. Il y avait ensuite les volontés du défunt relativement aux funérailles; des cérémonies excentriques, certaines précautions à prendre pour ne pas l'enterrer vif, des choses insignifiantes, si ce n'est que... »

L'histoire s'arrête. Le chimiste est de retour; chacun le regarde; non pas qu'on ait besoin de le voir, mais en vertu de cette influence qui pousse les hommes à saisir l'occasion de regarder n'importe quoi plutôt que celui qui leur parle.

« Si ce n'est que le fils, reprend Mortimer, n'est héritier qu'à la condition d'épouser une jeune fille qui, aujourd'hui bonne à marier, avait quatre ou cinq ans à l'époque où cette clause fut écrite. Des recherches, des annonces, ont fait découvrir ce fils dans le petit fermier du Cap; et à l'heure qu'il est notre homme arrive en Angleterre, fort étonné probablement d'hériter d'une pareille fortune, et d'avoir à prendre femme.

— La jeune fille est-elle bien ? » demande mistress Podsnap. Mortimer l'ignore.

« Et si le mariage n'a pas lieu, dit Mister Podsnap, que deviendra la fortune ?

— Il y est pourvu, répond Mortimer ; en pareil cas, le testament la donne au vieux serviteur à l'exclusion du fils. De même, si ce dernier était mort, le domestique serait légataire universel. »

Missis Véndering a enfin réveillé lady Tippins ; elle vient d'y parvenir en lui poussant avec adresse, sur les doigts, une file de plats et d'assiettes, lorsque tout le monde, excepté Mortimer, s'aperçoit que le chimiste, plus funèbre que jamais, présente un papier à celui-ci. Missis Véndering, sur le point de quitter sa place, est retenue par la curiosité. Mortimer, en dépit des efforts du chimiste pour attirer ses regards, avale tranquillement un verre de madère, et ne se doute pas du papier qui absorbe l'attention générale.

Enfin lady Tippins, qui d'abord ne savait plus où elle était, mais qui a maintenant conscience des objets qui l'entourent, s'écrie :

« Odieux parjure ! plus perfide que Don Juan, pourquoi refusez-vous le billet du commandeur ? »

Mortimer, à qui le valet a mis le papier sous le nez, jette un regard autour de lui et demande ce que c'est. Le chimiste s'incline et lui parle à l'oreille.

« Qui cela ? dit Mortimer. »

Nouvelle inclinaison et réponse à voix basse.

Mortimer regarde le chimiste avec surprise ; il ouvre le billet, le lit deux fois, le retourne, examine la feuille blanche, devient pâle et le relit pour la troisième fois.

« Singulier à-propos ! dit-il, en promenant les yeux autour de la table ; c'est le dénoûment de l'histoire.

— Il est marié ? dit l'un.

— Il refuse ? dit un autre.

— Un codicile ? demande un troisième.

— Vous n'y êtes pas ; dit Mortimer, l'histoire est plus complète et plus émouvante : le futur s'est noyé.

III

UN NOUVEAU PERSONNAGE

Tandis que les robes de ces dames disparaissaient graduellement dans l'escalier de Vénéering, Mortimer sortit de la salle à manger. Il entra dans une bibliothèque, où des livres tout neufs, étalaient des reliures neuves, libéralement dorées, et fit demander la personne qui avait apporté le billet. C'était un garçon d'environ quinze ans. Mortimer examina ce garçon; et celui-ci regarda les pèlerins tout flambants neufs, qui, accrochés à la muraille, allaient à Cantorbéry dans plus de dorure que de paysage [1].

« De qui est ce billet? demanda le gentleman.

— Il est de moi, m'sieur.

— Qui vous a dit de l'écrire?

— C'est mon père, Jessé Hexam.

— Est-ce lui qui a trouvé le corps?

— Oui, m'sieur.

— Qu'est-ce que fait votre père? »

Le gamin hésita; il lança aux pèlerins un regard de reproche comme s'ils avaient été coupables de l'embarras qu'il éprouvait; puis il forma un pli à la jambière droite de son pantalon et finit par répondre:

« Il a un bateau.

— Est-ce bien loin?

— Quoi? demanda l'autre, qui était sur ses gardes, et partait de nouveau pour Cantorbéry.

— D'ici chez votre père.

— Oui, m'sieur; mais je suis venu en cab; l'homme est resté; il attend qu'on le paye; nous pouvons retourner avec lui. Je suis allé d'abord à votre cabinet, d'après ce que disaient les papiers qu'il avait dans sa poche. Arrivé là, je n'ai trouvé personne qu'un jeune gars de mon âge, et il m'a envoyé ici. »

1. Vingt-neuf pèlerins ont fait vœu d'aller à Cantorbéry; l'histoire de ce pèlerinage, raconté par Chaucer, qui fit partie de cette bande joyeuse, est très-populaire de l'autre côté du détroit, et a fourni le sujet de la gravure en question.

(*Note du traducteur.*)

2

Il y avait dans ce gamin un singulier mélange de sauvagerie et de quasi-civilisation. Sa voix était rauque, son corps chétif et rabougri, son visage grossier; mais il était plus propre que les gamins de son espèce; il avait une belle écriture, bien qu'elle fût ronde et grosse; et le regard perçant qu'il attachait sur la bibliothèque pénétrait sous la reliure : qui sait lire ne regarde pas un livre, même un livre fermé, derrière la vitre d'une armoire, comme celui qui est illettré.

« A-t-on fait tout ce qu'il fallait pour le rappeler à la vie? dit Mortimer en cherchant son chapeau.

— Si vous l'aviez vu, fit le gamin, vous ne le demanderiez pas. L'armée de Pharaon, qui a péri dans la mer Rouge, n'est pas plus défunte que lui; et si Lazare avait été seulement à moitié aussi avancé, sa résurrection serait le plus grand des miracles.

— Vous connaissez la mer Rouge? s'écria Mortimer en se retournant, et le chapeau sur la tête.

— C'est à l'école, m'sieur, que j'ai lu cette histoire-là.

— Celle de Lazare aussi?

— Oui, m'sieur; mais ne le dites pas à mon père : on ne tiendrait plus chez nous. C'est ma sœur qui a eu l'idée de me faire apprendre.

— Une bonne sœur que vous avez là!

— Pas grand'chose, dit le gamin; à peine si elle connaît ses lettres; encore c'est moi qui lui ai montré. »

Le sombre Eugène, qui, tout en flânant avait gagné la bibliothèque, assistait, les mains dans ses poches, à la fin de ce dialogue. En entendant le jeune drôle parler de sa sœur avec aussi peu de respect, il lui prit le menton d'une manière un peu rude, et le regarda fixement.

— Eh bien! v'là qui est sûr, dit le gamin en cherchant à se dégager; vous pourrez me reconnaître. »

Au lieu de lui répondre, Eugène proposa à Mortimer de l'accompagner; et la voiture qui avait amené le gamin les emporta tous les trois : les deux amis, anciens camarades d'études, assis dans l'intérieur, où ils fumèrent leurs cigares, et le gamin sur le siége, à côté du cocher.

« Vois ce que c'est! dit Mortimer; voilà cinq ans que je suis au tableau des solicitors de la Haute-Cour, ainsi que des attorneys at common-law [1], et depuis cette époque, à part les instruc-

_____

1. *Common-law*, droit coutumier : Les fonctions d'attorney équivalent à celles d'avoué : le solicitor est l'attorney près la Cour de la chancellerie; il y joint en outre la rédaction des actes, le notariat n'existant pas en Angleterre.

(*Note du traducteur.*)

tions gratuites que je reçois une fois par quinzaine pour le testament de lady Tippins, qui n'a rien à laisser, je n'ai pas eu d'autre affaire que cette aventure romanesque.

— Et moi, dit Eugène, depuis sept ans que je suis sur la liste des avocats, je n'en ai pas eu du tout; je n'en aurai jamais; et il m'en arriverait une, que je ne saurais pas la traiter.

— Quant à cela, répondit l'autre avec le plus grand calme, je ne suis pas bien sûr de m'en tirer mieux que toi.

— Cette profession m'est odieuse, reprit Eugène en étendant les jambes sur la banquette opposée.

— Je l'ai en horreur, dit Mortimer. Cela te gênerait-il si je m'allongeais aussi?

— Nullement. Je n'en voulais pas, continua Eugène; on m'y a forcé; la famille avait besoin d'un barrister; elle peut se vanter d'en avoir un fameux.

— Absolument comme moi, répliqua l'autre; il fallait un solicitor dans la famille : elle a eu la main heureuse.

— Nous sommes quatre, dit Eugène, dont les noms sont écrits sur le montant d'une porte, à côté d'un trou noir que l'on appelle *Chambers*. A nous tous, nous possédons un clerc : Cassim-Baba, dans la caverne de voleurs; et Cassim est le seul de la compagnie qui soit un peu respectable.

— Je suis seul chez moi, dit Mortimer; mon cabinet est en haut d'un affreux escalier et donne sur un cimetière. Mon clerc, qui est à moi seul, n'a pas d'autre occupation que de contempler ce champ funèbre; je me demande ce qu'il deviendra plus tard. A quoi pense-t-il au fond de ce nid de corbeau? Fait-il des projets de meurtre ou des plans dignes d'un sage? Après tant d'années de solitude méditative, aura-t-il grandi pour éclairer les hommes, ou pour les empoisonner? Deviner cette énigme est le seul intérêt que je trouve à la profession. N'as-tu pas une allumette? Je te remercie. »

Eugène s'adossa au fond de la voiture, se croisa les bras, ferma les yeux et huma son cigare.

« Des idiots, vous parlent d'énergie! reprit-il d'une voix nasillarde. S'il est dans tout le dictionnaire un mot que j'abomine, c'est bien celui-là; un mot convenu, mot de perroquet, une superstition. Que diable! est-ce que je peux aller dans la rue prendre à la gorge le premier homme qui me paraîtra solvable, et lui dire, en le tenant au collet: « Vous allez plaider, monsieur! et me choisir pour avocat! un procès ou la vie! » Ce serait énergique.

— Je pense de même, répondit Mortimer. Donnez-moi l'occasion, quelque chose qui en vaille la peine, et j'aurai de l'énergie.

— Moi aussi, » dit Eugène.

Il est probable que, dans le courant de la soirée, dix mille jeunes gens de la ville de Londres, firent cette même remarque, si féconde en promesses.

Le cab roulait toujours; il avait passé le Monument, la Tour et les docks; passé Ratcliffe et Rotherhithe; passé les cloaques où les flots accumulés de la lie humaine semblent précipités des hauteurs, et s'arrêter jusqu'à ce qu'ils débordent et tombent dans la rivière; passé au milieu de navires que l'on croirait échoués, et de maisons que l'on supposerait à flots; passé entre les mâts qui regardent par les fenêtres, et les fenêtres qui regardent au fond des écoutilles.

Quelques tours de roue, et le cab finit par s'arrêter dans un coin ténébreux, souvent lavé par le fleuve, mais jamais nettoyé. Le gamin descendit et ouvrit la portière.

« M'sieur, dit-il en parlant au singulier afin d'exclure Eugène, il faut descendre, et venir à pied chez nous; c'est à deux pas.

— Un quartier perdu! exécrable! s'écria le gentleman en glissant sur les pierres et sur les immondices dont la rue était jonchée.

— C'est ici, » dit le gamin, après avoir tourné l'angle aigu d'un vieux mur.

La maison était basse, et avait dû jadis être le corps d'un moulin; elle portait au front une verrue de bois pourri qui semblait indiquer le point d'attache des quatre ailes; mais dans l'ombre tout cela était peu visible. Le gamin leva le loquet, et les gentlemen se trouvèrent tout à coup dans une pièce circulaire; ils y virent un homme qui regardait le feu, et une jeune fille qui travaillait. Couverte de rouille, la grille où brûlait le charbon n'avait pas été faite pour le foyer; et la lampe, qui éclairait la jeune fille et qui ressemblait à un oignon de jacinthe, filait et fumait dans le goulot d'un cruchon.

Près de la muraille, un cadre en bois faisait l'office de couchette; en face du lit, un escalier vermoulu, également en bois, ou plutôt une échelle, conduisait à l'étage supérieur. Un petit nombre d'ustensiles de cuisine, quelques plats, une ou deux écuelles de faïence commune, dispersés sur un petit dressoir, et deux ou trois vieilles rames complétaient le mobilier.

Les soliveaux noircis, fondus, pleins de nœuds grimaçants, donnaient à cette pièce un air rechigné; et soliveaux, carrelage et muraille, anciennement barbouillés de farine, tachetés de minium, qui sans doute y avait été en magasin, moisis par une humidité traditionnelle, paraissaient tomber en décomposition.

« Père, dit le gamin, voici le gentleman. »

L'homme qui était devant le feu releva sa tête ébouriffée et attacha sur le solicitor son regard d'oiseau de proie.

« C'est vous, dit-il, qu'on appelle Mortimer Lightwood, esquire?

— Oui, répondit le jeune homme. Celui que vous avez trouvé est-il ici? ajouta Mortimer en se tournant avec répugnance vers la couchette.

— Non; mais il n'est pas loin. J'ai averti la police, je me mets toujours en règle, et la police est venue le prendre; elle n'a pas perdu de temps, car c'est déjà imprimé. Voilà le papier qui dit la chose. »

Il prit la lampe et l'approcha du mur où était placardée une affiche portant ces mots officiels :

CORPS TROUVÉ.

Les deux amis lurent cette affiche avec attention, pendant que Gaffer, qui les éclairait, les examinait tous les deux.

« D'après ce que je vois, dit Lightwood en se retournant, ce malheureux jeune homme n'avait que des papiers sur lui?

— Que des papiers, » répondit Gaffer.

A ces mots, la jeune fille se leva, prit son ouvrage et sortit de la chambre.

« Pas d'autre argent, poursuivit Mortimer, que trois pence dans une des poches de l'habit?

— Trois pence, répéta Hexam en appuyant sur chaque mot.

— Les poches du pantalon, continua le gentleman, étaient vides et retournées. »

Hexam fit un signe affirmatif.

« Rien de plus commun, dit-il; je ne sais pas si c'est la marée qui en est cause, mais voyez plutôt. »

Il approcha sa lampe d'un autre placard :

« Les poches étaient vides et retournées. »

Même détail sur les deux affiches suivantes.

« Je ne sais pas lire, reprit Gaffer, mais je n'en ai pas besoin; je les reconnais à la place qu'ils occupent. Tenez, en voilà un qui était matelot; il avait deux ancres, un pavillon, un G, un F et un T sur le bras; est-ce que ce n'est pas vrai?

— Très-vrai, dit Mortimer.

— Là, c'est une jeune femme avec des bottines grises; son linge était marqué d'une croix; puis un homme qui avait reçu un mauvais coup à la tempe. Voilà deux sœurs, deux jeunes filles, attachées l'une à l'autre avec un mouchoir. Ici un vieux drôle, un ivrogne en chaussons de lisière et en bonnet de nuit.

Il avait offert de se jeter à l'eau et d'y plonger, si on lui payait d'avance une demi-bouteille de rhum; et il a tenu parole pour la première fois de sa vie. La chambre en est tapissée; je les connais tous; je suis donc assez savant. »

Il promena la lampe sur la rangée d'affiches, en confirmation de ses lumières intellectuelles; puis il la reposa sur la table, resta derrière les gentlemen et les regarda fixement. De même que certains oiseaux de proie, il offrait cette particularité que, lorsqu'il fronçait les sourcils, sa huppe ébouriffée se hérissait de plus en plus.

« Est-ce que c'est vous qui les avez tous repêchés ? » demanda Eugène.

Au lieu de répondre, l'oiseau de proie dit lentement :

« Et vous, monsieur, quel est votre nom ?

— Mister Wrayburn, mon ami, s'empressa de dire Mortimer.

— Que demandait mister Wrayburn? reprit Hexam.

— Tout simplement, dit Eugène, si c'était vous qui aviez retrouvé tous ces gens-là.

— Pour la plupart, tout simplement, répondit Hexam.

— Supposez-vous que, dans le nombre, il y en ait dont la mort soit le résultat d'un crime?

— Je suppose jamais rien, dit l'oiseau de proie; c'est pas mon genre. Si, tous les jours de l'année, par quelque temps qu'il fasse, vous étiez obligé de fouiller dans la rivière pour en retirer de quoi vivre, vous n'auriez pas l'esprit à faire des suppositions. Faut-il vous montrer la route? »

Il reçut de Mortimer un signe affirmatif, ouvrit la porte, et se vit en face d'un homme extrêmement pâle.

« Une personne qu'on cherche, ou un cadavre trouvé ? demanda Gaffer; lequel des deux ?

— Je me suis perdu! répondit l'homme d'une voix haletante. Je suis... étranger, et ne sais pas le chemin... Il... faut... cependant que je trouve l'endroit où est déposé celui... dont il est question dans cette affiche; il est possible que je le connaisse. »

On le comprenait à peine tant il était essoufflé; mais il montrait un exemplaire du nouveau placard. L'état de cette feuille encore humide, ou peut-être l'exactitude de son coup d'œil, apprit à Hexam ce dont il s'agissait. Il répondit sans hésiter :

« Le gentleman que voici, mister Lightwood, s'en occupe précisément.

— Mister Lightwood! » dit l'inconnu.

Durant la pause qui suivit cette exclamation, le gentleman et l'étranger s'examinèrent : ils ne se connaissaient pas. Ce fut Lightwood, qui, d'un air dégagé, rompit enfin le silence.

« Vous m'avez fait l'honneur, dit-il, de proférer mon nom?

— Je n'ai fait que le répéter.

— Vous ne connaissez pas Londres, monsieur ?

— Nullement.

— Et vous cherchez mister Harmon?

— Non, monsieur.

— Dès lors, je peux vous dire que votre démarche est inutile; vous n'avez pas à craindre ce que vous paraissez redouter; cependant s'il vous plaisait de venir avec nous ? »

L'étranger accepta.

Quelques détours au milieu de ruelles fangeuses, dont la boue avait pu être déposée par la dernière marée, ainsi qu'en témoignait l'odeur, les conduisirent à la station de police. Ils y trouvèrent l'inspecteur de nuit, armé d'une plume et d'une règle, et mettant ses livres au courant avec autant de calme que s'il avait été au fond d'un monastère, autant de sang-froid que s'il n'y avait pas eu, dans la pièce voisine, une femme ivre dont les hurlements et les coups lui retentissaient dans l'oreille.

L'inspecteur relève les yeux; et de l'air d'un érudit absorbé par ses études, il adresse à Gaffer un signe de tête qui dit évidemment : « Nous vous connaissons, vous ! un jour ou l'autre vous comblerez la mesure. » Puis il informe les gentlemen qu'il est à eux sur-le-champ; il continue de rayer sa page, écrit ce qu'il a à écrire, et le fait avec soin et méthode. Il s'agirait de l'enluminure d'un missel qu'il n'y mettrait pas plus de patience. La femme ivre crie et frappe toujours, réclamant avec rage le foie d'une autre femme; l'inspecteur ne paraît même pas l'entendre.

Il demande enfin une lanterne. L'objet lui est présenté avec déférence par un satellite obéissant. Il prend un trousseau de clefs; puis regardant les visiteurs: « Maintenant, messieurs... » Et les gentlemen l'accompagnent.

Il traverse la cour, ouvre une caverne glaciale où il entre suivi des autres, qui en sortent précipitamment.

« Guère plus décomposé que lady Tippins, dit tout bas Eugène à Lightwood. »

Ils reviennent au bureau, où les cris et les coups de la furibonde retentissent toujours ; et où l'inspecteur, paisible abbé de ce monastère, leur fait tranquillement le résumé de la cause: « Rien n'indique la manière dont le fait a dû se produire ; il arrive souvent de n'avoir à ce sujet aucune indication. Trop tard pour qu'on puisse dire avec certitude si les meurtrissures ont eu lieu avant ou après la mort. Un célèbre chirurgien affirme que c'est avant ; un confrère, non moins célèbre, affirme que

c'est après. Le sommelier du navire sur lequel ce gentleman a
fait la traversée, est venu voir le défunt, et l'a parfaitement reconnu ; il est prêt à répondre de l'identité du corps et de celle
des vêtements. D'ailleurs on a les papiers. Comment ce jeune
homme a-t-il disparu en quittant le navire pour ne se retrouver
que dans la Tamise? Obscurité complète. Probablement quelque
aventure qu'il a poursuivie, la croyant sans danger, et qui lui a
été fatale. Au reste l'enquête aura lieu demain, et la vérité se
découvrira, cela ne fait pas le moindre doute.

« Il paraît, continue l'inspecteur à voix basse, et en examinant l'étranger, il paraît que tout cela impressionne beaucoup
votre ami. La vue du corps lui a cassé bras et jambes. »

Mortimer répond que l'étranger n'est pas son ami, qu'il ne le
connaît même pas.

« Vraiment ? dit l'inspecteur en approchant une oreille attentive ; et où l'avez-vous rencontré ? »

Les deux coudes sur son pupitre, les cinq doigts de la main
droite appuyés aux cinq doigts de la main gauche, M. l'inspecteur, qui a pris cette pose pour faire son résumé, et qui l'a conservée en écoutant Mortimer, dirige son regard vers l'inconnu,
et dit à haute voix, sans même remuer la tête :

« Est-ce que vous vous trouvez mal, monsieur? Vous ne
semblez pas habitué à ce genre d'opération.

— Oh ! non, repond l'étranger, qui, la tête basse, est adossé à
la cheminée et jette les yeux autour de lui; oh! non ! Quel horrible spectacle !

— Vous veniez cependant pour examiner le corps ?

— Oui, monsieur.

— L'avez-vous reconnu ?

— Non, monsieur. Epouvantable chose! horrible à voir !

— Qui pensiez-vous que ce pouvait être ? Décrivez-nous celui
que vous cherchez, il est possible qu'on vous aide à le découvrir.

— Non, non, dit l'étranger; c'est inutile. Bonsoir. »

M. l'inspecteur n'a fait aucun mouvement, n'a pas dit une
parole ; néanmoins le satellite a glissé devant la porte ; il est
adossé au guichet, son bras gauche y est allongé, et de la main
droite il dirige sa lanterne vers l'inconnu.

« Cependant, vous cherchez quelqu'un, reprend l'inspecteur;
autrement vous ne seriez point ici. N'est-il pas naturel de vous
demander quelques détails sur cet ami ou cet ennemi, afin de
vous seconder dans vos recherches?

— Veuillez m'excuser, monsieur, vous savez mieux que personne qu'il y a, dans les familles, de ces malheurs dont on n'en-

tretient les autres qu'à la dernière extrémité. Je reconnais que vous remplissez un devoir en me faisant cette question, veuillez reconnaître que j'use d'un droit en refusant d'y répondre. »

L'étranger se retourne vers le guichet, où le subalterne, l'œil rivé sur son chef, reste immobile.

« Monsieur, dit l'inspecteur, vous ne me refuserez pas votre carte.

— Je vous la donnerais volontiers ; mais je n'en ai pas, répond l'inconnu, qui devient très-rouge, et dont la voix exprime la confusion.

— Alors, dit l'officier de police sans changer de ton ni de manière, consentez-vous à me donner par écrit votre nom et votre adresse ?

— Certainement, monsieur. »

L'inspecteur prend une plume, la trempe dans l'encrier, met lentement une feuille de papier à côté de lui, et rentre dans sa première attitude. L'étranger se dirige vers le pupitre, et sous le regard de l'inspecteur, qui paraît lui compter les cheveux, il écrit d'une main tremblante :

« Julius Handford, café de l'Échiquier, Palace Yard, Westminster.

— C'est là que vous êtes descendu ?

— Oui, monsieur.

— Vous habitez la campagne ?

— Euh... oui, j'habite la campagne.

— Bonsoir, monsieur. »

Le guichet est ouvert, et Jules Handford peut sortir.

« Réserve ! dit l'inspecteur, voyez cette adresse ; suivez cet homme, mais sans lui faire injure ; assurez-vous qu'il demeure bien à l'endroit indiqué ; et prenez sur lui tous les renseignements possibles. »

Le satellite avait disparu ; M. l'inspecteur, redevenu le tranquille abbé du monastère, avait repris sa plume et s'était replongé dans ses livres. Les deux amis qui l'observaient, plus divertis de sa manière d'être que soupçonneux de mister Handford, lui demandèrent avant de partir s'il croyait réellement que celui-ci eût trempé dans cette douloureuse affaire.

L'abbé n'en savait rien ; il ajouta que s'il y avait eu crime, quelqu'un l'avait commis. « Le vol par effraction ou à la tire a besoin d'apprentissage ; mais pour le meurtre, c'est inutile, nous en sommes tous capables. » Il avait vu, dit-il, bien des gens venir pour reconnaître des morts ; et jamais personne n'avait été ému de cette façon-là. Néanmoins, l'impression pouvait être physique et n'avoir rien de moral. Singulière nature, s'il en

était ainsi ; dans tous les cas, singulière chose ! Quel dommage
que .e sang ne jaillisse pas de la blessure au contact de l'assassin, comme on le croyait autrefois ; mais la police n'a jamais
rien tiré des morts.

« Vous aurez d'elle et de ses pareilles plus de tapage que vous
n'en voudrez, poursuivit-il en désignant la furie qui demandait
toujours le foie de sa compagne ; mais des trépassés vous n'ob-
tiendrez pas un signe. »

N'ayant plus rien à faire jusqu'à l'enquête, les deux amis
allèrent reprendre leur voiture. Les deux Hexam partirent de
leur côté. En arrivant au coin, le père dit à son fils de retourner
à la maison. Quant à lui, il entra dans une taverne à rideaux
rouges, dont la muraille ventrue se gonflait hydropiquement au-
dessus de la chaussée boueuse.

Le gamin retrouva sa sœur auprès du feu, et travaillant toujours. Sa première question fut pour lui demander où elle
était allée pendant la visite des gentlemen.

« Dans la rue, dit-elle.

— Ce n'était pas nécessaire ; on avait rempli toutes les formalités.

— L'un d'eux, reprit la jeune fille, celui qui ne disait rien,
ne me quittait pas du regard ; j'ai eu peur qu'il ne vît la chose
sur ma figure. Mais ne parlons pas de moi, Charley. Tu m'as
fait trembler quand tu as avoué à notre père que tu écrivais un
peu.

— Bah ! je lui ai laissé croire que personne ne pouvait me
lire ; et quand il m'a vu écrire si lentement, en barbouillant
d'encre tout mon papier, il a cru que c'était vrai, et n'a plus
rien dit. »

La jeune fille quitta son ouvrage ; elle traîna sa chaise à côté
de celle du gamin, et s'appuyant sur l'épaule de son frère :

— Tu travailleras bien, Charley ; n'est-ce pas ? dit-elle.

— Est-ce que je perds mon temps ?

— Non, Charley ; tu as du courage. Moi aussi, je fais ce que
je peux ; je suis toujours à penser, à inventer quelque chose ;
souvent je n'en dors pas, à force de chercher le moyen d'amas-
ser un schelling par-ci, un autre par-là, pour faire croire à
père que tu gagnes ta vie au bord de l'eau.

— Tu es sa préférée, Lizzie ; tu lui fais croire tout ce que tu
veux.

— Je le voudrais bien, Charley ; si je pouvais seulement lui
persuader qu'il est bon de s'instruire, j'en serais contente, vois-
tu!... assez pour en mourir de joie.

— Tais-toi, Lizzie ; je ne veux pas que tu meures. »

Elle croisa les mains sur l'épaule de son frère, y posa sa joue brune, et regarda le brasier d'un air pensif.

« Le soir, dit-elle, quand tu es à l'école, ce qui arrive tous les deux jours, et que notre père...

— Est aux Six-Joyeux-Portefaix, interrompit le gamin en faisant un signe de tête dans la direction de la taverne.

— Je regarde brûler le feu, poursuivit la sœur, et il me semble voir dans la braise, — tiens comme à présent, — où brille cette petite flamme.

— C'est du gaz, pas autre chose, dit le frère. Ce charbon-là vient d'une forêt, qui a été sous l'eau du temps de Noé. Regarde bien : si je prends le fourgon et que j'attise le feu...

— Non, frère ! n'y touche pas ; la petite lueur qui va et vient disparaîtrait, et c'est d'elle que je parle ; le soir, en la regardant, j'y vois comme des images.

— Montre-les-moi, dit le gamin.

— C'est que pour les voir, il faut mes yeux, Charley.

— Alors dis-moi ce qu'elles représentent.

— Il y a moi d'abord ; puis toi ensuite, à l'âge où tu n'étais qu'un bébé. Pauvre petit, qui n'avais pas de mère !

— Faut pas dire cela, interrompit le gamin, j'avais une petite sœur qui était aussi ma mère. » Il lui passa les deux bras autour de la taille, et croisa les doigts pour la tenir embrassée. Tout émue, la jeune fille se mit à rire, et les yeux humides, elle reprit la parole :

« Il y a donc toi et moi, Charley. Nous sommes dans la rue tout seuls, pendant que père est à l'ouvrage. Il a emporté la clef de peur que nous ne mettions le feu, ou que tu ne viennes à tomber par la fenêtre. Nous nous asseyons sur le pas de la porte, sur les marches des autres, ou bien au bord de l'eau ; nous flânons pour passer le temps. Tu étais un peu lourd, Charley, et j'étais obligée de me reposer. Quelquefois nous avions sommeil, et nous dormions ensemble ; quelquefois nous avions peur ; et quelquefois bien faim. Mais ce qui arrivait le plus souvent, et ce qui était bien dur, c'était d'avoir froid ; te rappelles-tu, Charley ?

— Oui, je me rappelle, dit le frère en la serrant dans ses bras ; je me fourrais sous un petit châle où j'étais caché ; et là, moi, j'avais chaud.

— Quelquefois il pleut, reprit-elle en regardant toujours la braise, et nous nous mettons sous un bateau, ou bien sous autre chose. Quelquefois il est tard ; nous allons où il y a du gaz ; nous nous asseyons et nous regardons passer le monde. A la fin arrive ....re, qui nous ramène à la maison. Comme on s'y trouve ....ien, après une journée passée dans la rue ! Père me déchausse et me fait sécher les pieds. Je suis à côté de sa chaise pendant qu'il fume sa pipe ; j'y reste bien longtemps après que tu es au lit. Je regarde la main de père, je me dis qu'elle est bien grande ; mais qu'elle n'a jamais été lourde quand elle m'a touchée. Je pense à la voix de père ; je me dis qu'elle est bien rude, mais que jamais elle ne s'est fâchée en me parlant. Et puis je me vois grandir ; père a confiance en moi ; il m'emmène avec lui ; et quelle que soit sa fureur, il ne pense jamais à me battre. »

Le gamin laissa tomber un grognement qui semblait dire : — Mais je suis battu, moi !

— C'est le passé, ajouta Lizzie.

— Eh bien ! tire la ficelle, et montre-moi l'avenir, reprit Charley.

— Je ne demande pas mieux, chéri ; la ficelle est tirée. Je me vois toujours avec père et ne le quittant jamais, parce qu'il aime sa fille et que je l'aime de tout mon cœur. Je ne sais pas lire ; si je l'avais appris il aurait cru que je le reniais ; et j'aurais perdu mon influence. Je n'en ai pas assez, car je n'empêche rien ; mais j'essaye toujours, dans l'espoir de réussir. En attendant, je le retiens dans une certaine limite ; si je m'en allais, il serait exaspéré ; et, soit vengeance ou déception, il pourrait tourner mal.

— A mon tour, dit le gamin ; un petit bout d'image qui me concerne.

— J'y arrivais, dit la sœur, qui, restée dans la même attitude, secoua tristement la tête. Les autres s'élevaient, reprit-elle.

— Où suis-je donc, Lizzie ?

— Dans le creux qui est à côté de la flamme.

— Un soupirail d'enfer ! s'écria Charley, dont le regard, suivant les yeux de sa sœur, tomba sur la grille, qui, presque vide, et montée sur de longues pattes, ressemblait à un squelette.

— C'est là que je te vois, continua Lizzie. Tu es à l'école, travaillant en cachette de père à te faire une existence. Tu as tous les prix ; tu apprends de mieux en mieux, et tu finis par être un jour... comment as-tu dit quand tu m'en as parlé ?

— Ah ! la bonne aventure, qui ne sait pas ce qu'elle veut prédire, s'écria le gamin un peu soulagé de voir en défaut ce trou diabolique ; c'est instituteur, Lizzie.

— Tu es donc instituteur ; tu fais de nouveaux progrès ; tu deviens très-savant, et tout le monde te respecte. Mais il y a longtemps que la chose est venue aux oreilles de père ; il t'a chassé, et nous ne te voyons plus.

— Non, Lizzie, non, père ne m'a pas renvoyé ?

— Si, Charley, tu peux me croire. Je vois d'ailleurs, aussi

clairement que possible, que ton chemin n'est pas le nôtre. Alors même qu'il te pardonnerait, ce qu'il ne fera pas, il faudrait t'éloigner pour ne pas souffrir de notre ombre. Mais je vois encore...

— Aussi clairement que possible? demanda le gamin.

— Oui, Charley; c'est une bonne action que de t'avoir écarté d'une mauvaise route, et mis à même de te faire une vie honorable. Suis le chemin que j'aurai pu t'ouvrir. Pour moi, je te le répète, je me vois seule avec père, le faisant aller aussi droit que je pourrai, me servant de tous les moyens possibles, et attendant qu'un heureux hasard, ou qu'un malheur, un accident, une maladie, que sais-je? me donne l'occasion de le tourner vers le bien.

— Tu ne sais pas lire dans un livre, Lizzie; mais tu as dans ce trou noir toute une bibliothèque.

— Oh! Charley, que je serais heureuse si je pouvais lire dans de vrais livres; je souffre tant de mon ignorance! mais j'en souffrirais bien davantage si je ne savais pas que c'est un lien entre mon père et moi. Écoute! je l'entends revenir. »

Il était minuit passé; l'oiseau de proie revenait au perchoir. Le lendemain, vers midi, il reparaissait aux Joyeux-Portefaix pour déposer comme témoin devant le coroner, chose qui pour lui n'était pas nouvelle.

Également appelé comme témoin, M. Mortimer Lightwood joignait à cette qualité celle d'éminent solicitor, chargé de suivre la cause au nom des héritiers du défunt. M. l'inspecteur suivait l'affaire de son côté, et gardait pour lui ses remarques personnelles. M. Jules Handford ayant donné sa véritable adresse, et les renseignements pris à l'hôtel l'ayant représenté comme très-solvable, sans qu'on pût dire autre chose, sinon qu'il vivait dans la retraite, M. Handford n'avait pas été assigné, et ne figurait à l'audience que dans les replis ténébreux du cerveau de l'inspecteur.

La cause prit aux yeux du public un vif intérêt par la déposition du solicitor, qui raconta pourquoi le jeune Harmon revenait en Angleterre.

Disons, entre parenthèses, que pendant plusieurs jours ces circonstances furent racontées à table, par MM. Vénéering. Twemlow, Podsnap, Boots et Brewer, qui ne parvinrent jamais à s'entendre, et les exposèrent tous d'une façon contradictoire.

Un témoignage non moins intéressant fut celui de Job Potterson, le commis des vivres du navire, témoignage confirmé par celui de Jacob Kibble, passager sur le même bâtiment. à savoir que le défunt était venu à bord avec une petite valise renfer-

mant le prix de sa propriété du Cap, c'est-à-dire plus de sept
cents livres en espèces, et qu'il portait cette valise quand il
avait débarqué.

Enfin l'habileté dont Jessé Hexam avait fait preuve en retirant de la Tamise un si grand nombre de cadavres, ajouta
puissamment à l'intérêt de l'enquête. Ce fut au point qu'un admirateur de cette habileté précieuse envoya au *Times*, sous la
signature d'*Un ami des funérailles* (peut-être un entrepreneur
des pompes funèbres), dix-huit timbres-poste avec prière de
publier cinq fois l'annonce où le fait se trouvait mentionné.

Les témoins entendus, il fut déclaré par le jury que le corps de
Mister John Harmon avait été découvert flottant dans la Tamise,
dans un état de décomposition déjà fort avancé, et présentant
des lésions nombreuses. Que la mort dudit John Harmon avait
eu lieu dans des circonstances qui faisaient naître les soupçons
les plus graves; mais que pas un des témoignages obtenus
par l'enquête ne laissait entrevoir de quelle manière cette mort
s'était produite. Pour quels motifs le jury demandait que l'ad-
ministration de la police (ce qui parut toucher profondément
M. l'inspecteur) offrît une prime importante pour la pénétration
de ce mystère. Quarante-huit heures après il était donc proclamé qu'une récompense de cent livres, et le pardon de tout
délit, seraient accordés à quiconque, n'étant pas l'auteur du
crime, etc., etc., selon la forme voulue.

Cette proclamation rendit M. l'inspecteur plus studieux que
jamais; elle le fit séjourner, dans une attitude méditative, sur
les escales de la rivière et les chaussées qui les avoisinent;
errer dans les environs, fureter dans les bateaux, et réunir
telles et telles choses recueillies en différents lieux.

Mais assemblez ceci avec cela, vous aurez, suivant le plus ou
moins de succès de votre assemblage, une femme et un poisson
en les mettant à part, ou une sirène en les réunissant. Or,
M. l'inspecteur ne parvint jamais qu'à former une sirène, à laquelle ni magistrat, ni jury ne voulut croire. Et, de même que
la marée l'avait fait connaître, l'assassinat d'Harmon, ainsi que
dans le public on désignait l'affaire, eut son flux et son reflux.
Il monta et descendit, fut tantôt à la ville, tantôt à la campagne,
tantôt dans les palais et tantôt dans les bouges; parmi les lords,
les ladies, les gentlemen; puis chez les artisans, les portefaix,
les laboureurs, jusqu'au jour où, après un calme plat, il fut entraîné à la mer et disparut au loin

IV

LA FAMILLE WILFER

Réginald Wilfer est un nom retentissant qui, de prime abord, évoque le souvenir de plaques d'airain dans une église de village, de devise héraldique dans un vitrail armorié, bref, de tous les de Wilfer qui ont passé la Manche avec le Conquérant ; car il est à remarquer, en fait d'ancêtres, que pas *un de N'importe quoi* n'a fait cette traversée avec un autre individu. Mais les Wilfer dont nous parlons ici étaient de basse extraction et d'un état modeste. Ils vivaient depuis longtemps, de père en fils, dans les docks, les douanes ou l'accise, et le Réginald actuel n'était qu'un pauvre commis. Si pauvre (ayant un salaire très-borné et des enfants sans nombre) que jamais il n'avait pu atteindre l'objet de son ambition, qui était de posséder à la fois tout un habillement neuf, y compris le chapeau et les bottes. Le chapeau était rouge avant qu'il pût avoir l'habit; le pantalon blanchissait aux genoux et aux coutures avant qu'il pût se donner les bottes; celles-ci étaient usées avant qu'il pût acheter un nouveau pantalon ; et il lui fallait revenir au chapeau, le sien étant défoncé, et présentant l'aspect d'une ruine d'architectures diverses.

Si jamais le chérubin conventionnel des peintres avait pu croître et se vêtir, on n'aurait eu qu'à le photographier pour avoir le portrait de Wilfer. Dès qu'on ne renvoyait pas celui-ci, on le traitait avec condescendance; car sa figure joufflue, innocente et lisse faisait oublier son âge. Un étranger qui, vers dix heures du soir, serait entré chez ce pauvre homme, aurait été surpris de le voir se mettre à table au lieu d'aller se coucher. Il y avait dans les courbes et les proportions de toute sa personne quelque chose de si enfantin que son vieux maître d'école, le trouvant dans Cheapside, n'aurait pu s'empêcher de lui donner des coups de canne. Bref, c'était ledit chérubin ayant subi les conditions de croissance et de toilette susmentionnées, plus des cheveux grisonnants, quelques rides imprimées par les soucis, et complétement insolvable.

Excessivement timide, il souffrait de porter le nom de Réginald : un nom ambitieux, s'affirmant avec autorité. Il n'en signait que la première lettre et ne révélait le sens réel de cette initiale qu'à un petit nombre d'amis dont la discrétion lui inspirait toute confiance. De là cette habitude qu'on avait prise dans le quartier de lui donner pour noms de baptême tous les adjectifs et tous les participes commençant par un R. Quelques-uns lui allaient plus ou moins bien, tels que Rondelet, Rougeaud, Rouillé, Râpé, Ridicule, Ruminant. Quelques autres n'avaient de sel, au contraire, que par leur manque d'application, tels que Rageur, Rodomond, Récalcitrant, Requinqué. Mais le plus connu de tous était Rumty; il lui avait été donné, dans un moment d'inspiration, par un gentleman d'habitudes joyeuses, qui en avait fait le premier mot d'une chanson de table, chanson qui avait conduit son auteur au Temple de Mémoire, et dont le refrain expressif était :

« Rumty, ritity, raou, daou, daou :
« Chantez relitity, raou, baou, baou. »

Ce nom avait fini par être adopté; on le lui donnait sans cesse. Même en lui écrivant de petites lettres de commerce on l'appelait : « Mon cher Rumty. » A quoi il répondait tranquillement :

« Votre tout devoué,

« R. WILFER. »

Il était employé dans la maison Chicksey, Véndering et Stobbles, qui faisait la droguerie. Chicksey et Stobbles, ses premiers patrons, avaient été absorbés par Véndering, leur ancien voyageur, dont l'avénement s'était signalé par l'apparition d'une grande quantité de glaces sans tain, de cloisons d'acajou verni, et d'une plaque énorme qui étincelait à la porte d'entrée.

Un soir, ayant fermé son pupitre et mis ses clefs dans sa poche, de la même manière que s'il les avait pendues à un clou, Rumty se dirigeait vers ses pénates. Il demeurait au nord de Londres, dans la région d'Holloway, qui alors était séparée de la ville par des champs et des arbres. Entre Battle-Bridge et le quartier de Rumty se déployait un Sahara suburbain où l'on fabriquait des tuiles et des briques, faisait bouillir des os, tuait les chiens, battait les tapis, déposait les décombres, et où les entrepreneurs de balayage entassaient leurs ordures. Tout en suivant le bord de ce désert pour se rendre chez lui, tandis que les feux des briquetiers formaient des taches livides sur le brouillard, Wilfer hocha la tête en soupirant :

« Hélas! dit-il, ce qui aurait pu être n'est pas ce qui est! »

Après avoir fait cette réflexion indiquant une expérience qui ne lui était pas exclusive, Rumty se hâta d'arriver au terme de son voyage.

Mistress Wilfer (naturellement) était une grande femme sèche et anguleuse. Dès que son mari était d'espèce chérubine, il fallait bien qu'elle fût du genre majestueux, pour obéir au principe matrimonial qui veut l'union des contrastes. Elle aimait à s'envelopper la tête d'un mouchoir de poche, attaché sous le menton. Cette coiffure, jointe à une paire de gants, portée dans son intérieur, semblait constituer à ses yeux une espèce de grande tenue, et sans doute une armure contre l'infortune, car elle la prenait invariablement chaque fois qu'elle était découragée, ou que la position devenait plus embarrassante. Ce ne fut donc pas sans un nouvel accablement que son mari l'aperçut dans cette tenue héroïque, au moment où, après avoir déposé sa lumière, elle traversa la cour pour aller lui ouvrir. La porte de la maison offrait sans doute quelque chose d'insolite, car Wilfer s'y arrêta bouche béante, et laissa échapper une exclamation interrogative.

« Oui, lui répondit sa femme; celui à qu' nous l'avions achetée est venu avec des tenailles, et l'a reprise. Il a dit qu'ayant reçu d'un autre pensionnat de jeunes filles la commande d'une plaque absolument pareille, et ne sachant pas quand il serait payé de la nôtre, mieux valait pour tout le monde qu'il rentrât dans son bien.

— Peut-être a-t-il eu raison, ma chère; qu'en pensez-vous? demanda Rumty.

— Vous êtes le maître, dit la femme; c'est à vous, non à moi, de savoir ce qu'il faut penser. Peut-être aurait-il bien fait d'enlever la porte en même temps.

— Une porte, ma chère, nous est indispensable.

— Vous croyez?

— Mais, ma chère, comment rester sans porte?

— Vous avez raison, Wilfer; c'est moi qui ai tort. »

Ayant dit ces mots du ton le plus respectueux, l'obéissante femme précéda son mari, descendit quelques marches, et arriva au sous-sol, dans une petite pièce, mi-cuisine, mi-parloir, où se trouvait une jeune fille d'environ dix-neuf ans. Cette jeune fille, excessivement jolie et bien faite, jouait aux dames avec la dernière de ses sœurs, et avait dans le visage et les épaules des mouvements d'impatience, qui, chez les personnes de son âge et de son sexe, révèlent une profonde contrariété.

Pour ne pas encombrer ces pages de détails inutiles sur les Wilfer, nous nous bornerons à dire que les autres membres de la

famille étaient dispersés dans le monde, où ils étaient nombreux.
Si nombreux, que lorsqu'un de ses enfants venait lui faire une
visite, Rumty, avant de s'écrier : « Comment cela va-t-il, John,
Suzanne ou Georges? » suivant le cas, semblait se dire en lui-
même après un calcul mental : « Ah! c'en est encore un
autre! »

« Eh bien! chiffonnettes, comment allons-nous ce soir? demanda Wilfer en entrant.

Puis s'adressant à sa femme, qui était déjà assise dans un
coin, les mains gantées et croisées sur les genoux :

« Ma chère, dit-il, voilà ce que je pense : dès que nous avons
loué notre premier étage, et qu'il ne reste pas de place où vous
puissiez donner vos leçons, alors même que les élèves...

— Le laitier, interrompit mistress Wilfer d'un ton grave et
monotone comme si elle eût donné lecture d'un acte du parlement, le laitier connaît deux jeunes ladies de la plus haute respectabilité, qui cherchent un établissement convenable, et il a
pris une carte. Bella, dites-le à votre père; n'était-ce pas lundi
dernier?

— Mais, répondit la jeune fille, cela n'a servi à rien.

— D'ailleurs, reprit le mari, puisque vous n'avez pas d'endroit où recevoir ces jeunes personnes...

— Pardonnez-moi, interrompit mistress Wilfer, il ne s'agit pas
de jeunes personnes, mais de jeunes *ladies* de la plus haute respectabilité. Dites-le à votre père, Bella. N'est-ce pas de la sorte
que s'est exprimé le laitier?

— Ma chère, c'est la même chose.

— Non pas, répliqua la femme de sa voix grave et monotone,
non pas.

— Je veux dire quant à l'espace, ma chère. Si vous n'avez pas
où loger ces deux jeunes filles, quelle que soit leur respectabilité,
que je suis loin de mettre en doute, comment les recevrez-vous?
C'est là ce que j'envisage, le seul point que j'examine, ajouta le
mari d'un ton à la fois conciliant, flatteur et affirmatif. Je suis
sûr, mon amour, que vous serez de cet avis, et qu'au point de
vue du local...

— Je n'ai rien à dire, retourna l'obéissante épouse, dont les
gants firent un geste de renonciation. A vous de décider, Wilfer,
pas à moi. »

Ici la perte d'un pion soufflé et de trois autres qui lui furent
pris d'un seul coup, jointe à l'arrivée à dame de son adversaire,
exaspéra la jolie miss. Elle repoussa violemment le damier, et
les pions tombèrent avec lui sur le carreau, où la jeune sœur
s'agenouilla pour les ramasser.

« Pauvre Bella ! soupira mistress Wilfer.

— Et pauvre Lavinia, ne pensez-vous pas ? insinua le mari.

— Non, Wilfer, non ; elle n'est pas frappée comme sa sœur. L'épreuve à laquelle votre fille Bella vient d'être soumise est peut-être sans précédent. Quand vous la voyez couverte d'habits de deuil, qu'elle porte seule dans la famille, quand vous connaissez les circonstances qui les lui ont fait prendre, vous posez tranquillement votre tête sur l'oreiller, et vous dites : Pauvre Lavinia !

— Je n'ai besoin de la pitié de personne ; pas plus de celle de Pa que d'un autre, s'écria la jeune sœur qui était toujours sous la table.

— Je le sais, chère enfant, répondit la mère, je le sais, car vous avez un noble esprit. Votre sœur Cécilia, également, possède une belle âme, seulement d'un autre genre ; la sienne est une âme pieuse, une âme admirable ! Le dévouement de Cécilia révèle un cœur pur, des vertus féminines qu'il est rare de rencontrer, et que personne ne surpassera jamais. J'ai dans ma poche une lettre de votre sœur Cécilia ; je l'ai reçue aujourd'hui, trois mois après son mariage ! Elle me dit, pauvre enfant ! que son mari est obligé de donner asile à sa tante qui est complètement ruinée ; puis elle ajoute de la façon la plus pathétique : « Mais je lui serai fidèle, maman ! Je ne l'abandonnerai pas ; sa tante peut venir ; je n'oublierai pas qu'il est mon mari. » Est-il rien de plus touchant ? L'abnégation fut-elle jamais portée... »

L'excellente femme, ne pouvant dire un mot de plus, agita ses gants et serra le nœud de sa fanchon. Bella, qui, une poignée de ses boucles brunes dans la bouche, et ses yeux bruns tournés vers le feu, était assise sur le tapis du foyer, se mit à rire ; puis elle fit la moue, et sur le point de pleurer :

« Jamais, dit-elle, jamais il n'y a eu de jeune fille plus malheureuse que moi ; j'en suis sûre, Pa, bien que vous ne vouliez pas me plaindre. Vous savez combien nous sommes pauvres (il avait de bonnes raisons pour ne pas l'ignorer) et quelle fortune j'avais en perspective ! La fortune s'est évanouie ; et me voilà, portant ce deuil ridicule ; une espèce de veuve qui n'a pas été mariée. Je les déteste, ces habits noirs ; et vous n'êtes pas touché ?... Si, cher Pa, je le vois bien. »

La figure de Rumty ne laissait pas de doute à cet égard. Miss Wilfer attira son Pa vers elle, au risque de l'étrangler ; puis, le mettant dans une attitude on ne peut plus favorable à la suffocation, elle lui donna un baiser et deux petites tapes sur la joue.

« Mais il faut me plaindre, dit-elle.

— Je le fais de tout mon cœur, chère enfant.

— Oui, Pa, et vous me le devez bien. S'ils m'avaient seulement laissée tranquille ! Est-ce qu'on avait besoin de me le dire?
Mais ce vilain M. Ligthwood a trouvé qu'il était de son devoir
de m'informer de l'avenir qui m'était réservé; alors il m'a fallu
renvoyer Georges.

— Bast! répondit Lavinia en se relevant avec la dernière
dame, tu ne l'aimais pas, Georges Sampson.

— Ai-je prétendu le contraire, miss? »

Et, faisant la moue, elle ajouta en mordillant ses cheveux :

« Mais Georges était amoureux de moi; il m'admirait, il ne
se fâchait pas de ce que je pouvais lui dire.

— Sans compter, reprit Lavinia, que tu étais joliment dure
pour lui.

— Je ne dis pas non, miss; je ne fais pas de sentiment pour
Georges; mais, après tout, il valait mieux que rien.

— Tu ne le lui as guère montré, reprit Lavinia.

— Vous êtes une petite sotte, miss; une enfant qui ne savez ce
que vous dites. Que vouliez-vous que je fisse? Attendez que vous
soyez plus grande; et ne vous mêlez pas de ce qui est au-dessus
de votre âge. »

Puis, gémissant en mâchonnant ses cheveux, s'arrêtant pour
voir quelle était la longueur de la papillote mordue, elle continua son monologue :

« Jamais rien n'a été plus dur! Encore, si ce n'était que malheureux! cela ne me ferait pas tant de peine, mais c'est ridicule d'être la fiancée d'un homme qui ne vous a jamais vue, et
qui doit vous épouser quand même. Rien que la première visite! c'était ridicule! on n'embarrasse pas ainsi les gens. Que se
dire? Impossible de prétendre à une inclination, puisque la chose
était forcée. Ridicule! ridicule! Il savait bien que je ne l'aimerais pas. Est-ce qu'on peut aimer un homme à qui on a été léguée par testament, comme une douzaine de petites cuillers?
Faire partie d'un héritage, divisé par lots comme une orange par
quartiers! Parler d'orange! pourquoi pas de fleurs d'oranger!
Ridicule! ridicule! Il est vrai que la fortune arrangeait tout;
l'argent est une si bonne chose! Il m'en faudrait tant! et je n'en
ai pas. J'ai horreur de la pauvreté; et nous sommes misérablement pauvres; affreusement, atrocement, honteusement, bêtement pauvres! Et je n'ai que le ridicule de la situation; plus un
deuil ridicule. A l'époque où sa mort occupait toute la ville, bien
des gens ont pensé qu'il y avait eu suicide. Que de plaisanteries
dans leurs clubs sur le malheureux qui s'est jeté à l'eau plutôt
que de m'épouser! Les impudents! Cela ne m'étonnerait pas
qu'ils eussent pris cette liberté. Non, jamais fille n'a été plus

malheureuse : une espèce de veuve qui n'a pas eu de mari ; aussi pauvre qu'avant ; et de plus habillée de noir pour un homme que l'on ne connaissait pas, et qu'on aurait détesté si l'on avait pu le connaître. »

Les lamentations de Bella furent arrêtées par un léger coup frappé à la porte ; celle-ci était entr'ouverte, et l'on avait déjà frappé deux ou trois fois, sans que personne l'eût entendu.

« Qui est là ? demanda mistress Wilfer de sa voix monotone. »

A la vue d'un gentleman, qui, sur l'invitation de la dame, entrait dans le parloir, miss Bella poussa un léger cri, et se releva en massant les boucles mordillées, qui allèrent retomber sur le cou à leur place habituelle.

« La servante, dit le gentleman, ouvrait la porte de la cour au moment où j'arrivais ; elle m'a indiqué cette pièce en me disant que j'étais attendu ; mais je crois que j'aurais dû me faire annoncer.

— Nullement, répondit mistress Wilfer. Je vous présente deux de mes filles. Wilfer, monsieur est le gentleman qui a loué notre premier étage. Il a été assez bon pour s'engager à revenir ce soir, afin de vous rencontrer. »

Le gentleman était brun ; trente ans au plus ; figure expressive ; on pouvait même la trouver belle. Quant aux manières, pas le moindre usage : timide, contraint, réservé ; du trouble et de la défiance. Ses yeux s'attachèrent un instant sur miss Bella ; puis il regarda le tapis en s'adressant au chef de la famille :

« Monsieur, dit-il, je suis très-satisfait du logement ; la situation et le prix me conviennent. Je suppose que le payement du terme, et deux ou trois lignes rappelant les conditions du loyer, suffiront pour terminer l'affaire ; je désire m'installer le plus tôt possible. »

Deux ou trois fois pendant ce petit discours, le Chérubin avait indiqué une chaise. S'étant décidé à s'asseoir, le gentleman posa une main irrésolue sur le coin de la table ; et, de l'autre main, qui n'était pas moins hésitante, il porta le fond de son chapeau à la hauteur de ses lèvres, et le plaça devant sa bouche.

« Wilfer, dit l'humble épouse, monsieur demande à louer l'appartement au trimestre, le congé devant être, des deux parts, signifié trois mois d'avance.

— Parlerai-je de la caution à fournir ? insinua Rumty, qui considérait sa demande comme une chose toute naturelle.

— Je crois que c'est inutile, répondit le gentleman après un instant de silence. A vrai dire, je suis étranger à Londres et n'y connais personne ; d'ailleurs, je ne vous en demande pas ; j'espère que vous ferez de même à mon égard ; il y aura loyauté de

part et d'autre. Au fond, c'est moi qui montre le plus de confiance : je paye ce que vous voulez, et je dépose mes meubles,
sans garantie aucune. Vous n'avez pas d'inquiétude à avoir;
tandis que si vous étiez pressé d'argent... simple supposition... »

Rumty ne put s'empêcher de rougir; mais sa femme, du coin
où elle était assise (elle trouvait toujours un coin imposant où
elle pût s'asseoir), vint à son secours avec un «par-fai-tement! »
proféré d'un ton grave.

« Enfin, reprit le gentleman, je pourrais, à la rigueur, laisser
mon mobilier.

— Fort bien! répartit gaiement Wilfer; l'argent et les effets
sont à coup sûr la meilleure recommandation.

— La meilleure? le croyez-vous, Pa? dit à demi-voix la jeune
fille qui se chauffait les pieds, et ne détourna pas les yeux.

— L'une des meilleures, chère enfant.

— Il était si aisé d'y joindre celle d'usage! » reprit Bella, en rejetant ses cheveux en arrière par un brusque mouvement de tête.

Le gentleman, bien qu'il ne changeât pas d'attitude, l'écoutait
avec une attention marquée. Il resta immobile et silencieux
pendant que Wilfer allait chercher ce qu'il fallait pour écrire;
immobile et silencieux pendant tout le temps de la rédaction du
bail. Quand celui-ci fut terminé, fait en double par Wilfer, qui,
pour ce travail, avait pris la pose de ces chérubins attribués à
ces prétendus vieux maîtres, dont la personne est douteuse, mais
la qualité certaine, il fut signé sous le regard méprisant de Bella,
qui servait de témoin; et le bail porta les noms des parties con-
tractantes :

« R. Wilfer, et John Rokesmith, esquire. »

Bella prit la plume; c'était maintenant à elle de signer. Mister
Rokesmith, debout auprès de la table, où sa main posait toujours, la regardait à la dérobée, mais d'un œil attentif. Il regardait cette jolie taille courbée sur le papier, ce geste de tête qui
accompagnait ces mots : « Où faut-il que je signe, Pa? Ici, dans
le coin? » Il regardait ces beaux cheveux qui jetaient leur ombre
sur cette figure coquette; cette écriture facile, qui pour une
femme était d'une main hardie; puis leurs yeux se rencontrèrent.

« Je vous suis très-obligé, dit-il.

— Et pourquoi?

— De la peine que vous avez prise.

— C'était pour mon père, monsieur. »

Il ne restait plus qu'à donner huit souverains, à mettre le bail
dans sa poche, à prendre jour pour l'envoi des meubles, et à
partir. Mister Rokesmith s'en acquitta aussi gauchement que
possible, et fut escorté par Wilfer jusqu'à la porte de la rue.

Lorsque Rumty, le chandelier à la main, rentra au sein de sa famille, il la trouva fort agitée.

— C'est un voleur, Pa, s'écria la cadette.

— Un assassin, dit Bella; incapable de vous regarder en face.

— Mes chéries, dit le père, ce gentleman est timide, surtout avec des jeunes filles de votre âge.

— Bah ! s'écria Bella ; qu'est-ce que notre âge peut lui faire?

— D'abord, nous ne sommes pas du même âge, reprit Lavinia; laquelle des deux l'a tant effarouché?

— Cela ne te regarde pas, Lavvy, répondit la grande sœur; attends quelques années pour faire de pareilles questions. Pa, retenez bien ce que je vais vous dire: il y a entre M. Rokesmith et moi une méfiance, une antipathie d'où il sortira quelque chose.

— Entre M. Rokesmith et moi, répliqua le chérubin-patriarche, il y a, mes très-chères, la recette de huit souverains, d'où il sortira quelque chose pour souper, si cela peut vous être agréable. »

Impossible de tourner la question d'une manière plus heureuse. Il était rare qu'on se régalât dans la maison Wilfer, où, vers dix heures du soir, l'apparition monotone du fromage de Hollande était souvent commentée par un haussement des épaules de Bella. Ce modeste hollandais lui-même semblait avoir conscience de son peu de variété, et ne paraissait en général aux yeux de la famille que le front couvert d'une sueur apologétique.

Après quelques débats sur les mérites respectifs du ris-de-veau, de la côtelette et du homard, ce fut la côtelette de veau qui réunit les suffrages. Mistress Wilfer, comme sacrifice préparatoire au maniement de la poêle, ôta sa fanchon et ses gants d'un air solennel, tandis que son mari allait chercher la viande. Le chérubin ne tarda pas à revenir portant une feuille de choux toute fraîche, où les côtelettes embrassaient modestement une tranche de jambon. Des sons mélodieux s'élevèrent bientôt de la poêle, et parurent servir d'orchestre à la flamme qui dansait dans les deux bouteilles déposées sur la table.

Lavvy mettait le couvert. Quant à Bella, en sa qualité d'ornement de la famille, elle employait ses deux mains à refriser ses papillottes; et du fond de son fauteuil, le meilleur de la pièce, elle donnait de temps à autre un conseil.

« Que ce soit bien cuit, Ma. Lavinia, mettez la salière droite, et ne soyez pas si gauche, petit souillon. »

Pendant ce temps-là, Wilfer, assis d'avance entre son couteau

et sa fourchette, faisait sonner l'or de mister Rokesmith. De ces
huit souverains, il y en avait six qui arrivaient à point nommé
pour le propriétaire ; il en fit la remarque ; et les empilant sur
la nappe blanche, il se plut à les regarder.

« Je le hais, ce propriétaire, » dit Bella. Mais voyant son père
se rembrunir, elle alla s'asseoir auprès de lui, et commença à lui
lisser les cheveux avec le manche d'une fourchette. C'était l'habitude de cette enfant gâtée d'arranger sans cesse les cheveux de
l'un des membres de sa famille ; peut-être parce que les siens
étaient si beaux, et occupaient une si grande place dans son
esprit.

« Vous mériteriez bien, dit-elle, d'avoir une maison à vous,
pauvre Pa !

— Pas plus qu'un autre, chère enfant.

— Mais moi, reprit Bella en tenant son Pa d'une main par le
menton, et de l'autre par la pointe des cheveux, moi, j'en ai
plus besoin que personne. Cela m'exaspère de voir notre argent
aller à ce monstre qui l'avale, tandis que nous manquons de tout.
Et si vous me dites, comme vous voudriez le faire (Pa, je le vois
bien, vous en avez envie) que ce n'est pas honnête, pas raisonnable, ce que je dis là, je vous répondrai que c'est bien possible,
que c'est même vrai ; mais que c'est le résultat de la pauvreté
chez ceux qui l'ont en horreur, et que je l'ai en exécration.
Vous êtes très-joli, Pa, avec les cheveux en l'air ; pourquoi ne
les portez-vous pas comme cela ? Ah ! voici la côtelette ; si elle
n'est pas bien rissolée, je n'en mangerai pas ; il faudra m'en
couper un morceau, et le faire recuire. »

Néanmoins, comme c'était suffisamment doré, même au goût
de Bella, cette jeune lady accepta sa portion sans la renvoyer à
la poêle, et prit sa part du contenu des deux bouteilles, dont l'une
renfermait de l'ale écossaise, l'autre du rhum. Le parfum de la
liqueur, développé dans l'eau bouillante, à laquelle on joignit une
écorce de citron, se répandit dans la pièce, et devint tellement
concentré aux environs de la grille ardente, que le vent, après
avoir bourdonné comme une abeille autour du pot qui coiffait la
cheminée, dut se précipiter au loin chargé d'une bouffée délicieuse.

« Père, dit Bella en sirotant son grog, tandis qu'elle chauffait
sa délicate cheville, à quoi pensait donc ce vieux mister Harmon,
quand il a eu ce caprice qui me rend si ridicule ?

— Je n'en sais rien, chère enfant. Je te l'ai dit nombre de fois
depuis que le testament est connu : je ne crois pas avoir échangé
cent paroles avec ce gentleman. S'il avait l'intention de nous
surprendre, il a bien réussi ; car assurément rien ne m'a plus
étonné.

— Je n'étais pourtant pas de bonne humeur la première fois qu'il m'a vue, dites-vous?

— Tu criais de toutes tes forces en frappant de ton petit pied; tu te jetais dans mes jambes, tenant à la main ton petit chapeau que tu avais ôté pour mieux t'accrocher à moi, dit le père, à qui ce souvenir rendait le grog bien meilleur. C'était un dimanche matin, poursuivit-il; nous étions sortis tous les deux; tu te fâchais parce que je ne suivais pas le chemin que tu voulais prendre. Mister Harmon, qui était assis près de là, s'est alors écrié. Oh! la charmante enfant! la charmante petite fille! elle promet! et c'était vrai, chère Bella.

— Puis il a demandé mon nom?

— Oui, ma chère, ainsi que le mien. Le dimanche, quand nous allions de ce côté-là, nous le retrouvions à la même place, et... voilà tout. »

Wilfer pouvait en dire autant de son grog; il insinua délicatement que son verre était vide en se le retournant au-dessus du nez et de la lèvre supérieure, tandis qu'il rejetait la tête en arrière. C'eût été de la part de sa digne épouse un acte charitable que de l'engager à le remplir; mais au lieu de cela cette héroïne suggéra d'un ton bref qu'il était temps d'aller se coucher. Les bouteilles disparurent, et la noble épouse se retira, escortée du Chérubin, comme une sainte dans un tableau de piété, ou comme une rigide matrone dans une allégorie.

« Demain à cette heure-ci, dit Lavinia quand les deux sœurs furent dans leur chambre, nous aurons mister Rokesmith, et nous pourrons nous attendre à avoir la gorge coupée.

— Ce n'est pas une raison pour te placer devant moi, répondit Bella. Voilà ce que c'est que d'être pauvre! Se figure-t-on une jeune fille dont les cheveux sont réellement très-beaux, obligée de mettre ses papillottes à la lueur d'une chandelle borgne, devant un miroir de quelques pouces.

— C'est pourtant avec cela que tu as captivé Georges, dit Lavinia.

— Petite sotte! Captiver Georges! Attendez, pour parler de cela, que vous soyez en âge de captiver les gens, suivant votre noble expression.

— Il est possible que j'y sois déjà, murmura Lavvy en hochant la tête.

— Que dites-vous? demanda Bella avec aigreur.

Lavvy refusa de répondre; et tout en se coiffant, Bella retomba peu à peu dans son monologue sur les ennuis de la pauvreté: « Rien à se mettre sur le corps; pas une robe ou un chapeau quand on veut sortir; pas un meuble décent; une affreuse boîte à peignes au lieu d'une toilette commode; enfin obligée de prendre un locataire suspect. »

Elle appuya sur ce dernier grief, qui semblait résumer tous les autres; elle l'aurait fait peut-être avec plus d'énergie si elle avait su combien ce locataire ressemblait à M. Jules Handford; car il est certain que si ce dernier avait un frère jumeau, ce ne pouvait être que M. Rokesmith.

V

BOFFIN'S BOWER

Un homme à jambe de bois, le pied dans un panier quand venait l'hiver, s'asseyait, depuis des années, au coin d'une rue située aux environs de Cavendish-Square, et gagnait sa vie de la manière suivante: chaque matin, sur les huit heures, on le voyait arriver chargé d'un tabouret, d'un chevalet à habits, d'une couple de tréteaux, d'une planche, d'un parapluie et d'un panier; le tout réuni par des courroies.

Les tréteaux et la planche se transformaient en comptoir, le panier fournissait les petits lots de fruits et de friandises que la Jambe de Bois espérait vendre, puis devenait une chancelière; le chevalet déployé supportait des chansons d'un demi-penny, et formait un paravent. Enfin l'escabeau était planté au milieu de la boutique, et notre homme s'y installait jusqu'au soir, ayant pour dossier la colonne du réverbère. Il était là par tous les temps; quand il pleuvait, il ouvrait son parapluie et en abritait ses marchandises, mais nullement sa personne. Quand il faisait sec, il repliait cet objet fané, l'attachait avec une corde, et le couchait sur les tréteaux, où il avait l'air d'une laitue malsaine, qui avait perdu en couleur et en fermeté ce qu'elle avait gagné en dimension.

Notre homme avait fini par établir ses droits à la place où nous le voyons installé, et peu à peu la prescription s'était acquise. Jamais il n'avait reculé d'un pouce; mais tout d'abord il s'était prudemment éloigné de la façade, et avait choisi le coin d'en bas de l'un des murs latéraux. Un coin affreux, glacial en hiver, poudreux en été, désagréable par le meilleur des temps. Des brins de paille, des papiers vagabonds y tourbillonnaient, alors qu'il n'y

avait pas de vent dans la grande rue; et la charrette de l'arro-
seur, comme si elle avait été ivre ou myope, tournait là en caho-
tant, et rendait ce coin fangeux quand toute la ville était propre.

Sur le devant de la boutique pendait un écriteau qui ressemblait à une crémaillère, et portait cette inscription tracée de la
main de l'étalagiste :

MESSAGES ACCOMPLIS
AVEC FI
DÉLITÉ AUPRÈS
DE LADIES ET DE GENTLEMEN

JE SUIS
VOTRE TRÈS-HUMBLE SERV.
SILAS WEGG.

Bien qu'il ne lui arrivât pas six fois par an d'être chargé d'un
message, et que ce fût toujours pour le compte d'un domestique,
Silas avait fini par se croire commissionnaire patenté des gentlemen du coin. Non-seulement il se l'était persuadé, mais il s'i-
maginait qu'il faisait partie de la maison; en cette qualité, il lui
rendait foi et hommage, et se croyait tenu de prendre part à ses
moindres affaires. Jamais il n'en parlait qu'en disant *notre maison*,
et il prétendait savoir tout ce qui la concernait. Sa science,
néanmoins, était purement spéculative; au point qu'il en était
réduit à gratifier les habitants de ladite demeure de noms pris
au hasard, tels que : miss Élisabeth, maître Georges, tante Jeanne,
oncle Parker. Toutes ces désignations étaient fausses; la dernière surtout; et c'était à elle naturellement que notre homme
tenait davantage.

L'édifice lui-même n'exerçait pas moins son esprit que les affaires de ceux qui l'habitaient. Il n'y avait jamais pénétré; pas
seulement de la longueur du tuyau noir et gras qui, se traînant
sur la porte de service, se dirigeait vers un passage humide, et
ressemblait à une sangsue admirablement prise. Cela n'empêchait pas Silas de se figurer l'intérieur du bâtiment et de le
distribuer à sa manière.

C'était une grande maison, percée d'une quantité de sombres
fenêtres; maison fuligineuse, suivie de communs obscurs et de
vastes cours désertes. Il en avait coûté mille peines au commissionnaire pour établir ce qu'elle devait être d'après cet extérieur;
mais il y était parvenu à son entière satisfaction, et il avait la
certitude qu'il s'y reconnaîtrait les yeux fermés depuis le grenier, qui s'étendait sous la toiture aiguë, jusqu'aux deux étoi-
gnoirs de fer, placés devant l'entrée principale où ils semblaient

prier les vivants qui se présentaient à la porte, d'être assez bons
pour les en arracher.

De tous les étaux improductifs de Londres, l'étal de Wegg
était certes le plus misérable. Vous aviez mal dans les mâchoires
rien qu'en voyant ses pommes; mal à l'estomac en regardant ses
oranges, et mal aux dents à la simple vue de ses noix. Il avait
toujours de ces dernières un affreux petit monceau, couronné
d'une petite mesure en bois sans capacité visible, et qui passait
pour représenter le penny-worth [1], consacré par la Grande
Charte.

Cela tenait-il au vent d'est (le coin donnait en pleine bise)?
cela tenait-il à autre chose? mais l'étal, l'étalage et l'étalagiste
étaient complétement desséchés. Wegg en était noueux et rac-
corni; ses traits, découpés dans une matière inflexible, avaient
le jeu d'une crécelle de watchman. Quand il riait, certaines se-
cousses étaient produites, et la crécelle partait. Bref, un homme
tellement ligneux que sa jambe de bois paraissait lui avoir poussé
naturellement; et qu'on s'attendait, pour peu qu'on fût imagi-
natif, à lui voir compléter la paire avant la chute des feuilles.

A cette qualité, mister Wegg joignait celle d'être observateur,
ou, comme il le disait lui-même, d'avoir un œil auquel rien n'é-
chappait. De son escabeau, adossé à la colonne, il saluait les passants habituels, et se piquait d'adresser à chacun le salut qui
devait lui appartenir. Ainsi, pour le recteur, la déférence laïque
se nuançait d'une teinte de méditation dominicale. Au médecin,
il faisait un salut confidentiel, mêlé du respect que lui inspirait
un gentleman connaissant les mystères de son organisation.

Devant les gens de qualité il s'humiliait avec délices; et pour
l'oncle Parker, officier d'un haut grade (telle était sa croyance),
il saluait militairement, la main droite à côté du chapeau; ce
dont le vieux gentleman à l'œil irascible, au visage enflammé, à
la taille roide, boutonnée jusqu'au menton, ne s'apercevait que
d'une manière imparfaite.

De tous les objets qui entouraient Silas Wegg, la seule chose
qui ne fût pas desséchée était son pain d'épice. Un jour qu'un
malheureux enfant venait d'acheter la cage gluante, et le cheval
horriblement détrempé, qui faisaient les frais de l'étalage, Silas avait
pris sous son tabouret une boîte de fer-blanc d'où il allait tirer
de nouvelles épreuves de ces affreux spécimens, lorsqu'il s'arrêta
en se disant à lui-même : « Tiens! le voilà revenu. »

Ces paroles s'appliquaient à un homme d'un âge mûr, aux

---

1. Valeur d'un penny, mesure de deux sous.

épaules rondes et larges, en habits de deuil, sous un paletot purée de pois, et qui, marchant de côté, d'un pas comique et trottinant, se dirigeait vers l'étalagiste.

Ce bonhomme avait un gros bâton, de gros souliers, de grosses guêtres, et les gros gants d'un faiseur de haies. Costume et physique tenaient du rhinocéros: d'énormes plis aux joues, au front, aux paupières, aux oreilles et aux lèvres; mais des prunelles grises très-brillantes, d'une curiosité enfantine, et surmontées de sourcils ébouriffés sous un chapeau à larges bords; en somme, un étrange personnage.

« Vous voilà revenu, reprit Silas Wegg d'un air méditatif. Qui êtes-vous donc? habitez-vous le quartier? êtes-vous en fonds, ou serait-ce gaspiller un salut que de vous l'accorder? Allons! je spécule : un salut sur votre tête. »

Et mister Wegg ayant replacé la boîte sous l'escabeau, salua le bonhomme tout en arrangeant son trébuchet de pain d'épice à l'intention d'un bambin voué au malheur.

« B'jour, monsieur; b'jour, b'jour, » dit l'inconnu en réponse à la politesse de Wegg.

Il m'appelle monsieur, pensa l'étalagiste; il n'est pas ce que je croyais; c'est un salut que je perds.

« B'jour, b'jour, b'jour, reprit l'étrange personnage.

— Paraît brave homme tout de même, se dit mister Wegg; et il ajouta :

— Bonjour, monsieur.

— Vous me remettez donc? demanda l'autre d'une voix bourrue, bien que de très-bonne humeur, et en se plaçant de côté, devant la planche de l'étal.

— Voilà plusieurs fois depuis une quinzaine que vous passez devant notre maison, répondit l'étalagiste.

— Notre maison! voulez-vous dire?...

— Oui, affirma Silas en réponse à l'inconnu, dont le gros index montrait la muraille du coin.

— Oh! poursuivit le bonhomme d'un ton de curiosité, en passant à gauche son bâton noueux qu'il porta comme un enfant; et combien gagnez-vous par mois?

— Rien de fixe; on me paye à la course, répondit Silas d'un ton bref.

— Ah! rien de fixe. B'jour, b'jour.

— Un peu toqué, le vieux drôle! » pensa le commissionnaire, tandis que l'inconnu s'éloignait.

Mais l'instant d'après le bonhomme était de retour, et lui jetait ces paroles :

« Comment avez-vous perdu la jambe?

— Par accident, répondit l'invalide, qui reçut aigrement cette personnalité.

— Cela vous plaît-il d'avoir une jambe de bois?

— Oui; je n'y ai pas encore eu trop chaud, répliqua Silas, exaspéré par cette question bizarre.

— Pas encore eu trop chaud! répéta le bonhomme à son gourdin, qu'il pressa contre son cœur. Pas encore... Ah! ah! ah!... pas encore eu trop chaud! Connaissez-vous le nom de Boffin?

— Non, répondit Wegg, avec une roideur croissante.

— Vous plaît-il?

— Non, continua mister Wegg, approchant du désespoir.

— Et pourquoi ne l'aimez-vous pas?

— Je n'en sais rien, dit Wegg, arrivant à la frénésie; mais je ne l'aime pas du tout.

— Eh bien! reprit l'inconnu en souriant, je vais vous dire quelque chose qui vous en donnera du regret : Boffin est mon nom.

— Je ne peux pas l'empêcher, répliqua Wegg, dont la mauvaise humeur impliquait cette addition blessante : et je le pourrais, que je ne m'en soucierais pas.

— Voyons, reprit l'autre, qui souriait toujours; vous avez encore une chance : aimez-vous Nicodème? Réfléchissez, ne vous pressez pas; Nicodème, Nick ou Noddy?

— Ce n'est pas un nom, monsieur, dit Wegg, en s'asseyant d'un air résigné, où la franchise s'alliait à la mélancolie, ce n'est pas un nom que je voudrais me voir donner par aucune des personnes que je respecte; mais il y a des gens qui n'y trouvent point à redire; j'ignore pourquoi, répondit-il d'avance.

— Nicodème, reprit le bonhomme, c'est comme cela qu'on m'appelle; Nicodème, Nick, ou Noddy Boffin. Et vous, comment vous appelle-t-on?

— Silas Wegg, répondit le commissionnaire; et, pour se prémunir contre une nouvelle question, il ajouta : Je n'ai jamais su pourquoi on me nommait Silas, et pas davantage pourquoi on m'appelait Wegg.

— Eh bien! Silas, reprit Boffin en serrant son gourdin de plus en plus fort, j'ai une proposition à vous faire. Vous rappelez-vous la première fois que vous ai vu? »

Silas Wegg arrêta sur le brave homme un regard méditatif, et sa nature ligneuse s'amollit en pressentant quelque bénéf.

« Laissez-moi réfléchir, dit-il. Je n'en suis pas bien sûr; et pourtant rien ne m'échappe. N'était-ce pas un lundi matin? Au moment où le garçon boucher, qui venait prendre les ordres ce la maison, m'achetait une ballade, et où je lui apprenais l'air, qu'il ne connaissait pas!

— Justement, Wegg, justement. Mais le garçon n'a pas pris qu'une ballade.

— Non, monsieur; il en acheta plusieurs, et, voulant faire un bon choix, il me pria de lui donner mon avis. Alors nous avons parcouru toute la collection. Je me rappelle à merveille, il était là, moi aussi; vous, monsieur Boffin, à la place où vous êtes, avec le même bâton sous le même bras, et nous tournant le même dos. Cela ne fait pas l'ombre d'un doute, continua mister Wegg, qui du regard fit le tour de Nick Boffin, et appuya sur cette coïncidence remarquable : le même dos, absolument!

— Et pendant ce temps-là, qu'est-ce que je faisais, Silas Wegg?

— Autant que je puis en juger, monsieur, vous regardiez les passants.

— Non, Wegg, non; j'écoutais.

— Vraiment? dit Silas, d'un air de doute.

— Pas de mal à cela, Wegg; j'écoutais ce que vous chantiez; ce n'est pas dans la rue qu'on chante des secrets à un garçon quelconque.

— Cela ne m'était jamais arrivé, répliqua froidement Silas; mais qui peut dire : je ne ferai pas telle chose un jour ou l'autre?

(Ceci, pour ne laisser perdre aucun des avantages qu'il pouvait tirer de l'aveu du bonhomme).

— Je vous écoutais donc, reprit Nick Boffin, et... Vous n'auriez pas un second tabouret, par hasard? J'ai l'haleine un peu courte.

— Pas d'autre que celui-ci, répondit Wegg en se levant; mais prenez-le, c'est pour moi un plaisir d'être debout.

— Seigneur! s'écria Boffin en s'asseyant d'un air de vive jouissance. Vous avez là une place très-agréable, reprit-il en caressant son gourdin. Charmant endroit! abrité par ces chansons, protégé de tous côtés; mais c'est parfait!

— Si je ne me trompe, insinua délicatement l'étalagiste, qui, une main sur le comptoir, se penchait vers le discoureur, vous aviez une proposition à me faire.

— Justement j'y arrivais. Je vous disais comme quoi je vous avais écouté ce lundi matin, et j'ajouterai, avec une admiration respectueuse. Je me disais : Voilà un homme à jambe de bois, un littérateur...

— Pas... précisément, interrompit Wegg.

— Mais vous savez le nom de toutes ces ballades, vous en

connaissez les airs; s'il vous plaît d'en lire ou d'en chanter quelqu'une, vous n'avez qu'à chausser vos lunettes et vous voilà parti; ne dites pas non, je vous ai vu.

— Certainement, répondit Wegg en affirmant de la tête; et dans ce cas, va pour littérateur.

— Je disais donc : voilà une jambe de bois à qui tout l'imprimé est ouvert. Boffin s'inclina et décrivit un arc aussi étendu que le permit la longueur de son bras; — tout l'imprimé ouvert! Est-ce vrai, oui ou non?

— Très-vrai, admit Silas d'un air modeste; je ne crois pas qu'il y ait une seule page imprimée en anglais dont je ne puisse avoir raison.

— Sur-le-champ? dit Boffin.

— Sur-le-champ.

— Je m'en doutais! Eh bien! voici un homme qui n'a pas de jambe de bois, et pour qui l'imprimé est lettre close.

— Vraiment? retourna Silas, qui grandissait à ses propres yeux. Éducation négligée.

— Né-gli-gée! répéta le bonhomme; le mot n'est pas assez fort. Cependant, si vous me montriez un B, je pourrais vous en faire accroire, et vous répondre que cela veut dire Boffin.

— C'est quelque chose, répliqua Wegg d'un ton encourageant.

— Un peu plus que rien; mais pas beaucoup, reprit le brave homme.

— Peut-être insuffisant pour qui aime à s'instruire, confessa mister Wegg.

— Eh bien donc! je suis retiré des affaires, moi et ma femme, Henerietty Boffin (son père s'appelait Hénery, sa mère avait nom Hetty; en les rejoignant... vous comprenez). Retirés des affaires, nous vivons de nos rentes, par suite d'un héritage que nous a laissé le patron. Il est trop tard pour que je me mette à ressasser l'alphabet; me voilà un vieux matou, et je veux en prendre à mon aise. Pourtant il me faut de la lecture; cela me manque; un peu d'une fière histoire, dans un beau livre tout doré; avide comme le cortége du lord-maire (c'était splendide qu'il voulait dire, mais l'association des idées l'égarait). Je me rends à ce qui vous concerne, et vais y arriver tout à l'heure. Comment avoir ce brin de lecture? je vous le demande. »

Le bâton du bonhomme alla heurter la poitrine de l'invalide.

— Comment l'aurai-je, Silas Wegg? En payant un homme capable, qui viendra chez moi; tant par heure : mettons deux pence.

— Hum ! très-flatté, monsieur, répondit Silas, qui commençait à s'envisager sous un nouveau jour. C'est là votre proposition?

— Oui, dit Boffin ; vous convient-elle?

— Je réfléchirai, monsieur.

— Voyons, reprit généreusement le bonhomme, je n'y regarderai pas quand il s'agit d'un littérateur à jambe de bois. Ce n'est pas un demi-penny, vous sentez bien, qui doit nous diviser. Vous choisirez votre heure après la journée faite. Nous demeurons sur le chemin de Maiden-lane, un peu en dehors d'Holloway. Quand les affaires sont terminées, vous prenez au nord-ouest, vous allez tout droit, et vous y êtes. Deux pence et un demi-penny l'heure, continua Boffin en tirant de sa poche un morceau de craie, et en se levant pour opérer sur l'escabeau. Deux grandes barres et une courte, dit-il, font deux pence et un demi-penny ; deux courtes font un, et deux fois deux longues font quatre, plus une longue font cinq. Six soirées par semaine, à cinq longues par soirée... Total général, trente pence, une demi-couronne, c'est un compte rond. »

Après avoir montré à Wegg ce total rémunérateur, Boffin le barbouilla de son gant mouillé, et se reposa sur ses débris.

« Une demi-couronne, dit Wegg d'un air pensif ; une demi-couronne, ce n'est pas beaucoup.

— Par semaine, ajouta Boffin.

— Je le sais ; mais il y a la fatigue intellectuelle. Avez-vous songé à la poésie? demanda Wegg, toujours méditatif.

— Serait-ce plus cher ? reprit Boffin.

— Plus cher, répondit l'autre. Quand on a tous les soirs à brasser de la poésie, on doit en conscience être dédommagé de l'affaiblissement qui en résulte pour le cerveau.

— Je n'y avais pas songé, répliqua le brave homme; si ce n'est que de temps à autre, vous pourriez être en humeur de nous régaler d'une chanson, missis Boffin et moi. Alors, en effet, nous aurions de la poésie.

— Je vous comprends, répondit Wegg ; mais n'étant pas musicien de profession, il me répugnerait de m'engager en cette qualité. Lorsqu'il m'arrivera de tomber dans la poésie, je vous prierai de n'y voir qu'une chose tout amicale. »

Boffin, dont les yeux étincelèrent, pressa la main de Silas avec chaleur. C'était plus, dit-il, qu'il n'aurait espéré. Il en était reconnaissant, et demanda, sans cacher son inquiétude, si mister Wegg acceptait ses conditions.

L'étalagiste, qui avait fait naître cette anxiété par sa froideur, et qui commençait à comprendre son homme, répliqua d'un air désintéressé :

4

« Jamais je ne marchande, monsieur Boffin.

— J'en étais sûr, cria celui-ci avec admiration.

— Non, monsieur, jamais je n'ai marchandé, et je ne le ferai jamais. Je vous dirai donc franc et net : mettez le double, et l'affaire est conclue. »

Nick Boffin parut surpris de la conclusion ; cependant il répondit :

« Vous connaissez mieux que moi la valeur de ces choses-là. »

Puis donnant à Silas une nouvelle poignée de main, il lui demanda s'il pouvait venir le soir même.

« Je n'y vois pas de difficulté, répliqua l'étalagiste avec autant d'indifférence que le bonhomme témoignait d'empressement. Vous avez l'objet indispensable, je veux dire un livre, monsieur ?

— Acheté à une vente, dit Boffin ; huit volumes, couverture rouge et or, ruban bleu dans chacun pour marquer où l'on s'arrête. Vous connaissez ce livre-là ?

— Quel est son nom ? demanda Wegg.

— Je croyais, répondit l'autre un peu désappointé, que vous l'auriez reconnu tout de suite. Il s'appelle *Décadence et chute de l'empire prussien.* »

C'était avec précaution et lenteur que Boffin avait marché sur ce titre épineux.

« Parfait ! dit Silas d'un air capable.

— Vous le connaissez ?

— Il y a longtemps que je ne l'ai parcouru ; j'avais autre chose à faire, répondit Wegg ; mais *Décadence et chute de l'empire prussien !* je n'étais pas plus haut que votre canne, monsieur, que c'était pour moi une vieille connaissance. Depuis lors, mon pauvre frère a quitté sa famille pour entrer dans l'armée, comme le dit la ballade qui fut composée à cette occasion :

> Près de la porte du cottage,
> Mister Boffin,
> Une jeune fille déployait
> Son écharpe d'un blanc de neige,
> Mister Boffin,
> Qu'agitée par la brise, de loin mon frère aîné voyait.
> Pour lui, elle offrait une prière,
> Mister Boffin ;
> Une prière que lui n'entendait pas ;
> Et s'arrêtant, mon pauvre frère,
> Mister Boffin,
> Appuyé sur son sabre, essuya
> Les pleurs qui mouillaient sa paupière.

Très-ému de cette petite scène de famille et de la promptitude que Wegg avait mise à lui forger cette poésie, le bonhomme serra la main du ligneux compère, et lui demanda son heure ; ce fut pour huit heures du soir.

« L'endroit que j'habite s'appelle Boffin's Bower (le séjour de Boffin). C'est ma femme qui l'a nommé comme cela depuis que la maison est à nous. Lorsque vous aurez fait un mille, un mille et quart sur Maiden-lane, si vous ne trouvez personne à qui ce nom-là soit connu, vous demanderez la Prison d'Harmonie ; tout le monde vous l'indiquera. Je vous attendrai avec joie, Silas, ajouta Boffin en lui frappant sur l'épaule. Je n'aurai ni repos ni patience jusqu'à ce que vous arriviez. Songez donc ! dit-il avec enthousiasme, l'imprimé qui n'aura plus de mystère ! Ce soir, un littérateur à jambe de bois, — il jeta un regard d'admiration sur cet ornement, — viendra m'ouvrir une nouvelle existence ! Votre main encore, Wegg. B'jour, b'jour, b'jour ! »

Resté seul à son étal, mister Wegg rentra derrière son paravent ; il tira de sa poche un petit mouchoir décrassé à regret, et se tint par le nez d'un air rêveur. Toujours saisi par cet organe, il suivit du regard mister Boffin, qui descendait la rue. Une profonde gravité siégeait sur la figure du commissionnaire ; car s'il trouvait que le bonhomme était d'une simplicité rare, s'il pensait en même temps que l'affaire était bonne, et pouvait produire des bénéfices incalculables, il n'admettait pas que son nouvel emploi fût en dehors de ses moyens, ou présentât le plus léger ridicule. Mister Wegg aurait même cherché querelle à celui qui aurait contesté sa profonde connaissance desdits volumes sur la chute de l'empire prussien. S'il était d'une gravité insolite, prodigieuse, incommensurable, ce n'était donc pas qu'il doutât de son savoir ; mais parce qu'il sentait nécessaire d'inculquer aux autres la foi qu'il avait en son propre mérite. Sous ce rapport, il appartenait à la nombreuse catégorie de ces imposteurs qui ne sont pas moins résolus à garder les apparences envers eux-mêmes que vis-à-vis de leurs voisins.

En même temps une certaine fierté s'emparait de Silas Wegg : le sentiment d'un être appelé aux fonctions de dévoileur de mystères, et qui a conscience de sa supériorité. Ce ne fut pas toutefois à la grandeur, mais à la petitesse commerciale que le porta ce nouveau sentiment ; car s'il avait été possible à l'étroite mesure de contenir un peu moins de noix, ce phénomène se serait produit le jour même. Enfin, la nuit arriva, et lorsque de ses yeux voilés elle contempla mister Wegg arpentant le chemin qui conduisait chez Boffin, elle put le voir dans toute la joie du triomphe.

De même que le château de la belle Rosemonde, Boffin's Bower était difficile à trouver. Mister Wegg, parvenu à l'endroit indiqué l'avait déjà demandé cinq ou six fois, lorsque le nom d'Harmonie lui revint à la mémoire. Il n'en fallut pas davantage pour qu'un changement immédiat s'opérât dans l'esprit d'un gentleman, et dans celui d'un âne que la première question de Wegg avait embarrassés.

« Ah! s'écria l'homme en agitant la carotte avec laquelle, en guise de fouet, il conduisait l'âne qui traînait sa petite voiture. Ah! c'est la demeure du vieil Harmon! Pourquoi ne pas le dire tout de suite? Nous allons justement par là. Sautez-vous dans le tombereau? »

Le littérateur voulut bien accepter.

« Maintenant, reprit l'autre en appelant l'attention du voyageur sur la troisième personne qui les accompagnait, maintenant, regardez les oreilles d'Édouard; répétez le nom que vous avez dit tout à l'heure; dites-le tout bas.

— Boffin's Bower, murmura Wegg.

— Allons, Édouard! (regardez bien ses oreilles); vite! à Boffin's Bower! »

Édouard, les oreilles sur le cou, resta immobile.

— Maintenant, Édouard (regardez bien ses oreilles); chez le vieil Harmon! allons vite! »

L'âne redressa les oreilles, et partit d'un trot si rapide que la conversation de M. Wegg fut lancée au dehors complétement disloquée.

« Est-ce que vrai-ai-ment c'était une pri-i-son? demanda-t-il en se cramponnant au bord du tombereau.

— Pas positivement, répondit l'autre; cependant vous n'auriez pas voulu y être enfermé, ni moi non plus. On la nommait comme ça parce que le père Harmon y vivait tout seul.

— Et pourquoi l'avoir appelée Ha-ar-monie? continua Wegg.

— Parce que le bonhomme ne s'accordait avec personne; puis ça fait une pointe : Harmon, Harmonie, vous comprenez.

— Connaissez-vous mis-ter Boffin?

— Un peu! Qu'est-ce qui ne le connaît pas? Mon âne le connaît bien. (Regardez ses oreilles): Noddy Boffin, Édouard! »

L'effet produit fut alarmant: disparition de la tête de l'âne et des sabots de derrière à une hauteur considérable, suivie d'un tel redoublement de vitesse et de cahots que mister Wegg employa toute son attention à ne pas tomber du véhicule, et renonça au désir de savoir s'il fallait envisager ce résultat comme un hommage ou comme une insulte au nom de Boffin.

Édouard s'arrêta bientôt devant un portail; et sans perdre de

temps, mister Wegg se laissa glisser par le fond du tombereau.
Dès que l'invalide eut abordé, le conducteur s'écria en agitant
sa carotte :

« Allons souper, Édouard. »

Et les sabots de derrière, le conducteur, la charrette et l'âne
parurent s'envoler comme dans une apothéose.

Poussant la porte entr'ouverte, mister Wegg aperçut un enclos
où s'élevaient des monticules obscurs, se découpant sur le ciel,
et où la lune permettait de voir un chemin frayé entre deux
lignes de tessons, enchâssés dans les cendres. Une forme blanche
descendait ce petit chemin. C'était Boffin en déshabillé d'étude
(pantalon et blouse de toile), afin de se livrer plus à l'aise au travail intellectuel. Il accueillit le littérateur de la façon la plus
cordiale, l'introduisit dans le Bower, et le présenta à son épouse :
une femme grasse, ayant la figure rubiconde, l'air joyeux ; et
qui, à la consternation de mister Wegg, était parée d'une robe de
satin noir, et d'un grand chapeau de velours, décoré de plumes.

« Missis Boffin, mon cher Silas, raffole de la toilette, dit le
brave homme : il faut avouer qu'elle a si bon air, qu'elle lui fait
vraiment honneur. Quant à moi, je ne suis pas aussi fashion-
nable ; cela viendra peut-être un jour. Henrietty, ma vieille,
c'est le gentleman qui va nous lire la décadence et la chute des
Prussiens.

— Grand bien vous fasse, » répondit missis Boffin.

Rien de plus étrange que la pièce où ils étaient alors. Autant
que Silas Wegg pouvait en juger, c'était avec la salle d'une riche
taverne qu'elle offrait le plus de ressemblance. Deux tables,
chacune avec son banc, occupaient les deux côtés de la cheminée.
Sur l'une d'elles étaient les huit volumes, mis à plat, et rangés
en ligne comme une batterie électrique. Sur la seconde table,
certaines bouteilles de forme trapue, enveloppées de jonc, et
d'un aspect attrayant, semblaient se mettre sur la pointe des
pieds pour regarder mister Wegg, dont les séparait une rangée de
verres et un large sucrier. Dans le coin du feu ronflait une bouilloire. Un chat dormait devant la grille. Vis-à-vis de la cheminée,
entre les deux bancs, étaient un canapé, un coussin et une table
consacrés à missis Boffin.

De couleur éclatante, et de formes luxueuses, ces derniers
meubles, qui avaient coûté fort cher, faisaient une étrange figure à côté des bancs de bois, et sous la flamme du gaz qui pendait au plafond. Un tapis à fleurs se déployait sur le carreau,
mais n'arrivait pas jusqu'au foyer. Sa brillante végétation finissait brusquement au coussin de missis Boffin, et cédait la place
à une couche de sable et de sciure de bois.

Mister Wegg observa d'un œil admirateur que si la partie de
la salle où s'épanouissait ce magnifique tapis avait pour décoration des ornements creux, tels que des fruits en cire et des oiseaux empaillés, protégés par des globes de verre, il y avait de
l'autre côté du territoire des tablettes compensatrices, chargées
de provisions, où s'apercevaient, entre autres choses solides, une
moitié de pâté froid et la meilleure portion d'un superbe aloyau.

La salle était basse, mais néanmoins spacieuse; et les cadres
massifs des antiques fenêtres, l'épaisseur et la coupe des soliveaux annonçaient que la maison avait eu quelque importance
à l'époque où elle se trouvait dans les champs.

« Tout cela vous plaît-il, Wegg! demanda Boffin avec sa brus-
querie ordinaire.

— Je l'admire énormément, répondit le littérateur; un coin
du feu spécialement confortable.

— En comprenez-vous la disposition, Wegg.

— Mais, oui; l'ensemble..., commença lentement Silas d'un
air capable, et la tête de côté, ainsi que débutent les réponses
évasives.

— Vous ne comprenez pas du tout; il faut que je vous explique, interrompit le bonhomme. Ces arrangements ont été faits
par moi, d'accord avec missis Boffin; elle raffole de tout ce qui
est fashionable; moi pas, quant à présent. Je m'en tiens au
comfort, et au comfort dont je suis capable de jouir. Cela étant,
à quoi bon nous disputer? Il n'y a jamais eu un mot entre nous
avant de posséder le Bower; faut-il nous quereller parce que la
maison nous appartient? Conséquemment nous avons partagé
la salle; missis Boffin dispose de sa moitié comme elle l'entend;
j'arrange la mienne à ma guise. Il en résulte que nous avons à
la fois le plaisir de la mode, du comfort et de la bonne compagnie (je ne vivrais pas, sans missis Boffin). Si, peu à peu, je deviens fashionable, le tapis avancera dans la même mesure. Si
plus tard missis Boffin a moins de goût pour la mode, le tapis
reculera d'autant. Si nous conservons les mêmes idées, nous
resterons comme nous sommes; et embrassons-nous, la vieille! »

Missis Boffin qui, toujours souriante, avait quitté sa région
fleurie, et passé son bras dodu sous celui du bonhomme, accorda
volontiers l'embrassade. La fashion, sous la forme du chapeau
de velours, essaya de l'en empêcher; mais elle succomba dans
l'effort et fut écrasée à bon droit.

« Maintenant, Silas Wegg, reprit Boffin en s'essuyant la bouche
d'un air satisfait, vous commencez à nous connaître. Quant au
Bower, qui est un lieu charmant, vous l'apprécierez plus tard.
C'est un de ces endroits, voyez-vous, dont les mérites se décou-

vrent peu à peu, un nouveau tous les jours. Il y a, pour gravir chacun des tas, une allée en colimaçon d'où l'on aperçoit la cour sous toutes sortes d'aspects. Arrivé au faîte, vous découvrez tout le voisinage : une vue qui est sans pareille. Vous avez d'abord l'établissement de défunt le père de missis Boffin (magasin de vivres pour les chiens). Le regard y plonge, c'est comme si on y était. Sur le grand mont il y a un belvédère entouré de persiennes, et ce ne sera pas ma faute si, en été, il ne vous arrive pas de nous lire plus d'un volume à cette place agréable, et de nous y forger un peu de poésie. Maintenant, que prenez-vous, quand vous faites la lecture ?

— Merci de votre attention, répondit le littérateur, en homme habitué à lire en public ; généralement je bois du gin mouillé d'un peu d'eau.

— Pour vous humecter la gorge, n'est-ce pas ? demanda Boffin avec un sérieux plein d'innocence.

— Non, répliqua froidement le lecteur ; ce n'est pas ainsi que je décrirais la chose ; c'est plutôt pour adoucir ; oui, c'est le mot, pour adoucir. »

La roideur et la suffisance du rusé compère croissaient en proportion du ravissement de sa victime. Les rêves qui lui traversaient l'esprit, les moyens qu'il songeait à employer pour tirer de sa position tous les bénéfices possibles ne troublaient pas cette idée naturelle aux filous de son espèce, et prépondérante chez lui, qu'avant tout il fallait se faire valoir.

La mode de missis Boffin, en divinité moins impérieuse que l'idole habituelle des fashionables, ne lui défendait pas de préparer le breuvage de son hôte, et de demander à ce dernier s'il l'avait trouvé bon.

Sur la réponse gracieuse du lettré, qui s'installa sur son banc, Nick Boffin, dont la joie sortait par les yeux, prit sur le banc d'en face la pose d'un auditeur.

« Désolé de ne pas vous offrir une pipe, cher Wegg, dit-il en bourrant la sienne ; mais il vous serait impossible de faire les deux choses à la fois. Ah ! j'oubliais de vous dire ! Le soir, en arrivant, jetez un coup d'œil sur la planche ; et s'il y a là un morceau qui vous convienne, dites-le-nous sans façon. »

Wegg, qui allait mettre ses lunettes, les replia aussitôt, et répondit avec enjouement :

« Vous lisez dans ma pensée, mister Boffin ! Je ne sais pas si je me trompe, mais je crois apercevoir un pâté... non, c'est une erreur.

— Pas du tout, Wegg, répliqua Boffin en jetant sur les volumes un coup d'œil plein de regrets.

— Ai-je perdu l'odorat, ou serait-ce un pâté aux pommes? demanda Wegg.

— Non, dit Boffin, c'est un pâté de veau et de jambon.

— Vraiment! s'écria Wegg; c'est bien le roi des pâtés, ajouta-t-il en hochant la tête d'un air ému.

— Un petit morceau, Wegg?

— Merci, mister Boffin, merci; puisque vous le désirez, j'accepte. Je ne le ferais pas ailleurs, en pareille circonstance; mais chez vous!... Encore un peu de gelée; rien n'adoucit mieux l'organe, surtout quand c'est un peu salé, ce qui arrive toujours lorsqu'il y a du jambon. »

Le pâté fut mis sur la table, et l'excellent Boffin eut tout le loisir d'exercer sa patience, tandis que le couteau et la fourchette du lecteur s'exerçaient de leur côté. Il profita de l'occasion pour expliquer à Wegg que s'il n'était pas très-fashionable d'avoir son garde-manger ainsi exposé aux regards, lui, Boffin, trouvait cela hospitalier. Car au lieu de dire, comme pour la forme, aux gens qui viennent vous voir: Il y a en bas telle ou telle chose, voulez-vous qu'on vous apporte l'une ou l'autre? il est plus franc et plus pratique d'inviter son monde à jeter les yeux sur le buffet, en ajoutant: S'il y a là un morceau que vous aimez, prenez-le; ne vous gênez pas. »

Mister Wegg finit cependant par éloigner le pâté; il mit ses lunettes, et, le bonhomme ayant allumé sa pipe, fixa des yeux rayonnants sur le monde qui allait s'ouvrir pour lui. Quant à missis Boffin, elle s'étendit sur son divan dans une attitude fashionable, afin d'écouter si elle pouvait, ou de dormir, si le rôle d'auditeur lui devenait impossible.

« Hum! commença Wegg; mister Boffin et milady, ceci est le premier chapitre du premier volume de la décadence et de la chute de... »

Il s'arrêta, et regarda la page avec attention.

« Qu'est-ce qu'il y a, Wegg? demanda mister Boffin.

— Quelque chose qui me revient à l'esprit, dit le littérateur d'un air de franchise insinuante, et en fixant de nouveau ses yeux sur le volume. Vous avez fait ce matin une légère méprise; j'avais l'intention de vous en avertir; cela m'était sorti de la mémoire. Ne m'avez-vous pas dit que c'était la chute de l'Empire prussien?

— Oui; est-ce que ce n'est pas cela, Wegg?

— Non, monsieur; de l'empire romain, romain.

— Où est la différence, Wegg?

— La différence, monsieur, balbutia le littérateur qui allait se perdre, quand une idée lumineuse lui arriva tout à coup; la différence! reprit-il; il me suffira de vous dire qu'il vaut mieux renvoyer la question à un autre moment..., lorsque missis Boffin ne nous fera pas l'honneur de rester avec nous. En sa présence nous ferons bien de n'en pas parler. »

Wegg se tira ainsi d'embarras d'une manière chevaleresque; et répétant ces mots avec une réserve délicate: « Oui, monsieur, en présence d'une lady, mieux vaut n'en pas parler, » il tourna la situation au désavantage de Boffin, qui eut le pénible sentiment de la faute qu'il avait commise.

Enfin, entamant sa lecture d'une voix sèche et inflexible, mister Wegg alla droit devant lui, attaquant les mots difficiles, noms de pays ou noms d'hommes, avec plus de hardiesse que de bonheur. Ébranlé par Trajan, Aurélius et Polybius, trébuchant à Flavius qui, prononcé *Flavie Husse*, fut pris par le mari pour une vierge romaine, et par la femme pour une créature à qui l'on devait imputer le silence de mister Wegg; désarçonné lourdement par Titus Antoninus, il remonta sur sa bête avec Auguste, et galopa finalement avec Commode, que mister Boffin déclara tout à fait indigne de son nom, par sa manière d'agir.

Ce fut à la mort de ce personnage que se termina la séance. Il y avait déjà longtemps que plusieurs éclipses totales de la bougie de missis Boffin, derrière le chapeau de velours, s'accompagnaient d'une odeur de plume roussie. Elles commençaient à devenir inquiétantes lorsque le panache venant à s'enflammer, produisit l'effet d'un flacon de sels et réveilla la dame.

Le littérateur qui, absorbé par la lettre, n'avait attaché à l'esprit que le moins d'importance possible, sortit de cette épreuve sain et sauf; mais Boffin qui, dès les premières pages, avait déposé sa pipe inachevée, et qui, le regard fixe, l'oreille tendue, s'était livré corps et âme aux énormités de la Rome impériale, était si ému, que ce fut à peine s'il put souhaiter le bonsoir à son ami littéraire et prononcer le mot: A demain.

« Commode! murmurait-il en béant à la lune, après avoir reconduit Wegg jusqu'au portail, et poussé les verrous; Commode, un empereur! combattre sept cent trente-cinq fois fois dans ce spectacle de bêtes sauvages; et cela dans un seul rôle! Comme si on n'était pas déjà assez abasourdi de voir cent lions exhibés à la fois, et d'apprendre qu'il les a tués tous dans une autre pièce. Et ce Vitellius qui mange pour six millions, monnaie d'Angleterre, en sept mois de temps! Wegg prend tout cela avec une tranquillité... mais un vieil oiseau comme moi, cela m'épouvante. Même à présent que Commode est étranglé, je ne vois pas que nos affaires s'en améliorent. »

Boffin se dirigea vers la maison ; et secouant la tête, il ajouta d'un air pensif :

« J'étais loin de croire ce matin qu'il y avait de pareilles choses dans l'imprimé ; c'est effrayant ; mais il n'y a plus à s'en dédire. »

VI

A LA DÉRIV

La maison des Six-Joyeux-Portefaix, cette taverne d'apparence hydropique dont nous avons parlé plus haut, était depuis long-temps dans un état d'infirmité passé pour elle à l'état normal. On n'aurait pas trouvé dans tout son être un seul plancher qui fût d'aplomb ; mais elle avait survécu et devait survivre à maint édifice mieux ajusté, à maint cabaret d'une plus riche apparence. A l'extérieur c'était un fouillis débringué de fenêtres étroites, aux châssis corpulents, entassées les unes sur les autres comme une pile d'oranges qui dégringolent ; fouillis compliqué d'une vérandah caduque, en bois vermoulu, qui se projetait au-dessus de la Tamise. A vrai dire, le bâtiment tout entier, y compris le mât de pavillon qui gémissait sur le toit, se penchait vers la rivière, mais dans l'attitude d'un plongeur qui, au moment de s'élancer, n'en ayant pas le courage, est resté si longtemps sur la rive, qu'il n'entrera jamais dans l'eau.

Par derrière, bien que ce fût de ce côté-là qu'était l'entrée principale, l'établissement se resserrait au point de représenter, à l'égard de la façade, la poignée d'un fer à repasser qu'on a posé debout sur sa partie la plus large. Cette poignée se dressait au fond d'une cour et d'une allée désertes qui se serraient telle-ment contre les Portefaix, que ceux-ci n'avaient pas un pouce de terre à eux. La maison, d'autre part, étant à flot à la marée montante, il résultait de cette pénurie de terrain que lorsque les Portefaix avaient fait un savonnage, il leur fallait étendre le linge sur des cordes posées en travers des fenêtres des pièces de ré-ception et des chambres à coucher.

Le bois qui formait les manteaux de cheminée, les poutres, les cloisons, les portes et les planchers des Portefaix, semblait, mal-gré sa vieillesse, avoir gardé un souvenir confus du premier âge. Il était grimaçant et fendillé à la manière des vieux arbres. Rempli de nœuds, il offrait çà et là, dans ses contorsions, une apparence de ramée; et dans cette seconde enfance, il avait l'air de jaser des hauts faits de sa jeunesse. Ce n'était pas sans raison que les habitués de la taverne assuraient, lorsque la lumière donnait en plein sur les veines de certains panneaux, principalement sur une vieille encoignure placée dans le *bar* [1], qu'on pouvait y reconnaître de petites forêts d'arbres minuscules et feuillus, tout pareils à celui d'où le meuble était sorti.

Impossible de voir sans émotion le bar des Six-Portefaix. L'espace demeuré libre n'y était guère plus grand que l'intérieur d'un carrosse de louage; mais personne ne l'aurait souhaité plus vaste. Il était si bien entouré de petites futailles rondelettes, de filets remplis de citrons, de corbeilles pleines de biscuits, de flacons tout rayonnants des grappes de raisin qui décoraient leur étiquette, de pots de bière, de chopines étincelantes, qui, en leur versant à boire, faisaient de profonds saluts aux chalands, d'un quartier de fromage dans un bon petit coin, et de la petite table de l'hôtesse, qui, placée près du feu dans un coin meilleur, avait la nappe toujours mise.

Ce bar, véritable port, était séparé du monde orageux par un vitrage percé d'une porte coupée, ayant pour appui une tablette de plomb assez large pour qu'on pût y poser son verre. Mais l'éclat et le bien-être de ce réduit jetaient en dehors un si doux reflet, que, bien que derrière cette porte, ils fussent dans un passage étroit et sombre, où ils étaient coudoyés par les allants et les venants, tous les buveurs s'y croyaient dans le bar même.

La salle qui donnait sur la rivière était décorée de draperies rouges, assorties aux nez des habitués. On y voyait un foyer confortable, muni d'ustensiles de fer blanc pareils à des moules à pain de sucre, et affectant cette forme pour qu'on pût les nicher dans les profondeurs du brasier, et faire ainsi chauffer son purl ou son ale, son flip ou son dog's nose. Le premier de ces breuvages délectables était une spécialité des Joyeux-Portefaix, qui, à cet égard, faisaient appel à vos sentiments, par l'inscription suivante, placée sur l'un des montants de la porte :

Maison du Purl matinal.

Le purl, à ce qu'il paraît, doit toujours être pris de bonne heure. Est-ce parce que l'oiseau matinier, s'emparant du ver qui lui échapperait plus tard, le purl du matin doit saisir la pratique? Est-ce en raison d'un autre principe d'hygiène ? Personne n'a jamais pu le savoir.

1. Endroit du cabaret où est placé le comptoir.

Ajoutons, pour finir la description des Portefaix, qu'en face du bar, dans la poignée de fer à repasser, était une petite chambre, pareille à un tricorne, où jamais rayon de soleil, de lune ou d'étoile ne pénétra ; mais qui, à la lueur du gaz, était regardée comme un sanctuaire d'un confortable achevé, et que l'on désignait, par un mot séduisant, peint en noir sur la porte :

COSY [1]

Miss Potterson, propriétaire et seule maîtresse des Joyeux-Portefaix, trônait dans le bar, où elle régnait sans conteste. Il aurait fallu qu'un homme fût ivre à perdre la raison pour s'imaginer seulement qu'on pouvait la contredire. Abbey étant le prénom que tout le monde lui connaissait, quelques esprits du bord de la Tamise (non moins troubles que l'eau de ce fleuve), supposaient, en raison de sa fermeté et de son air digne, qu'elle était alliée d'une façon quelconque à l'abbaye de Westminster. Mais ce titre d'Abbey était simplement l'abréviation d'Abigaïl, sous lequel miss Potterson avait été baptisée dans l'église de Limehouse, il y avait de cela quelque soixante années.

« Et maintenant, dit miss Abbey en agitant l'index vers la porte du bar, écoutez bien, Riderhood : les Portefaix n'ont pas besoin de vous ; ils aimeraient beaucoup mieux votre absence que votre présence. Mais fussiez-vous aussi bien ici que vous l'êtes mal, vous n'auriez pas ce soir une goutte de boisson en dehors de cette pinte de bière ; ainsi faites-la durer longtemps.

— Mais, insinua Riderhood, si je m'comporte bien, vous n'pouvez pas me refuser c'que j'demande ; vous le savez, miss Potterson.

— Je ne peux pas ! reprit-elle avec un accent indéfinissable.

— Non, miss Potterson ; pace que voyez-vous, la loi est que...

— Ici, mon brave, c'est moi qui fais la loi, répliqua miss Abbey ; si vous en doutez, je vous en donnerai la certitude.

— J'ai pas dit que j'en doutais, miss Potterson ; jamais, jamais.

— Tant mieux pour vous. »

Abbey, la souveraine, jeta les demi-pence du buveur dans son tiroir, s'assit au coin du feu, reprit son journal et continua sa lecture.

C'était une grande femme, se tenant droite, ayant de beaux traits, la figure sévère, et plutôt l'air d'une maîtresse de pension que de celle des Joyeux-Portefaix.

Riderhood était resté près de la porte ; il regardait miss Abbey de ses yeux louches, et l'implorait comme s'il avait été un de ses élèves qu'elle eût mis en pénitence.

1. Endroit agréable, où l'on est à l'aise et où l'on cause.

« Vous êtes ben dure pour moi ! » dit-il.

Miss Abbey, les sourcils froncés, poursuivit sa lecture sans faire attention à lui, jusqu'au moment où il reprit tout bas.

« Miss Potterson ! ma'ame ! est-ce que j'pourrais vous dire un mot ? »

Daignant alors jeter un coup d'œil oblique au suppliant, miss Potterson vit Riderhood se frapper le front du poing, et se pencher vers elle, comme s'il n'avait attendu que sa permission pour faire la culbute et aller retomber dans le bar.

« Allons ! dit miss Abbey d'un ton aussi bref qu'elle était longue, dites votre mot et dépêchez-vous.

— Miss Potterson ! Ma'am ! excusez-moi si je prends la liberté de vous demander... si c'est à cause de ma réputation que,...

— Certainement, interrompit miss Abbey.

— Est-ce que vous craignez ?...

— Je ne vous crains pas, sachez-le bien.

— C'est pas là ce que je voulais dire, miss Abbey.

— Alors expliquez-vous.

— C'est qu'aussi vous êtes trop dure pour moi. Je voulais seulement vous faire une question. P't-êt'qu'vous avez l'inquiétude,... l'idée ou la croyance que l'argent de la compagnie n'est pas en sûreté si je fréquente la maison.

— Pourquoi demandez-vous cela ?

— Pace que, miss Abbey, soit dit sans vous offenser, avec tout le respect que j'vous dois, y aurait comme un soulagement, à savoir pourquoi qu'l'entrée des Portefaix serait défendue à un homme comme moi, et qu'elle serait permise à Gaffer ? »

Un nuage passa sur le front de miss Potterson, qui répondit avec embarras :

« Gaffer n'a jamais été...

— En prison, qu'vous voulez dire ? P't-êt'que non ; mais i'peut l'avoir mérité. Il est p't-êt'soupçonné d'avoir fait pire que tout c'que l'on me reproche.

— Qui le soupçonne ?

— Ben des gens, p't-êt'. Dans tous les cas, y aurait moi.

— Ce n'est pas grand'chose, dit l'hôtesse avec mépris.

— Mais j'ai été son associé, miss Abbey ; n'l'oubliez pas, et comme tel j'en sais long su son compte ; je l'connais mieux qu'pas âme qui vive. Remarquez-l'bien, miss Abbey ; nous avons travaillé ensemb', et c'est moi qui le soupçonne.

— Alors, répondit miss Abbey, dont l'embarras assombrit la figure, vous vous accusez vous-même ?

— Non, miss Potterson, non ; vous m'demandez c'qu'il en est. Eh ben ! voilà : tout le temps que j'suis resté avec lui, j'ai jamais pu le contenter. Pourquoi ça qu'je n'le contentais pas? Je vas vous le dire; c'est pace que j'avais du malheur. J'n'en trouvais guère, moi. Et comment avait-i' de la chance? car il en avait toujours, lui. Remarquez-l'ben, il en avait toujours. Ah! c'est qu', voyez-vous, miss Abbey, y a beaucoup de jeux où c'qui n'y a que du bonheur, mais y en a beaucoup d'autres où, avec ça, faut de l'adresse.

— Que Gaffer soit habile à trouver ce qu'il cherche, personne n'en doute, répliqua miss Abbey.

— Oui; mais aussi il est p't-êt' habile à se pourvoir de c'qu'i'trouve, » dit Riderhood, en secouant sa méchante tête.

Miss Abbey lui jeta un coup d'œil sévère; il la regarda d'un air sombre et continua :

« Si vous étiez su' la rivière au moment de la marée, dit-il et que vous ayez besoin d'y trouver un homme ou une femme, vous pourriez joliment aider la chance en donnant au quidam un bon coup su'le crâne. Comme ça, on l'enfonce avant d'le repêcher.

— Bonté divine! s'écria miss Abbey.

— Écoutez moi, reprit l'autre, en se pliant au-dessus de la porte, afin de jeter ses paroles dans le bar, car il n'était pas moins enroué que s'il avait eu son faubert dans la gorge. Écoutez, miss Potterson, je n'vous dis qu'ça : je l'ai suivi pendant vingt ans; remarquez-l'bien. Je finirai par le dire, miss Abbey. Qu'est-ce qu'il est, pour avoir une fille comme la sienne? Moi aussi, j'en ai une... »

Après avoir dit ces mots comme en se parlant à lui-même, Riderhood, un peu plus ivre et beaucoup plus féroce qu'au début, prit son chapeau et s'éloigna en chancelant.

Gaffer n'était pas là, mais il y avait dans la salle un assez bon nombre d'élèves qui tous faisaient preuve d'une grande obéissance dès qu'ils en étaient priés.

Au coup de dix heures, miss Potterson apparut à la porte du bar, et, s'adressant à un homme en veste ponceau :

« Georges, lui dit-elle, il faut partir; il est temps; j'ai promis à votre femme que vous seriez exact. »

Georges se leva d'un air soumis, souhaita le bonsoir et se retira.

Une demi-heure après, miss Potterson reparut.

« William, Jonathan et Bob Glamour, dit-elle, vous n'avez que le temps de vous rendre. »

Ils prirent congé des autres avec la même douceur, et tous les trois s'éclipsèrent.

Plus grande merveille encore : un personnage coiffé d'un chapeau verni, abritant un nez pansu, avait enfin, après une longue hésitation, commandé un nouveau grog. Mais, au lieu de ce breuvage, ce fut miss Abbey qui arriva.

« Capitaine Joey, dit-elle, vous avez tout ce qu'il vous faut; ne me demandez plus rien. »

Et non-seulement le capitaine Joey se frotta les genoux et regarda le feu sans répondre, mais toute l'assemblée murmura en chœur :

« Miss Abbey a raison, capitaine; laissez-la vous conduire.»

Néanmoins, tant de soumission n'endormit pas la surveillance de miss Abbey; au contraire, elle n'en parut que plus vigilante; et promenant son regard sur les visages respectueux de ses pensionnaires, elle découvrit deux individus qui avaient besoin d'admonition.

« John! à l'heure qu'il est, reprit-elle, un jeune homme qui va se marier devrait être dans son lit. Ne le poussez pas du coude, Jack Mullius, car demain vous devez être à l'ouvrage de bonne heure, et je vous en dis autant. Allons, bonsoir! partez, comme de bons garçons que vous êtes.

Le rougissant John regarda Mullius, qui regarda John en rougissant pour savoir lequel des deux allait se lever le premier. Enfin, ils se levèrent ensemble; et, faisant la moue, ils s'éloignèrent, suivis de miss Abbey, devant laquelle pas un des autres n'aurait fait la même grimace.

Dans une taverne aussi bien tenue, le garçon qui était là, en tablier blanc, les manches relevées jusqu'aux épaules, où elles formaient un rouleau serré, ne faisait que rappeler aux buveurs la possibilité d'un argument sans réplique, dans le cas où il y aurait eu discussion. Au moment où sonna l'heure de fermer le cabaret, tous ceux qui s'y trouvaient encore défilèrent donc en bon ordre sous les yeux de miss Potterson, qui présidait au départ. Ils souhaitèrent tous une bonne nuit à l'hôtesse; elle leur rendit la pareille, excepté à Riderhood. Le garçon avisé, dont le regard officiel inspectait la sortie, acquit alors la conviction que Riderhood était excommunié et ne rentrerait plus aux Portefaix. Quand chacun fut parti, miss Abbey dit au garçon:

« Bob, cours chez Gaffer, cours vite, et dis à sa fille que j'ai besoin de lui parler. »

Bob disparut et fut de retour en un clin d'œil. La fille d'Hexam, qui le suivait de près, arriva à la porte du bar comme les deux servantes posaient sur la petite table le souper de leur maîtresse: des pommes de terre et des saucisses.

« Entre, ma fille, dit miss Abbey; assieds-toi. Veux-tu manger un morceau?

— Merci bien, miss Potterson; j'ai soupé.

— Moi aussi, dit Abbey en repoussant son assiette; plus que soupé même; je ne suis pas à mon aise ce soir.

— J'en suis désolée, miss.

— Alors, au nom du ciel! pourquoi agis-tu comme ça?

— Qu'est-ce que j'ai fait, miss Potterson?

— Allons! allons! calme-toi; j'aurais dû m'expliquer; mais c'est ma manière; je vais droit au but, j'éclate; je suis de la famille des bombes. Toi, Bob, mets la chaîne à la porte, et va-t'en souper. »

Bob exécuta cet ordre avec un empressement qui se rapportait moins au fait de la bombe qu'à celui du souper; et l'on entendit ses bottes descendre vers le lit de la Tamise.

« Lizzie! Lizzie! commença miss Potterson, combien de fois ne t'ai-je pas donné le moyen de quitter ton père, et de vivre honorablement?

— C'est vrai, miss, bien des fois.

— Et c'est comme si j'avais parlé au tuyau de l'un de ces steamers qui passent devant mes fenêtres!

— Non, miss Abbey, le tuyau ne vous aurait pas de reconnaissance, et moi j'en ai beaucoup.

— J'ai presque honte de l'intérêt que je te porte, dit aigrement l'hôtesse; car, sans ta jolie figure, je crois que je te détesterais. Pourquoi n'es-tu pas laide? »

Un regard de Lizzie répondit seul à cette question délicate.

« Enfin, puisque tu ne l'es pas, dit miss Potterson, il est inutile d'y penser; il faut bien te prendre comme tu es. C'est ce que j'ai fait, après tout. Vas-tu me dire que tu es toujours aussi entêtée?

— Ce n'est pas de l'entêtement, miss.

— De la fermeté, alors? c'est comme cela que tu appelles ta conduite, je suppose.

— Oui, miss, d'une fermeté inébranlable.

— On n'a encore jamais vu d'entêté qui voulût se reconnaître, observa miss Abbey en se frottant le nez. Moi, par exemple, j'en conviendrais; mais je suis emportée, c'est différent. Lizzie! Lizzie! réfléchis bien, ma fille: sais-tu jusqu'où descend ton père?

— Jusqu'où descend mon père? répéta Lizzie en baissant les yeux.

— Sais-tu de quoi on le soupçonne? même de quoi on l'accuse?

La conscience de ce qu'elle lui voyait faire journellement l'oppressait d'un poids bien lourd; et la pauvre fille baissa lentement la tête.

« Voyons, Lizzie, réponds-moi : le sais-tu ? reprit miss Abbey d'une voix pressante.

— Dites-moi de quoi on l'accuse, demanda-t-elle après une pause et sans relever les yeux.

— Ce n'est pas facile ; cependant il le faut. Je te dirai donc que certaines gens soupçonnent ton père d'aider à mourir quelques-uns de ceux qu'il repêche. »

En apprenant cette accusation, qui était fausse (elle en était bien sûre), au lieu du fait qu'elle redoutait d'entendre, la fille d'Hexam éprouva un tel soulagement que miss Abbey en fut interdite. Lizzie avait relevé les yeux ; elle secouait la tête d'un air de triomphe et avait presque le rire aux lèvres.

« Ces gens-là, dit-elle, le connaissent bien peu !

— Comme elle prend ça tranquillement, pensa miss Potterson.

— Et peut-être, reprit Lizzie éclairée tout à coup par un souvenir, celui qui l'accuse est-il un homme qui lui en veut et qui l'a menacé ? N'est-ce pas Riderhood, miss ?

— Justement.

— Il a été associé de mon père, qui a rompu avec lui, poursuivit la jeune fille, et maintenant il se venge. J'étais là quand la chose s'est passée ; il était furieux. Tenez, miss Abbey, voulez-vous me promettre de ne pas répéter ce que je vais vous dire, à moins d'y être forcée ? demanda Lizzie en se penchant pour proférer ces mots tout bas.

— Je te le promets, répondit miss Potterson.

— Eh bien, c'était le soir où le fils Harmon fut trouvé par mon père, juste au-dessus du pont de Londres. Comme nous revenions à la maison, Riderhood, qui était caché dans un coin, est venu se mettre à côté de nous ; et bien des fois, quand plus tard, on s'est donné tant de peine pour découvrir l'assassin, je me suis dit que cela pourrait bien être Riderhood, qui avait commis le meurtre, et qui, pour détourner les soupçons, avait fait trouver le corps par un autre. C'était une mauvaise pensée ; je me la reprochais toujours ; mais à présent qu'il accuse mon père, elle me revient malgré moi. Serait-ce le mort qui me met cela dans la tête ? »

Lizzie posa cette question plutôt à la grille du foyer qu'à la maîtresse des Portefaix, et jeta ses yeux troublés autour du bar. Mais miss Abbey était une personne pratique, habituée à rappeler ses pensionnaires à leurs devoirs, et elle envisagea la chose sous un jour essentiellement terrestre.

« Pauvre abusée ! dit-elle ; ne vois-tu pas qu'il est impossible d'accuser l'un sans que l'autre le soit également ? Ils ont travaillé

I.   5 ensemble, ils ont fait la même besogne. En admettant que tout se soit passé comme tu le supposes, l'action que l'un a commise est familière à l'autre.

— Il faut, pour dire cela, que vous connaissiez peu mon père; et c'est vrai miss Potterson, vous ne le connaissez pas.

— Tiens, Lizzie, reprit la vieille miss, quitte la maison. Tu n'as pas besoin de te brouiller avec ton père; mais quitte-le; va demeurer ailleurs. Oublie ce que je viens de te dire; passons l'éponge là-dessus, je veux croire que ce n'est pas vrai. Mais rappelle-toi ce que je t'ai souvent répété. Peu importe que cela tienne à ta figure ou à autre chose, il n'en est pas moins vrai que je t'aime, et que je voudrais te servir. Mets-toi sous ma protection; ne te perds pas, ma fille! laisse-moi te faire une vie honorable, une vie heureuse. »

Dans la sincérité de son affection, miss Abbey était devenue caressante; sa voix s'était adoucie, et du bras elle entourait la jeune fille; mais elle n'obtint que cette réponse :

« Merci, miss Potterson, je ne peux pas; je ne veux pas même y songer. Plus on est injuste envers mon père, plus il a besoin de moi.

Miss Abbey, qui, de même que tous les gens d'un caractère roide lorsqu'ils viennent à s'attendrir, sentait qu'un dédommagement lui était dû, subit la réaction naturelle en pareil cas, et reprit d'un ton glacial :

« J'ai fait tout ce qui m'était possible; devenez maintenant ce qui vous plaira. Tel que vous ferez votre lit, vous vous y coucherez. Mais dites bien à votre père une chose : c'est qu'il ne remette jamais les pieds ici.

— Oh! miss, lui fermerez-vous la seule maison où je le sache en sûreté?

— La taverne des Portefaix, répliqua miss Potterson, a, comme tout le monde, besoin de penser à elle. Cela n'a pas été une mince besogne que d'en faire ce qu'elle est devenue; et il faut travailler nuit et jour, et travailler rude pour la maintenir telle qu'elle est. J'ai interdit la maison à Riderhood, je l'interdis à Gaffer; pas de préférence. Je trouve dans vos paroles, aussi bien que dans celles de Riderhood, matière à les soupçonner tous deux. Je ne prends pas sur moi de décider quel est le coupable; mais ils sont goudronnés tous les deux avec la même brosse, et je ne veux pas que cette brosse-là vienne salir ma maison; voilà ce que je sais.

— Bonsoir, miss, dit tristement la jeune fille.

— Bonsoir, répondit miss Abbey en secouant la tête.

— Croyez bien, miss Potterson, que je ne vous en suis pas moins reconnaissante.

— Je peux croire beaucoup de choses, Lizzie; j'essayerai de croire celle-là. »

Miss Potterson ne toucha pas aux plats qui étaient devant elle, et ne prit de son grog au Porto que la moitié du gobelet qu'elle buvait d'ordinaire. Les deux servantes de l'établissement, deux sœurs vigoureuses, à tête de poupée (grands yeux bruns et fixes, nez camard, figure plate, rouge et luisante, gros cheveux noirs et frisés), en tirèrent cette conclusion que missis avait été peignée à rebrousse poil. De son côté, Bob, fit cette observation que depuis l'époque où feu sa mère accélérait sa mise au lit avec le tisonnier, on ne l'avait jamais envoyé coucher avec autant de rudesse.

La chaîne, en retombant sur la porte qui se fermait derrière elle, étouffa chez Lizzie la dernière lueur du soulagement qu'elle avait éprouvé. La nuit était noire, la bise perçante, la rive déserte et morne; il y avait comme une sentence d'exil dans ce bruit de chaîne, de verrous et de serrures que faisait grincer miss Potterson. Tandis qu'elle cheminait sous le ciel obscur et nuageux, Lizzie crut sentir au-dessus d'elle une atmosphère de meurtre, qui finissait par l'envelopper tout entière. De même que les vagues se brisaient à ses pieds, sans qu'elle pût voir d'où elles accouraient, de même ses pensées la faisaient tressaillir en surgissant d'un gouffre invisible, et la frappaient au cœur.

Elle était bien sûre que les soupçons qu'on avait sur son père étaient faux, bien sûre, bien sûre. Et cependant elle avait beau se le répéter à elle-même, dès que sa raison essayait de lui en fournir la preuve, ce qu'elle faisait sans cesse, elle y échouait toujours. Riderhood avait fait le crime, et surpris la bonne foi de son père. Ou bien Riderhood n'était pas l'assassin, mais avait résolu, par vengeance, de faire retomber le meurtre sur Hexam. Ces deux manières de considérer le fait se pressaient également dans son esprit, et l'amenaient à cette conclusion effrayante: que son père, malgré son innocence, pouvait être déclaré coupable. Elle avait entendu parler de gens qui avaient été mis à mort pour des crimes qu'ils n'avaient pas commis; on l'avait reconnu plus tard; et ces gens-là n'avaient pas les antécédents de son père. Elle ne pouvait se dissimuler que déjà on le tenait à distance. On parlait bas en le regardant, il était certain qu'on l'évitait. Cette conduite, qui révélait des soupçons, datait du jour de l'enquête. Et de même que ses yeux ne pouvaient distinguer les eaux du fleuve, disparues dans la nuit, de même, assise au bord de ses eaux noires, Lizzie ne voyait qu'obscurité dans cette misère d'un être soupçonné, repoussé de tous, bons et mauvais; ne sachant rien de cette vie ténébreuse, excepté qu'elle est devant lui et coule inaperçue vers l'abîme. Un seul point était clair dans l'esprit de la jeune fille. Accoutumée depuis sa plus tendre enfance à faire promptement ce qui pouvait être fait, soit qu'il fallût se mettre à couvert, éviter le froid ou tromper la faim, elle s'arracha à ses pensées et courut à la maison.

Tout dans la chambre était tranquille; la lampe y brûlait paisiblement; et, dans le cadre, appuyé contre le mur, Charles Hexam dormait d'un profond sommeil. Elle se pencha vers lui, le baisa doucement, puis alla se mettre à côté de la table. «D'après la fermeture des Portefaix et d'après la rivière, il doit bien être une heure, pensa Lizzie; mais mon père est à Chiswick, la marée est montante, il ne songera pas à revenir avant qu'elle redescende. Le reflux aura lieu à quatre heures et demie; il sera temps d'éveiller Charley à six heures. » Elle prit sa chaise, la posa auprès du feu mourant, et s'assit en croisant son châle sur sa poitrine.

« A présent, dit-elle que la flamme est éteinte, le creux de Charley n'existe plus; pauvre Charley! »

Deux heures sonnèrent, puis trois heures, puis quatre heures. Elle était toujours là, avec sa patience féminine et sa résolution. Lorsque le matin approcha, entre quatre et cinq heures, elle ôta ses souliers pour ne pas réveiller son frère. Elle arrangea le feu de manière à économiser le charbon, mit chauffer de l'eau et prépara le déjeuner; puis elle prit la lampe, monta l'échelle, et redescendit, glissa de côté et d'autre, et fit un petit paquet. Ensuite elle tira de sa poche, puis du manteau de la cheminée, et finalement d'un bol renversé en haut du dressoir, des demi-pence, quelques pièces de six pence et quelques shellings moins nombreux, qu'elle se mit à compter laborieusement.

Elle avait empilé un certain nombre de piécettes et continuait ses calculs, lorsque son frère, en se mettant sur son séant, poussa une exclamation qui la fit tressaillir.

« Tu m'as fait peur, dit-elle.

— Et moi, donc! répondit Charley; crois-tu que je n'aie pas été saisi en ouvrant les yeux de te voir là comme un spectre: l'ombre d'une sœur avare, comptant des shellings au cœur de la nuit?

— La nuit est passée, Charley; nous voilà au matin, il est près de six heures.

— Vraiment! Qu'est-ce que tu faisais, Liz?

— Je m'occupais de ta bonne aventure.

— Fameuse aventure à ce qu'il parait, dit le frère. Mais pourquoi cet argent est-il sur la table?

— C'est pour toi, Charley.

— Je ne comprends pas, Liz.

— Lève-toi, chéri ; fais ta toilette ; habille-toi d'abord, je te
le dirai ensuite. »

Les manières calmes, la voix grave et bien timbrée de sa sœur,
avaient toujours eu sur lui une grande influence. Charley eut
bientôt la tête dans un baquet plein d'eau ; puis l'en ayant re-
tirée, il regarda Lizzie à travers les coups de torchon dont il se
bouchonnait.

« Jamais, dit-il en se frictionnant comme s'il eût été son plus
cruel ennemi, jamais je n'ai vu de fille pareille à toi. Il y a
quelque chose ; voyons, Liz, dis-moi ce que c'est.

— As-tu fini ?

— Oui, tu peux servir le thé. Mais n'est-ce pas un paquet ?

— Oui, frère.

— Ce n'est pas pour moi, je suppose ?

— Si, vraiment. »

Devenu sérieux, Charles termina sa toilette avec moins de brus-
querie ; il alla se mettre à table, et attacha son regard sur la figure
de sa sœur.

« Vois-tu, chéri, dit cette dernière, je me suis mis dans la tête
que voici le moment où tu dois nous quitter. Outre le changement de résidence, qui est toujours une bonne chose, tu
seras bien plus heureux. Avant un mois d'ici tu auras fait des
progrès.

— Comment le sais-tu, Liz ?

— Je ne pourrais pas le dire ; mais j'en suis sûre. »

Bien que dans sa physionomie, sa voix, son attitude rien n'an-
nonçât l'émotion qui l'agitait, elle osait à peine regarder son
frère ; elle ne détournait pas les yeux du thé qu'elle mêlait, du
pain dont elle faisait des tartines, du beurre qu'elle y étendait
soigneusement.

« Oui, Charley, reprit-elle, il faut partir. Je resterai avec mon
père ; nous deviendrons ce que nous pourrons ; mais il faut que
tu t'en ailles.

— Tu n'y mets pas de cérémonie, grogna Charles, en repoussant sa tartine d'un air de mauvaise humeur. »

Lizzie garda le silence.

« Je vas te dire ce qui en est, moi, ajouta le gamin d'une voix
plaintive où perçait la colère : tu es une égoïste, une sans cœur :
tu penses qu'il n'y a pas de quoi à la maison pour trois personnes, et tu veux que je m'en aille.

— Tu crois cela, Charley ? Eh bien ! oui, je le crois moi-
même ; je suis sans cœur, et veux me débarrasser de toi, »

Elle avait dit ces paroles d'une voix calme et douce ; mais

quand Charley, s'étant précipité vers elle, lui jeta les bras autour du cou, sa force l'abandonna, et ses larmes éclatèrent.

« Ne pleure pas, Liz, ne pleure pas ; je suis content de partir ; oui, sœur, je suis content ; si tu me renvoies, est-ce que ce n'est pas pour mon bien ?

— Oui ! Charley, Dieu le sait !

— J'en suis sûr, Liz ; ne fais pas attention à ce que j'ai dit ; oublie-le. Embrasse-moi. »

Après un instant de silence, elle se détacha de son frère pour s'essuyer les yeux et reprendre le calme et la force dont elle avait besoin.

« Chéri, dit-elle, il faut que la chose arrive ; nous le savons tous les deux ; et il y a des raisons pour qu'elle se fasse tout de suite. Va droit à l'école ; tu leur diras que c'est convenu avec moi ; qu'il n'y a pas eu moyen de faire consentir mon père ; qu'il ne les tourmentera pas ; mais qu'il ne te reverra jamais. Tu leur fais honneur ; tu seras un meilleur élève, à présent que tu travailleras davantage, et ils t'aideront à te procurer un état. Montre-leur tes effets ; montre aussi ton argent ; tu leur diras que j'en enverrai d'autre. Si je n'en gagne pas assez, je prierai ces deux gentlemen qui sont venus un soir, de m'en prêter un peu.

— Non ! s'écria vivement Charles, ne demande rien à ce monsieur qui m'a pris par le menton ; ne reçois pas d'argent de ce Wrayburn. »

Peut-être y eut-il un peu de rougeur sur la figure de Lizzie, tandis que, faisant un signe affirmatif, elle mettait la main sur la bouche de son frère pour réclamer son attention.

« Par-dessus tout, Charley, rappelle-toi bien ce que vais te dire : ne parle jamais mal de notre père ; n'oublie pas ce qui lui est dû. Tu peux avouer que, n'ayant reçu aucune éducation, il ne veut pas que tu t'instruises ; mais voilà tout. Dis bien que ta sœur lui est sincèrement attachée ; tu sais combien c'est vrai. Enfin, si jamais tu entends dire contre lui quelque chose que tu ne savais pas, sois bien sûr, Charley, que c'est une fausseté. »

Le gamin leva sur elle des yeux surpris ; mais elle continua sans y faire attention :

« Oui, chéri, une fausseté ; ne l'oublie pas. Je n'ai plus rien à te recommander, excepté d'être bon, et de devenir bien savant. Puis quand tu songeras à la vie d'autrefois, ne pense à certaines choses que comme à un rêve que tu aurais fait la veille. Adieu, mon bien chéri ! »

Malgré son âge, elle mit dans ces dernières paroles une tendresse qui tenait bien plus de celle d'une mère que de l'affection d'une sœur, et devant laquelle le gamin se prosterna. Après l'avoir serrée sur sa poitrine en pleurant à sanglots, il prit son petit paquet; et, le bras droit posé devant les yeux, il s'élança dans la rue.

La face pâle et morne d'un jour d'hiver s'avançait languissamment, voilée d'un brouillard glacial. Les spectres des navires se transformaient avec lenteur en lourdes masses noires; et le soleil, qui, d'une teinte sanglante, montait derrière les mâts et les vergues, paraissait plein des débris d'une forêt qu'il avait incendiée.

Lizzie, restée sur la porte, ayant aperçu de loin son père, dont elle guettait l'arrivée, alla se mettre au milieu de la chaussée afin qu'il pût la voir. Il ne ramenait que son bateau et revenait rapidement. Un groupe de ces créatures amphibies qui paraissent avoir la faculté mystérieuse d'extraire de la Tamise des moyens d'existence rien qu'en la regardant, lorsque la marée monte, se tenaient sur la chaussée. Dès que le bateau d'Hexam eut abordé, les causeurs baissèrent rapidement les yeux, et le groupe se dispersa. Lizzie vit alors que la réprobation commençait.

Gaffer s'aperçut également de quelque chose, car en mettant le pied sur la rive, il regarda autour de lui et parut étonné. Mais il se remit à la besogne, attira son bateau, l'amarra solidement, puis en enleva la corde, le gouvernail et les rames; et Lizzie, venant à son aide, il prit avec elle le chemin de la maison.

« Approchez-vous du feu, père; je vais m'occuper du déjeuner. Asseyez-vous; il est tout préparé; je vous attendais pour le faire cuire. Vous devez être gelé, pauvre père !

— Il est certain que je n'ai pas chaud, ma Lizzie. J'avais les mains si froides qu'elles en étaient clouées aux godilles; vois comme j'ai les doigts morts. »

Leur pâleur, peut-être celle de sa fille, lui rappela sans doute quelque pénible souvenir, car il détourna la tête en les dressant devant la flamme.

« Est-ce que par cette nuit si froide vous étiez dehors, père ?

— Non, mon enfant; j'étais auprès d'un bon feu, à bord d'une barge; du charbon plein la grille. Où est le garçon ?

— Voilà un peu d'eau-de-vie, père; mettez-en dans votre thé pendant que je vais retourner la viande. Si la rivière prenait, il y aurait bien de la misère, n'est-ce pas ?

— Il n'y a pas besoin de cela, répondit Hexam en se servant de l'eau-de-vie goutte à goutte, afin d'en verser plus longtemps pour qu'il parût y en avoir davantage. La misère est toujours là,

vois-tu, comme la fumée dans l'air. Est-ce que le gars n'est pas
levé?

— La viande est cuite, père; il faut la manger pendant qu'elle
est chaude, elle sera meilleure. Quand vous aurez fini, vous
vous retournerez devant le feu, et nous causerons. »

Mais il comprit qu'elle évitait de lui répondre. Il jeta un coup
d'œil rapide vers le cadre, et la saisissant par le coin du tablier :

« Où est le gars? demanda-t-il.

— Déjeunez, père; je vais m'asseoir à côté de vous, et je vous
répondrai. »

Il la regarda, remua son thé, avala deux ou trois gorgées, en
la regardant toujours, coupa un morceau de viande fumante, et
reprit, tout en mangeant :

« Eh bien ! où est le gars ?

— Père, il ne faut pas vous fâcher; il paraît qu'il a vraiment
un don pour apprendre.

— Le misérable ! s'écria Gaffer en agitant son couteau.

— Alors sachant que vous n'avez pas le moyen, et ne voulant
pas vous être à charge, il s'est mis peu à peu dans la tête de devenir très-savant, et de gagner sa vie comme cela. Il est parti ce
matin, père; il pleurait bien fort en s'en allant, et il espère que
vous lui pardonnerez.

— Moi ! s'écria Hexam, en brandissant son couteau. Qu'il ne
vienne pas me le demander son pardon ! Fais en sorte que je ne
le revoie jamais, et que jamais il ne soit à portée de mon bras.
Je ne vaux pas assez pour lui, ce mendiant dénaturé ! Il renie son
propre père : son père le renie à son tour. »

Hexam avait repoussé son assiette; puis obéissant à ce besoin
qu'éprouvent les natures fortes et incultes de décharger leur colère par une action violente, il serra son couteau avec énergie, et
en frappa sur la table, à chaque phrase, comme il aurait frappé
de son poing fermé s'il n'avait rien eu à la main.

« Il a bien fait de partir; il a bien fait ! Mais surtout qu'il ne
revienne pas, qu'il ne mette jamais la tête de ce côté-ci de la
porte ! et toi, Lizzie, pas un mot en sa faveur, ou ton père te
reniera comme lui, et dira de toi ce qu'il a dit de ce vaurien. Je
vois maintenant pourquoi les hommes qui étaient là-bas se sont
détournés quand ils m'ont vu. Ils se sont dit : en voilà un qui n'a
pas même l'estime de son propre fils ! Tiens, Lizzie... »

Un cri de sa fille l'arrêta; il la regarda avec surprise, et lui
vit une expression étrange. Elle recula vers le mur, et se mettant
les mains sur les yeux :

« Finissez, père, finissez, dit-elle; je ne peux pas vous voir
frapper avec cela; posez-le, père ! »

Il regarda son couteau ; mais, dans son étonnement, il le conserva sans savoir.

— Père, c'est horrible ! Oh ! je vous en prie, lâchez-le ! »

Non moins consterné de l'aspect de sa fille que surpris de ses exclamations, il jeta son couteau et se leva en étendant les mains.

— Qu'est-ce qui te prend, Liz ? As-tu pu croire que je voulais te frapper avec ça ?

— Non, père, non ; vous ne voudriez pas me faire de mal.

— A qui voudrais-je en faire, je te le demande ?

— A personne, je le sais bien ; je le dis à genoux, du fond de mon cœur et de mon âme, père, j'en suis bien sûre. Mais c'était affreux ; on aurait dit !... Elle se couvrit de nouveau la figure de ses mains.

— Qu'aurait-on dit, enfant ? »

Le souvenir de ce geste meurtrier, joint aux émotions qu'elle avait subies depuis la veille, la fit tomber aux pieds de son père, avant d'avoir pu répondre.

Jamais il ne l'avait vue s'évanouir. Il la releva doucement avec une tendresse infinie, l'appelant la meilleure des filles, ma pauvre jolie créature ! Et lui posant la tête sur ses genoux, il essaya de la faire revenir à elle. N'y parvenant pas, il la recoucha par terre avec un soin extrême, alla chercher un oreiller, le glissa sous ses cheveux noirs, et prit la bouteille d'eau-de-vie pour lui en donner un peu ; mais il n'en restait plus. La bouteille à la main, il s'élança vers la porte, s'éloigna en courant, et revint bientôt, rapportant la bouteille vide.

Il s'agenouilla devant sa fille, lui souleva la tête, qu'il soutint du bras gauche, trempa ses doigts dans un peu d'eau, et lui en mouilla les lèvres.

Puis, fixant tantôt les yeux sur elle, tantôt les promenant autour de la chambre :

« Est-ce que nous avons la peste ? dit-il d'un air sombre ; est-ce qu'il y a du poison dans mes habits ? est-ce qu'un sort est tombé sur nous ? Mais qui donc nous l'a jeté ?

VII

OU MISTER WEGG CHERCHE UNE PARTIE DE LUI-MÊME

Silas Wegg se dirige vers la chute de l'empire romain, et s'y rend par Clerkenwell. Il est encore de bonne heure ; mister Wegg a tout le loisir de faire un petit détour; car, depuis qu'il joint au commerce une autre source de bénéfices, il plie bagage un peu plus tôt. Son coin est affreux par ce temps humide et glacial; en outre il a compris qu'il se devait à lui-même de se faire désirer au Bower. « Le brave homme n'en sera que plus empressé; il est bon qu'il attende, se dit-il en clignant d'abord l'œil droit, puis l'œil gauche, ce qui chez lui est superflu, car la nature lui a suffisamment resserré les paupières. Si j'arrive à me mettre avec Boffin dans les termes où j'espère bien être un jour, continue Silas en poursuivant à la fois sa marche et sa méditation, il ne me conviendrait pas de laisser ça dans un pareil endroit; ce ne serait pas respectable. »

Animé par cette réflexion, il marche plus vite et regarde au loin comme un homme qui a de hautes destinées en perspective. Sachant qu'une population bijoutière habite aux environs de l'église de Clerkenwell, Silas prend un vif intérêt à ce quartier, qu'il aime et qu'il respecte. Mais ce sentiment est d'une moralité boiteuse, comme la démarche de celui qui l'éprouve, car il se nourrit du bonheur qu'il y aurait à se rendre invisible et à s'éloigner impunément, chargé de pierreries et de boîtes de montre, sans se préoccuper des individus à qui appartiennent lesdits objets.

Ce n'est cependant pas vers l'une de ces maisons où d'habiles ouvriers, travaillant les diamants, l'or et les perles, se font des mains si précieuses que l'eau dont ils les lavent est portée à l'affineur, ce n'est pas vers l'une de ces maisons que se dirige mister Wegg, c'est du côté des bouges où l'on détaille le boire, le manger et le chauffage, entre des échoppes de barbiers, d'encadreurs italiens, de regrattiers, de marchands de chiens et d'oiseaux. Parmi les boutiques d'une rue étroite et fangeuse, consacrée à ces diverses industries, Silas avise une sombre fenêtre où brûle obscurément une chandelle au milieu d'objets qui ressemblent à des morceaux de cuir et à des bâtons secs. On n'aperçoit, dans tout cela, que le lumignon fumeux dans son chandelier de fer, et deux grenouilles empaillées, qui, l'épée à la main, se battent en duel.

Redoublant de vigueur, Silas arrive à une petite allée graisseuse et noire; il pousse une petite porte graisseuse et récalcitrante, et suit la porte dans une boutique étroite, obscure et graisseuse. Il y fait tellement sombre qu'on ne distingue sur le petit comptoir qu'une seconde chandelle dans un second chandelier de fer, posé tout près de la figure inclinée d'un homme qui est assis sur une chaise.

« Bonsoir, » dit mister Wegg, en saluant d'un signe de tête.

La figure qui se relève est d'une pâleur maladive et présente des yeux affaiblis, surmontés d'une tignasse de cheveux roux et poudreux. Le propriétaire de cette figure est sans cravate, et a défait le bouton de sa chemise, dont il a rabattu le col pour travailler plus à l'aise. Il a ôté son habit pour le même motif, et ne porte qu'un gilet déboutonné sur du linge très-sale. Cet homme a les yeux fatigués d'un graveur, mais tel n'est pas son état; il a la courbe et la physionomie d'un cordonnier, mais il n'est pas de cette profession.

« Bonsoir, mister Vénus; vous ne me reconnaissez pas? »

Un vague souvenir commençant à poindre chez lui, mister Vénus prend la chandelle, l'abaisse vers les jambes de Silas, et dit alors :

« Parfaitement! comment vous portez-vous?

— Silas Wegg; vous vous rappelez bien? explique la jambe de bois.

— Oui, répond l'autre; amputation d'hôpital.

— Précisément, dit Silas.

— Oui, reprend Vénus. Comment va la santé? Asseyez-vous près du feu; chauffez-vous l'autre jambe. »

Le comptoir est si petit qu'il permet l'accès du foyer, dont on n'approcherait pas s'il était un peu plus grand. Mister Wegg se place sur une caisse posée devant le feu, et respire une odeur réconfortante qui n'est pas celle de la boutique. Quant à cette dernière, après deux reniflements attentifs, mister Wegg décide en lui-même qu'elle sent le cuir, la plume, la colle, la gomme, la graisse, le moisi d'une cave, et de la force de deux soufflets, ajoute-t-il après un nouveau reniflement.

« L'eau est dans la théière et le pain mollet près de la grille. Voulez-vous prendre le thé avec moi? » dit Vénus.

Ayant pour principe immuable de ne jamais rien refuser, mister Wegg répond affirmativement.

La boutique est tellement sombre, tellement encombrée de tasseaux, de paquets et de tablettes; elle fourmille de tant de coins et de recoins, que si mister Wegg aperçoit la tasse et la soucoupe de Vénus, c'est parce qu'elles sont à côté de la chandelle; mais il ne voit pas de quel endroit mystérieux le maître du logis a tiré une seconde tasse, et n'a connaissance de cet objet que lorsque son hôte le lui met littéralement sous le nez. Il découvre en même temps le corps d'un joli petit oiseau, dont la tête penchée retombe dans la soucoupe de Vénus, et dont la poitrine est percée d'un fil de fer. On le prendrait pour Cock-Robin, le héros de la ballade, Vénus pour le moineau armé d'un arc, et mister Wegg pour la mouche aux petits yeux.

Vénus se baisse et produit un second petit pain ; celui-là n'est pas grillé. Mais, retirant la flèche du corps de l'oiseau, Vénus embroche le petit pain, et le fait rôtir à la pointe de cet instrument. Quand la rôtie est suffisamment dorée, Vénus plonge de nouveau, reparaît avec un morceau de beurre, et complète son ouvrage.

Silas Wegg, en homme habile qui sait qu'un bon souper l'attend, insiste pour que son hôte absorbe cette seconde rôtie. Il a besoin d'assouplir Vénus, de se le rendre favorable ; et par ce sacrifice, il espère graisser les rouages qu'il va faire manœuvrer. Tandis que les petits pains disparaissent, les tasseaux et les planchettes, les coins et les recoins surgissent peu à peu des ténèbres, et mister Wegg finit par soupçonner qu'il y a près de lui un bocal renfermant un bébé hindou, replié sur lui-même et la tête en bas, comme s'il voulait faire la culbute. Quand il suppose que son hôte est suffisamment lubréfié, Silas aborde l'objet de sa visite en disant avec indifférence, et en frappant les mains l'une contre l'autre :

« A propos ! que suis-je devenu depuis cette époque, mister Vénus ?

— Rien du tout, répond l'autre.

— Comment ! toujours ici ? demande Wegg avec surprise.

— Toujours. »

Notre homme en est enchanté ; mais il veille sur lui-même, et dit négligemment :

« C'est étrange ! D'où cela vient-il ?

— Je ne sais pas, répond Vénus, dont la figure décharnée est mélancolique, et la voix faible et dolente. J'ignore à quoi cela tient ; mais de quelque façon que je m'y prenne, vous ne pouvez entrer dans aucun assortiment ; impossible de vous appareiller. Quiconque possède quelque savoir vous aperçoit du premier coup d'œil et s'écrie : Cela ne va pas ; mais cela ne va pas du tout !

— Que diable ! mister Vénus, reprend Wegg, avec une certaine irritation, ce n'est pas une chose qui me soit particulière ; cela doit arriver souvent.

— Pour les côtes, je l'avoue, cela arrive toujours ; mais pas pour le reste. Quand je monte un squelette formé de pièces réunies çà et là, je sais d'avance que je ne serai pas exact à l'égard des côtes ; chaque individu a les siennes, que l'on ne retrouve chez personne. Mais pour les membres, c'est autre chose. Tenez, je viens précisément d'envoyer un chef-d'œuvre à une école de dessin, une femme admirable. Une jambe était anglaise, l'autre belge ; le reste de huit peuples différents ; et il n'y a pas à dire qu'on le qualifiera de mélange. Tandis qu'où vous êtes, mister Wegg, cette qualification est de droit. »

Silas regarde la jambe qui lui reste, il l'examine aussi attentivement que le permet la clarté douteuse, puis il exprime cette opinion d'un air maussade.

• Ce doit être la faute de l'autre. Sans cela comment expliquer le fait ?

— Je ne prétends pas l'expliquer, répond Vénus. Mais levez-vous un instant, et veuillez tenir la chandelle. »

Le maître du logis retire du coin situé auprès de sa chaise, le squelette d'une jambe et d'un pied d'une pureté de lignes admirables, et monté avec un soin parfait. Il pose cette jambe à côté de celle de Wegg, qui le regarde, et auquel il parait prendre mesure de bottes à l'écuyère.

« Non, dit-il, je ne sais pas d'où cela vient. Tout ce que je puis croire, c'est que vous vous serez tordu le tibia; Dans tous les cas, je n'ai jamais vu le pareil. »

Silas ayant contemplé sa jambe une seconde fois et jeté un regard soupçonneux sur le modèle qui lui est offert, aperçoit la différence.

« Je parie, dit-il, que ce n'est point une jambe anglaise.

— Pas difficile à voir : il y a si loin de l'une à l'autre ! C'est, en effet, la jambe de ce gentleman français. »

Comme le signe de tête qui accompagne ces mots indique un point des ténèbres situé derrière lui, mister Wegg se retourne et finit par découvrir le gentleman en question, qui figure simplement par sa cage pectorale, posée sur une tablette, comme une cuirasse ou un corset.

« Oh ! s'écrie mister Wegg, qui a la conscience d'être présenté, je reconnais que vous étiez fort bien dans votre pays ; mais on me permettra de dire que le Français auquel je voudrais ressembler n'a pas encore vu le jour. »

En ce moment, la porte crasseuse est violemment poussée par un petit garçon qu'elle entraîne à sa suite, et qui la laisse retomber en disant :

• Est-il prêt, le serin ? je viens le chercher.

— C'est trois shellings neuf pence, répond l'artiste. »

L'enfant présente quatre shellings. Mister Vénus, toujours très-abattu et proférant des sons plaintifs, regarde où peut être le serin demandé. En prenant la chandelle pour l'aider dans ses recherches, mister Wegg s'aperçoit qu'il a près des genoux une tablette exclusivement consacrée à des squelettes de main qui semblent éprouver le besoin de le saisir. Du milieu de ces os, mister Vénus retire un petit globe de verre où le serin est enfermé, et le présente au petit garçon.

— Voilà, dit-il ; ne croirait-on pas qu'il est vivant ?. Je l'ai posé sur une branche d'où il songe à partir. Ayez-en bien soin, c'est un charmant spécimen ; — et trois pence font quatre.

L'enfant a empoché sa monnaie, et vient de tirer la porte par une lanière de cuir qu'on y a clouée à cette intention, lorsque Vénus s'écrie : « Arrêtez ce jeune coquin ! arrêtez-le ! il m'a pris une dent avec ses demi-pence.

— Comment l'aurais-je prise votre dent ? puisque c'est vous qui m'avez remis la monnaie. J'en ai assez des miennes, d'ailleurs ; je n'ai que faire des vôtres, piaille le gamin, en cherchant l'objet réclamé qu'il jette sur le comptoir.

— Ne m'insultez pas dans le vicieux orgueil de votre jeunesse, répond Vénus d'un ton pathétique. N'accablez pas un homme abattu ; je suis assez éprouvé sans cela. Cette dent aura glissé dans le tiroir ; il en tombe partout ; j'en ai trouvé deux ce matin dans la boîte au café : deux molaires.

— Eh bien ! alors, riposte le gamin, pourquoi que vous dites des sottises aux gens ? »

A quoi Vénus répond en secouant sa tignasse poudreuse et en clignant ses yeux rouges :

« Ne m'insultez pas dans le vicieux orgueil de votre jeunesse ; ne me frappez pas parce que je suis abattu. Vous n'avez nulle idée du petit volume auquel vous seriez réduit si j'avais préparé votre squelette ? »

Cette dernière considération paraît produire son effet, car le gamin s'esquive précipitamment.

« Hélas ! hélas ! soupire Vénus en mouchant la chandelle, le monde, qui semblait jonché de fleurs, a cessé d'en avoir ! Vous regardez la boutique, mister Wegg ; permettez que je vous éclaire. Voici mon établi, celui de mon jeune homme, un étau, les outils, des os de différentes sortes, des crânes variés, un bébé hindou, conservé dans l'alcool ; id., africain ; des bocaux renfermant diverses préparations. Tout ce qui est à portée de la main est parfaitement conservé. Les objets attaqués sont au-dessus ; je ne me rappelle pas exactement ce qu'il y a dans les mannequins placés tout en haut ; mais ce sont différentes pièces du corps de l'homme. Voici des chats, un squelette de bébé anglais, des canards, des chiens, un assortiment d'yeux d'émail ; un oiseau momifié, des épidermes desséchés de différentes sortes. Hélas ! hélas ! Vous n'avez qu'un aperçu des objets qui se trouvent ici, un coup d'œil général. »

Après avoir promené sa chandelle fumeuse devant ces objets hétérogènes, qui, tour à tour, avaient semblé répondre à son appel et s'étaient replongés dans les ténèbres, mister Vénus soupire de nouveaux, hélas ! retourne à sa place, et gémissant sous le poids qui l'accable, se verse une nouvelle tasse de thé.

« Et moi, dit Wegg, où suis-je donc ?

— Dans l'arrière boutique, au fond de la cour. Mais, pour être franc, je regrette de vous avoir acheté ; j'aurais mieux fait de vous laisser à l'hôpital.

— Voyons, soyez franc jusqu'au bout : je ne vous ai pas coûté cher.

— Dam ! répond l'autre qui, tout en parlant, souffle son thé, et dont la figure, émergeant des ténèbres, apparaît au-dessus de la tasse fumante comme autrefois son homonyme au-dessus des vagues, cela faisait partie d'un lot d'articles divers ; et je ne sais pas au juste. »

Silas arrive enfin à la question qui l'occupe, et la pose en ces termes :

« Combien en voulez-vous ?

— Dam ! répond Vénus, en soufflant toujours son thé, je n'y ai jamais réfléchi ; et tout de suite, comme cela, je ne saurais trop...

— D'après ce que vous m'avez dit vous-même, reprend Silas d'un ton persuasif, je n'ai pas une grande valeur.

— Au point de vue de l'assortiment, je le reconnais, mister Wegg ; mais vous pourriez acquérir du prix comme... »

Ici Vénus s'administre une gorgée tellement chaude, qu'il en avale de travers et que ses yeux s'emplissent de larmes.

Enfin il ajoute: « Comme monstruosité ; excusez l'expression. »

Mister Wegg dont la figure n'indique pas qu'il soit disposé à l'excuse, réprime un regard indigné, et revient à son affaire.

« Vous me connaissez, dit-il, vous savez, mister Vénus, que je ne marchande jamais. »

Vénus avale toujours son thé brûlant ; il ferme les yeux à chaque gorgée, et les rouvre d'une manière spasmodique, mais il n'affirme rien.

« J'ai la perspective de m'élever, par mon travail, à une assez belle position, continue Wegg. Or, en pareille circonstance, je l'avoue franchement, je n'aimerais pas à être.... dispersé : une partie de moi-même ici, une autre en tel endroit ; je voudrais me réunir, comme il convient à un gentleman.

— Si j'ai bien compris, mister Wegg, ce n'est qu'une perspective ; vous n'auriez pas encore beaucoup d'argent à y mettre ? Je vous dirai donc tout ce que je peux faire pour vous : je garderai votre jambe, et la tiendrai à vos ordres. Ne craignez pas que j'en dispose ; je suis un homme de parole. Comptez-y, mister Wegg; c'est une promesse sacrée. Hélas ! hélas ! »

Enchanté de la promesse, et voulant flatter son homme, le littérateur regarde soupirer Vénus. Il remplit de nouveau sa tasse, et d'une voix qu'il s'efforce de rendre sympathique :

« Vous paraissez bien triste, dit-il ; est-ce que les affaires ne vont pas ?

— Mieux que jamais, répond Vénus.

— Auriez-vous perdu la main ?

— Jamais elle n'a été plus habile, mister Wegg. Je ne suis pas seulement le premier de ma profession, je suis la profession même. Achetez un squelette où vous voudrez, allez dans le West-End, vous payerez le prix du quartier ; mais ce sera une de mes œuvres. J'ai autant d'ouvrage que j'en peux faire, avec l'aide de mon jeune homme ; et c'est ma joie et mon orgueil. »

Ainsi parle Vénus, la main droite étendue, la soucoupe fumante à la main gauche, et sur le point de fondre en larmes, en dépit de la joie qu'il annonce.

« Rien de tout cela n'est désolant, mister Vénus.

— Je le reconnais, Silas Wegg. Sans parler de mon adresse manuelle, qui est sans égale, j'ai poussé mes connaissances anatomiques jusqu'à pouvoir, à première vue, désigner les moindres pièces. On vous apporterait tout désarticulé, au fond d'un sac, mister Wegg, je nommerais tous vos os, les plus petits comme les plus grands, sans les voir, rien qu'au toucher, aussi vite que je pourrais les sentir ; je les assortirais sans aucune hésitation, et j'établirais vos vertèbres de manière à vous surprendre autant qu'à vous charmer.

— Eh bien! reprend Silas, d'une voix un peu plus lente, il n'y a dans tout cela rien qui puisse vous attrister.

— Je le reconnais, mister Wegg, je le reconnais ; mais c'es. le cœur qui m'abat, mister Wegg, c'est le cœur. Ayez la bonté de prendre cette carte et de vouloir bien en faire la lecture. »

Silas reçoit l'objet que Vénus a trouvé dans le fouillis d'un tiroir ; il met ses lunettes et lit à haute voix :

« Mister Vénus.

— Continuez.

— Empailleur de quadrupèdes et d'oiseaux.

— Oui ; allez toujours.

— Articulateur d'os humains.

— Tout cela est vrai, mister Wegg (profond gémissement); tout cela est vrai! Mais j'ai trente-deux ans, mister Wegg, et je suis célibataire! Et je l'aime, mister Wegg! et elle est digne de l'amour d'un monarque. »

Silas est un peu alarmé en voyant Vénus se dresser tout à coup, et dans l'élan de sa flamme, lui mettre la main au collet et le contempler avec des yeux hagards. Toutefois Vénus lui fait promptement ses excuses, et s'asseyant, dit avec le calme du désespoir :

« Ma profession lui déplaît.

— En connaît-elle les profits?

— Oui, elle en connaît les bénéfices, mais n'apprécie pas l'art, et n'en veut pas. Je ne désire nullement, a-t-elle écrit de sa main, être confondue avec les squelettes, ni envisagée au point de vue de mes os. »

Vénus, dont le regard et l'attitude expriment le plus profond désespoir, se verse une nouvelle tasse de thé.

« Et c'est ainsi qu'un homme arrive au faîte de l'arbre, mister Wegg, pour ne découvrir qu'un désert sans issue. Me voilà ce soir au milieu des charmants trophées de mon art; à quoi m'ont-ils servi? à causer ma ruine, à me faire écrire qu'Elle ne veut pas être confondue avec des squelettes, ni envisagée au point de vue de ses os. »

L'artiste, après avoir répété ces mots funestes, avale une nouvelle tasse de thé, ce qu'il explique de la manière suivante :

« Cette pensée m'accable. Une fois l'abattement complet, il devient léthargique. En prenant du thé jusqu'à deux heures du matin, je finis par oublier. Je ne vous retiens pas, mister Wegg; ma compagnie n'a rien d'agréable.

— Ce n'est pas pour cela, dit le littérateur en se levant, mais j'ai un rendez-vous. Je devrais même, à l'heure qu'il est, être à la Prison-d'Harmonie.

— Comment! en haut du chemin de Battle-Bridge? »

L'autre avoue qu'il a mis le cap sur ce port.

« Si vous êtes ancré dans la maison, vous vous trouvez dans une belle passe. On y remue l'or à la pelle.

— Et dire que vous avez compris à demi-mot, et que vous savez ce qui en est! C'est merveilleux.

— Rien de plus simple, au contraire : le vieux gentleman aimait à savoir le prix de tout ce qu'il trouvait, et continuellement il m'apportait des os, des plumes, une foule de choses.

— Ah bah!

— Comme je vous le dis. Hélas! hélas! il est enterré dans le voisinage, ici près, vous savez? »

Le littérateur ne sait pas du tout; mais il a l'air d'être au courant, et fait un signe affirmatif en suivant des yeux le mouvement de tête de Vénus, afin de se renseigner à l'égard de l'ici près.

« La découverte du corps de son fils m'a beaucoup intéressé, dit Vénus. Elle ne m'avait pas encore adressé le refus blessant que je vous ai dit. J'ai là... mais peu importe. »

Vénus a pris la chandelle et en projette la lumière vers l'une les planches qui couvrent la muraille. Au moment où Wegg se retourne pour voir ce qu'il fait, il remet le chandelier sur le comptoir.

« Le vieux gentleman était bien connu dans le quartier, poursuit l'artiste. On disait qu'il avait des trésors et qu'il en cachait dans ses tas d'ordures. Il y a là-dessus une foule d'histoires. Je suppose que ce sont des contes ; mais vous savez ce qui en est, mister Wegg.

— Je puis vous dire que c'est faux, répond Silas, qui n'en sait rien du tout.

— Je ne vous retiens pas, mister Wegg ; bonsoir. »

L'infortuné Vénus lui tend la main en secouant la tête, retombe sur sa chaise, et se verse une nouvelle tasse de thé. Silas Wegg, en tirant la porte, regarde par-dessus son épaule, et remarque avec surprise que la commotion a tellement ébranlé la boutique, et fait jeter à la chandelle un tel éclat provisoire, que les bébés hindou, africain et breton, les os variés, le gentilhomme français, les chats, les canards, les chiens et le reste, ont l'air d'être galvanisés. Il n'est pas jusqu'au petit rouge-gorge, placé près du coude de Vénus, qui ne s'agite sur son flanc innocent.

L'instant d'après, la jambe de bois de mister Wegg, plongeant dans la boue à la clarté du gaz, arpentait le chemin qui conduit au Bower.

VIII

MISTER BOFFIN EN CONSULTATION

Quiconque, à l'époque de notre histoire, était sorti de Fleetstreet pour entrer dans le Temple, et avait tristement erré dans ces lieux jusqu'à la rencontre d'un lugubre cimetière ; quiconque, de cet endroit, avait regardé les fenêtres sinistres qui donnent sur ce champ funèbre, et fini par découvrir, à la plus sinistre de toutes, un sinistre adolescent, avait contemplé dans le lointain le clerc principal, senior et junior, clerc du droit coutumier, clerc des transactions, clerc de chancellerie, clerc de tous les départements et raffinements de la cléricature, en un mot le clerc de mister Lightwood, l'éminent solicitor, ainsi que les journaux le qualifiaient depuis quelque temps.

Mister Boffin ayant vu plusieurs fois ce clerc multiple soit au cabinet du solicitor, soit au Bower, le reconnut sans difficulté dès qu'il l'aperçut dans son aire poudreuse. Très-préoccupé de la situation de l'empire, regrettant beaucoup l'aimable Pertinax, qui, la veille au soir, était mort victime de la fureur des prétoriens, et laissait les affaires impériales dans un affreux désordre, mister Boffin arriva au second étage, auquel appartenait ladite fenêtre.

« B'jour, b'jour, b'jour, dit-il lorsque la porte lui fut ouverte par le sinistre adolescent, qui répondait au nom fort juste de Blight[1]; le gouverneur y est-il?

— Mister Lightwood, je crois, vous a donné rendez-vous, monsieur?

— Je n'ai pas besoin qu'il me le donne; je payerai, mon garçon, je payerai.

— Je n'en doute pas, monsieur. Donnez-vous la peine d'entrer. Mister Lightwood est sorti pour affaires, il sera de retour dans une minute. Veuillez vous asseoir pendant que je vais consulter le registre où sont inscrits nos rendez-vous. »

Le jeune homme ouvrit son pupitre; il en retira pompeusement un livre étroit et long, couvert de papier brun, et détailla la liste des rendez-vous du jour, qu'il suivit avec le doigt : MM. Aggs, Baggs, Caggs, Daggs, Faggs, Gaggs, M. Boffin. Oui, monsieur; vous êtes seulement un peu en avance; mais mister Lightwood sera ici dans un instant.

— Je ne suis pas pressé, dit Boffin.

— Je vous en rends grâce, monsieur. J'en profiterai, si vous voulez bien le permettre, pour inscrire votre nom sur le répertoire des clients du jour.»

Le jeune Blight changea de livre avec une importance croissante; il prit une plume neuve, la suça à plusieurs reprises avant de la tremper dans l'encrier; et, parcourant la liste qu'il avait sous les yeux, nomma précipitamment MM. Alley, Balley, Calley, Dalley, Falley, Galley, Halley, Lalley, Malley; puis, ajouta M. Boffin.

— A cheval sur la règle, ici! n'est-ce pas, mon garçon? dit Boffin au moment où on l'enregistrait.

— Oui, monsieur, répondit Blight, sans cela je n'y tiendrais pas. »

Ce qui signifiait probablement que son esprit se dérangerait

1. *Blight*, rouille, charbon, flétrissure, atteinte quelconque portée aux feuilles, aux fruits ou aux fleurs par le vent, le froid, l'humidité ou la sécheresse.

s'il ne se créait pas cette occupation fictive. N'ayant, dans sa réclusion, ni gobelet à sculpter, ni chaîne à limer ou à polir, il s'était ingéré d'inscrire des noms par ordre alphabétique sur les deux répertoires en question, ou d'en choisir dans le manuel, comme ayant affaire à mister Lightwood. Cette ressource lui était d'autant plus précieuse, que, susceptible par tempérament, il considérait le peu de clientèle de son patron comme une atteinte à sa propre dignité.

« Combien y a-t-il que vous êtes dans la procédure? lui demanda Boffin, à brûle-pourpoint, avec sa curiosité ordinaire.

— Bientôt trois ans, monsieur.

— Autant dire que vous y êtes né! répondit le bonhomme avec admiration. Aimez-vous ce métier-là?

— Il m'est égal, répondit le jeune Blight en soupirant, comme si la chose avait perdu son amertume.

— Qu'est-ce que vous gagnez ici?

— La moitié de ce que je voudrais avoir.

— Et quel est le chiffre de ce que vous désirez?

— Quinze shellings par semaine, répondit le jeune clerc.

— Combien de temps à peu près faudra-t-il pour que vous fassiez un juge? demanda Boffin après avoir mesuré du regard la taille du petit bonhomme.

— Je n'ai pas encore fait ce calcul, répondit Blight.

— Rien, je suppose, ne vous empêche de le devenir? » reprit Boffin.

Le jeune clerc répondit qu'ayant l'honneur d'être un Breton, à qui le mot jamais est inconnu, rien ne l'empêchait d'arriver un jour à la magistrature. Néanmoins, il parut sous-entendre que certaine chose pourrait y mettre obstacle.

« Une couple de livres, dit Boffin, vous y aiderait-elle un peu? »

Le jeune Blight n'ayant pas le moindre doute à cet égard, mister Boffin lui remit ce petit présent, et le remercia des soins qu'il donnait à ses affaires (à lui, Boffin), lesquelles, ajouta le brave homme, devaient enfin être arrangées. Puis, la canne à l'oreille, comme si elle avait été un démon familier auquel il eût demandé l'explication de ce qui frappait ses regards, Boffin promena ses gros yeux autour du cabinet. Il vit une petite bibliothèque renfermant quelques livres de droit; puis une fenêtre, un sac vide, une boîte de pains à cacheter, un bâton de cire rouge, une plume, une pomme, un sous-trait, une masse de taches d'encre, un fourreau de fusil ayant la prétention d'être un instrument judiciaire, mais imparfaitement déguisé; tout cela revêtu d'une poussière épaisse; et finalement, une boîte de fer portant

cette étiquette : DOMAINE HARMON. Les yeux du bonhomme en
étaient à cette boîte, lorsque apparut mister Lightwood. Il arrivait, disait-il, de chez le proctor[1] où il était allé précisément
pour les affaires de mister Boffin.

« Et vous en êtes tout fatigué ! » dit celui-ci avec commisération.

Sans répondre que sa lassitude était chronique, mister
Lightwood exposa que, toutes les formalités ayant été remplies,
le testament approuvé, la mort de l'héritier direct bien et dûment
reconnue, etc., etc., la cour de Chancellerie ayant statué, etc., etc.,
ledit Lightwood avait enfin la satisfaction, l'honneur, le bonheur, etc., de féliciter mister Boffin de son entrée en jouissance,
comme légataire universel, etc., d'un capital de plus de cent
mille livres déposé à la Banque d'Angleterre.

« Ce qu'il y a surtout d'agréable dans cette fortune, mister
Boffin, c'est qu'elle ne donne aucun embarras, continua le solicitor. Pas de domaine à gérer, de capitaux à recouvrer dans les
moments difficiles, et à raison de tant pour cent, ce qui est un
moyen excessivement coûteux de faire mettre son nom dans les
journaux. Pas d'élections qui vous échaudent ; pas de régisseurs
qui écrèment le lait avant qu'il arrive sur votre table. Vous
pouvez mettre le tout dans une cassette, et l'emporter avec vous
demain matin... je dirai aux Montagnes-Rocheuses : Puisque,
ajoute Lightwood avec un indolent sourire, il n'est pas un homme
que la fatalité ne contraigne un jour ou l'autre à parler familiè-
rement de ces montagnes à l'un de ses semblables, j'espère que
vous voudrez bien m'excuser si je vous envoie d'urgence à cette
chaîne assommante, véritable scie géographique. »

Mister Boffin, qui n'avait pas suivi cette dernière phrase très-
attentivement, jeta un regard perplexe tantôt au plafond, puis sur
le tapis, où il l'arrêta.

« Je ne sais que répondre à tout cela, dit-il ; mais, voilà qui
est sûr, je me trouvais aussi bien comme j'étais. C'est une affaire
que de s'occuper d'une si grosse somme !

— Alors, cher monsieur, ne vous en occupez pas.

— Hein ? fit l'ancien boueur.

— Maintenant, reprit Lightwood, à vous parler avec la sottise
irresponsable d'un homme privé, non avec la profonde sagesse
d'un conseil judiciaire, je vous dirai que si le poids de cette fortune accable votre esprit, une consolation vous est offerte, car il
est facile de l'amoindrir. Si vous redoutez l'embarras que peut
vous causer cette dernière tâche, vous avez encore cette pensée

1. Avoué près les tribunaux civils et ecclésiastiques.

consolante qu'une foule de gens seront trop heureux de vous l'épargner.

— Je ne vois pas la chose tout à fait comme vous, répondit Boffin avec une inquiétude croissante; ce que vous dites là n'a rien de satisfaisant.

— Qu'y a-t-il de satisfaisant sur la terre? demanda Lightwood en relevant les sourcils.

— Jusqu'alors tout l'avait été pour moi, répliqua Boffin d'un air pensif. Quand j'étais premier garçon là-bas, avant que ce fût le Bower, je regardais le métier comme très-satisfaisant. Le patron, sauf le respect que je dois à sa mémoire, était diablement rude; mais c'était un plaisir de faire marcher la besogne depuis le matin avant le jour jusqu'après la nuit close. C'est presque dommage, poursuivit Boffin en se grattant l'oreille, qu'il ait gagné tant d'argent. Il aurait mieux valu pour lui qu'il n'eût pas été si riche. Vous pouvez en être sûr, ajouta le bonhomme frappé de cette découverte : lui aussi trouvait que c'était lourd d'avoir une si grosse fortune. »

Mister Lightwood, peu convaincu, toussa une ou deux fois.

« Prenons l'affaire en détail, continua mister Boffin. Que le Seigneur nous protège! Où est la satisfaction qu'a donné cet argent? Voilà le bonhomme qui fait droit à son fils, et lui laisse tout ce qu'il a; le pauvre garçon en est-il plus avancé? Il a quitté ce monde au moment où il portait, comme on dit, la soucoupe à ses lèvres. Vous pouvez le croire, mister Lightwood, moi et ma vieille lady nous avons soutenu le cher enfant nombre de fois contre son père. Si bien que le bonhomme nous a jeté toutes les sottises qu'il a pu mettre au bout de sa langue. Je l'ai vu un jour où missis Boffin lui avait dit franc et net sa façon de penser, à propos de ce qu'un père est tenu envers son fils, je lui ai vu prendre le chapeau de missis Boffin et le lancer à l'autre bout de la cour; un chapeau de paille noir qu'elle portait constamment, et qui était perché sur le haut de sa tête par manière de convenance. Je l'ai vu comme je vous le dis; il allait avoir de moi une fameuse raclée, lorsque missis Boffin se plaça entre nous deux, et reçut le premier coup de poing qui la renversa net, mister Lightwood, mais net.

— Honore également la tête et le cœur de missis Boffin, murmura le gentleman.

— Vous comprenez, poursuivit le bonhomme; je vous dis cela, maintenant que les affaires sont finies, pour vous montrer que nous avons toujours soutenu les enfants, comme c'était notre devoir. Nous avons été les amis de la fille, les amis du garçon; les défendant contre le père, moi et ma femme, bien qu'à chaque instant nous nous disions : ça nous fera jeter à la porte. Quant à missis Boffin, ajouta le brave homme en baissant la voix, à présent qu'elle est fashionable, il se pourrait bien qu'elle n'aimât pas que la chose fût connue, mais elle a été jusqu'à lui dire en ma présence qu'il n'était qu'un scélérat, un vieux sans cœur.

— Noble esprit saxon, ancêtres de missis Boffin, — archers, — Azincourt et Crécy, — murmura Lightwood.

— La dernière fois que nous l'avons vu, reprit Boffin avec émotion, le pauvre petit avait sept ans; car à l'époque où il est revenu au sujet de sa sœur, nous étions à la campagne, ma femme et moi, à surveiller une entreprise dont il fallait passer les cendres à la claie, avant d'en charger les tombereaux; et, à notre retour, le pauvre gamin, qui n'avait fait qu'entrer et sortir, était déjà reparti. Je disais donc qu'il avait sept ans; on l'envoyait tout seul à cette école d'un pays étranger. Comme il s'en allait (nous demeurions alors au bout de la cour du présent Bower), il entra chez nous pour se chauffer un peu. Il avait ses habits de voyage, qui n'étaient pas lourds; et dehors, par un vent à tout briser, était sa petite caisse que je devais lui porter au paquebot, car le patron ne voulait pas entendre parler d'une voiture de six pence. Missis Boffin, qui alors était toute jeune, et ressemblait à une rose épanouie, le fit approcher du feu; elle se mit à genoux à côté de l'enfant, se chauffa les deux mains, lui en frotta les joues; puis, voyant que le pauvre petit pleurait, les larmes lui coulèrent des yeux. Elle l'entoura d'un de ses bras comme pour le protéger, et me dit en sanglotant : « Je donnerais tout au monde, oui, tout au monde pour m'en aller avec lui. » Je ne vous dirai pas tout le mal que me firent ces paroles, en même temps qu'elles augmentaient mon admiration pour missis Boffin. Le pauvre petit s'était suspendu à son cou; et tandis qu'elle le pressait dans ses bras, comme le patron m'appelait.— « Il faut que je m'en aille, qu'il nous dit; que le bon Dieu vous bénisse. » Il resta encore quelque temps dans les bras de missis Boffin, et il nous regarda tous les deux avec un chagrin! une vraie agonie. Oh! quel regard!

Je montai avec lui dans le bateau. En chemin d'abord, je l'avais régalé des quelques petites choses que je pensais qu'il aimait, et je ne le quittai pas avant qu'il fût endormi; puis je revins à la maison. Mais j'eus beau dire à missis Boffin que je l'avais laissé bien tranquille, rien n'y faisait. Dans sa pensée, il y avait toujours ce regard qu'il nous avait jeté au moment de partir. Et tout de même, ce fut bon à quelque chose : missis Boffin et moi nous n'avions pas d'enfants, et nous l'avions toujours regretté; mais actuellement, nous n'en désirions plus.

« Que nous venions à mourir tous les deux, me disait missis
Boffin, et les autres pourraient voir ce même regard dans les
yeux de notre enfant. » Aussi la nuit, quand il faisait bien froid,
qu'on entendait le vent gronder, ou qu'il pleuvait bien fort, elle
se réveillait en sanglotant, et me disait tout éperdue : « Est-ce
que tu ne vois pas sa pauvre figure? Oh ! mon Dieu ! abritez le
pauvre petit ! » Puis avec le temps cela a fini par s'user.

— Tout s'use et tombe en guenilles, mon cher monsieur, reprit
Lightwood en riant.

— Tout, c'est beaucoup dire, reprit l'excellent homme que
les manières du gentleman agaçaient. Il y a de ces choses que je
n'ai jamais trouvées dans les balayures; non, monsieur. Enfin,
nous avons vieilli au service du bonhomme, vivant serré, et travaillant dur jusqu'au moment où on l'a trouvé mort dans son lit.
Missis Boffin et moi, nous avons cacheté la boîte qu'il avait toujours sur sa table. Puis connaissant le Temple comme un lieu qui
fournissait à l'entreprise les ordures des gens de loi, je m'y rendis
pour chercher un homme du métier, afin de le consulter sur ce
qu'il y avait à faire. C'est alors que j'ai aperçu votre jeune
homme qui était à la fenêtre d'ici, où il tuait les mouches à coups
de canif. « Ho! hô ! » que je lui criai. A cette époque je n'avais
pas le plaisir de vous connaître, et c'est comme cela que j'ai eu
cet honneur. Alors, avec ce gentleman qui avait une cravate si
peu confortable, et qui demeure sous la petite arcade du cimetière de Saint-Paul.

— Doctor's Commons, dit Lightwood.

— Je croyais avoir entendu un autre nom; mais vous le savez
mieux que moi. Eh bien ! donc, vous vous êtes mis à l'ouvrage
avec le docteur Scommons, et vous avez pris les mesures nécessaires, fait les pas et les démarches, enfin tout ce qu'il fallait
pour découvrir ce pauvre garçon, que vous avez fini par trouver.

— « Nous allons donc le revoir, me disait souvent missis Boffin ; et
cette fois dans une bonne position. » Mais cela ne devait pas être.
Le fâcheux, c'est qu'après tout, l'argent ne soit pas pour lui.

— Cet argent, remarqua Lightwood en inclinant la tête avec
langueur, est tombé en d'excellentes mains.

— Le voilà seulement d'aujourd'hui entre les miennes et celles
de missis Boffin ; et c'est pour cela que je suis venu, car j'attendais ce jour et cette heure pour m'occuper de ce que j'ai à vous
dire. Voilà ce que c'est : un crime affreux a été commis ; la vieille
lady et moi, ayant profité de ce crime abominable, qui est toujours un mystère, nous offrons, pour la recherche et la découverte de l'assassin, la dîme de la richesse qui nous arrive, ce qui
fait une récompense d'un peu plus de dix mille livres.

— C'est beaucoup trop, mon cher monsieur.

— Non, mister Lightwood ; nous avons arrêté ce chiffre-là ensemble, missis Boffin et moi, et nous n'en démordrons pas.

— Laissez-moi vous dire, reprit le solicitor, et je parle maintenant, avec toute la profondeur du praticien, non avec l'imbécillité de l'homme du monde, laissez-moi vous dire que l'offre d'une telle récompense est une incitation aux faux témoignages, aux délations calomnieuses, aux révélations forgées ; en un mot, tout un arsenal de lames à deux tranchants.

— C'est pourtant la somme que nous voulons y mettre, dit Boffin, légèrement ébranlé. Reste à voir si dans les affiches que vous ferez faire en notre nom...

— En votre nom, mister Boffin, en votre nom.

— Oui, en mon nom, qui est celui de missis Boffin, et qui nous comprend tous les deux, reste à voir s'il faudra y mentionner la somme. On verra cela quand on fera les affiches. Mais ceci n'est que la première des instructions que je viens donner à mon homme de loi, comme possesseur de la fortune qui m'a été remise.

— Votre homme de loi, répondit Lightwood en écrivant avec une plume très-rouillée, prend note avec plaisir de l'instruction précédente. En ai-je d'autres à recevoir ?

— Encore une, pas davantage. Faites-moi un petit bout de testament, aussi serré que possible, par lequel je laisse toute la fortune à mon épouse bien-aimée, Henerietty Boffin. Qu'il soit très-court, dans les termes que je vous ai dits ; mais surtout bien serré. »

Ne sachant pas trop ce qu'entendait mister Boffin, par cette dernière expression, Ligthwood sonda le terrain.

« Excusez-moi, dit-il, mais la profondeur judiciaire a besoin d'exactitude. Quand vous employez le mot serré...

— Je veux dire serré, expliqua Boffin.

— Parfaitement, et rien n'est plus honorable. Mais par là entendez-vous lier missis Boffin en lui imposant...

— Lier missis Boffin ! interrompit le brave homme ; à quoi pensez-vous donc ! ce que je veux, c'est que la chose soit si bien serrée, qu'une fois qu'elle la tiendra, on ne puisse pas la défaire.

— Ainsi, vous lui donnez la totalité de votre fortune, afin qu'elle en dispose comme bon lui semblera. Vous voulez, n'est-ce pas, que tout soit à elle, absolument à elle ?

— Absolument ! répéta le mari avec un gros rire. Ah ! ah ! ah ! ce serait joli à moi de commencer aujourd'hui à lier missis Boffin. »

Ayant pris note de cette nouvelle instruction, Mortimer Lightwood reconduisit l'excellent homme qui, au moment de franchir la porte, faillit être renversé par Eugène.

« Permettez, dit Mortimer, d'un air glacial, que je vous présente l'un à l'autre ; et il ajouta que dans l'intérêt de l'affaire, autant que pour sa propre satisfaction, il avait communiqué à mister Wrayburn quelques-uns des curieux détails de la vie de son honorable client.

— Enchanté de connaître mister Boffin, dit Eugène, qui était loin d'en avoir l'air.

— Merci bien, retourna le brave homme. Le métier vous plaît-il ?

— Pas... excessivement, répondit Eugène.

— C'est trop sec pour vous, hein ? Je suppose qu'avant d'y être passé maître, il vous faudra piocher ferme encore plusieurs années. Mais, croyez-moi, il n'y a rien comme le travail ; regardez plutôt les abeilles.

— Veuillez m'excuser, répliqua Eugène, avec un sourire contraint ; mais permettez-moi de vous dire que je proteste toujours quand on me cite les abeilles.

— Vraiment ! s'écria le brave homme.

— Par principe, dit Eugène ; en ma qualité de bipède...

— De quoi ? demanda mister Boffin.

— De créature à deux pieds, répondit le gentleman. En ma qualité de bipède, je n'accepte pas qu'on me réfère aux insectes, ni aux animaux à quatre pattes. Je forme opposition à ce qu'on me requière de modeler ma conduite sur celle du chien, de l'araignée ou du chameau. J'admets pleinement que celui-ci, par exemple, est d'une sobriété excessive ; mais il a plusieurs estomacs pour se sustenter, et l'homme n'en a qu'un. En outre, je ne suis pas, comme lui, pourvu d'un collier frais et commode où je puisse conserver ma boisson.

— Mais, reprit Boffin, à qui cette théorie causait quelque embarras, c'était de l'abeille que je parlais.

— Je me plais à le reconnaître ; puis-je néanmoins vous représenter que la citation est peu judicieuse ? Je vous concède pour un instant qu'il y ait de l'analogie entre une abeille et un homme qui porte chemise et pantalon (ce que je nie d'une manière formelle), et que ce soit à l'école de l'abeille que l'homme ait à s'instruire (ce que je suis loin d'admettre), la question reste pendante. Qu'est-ce que l'homme apprendra ? que devra-t-il imiter ? que faudra-t-il qu'il évite ? Quand nous voyons les abeilles se tourmenter à ce point au sujet de leur souveraine, et avoir la tête littéralement tournée du moindre incident monarchique, est-ce la sublimité de l'adulation des grands que ce tableau nous enseigne, ou la petitesse des faits et gestes de la Cour ? Il se pourrait bien, mon cher monsieur, que la ruche ne fût qu'une satire.

— Dans tous les cas, on y travaille, répondit le bonhomme.

— Ou...i, répliqua Eugène d'un ton dédaigneux ; les abeilles travaillent, et plus qu'il n'est besoin. Ne trouvez-vous pas qu'il y a excès ? Elles font plus de miel qu'elles n'en consomment ; elles vont sans cesse bourdonnant la même idée jusqu'à leur mort; c'est dépasser les bornes. Oterez-vous le dimanche aux ouvriers parce que les abeilles travaillent perpétuellement? Devrai-je ne point changer d'air parce qu'elles ne voyagent pas? J'avoue, mister Boffin, que le miel est excellent, surtout à déjeuner; mais, envisagée comme moraliste et comme précepteur de l'homme, votre amie l'abeille me devient odieuse, et je proteste contre cette mystification tyrannique. J'ai néanmoins le plus profond respect pour vous.

—Merci, dit Boffin. B'jour, b'jour. »

Et le digne homme s'en alla, mais avec une impression pénible dont il aurait pu se dispenser. Outre les faits douloureux que lui avait rappelés l'héritage du père Harmon, il entrevoyait ici-bas une foule de choses très-peu satisfaisantes. Comme il cheminait dans Fleet street, sous l'influence de cette réflexion fâcheuse, mister Boffin s'aperçut qu'un homme, ayant l'extérieur d'un gentleman, le suivait et l'observait de très-près.

« Voyons, dit-il en s'arrêtant brusquement, ce qui rompit le fil de ses pensées, qu'y a-t-il pour votre service ?

— Veuillez m'excuser, mister Boffin...

— Mon nom! C'est trop fort. Comment le savez-vous ? Est-ce que je vous connais?

— Non, monsieur; vous ne me connaissez pas. »

Mister Boffin regarda l'inconnu en face.

« Non, dit-il, après avoir jeté les yeux sur le pavé, comme s'il y avait là une collection de visages parmi lesquels pût figurer celui de ce gentleman ; non, je ne sais pas qui vous êtes.

— Je suis trop peu de chose pour que l'on me connaisse, dit l'étranger; mais la fortune de mister Boffin...

— Oh! oh! le bruit en court déjà, murmura celui-ci.

— Et la façon romanesque dont elle lui est venue, poursuivit le gentleman, l'ont mis en évidence. Vous m'avez été désigné l'autre jour...

— Eh bien! dit Boffin, si votre civilité vous permet d'en convenir, vous avouerez qu'en me regardant vous avez été peu

satisfait ; car je ne suis pas beau à voir. Mais qu'est-ce que vous
me voulez ? Est-ce que vous êtes un homme de loi ?

— Non, monsieur.

— Vous n'avez pas à faire de révélations qui gagneraient une
certaine récompense ?

— Non, monsieur. »

Peut-être un nuage avait-il assombri la figure de l'étranger
quand celui-ci avait fait cette dernière réponse ; mais ce nuage
s'était dissipé immédiatement.

« Si je ne me trompe, reprit Boffin, vous me suivez depuis
que je suis sorti de chez mon homme de loi, et vous avez essayé
d'attirer mon attention, avouez-le. C'est vrai, n'est-ce pas ? demanda Boffin un peu irrité.

— Oui, monsieur.

— Pourquoi cela ?

— Permettez-moi, monsieur, de faire quelques pas avec vous,
et j'aurai l'honneur de vous le dire. Cela vous déplaira-t-il de
venir à Clifford's Inn ? Je crois que c'est ainsi qu'on nomme la
place qui est à côté ; vous m'y entendrez mieux que dans cette
rue si bruyante. »

S'il me propose une partie de quilles, pensa Boffin, s'il me
met en présence d'un campagnard nouvellement enrichi, ou s'il
me montre un bijou dont il vient de faire la trouvaille, il lui en
cuira ; je lui donnerai une fameuse raclée. Ayant fait cette réflexion, et portant son bâton dans ses bras, à la façon de poli-
chinelle, le brave homme entra dans l'Inn susdite.

« Ce matin, je vous ai aperçu dans Chancery-Lane, dit l'inconnu. J'ai pris la liberté de vous suivre ; j'allais vous adresser
la parole, quand vous êtes entré chez votre solicitor ; je suis
resté là pour vous attendre.

— Il ne parle pas de quilles, ni de compère, ni de bijoux,
pensa Boffin ; mais où veut-il en venir ?

— Je crains d'être téméraire poursuivit l'étranger. Peut-être
mon projet est-il impossible, j'en ai peur ; mais je vous le com-
munique à tout hasard. Si vous vous demandez à vous même,
ou, ce qui est plus probable, si vous me demandez d'où peut
me venir tant de hardiesse, je vous répondrai que j'ai la ferme
conviction que vous êtes un homme de sens, plein de droiture
et de franchise, d'un cœur parfait entre tous, et que vous avez
le bonheur de posséder une femme qui a toutes ces qualités.

— Pour missis Boffin, c'est la vérité pure, » répondit le brave
homme, en examinant l'étranger.

Il y avait quelque chose de contraint dans les manières de
celui-ci ; il parlait à voix basse, et ne levait pas les yeux, bien

qu'il sentît que mister Boffin le regardait. Mais ses paroles coulaient avec aisance, et le timbre de sa voix était des plus agréables.

« Si j'ajoute que la fortune ne vous a nullement gâté, nullement enorgueilli, ce qui du reste est proclamé par tout le monde, ne pensez pas, monsieur, que j'aie l'intention de vous flatter; je le dis simplement pour excuser mon audace. »

Il a besoin d'argent, pensa Boffin; combien va-t-il demander?

« Dans la situation où vous êtes, poursuivit l'inconnu, vous allez sans doute changer de manière de vivre. Il est probable que vous monterez votre maison sur un pied plus important. Vous aurez alors une foule de comptes à régler, une correspondance étendue; et si vous consentiez à me prendre comme secrétaire...

— Comme secrétaire? s'écria le brave homme en écarquillant les yeux.

— C'est mon plus grand désir.

— Voilà qui est singulier, dit Boffin en retenant son haleine.

— Ou bien, reprit l'inconnu tout étonné de l'étonnement du bonhomme, si vous vouliez essayer de moi comme homme d'affaires, ou sous tel nom qu'il vous plaira, vous trouveriez chez votre serviteur, non moins de fidélité que de reconnaissance; et j'ose dire que je pourrais vous être utile. Vous devez croire, monsieur, qu'avant tout, ce qui me préoccupe est la question d'argent; c'est une erreur. Je vous servirais volontiers pendant un an ou deux avant qu'il fût parlé de salaire. Vous fixeriez vous-même l'époque où nous aurions à y penser.

— D'où venez-vous? demanda Boffin.

— De pays éloignés, » répondit l'inconnu, dont les yeux rencontrèrent ceux du brave homme.

Celui-ci, dont les connaissances à l'égard des contrées lointaines étaient fort restreintes et d'une qualité douteuse, employa cette fois des mots élastiques.

« Venez-vous, dit-il, de quelque endroit particulier?

— Je suis allé en beaucoup d'endroits, répliqua le gentleman.

— Et qu'y faisiez-vous? » reprit Boffin.

Cette question ne l'avança pas davantage, car l'inconnu répondit:

« Je voyageais pour m'instruire.

— Fort bien, dit le bonhomme; mais si ce n'est pas là une trop grande liberté, je vous demanderai sans façon comment vous gagnez votre vie?

— Tout à l'heure, répliqua l'autre en souriant, je vous ai confié quel était mon désir. J'avais certains projets qu'il m'est impossible d'exécuter maintenant; et je peux dire que ma carrière est à commencer. »

Ne voyant pas trop comment se délivrer de ce postulant; et d'autant plus embarrassé que les manières de ce gentleman réclamaient des égards, dont il craignait d'être incapable, le digne homme jeta un coup d'œil au bosquet moisi de Clifford's Inn (une garenne de chats), dans l'espoir d'y trouver une idée. Il y rencontra les chats habituels, plus des moineaux, des branches mortes et du bois pourri; mais pas la moindre inspiration.

« Jusqu'à présent, dit l'étranger en tirant une carte d'un petit portefeuille, je n'ai pas décliné mon nom; je m'appelle Rokesmith, et je demeure à Holloway, chez un mister Wilfer. »

Boffin ouvrit de grands yeux.

« Le père de miss Bella ? s'écria-t-il.

— En effet, la personne chez laquelle je loge a une fille qu'on appelle ainsi. »

Depuis le matin, ce nom de Bella trottait dans l'esprit de Boffin, où il revenait souvent; ce qui fit dire au brave homme, tandis que, la carte de Rokesmith à la main, il contemplait le gentleman, sans souci des convenances :

« Voilà qui est singulier! Après tout, c'est quelqu'un des Wilfer qui vous aura dit qui j'étais?

— Non, monsieur; je ne suis jamais sorti avec personne de la famille.

— Mais c'est chez eux que vous avez entendu parler de moi ?

— Nullement. Je reste dans ma chambre; et c'est à peine si je les ai entrevus.

— De plus en plus drôle, s'écria Boffin. Eh bien! monsieur, pour être franc, je ne sais vraiment que vous dire.

— Ne dites rien, monsieur, répondit l'autre; permettez-moi seulement de passer chez vous dans quelques jours. Je ne suis pas assez déraisonnable pour supposer que vous accepterez mes services de prime abord, et que vous me prendrez littéralement dans la rue. Permettez donc que j'aille vous voir, afin que vous puissiez, à loisir, vous faire une opinion sur moi.

— Rien de plus juste, dit Boffin, mais à une condition : vous ne me chanterez pas que j'ai besoin d'un gentleman pour secrétaire. Est-ce bien cela que vous avez dit?

— Oui, monsieur. »

Boffin toisa de nouveau Rokesmith.

« C'est drôle, s'écria-t-il; vous êtes bien sûr d'avoir dit secrétaire? bien sûr, bien sûr?

— Très-sûr, monsieur.

— Pour secrétaire ! répéta Boffin d'un air méditatif. N'importe ; il est bien entendu que vous ne m'en parlerez pas plus que de l'homme qui est dans la lune. Nous ne voulons rien changer à notre manière de vivre ; c'est une chose arrêtée. Il est certain que, par goût, missis Boffin est entraînée vers tout ce qui est élégant ; mais elle est déjà installée au Dower d'une manière très-fashionable, et n'a pas besoin d'autre chose. Toutefois, monsieur, comme vous y mettez de la discrétion, et que vous ne vous imposez pas, je désire assez vous voir pour vous dire sans façon : Venez chez nous, si cela vous arrange. Venez quand il vous plaira ; dans quinze jours, dans huit jours ; enfin quand vous voudrez. A ce propos, je dois vous apprendre que depuis quelque temps j'ai à mon service un littérateur à jambe de bois, et que mon intention n'est pas de m'en séparer.

— Je regrette, monsieur, d'avoir été prévenu, répondit Rokesmith, visiblement surpris de ce qu'il venait d'entendre ; mais il est possible que d'autres fonctions se présentent.

— Voyez-vous, reprit Boffin d'un ton confidentiel, et avec un air de dignité, les fonctions de mon littérateur sont bien claires : professionnellement il me doit la décadence et la chute de l'empire ; amicalement, il tombe dans la poésie. »

Sans remarquer le moins du monde que ces deux fonctions ne paraissaient nullement claires à mister Rokesmith, Boffin ajouta :

« Et maintenant, bien le bonjour ; vous pouvez venir quand vous voudrez ; ce n'est pas loin de chez vous, guère plus d'un mille. Les Wilfer connaissent le chemin, ils vous l'indiqueront ; mais comme ils pourraient bien ne pas savoir qu'aujourd'hui ça se nomme Boffin's-Bower, dites-leur que c'est pour aller chez Harmon ; ne l'oubliez pas.

— Harmoan ? répéta Rokesmith qui paraissait avoir mal entendu ? Harman ? comment écrivez-vous cela ?

— Comme ça se prononce, répondit Boffin avec assurance. Harmon, vous n'aurez pas autre chose à dire. B'jour, b'jour, b'jour. »

Et il s'éloigna sans regarder derrière lui.

IX

CONSULTATION DE MISTER ET DE MISSIS BOFFIN

S'étant rendu chez lui directement, l'excellent homme arriva au Bower sans plus d'obstacle. Il y trouva missis Boffin en costume de promenade (velours noir et panache blanc, comme un cheval de corbillard) et lui rendit compte de ce qu'il avait fait depuis le déjeuner.

« Ceci, ma vieille, poursuivit-il, nous ramène à la question que nous avons posée ce matin et qui n'a pas été résolue, à savoir s'il y a encore quelque chose à faire pour se mettre à la mode ?

— Eh bien, Noddy, je vas t'expliquer, répondit missis Boffin en repassant sa robe avec la paume de sa main, et d'un air de vive satisfaction, je veux voir la société.

— La fashionable ! s'écria le mari.

— Oui, retourna missis Boffin avec le rire joyeux d'un enfant ; oui, mon cher. Il ne faut pas me garder à la maison comme une figure de cire.

— Ma vieille, répliqua le mari, on paye pour entrer aux figures de cire, tandis que les voisins (et pourtant au même prix ce ne serait pas cher) peuvent venir te voir quand ils veulent, et sans qu'il leur en coûte.

— Ce n'est pas là ce qu'il me faut, répondit la joyeuse femme ; c'était bon autrefois. Lorsqu'on travaillait comme eux, les voisins pouvaient convenir ; à présent que nous avons quitté l'ouvrage, nous n'allons plus ensemble.

— Est-ce que tu songerais à le reprendre ? insinua mister Boffin.

— Pas du tout ; à quoi penses-tu ? Mais nous voilà très-riches ; il faut agir en conséquence, et mettre sa vie en rapport avec sa fortune. »

Boffin, qui avait le plus profond respect pour la haute sagesse de sa femme, répondit que c'était son opinion ; il fit cependant cette réponse d'un air méditatif.

« Nous n'avons encore rien fait de ce qu'il faut, reprit missis Boffin ; et c'est pour cela que le bien ne s'est pas produit.

— C'est vrai, dit le bonhomme qui toujours pensif, alla s'asseoir sur un banc ; mais j'espère qu'avec le temps il en sortira quelque chose. Dis, ma vieille, qu'en penses-tu? »

La souriante créature, ample de corps, simple de cœur, les mains croisées sur son giron, et le cou gaillardement plissé, commença l'exposé de ses désirs.

« Je pense qu'il nous faut une belle maison, dans un beau quartier, avec de belles choses autour de nous, une bonne table et une belle société. Je dis qu'il nous faut vivre suivant nos moyens, sans faire de folies; mais vivre bien heureux.

— Moi aussi ; bien heureux, approuva le mari, toujours pensif.

— Miséricorde! s'écria missis Boffin en frappant dans ses mains et en se balançant à force de rire, miséricorde! je me vois déjà dans un grand carrosse jaune à deux chevaux, et des boîtes d'argent aux moyeux.

— Comment! tu penses à un carrosse?

— Oui, continua l'heureuse créature ; nous aurons un grand laquais par-derrière, qui se tiendra tout droit, avec une barre pour empêcher le timon des voitures de lui frapper les mollets. Et par-devant un petit cocher, enfoncé dans un grand siége trois fois trop grand pour lui, et tout recouvert de tentures vertes, à garnitures blanches. Et deux grands chevaux bais, secouant la tête et levant bien haut les jambes en trottant le long du chemin! Et puis nous deux à l'intérieur, toi et moi, Noddy, appuyés tout au fond, aussi roides que des quilles! Oh! oh! oh! ah! ah! ah!

Missis Boffin se balança de nouveau en riant aux larmes, battit des mains, trépigna de joie, et s'essuya les yeux.

« Maintenant, ma vieille, demanda le bonhomme, après avoir ri par sympathie, quelles sont tes vues à l'égard du Bower?

— S'en aller; mais ne pas le vendre; on le fera garder par quelqu'un.

— As-tu encore d'autres idées, la vieille? »

Elle quitta son canapé, alla s'asseoir sur le banc, à côté de son mari; puis accrochant de son bras dodu celui de Nick Boffin :

« La première chose à faire, dit-elle, c'est de nous occuper de cette pauvre fille. Vois-tu, Noddy, j'y pense tous les jours de grand matin, et le soir encore bien tard. Elle a été si malheureuse! Perdre à la fois son mari et sa fortune! Ne trouves-tu pas, Noddy, que nous devons songer à elle? La prendre avec nous, ou quelque chose comme cela?

— Et dire, s'écria le brave homme en frappant sur la table avec admiration, dire que je n'y avais pas pensé! Quelle machine à idée que cette femme-là ! Elle les forge à la vapeur, et sans qu'elle s'en doute ; cela lui vient comme à la mécanique. »

Missis Boffin lui tira l'oreille en retour du compliment ; et d'une voix qui prit peu à peu l'accent maternel :

« Enfin, poursuivit l'excellente femme, j'ai un désir qui surpasse tout, Noddy. Tu te rappelles ce pauvre petit John au moment où il s'en alla tout seul. Je le vois encore à notre feu, là-bas, en haut de la cour. Aujourd'hui qu'il n'a plus besoin de rien, et que son argent nous est revenu, j'aimerais à trouver un pauvre enfant de son âge, qui n'aurait ni père ni mère ; à le prendre chez nous, à l'adopter, à l'appeler John, comme lui, et à lui faire un sort. Je me figure que cela me mettrait le cœur à l'aise. Dis, si tu veux, que c'est un caprice...

— Je ne dis pas cela, interrompit Boffin.

— Non ; mais si tu le pensais, Noddy...

— Je serais une brute, s'écria le digne homme.

— Tu consens, alors ? c'est bien bon de ta part, chéri, bien bon ; mais cela te ressemble. Ne trouves-tu pas que c'est très-agréable, dit missis Boffin qui rayonnait dans toute sa personne avenante, et caressait sa robe avec délices ; ne trouves-tu pas bien agréable de penser qu'un orphelin sera tiré de la misère, rendu meilleur, et finalement aura une vie heureuse en mémoire de ce cher petit que nous avons vu si triste ? Comme il est doux, n'est-ce pas, de songer que ce bien-là sera dû à son argent ?

— Oui, répondit l'excellent homme ; il est bien doux aussi de penser que tu es missis Boffin, et cela depuis tant d'années, ma vieille. »

Malgré les aspirations de la digne femme et la profonde atteinte qu'en recevaient ses tendances fashionables, ils restèrent l'un à côté de l'autre sur le banc de bois, couple très-peu à la mode et à jamais inélégant. Mais, dans leur profonde ignorance, ces créatures incultes avaient eu pour guide, au milieu des écueils de la vie, le sentiment religieux du devoir et le désir de bien faire. Vous auriez pu découvrir chez eux mille absurdités, mille faiblesses ; trouver peut-être chez la femme mille vanités par surcroît ; et cependant l'être violent et sordide qui avait exploité leurs belles années, les avait pressurés pour en extraire le plus d'ouvrage possible en échange du moins d'argent qui pût leur permettre de gagner la vieillesse, cet être sans scrupule avait lui-même reconnu leur droiture t l'avait respectée. Malgré la lutte incessante que les pauvres gens avaient soutenue contre lui, malgré le dépit qu'il en avait éprouvé, il avait subi l'influence de leur probité inflexible. Et ceci est la loi éternelle , le mal

s'arrête souvent de lui-même, et s'éteint avec celui qui l'a fait;
le bien persiste, et son action est croissante.

À travers son despotisme haineux, le geôlier d'Harmony-Jail
avait senti l'honnêteté de ces fidèles serviteurs. Furieux de leur
opposition, il les avait accablés d'injures; mais leur courageuse
franchise avait entamé son cœur de roche; et en face de cette
loyauté inébranlable, qu'il savait ne pouvoir corrompre, il avait
senti l'impuissance de sa fortune. Ainsi, à l'époque où jamais il
ne leur avait dit une bonne parole, cet homme avide, autant
qu'impitoyable, les inscrivait dans son testament. Alors qu'il
déclarait se défier de tout le genre humain (et il n'avait que trop
de raisons de suspecter ses semblables), il confiait à ces honnêtes
gens ses dernières volontés, et il n'était pas moins certain de
la complète exécution de celles-ci que de la mort qui devait le
frapper un jour.

Assis côte à côte, sur leur banc, à une distance incalculable
de la fashion, mister et missis Boffin se demandèrent par quel
procédé ils trouveraient leur orphelin.

« On pourrait faire mettre dans les journaux, dit l'excellente
femme, qu'un enfant de tel âge, réunissant telles conditions, est
prié de se rendre tel jour au Bower. »

Mais Noddy craignant d'obstruer la voie publique par la quantité d'orphelins qui se présenteraient, cette mesure ne fut pas
adoptée. Missis Boffin proposa alors de s'adresser au recteur de
la paroisse; et le mari n'y voyant pas d'inconvénient, il fut
décidé qu'on partirait tout de suite. On irait chez les Wilfer par
la même occasion; et pour que ces visites fussent de cérémonie,
l'équipage fut demandé.

Cet équipage consistait en un vieux cheval ayant la tête en
marteau, cheval qui jadis traînait la charrette, et qui aujourd'hui
s'attelait à une chaise d'une époque reculée; celle-ci, voiture à
quatre roues, avait été pendant longtemps à l'usage exclusif de la
basse-cour, et certaines poules discrètes aimaient à y couver
leurs œufs. Une ration d'avoine au cheval, qui n'y était pas habitué, jointe à une couche de peinture au véhicule, avait, aux
yeux de Boffin, mis les choses sur un pied très-sortable. Enfin,
ayant ajouté à ces deux objets, sous forme de cocher, un jeune
homme long et maigre, ressemblant à une zygène, ce poisson
connu sous le nom de marteau, l'équipage ne laissait rien à
désirer.

Ainsi que le cheval, le cocher, assorti à la bête, avait servi
dans le balayage; mais un tailleur du district, pris en journée au
Bower, l'avait enseveli dans une grande paire de guêtres et dans
une immense redingote, scellée d'énormes boutons. Derrière cette

livrée, mister et missis Boffin occupaient le fond de la chaise, compartiment assez commode, sauf une tendance alarmante à se séparer de l'avant-train, avec un hoquet peu convenable, chaque fois qu'il y avait une ornière à franchir.

En voyant le cheval émerger du Bower, tout le quartier .u. sur la porte ou à la fenêtre, pour saluer les Boffin. Parmi ceux qui furent laissés en arrière, bouche béante et l'œil tendu vers l'équipage, était une nombreuse jeunesse qui saluait le bonhomme en criant d'une voix retentissante:

« Nod-dy-y Bof-fin! Bof-fin est ri-i-iche! A bas le balaya-a-ge! » et autres compliments du même genre. Le cocher à tête de marteau le prit en si mauvaise part qu'il en dérangea la majesté de sa course; et il se disposait à quitter son siège pour tomber sur cette marmaille, lorsque ses maîtres intervenant, il en résulta une longue et vive discussion, qui finit cependant par le dissuader de son projet.

Enfin l'équipage s'éloigna du quartier et s'arrêta devant la paisible demeure du révérend Milvey, une modeste maison, attendu que les ressources du révérend étaient elles-mêmes fort modestes. Obligé par état d'être accessible à toute vieille femme qui avait à lui communiquer ses pensées incohérentes, Franck Milvey reçut immédiatement les Boffin. C'était un tout jeune homme, élevé d'une façon dispendieuse, et pauvrement rétribué. Pourvu d'une toute jeune femme, et de six enfants tout jeunes, il se voyait dans la nécessité de donner des leçons et de traduire les classiques, pour ajouter à son maigre salaire; mais il était regardé par tout le monde comme devant consacrer aux autres plus de temps que le plus oisif de la paroisse, et faire plus d'aumônes que le plus riche du district. Il acceptait les difficultés inutiles et contradictoires de son existence avec une résignation qui tenait du servilisme; un laïque audacieux qui se serait ingéré de lui ajuster son fardeau d'une manière plus commode, ou plus décente, n'aurait eu de sa part qu'un très-faible concours.

Mister Milvey, les manières et la figure placides, mais non sans un sourire latent qui annonçait une prompte observation de la toilette de missis Boffin, reçut ses visiteurs dans une étroite bibliothèque où le bruit des bambins descendait par le plafond, où l'odeur du gigot montait par le plancher.

« Je crois, dit le jeune pasteur à missis Boffin, lorsqu'elle lui eut exposé sa requête, je crois que vous n'avez jamais eu d'enfants.

— Non, monsieur, jamais.

— Et comme les reines des contes de fées, vous auriez voulu, je suppose, en avoir au moins un?

— Assurément. »

Mister Milvey sourit de nouveau; ces rois et ces reines, se dit-il à part lui, désirent toujours des enfants. Peut-être fut-il frappé de cette idée que s'ils étaient à sa place ils pourraient souhaiter le contraire.

« Je pense, reprit-il à haute voix, que nous ferons bien d'appeler mistress Milvey; elle est de fort bon conseil; permettez que je la fasse venir. Margaretta! ma chère!... »

Mistress Milvey descendit aussitôt. Une jolie petite femme, jeune et vive, un peu flétrie par les travaux quotidiens. Elle avait réprimé une foule de goûts élégants, de fantaisies brillantes, et leur avait substitué les écoles, les plats de soupe, les dons de flanelle et de charbon, tous les besoins d'une population nombreuse, y compris les maux de tous les jours et les rhumes des dimanches. Son mari avait réformé non moins bravement tout ce qui découlait de ses études, ou le rattachait à ses anciens condisciples; et il s'était lancé à corps perdu au milieu des pauvres et de leurs enfants, ramassant avec eux les miettes les plus dures de la vie.

« Mister et mistress Boffin, ma chère, dont vous savez l'heureuse fortune. »

Mistress Milvey salua et félicita les braves gens de la façon la plus gracieuse et la plus naturelle du monde. Elle était enchantée de les voir; néanmoins sa figure engageante, à la fois ouverte et fine, laissa poindre le sourire qu'avait inspiré à son mari la toilette de la visiteuse.

« Mistress Boffin, ma chère, voudrait adopter un enfant, un petit garçon. — Et comme la jeune femme prit un air alarmé, il ajouta vivement: Un orphelin, ma chère.

— Oh! fit mistress Milvey, que ce détail rassura au sujet de ses propres bébés.

— Et je pensais, Margaretta, que le petit-fils de missis Goody pourrait peut-être convenir.

— Oh! Franck, je ne pense pas.

— Vraiment?

— Oh! non, cher! »

La souriante mistress Boffin sentit qu'elle devait se mêler à la conversation. Ravie de l'intérêt que l'expressive petite femme prenait à son affaire, elle présenta ses remercîments, et demanda ce que le susdit petit-fils pouvait avoir contre lui.

« Je ne crois pas, répondit mistress Milvey en regardant son mari, et certes, en y réfléchissant, mon cher Franck partagera mon opinion, je ne crois pas qu'on puisse empêcher cet enfant d'être sali par le tabac; sa grand'mère en consomme une telle quantité, et renverse presque tout sur lui.

— Chère Margarette, il ne restera pas chez sa grand'mère, reprit M. Milvey.

— Je le sais bien, Franck; mais il sera impossible d'interdire à cette femme la maison de mistress Boffin; plus elle y trouvera à boire et à manger, plus elle ira souvent; elle est si peu discrète! J'espère que ce n'est pas manquer de charité; mais rappelez-vous qu'au dernier réveillon elle a bu onze tasses de thé; et qu'elle a grogné tout le temps. Puis elle n'a aucune reconnaissance; vous vous souvenez du jupon de flanelle tout neuf qu'on lui avait donné; elle l'a rapporté parce qu'il était trop court; et que de bruit, que de plaintes à la foule qu'elle avait attirée!

— C'est vrai, dit le révérend, je ne crois pas que cela convienne. Pensez-vous qu'Harrison...

— Oh! Franck! objecta la jeune femme.

— Il n'a pas de grand'mère, chère Margarette.

— Non, mais il louche si fort!

— C'est encore vrai, dit le pauvre Franck, si la petite fille de...

— Mais c'est un petit garçon, mon cher, que demande mistress Boffin.

— C'est vrai, dit le révérend; et il ajouta d'un air pensif: Tom Docker est un charmant garçon.

— Mais je doute, Franck, insinua la jeune femme, qu'un orphelin de dix-neuf ans, charretier de son état, et qui arrose les routes, convienne à mistress Boffin. »

Le révérend interrogea celle-ci du regard; et la souriante dame ayant secoué négativement son chapeau de velours noir, le cher Franck répéta d'un air abattu: « C'est encore vrai. »

— Si j'avais su, dit mistress Boffin, qui était consternée de l'embarras du pasteur, si j'avais su vous donner tant de peine, monsieur, et à vous aussi, madame, il est certain que je ne serais pas venue.

— Oh! mistress Boffin! ne dites pas cela, je vous en prie, s'écria mistress Milvey.

— Ne dites pas cela, confirma le révérend; nous vous savons si bon gré de nous avoir donné la préférence.

— Oh! oui, » dit la jeune femme.

Et rien n'était plus vrai; ce couple excellent et consciencieux éprouvait la même satisfaction que s'il avait tenu boutique d'orphelins, et que mistress Boffin lui eût donné sa clientèle.

« Mais c'est une grande responsabilité, ajouta M. Milvey; et la confiance qu'on nous témoigne rend la tâche plus délicate. Cependant, nous serions désolés de perdre l'occasion que vous avez la bonté de nous offrir; si vous pouviez nous accorder un jour ou deux, il serait possible de trouver cela ; n'est-ce pas Margarette, en cherchant avec soin dans les work-houses et les écoles.

— Certainement, dit la chaleureuse petite femme.

— Nous avons bien des orphelins, poursuivit le mari avec autant d'anxiété que si la concurrence avait été vive, et qu'il eût craint de perdre une commande importante, mais ces orphelins travaillent dans les briqueteries, chez des parents, ou des connaissances de leurs familles, et je craindrais que ce ne fût la source d'une spéculation fâcheuse ; les livres, les couvertures, ou le chauffage que l'on donnerait pour conserver l'enfant, seraient convertis en liqueurs ; on ne pourrait pas l'empêcher. »

Il fut donc arrêté que mister et mistress Milvey chercheraient un orphelin réunissant les qualités voulues ; autant que possible à l'abri de réclamations futures ; et qu'aussitôt qu'il serait trouvé on le ferait savoir au Bower.

Mister Boffin prit alors la liberté de dire à mister Milvey que s'il pouvait lui rendre le service d'être son banquier perpétuel pour un billet d'une vingtaine de livres, et même plus, à dépenser comme mister Milvey l'entendrait, il lui en serait extrêmement obligé. Proposition qui fit autant de plaisir au jeune couple que s'il n'avait eu aucun besoin personnel, et n'avait connu la pauvreté qu'en la voyant dans la paroisse. Sur quoi l'entrevue se termina, laissant à chacun une bonne opinion des autres ; et à tous une entière satisfaction.

« Maintenant, ma vieille, dit mister Boffin, en s'asseyant derrière le cheval et le cocher à tête en marteau, maintenant que cette agréable visite est faite, nous allons entrer chez les Wilfer. »

La chose était simple à dire ; mais pas à exécuter. Rien de plus difficile que de pénétrer dans cette demeure. Trois coups de sonnette vigoureux n'ayant produit extérieurement aucun résultat, bien qu'à chaque fois des pas rapides eussent retenti dans la maison, la tête de zygène, qui commençait à s'échauffer, en administra un quatrième où perçait sa colère. A ce violent appel, miss Lavinia se montra comme par hasard, un chapeau sur la tête, une ombrelle à la main, avec l'intention apparente de faire un tour de promenade. Fort étonnée de voir quelqu'un à la porte, elle exprima sa surprise en termes convaincus.

« C'est mister et missis Boffin ! grogna le cocher en secouant la grille comme s'il eût été membre de quelque ménagerie. Voilà une demi-heure qu'ils attendent ! cria-t-il.

— Que dites-vous ? demanda miss Lavinia.

— Je dis que c'est mister et missis Boffin ! » rugit la tête de marteau.

Miss Lavinia gravit d'un pas léger les marches du perron, les redescendit avec une clef à la main, traversa la petite cour et ouvr't la porte en disant avec hauteur :

« Donnez-vous la peine d'entrer, la bonne est sortie. »

Les Boffin précédèrent la jeune fille ; ils s'arrêtèrent dans le petit vestibule, en attendant que miss Lavinia leur eût montré le chemin, et entrevirent sur l'escalier trois paires de jambes aux écoutes : celles de mistress Wilfer, de miss Bella et de George Sampson.

« N'êtes-vous pas mister et missis Boffin ? » demanda Lavinia en élevant la voix pour avertir les autres.

Vive attention de la part des jambes ; réponse affirmative des visiteurs.

« Par ici, veuillez descendre ; je vais avertir Ma. »

Fuite précipitée des trois paires de jambes.

Après un quart d'heure de solitude dans la pièce mi-cuisine, mi-parloir, où nous avons déjà rencontré la famille, et d'où les vestiges du dernier repas avaient été enlevés si prestement qu'on se demandait si la chambre avait été rangée en vue d'une visite ou d'une partie de colin-maillard, les visiteurs s'aperçurent de l'arrivée de quelqu'un.

C'était mistress Wilfer, majestueusement défaillante, et affligée d'un point de côté complaisant (défaillance et point de côté formaient sa tenue de cérémonie). Après avoir ajusté sa fanchon et fait les saluts d'usage :

« Pardonnez-moi, dit-elle en balançant ses gants ; mais à quel motif dois-je l'honneur de vous voir ?

— Cela peut se dire en quatre mots, répondit le brave homme. Vous connaissez peut-être de nom mister et missis Boffin, comme étant des gens qui aujourd'hui ont une certaine fortune ?

— J'ai entendu parler de cela, répliqua mistress Wilfer en s'inclinant avec une extrême dignité.

— Et j'ose dire, poursuivit Boffin, tandis que sa femme prodiguait les sourires et les hochements de tête approbatifs, j'ose dire, madame, que vous n'êtes pas disposée à nous voir d'un bon œil.

— Pardonnez-moi, répondit mistress Wilfer. Il serait injuste de faire retomber sur vous une calamité, qui, je n'en doute pas, vous fut envoyée du ciel. »

Une expression douloureuse, d'une sérénité héroïque, rendit ces paroles d'autant plus émouvantes.

« Très-bien pensé, à coup sûr, dit l'honnête homme. Quant à nous, madame, missis Boffin et moi, nous sommes des gens tout unis, sans aucune feinte. Nous n'y allons pas par quatre chemins, en tournant autour du pot, parce qu'il y en a toujours un qui va tout droit où il faut qu'on arrive. Nous sommes donc venus vous voir pour vous dire que nous serions contents de faire la connaissance de votre fille, et que nous serions heureux si elle voulait bien regarder notre maison comme la sienne, à l'égal de la vôtre. Bref, nous voudrions consoler cette jeunesse, lui faire avoir sa part des petits plaisirs que nous pensons à nous donner; enfin, la distraire et l'égayer un peu.

— Oui, dit mistress Boffin de tout son cœur, laissez-nous nous contenter. »

Mistress Wilfer adressa à la brave femme un signe de tête pour la tenir à distance, et répondit de sa voix grave et monotone :

« Pardonnez-moi, monsieur, j'ai plusieurs filles; laquelle doit être favorisée des bonnes grâces de mister et de mistress Boffin?

— Tiens! s'écria celle-ci toujours souriante, c'est miss Bella naturellement.

— Oh! dit mistress Wilfer d'un ton glacial; miss Bella est visible, elle peut vous répondre, et le fera elle-même. »

Puis, entr'ouvrant la porte dont le grincement coïncida avec un bruit de pas précipités, qui avaient lieu au dehors, la majestueuse dame fit cette proclamation :

« Envoyez-moi miss Bella. »

Bien que prononcé d'un ton solennel, cet ordre n'en fut pas moins accompagné d'un coup d'œil plein de reproches lancé à miss Bella en personne; d'autant plus qu'appréhendant la sortie des visiteurs, cette jeune lady faisait de grands efforts pour se fourrer dans le petit cabinet, situé sous l'escalier.

« Les fonctions de mister Wilfer, expliqua la noble dame en venant se rasseoir, le retiennent dans la Cité une grande partie du jour. Il y est actuellement; sans cela, mon mari aurait l'honneur de participer à la réception qui vous est faite sous son humble toit.

— Une maison très-agréable, dit Boffin d'un air enjoué.

— Pardonnez-moi, répondit mistress Wilfer en corrigeant cette méprise. C'est la demeure d'une pauvreté vivement sentie, bien qu'entièrement indépendante. »

Assez embarrassés du tour que prenait la conversation, mister et mistress Boffin restèrent la bouche ouverte, les yeux fixés dans le vide; tandis que mistress Wilfer était plongée dans un silence qui donnait à entendre qu'à chaque fois qu'elle respirait, ce phénomène exigeait de sa part une dose d'abnégation dont l'histoire offre rarement l'exemple. Ce silence pathétique fut enfin rompu par l'arrivée de Bella. Après avoir été présentée, la jeune miss

apprit de la bouche de sa mère les intentions dont elle était
l'objet.

« Je vous suis très-obligée, dit-elle en secouant froidement
ses papillottes; mais je doute que cela me convienne.

— Bella! remontra sa mère d'un ton de reproche, il faut
triompher de cette répugnance.

— Oui, chère belle, reprit mistress Boffin, triomphez de ça,
comme dit maman: nous serons si heureux de vous avoir! et
puis, vous êtes trop jolie pour rester enfermée. »

L'aimable femme embrassa la jeune fille, dont elle frappa de sa
main caressante les épaules à fossettes. Mistress Wilfer, droite et
roide sur son siége, présidait à ces marques de tendresse comme
un fonctionnaire à l'entrevue qui précède une exécution.

« Nous allons quitter le Bower et prendre une belle maison,
poursuivit mistress Boffin, qui était femme à profiter du moment
où il ne pouvait pas la contredire pour compromettre son mari
et l'engager sur ce point. Alors, nous aurons un beau carrosse,
et nous irons partout. » Puis, caressant la main de Bella : « Il
ne faut pas nous en vouloir, poursuivit-elle; ce n'est pas notre
faute, vous le savez bien. »

La franchise et la bonté impressionnent aisément la jeunesse,
et Bella fut si touchée des paroles précédentes, qu'elle rendit sincèrement à l'excellente femme le baiser qu'elle venait d'en recevoir. Ce fut toutefois au grand déplaisir de mistress Wilfer, dont
l'esprit calculateur cherchait à prouver aux Boffin, qu'en leur ac-
cordant ce qu'ils demandaient, c'était Bella qui leur rendrait
service.

« La plus jeune de mes filles, dit-elle en profitant de l'entrée
de Lavinia pour faire diversion à cet épanchement impolitique.
Mister George Sampson, un ami de la famille. »

Cet ami était précisément dans la période amoureuse qui vous
fait considérer tout autre que vous-même comme un ennemi de
ladite famille. Il prit donc un siège, et mit la pomme de sa canne
entre ses lèvres, sans doute pour arrêter les sentiments hostiles
qui l'emplissaient jusqu'à la gorge, et il jeta sur les étrangers
des regards inexorables.

« Vous viendrez, n'est-ce pas? continua mistress Boffin; si vous
voulez prendre votre sœur avec vous, cela nous fera grand plaisir. Plus vous serez contente, miss Bella, plus nous serons contents nous-mêmes.

— Il paraît que mon consentement est inutile! s'écria la jeune
sœur.

— Lavvy, lui dit l'autre à voix basse, ayez la bonté de vous
taire.

— Non, je ne me tairai pas, répondit tout haut la piquante Lavvy ; je ne suis pas une enfant pour qu'on dispose de moi sans ma permission.

— Tu es une enfant, au contraire.

— Ça n'est pas vrai ; et je ne veux pas qu'on me traite comme ça : vous prendrez votre sœur... Ah ! vraiment !

— Lavinia, dit la mère, taisez-vous ; je ne permets pas qu'en ma présence vous émettiez cet absurde soupçon que des étrangers, quels qu'ils soient, puissent patronner un de mes enfants. Osez-vous supposer, petite sotte, que mister et mistress Boffin sont venus chez votre père avec des idées de patronage ? Croyez-vous que s'ils avaient eu de ces idées outrageantes ils seraient restés dans cette maison, alors que votre mère eût conservé dans la poitrine assez de force vitale pour exiger leur départ ? Vous me connaissez bien peu, Lavinia, si vous avez supposé qu'il pût en être ainsi.

— Tout cela est très-joli, grogna l'impatiente fille ; mais...

— Taisez-vous ! je ne le souffrirai pas. Ignorez-vous le respect qui est dû à vos hôtes ? Ne comprenez-vous pas qu'en osant insinuer que cette lady et ce gentleman ont pu concevoir la pensée de protéger un membre de votre famille, peu importe lequel, vous les accusez d'une impertinence voisine de la folie ?

— Ne vous fâchez pas à cause de nous, ma'ame, dit Boffin en souriant ; ne faites pas attention, tout ça nous est égal.

— Mais pas à moi, répondit mistress Wilfer.

— Je le crois bien, murmura Lavinia en laissant échapper un rire bref et malicieux.

— Et j'exige de cette audacieuse petite, continua la mère en lançant à Lavvy un regard foudroyant qui resta sans effet, j'exige qu'elle soit juste à l'égard de sa sœur ; qu'elle n'oublie pas que sa sœur Bella est excessivement recherchée, et que toutes les fois que miss Bella accepte une attention, elle envisage cette condescendance comme un honneur au moins égal (tressaillement d'indignation) à celui qu'elle reçoit. »

Ici miss Bella répudia l'intervention maternelle.

« Je peux me défendre, Ma, dit-elle avec calme, vous le savez bien ; ne parlez pas pour moi, je vous prie.

— A merveille ! dit l'incorrigible cadette, bombardez-vous à travers mon corps. Je voudrais savoir ce qu'en pense George Sampson.

— Mister George, s'empressa de répondre mistress Wilfer en voyant ce gentleman ôter le bouchon de ses lèvres, et en le regardant d'un œil tellement sombre qu'il se reboucha aussitôt, mister George, en sa qualité d'ami de la famille et d'habitué de

la maison, est trop bien élevé, j'en suis sûre, pour s'interposer
dans ce débat sur une pareille invitation. »

Cet éloge poussa l'honnête mistress Boffin à se repentir du jugement un peu sévère qu'elle avait porté sur ce jeune homme, et à
réparer sa faute en disant qu'elle serait enchantée, ainsi que
mister Boffin, de recevoir mister George Sampson toutes les fois
qu'il lui serait agréable de venir chez eux. Procédé auquel ce
gentleman répondit élégamment, sans ôter son bouchon :

« Très-obligé, mais impossible; tous mes jours sont pris, ainsi
que toutes mes soirées. »

La charmante Bella néanmoins compensa tous ces déboires par
la manière dont elle accueillit les avances des Boffin. Conséquemment, les deux époux, très-satisfaits de leur démarche, an-
noncèrent à ladite Bella qu'ils reviendraient aussitôt qu'ils seraient en mesure de la recevoir selon leur désir, et qu'ils la
préviendraient de leur visite. Cet arrangement fut sanctionné
par un signe de tête de mistress Wilfer, qui agita ses mains gantées comme pour dire : On passera par-dessus vos défauts,
pauvres gens, et vous serez gratifiés de notre indulgence.

« A propos, ma'ame, dit Boffin en se retournant, il paraît que
vous avez un locataire?

— Un gentleman, reprit mistress Wilfer, choquée de la vulgarité de l'expression; oui, monsieur, un gentleman occupe
notre premier étage.

— Je peux dire que c'est un ami commun, poursuivit mister
Boffin. Quel homme est-ce que notre ami? En êtes-vous contente?

— Mister Rokesmith est fort tranquille, très-ponctuel; toutes
les qualités qu'on peut désirer chez un hôte.

— C'est que, voyez-vous, expliqua Boffin, je n'ai vu notre ami
qu'une fois, et je ne le connais pas particulièrement. Ainsi
vous en rendez bon témoignage? Est-il chez lui?

— Oui, monsieur, répondit mistress Wilfer. Tenez, je le vois
là-bas, à la porte du jardin; il paraît même vous attendre.

— C'est possible, répondit le brave homme; il m'aura vu entrer. »

Ce court dialogue avait été suivi attentivement par Bella, qui,
tout en reconduisant mistress Boffin, écouta le reste avec non
moins d'attention.

« Comment vous portez-vous depuis tantôt? dit le bonhomme;
voilà missis Boffin. Ma chère, c'est mister Rokesmith, le gentleman dont je t'ai parlé. »

Mistress Boffin souhaita le bonjour au gentleman, qui s'avança,
lui donna la main pour la faire monter en voiture, et l'aida à
s'asseoir avec autant d'adresse que d'aisance.

« Adieu pour le moment, chère belle, dit l'excellente femme, qui parlait de tout son cœur. Nous nous reverrons bientôt. J'espère qu'alors j'aurai mon petit John Harmon, et que je pourrai vous le montrer. »

Mister Rokesmith, qui était près de la voiture, où il arrangeait la robe de mistress Boffin, jeta subitement les yeux autour de lui et devint si pâle que l'excellente femme s'écria :

« Qu'avez-vous donc, monsieur?

— Lui montrer un mort! Comment le pourrez-vous? dit-il.

— Ce n'est qu'un enfant, répondit la digne femme, un enfant adoptif que j'appellerai comme lui.

— Je ne m'y attendais pas, reprit le gentleman, et j'ai été frappé comme d'un mauvais présage en vous entendant parler de faire voir un mort à tant de jeunesse et de fraîcheur. »

Miss Wilfer, à cette époque, soupçonnait Rokesmith d'avoir de l'admiration pour elle. Cette connaissance, car le soupçon allait jusque-là, avait-elle rapproché la jeune fille du gentleman ou augmenté son éloignement pour lui? Était-ce pour légitimer la méfiance qu'il lui inspirait toujours, ou pour s'en affranchir, qu'elle recherchait avidement tout ce qui pouvait l'éclairer sur le compte de ce jeune homme? Elle-même ne le savait pas encore; mais, chose certaine, il occupait une grande place dans son esprit, et elle avait prêté une extrême attention à ce dernier incident. Elle savait fort bien qu'il s'en était aperçu; lui, de son côté, n'ignorait pas qu'elle le savait. Ils en étaient là quand ils se virent seuls tous les deux, près de la grille où ils étaient restés.

« De bien excellentes gens! miss Wilfer, dit Rokesmith.

— Vous êtes lié avec eux? » demanda Bella.

Il sourit d'un air de reproche. Elle devint très-rouge, sachant bien qu'elle avait eu l'intention de lui faire dire une chose fausse, et qu'il s'en était aperçu.

« Je les connais, répondit le jeune homme.

— Effectivement; il nous a dit vous avoir vu une fois.

— Effectivement, reprit Rokesmith, j'étais sûr qu'il vous le dirait. »

Bella était agacée; elle aurait voulu pouvoir retirer sa question.

« Vous trouvez bizarre, miss, que, m'intéressant à vous comme je le fais, j'aie tressailli en vous entendant menacer du contact de ce mort, enterré depuis longtemps? J'ai compris aussitôt que j'attribuais à ces paroles un sens qu'elles n'avaient pas; mais la cause de l'impression que j'en ai ressentie existe toujours. »

Elle revint, toute pensive, dans la chambre où se tenait la famille, et où son incorrigible sœur l'accueillit par ces mots :

« Eh bien! Bella, tu es contente, j'espère. Voilà tes vœux réalisés. Tu seras riche, avec tes Boffin! Tu feras la belle à ton aise, chez tes Boffin! Tu ne m'y prendras pas, c'est moi qui te le dis, et je le dirai à tes Boffin.

— Si le Boffin de miss Bella, dit George en retirant sa canne de sa bouche, vient encore à me parler de ses sots projets sur moi, je lui ferai comprendre, ainsi qu'il convient d'homme à homme, que c'est à ses ri... »

Il allait dire risques et périls, quand miss Lavvy, peu confiante dans les ressources intellectuelles du jeune homme, et ne voyant pas à quoi rimait son discours, lui rejeta sa canne entre les lèvres, et le reboucha avec tant de violence que les larmes lui en vinrent aux yeux.

S'étant servie de Lavinia comme d'une cible pour édifier les Boffin sur la portée de ses coups, mistress Wilfer redevint tout miel pour la chère enfant, et se mit en devoir d'offrir un dernier exemple de sa puissance morale. Cet exemple, qu'elle avait toujours en réserve, consistait à éclairer sa famille par une pénétration de physionomiste vraiment extraordinaire, pénétration dont le Chérubin s'effrayait d'autant plus qu'elle découvrait toujours une foule de mendes ténébreuses dont aucune prescience inférieure n'avait le moindre soupçon. Mistress Wilfer ne pouvait manquer d'exhiber cette faculté exceptionnelle aux dépens des riches individus qu'elle venait de recevoir. Notez bien qu'à l'instant où elle exprimait cette opinion, elle s'inquiétait déjà de la manière dont elle ferait mousser lesdits personnages, leur fortune, leur état de maison, et dont elle en accablerait ses amis, qui tous étaient dépourvus de Boffins.

« Je ne dis rien de leurs manières, poursuivit-elle; je ne dis rien de leur physique, rien de leur désintéressement à l'égard de ma fille; mais la ruse, l'hypocrisie, le besoin d'intriguer dans l'ombre, qui sont écrits sur le visage de mistress Boffin, me donnent le frisson. »

Et pour prouver d'une manière incontestable qu'elle avait bien vu ces attributs funestes sur ce visage candide, mistress Wilfer frissonna sur-le-champ.

X

CONTRAT DE MARIAGE

Grande émotion chez les Véndering! La jeune fille très-mûre est sur le point de se marier, poudre de riz et le reste, avec le jeune homme également très-mûr que nous avons déjà vu. C'est de la maison Véndering qu'on partira pour l'église, et ce sont les Véndering qui donneront le déjeuner. Le valet chimiste, qui, par principe, désapprouve tout ce qui se passe dans la maison, blâme nécessairement ce mariage. Mais on ne lui a pas demandé son consentement; et une tapissière décharge à la porte son contenu de plantes rares pour que la fête du lendemain puisse être couronnée de fleurs. La jeune fille est très-riche, le jeune homme également; il place des fonds, va dans la Cité, suit les réunions d'actionnaires, et a des rapports personnels avec les dividendes.

Il est avéré des sages de cette génération que le trafic des dividendes est la seule chose avec laquelle on ait affaire. N'ayez ni antécédents, ni savoir, ni éducation, ni esprit, ni figure, mais ayez des dividendes. Ayez-en assez pour être inscrits en lettres capitales sur les registres de la compagnie. Flottez sur des affaires mystérieuses entre Paris et Londres, et vous serez un grand homme.

« D'où vient-il?
— Dividendes.
— Où va-t-il?
— Dividendes.
— Quels sont ses goûts?
— Dividendes.
— A-t-il des principes?
— Dividendes.
— Qu'est-ce qui l'a poussé au parlement?
— Dividendes. »

Peut-être, par lui-même, n'a-t-il eu aucun succès, n'a-t-il réussi en quoi que ce soit; peut-être n'a-t-il rien commencé, rien achevé, rien produit. Mais dividendes, dividendes! O tout-puissants dividendes! Placez-les bien haut ces images flam-

boyantes qui nous induisent nuit et jour, nous autres, humble
vermine, à crier comme sous l'influence de l'opium ou de la jus-
quiame : « Seigneurs, délivrez-nous de notre argent, dépensez-le
pour nous, achetez-nous, vendez-nous, ruinez-nous! Seulement,
nous vous en supplions, prenez rang parmi les puissances de ce
monde, et engraissez-vous de notre propre chair. »

Tandis que les amours et les grâces préparaient la torche que
l'Hyménée doit allumer demain, Twemlow a souffert plus que
jamais : les deux futurs, évidemment, sont les plus anciens amis
de Vénéering, peut-être ses pupilles? Toutefois, cela ne se peut
guère, car ils sont plus âgés que lui. Vénéering possède leur entière confiance, et a fait beaucoup pour les entraîner à l'autel.
Lui-même a raconté à Twemlow comment il avait dit à mistress
Vénéering : « Anastasia, cela doit faire un mariage. » Il a de
plus ajouté qu'il considérait les deux futurs, Alfred Lammle et
Sophronia Akershem, comme son frère et sa sœur.

Twemlow lui a demandé s'il avait été au collége avec Alfred?
« Pas tout à fait, » a-t-il répondu. Si la jeune Sophronia était
fille adoptive de sa mère? « Pas précisément. » Et Twemlow a
porté la main à son front d'un air désespéré.

Mais il y a quinze jours ou trois semaines, comme il était chez
lui, au-dessus des écuries de Duke-street, la tête penchée sur
son journal, sur son thé faible et sa rôtie sans beurre, Twemlow
reçut un billet fortement parfumé, portant le monogramme de mistress Vénéering. Cette dame suppliait son très-cher Twemlow, si
toutefois il était libre, d'être assez aimable pour venir dîner en
quatrième avec ce cher Podsnap, afin de prendre part à une
affaire de famille du plus haut intérêt. (Ce dernier membre de
phrase souligné deux fois, et rehaussé d'un point d'exclamation.)

« Pas d'engagement; et plus qu'enchanté, » avait répondu le
gentleman. Et il s'était rendu à cette invitation pressante.

« Mon cher Twemlow, s'était écrié Vénéering dès qu'il l'avait
aperçu, l'empressement que vous mettez à répondre à la demande d'Anastasia, demande un peu sans-façon, est des plus
aimables et tout à fait d'un vieil ami. Vous connaissez notre ami
Podsnap? »

Twemlow s'était rappelé l'ami qui l'avait tant confusionné; il
avait reconnu le cher Podsnap, qui l'avait reconnu à son tour. Il
paraît que Podsnap avait été l'objet de tant de démonstrations
affectueuses qu'il pouvait se croire l'ami de la maison depuis
maintes et maintes années. Il se mettait à son aise le plus amicalement du monde, tournait le dos au feu, et se transformait en
statuette du colosse de Rhodes. Twemlow, dans sa faiblesse,
avait déjà remarqué avec quelle rapidité les hôtes de Vénéering

étaient infectés de la fiction amicale, et ne s'apercevait nullement qu'c'était là sa maladie.

« Mes très-chers, avait dit Véndering, vous serez heureux d'apprendre que notre ami Alfred est sur le point d'épouser notre amie Sophronia. Comme nous avons fait de ce mariage, ma femme et moi, une affaire personnelle, et que nous en avons pris la direction, notre devoir est naturellement de communiquer le fait aux amis de la famille. »

Oh! s'était dit Twemlow en jetant un coup d'œil sur Podsnap, il n'y en a que deux, et c'est lui qui est le second.

« J'espérais, continua Véndering, avoir lady Tippins; mais elle est toujours en fête, et malheureusement elle avait promis ailleurs. »

Ciel! avait pensé Twemlow, dont les yeux s'étaient tournés de côté et d'autre, il y en a trois, et c'est elle qui est la troisième.

« Mortimer Lightwood, que vous connaissez tous les deux, avait repris Véndering, est à la campagne; mais il m'écrit, avec l'originalité qui le distingue : « Puisque vous voulez que je sois premier garçon d'honneur, je ne refuse pas, bien que j'ignore par quel motif vous avez pu me choisir. »

O ciel! avait pensé Twemlow, dont les yeux avaient roulé avec inquiétude, il y en a quatre, et c'est lui qui est le quatrième.

« Je n'ai pas invité aujourd'hui Boots et Brewer, que vous connaissez également, dit Véndering, je les réserve pour un autre jour. »

Alors, avait pensé Twemlow en fermant les yeux, il y en a donc... Et tombant dans une prostration complète, il n'était revenu à lui qu'à la fin du repas, lorsque le chimiste avait été congédié.

« Nous allons maintenant, avait dit Véndering, aborder le véritable objet de ce petit conseil de famille. Sophronia est orpheline; par conséquent elle a besoin de quelqu'un pour la conduire à l'autel.

— Chargez-vous-en, avait dit Podsnap.

— Non, mon cher, avait répondu Véndering, et cela par trois raisons. La première, c'est que je n'oserais pas m'adjuger cet honneur en présence des amis de la famille qui le méritent davantage. La seconde, c'est que je ne suis pas assez fat pour croire que j'ai le physique de l'emploi. La troisième, c'est que ma femme a sur ce point certaines idées superstitieuses : il lui répugne de me voir conduire quelqu'un à l'autel avant l'époque où bébé se mariera.

— Et pourquoi cela, madame? avait demandé Podsnap.

— C'est une sottise, cher monsieur, j'en conviens, avait-elle répliqué; mais si Hamilton servait de père à quelqu'un en pareille circonstance, j'ai le pressentiment qu'il n'assisterait pas au mariage de bébé.

Mistress Véndering, en parlant ainsi, avait les mains ouvertes, appliquées l'une contre l'autre; et ses huit doigts aquilins ressemblaient tellement à son nez, que les joyaux tout neufs dont ils étaient garnis étaient nécessaires pour les distinguer de ce trait crochu.

« Mais il y a un ami de la famille, avait repris Véndering, mon ami Podsnap le reconnaîtra, je l'espère, un ami auquel revient de droit cette agréable fonction. Cet ami est parmi nous (ici l'orateur avait enflé la voix comme s'il eût parlé à cent cinquante personnes) et cet ami, c'est Twemlow!

— Assurément, avait dit Podsnap.

— Cet ami, avait continué Véndering avec une énergie croissante, est notre excellent Twemlow! Il m'est impossible, mon cher Podsnap, de vous exprimer suffisamment tout le plaisir que j'éprouve en voyant cette opinion, qui est la mienne et celle d'Anastasia, si franchement confirmée par un autre ami de la famille, également cher et non moins sûr, un ami placé dans la haute position... je veux dire hautement placé dans la position, ou plutôt qui place Anastasia et moi dans l'éminente position de le voir lui-même dans l'humble position de parrain de notre bébé. »

Et Véndering avait éprouvé un soulagement réel en voyant que Podsnap ne témoignait aucune jalousie de l'élévation de Twemlow.

C'est par suite de ces événements qu'une tapissière vide ses fleurs sur l'escalier des Véndering, et que Twemlow surveille le théâtre où il jouera demain un si grand rôle. Il a été à l'église, et a pris des notes sur l'encombrement des bas-côtés. Il a fait ce travail sous les auspices de l'ouvreuse de bancs, une veuve excessivement lugubre, dont la main gauche semble contractée par un accès de rhumatisme aigu, mais qui est repliée volontairement afin de servir de bourse.

Tandis qu'on décharge les fleurs, Véndering s'arrache de la bibliothèque où, dans ses jours contemplatifs, il suspend son âme aux dorures des pèlerins de Cantorbéry, et va communiquer à Twemlow la petite fanfare qu'il a composée pour les trompettes de la fashion. Il est dit dans cette fanfare comment, le 17 du présent mois, le révérend Blank Blank, assisté du révérend Dash Dash, a uni par les liens sacrés du mariage, en l'église de

Saint-James, Alfred Lammle, esquire de Sackville-street, Piccadilly, et Sophronia, fille unique de feu Horatio Akershem, esquire,
du Yorkshire. Comment la jeune et belle fiancée partit de la demeure d'Hamilton Véndering, esquire, de Stucconia, et fut conduite à l'église par Melvin Twemlow, esquire, de Duke-street,
quartier Saint-James, cousin au premier degré de lord Snigsworth
de Snigsworthy Park.

Tout en écoutant cette composition épique, Twemlow perçoit
vaguement à travers la brume qui l'enveloppe, que si, après cela,
le révérend Blank Blank et le révérend Dash Dash ne sont pas
sur la liste des plus chers et des plus anciens amis de Véndering,
c'est à eux-mêmes qu'ils devront en savoir gré.

Après cette lecture apparaît Sophronia, que Twemlow a vue
deux fois dans sa vie, et qui vient le remercier de vouloir bien
remplir à son égard le rôle d'Horatio Akershem, du Yorkshire ;
apparaît Alfred, que Twemlow n'a jamais vu qu'une fois ; il vient
lui faire les mêmes remercîments, et jette une sorte de lueur
pâteuse : comme une bougie qu'on allume en plein jour.

Arrive ensuite mistress Véndering dans tous ses états aquilins,
d'une humeur où s'aperçoivent toutes les verrues de son caractère, pareilles à celles qui décorent son noble nez. Elle est épuisée
d'émotions et d'agacements, comme elle le dit à son cher
Twemlow, et ravivée malgré elle par le curaçao que lui apporte
le chimiste.

Des différents points du royaume commencent à déboucher les
demoiselles d'honneur, ainsi que d'adorables recrues enrôlées
par un sergent invisible, et qui, débarquées au dépôt Véndering,
font partie d'une légion étrangère.

Twemlow s'esquive et rentre chez lui, Duke-street, quartier
Saint-James. Il prend une assiettée de bouillon de mouton, où
baigne une côtelette ; puis il ira de nouveau à l'église, afin d'être
bien sûr que demain le service nuptial aura lieu à la bonne place.
Il est abattu, et se sent triste en mangeant sa côtelette. Il aperçoit
nettement dans son cœur l'empreinte qu'y a laissée la plus adorable des adorables ; car, jadis, le pauvre petit gentleman a eu son
rêve comme nous tous. Elle n'a pas répondu à sa flamme, ainsi
qu'Elle fait souvent ; mais il croit qu'Elle est toujours comme il la
voyait alors (ce qu'elle n'a jamais été), et il se dit en lui-même
que si elle n'en avait pas épousé un autre par intérêt, et qu'elle
se fût mariée avec lui, par amour, ils auraient été bien heureux,
ce qui n'est pas vrai du tout. Enfin, il pense que cette âme sensible (dont la dureté est proverbiale) lui conserve un tendre souvenir, et c'est la plus grande erreur. Plongé dans cette rêverie au
coin de son triste feu, son petit front sec dans ses petites mains

sèches, et son petit coude sec sur ses petites jambes sèches, Twemlow est mélancolique.

Pas d'adorable pour lui tenir compagnie; pas d'adorable chez soi, pas d'adorable au club! Le désert, rien que le désert! Pauvre Twemlow! Puis il s'endort, et des frémissements galvaniques parcourent toute sa personne.

Le lendemain matin de bonne heure, cette affreuse lady Tippins, veuve de sir Thomas Tippins, anobli par une erreur de S. M. Georges III, qui croyait en baroniser un autre, et qui pendant la cérémonie daigna lui faire cette gracieuse observation :

« Quoi, quoi, quoi? qui, qui, qui? pourquoi, pourquoi, pourquoi? » Cette vieille lady Tippins, disons-nous, commence de bonne heure à se faire teindre et vernir pour la circonstance. Elle a la réputation de raconter les choses d'une façon très-piquante, et il faut qu'elle arrive l'une des premières chez ces gens-là, afin, ma chère, de ne rien perdre du plaisant de la comédie.

Dans cet amas d'étoffe, surmonté d'un chapeau, qui est annoncé sous le nom de lady Tippins, y a-t-il un fragment quelconque de substance féminine? Peut-être sa femme de chambre le sait-elle; mais vous achèteriez dans Bond-Street la totalité de ce qu'elle montre à vos yeux. En la scalpant, la grattant, la dépouillant, vous en feriez deux ladies, et vous n'auriez pas pénétré jusqu'à l'article réel.

Lady Tippins a un grand lorgnon d'or qui lui est indispensable pour regarder ce qui se passe. Si elle en avait un dans chaque œil, l'autre paupière tomberait peut-être un peu moins; d'ailleurs ce serait plus régulier. Mais lady Tippins a dans ses fleurs artificielles une éternelle jeunesse; et la liste de ses adorateurs est toujours au complet.

« Mortimer, s'écrie-t-elle en promenant son lorgnon, où est le futur? misérable que vous êtes!

— Je n'en sais rien, parole d'honneur; et cela m'est fort égal, dit Mortimer.

— Malheureux! est-ce de la sorte que vous remplissez votre charge?

— Si ce n'est une vague idée que le futur doit s'asseoir sur mon genou, et qu'à un moment donné je dois lui servir de témoin, comme pour un duel, j'ignore, je vous assure, en quoi consistent mes fonctions. »

Eugène fait également partie du cortége; et la sombre tristesse dont il est drapé ferait croire qu'il est question de funérailles.

La scène se passe dans la sacristie de l'église Saint-James,

entre des tablettes couvertes de vieux registres parcheminés, dont
la reliure pourrait bien être en ladies Tippins. Mais, silence! Une
voiture s'arrête : apparaît une contrefaçon de Méphistophélès,
quelque bâtard de la famille de ce gentleman, que lady Tippins
trouve un homme charmant! une véritable conquête! et que
Lightwood examine d'un œil peu satisfait.

« Je crois, dit-il, que c'est mon clerc! Vraiment, oui! Que le
diable l'emporte! »

Les voitures se succèdent; mais voyons d'abord ce qui est
arrivé. D'après lady Tippins, qui, debout sur un coussin, passe
en revue l'assemblée à travers son lorgnon, la chose se résume
ainsi :

« La mariée : quarante-cinq ans, ou je ne m'y connais pas;
robe (le yard), trente shellings; voile, quinze livres; mouchoir
superbe : un cadeau.

« Demoiselles d'honneur, choisies de manière à ne pas éclipser
la mariée, conséquemment pas très-jeunes; douze shellings six
pence le yard; fleurs données par Véneering. La petite au nez
raccourci n'est pas mal, mais trop occupée de ses bas. Chapeaux,
trois livres dix.

« Twemlow : quel débarras pour le cher homme, si vraiment
c'était sa fille! Agacé rien qu'en pensant qu'on pourrait croire
qu'il en est le père; et il y a de quoi!

« Mistress Véneering : on n'a jamais vu de pareil velours! Telle
qu'elle est, deux mille livres au bas mot; une véritable montre
de bijoutier! Son père a dû prêter sur gage : autrement, comment ces gens-là feraient-ils?

« Assistants inconnus très-mêlés. »

Cérémonie terminée; registre signé; lady Tippins conduite
par Véneering. Équipages roulant vers Stucconia; valets décorés
de fleurs et de rubans. Arrivée chez Véneering : salons magni-
fiques; nombreux amis attendant l'heureux couple. Mister
Podsnap : cheveux en brosse, dont on a tiré le meilleur parti
possible. Mistress Podsnap : majestueusement folâtre.

Booth et les trois autres tampons : fleur à la boutonnière,
cheveux frisés, gants étroitement boutonnés; prêts à remplacer
le futur, si un accident fût arrivé à celui-ci.

La tante de la mariée, sa plus proche parente : une veuve du
genre Méduse, bonnet de pierre et des regards pétrifiants.

Le curateur de la mariée : physique d'un homme d'affaires
nourri de tourteau, larges lunettes à verres ronds, personnage
du plus haut intérêt. Véneering se précipite vers ce gentleman,
son plus ancien ami (ce qui fait le septième, se dit Twemlow).
Comme il l'entraîne d'un air confidentiel, au fond de la serre, on

pense qu'il est de moitié dans la gestion des biens de la jeune
épouse, et qu'il va s'occuper de la fortune de celle-ci, dont l'ap-
port est considérable. Les Tampons vont même jusqu'à dire à
voix basse : « Tren-te mil-le li-vres! » et accompagnent ce
chiffre d'un claquement de langue et d'une aspiration qui évo-
quent le souvenir d'huîtres exquises.

Très-étonné de son intimité dans la maison, la fournée d'inconnus s'enhardit, croise les bras et commence à contredire Vénéering, même avant d'être à table. Pendant ce temps-là, mistress
Vénéering apporte Bébé en costume de fille d'honneur, voltige
de l'un à l'autre, et fait jaillir de ses rubis, de ses diamants et
de ses émeraudes, des éclairs aux mille nuances.

Enfin, le chimiste ayant conclu d'une façon satisfaisante les
diverses querelles qu'il a cru de sa dignité d'avoir avec les garçons traiteurs, annonce le déjeuner.

La salle à manger n'éblouit pas moins que les salons. Table
superbe; tous les chameaux dehors et pliant sous leur charge;
gâteaux splendides, ornés de cupidons et de lacs d'amour; splendide bracelet offert par Vénéering avant de descendre, et mis au
bras de la mariée.

Personne, néanmoins, n'a plus d'égards pour les Vénéering
que s'ils étaient simplement de braves traiteurs faisant la chose
à tant par tête. Les nouveaux époux causent ensemble, et rient
en aparté, comme ils ont toujours fait. Les Tampons expédient
les plats avec la verve qu'ils y ont toujours mise; les inconnus
s'invitent mutuellement avec une extrême bienveillance à multi-
plier les verres de champagne. Mistress Podsnap, qui se rengorge
et se balance de son air le plus majestueux, est bien autrement
écoutée que la maîtresse de la maison; et c'est tout au plus si
Podsnap ne fait pas les honneurs de la table. »

Un grave inconvénient pour Vénéering est d'avoir à sa droite
la séduisante Tippins, et à sa gauche la tante de la mariée, qui
sont loin de vivre en bonne intelligence. La Méduse ne se contente pas de jeter des regards pétrifiants à la charmante lady;
elle accompagne tous les propos de la divine créature d'un renâ-
clement sonore, qui pourrait s'attribuer à un rhume de cerveau
chronique, mais qui peut provenir de l'indignation et du mépris.
Cet ébrouement revient avec une telle régularité, qu'on finit par
s'y attendre; et le silence que font les convives, chaque fois qu'il
va se produire, devient embarrassant. La tante rocaille a, en
outre, une façon injurieuse de repousser les plats dont mange
lady Tippins, en disant tout haut quand on les lui présente :
« Non! non! non! pas pour moi; emportez cela. » Elle a évidemment l'intention de faire savoir qu'en partageant la nourri-

ture de cette charmeresse elle craindrait de lui ressembler, ce qui, pour elle, serait une fin déplorable.

Voyant cette inimitié, lady Tippins fait feu de son lorgnon, et décoche une ou deux saillies juvéniles; mais tous les traits s'émoussent sur le bonnet impénétrable, et sur l'armure ronflante de cette vieille pétrifiée.

Autre fait douloureux : les inconnus s'excitent mutuellement a une froide irrévérence. Les chameaux d'or et d'argent ne leur inspirent aucun respect; et ils défient les seaux à glace d'un travail si délicat. Ils semblent même se réunir dans le vague sentiment que leur hôte recueillera de la fête un joli bénéf, et ils agissent à peu près en habitués de taverne. Il n'y a même pas de dédommagement du côté des filles d'honneur. Ne s'intéressant que fort peu à la mariée, et pas du tout l'une à l'autre, ces adorables créatures se livrent en silence au déprisement des toilettes.

Quant au garçon d'honneur, complétement épuisé et renversé sur sa chaise, il semble profiter de l'occasion pour faire pénitence des fautes qu'il a commises. La seule différence qu'il y ait entre lui et son ami Eugène, c'est que du fond de sa chaise ce dernier semble réfléchir à toutes les fautes qu'il voudrait commettre, surtout au mal qu'il voudrait faire à tous les gens de la noce.

Les cérémonies d'usage s'oublient ou s'alanguissent; et le magnifique gâteau que vient d'entamer la main blanche de la mariée est d'un aspect indigeste. Néanmoins, toutes les choses qu'il fallait dire et faire ont été dites et faites, y compris les bâillements, le somme profond, et le réveil inconscient de lady Tippins.

Apprêts tumultueux du voyage nuptial : les mariés s'en vont à l'île de Wight. Au dehors l'air s'emplit de fanfares et de spectateurs, et la foule est témoin du cruel affront qu'une maligne étoile réservait au chimiste. Immobile devant la porte, afin de concourir à la pompe du départ, cet homme superbe reçoit tout à coup le plus prodigieux soufflet. C'est l'un des Tampons qui a emprunté le soulier ferré d'un gâte-sauce, et qui, la vue troublée par le champagne, le lui a lancé en pleine joue, au lieu d'en favoriser les voyageurs, comme il en avait le désir [1].

Les gens de la noce remontent dans les salons. Ils sont tous enluminés comme si, de compagnie, ils avaient gagné la scarla-

[1]. Une croyance populaire veut qu'un soulier jeté à celui qui part pour un voyage, ou qui sort dans un but quelconque, porte honheur à la personne à qui on l'adresse. (*Note du traducteur.*)

tine. Les jambes des inconnus jouent de vilains tours aux divans,
le splendide mobilier éprouve une foule d'avaries. Enfin, lady
Tippins, qui se demande si aujourd'hui est avant-hier, ou après-
demain, ou la semaine d'après la semaine prochaine, disparaît
tout à coup; Mortimer et son ami Eugène disparaissent; Twemlow
disparaît. La tante Méduse s'en va, prouvant jusqu'à la fin qu'elle
est de roche, et de nature réfractaire. Les inconnus eux-mêmes
s'écoulent peu à peu; et tout est donc fini!

Fini quant au présent; mais il restait l'avenir; et celui-ci, pour
mister et mistress Lammle, arriva au bout d'une quinzaine de
jours dans l'île de Wight, sur la grève de Shanklin.

Il y avait déjà quelque temps que mister et mistress Lammle se
promenaient; on voyait à l'empreinte de leurs pas qu'ils ne
s'étaient point donné le bras, qu'ils n'avaient pas marché droit,
et qu'ils étaient tous les deux d'une humeur massacrante. Madame
avait percé devant elle de petits trous dans le sable humide avec
le bout de son ombrelle, et monsieur avait balayé la grève de sa
canne, qu'il traînait derrière lui.

« Avez-vous l'intention de me dire, Sophronia... demanda le
gentleman après un long silence.

— Ne me prêtez rien, je vous prie, s'écria la dame en se retournant l'œil enflammé; je vous demande un peu : avez-vous
l'intention de me dire? »

Mister Lammle continua de traîner sa canne. Mistress Lammle
ouvrit les narines, et se mordit la lèvre inférieure. Mister prit de
la main gauche ses favoris gingembre, les rapprocha, et, du fond
de ce buisson fauve, jeta sur sa bien-aimée un regard sombre et
furtif.

« Avez-vous l'intention de me dire!... reprit Sophronia du ton
le plus indigné; m'attribuer pareille chose! Quelle insigne mauvaise foi!

— Hein? fit Alfred qui lâcha ses favoris et s'arrêta en la regardant.

— Quelle idée! répondit Sophronia avec hauteur et en marchant toujours. »

En deux pas mister Lammle fut auprès d'elle.

— Ce n'est pas cela, reprit-il; vous avez dit: mauvaise foi.

— Et si je l'avais dit?

— Il n'y a pas de si, je l'ai entendu.

— Eh bien, prenons que je l'ai dit; après?

— Oseriez-vous me le répéter en face?

— Oui, répondit Sophronia, qui attacha sur lui un regard froid
et méprisant. Je vous le demanderai à mon tour, monsieur,
comment osez-vous me jeter à la face un pareil mot?

— Je ne vous l'ai jamais dit. »

La chose était vraie; Sophronia le savait bien, et se vit contrainte de recourir à cette phrase féminine :

« Je me soucie peu de ce que vous dites ou de ce que vous ne dites pas. »

La promenade continua; le silence, qui avait duré quelques instants, fut tout à coup rompu par le mari.

« Vous avez, reprit-il, une manière à vous de discuter. Vous me reprochez ce que j'ai voulu dire, et je ne sais pas même à quoi vous faites allusion.

— Ne m'aviez-vous pas laissé entendre que vous aviez de la fortune?

— Jamais.

— En ce cas, les apparences m'ont trompé.

— Soit! mais je peux vous adresser le même reproche. Ne m'avez-vous pas fait entendre que vous étiez riche?

— Non.

— En ce cas, j'ai été trompé par les apparences.

— Si vous êtes un de ces coureurs de dot assez borné pour ne pas savoir ce qu'il en était, ou assez avide pour craindre d'y regarder, est-ce ma faute, aventurier que vous êtes? répliqua Sophronia avec aigreur.

— J'ai questionné Vénéering, dit Alfred; il m'a répondu que vous aviez de la fortune.

— Vénéering ! (du ton le plus méprisant) est-ce que Vénéering me connaît?

— Je le croyais votre curateur.

— Mon curateur ! je n'en ai qu'un; celui que vous avez vu le jour où vous m'avez frauduleusement épousée; et l'objet de sa curatelle est peu de chose : une rente de cent cinquante livres et quelques shellings ou quelques pence, si vous tenez à la somme exacte. »

Alfred lança un regard des moins affectueux sur la compagne de ses joies et de ses douleurs, et grommela une phrase qu'il interrompit brusquement.

« Question pour question, dit-il ; à mon tour, missis Lammle . Qui vous a fait croire que j'étais riche?

— Vous-même ; n'est-ce pas sous cet aspect que vous vous êtes toujours montré?

— Mais vous avez consulté quelqu'un? Voyons, missis Lammle, confidence pour confidence : à qui vous êtes-vous adressée?

— J'ai demandé à Vénéering.

— Et vous avez cru qu'il en savait plus long sur moi que sur vous? plus que personne n'en sait sur son compte? »

Après un nouveau silence, Sophronia s'arrêta et dit avec colère :

« Je ne pardonnerai jamais cela à ce Vénéering.

— Ni moi non plus, dit le mari. »

La promenade se continua ; madame perçant toujours avec
aigreur la plage à coups d'ombrelle ; monsieur traînant toujours
sa canne derrière lui, comme une queue pendante. La marée
était basse ; on eût dit qu'ils avaient échoué sur la grève. Une
mouette les effleura de ses ailes, et sembla les bafouer. Il n'y
avait qu'un instant, un voile d'or couvrait les flancs bruns du rivage ; à présent ce n'était plus que de la terre fangeuse. Un ru-
gissement ironique s'élevait de la mer ; les vagues, accourues de
loin, montaient les unes sur les autres pour regarder ces imposteurs pris au piége ; et, triomphant de leur déconvenue, elles
s'unissaient dans une sarabande infernale.

« Vous me reprochez, dit Sophronia, de vous avoir épousé
par intérêt ; mais aviez-vous la prétention de croire que je vous
prendrais pour vous-même ? Cela dépassait toutes les bornes du
possible.

— Je peux encore vous renvoyer la balle, missis Lammle ; de
votre côté, qu'avez-vous eu la prétention de croire ?

— Ainsi, répondit Sophronia, dont la poitrine s'agita, après
m'avoir trompée, vous m'insultez, monsieur !

— Pas du tout ; je ne suis pas l'auteur de cette question à
deux tranchants ; c'est vous qui l'avez posée.

— Moi ! s'écria la nouvelle épouse ; » et l'ombrelle se cassa.

Le mari devint livide ; des taches de mauvais augure, et d'une
pâleur mortelle, apparurent aux environs du nez, comme si le
doigt de Satan lui-même s'y fût marqué çà et là ; mais il savait
se contenir, tandis que Sophronia se livrait à sa colère.

« Jetez cela, dit-il froidement en désignant l'ombrelle, vous en
avez fait quelque chose d'inutile, et elle vous rend ridicule. »

Dans sa rage, madame l'accabla d'injures, l'appela franc scélérat, et jeta l'ombrelle de manière à l'en frapper. Les empreintes sa-
taniques pâlirent encore ; mais il garda le silence, et vint se placer
auprès d'elle. Les larmes de Sophronia éclatèrent. Elle se dit la
plus malheureuse, la plus trompée, la plus maltraitée des femmes. Si elle en avait eu le courage, elle se serait tuée sous les
yeux de ce lâche imposteur. Pourquoi ne lui arrachait-il pas la
vie ? Ses pleurs redoublèrent ; elle sanglota, parla d'escroc, et
finit par se laisser tomber sur une pierre, où elle se mit dans
tous les états connus et inconnus de la fureur féminine. Durant
cet accès de rage, les empreintes diaboliques de la figure du
mari apparurent çà et là, et disparurent tour à tour comme les

clefs d'un instrument à vent, joué par l'artiste infernal. Ses lèvres blanches demeuraient entr'ouvertes, et il respirait avec force
comme s'il avait été essoufflé par une course rapide.

« Levez-vous, dit-il enfin, et parlons sérieusement. »

Elle resta assise sans faire attention à lui.

« Je vous dis de vous lever, mistress Lammle !

— Vous me le dites? reprit-elle en le regardant avec mépris.
Vous me le dites ! En vérité ! »

Elle baissa de nouveau la tête, et affecta de ne pas savoir qu'il
avait les yeux sur elle ; mais elle en éprouvait un malaise
évident.

« Levez-vous et partons, mistress Lammle; assez comme cela,
vous m'entendez? »

Cédant à la main qui l'entraînait, elle se leva, et tous les deux
se remirent en marche; mais cette fois pour se diriger vers leur
habitation.

« Mistress Lammle, dit Alfred, nous avons tous les deux été
trompeurs, et tous les deux trompés. Tous les deux nous avons
été mordants et mordus; c'est un cercle vicieux d'où il est
impossible de sortir.

— Vous m'avez recherchée...

—Ne parlons plus de cela, je vous prie. Nous savons ce qui en
est. A quoi bon revenir sur un fait que ni vous, ni moi ne pouvons dissimuler. Je poursuis donc : j'ai été trompé, et fais triste
figure.

— Ne l'ai-je pas été moi-même?

— J'y arrivais, si vous m'en aviez laissé le temps. Vous avez été
trompée, et vous faites triste figure.

— Une figure offensée.

— Vous êtes maintenant assez calme, Sophronia, pour comprendre que vous ne pouvez pas être offensée sans que je le sois
moi-même; c'est pourquoi cette expression était au moins inutile. Quand je regarde en arrière, je me demande avec surprise
comment j'ai pu être assez sot pour vous épouser sur parole.

— Et moi, interrompit mistress Lammle, quand je regarde...

— Quand vous regardez en arrière, vous vous demandez, avec
une égale surprise, comment vous avez pu être assez sotte, passez-
moi le mot, pour m'épouser sur un simple ouï-dire. Mais des
deux parts la sottise est faite; vous ne pouvez pas plus vous délivrer de moi, que je ne peux me débarrasser de vous. Qu'en résulte-t-il ?

— Honte et misère ! répondit Sophronia avec amertume.

— Je n'en sais rien. Ce qui en résulte, c'est la nécessité de
nous entendre. Avec de l'accord, nous pouvons nous tirer de là

Je partage mon discours en trois points. — Donnez-moi le bras, Sophronia — en trois points, pour être plus clair et plus précis.

Primo. La chose est assez dure par elle-même sans y joindre la mortification de la voir divulguée. Nous prenons donc l'engagement de la tenir secrète. Vous consentez, n'est-ce pas ?

— Oui, si le fait est possible.

— Il l'est assurément ; nous avons bien su nous en imposer l'un à l'autre ; à nous deux ne pourrons-nous pas en imposer au monde ? Est-ce accordé ?

— Oui.

— *Secundo.* Nous avons à la fois à nous venger des Vénéering, et à souhaiter que les autres se laissent prendre dans leurs filets. Est-ce entendu ?

— Oh ! oui, bien entendu.

— A merveille. J'arrive au troisième point, qui est d'une adoption facile. Vous m'avez traité d'aventurier, Sophronia ; vous avez eu raison. En bon anglais, je ne suis pas autre chose ; vous aussi, vous n'êtes qu'une aventurière, et une foule de gens nous ressemblent. Qu'il soit donc bien entendu que nous garderons notre secret ; et que nous travaillerons de concert à l'exécution de nos desseins.

— Lesquels ?

— Tous ceux qui tendront à nous procurer de l'argent. Nos intérêts sont les mêmes ; j'entends, par nos desseins, tout ce qui pourra les servir. Est-ce convenu, missis Lammle ?

Elle hésita un moment, et finit par donner une réponse affirmative.

— Nous voilà d'accord, et du premier coup, vous le voyez, Sophronia. Je n'ai plus que deux mots à vous dire : nous savons parfaitement qui nous sommes ; n'ayez donc pas la fantaisie de reparler du passé ; la connaissance que j'ai du vôtre est identique à celle que vous avez du mien ; en me faisant des reproches, ce serait vous en faire à vous-même, ce que je ne désire pas, je vous assure. Après l'entente cordiale qui vient de s'établir entre nous, il convient d'oublier tout sujet irritant. Enfin, pour terminer, vous avez montré aujourd'hui un fort mauvais caractère, Sophronia ; que cela ne vous arrive plus, car j'ai moi-même un caractère diabolique. »

C'est ainsi qu'après avoir rédigé et signé ce contrat de mariage, fécond en promesses, l'heureux couple gagna son heureuse demeure.

Si, au moment où le doigt infernal marquait son empreinte sur sa figure pâle et haletante, mister Alfred Lammle, esquire, avait voulu dompter sa chère femme, en la dépouillant tout à coup du peu d'estime, réelle ou feinte, qu'elle se gardait à elle-même, il paraissait y être arrivé. Tandis qu'à la clarté du couchant, son époux la ramenait à leur séjour béni, la jeune lady trop mûre, aurait eu grand besoin de poudre et de fard pour se recomposer le visage.

XI

PODSNAPERIE

Mister Podsnap est fort bien dans ses affaires, et siége très-haut dans l'opinion de Mister Podsnap. Il a débuté avec un bel héritage, s'est prodigieusement enrichi dans les assurances maritimes, et jouit d'une complète satisfaction.

Il n'a jamais pu deviner pourquoi tout le monde n'est pas entièrement satisfait, et il a la conscience de donner un brillant exemple de vertu civique en étant satisfait de tout, particulièrement de sa personne.

Dans l'heureuse certitude qu'il a de son propre mérite et de son extrême importance, mister Podsnap a décidé que tout ce qu'il met derrière lui n'existe plus. Il y a quelque chose de digne et de concluant, pour ne pas dire de très-commode, dans cette manière de se débarrasser des objets désagréables. Cette façon d'agir a puissamment contribué à la satisfaction de mister Podsnap, et à son établissement dans la haute opinion qu'il a de lui-même.

«Je n'ai pas besoin de savoir cela! Qu'on ne me parle pas de cela! Je n'admets pas cela!»

Mister Podsnap, dont la figure devient rutilante quand il prononce ces mots, les accompagne d'un geste particulier du bras droit, qu'il a fini par acquérir en purgeant le monde de ses problèmes les plus ardus, problèmes qu'il fait disparaître en les balayant, car il s'en trouvait offensé.

Le monde moral et même géographique de mister Podsnap est un monde fort étroit. Bien qu'il doive sa prospérité au commerce international, mister Podsnap regarde le nom des autres pays comme une erreur, et oppose cette observation concluante aux usages étrangers : «Pas anglais.» Puis presto, le bras arrondi et le rouge au front, il les supprime d'un revers de main.

D'autre part, le monde se lève à huit heures, se rase à huit heures et quart, déjeune à neuf heures, se rend dans la Cité vers dix heures, rentre chez soi à cinq heures et demie, dîne à sept heures; et l'on peut résumer ainsi les notions que M. Podsnap a sur l'art en général.

Littérature : masse d'imprimés décrivant avec respect le lever à huit heures, la barbe à huit et quart, le déjeuner à neuf, la Cité à dix, le retour à cinq et demie, le dîner à sept heures. Peinture et sculpture : portraits et bustes des habiles praticiens du lever à huit heures, de la barbe à huit et quart, du déjeuner à neuf heures, etc. Musique : concert respectable d'instruments à vent et à corde, chantant (sans variation aucune) sur un rhythme tranquille, lever à huit, barbe à huit et quart, déjeuner à neuf, Cité à dix, retour à cinq et demie, et dîner à sept heures. Rien autre chose ne doit être permis à ces arts sans aveu, sous peine d'excommunication. Rien autre chose ne doit exister nulle part.

En sa qualité d'homme aussi éminemment respectable, mister Podanap est obligé, il le sent bien, de prendre la Providence sous sa protection; d'où il résulte qu'il est toujours à même d'interpréter les décrets providentiels. Des gens d'une respectabilité inférieure pourraient souvent être au-dessous d'une pareille tâche; mais mister Podsnap est toujours au niveau de cette mission ; et, chose à la fois remarquable et consolante, ce que la Providence a voulu est invariablement ce que veut mister Podsnap.

La réunion de ces principes, qui font école, et sont passés en articles de foi, constitue ce que le chapitre actuel prend la liberté de qualifier de *Podsnaperie*, du nom de leur plus fidèle représentant.

Confinés dans d'étroites limites (le cerveau de M. Podsnap étant lui-même borné par son col de chemise), ces principes fondamentaux sont proclamés d'un ton pompeux en harmonie avec le craquement des bottes de l'orateur.

Il y a une miss Podsnap, jeune pouliche à bascule, élevée dans l'art maternel de caracoler majestueusement sans jamais avancer; mais les grandes allures de sa mère ne lui ont pas encore été inculquées. C'est toujours une enfant, ayant les épaules hautes, l'esprit engourdi, les coudes pointus et rouges, et un nez râpé, qui semble de temps en temps faire une échappée hors de l'enfance, mais qui rentre bien vite, effrayé de la coiffure de maman, et de la totalité de papa: écrasé, en un mot, par le poids de la podsnaperie.

Cette jeune miss incarne aux yeux de son père une institution sociale d'une certaine nature, et que mister Podsnap désigne sous le nom de *jeune personne*. Institution tyrannique, attendu qu'elle oblige tout ce qui existe au monde à passer par sa filière, pour se plier à ses exigences. « Cela peut-il la faire rougir? » Telle est la question qui se dresse à tout propos; car cette jeune personne, d'après mister Podsnap, a l'inconvénient d'être sujette à se couvrir de rougeur, alors que c'est complétement inutile. Si bien qu'entre son excessive innocence et la perspicacité la plus dépravée il ne semble y avoir aucune démarcation. A en croire mister Podsnap, les nuances les plus atténuées du brun, du lilas, du blanc et du gris, sont d'un rouge flamboyant aux yeux de taureau de cette pudeur incommode.

Les Podsnap demeurent dans un coin obscur qui touche à Portsman-square. Ce sont de ces gens qu'on est certain de trouver à l'ombre, quel que soit l'endroit qu'ils habitent. La vie de miss Podsnap, depuis son apparition sur cette planète, a toujours été du genre ombreux. Ne devant, sans doute, retirer aucun bénéfice du commerce de ses pareilles, cette jeune personne on a été réduite à la société des gens d'un certain âge et des meubles massifs. Elle ne connaît du monde que ce qui lui en a été réfléchi par les bottes de son père, les tables de noyer et de bois de rose, les glaces ténébreuses des salons fermés, et le voit nécessairement en noir. Aussi lorsque sa mère la produit solennellement au parc, dans un grand phaéton soupe-au-lait, elle apparaît au-dessus du tablier comme une jeune malade qui est assise dans son lit, et qui a le plus vif désir de se cacher sous la couverture.

« Georgiana aura bientôt dix-huit ans, dit l'honorable Podsnap.

— Bientôt, répond mistress Podsnap.

— Nous ferions bien, reprend le mari, d'avoir quelques personnes à l'occasion de son jour de naissance.

— Ce qui nous permettrait, poursuit la femme, de rendre à tous ceux qui nous ont reçus. »

Mister et mistress Podsnap ont donc l'honneur d'inviter dix-sept amis intimes à venir dîner chez eux tel jour; puis le nouvel honneur de substituer d'autres amis intimes à ceux des dix-sept amis primitifs, qui regrettent vivement de ne pas pouvoir répondre à leur aimable invitation, ayant pour ce jour-là un engagement antérieur. Sur quoi, mistress Podsnap raye de sa liste les noms de ces inconsolables, et dit en les effaçant du bout de son crayon :

« Pour rien au monde, je ne les inviterais maintenant; nous en voilà débarrassés. »

Délivrés de ces amis de cœur, mister et mistress Podsnap ont la conscience beaucoup plus légère. Mais il y a d'autres amis

intimes, qui, n'ayant aucun titre à une invitation à dîner, ont
cependant des droits à venir, entre neuf et dix heures du soir,
participer à un bain de vapeur au gigot de mouton. Afin de s'acquitter envers ces notables, mistress Podsnap ajoute donc à son
repas une petite soirée, à laquelle on arrivera de bonne heure, et
passe chez le marchand de musique, où elle demande un automate bien élevé qui puisse lui jouer des quadrilles pour une petite sauterie.

Mister et mistress Véneering, ainsi que les nouveaux époux, sont
naturellement du dîner. Mais à part ce couple battant neuf, la
maison Podsnap n'a rien de commun avec celle des Véneering.
Chez un parvenu, qui a besoin de cela pour se poser, l'élégance
est tolérée par mister Podsnap; quant à lui, il est fort au-dessus
d'une pareille misère. C'est une solidité monstrueuse qui carac-
térise l'argenterie et la vaisselle Podsnap. Tout cela n'a été fait
que pour paraître aussi lourd qu'on a pu, et tenir autant de
place que possible. Tout cela vous dit avec arrogance : « Vous
m'avez ici dans ma laideur, avec la même profusion que si j'étais
un plomb vil; et pourtant je suis un poids considérable de métal
précieux, à tant le marc. Ne seriez-vous pas ravi de me fondre? »
De l'affreuse plate-forme qu'il occupe au centre de la table, un
surtout massif, à pieds écartés, bossué sur toutes les faces plutôt
que décoré, vous adresse ces paroles. Les quatre seaux où ra-
fraîchit le vin, pourvus de lourdes têtes, portant à chaque oreille
un gros anneau d'argent, transmettent ce discours d'un bout à
l'autre de la table, et le disent aux salières, en forme de pots
ventrus, qui, à leur tour, le passent à leurs voisins.

Enfin les cuillers et les fourchettes, d'un poids et d'un volume
énormes, agrandissent la bouche des invités avec l'intention
expresse de leur jeter dans le gosier, à chaque morceau qu'ils
avalent, le sentiment de la somme qu'elles représentent.

Les différents meubles sont, dans leur espèce, tout aussi lourds
que l'argenterie, et la plupart des convives leur ressemblent. Il
y a toutefois parmi ces derniers un gentleman français, lequel
n'a été admis qu'après une longue hésitation; car, dans l'esprit
de mister Podsnap, l'Europe continentale passe pour être mor-
tellement liguée contre l'innocence de la jeune personne.

L'invitation a néanmoins eu lieu, et cet étranger produit sur
les convives un effet assez bizarre : chacun, y compris le maître
de la maison, lui parle comme à un enfant qui a l'oreille dure.
Par une concession délicate à cet infortuné, qui a eu le malheur
de ne pas naître en Angleterre, mister Podsnap lui présente sa
famille en français : « *Madame Podsnap, mademoiselle Podsnap.* »
Il ajouterait volontiers *ma fille*, mais il s'interdit cette entreprise

audacieuse. Les Véneering étant les seuls convives qui soient arrivés, sont présentés avec la même condescendance explicative: « Monsieur Vey-nai-riing. » Puis, revenant à sa langue maternelle, mister Podsnap demande à son hôte ce qu'il pense de Londres, et ajoute, comme s'il administrait une potion à un sourd :

« Lon-don, Londres, London. »

L'étranger admire cette capitale.

— Une très-grande ville! reprend mister Podsnap.

— Très-grande, dit l'étranger.

— Et très-riche!

— Immensément riche.

— Nous disons *immensely*, reprend mister Podsnap avec complaisance. Nos adverbes ne se terminent pas en *mong*, comme en français. Ensuite, nous plaçons un *t* avant le *ch*, nous disons *ritch*.

— Ritch, répète l'étranger.

— Et n'avez-vous pas trouvé, poursuit Podsnap avec dignité, n'avez-vous pas trouvé, monsieur, dans les rues de la métropole du monde, des témoignages frappants de notre Constitution britannique? »

L'étranger demande un million de pardons; mais il n'a pas bien compris.

« La Consti-tu-tion bri-tan-nique, reprend mister Podsnap du ton dont il expliquerait la chose dans une école primaire. Nous disons british; mais vous dites britannique. (A son tour, il a l'air de s'excuser et de dire : ce n'est pas ma faute.) La Constitution, monsieur...

— Yes, I know him, » répond l'étranger.

Un convive jeunet et jaunâtre, décoré de lunettes sous un front très-bombé, et qui est à l'un des coins de la table, sur une chaise supplémentaire, cause une sensation profonde en jetant un « esqué ? » suivi d'un brusque silence.

— Est-ceque? répète le Français en se tournant de son côté.

Mais ayant dit pour le moment tout ce qu'il avait trouvé derrière ses bosses frontales, le jeune convive ne poursuit pas.

« Je vous demandais, crie Podsnap, qui renoue le fil de son discours, si vous aviez observé dans nos *streets*, comme nous disons, ou sur notre *pavvy*, comme vous dites, any tokens.... »

Le Français, avec une patience des plus courtoises, demande pardon; mais que signifie tokens?

« Marks, signs, appearances, traces, répond M. Podsnap.

— D'un cheval? demande l'étranger; of a orse ?

— Nous disons *horse*, réplique mister Podsnap avec indul-

I.   9

gence, In England, Angleterre, nous aspirons le *hetch*, et nous disons *horse*; il n'y a que dans nos classes inférieures que l'on prononce *orse*.

— Mille pardons, monsieur ; je me trompe toujours, dit le Français.

— Notre langue, reprend mister Podsnap avec la conscience d'avoir toujours raison, notre langue est difficile ; c'est une langue très-riche, et que les étrangers ont beaucoup de peine à saisir. Je ne poursuis pas ma question. »

Le gentleman à lunettes, regrettant de la voir abandonner, pousse follement un nouvel *esquâ?* et s'arrête sans éveiller d'écho.

« Elle avait simplement trait à notre Constitution, explique mister Podsnap, qui a conscience de faire un acte méritoire en possédant cette chose inestimable. Nous autres Anglais, poursuit-il, nous sommes très-fiers de notre Constitution : c'est un don de la Providence. Aucun pays, monsieur, n'est favorisé du ciel autant que ce pays-ci.

— Et les autres, dit l'étranger, comment font-ils ?

— Monsieur, répond mister Podsnap en hochant la tête d'un air grave, ils font... je regrette d'avoir à le dire, monsieur, ils font comme ils peuvent.

— La Providence a des faveurs restreintes, dit l'étranger en souriant, car les frontières ne sont pas étendues.

— Sans doute, réplique Mister Podsnap; mais cela n'en est pas moins vrai : c'est la charte de la Terre. Cette île, monsieur, a été bénie à l'exclusion absolue de toutes les contrées du globe, quelque nombreuses qu'elles soient. Et si nous n'étions ici que des Anglais, ajoute l'orateur en promenant son regard sur ses compatriotes, et en développant sa thèse d'une voix solennelle, je dirais que l'Englishman offre un assemblage de vertus, une modestie, une indépendance, un calme, une solvabilité, joints à l'absence de tout ce qui peut amener la rougeur sur le front d'une jeune personne, bref, une réunion de vertus qu'on chercherait en vain parmi les autres peuples. »

Ayant terminé ce petit speech, mister Podsnap, dont le visage s'enflamme à la vague pensée qu'un citoyen à préjugé, d'un pays quelconque, oserait peut-être apporter à ses paroles une légère restriction, mister Podsnap exécute son geste favori, et met à néant le reste de l'Europe, l'Asie, l'Afrique et l'Amérique. L'auditoire est fort ému de ce trait d'éloquence, et mister Podsnap, qui se sent aujourd'hui d'une force exceptionnelle, devient souriant et communicatif.

« Avez-vous entendu parler de cet heureux légataire, Véneering ? demande-t-il d'un air aimable.

— Pas du tout, répond Véndering. Je sais seulement qu'il a été mis en possession de l'héritage ; et que ses voisins l'appellent maintenant le boueur doré. Je crois vous avoir dit autrefois que la jeune personne, dont le prétendu a été assassiné, est la fille d'un de mes commis ?

— Oui, vous m'avez dit cela. A ce propos je vous demanderai de vouloir bien nous raconter cette singulière histoire. C'est une coïncidence curieuse, que la première nouvelle de la découverte du corps ait été annoncée à votre table pendant que je m'y trouvais, et que l'un de vos gens soit intéressé dans l'affaire ; racontez-nous cela, je vous prie.»

Véndering est plus que préparé à satisfaire ce désir ; car il a profité de la distinction sociale que lui a valu cette histoire, pour ajouter à ses anciens amis une demi-douzaine d'amis tout neufs. Encore un incident pareil, et il atteindra le chiffre d'amis qu'il ambitionne. S'adressant donc au plus désirable de ses voisins, tandis que sa femme s'empare de celui qui peut ensuite offrir le plus d'avantages, Véndering plonge dans son récit, d'où il émerge vingt minutes après, tenant dans ses bras un directeur de la banque.

Anastasia, qui, de son côté a nagé dans les mêmes eaux à la poursuite d'un riche courtier maritime, a pris celui-ci aux cheveux et le ramène sain et sauf. Elle raconte alors à un cercle plus étendu qu'elle a été voir la jeune fille ; que cette dernière est vraiment jolie, et très-présentable pour une fille de sa condition. Tout cela est accompagné d'un déploiement si heureux de ses huit doigts aquilins, et des joyaux qui les entourent, qu'elle a le bonheur de saisir un général, sa femme et sa fille, qui s'en allaient à la dérive. Non-seulement elle leur rend la vie, qui chez eux était suspendue, mais elle s'en fait pendant une heure les plus chauds amis du monde.

En thèse générale, mister Podsnap désapprouverait hautement qu'il fût question d'un corps trouvé dans une rivière, ce sujet n'étant pas convenable pour les joues d'une jeune personne. Mais il a pris à l'histoire d'Harmon une certaine part qui le rend en quelque sorte actionnaire de la chose ; et comme elle a pour bénéfice immédiat l'avantage d'arracher les auditeurs à la contemplation silencieuse des rafraîchissoirs et des salières, il trouve que le rapport en est satisfaisant.

Le dîner est fini ; le bain de vapeur, au gigot de mouton, est suffisamment imprégné du parfum réconfortant ; il vient de recevoir l'arome des spiritueux et du café ; rien n'y manque et les baigneurs arrivent. L'automate discret s'est déjà glissé au piano, où, derrière les barreaux du pupitre, il représente un captif languissant dans une prison de bois de rose.

Où verra-t-on jamais des êtres plus aimables et aussi bien assortis que mister et mistress Lammle? Il est étincelant; Elle est toute
grâce et toute satisfaction. De temps à autre ils échangent des regards d'intelligence ; mais rapides et sérieux comme feraient des
joueurs qui auraient engagé la partie contre toute l'Angleterre.

Il y a très-peu de jeunesse parmi les baigneurs ; rien n'est jeune
dans la Podsnaperie, excepté la jeune personne.

Des baigneurs chauves entourent mister Podsnap, qui est debout, le dos au feu, et lui parlent les bras croisés. Des baigneurs,
à favoris luisants, profèrent quelques paroles devant mistress Podsnap, et s'éloignent le chapeau à la main. Des baigneurs curieux
errent çà et là, et regardent au fond des coffrets et des vases,
comme s'ils devaient y retrouver l'objet qu'ils ont perdu, et que
les Podsnap auraient pu leur voler. Des baigneurs du sexe plus
aimable, sont assis autour du salon, et se livrent à l'examen com-
paratif et silencieux des bras et des épaules d'ivoire.

Pendant ce temps-là, comme toujours, la petite miss Podsnap,
dont les chétifs efforts, si elle en a jamais faits, sont éclipsés par
la splendeur des allures maternelles, se tient le plus qu'elle peut
hors de la vue et de la pensée des autres, et semble faire le
compte des ennuis de la journée.

Un article secret des hautes convenances de la Podsnaperie
exige qu'il ne soit pas question du motif de la fête. Chacun se tait
donc, et ferme les yeux sur la nativité de cette jeune fille, comme
si tout le monde reconnaissait qu'il eût été préférable que cette
jeune personne ne fût pas née.

Les Lammle ont tant d'affection pour ces chers Vénéering
qu'ils ne peuvent pas se détacher de ces excellents amis. A la
fin cependant, un sourire plein de franchise de mister Lammle,
peut-être le haussement mystérieux de l'un de ses sourcils
gingembre, paraît dire à mistress Lammle: «Mais pourquoi ne
jouez-vous pas?»

Sophronia jette un regard autour d'elle, aperçoit miss Podsnap,
et semble demander s'il faut qu'elle joue cette carte. Elle reçoit
probablement une réponse affirmative, car elle va s'asseoir auprès
de la jeune personne.

Mistress Lammle est ravie de se trouver dans ce petit coin, où
elles pourront causer toutes les deux tranquillement. La conversation promet en effet d'être paisible, car la jeune miss répond
avec inquiétude :

« Oh ! c'est bien bon à vous; mais je ne sais pas causer,
moi !

— Commençons toujours, dit mistress Lammle, avec le plus
charmant sourire.

— Oh ! j'ai peur que vous ne me trouviez bien sotte ; je ne suis pas comme Ma ; elle cause, elle !»

Rien de plus facile à voir ; Ma cause au petit galop, crinière au vent, tête encapuchonnée, paupières et narines très-ouvertes.

« Peut-être aimez-vous la lecture ? demande Sophronia.

— Oui... c'est-à-dire... oh ! oui ; mais je ne lis pas beaucoup.

— Faites-vous un peu de m...m...m...m... musique ? (Mistress Lammle est tellement insinuante qu'elle y met une demi dou-zaine d'm avant de glisser le mot à son amie.)

— Oh ! je n'oserais jamais ; et puis je ne sais pas. Mais Ma joue du piano. »

En effet, toujours au petit galop, et avec un certain air de faire quelque chose, Ma exécute à l'occasion une caracolade bril-lante sur ledit instrument.

« Vous aimez la danse, cela va sans dire.

— Oh ! non ; je ne l'aime pas du tout.

— Comment ! à votre âge ! et charmante comme vous êtes ! vous m'étonnez, chère belle.

— Je ne peux pas dire, répond miss Podsnap avec énormément d'hésitation, et en jetant des regards timides sur le visage soi-gneusement composé de mistress Lammle, je ne peux pas dire que je ne l'aurais pas aimée — si j'avais été... Vous ne le direz jamais, n'est-ce pas ?

— Jamais, chère, jamais !

— Oui, j'en suis sûre, vous ne le direz pas. Eh bien ! j'aimerais peut-être à danser le 1er mai, si j'étais ramoneur [1].

— Miséricorde ! s'écrie Sophronia au comble de la surprise.

— Là ! je le savais bien que cela vous étonnerait ; mais vous ne le direz pas ? vous me l'avez promis.

— Je vous jure, mon amour, qu'à présent que nous avons causé ensemble, vous me faites désirer dix fois plus de vous connaître davantage. Que je voudrais que nous fussions réellement amies ! Voulez-vous de moi pour amie sincère ? Allons ! essayez. Je ne suis pas une de ces vieilles femmes moqueuses, chère belle ; je ne suis mariée que depuis quelques jours ; vous voyez, j'ai ma toilette de noce. Et que voulez-vous dire avec ces ramoneurs ?

— Chut ! Ma entendrait.

— Impossible ; elle est trop loin.

— En êtes-vous bien sûre ? demande tout bas la pauvre enfant. Ce que je veux dire c'est qu'ils ont l'air de beaucoup aimer la danse.

---

1. Premier mai, fête des ramoneurs, caractérisée par des masca-rades, des jeux et des danses.   (*Note du traducteur.*)

— Et que peut-être vous l'aimeriez comme eux si vous étiez des leurs?»

Miss Podsnap fait un signe affirmatif.

« Ainsi donc, telle que vous êtes, vous ne l'aimez pas du tout?

— Comment le pourrais-je! c'est si effrayant! Si j'étais assez forte et assez méchante pour tuer quelqu'un, voyez-vous, je tuerais mon danseur. »

Cette façon d'envisager l'art de Therpsichore est tellement neuve que Sophronia regarde la jeune personne avec une nouvelle suprise. Miss Podsnap a les bras posés l'un sur l'autre, et agite les doigts par un mouvement nerveux, comme si elle essayait de cacher ses coudes; mais ce désir, impossible à réaliser en manches courtes, et qui paraît être l'innocente aspiration de son âme, demeure à l'état de rêve utopique.

« C'est affreux! n'est-ce pas? » dit la pauvre miss d'un air contrit.

Mistress Lammle, ne sachant que répondre, se fond en un sourire encourageant.

« Mais c'est pour moi une si grande torture, continue miss Podsnap. J'ai si peur! et cela fait tant de mal! On ne sait pas tout ce que j'ai souffert chez madame Sauteuse, où j'ai appris à danser, c'est-à-dire où ils essayaient de me l'apprendre; puis à saluer, à faire des révérences pour les présentations, et d'autres choses effrayantes. Ma sait faire tout cela.

— Dans tous les cas, cher ange, ce temps-là est passé, dit mistress Lammle.

— Qu'est-ce que j'y gagne? C'est encore pis que chez madame Sauteuse. Ma était là-bas, mais Pa n'y était jamais, ni les autres non plus. Oh! voilà Ma qui parle au musicien; elle s'approche d'un monsieur; je suis sûre qu'elle va me l'amener! Oh! je vous en prie, non! non! je vous en prie! je vous en prie! »

Miss Podsnap soupire cette prière les yeux fermés et la tête appuyée contre le mur. L'ogre s'avance néanmoins, sous le patronage de Ma.

« Georgiana, mister Grompus, dit la maman. » Aussitôt l'ogre, empoignant sa victime, l'entraîne vers le haut du salon. L'automate discret, dont l'œil a examiné la scène, commence un pâle quadrille, et seize disciples de la Podsnaperie exécutent les figures d'usage : se lever à huit heures, se raser à huit et quart, partir à dix heures, *at home* à cinq et demie, dîner à sept, et la grande chaîne.

Pendant le cours de ces solennités, ce cher Alfred, le plus tendre des maris, s'approche de Sophronia, et, s'appuyant au fauteuil de l'adorable femme, joue avec le bracelet de ce modèle des épouses. Les yeux de mistress Lammle disent quelque chose au gilet de mister Lammle, et la sombre attention avec laquelle cette chère Sophronia paraît écouter la réponse forme un singulier contraste avec le badinage d'Alfred; mais c'est un souffle qui passe sur un miroir et dont la trace a disparu avant qu'on l'ait remarquée.

La grande chaîne est maintenant rivée jusqu'au dernier anneau, l'automate a frappé son dernier accord, et les seize figurants se promènent deux à deux parmi les meubles. Il est évident que l'innocent Grompus n'a pas la moindre conscience de l'effroi qu'il inspire, car cet ogre poli, croyant plaire à sa danseuse, prolonge jusqu'aux dernières limites du possible le récit péripatétique d'une réunion d'archers. Mais à la tête de ces huit couples, qui font le tour du salon avec une lenteur funéraire, sa victime ne lève les yeux que pour jeter à mistress Lammle un regard désespéré.

La procession est enfin dissoute par la brusque entrée d'un domestique, devant lequel la porte s'ouvre et rebondit comme enfoncée par un boulet de canon, et, tandis que cet objet odorant disperse à la ronde des verres d'eau chaude colorée, miss Podsnap revient s'asseoir près de sa nouvelle amie.

« Bonté divine! c'est fini, dit-elle. Vous ne m'avez pas regardée, j'espère?

— Pourquoi ne l'aurais-je pas fait?

— Oh! je me connais bien, dit miss Podsnap.

— Moi aussi je vous connais; et laissez-moi vous dire une chose, reprend Sophronia de son air le plus câlin, vous êtes trop timide, chère ange.

— Maman ne l'est pas, dit miss Podsnap. Je vous déteste, allez-vous-en. »

Ce trait, lancé à demi-voix, est décoché au galant Grompus, qui, en passant auprès d'elle, a cru devoir lui adresser un sourire.

« Pardon, chère miss Podsnap, mais je ne vois pas bien...

— Si vraiment nous devons être amies, interrompt la jeune fille, et je vous crois, car vous êtes la seule qui me l'ayez proposé, ne soyez pas cérémonieuse. C'est bien assez d'être miss Podsnap, sans qu'on vous le dise. Appelez-moi Georgiana.

— Eh bien donc, chère Georgiana...

— Merci, dit miss Podsnap.

— Excusez-moi, chère ange; mais de ce que madame votre mère a de l'aplomb, je ne vois pas que ce soit un motif pour que vous soyez timide.

— Vous croyez? reprend miss Podsnap en s'étirant les doigts

et en jetant les yeux, tantôt sur mistress Lammle, tantôt sur le parquet; alors c'est qu'il n'y en a pas.

— Vous vous rendez trop facilement à mon avis, chère belle; ce n'était pas même une opinion que j'exprimais, c'était l'aveu de ma simplicité.

— Oh! vous n'êtes pas simple, dit Georgiana; moi je suis sotte, à la bonne heure; mais vous êtes fine, vous; sans cela vous ne m'auriez pas fait causer. »

Mistress Lammle, qui a la conscience de poursuivre un dessein quelconque et d'y employer toute sa finesse, rougit assez pour en avoir le teint plus brillant. Elle sourit à sa chère Georgiana et la regarde en hochant la tête d'une manière affectueuse. Non pas que cela signifie quelque chose; mais ce mouvement paraît être agréable à sa nouvelle amie.

« Je voulais dire, continue la jeune personne, que Ma et Pa sont si imposants, et que les choses que l'on rencontre sont si effrayantes, au moins dans tous les endroits où je vais, que ce n'est pas étonnant que j'aie si grand'peur. Je dis cela très-mal, et je ne sais pas si vous pouvez me comprendre.

— À merveille, chère ange. »

Tandis que Sophronia déploie tous les artifices rassurants que lui suggère son habileté, la pauvre miss se rejette en arrière et ferme de nouveau les yeux.

« Oh! dit-elle, voilà Ma! puis un gentleman qui me fait peur, avec son lorgnon dans l'œil. Oh! elle va l'amener. Non, non, ne l'amenez pas, ne l'amenez pas, ne l'amenez pas. Oh! il va me faire danser avec son lorgnon dans l'œil. Oh! qu'est-ce que je vais devenir! »

Cette fois, Georgiana trépigne; son désespoir est au comble. Mais pas moyen d'échapper à la présentation imposante d'un inconnu, qui s'avance en trottinant, un œil cligné jusqu'à entière disparition, l'autre élégamment vitré. L'inconnu jette un regard de haut en bas, semble découvrir miss Podsnap au fond d'un puits, la ramène au jour et s'éloigne avec elle. En ce moment le captif du piano exécute un quadrille où il exhale ses aspirations à la liberté. Seize autres danseurs parcourent la série des mouvements mélancoliques dont les premiers leur ont donné l'exemple, et le lorgnon trottinant promène miss Podsnap de l'air satisfait d'un homme qui réalise une idée complétement neuve.

Pendant ce quadrille, un personnage errant, et de manières douces, est arrivé jusqu'auprès du feu. Il se faufile parmi les chefs de tribu qui sont là en conférence avec mister Podsnap, et fait naître le geste éloquent de ce gentleman par une remarque des plus inconvenantes : rien moins qu'une allusion à une demi-douzaine d'individus qui seraient morts de faim sur la voie publique. Un pareil sujet ne se traite point après dîner; cela ne convient pas d'ailleurs à la joue d'une jeune personne; c'est vraiment du plus mauvais goût. Et puis, « je ne crois pas cela, » dit mister Podsnap en le mettant derrière lui.

Le doux personnage craint bien qu'il ne faille accepter la chose, car il y a eu enquête et rapport du greffier.

« Dans ce cas-là, c'est leur faute, » répond mister Podsnap.

Véneering et d'autres anciens de la tribu louent cette manière de trancher la question : c'est à la fois, pour en sortir, un chemin de traverse et une grande route.

Il semblerait néanmoins résulter de l'enquête, d'après ce que rapporte le doux personnage, que lesdits coupables seraient morts de faim malgré eux; qu'ils auraient protesté, dans la mesure de leurs forces, contre ce genre de culpabilité; qu'ils l'auraient même repoussé tant qu'ils ont pu, et qu'ils auraient préféré ne pas mourir du tout, si la chose avait été possible.

« Il n'y a pas, dit mister Podsnap avec aigreur, il n'y a pas au monde un pays, monsieur, où l'on pourvoie aux besoins des pauvres avec autant de libéralité que dans celui-ci. »

L'homme aux douces manières le reconnaît volontiers; mais peut-être le fait n'en est-il que plus triste, en montrant qu'il doit y avoir quelque part certaines choses qui vont effroyablement mal.

« Où cela? demande mister Podsnap.

— On ferait bien de chercher à le découvrir, de chercher d'une manière sérieuse, insinue le doux personnage.

— Ah! s'écrie mister Podsnap, il est aisé de dire quelque part, et moins facile de spécifier l'endroit. Mais je sais où vous voulez en venir, monsieur; je l'ai deviné tout d'abord : la centralisation! Non, monsieur, non, jamais vous n'aurez mon consentement; ce n'est pas anglais. »

Un murmure approbateur s'élève de tous les chefs de tribu, comme pour dire : « Vous l'avez pris, ne le lâchez pas. » L'homme aux douces manières était loin de supposer qu'il voulût en venir à une isation quelconque. Mais il est plus ému de ces tragiques épisodes que de tous les mots imaginables, et il demande s'il est nécessairement anglais de mourir de faim, dans le plus cruel abandon?

« Vous connaissez la population de Londres? » demande à son tour mister Podsnap.

Le doux personnage se le figure; néanmoins il pense que cela ne fait rien à la chose, et que si la loi...

« Mais vous n'ignorez pas, j'aime à le croire, interrompt

Podsnap, que la Providence a déclaré que vous aurez toujours des pauvres parmi vous? »

L'humble personnage connaît également cette parole.

« Je suis bien aise de vous l'entendre dire, reprend mister Podsnap d'un air menaçant; j'en suis bien aise, monsieur, cela vous rendra moins prompt à insulter la Providence. »

A cette phrase, non moins absurde qu'irrévérente, l'homme doux et simple répond qu'il ne craint pas de commettre une pareille faute, car elle est impossible, mais que...

Mister Podsnap voit que le moment est venu d'en finir avec cet homme, et de le terrasser du geste et de la voix.

« Je refuse, dit-il, de prolonger cette pénible discussion. Elle blesse mes sentiments, elle leur répugne. J'ai dit que je n'admettais pas ces choses-là; j'ai dit également que si elles se produisent, ce que je n'admets pas, c'est la propre faute de ceux qui les subissent. Ce n'est pas à *moi* qu'il appartient (le moi est souligné avec force, pour faire voir qu'il appartient à *vous*) d'attaquer les œuvres de la Providence. J'ai la certitude de mieux connaître mes devoirs, et j'ai dit quelles étaient les intentions divines. D'ailleurs, ajoute mister Podsnap, à qui cet affront personnel fait monter le rouge jusque parmi ses cheveux en brosse, d'ailleurs je le répète : c'est un sujet extrêmement désagréable, je dirai même un sujet odieux, qui ne saurait être abordé devant nos femmes et nos filles, et je... »

La phrase se termine par un tour de bras, qui, plus expressif que toutes les paroles, signifie : « et je le fais disparaître de la face de la terre. »

Juste au moment où vient de s'éteindre le feu impuissant de l'humble et doux personnage, miss Podsnap, qui a quitté son danseur, et l'a laissé entre deux sofas dans une espèce d'arrière-salon, vient retrouver sa nouvelle amie.

Qui peut être avec mistress Lammle, sinon son cher époux? Il l'aime tellement!

« Alfred, mon amour, je vous présente Georgiana, ma jeune amie. Chère petite, il faudra l'aimer presque autant que vous m'aimerez, n'est-ce pas? »

Mister Lammle sera heureux et fier d'être distingué par miss Podsnap, mais s'il devait être jaloux des amitiés de Sophronia, il le serait assurément de l'affection qu'elle a pour miss Pod....

« Dites Georgiana, cher, interrompt la bien-aimée.

— De l'affection qu'elle a..., oserai-je le dire?... pour Georgiana. »

Mister Lammle, qui a rapproché sa main droite de ses lèvres, l'en éloigne par une courbe gracieuse.

« Jamais, poursuit-il, je n'ai vu Sophronia, qui n'est pas femme à concevoir des tendresses subites, jamais je ne l'ai vue captivée comme... oserai-je le répéter? comme par Georgiana. »

L'objet de cet hommage le reçoit avec un profond malaise; et s'adressant à mistress Lammle.

« Je me demande pourquoi vous m'aimez? dit-elle avec embarras.

— Pour vous-même, cher ange; pour la différence qu'il y a entre vous et ceux qui vous entourent.

— C'est possible; moi aussi je vous aime parce que vous n'êtes pas comme eux, dit Georgiana, qui sourit à cette idée rassurante.

— Il faut partir, reprend mistress Lammle en se levant comme à regret, au milieu d'une dispersion générale. Nous voilà bonnes amies, n'est-ce pas?

— Oh! oui, répond la petite miss.

— Bonsoir, cher ange. »

Il faut que ses yeux souriants exercent sur cette nature craintive une attraction irrésistible, car Georgiana lui tend la main, et lui dit d'une voix tremblante :

« Quand vous serez partie, ne m'oubliez pas; et revenez bientôt. »

Il est charmant de voir mister et mistress Lammle prendre congé avec tant de grâce, et descendre l'escalier penchés l'un vers l'autre avec tant d'amour. Il l'est beaucoup moins de les voir s'assombrir en montant d'un air maussade dans leur petit coupé, où chacun s'éloigne de l'autre; mais cela se passe derrière le rideau; la scène n'est faite pour personne, et personne ne la voit.

Certains véhicules massifs, construits sur le modèle de l'argenterie Podsnap, emmènent ceux, qui, parmi les hôtes, sont des articles de poids, tandis que les objets de moindre valeur s'en vont à leur manière, et que chez les Podsnap on couche la vaisselle.

Le dos au feu, et remontant son col de chemise de l'air d'un coq de village, qui, au centre de ses domaines, remet ses plumes en ordre, mister Podsnap serait on ne peut plus étonné si on lui disait que sa fille, ou toute autre jeune personne d'une naissance et d'une éducation respectables, pourrait ne pas être tirée de l'armoire comme la vaisselle plate, fourbie, comptée, pesée, évaluée comme l'argenterie, servie et remise à sa place comme l'argenterie et la vaisselle. Soupçonner qu'une jeune personne de ladite espèce pourrait avoir au fond du cœur une aspiration maladive vers quelque chose de plus jeune, ou de moins monotone que la vaisselle plate, et que sa pensée pût essayer de franchir la région bornée au sud, au nord, à l'est et à l'ouest par l'argenterie, est une idée monstrueuse qu'il effacerait d'un tour de main.

Cela vient peut-être de ce que la jeune personne de la podsnaperie n'est pour ainsi dire qu'une joue rougissante, mais il serait possible qu'il y en eût d'une organisation plus compliquée. Ah! si mister Podsnap avait seulement pu entendre le dialogue qu'avaient entre eux mister et mistress Lammle, au fond du petit coupé, où ils se tenaient chacun dans leur coin.

« Sophronia, dormez-vous?

— Est-ce probable, monsieur?

— Certainement, après la soirée de cet imbécile.

— Écoutez bien ce que je vais vous dire, et ne manquez pas de le faire.

— Est-ce que je n'ai pas fait ce soir tout ce que vous m'avez dit?

— Écoutez! vous dis-je, reprend Alfred en élevant la voix. Veillez de près sur cette idiote, ayez-la dans la main; vous la tenez déjà, serrez ferme, et ne lâchez pas. Vous m'entendez?

— Oui.

— Il y a là quelque chose à faire, sans compter le plaisir d'humilier cet imbécile. Vous savez que nous nous devons de l'argent l'un à l'autre. »

Ce rappel fait un peu ruer la chère Sophronia; mais tout juste assez pour qu'en se rejetant dans son coin elle imprégne l'atmosphère de la petite voiture du parfum de ses poudres et de ses essences.

XII

LA SUEUR DU FRONT D'UN HONNÊTE HOMME

Mister Mortimer Lightwood et mister Eugène Wrayburn avaient dîné dans le cabinet de Mortimer; c'était le restaurateur qui avait fourni le repas. Depuis quelque temps ils faisaient ménage ensemble. Ils avaient loué, de compte à demi, au bord de la Tamise, un cottage de garçon avec pelouse, hangar pour remiser un bateau, et autres choses à l'avenant; et leur intention était d'y passer les vacances, afin de canoter pendant les beaux jours. Ceux-ci étaient loin encore.

Le printemps commençait à peine; ce n'était pas cette aimable saison d'une douceur éthérée dont nous parle Thompson; mais cet aigre printemps que l'on voit dans Johnson, Jackson, Smith et Jones. La bise grinçante ne soufflait pas, elle sciait littéralement, et le bran de scie tourbillonnait partout. Chaque rue était une fosse de scieurs de long, et chaque passant, transformé en scieur d'en bas, était aveuglé. Ces papiers mystérieux, qui circulent dans Londres chaque fois qu'il y a du vent, tournoyaient çà et là, et pleuvaient dans toutes les directions.

D'où viennent ces papiers, et où peuvent-ils se rendre? Ils s'accrochent aux arbustes, voltigent parmi les arbres, sont arrêtés par les fils télégraphiques. Ils visitent tous les coins, fréquentent tous les enclos, boivent à toutes les fontaines, s'abattent sur toutes les palissades, frissonnent sur toutes les pelouses, et cherchent vainement le repos derrière toutes les grilles.

A Paris, où rien n'est perdu malgré l'opulence de cette ville luxueuse, d'étranges fourmis humaines, sorties de différents trous, ramassent tous les chiffons, et l'on n'y voit rien de pareil. Le vent n'y soulève que la poussière; des yeux perçants et des bouches affamées y exploitent même la bise, et en retirent quelque chose.

Le vent sciait donc, et la sciure tourbillonnait. Les massifs tordaient leurs membres grêles, en se lamentant d'avoir écouté le soleil qui leur avait persuadé de fleurir. Les feuilles, à peine déployées, souffraient et gémissaient. Les moineaux, comme tant d'autres, se repentaient de leurs mariages prématurés. Les couleurs de l'arc-en-ciel ne brillaient pas dans les plates-bandes, mais sur les figures de gens mordus et pincés par le froid, et le vent sciait sans relâche, et la sciure tourbillonnait.

Quand, au printemps, les jours deviennent trop longs pour qu'on ferme de bonne heure, et qu'il fait un vent pareil, la ville que mister Podsnap désigne avec tant de clarté sous le nom de London, Londres, London, est tout ce qu'elle peut être de pire: une ville aigre et noire, réunissant les qualités d'une cheminée qui fume, et d'une mégère qui gronde; une ville grinçante, ville à jamais déplorable, sans une fissure à sa calotte de plomb, et assiégée, enveloppée, investie par les marécages de l'Essex et du Kent.

Ainsi le comprenaient et le sentaient les deux amis de collège, qui, après le dîner, fumaient au coin du feu. Le jeune clerc était parti, le garçon du traiteur avait emporté les plats et les assiettes. Le vin s'en allait à son tour; mais non du même côté.

« Quel horrible vent! dit Eugène, en remettant du charbon. On l'entend joliment chez toi, c'est comme si nous étions dans un phare dont la garde nous serait confiée; pour mon compte, j'en serais bien aise.

— Ce serait assommant, dit Mortimer.

— Pas plus que d'être ailleurs. Au moins, là, il n'y aurait pas d'assises; mais c'est une considération qui m'est toute personnelle.

— Et pas de clients, ajouta l'autre; non pas que cette considération puisse me toucher; elle n'a rien d'égoïste.

Si nous étions sur un roc solitaire, au milieu des vagues orageuses, reprit Eugène en regardant le feu, lady Tippins ne viendrait pas nous voir; mieux que cela, elle pourrait venir et se perdre corps et biens. Là-bas il n'y a pas de déjeuners de noce, ni de procédure à piocher; pas d'autre précédent que l'obligation toute simple d'entretenir la lumière. Puis on verrait les naufragés, cela ferait une émotion.

— A part cela, dit Lightwood, ce serait bien monotone.

— J'y ai pensé, reprit Eugène, comme s'il avait sérieusement examiné la chose. Mais ce serait une monotonie restreinte, se bornant à deux personnes; et je me demande si, définie avec cette précision, elle ne vaudrait pas mieux que la monotonie illimitée du monde.

— Notre canotage, dit Mortimer en lui passant la bouteille, nous permettra peut-être d'en faire l'expérience.

— Imparfaitement, répondit Eugène avec un soupir; mais elle se fera néanmoins.

— Si nous parlions de ton respectable père? dit Ligthwood, en lui rappelant un sujet dont l'examen formait le but de la réunion, et qui, de la nature des anguilles, leur échappait toujours.

— Oui, répondit Eugène en s'installant dans un fauteuil, parlons de mon respectable père. J'aurais voulu n'aborder cette question que lorsque les bougies auraient été allumées; car elle exige un certain éclat artificiel; mais je me contenterai du reflet que lui jette le crépuscule, vivifié par la lueur rutilante de la houille. »

Eugène attisa le feu de nouveau, en fit jaillir la flamme, et continua ainsi:

« Mon respectable père a trouvé dans le voisinage paternel, une femme qu'il destine à son peu respectable fils.

— Avec quelque fortune? demanda Lightwood.

— Naturellement; sans cela il ne l'aurait pas trouvée. Mon respectable père, — laisse-moi abréger cette respectueuse tautologie, et n'employer à l'avenir que les initiales M. R. P. qui sonnent militairement, à peu près comme duc de Wellington.

— Que tu es absurde, Eugène !

— Pas du tout, je t'assure. M. R. P. ayant toujours, le plus nettement du monde, pourvu à l'existence de ses enfants (comme il appelle cela), en décidant à leur naissance, quelquefois même plus tôt, la vocation que devait avoir la jeune victime, et par suite la carrière qu'elle devait embrasser, préarrêta pour moi que je serais membre du barreau ; je le suis devenu ; mais il y ajouta une énorme clientèle, qui manque absolument ; plus une femme que je n'ai pas.

— Tu m'avais souvent dit le premier point.

— Oui, répondit Eugène ; et me trouvant suffisamment incongru sur mon banc d'avocat, j'avais toujours supprimé l'article relatif à mes destinées domestiques. Tu connais M. R. P., ma d'une manière incomplète ; si tu le connaissais comme moi, il t'amuserait beaucoup.

— Paroles toutes filiales, Eugène.

— Assurément ; du moins je le crois. Je dirai même que j'ai pour M. R. P., la déférence la plus affectueuse ; mais s'il m'amuse, que veux-tu que j'y fasse ? Lorsque mon frère aîné vit le jour, nous savions nous autres, c'est-à-dire que nous l'aurions su naturellement si nous avions existé, qu'il héritait des embarras de la famille (devant le monde nous appelons cela le domaine patrimonial). On n'avait donc pas à se préoccuper de lui. Quand mon second frère fut sur le point de venir, M. R. P. déclara que ce cadet serait un pilier de l'Église. L'enfant naquit, et fut pilier de l'Église ; un pilier très-branlant.

Apparut le troisième fils. Il arrivait bien avant l'époque de l'engagement qu'il avait fait avec ma mère. Toutefois, nullement pris au dépourvu par cette précipitation, M. R. P. fit immédiatement du nouveau-né un circumnavigateur. Ce troisième est en effet dans la marine ; mais jusqu'à présent il n'a pas circumnavigué.

Je m'annonçai en quatrième ; et l'on disposa de moi avec le succès dont je suis l'heureuse incarnation. Le frère qui vint l'année d'après n'avait pas une demi-heure, lorsque M. R. P. déclara qu'il aurait le génie de la mécanique. Ainsi de suite jusqu'au dernier. Voilà pourquoi je disais que M. R. P. m'amuse.

— Et la future ? demanda Mortimer.

— Ah ! cela c'est autre chose. Ici M. R. P. cesse d'être amusant ; car il se trouve en opposition formelle avec mes intentions, qui sont contraires à la future.

— La connais-tu ?

— Pas le moins du monde.

— Ne ferais-tu pas mieux de la voir ?

— Cher ami, tu sais quel est mon caractère. Puis-je me présenter là-bas avec cette étiquette : « Choix avantageux : à examiner » et me trouver en face d'une jeune lady placée sous la même rubrique? Tout disposé à faire quoi que ce soit pour la réussite des arrangements paternels; tout, excepté le mariage. Voyons, pourrais-je le supporter, moi qui m'ennuie si vite, si constamment, si fatalement de toute chose?

— Tu n'es pas conséquent, Eugène.

— Quand il s'agit de s'ennuyer, retourna ce digne gentleman, je suis au contraire le plus conséquent des hommes.

— Mais tout à l'heure tu prônais les avantages de la monotonie à deux.

— Dans un phare, Mortimer, dans un phare; n'oublie pas cette condition. »

Mortimer se mit à rire. Eugène, qui, en y réfléchissant, parut se trouver assez drôle, rit également pour la première fois, et retomba dans sa mélancolie habituelle. Puis il reprit d'une voix somnolente, en savourant son cigare : « Non, il n'y a pas moyen; l'une des prophéties paternelles doit rester inaccomplie. Malgré tout mon désir de l'obliger, il faut que M. R. P. se résigne à cet échec. »

Pendant qu'ils devisaient ainsi, l'obscurité croissait; le vent sciait toujours, et la sciure tourbillonnait derrière les vitres plus pâles. Déjà les ténèbres enveloppaient le cimetière que regardait la maison, et gagnaient en rampant les toitures parmi lesquelles se trouvaient les deux amis.

« Absolument, dit Eugène, comme si les ombres des morts se relevaient pour monter jusqu'à nous. »

Il s'était approché de la fenêtre, son cigare à la bouche, afin de mieux en jouir en comparant le coin de la rue avec le coin du feu, et il regagnait son fauteuil, lorsqu'il s'arrêta brusquement.

« Il paraît, dit-il, que l'un de ces spectres errants a perdu son chemin et vient nous le demander : regarde-moi ce fantôme. »

Mortimer, qui contemplait les charbons, tourna la tête vers la porte, et aperçut dans l'ombre quelque chose qui ressemblait à un homme.

« Qui diable êtes-vous? s'écria-t-il.

— Scusez-moi, gouverneurs, répondit tout bas une voix rauque, mais l'un d'vous deux n'est-i' pas l'homme de loi qu'on nomme Lightwood?

— On frappe avant d'entrer, dit Mortimer.

— Faites escuse, répliqua le spectre sans élever la voix, est-c'que vous n'savez pas que la porte était ouverte?

— Et que voulez-vous?

— Pardon, escuse, gouverneurs; mais l'un d'vous deux est-i' l'homme de loi qu'on appelle Lightwood?

— Oui, répondit le solicitor.

— C'est bon, reprit l'autre en fermant la porte avec soin, j'viens pour affaire. »

Les bougies allumées par Lightwood montrèrent dans le visiteur un homme de mauvaise mine et aux yeux louches, qui, tout en parlant, tortillait une vieille casquette jadis fourrée, aujourd'hui informe et galeuse, et ressemblant moins à une coiffure qu'aux restes pourrissants d'un chat ou d'un petit chien noyé.

« Qu'est-ce que c'est? demanda Mortimer.

— Gouverneurs, répliqua l'homme d'un ton qu'il croyait séduisant, l'quel de vous deux est l'lawyer Lightwood?

— C'est moi, dit Mortimer.

— Lawyer Lightwood (un salut gauche et servile accompagna ces mots), j'sui un homme qui cherche sa pauvre vie et qui la gagne à la sueur de son front. Pour n'pas risquer, d'façon ou d'aut', d'perdre le profit d'mes sueurs, j'voudrais avant tout déposer mon serment.

— Ce n'est pas à moi qu'il faut s'adresser, répondit Mortimer.»

Peu convaincu du fait, le visiteur murmura d'un ton bourru : Alfred-David.

« C'est votre nom? demanda le gentleman.

— Vous n'y êtes pas; j'veux un Alfred-David.

(Ce qu'Eugène, qui regardait l'inconnu tout en fumant, traduisit par Affidavit[1]).

— Encore une fois, mon brave, dit Lightwood en riant avec indolence, je n'ai pas qualité pour recevoir les serments.

— Il peut jurer après vous; moi aussi, expliqua Eugène; mais c'est tout ce que nous pouvons pour votre service. »

Très-désappointé par cette explication, le brave homme tourna et retourna entre ses doigts son chat noyé, tandis que ses yeux louches erraient de l'un à l'autre des gentlemen. A la fin se décidant à reprendre la parole:

« En c'cas-là, dit-il, couchez-moi ça su'le papier.

— Dites-nous d'abord de quoi il s'agit.

— Voyez-vous, reprit l'homme qui après s'être avancé d'un pas, abrita ses lèvres de la main droite, et baissa sa voix rauque, le plus possible, i's'agit de cinq mille liv' de récompense. V'là d'quoi qu'i s'agit; c'est à l'occasion d'un meurt', c'est là qu'est toute l'affaire.

---

1. Attestation sous la foi du serment; déposition écrite, faite devant un individu qualifié pour la recevoir.

— Approchez de la table, et prenez cette chaise. Voulez-vous un verre de vin ?

— J'veux bien, répondit l'homme ; et croyez-moi, gouverneurs, car c'est la vérité. »

Roidissant le bras jusqu'au coude, il versa le vin dans sa bouche, le fit passer dans la joue droite en disant: Qu'en penses-tu ? le repoussa dans sa joue gauche, en répétant la même question, puis l'avala d'un trait, en redisant qu'en penses-tu ? et fit claquer ses lèvres, comme si les trois interpellés répondaient : beaucoup de bien.

« En voulez-vous un second verre ?

— Oui, gouverneurs ; j'n'vous trompe pas. A cette réponse succéda la répétition des manœuvres précédentes.

— Quel est votre nom ? commença Lightwood.

— C'est aller un peu vite, répliqua l'homme d'un ton de reproche. Est-c'que vous n'trouvez pas qu'c'est aller un peu vite ? Je sui en train, voyez-vous, d'gagner d'cinq à dix mille livr' à la sueur de mon front; et quand un pauvre homme s'donne la peine de servir la justice, c'est-i probable qu'i va vouloir s'dessaisir d'une chose qui a l'importance de son nom, sans que c'soit pou le mett' par écrit ? »

Déférant à l'opinion de l'inconnu sur l'efficacité de la plume, Mortimer répondit par un signe affirmatif à la proposition muette que lui faisait son ami de tenir cet instrument.

Le papier, la plume et l'encre furent apportés sur la table; Eugène prit une chaise, et se disposa à remplir les fonctions de clerc.

« A présent quel est votre nom ? » redemanda Lightwood.

Mais il fallait de nouvelles garanties à la sueur du front de cet honnête homme.

« J'aurais voulu, reprit-il, avoir c't aut' gouverneur pour témoin de c'que je vas dire. En conséquence c't aut' gouverneur voudrait-i ben me cracher son nom et son adresse ? »

Eugène, le cigare à la bouche et la plume à la main, jeta sa carte au brave homme. Celui-ci après l'avoir lentement regardée, en fit un petit rouleau qu'il noua dans un coin de son mouchoir, avec une lenteur de plus en plus grande.

« Maintenant, dit Lightwood, si toutes vos précautions ont été prises, et que vous soyez certain d'avoir le calme et le sang-froid nécessaires, veuillez décliner votre nom.

— Roger Riderhood.

— Demeurant ?

— Limehole.

— Profession ? »

Moins prompt à répondre à cette question qu'aux deux autres, Riderhood définit ainsi l'état qu'il professait :

« J'sui un homm' du bord de l'eau.

— Pas subi de condamnation ? » dit Eugène en continuant d'écrire.

Légèrement troublé par ces paroles, mister Riderhood fit observer d'un air innocent qu'il pensait qu'on lui avait demandé quelque chose.

« Avez-vous été en prison ?

— Eun' fois ; c'qui peut arriver à tout l'monde.

— Pour avoir ? continua Eugène. — Fourré la main dans la poche d'un matelot, répondit l'honnête homme. Rien du tout ; j'étais son meilleur ami, et c'était pour lui rend' service.

— A la sueur de votre front ? demanda Eugène.

— Oui, gouverneur ; jusqu'à la voir tomber par terre, comme si c'était d'la pluie. »

Eugène se renversa sur sa chaise, et tournant les yeux vers ce brave homme, fit tourbillonner la fumée de son cigare. Mortimer, qui avait également le cigare à la bouche, regarda Riderhood.

« A présent, dit celui-ci en tourmentant sa casquette, après l'avoir frottée à rebrousse-poil avec sa manche, écrivez c'que je vas dire : « Moi qui vous parle, Roger Riderhood, j' déclare que l'homme qui a tué Harmon, c'est Gaffer Hexam, celui qui a trouvé l'corps. C'est Jesse Hexam, dit Gaffer, comme on l'appelle, qu'a fait le coup ; c'est sa main, et pas d'aut'. »

Les deux amis se regardèrent avec plus de sérieux qu'ils n'en avaient montré jusque-là.

« Sur quoi fondez-vous cette accusation ? demanda Mortimer.

— Sur la chose, répondit Riderhood en s'essuyant la figure avec sa manche, qu'voyez-vous, j'étais l'associé de Gaffer ; et qu'y avait longtemps que par les grands jours, et les nuits sombres, j'l'avais soupçonné pus d'eun' fois, su' la chose que ses manières d'agir me sont connues ; si bien qu'je m'suis retiré de l'association, pace que j'ai vu l'danger. Et là-dessus je vous avertis qu'sa fille pourra ben vous conter la chose autrement que j'vous la dis. Mais vous saurez c'qu'en vaut l'aune : car pour sauver son père, voyez-vous, elle dira un tas d'mensonges aussi gros que l'ciel et la terre ensemb'. Je m'fonde encore su c'qu'il est ben entendu le long des jetées et des escales, qu'c'est lui qu'a fait le crime ; à preuve qu'il en est fui d'tout le monde. Enfin j'me fonde là-dessus que j'jure qu'c'est la vérité. Emmenez-moi où c'qu'i vous plaira ; et j'jurerai que c'est lui qu'est l'assassin. Je m'moque de c'qui en arrivera ; emmenez-moi où c'que vous voudrez, pour que j'en fasse serment.

— Tout cela ne prouve rien, dit Lightwood.

— Rien ! répéta l'honnête homme non moins surpris qu'indigné.

— Absolument rien; tout ce qu'on peut y voir c'est que vous soupçonnez Gaffer d'un crime, cela ne prouve pas du tout qu'il l'ait fait.

— N'ai-je pas dit, je l'demande à c't aut' gouverneur qu'est mon témoin, n'ai-j'pas dit depuis l'premier moment où c'que j'ai ouvert la bouche, ici, sur c'te chaise, dans c'monde éternel et qui n'aura pas de fin, que j'jure qu'c'est lui qui l'a fait ? N'ai-je pas dit: emmenez-moi n'importe où, et je l'jurerai? Et je l'dis encore; et vous n'direz pas l'contraire, gouverneur Lightwood !

— Assurément non; mais votre serment ne prouvera jamais qu'une chose : les soupçons que vous avez sur Gaffer; et je vous répète que cela ne suffit pas.

— C'est vrai ça ? reprit cauteleusement Riderhood.

— Tout ce qu'il y a de plus vrai.

— J'n'ai pas dit non pus qu'ça suffisait; voyons, l'ai-je dit ? Je l'demande à c't autre gouverneur; qu'i soit franc : est-ce que j'ai dit ça?

— Il a fait entendre qu'il n'avait rien à ajouter, mais il ne l'a pas dit, murmura Eugène sans regarder Riderhood.

— Ah ! s'écria celui-ci d'un air triomphant, il est ben heureux pour moi que j'aie un témoin.

— Continuez alors, reprit Mortimer; dites tout ce que vous savez, et sans arrière-pensée.

— Écrivez donc, répondit Riderhood avec chaleur; et par saint Georges, vrai comme il a tué le dragon, vous allez tout savoir. N'éloignez pas d'un pauvre homme c'qu'i veut gagner à la sueur d'son front. Je fais donc ma déclaration comme quoi i'm'a dit qu'c'était lui qui l'avait fait. C'est-i' suffisant?

— Prenez garde à ce que vous dites, reprit Mortimer.

— Prenez garde à c'que vous dites vous-même, lawyer Lightwood; car i'faudra qu'vous répondiez d'la manière dont vous avez reçu ma déclaration. »

Confirmant alors ses paroles en frappant lentement de sa main droite dans sa main gauche:

« Moi, dit-il, Roger Riderhood, d'meurant quartier de Limehole, travaillant sur la rivière, je déclare au gentleman Lightwood, homme de loi, que l'nommé Jessé Hexam, qu'on appelle habituellement Gaffer, m'a dit qu'il avait fait le coup; qu'i m'l'a dit de sa propre bouche; qu'i m'a ben dit que c'était lui; et que j'l'jurerai quand on voudra.

— Où étiez-vous quand il vous a dit cela?

— Dehors, répondit Riderhood, qui, la tête de travers, et chacun de ses yeux regardant un de ses auditeurs, frappait toujours dans ses mains. Nous sortions des *Six-Joyeux-Portefaix*, entre onze heures trois quarts et minuit; cinq minutes de pus, cinq minutes de moins, je n'en peux rien dire. En conscience, je n'voudrais pas en jurer; la chose est trop délicate. C'était le soir où c'qu'il a trouvé le corps. Les *Joyeux-Portefaix* sont toujours-là, au même endroit; vous pourrez les voir; ils ne sont pas pour s'enfuir. Et si c'est pas vrai que ce soir-là Gaffer y était avec moi vers onze heures trois quarts, eh ben! j'suis qu'un menteur.

— Quelles sont les paroles qu'il vous a dites?

— J'demande pas mieux que de vous les répéter; j'suis venu pour ça; mais, prenez-les par écrit. Il sortit d'abord, et moi ensuite, p't-êt' ben eun' minute après lui, p't-êt' eun' demi-minute, p't-êt' un quart de minute, je n'pourrais pas en jurer; et c'est pour ça qu'je n'le fais pas. Est-ce que je ne sais pas à quoi vous oblige un Alfred-David?

— Continuez.

— Je l'trouve donc qui m'attend à c'te fin d'me parler. « Rogue Riderhood, » qu'i me dit. — C'est comme ça qu'on m'appelle d'habitude; non pas avec malice [1], on n'y ajoute aucun sens; mais pace que ça ressemble à Roger, et qu'c'est pus court.

— Peu importe; ne vous arrêtez pas à cela.

— Scusez-moi, lawyer Lightwood, c'est une partie de la vérité; conséquemment ça a d'l'importance, et i faut que j'm'y arrête. Rogue Riderhood, qu'i me dit, y a eu des mots entre nous, c'soir. Et c'était vrai; nous étions alors su la rivière; d'mandez-le à sa fille. Je t'ai menacé, qu'i me dit, de te cogner su les doigts avec mon traversin, ou d'te jeter mon croc à la tête. C'qui m'a fâché, vois-tu, c'est qu'tu regardais d'trop près c'que j'trainais derrière moi. On aurait dit qu'tu avais comme un soupçon; et puis t'as empoigné le plat bord de mon bateau. Je l'sais ben, que j'lui dis. Rogue Riderhood, qu'i me dit, t'es un homme, vois-tu, comme y en a qu'un par douzaine. Je crès qu'il a dit deux douzaines, mais je n'en suis pas certain : j'mets donc au pus bas; car i n'faut pas mentir dans un Alfred-David. Et quand t'es avec les camarades, qui m'dit, que c'soit pour une chose ou pour eun' aut', i faut toujours qu'on ait des mots avec toi. Voyons, qu'i me dit, est-c'que t'avais

---

1. *Rogue*, fourbe, coquin, fripon.

des soupçons? Oui, que j'lui dis; et même qu'j'en ai encore. I
secoue la tête, et i me demande à propos de quoi?

T'as joué un vilain jeu, que j'lui dis. I secoue la tête pus
fort, et m'dit : t'as raison, un vilain jeu en effet; c'était pour
avoir son argent; ne m'trahis pas, Riderhood. Et v'là tout,
gouverneur; ce sont ben ses propres mots. »

Le bruit que faisait la cendre, en tombant du foyer, rompait
seul le profond silence qui succéda à ces paroles. Riderhood en
profita pour se frotter la tête, le cou et la figure avec sa casquette
noyée, ce qui fut loin d'améliorer son aspect.

« Savez-vous autre chose? demanda enfin Mortimer.

— Su lui, qu'vous voulez dire?

— Sur l'affaire en général.

— J'veux être béni si j'vous comprends, mes gouverneurs.»
Il s'adressait à tous les deux pour se les rendre propices, bien
qu'un seul eût parlé. « Voyons, est-ce que ça ne suffit pas?

— L'avez-vous questionné? reprit Mortimer. Lui avez-vous
demandé où le crime avait été commis? quand et comment il
l'avait fait?

— Est-c'que j'y ai seulement pensé, lawyer Lightwood?
J'avais l'a tête si troublée que j'aurais pas voulu en savoir davantage, ni l'entend' une seconde fois; pas même pour la somme
que j'vas gagner à la sueur de mon front. C'était fini entre
nous, vous sentez ben; pus d'marché, pus d'connaissance.
J'pouvais pas défaire c'qui avait eu lieu dans le temps; mais
quand i s'est mis à prier et à supplier : «J'te l'demande à genoux, mon camarade, n'te sépare pas de moi.» J'y ai répondu :
« N'aie jamais l'front de reparler à Roger Riderhood, pas même
d'le regarder en face. » Et depuis ce jour-là quand je l'aperçois, j'm'en vas d'un autre côté. »

Ayant d'un geste envoyé ces paroles aussi loin et aussi haut
que possible, Riderhood se versa un troisième verre de vin sans
qu'on l'y invitât, et parut le chiquer, d'abord à droite, ensuite à
gauche, tandis qu'ayant à la main son verre à moitié vide, il regardait furtivement les bougies.

Mortimer lança un coup d'œil à Eugène; mais celui-ci avait
les yeux rivés sur la table et ne parut pas s'en apercevoir.

« Vous avez gardé longtemps le secret, » reprit Mortimer en se
tournant vers l'honnête homme.

Riderhood mâcha une dernière fois son vin, et l'ayant avalé,
répondit en soupirant :

« Des sièc', gouverneur!

— Pourquoi n'avoir rien dit à l'époque où s'instruisait l'affaire?
alors que la police était sur pied, que le gouvernement donnait

une prime? Enfin quand on ne parlait que de cela? demanda
Mortimer avec impatience.

— Ah! répondit lentement le délateur, en hochant la tête d'une
façon rétrospective, est-ce qu'alors j'n'avais pas l'esprit troublé?

— Quand circulaient partout les soupçons les plus injustes,
les conjectures les plus folles ; quand des innocents étaient tra-
qués nuit et jour! poursuivit Mortimer qui en arrivait presque à
s'échauffer.

— Ah! reprit Roger Riderhood sur le même ton, est-ce que
pendant ce temps-là j'avais la tête à moi?

— A cette époque, dit Eugène, en dessinant une tête de femme
sur le coin de son papier, il n'avait pas l'occasion de gagner une
pareille somme.

— Vous avez mis l'doigt dessus, gouverneur; v'là ce qui m'a
sauvé. J'avais combattu ben des fois pou m'dégager la tête;
et j'n'y arrivais pas. Un jour i n's'en est guère fallu qu'j'aie
tout dit à miss Potterson, la maîtresse des *Joyeux-Portefaix*,
c'te maison que vous savez; miss Potterson y demeure, et n'est
pas près d'mouri ; allez-la voir, et demandez-lui putôt. Eh ben,
j'n'ai pas pu. Mais v'là qu'est venue l'affiche, où c'qu'y a vot'
nom, vot' adresse, lawyer Lightwood. Alors j'me suis dit en
moi-même : C'trouble que j'ai dans la tête doit-i durer toujours?
Est-ce que j'vas toujours penser à Gaffer putôt qu'à moi, et
préférer ses intérêts aux miens? S'il a une fille, est-ce que
j'n'en ai pas eun'?

— Et l'écho a répondu? insinua Eugène.

— T'as une fille aussi, Riderhood.

— A-t-il en même temps dit son âge?

— Oui, gouverneur; vingt-deux ans au mois d'octob'. Et
alors j'me suis dit : V'là une potée d'argent, car c'en est eun' potée, qu'est-c'qui dirait le contraire?

— Attention! dit Eugène, en retouchant son dessin.

— Eun potée d'argent est offerte, et ce serait un péché pour
un brave travailleur qui mouille de ses larmes chaque croûte de
pain qu'i mange, sinon d'ses larmes, tout au moins des
rhumes de cerveau qu'il attrape, c'serait pour lui un péché
de gagner c't argent-là? On a pas à dire, c'est pas un mal ; et
je me suis fait comme un devoir de mériter la somme. On n' peut
pas le trouver mauvais sans blâmer le lawyer Lightwood, qui a
offert c't argent-là pour être gagné. Et c'est pas à moi qu'il appartient de blâmer un homme de loi?

— Non, dit Eugène.

— V'là qu'est sûr l'aut'gouverneur. Je m'suis donc fait une
raison pour m'débarrasser du troub' qu'j'avais dans l'esprit,

et pour gagner l'argent qu'on voulait ben m'offrir. Et j'veux l'avoir, et j'l'aurai, ajouta-t-il en devenant tout à coup féroce. Car je vous le dis encore une fois, c'est la main de Gaffer Hexam qui l'a tué; la main de Gaffer, et pas d'aut'. C'est lui qui m'l'a dit; et j'vous le livre; et j'veux qu'on le prenne; et pas pus tard que c'soir. »

Après un nouveau silence pendant lequel la chute des cendres attira l'attention du délateur, comme si le faible son qu'elle produisait lui eût rappelé celui de l'argent, Mortimer se pencha vers Eugène et lui dit à l'oreille :

« Je suppose qu'il faut conduire cet homme là à notre impassible ami de la police.

— Je suppose même qu'on ne peut pas faire autrement, répondit Eugène.

— Crois-tu ce qu'il vient de nous dire?

— Je crois que c'est un profond scélérat; mais il peut dire vrai, tout en ne le faisant que pour la prime.

— Dire la vérité ne lui ressemble guère.

— Non, dit Eugène; mais son ancien associé ne me paraît pas très-honorable. Leur raison sociale devait être Coupe-jarret. J'aimerais à lui faire une question. »

Assis devant le feu et lorgnant les cendres, l'objet de cette conférence faisait tous ses efforts pour entendre ce qui se disait, et prenait un air indifférent chaque fois que les gentlemen regardaient de son côté.

« Vous avez cité à plusieurs reprises la fille de Gaffer Hexam, dit Eugène à Riderhood; vous ne pensez pas néanmoins qu'elle ait trempé dans le crime? »

L'honnête homme, après y avoir réfléchi, — peut-être considérait-il l'influence que sa réponse pouvait avoir sur le fruit de ses sueurs, — l'honnête homme répondit sans arrière-pensée :

« Non, j'le crois pas. »

— Et vous n'impliquez dans l'affaire que cet Hexam?

— C'est pas moi qui l'implique, c'est lui-même, répondit Riderhood d'un ton bourru. J'prétends pas en savoir pus long qu'i' m'en a dit. C'est moi qui l'ai fait, v'là ses paroles; je n'en sais pas davantage.

— Il faut en finir, dit tout bas Eugène en se levant. De quelle façon irons-nous?

— A pied, répondit Mortimer, cela lui donnera le temps de la réflexion. »

Ils se disposèrent à partir; le délateur se leva. Tout en soufflant les bougies, Lightwood s'empara du verre où cet homme avait bu, et le jetant dans la cheminée, le brisa en mille morceaux.

« Maintenant, dit-il, passez devant nous ; mister Wrayburn et moi nous allons vous suivre. Vous savez, je suppose, où il faut nous conduire.

— Oui, lawyer Lightwood. »

L'affreux homme prit à deux mains sa casquette galeuse et la fit descendre sur ses oreilles ; puis, encore plus voûté que ne l'avait fait l'habitude de marcher la tête basse et de regarder en dessous, il descendit l'escalier, traversa le Temple, entra dans Whitefriars, et continua sa route en suivant les rues qui bordent la Tamise.

« Regarde-moi cet air-là ; n'est-ce pas celui d'un homme à pendre ? dit Mortimer.

— Et qui de plus vous pendrait ; un bourreau d'intention, » répondit Eugène.

Ils ne se dirent guère autre chose. Riderhood marchait devant eux, ainsi qu'aurait pu le faire un horrible destin. Les deux amis ne le quittaient pas du regard ; ils auraient été soulagés s'il avait disparu ; mais il resta sous leurs yeux, toujours à la même distance, opposant sa démarche oblique à l'averse implacable et au vent en furie, conservant la même allure, malgré pluie et tempête. Rien ne pouvait le faire reculer ; rien ne pouvait hâter sa marche. Il allait sans rien voir, ne pensant qu'à son but, impassible comme la destinée qui avance. La grêle les surprit à moitié chemin ; elle éclata, balayant les rues qu'elle blanchit en un instant. Il n'y fit pas même attention : pour arrêter celui qui va livrer la vie d'un homme et gagner le prix qui en est offert, il faudrait des grêlons plus forts et plus lourds que ceux-là.

Riderhood avançait toujours, écrasant la grêle et marquant sa trace dans la bourbe fondante, où il creusait des trous informes, qui faisaient voir que ses pieds n'avaient plus rien d'humain.

Le vent tourbillonnait et précipitait sa course ; la lune se débattait contre les nuées au vol rapide ; et le désordre effréné de la tempête effaçait le misérable tumulte des rues. Ce n'était pas que le vent en eût balayé le tapage, comme il en avait poussé la grêle dans tous les coins où elle avait pu se réfugier ; mais il semblait que le ciel eût absorbé la ville, et que tous les bruits de la soirée fussent dans l'air.

« S'il a eu le temps de réfléchir, dit Eugène, notre homme n'a pas eu, à ce qu'il paraît, celui de changer d'intention. Il ne semble pas vouloir reculer d'une semelle ; et nous devons approcher de l'endroit où nous avons laissé le cab le soir où l'affaire a commencé. »

En effet quelques brusques détours les amenèrent à l'angle du mur où ils avaient trébuché parmi les pierres, et où la raffale, les prenant en écharpe et les attaquant par bourrasques furieuses, les fit trébucher davantage. Habitué par état à se placer toujours à l'ombre ou à l'abri de quelque chose, Riderhood les conduisit d'abord sous le vent des *Six-Joyeux-Portefaix*.

« Vous voyez ben ces rideaux rouges ? dit-il. C'est là que demeure miss Abbey Potterson. Je vous l'disais ben qu'la maison ne s'enfuirait pas ; est-ce que j'ai menti ? »

Sans paraître ému de cette confirmation du témoignage de l'accusateur, Mortimer demanda ce qu'ils venaient faire en cet endroit.

« J'tenais à vous montrer les *Portefaix*, répondit Riderhood, afin qu'vous puissiez voir par vous-même si j'dis la vérité. A présent je vais aller regarder par la fenêtre si Gaffer est à la maison.

— Je suppose qu'il va revenir, dit Lightwood.

— Et courir à son but, hélas ! murmura Eugène. »

Il revint effectivement quelques minutes après.

« Gaffer y est pas, dit-il ; ni son bateau non pus. Mais sa fille est là, assise devant le feu et regardant les charbons. Elle a apprêté l' souper ; ainsi elle attend son père ; i' ne sera pas difficile à prendre. »

Faisant signe aux deux jeunes gens de venir, Riderhood les précéda de nouveau ; et ils arrivèrent tous les trois à la station de police. Celle-ci était toujours aussi propre, aussi calme, aussi stable qu'autrefois, excepté la flamme de sa lanterne, qui n'étant qu'une flamme de lampe, simple accessoire de la force publique, vacillait, agitée par le vent.

M. l'inspecteur, toujours plongé dans ses profondes études, reconnut aussitôt les deux amis ; il ne témoigna aucune surprise de leur visite ; il ne sembla même pas étonné de les voir introduits par Riderhood, si ce n'est qu'en trempant sa plume dans l'encrier, le mouvement dont il ajusta son menton dans sa cravate eut l'air d'interroger ce personnage et de lui poser cette question : Qu'avez-vous fait depuis quelques heures ?

« Voudriez-vous bien, monsieur, examiner ces notes ? lui dit Mortimer en lui présentant l'écrit d'Eugène. »

M. l'inspecteur parcourut les premières lignes, et fut ému à ce point de demander si l'un ou l'autre de ces gentlemen aurait, par hasard, une prise de tabac à lui donner. Ces messieurs n'ayant de tabac ni l'un ni l'autre, il s'en passa parfaitement et continua sa lecture.

« Vous a-t-on lu ce papier ? demanda-t-il à Riderhood.

— Non, répondit l'honnête homme.

— Il convient que vous sachiez ce qu'il renferme. »

Et M. l'inspecteur, prenant le ton officiel, fit à Riderhood la lecture de ces notes.

« Vous avez bien entendu ; tout cela est-il exact, du moins quant à la déclaration que vous avez voulu faire, et au témoignage que vous désirez déposer ?

— Très-exact, répondit Riderhood, aussi vrai que m'voilà. J'peux pas en dire pus long ; car j'en sais pas davantage.

— C'est moi-même qui l'arrêterai, » monsieur, dit l'inspecteur à Mortimer ; et se retournant vers Riderhood : « Est-il chez lui ? où est-il ? que fait-il ? vous devez le savoir, cela va sans dire ; c'est votre affaire. »

L'honnête homme raconta ce qu'il avait vu, et promit de découvrir le reste d'ici à quelques minutes.

« Non, dit l'inspecteur ; vous attendrez mes ordres. Répugnerait-il à ces messieurs de m'accompagner aux *Six-Joyeux-Porte-faix*, sous prétexte d'y prendre un verre de quelque chose ? Maison parfaitement tenue ; hôtesse des plus respectables.

— Ces messieurs se feraient un plaisir, répondirent-ils, de substituer la réalité au prétexte ; » ce qui au fond paraissait être le véritable sens des paroles de l'inspecteur.

« Très-bien, » dit celui-ci en prenant son chapeau. Il mit dans sa poche une paire de menottes, comme il eût fait d'une paire de gants ; puis il appela Réserve.

L'agent salua.

« Vous saurez où me trouver ? »

L'agent salua de nouveau.

« Quant à vous, Riderhood, dès qu'il sera rentré, faites le tour, frappez deux coups à la fenêtre du Cosy, et attendez-moi. Gentlemen, je suis à vos ordres. »

Comme il sortaient tous les trois, laissant Riderhood s'éloigner de la station, et prendre, la tête basse, un chemin opposé au leur, Mortimer demanda à l'officier de police ce qu'il pensait des notes qu'il lui avait remises. L'inspecteur répondit, qu'en thèse générale, il y avait toujours plus de probabilités pour qu'un homme accusé d'une mauvaise action en fût coupable plutôt qu'innocent. Que lui-même avait repassé plusieurs fois le compte de Gaffer ; mais que jamais le total ne lui avait permis de l'incriminer. Que si la déposition actuelle était vraie, elle ne devait l'être qu'en partie. Que ces deux hommes avaient dû, en pareil cas, tremper dans l'affaire pour une part au moins égale ; seulement que l'un des complices avait dénoncé l'autre pour éviter les poursuites et gagner la récompense. « Et je crois, ajouta l'inspecteur, que si rien ne se dresse contre lui, Riderhood est en assez bon chemin d'obtenir la prime. Mais nous voici aux *Portefaix*. Je vous recommanderai, messieurs, de ne pas dire un mot de ce qui se passe. Vous ferez bien, pour motiver notre présence, de paraître intéressés dans une fourniture de chaux, du côté de Northfleet, par exemple, et d'avoir l'air inquiets d'un chargement que des barges devaient vous amener, et que vous n'avez pas encore reçu.

— Tu entends, Eugène, dit Mortimer en tournant la tête, nous avons de graves intérêts dans le commerce de chaux.

— Sans la chaux, répondit l'impassible Eugène, pour moi la vie n'aurait plus de charme. »

XIII

A LA PISTE DE L'OISEAU DE PROIE

Les deux gentlemen ayant pénétré dans les domaines de miss Potterson, M. l'inspecteur les présenta par dessus la petite porte du bar, et après avoir confié à miss Abbey la profession de ces estimables négociants, demanda si une poignée de feu pouvait leur être allumée dans le Cosy.

Toujours prête à complaire aux autorités constituées, miss Abbey ordonna à Bob de conduire les gentleman dans le petit salon, d'y allumer le gaz, et d'y faire promptement du feu.

Le garçon aux bras nus, ayant à la main un tortillon de papier flambant, ouvrit la marche, et s'acquitta de sa mission avec tant de promptitude, que le Cosy parut s'éveiller tout à coup d'un noir sommeil, et embrasser les arrivants d'une chaleureuse étreinte.

« Ils brûlent ici le xérès d'une façon supérieure, dit l'officier de police comme renseignement local; peut-être ne seriez-vous pas fâchés d'en avoir une bouteille? »

La réponse ayant été affirmative, Bob Gliddery reçut les ordres de M. l'inspecteur, et s'éloigna avec une hâte inspirée par le respect dû à la majesté de la loi.

« Il est certain que notre homme, dit l'inspecteur, en jetant son pouce par-dessus son épaule pour indiquer Riderhood, a depuis quelque temps donné à l'autre un fort mauvais renom au sujet de vos barges, et que depuis lors ce dernier est fui de tout le monde. Je ne dis pas que ce soit une présomption ni pour, ni contre, mais c'est un fait. Je l'ai su d'abord par une de mes connaissances de l'autre sexe. (Le pouce rejeté sur l'autre épaule indiqua vaguement miss Potterson.)

— En ce cas, insinua Mortimer, notre visite a dû moins vous surprendre.

— Voyez-vous, poursuivit l'inspecteur sans répondre à cette remarque, c'est la question de se mettre en mouvement. Inutile de bouger quand on ne sait pas où l'on va; mieux vaut rester tranquille. Par exemple, à l'égard de la chaux qui vous occupe, il est probable que ces deux hommes sont de compte à demi dans l'affaire. J'en ai toujours eu l'idée; mais pour agir il fallait attendre l'occasion, et jusqu'à présent elle ne se présentait pas. L'individu qui vous a donné ces renseignements s'est mis en route pour son compte; si rien ne lui fait obstacle, il est possible qu'il arrive le premier. Celui qui arrivera le second pourra retirer de l'affaire quelque chose d'important, et je ne dis pas qui essayera de prendre cette place. Dans tous les cas, c'est un devoir de le tenter; je ferai tous mes efforts pour réussir.

— En ma qualité d'armateur faisant le commerce de chaux, dit Eugène.

— Ce que personne ne fait mieux que vous, ajouta l'officier de police.

— J'aime à le penser, répondit Eugène; mon père le faisait avant moi, mon grand'père avant lui ; bref, je suis d'une famille où l'on est dans la chaux par-dessus les oreilles depuis maintes générations. En cette qualité, je me permettrai de dire que si l'on peut poursuivre cette affaire sans y mêler une jeune fille, proche parente de l'un des personnages les plus intéressés dans la cause, je crois que tout le monde en sera très-satisfait.

— Pour mon compte, dit en riant Mortimer, j'avoue que j'en serais enchanté.

— Si la chose est possible, répondit froidement l'inspecteur, croyez bien qu'elle aura lieu. Je ne désire nullement, quant à moi, faire le moindre chagrin à la personne en question. Je dirai même que je suis peiné de cette affaire à cause d'elle.

— Il y avait dans sa famille un gamin d'environ quinze ans; y est-il toujours?

— Non, répondit l'inspecteur ; il a quitté la maison, et même l'état; il fait autre chose.

— Elle reste donc seule? demanda Eugène.

— Toute seule, » répondit l'inspecteur.

L'arrivée de Bob qui entrait, chargé d'une cafetière fumante,

suspendit la conversation. Bien qu'il s'échappât de cette cafetière un délicieux parfum, son contenu avait encore à recevoir
cette dernière touche d'un fini sans égal que savaient lui donner
les *Joyeux-Portefaix* dans les occasions solennelles. Bob tenait de
la main gauche un de ces cônes de fer dont nous avons parlé en
décrivant le mobilier de la taverne. Il y versa le vin chaud, en
enfonça profondément la pointe dans le feu, s'éclipsa un instant,
et reparut avec trois verres d'une propreté éclatante. Il les posa
sur la table, se pencha au dessus du feu avec le sentiment de la
tâche épineuse qu'il avait à remplir, guetta le tourbillon de vapeur embaumée jusqu'à l'instant précis où apparut le jet spécial.
Il saisit alors le vase de fer, lui imprima une secousse délicate,
qui fit tournoyer la liqueur et produisit un léger sifflement. Il
remit alors le contenu dans la cafetière, exposa chacun des
verres à la vapeur qui s'en élevait, les remplit tous les trois, et
la conscience tranquille, attendit les applaudissements des gentlemen. M. l'inspecteur ayant proposé de boire au succès du
commerce de chaux, les compliments furent donnés sans réserve,
et Bob se retira pour aller porter à miss Abbey les éloges de ses
hôtes.

La pièce étant bien close et à l'abri de toute oreille indiscrète,
il n'était pas nécessaire de prolonger ce commerce de chaux
fictif. Mais la saveur mystérieuse qu'il donnait à l'entretien paraissait tellement agréable à M. l'inspecteur, que ni l'un ni l'autre
de ses clients n'avait demandé qu'on le supprimât. Tandis qu'ils
en parlaient, deux petits coups frappés à la fenêtre raisonnèrent
du dehors. M. l'inspecteur se fortifiant à la hâte d'un nouveau
verre de vin, sortit sans bruit, d'un air indifférent, comme un
homme qui va voir le temps qu'il fait, et regarder les étoiles.

« Cela devient effrayant, dit Eugène, et cela ne me va pas
du tout.

— A moi non plus, répondit Mortimer; si nous partions?

— Nous sommes là; restons-y. Tu es obligé de suivre l'affaire;
mais je ne te quitterai pas. D'ailleurs cette pauvre abandonnée
aux cheveux noirs me trotte dans la tête. C'est à peine si nous
l'avons entrevue le soir où nous sommes allés chez son père; et
pourtant je la vois, seule au coin du feu, attendant toute la nuit.
Est-ce qu'en pensant à elle, tu ne te fais pas l'effet de tremper
dans une odieuse combinaison de vol et de traîtrise?

— Un peu, répondit Mortimer; et toi?

— Énormément. »

M. l'inspecteur revint, et son rapport, dépouillé de ses différents voiles, peut se résumer de la manière suivante:

« Gaffer étant sorti, et son bateau démarré, on avait présumé qu'il faisait le guet à son poste ordinaire. On s'y était rendu ; mais on ne l'avait pas trouvé. D'après la connaissance que l'on avait de ses habitudes, on ne pouvait guère compter sur lui avant la marée descendante. Il se pouvait même qu'il ne revînt qu'une heure ou deux après. Sa fille, regardée par la fenêtre, ne semblait pas l'attendre encore, puisque le souper n'était pas sur le feu. La marée ne serait haute qu'à une heure ; il en était dix à peine ; il n'y avait donc rien à faire qu'à prendre patience. » Riderhood en ce moment était à l'affût ; mais comme deux paires d'yeux valent mieux qu'une, surtout quand la seconde appartient à M. l'inspecteur, celui-ci avait résolu de faire le guet de son côté. Et comme il pourrait être pénible pour des gentlemen de rester accroupis derrière un bateau par une nuit où le vent est glacial, où de temps à autre la bourrasque a des accès de grêle, M. l'inspecteur acheva son rapport en recommandant aux deux amis de ne pas quitter les *Portefaix*, où ils avaient chaud et se trouvaient à l'abri du vent.

Les deux amis ne demandaient pas mieux que de suivre cette recommandation. Toutefois ils avaient besoin de savoir où ils rencontreraient les guetteurs, si, par hasard, il leur prenait fantaisie de les rejoindre. Ne se fiant pas à des renseignements qui pouvaient être mal compris, Eugène, qui, par extraordinaire, oubliait la crainte qu'il avait de se déranger, accompagna M. l'inspecteur afin de voir où s'arrêterait celui-ci.

Sur la berge inclinée de la Tamise, à laquelle on arrivait en franchissant les pierres gluantes d'une jetée voisine, située tout près de l'ancien moulin à vent où demeurait l'oiseau de proie, étaient quelques embarcations, les unes commençant à être à flot, les autres hissées à une hauteur où la marée ne pouvait les atteindre. Ce fut sous l'une de ces dernières que disparurent l'avocat et l'officier de police.

Quand Eugène eût remarqué la position du bateau, et fut bien sûr de pouvoir le reconnaître, il tourna les yeux vers la maison où la pauvre fille aux cheveux noirs était seule auprès du feu.

A travers les vitres il apercevait la clarté du foyer ; et l'idée lui vint d'aller regarder dans la chambre. Il se pourrait même qu'il ne fût sorti que pour cela.

Cette partie de la chaussée était couverte de grandes herbes ; on pouvait gagner la maison sans faire le moindre bruit. Il suffisait de gravir un éboulis fangeux de quatre ou cinq pieds de haut, puis de traverser la couche d'herbe pour atteindre la fenêtre ; et c'est ainsi qu'Eugène y arriva.

Lizzie n'avait pour éclairage que la flamme du charbon ; sa lampe était sur la table, mais sans être allumée. Assise par terre, la fi-

'gure appuyée sur sa main, elle regardait le feu d'un air triste.
Quelque chose brilla sur sa figure. Eugène crut que c'était la
flamme qui avait jeté un éclair plus ardent ; mais il vit bientôt
que c'étaient des larmes. Une scène douloureuse que lui montrait cette clarté vacillante!

C'était une pauvre fenêtre ; quatre morceaux de verre seulement. Il y en avait une autre à côté ; mais elle avait des rideaux ;
et c'était pour cela qu'Eugène avait choisi la plus petite. Cela
suffisait d'ailleurs pour lui permettre d'examiner la chambre, et
de voir les affiches des noyés sortir de l'ombre et y rentrer alternativement. Mais c'est à peine si Eugène les effleura du regard,
tandis que ses yeux s'attachèrent longuement sur Elle.

Vue poignante que cette désolée, pleurant devant la flamme
qui jaillissait par intervalles! Tableau navrant, mais d'une couleur
splendide, avec le reflet du feu sur sa joue brune, et l'éclat scintillant de ses cheveux noirs. Tout à coup elle se leva. Eugène
était bien sûr que ce n'était pas lui qui l'avait inquiétée ; car il
avait conservé une immobilité complète. Il ne fit donc que se
retirer de la fenêtre, et resta debout dans l'ombre. Elle ouvrit la
porte, et d'un ton d'alarme :

« Père! dit-elle, est-ce vous qui m'appelez? » Elle écouta.
« Père! est-ce vous? » Elle écouta de nouveau. « Père! je croyais
vous avoir entendu; ne m'avez-vous pas appelée deux fois? » Pas
de réponse. Elle rentra. Comme elle fermait la porte, Eugène
regagna la rive; et marchant dans la vase, alla retrouver Mortimer, auquel il raconta ce qu'il avait vu.

« C'est odieux, dit-il. Si le meurtrier se sent aussi criminel que
moi, il est dans un état singulièrement pénible.

— Influence du mystère, répondit Lightwood.

— Je ne leur sais pas gré du tout de me transformer à la fois
en Guy Fawkes et en Sneak, répondit Eugène. Donne-moi un
peu de ce vin. »

Lightwood lui versa du xérès dont ils avaient bu en arrivant.
Mais la liqueur s'était refroidie et n'avait plus aucune qualité.

« Pouah! fit Eugène en la crachant dans les cendres. Quel
horrible goût : l'écume de la rivière.

— Est-ce que tu connais ce goût-là, par hasard?

— Oui, je le connais ce soir. Il me semble que je viens d'être
noyé, ou peu s'en faut; et que j'ai bu un gallon de cette eau
bourbeuse.

— Influence locale, dit Mortimer.

— Tu es joliment fort, avec tes influences. Combien de temps
allons-nous rester là?

— Combien penses-tu que nous devions y rester?

— Pas une minute, dirais-je, si cela dépendait de moi ; car les *Joyeux-Portefaix* sont bien ce que j'ai connu de plus triste. Mais il faut, je suppose, que nous attendions les autres. N'est-ce pas vers minuit qu'ils doivent venir nous prendre ? »

Onze heures sonnaient. Eugène attisa le feu et s'installa de manière à faire croire qu'il attendrait avec patience. Mais peu à peu il lui vint des inquiétudes dans une jambe, puis dans l'autre ; puis dans les deux bras, dans le menton, dans le dos, dans les cheveux, dans le front, dans le nez. Il s'étendit sur deux chaises, se mit à geindre, et se releva.

« Il y a ici, dit-il, une masse d'insectes invisibles et d'une activité diabolique. Je ne suis que frémissements et piqûres des pieds à la tête. Au moral, c'est absolument comme si j'avais fait un vol avec effraction, dans les circonstances les plus ignobles, et que j'eusse à mes trousses tous les myrmidons de la justice.

— Je ne vaux pas mieux, dit Mortimer, » qui, après certaines évolutions mirobolantes, où sa tête avait été la partie la plus basse de lui-même, se retrouvait enfin en face d'Eugène, et tout ébouriffé. « Il y a déjà longtemps que cela dure, poursuivit-il ; pendant que tu n'étais pas là il me semblait que toute l'armée lilliputienne tirait sur moi à boulets rouges.

— Impossible d'y tenir, reprit Eugène ; il faut aller prendre l'air, rejoindre notre ami Riderhood, notre collègue. Auparavant tranquillisons-nous par un contrat en bonne forme : la prochaine fois, pour avoir l'esprit plus calme, c'est nous qui commettrons le crime, au lieu de faire prendre le criminel. Tu t'y engages, Mortimer ?

— J'en fais le serment.

— Moi aussi ; et que lady Tippins y prenne garde, sa vie est en péril.

Mortimer ayant sonné pour demander son compte, Bob se présenta immédiatement.

« Un emploi dans le commerce de chaux vous plairait-il ? demanda Eugène au garçon avec sa folle insouciance.

— Non, Monsieur, répondit l'autre ; je vous remercie ; j'ai une bonne place et j'y tiens.

— Si par hasard vous changiez d'avis, reprit Eugène, venez me trouver à mon bureau, n'importe quand ; j'aurai toujours un emploi à vous donner. Voilà mon associé, un excellent homme ; c'est lui qui tient les livres, et distribue les salaires. Bonne paye en échange d'un bon travail : telle a toujours été ma devise.

— Et c'en est une bonne, répondit le garçon en recevant son

argent, et en tirant de sa tête un salut avec sa main droite, comme il aurait tiré une pinte de bière du robinet.

— Peux-tu être aussi ridicule! dit Mortimer en se mettant à rire aussitôt qu'il furent seuls.

— Oui, répondit Eugène; je suis ridicule! d'une humeur ridicule; tout est ridicule; partons! »

Il vint à l'esprit de Mortimer que depuis une demi-heure à peu près un changement quelconque s'était opéré chez son ami; que la folle insouciance, l'abandon extravagant, en un mot que les forces désordonnées de cette nature indolente avaient éprouvé une concentration qui les rendait plus vives. Si familier que lui fût le caractère d'Eugène, il y découvrait quelque chose de nouveau et d'outré qui excitait sa surprise. Ce ne fut alors qu'une idée fugitive; mais dont le souvenir lui revint plus tard.

Comme ils arrivaient au bord de l'eau, assourdis et transpercés par le vent, Eugène dit à Mortimer : « C'est là qu'elle demeure; cette clarté est celle du feu devant lequel elle est assise.

— Je vais regarder par la fenêtre, dit Mortimer.

— Non pas! s'écria Eugène en le saisissant par le bras. Il ne faut pas s'occuper d'elle; viens! Allons rejoindre notre estimable ami. » Il l'entraîna vers le poste où les autres faisaient le guet; et tous les deux se glissèrent à l'abri du bateau. Meilleur abri qu'ils ne l'avaient pensé; on y était protégé contre le vent, et l'on n'y avait pas froid.

« M. l'Inspecteur est-il là? murmura Eugène.

— Oui, monsieur.

— Et notre ami au front couvert de sueur?

— Il est là-bas, dans le coin.

— Y a-t-il du nouveau?

— Non. Sa fille a ouvert la porte, croyant qu'il l'avait appelée; à moins que ce ne fût un signal pour l'avertir de ne pas rentrer ce soir, ce qui pourrait être.

— On pourrait dire également que cela signifie Rule Britannia, et cela n'est pas, murmura Eugène. Mortimer?

— Présent!

— C'est maintenant le poids de deux vols avec bris de clôture, et aggravation de faux. »

Après avoir ainsi indiqué l'état de son âme, Eugène devint muet comme les autres; et ses compagnons et lui gardèrent longtemps le silence.

A mesure que l'heure et la marée avançaient, à mesure que l'eau se rapprochait du poste, les bruits se multipliaient sur la rivière; et les guetteurs redoublaient d'attention, prêtant l'oreille au bruissement des roues, au cliquetis des chaînes, aux craque-

ments des poulies, aux battements cadencés des rames; aux aboie-
ments furieux d'un chien, qui à bord de quelque bateau, semblait
en passant les flairer dans leur cachette. En outre des lumières,
qui de l'avant des navires et de la tête des mâts glissaient sur la
Tamise, la nuit n'était pas si épaisse qu'on ne pût distinguer çà
et là des masses noires solidement amarrées. De temps à autre le
spectre d'une allège à grande voile obscure surgissait à côté des
gentlemen, passait dans l'ombre et s'y évanouissait. A l'heure où
ils étaient arrivés, l'eau s'agitait fréquemment sous l'influence
d'une impulsion lointaine. Ils croyaient alors que c'était le cla-
potement du bateau de Gaffer; et ils se seraient levés maintes fois
sans l'immobilité de Riderhood, qui, accoutumé aux bruits du
fleuve, restait tranquillement à sa place.

La rafale emportait loin d'eux le son des horloges de la ville,
car les églises étaient sous le vent de l'endroit qu'ils occupaient; mais il y avait du côté d'où soufflait la tempête des
cloches qui successivement leur apprirent qu'il était une heure,
deux heures, trois heures. Même sans cela, ils auraient su que la
nuit s'écoulait, en voyant apparaître sur la rive une bande noire
de plus en plus large, qui annonçait la retraite de la marée.

Chaque minute en s'enfuyant, rendait le succès de l'affaire de
plus en plus incertain. Le malheureux dont ils épiaient le retour
semblait être averti du piége qu'on lui tendait. Avait-il pris la
fuite? En partant ce soir-là, comme il faisait tous les soirs, avait-
il simplement voulu leur donner le change, et gagner sur eux une
avance de douze heures? L'honnête homme, qui avait dépensé la
sueur de son front, commençait à s'inquiéter, et à se plaindre de
la tendance du genre humain à le dépouiller du fruit de son travail.

L'endroit d'où guettaient les gentlemen avait été choisi de manière à pouvoir à la fois inspecter le fleuve, et surveiller la maison. Personne n'était entré chez Gaffer, ou n'en était sorti, depuis le moment où sa fille avait pensé qu'il l'appelait. Personne
ne pouvait s'en échapper, ou s'y introduire sans être immédiatement aperçu.

« Mais il fera jour à cinq heures, dit l'officier de police; et
nous serons découverts.

— Voyez-vous, dit Riderhood, i' s'sera caché d'place en
place, allant et remuant toujours, entre deux ou trois ponts.

— Que voulez-vous y faire! demanda l'Inspecteur de son air
impassible.

— I' peut y êt' encore.

— Après? dit l'inspecteur.

— Mon bateau est là, parmi les aut', au ras d'la jetée, insinua Riderhood.

— Après? répéta l'officier de police.

— J'pourrais le prend' et aller voir c'qui s'passe ! Je connais ses allures; les coins où i' se remise. J'sais qu'à telle heure de la marée il est ici; qu'à telle aut', il est là. Est-ce que j'n'ai pas été son associé? Vous n'avez pas besoin de venir, vous; i' n'est pas bon d'vous faire voir. J'peux mener la barque tout seul ; et moi, quand on me verrait, ça ne ferait rien; j'suis là par tous les temps.

— L'idée n'est pas mauvaise; on peut en essayer, dit l'Inspecteur.

— Minute, reprit Riderhood; faut nous entendre. Si j'ai besoin de vous j'reviendrai, j'me placerai en bas de la lanterne, et je lancerai un coup de sifflet.

— Si je pouvais sans trop de témérité, dit Eugène d'un ton délibératif, si je pouvais me permettre de faire une objection à mon honorable et vaillant ami, dont je suis loin de révoquer en doute le profond savoir en matière navale, je lui ferais observer que lancer un coup de sifflet, c'est révéler qu'il s'agit d'un mystère, et faire naître les conjectures. Mon honorable ami, j'en ai la confiance, voudra bien me pardonner de m'être permis en ma qualité de membre indépendant de cette assemblée, d'émettre une opinion que je sentais devoir à cette chambre, et au pays qu'elle représente.

— C'ti-là qui parle, c'est-i' l'aut' gouverneur, lawyer Lightwood? » demanda l'honorable ami ; car dans l'ombre où ils étaient cachés il leur était impossible de se voir.

« Relativement à la question adressée par mon honorable et vaillant ami, » reprit Eugène, qui, étendu sur le dos, son chapeau sur la figure, avait choisi cette attitude, comme expression particulière de la vigilance, « je répondrai avec la plus entière franchise, ceci n'étant pas incompatible avec le service public, que les accents qu'il vient d'entendre, sont bien les accents de cet autre gouverneur.

— Vous avez tous de bons yeux, est-ce pas? demanda Riderhood.

— Tous.

— Si donc j'viens sous les *Portefaix*, et que j'm'y arrête, gn'y aura pas besoin de siffler? Vous verrez qu'y a là quéque chose; vous saurez qu'c'est moi; et vous viendrez m'trouver. C'est-i' convenu?

— Parfaitement.

— Eh ben ! je m'en vas. »

Coupé par le vent, qui le prenait en écharpe, il gagna son bateau d'un pas chancelant; et l'ayant démarré, il remonta la rivière, en longeant la berge où se tenaient les guetteurs. Eugène, appuyé sur le coude, le suivit du regard, et le vit disparaître dans l'ombre. «Je voudrais, murmura-t-il en se recouchant et en parlant dans son chapeau, que la barque de mon honorable ami fût assez philanthrope pour chavirer et pour noyer son patron. Mortimer?

— Qu'est-ce qu'il y a, Eugène?

— Trois vols qualifiés, deux faux, un assassinat nocturne: tout cela sur la conscience!»

Malgré ce poids énorme, Eugène se sentit soulagé par le départ de Riderhood. Il en était de même pour ses deux compagnons. C'était un changement; l'attente semblait avoir passé un nouveau bail; elle recommençait de fraîche date. L'influence du temps et des lieux pesait moins sur leur esprit. Ils avaient quelque chose de neuf à guetter, et le faisaient avec un nouvel intérêt. Plus d'une heure s'était écoulée, et nos gentlemen sommeillaient, quand l'un des trois (chacun prétendit que c'était lui, car il ne dormait pas), aperçut Riderhood à l'endroit convenu. Ils sortirent de leur cachette et se dirigèrent vers le bateau. Riderhood vint affleurer la rive, de sorte que les gentlemen qui se tenaient sur la chaussée, à l'ombre des *Portefaix* endormis, purent lui parler à voix basse.

«Bénédiction! dit Riderhood; j'n'y comprends goutte.

— L'avez-vous découvert?

— Non.

— Qu'avez-vous en ce cas?» demanda Lightwood, car l'honnête homme les regardait d'un air effaré.

«J'ai vu son bateau.

— Il n'était pas vide?

— Si; et pas attaché ce qu'y a de pus; et une godille de moins; et, c'qu'y a de pus, l'aut' godille acorée dans les godets. Et le bateau acculé par la marée, pris entre deux barges, ce qu'y a de pus; et serré à n'pas l'en faire sortir. Et il a eu d'la chance! par saint Georges, il en a eu!»

XIV

DÉCOUVERTE DE L'OISEAU DE PROIE

Debout sur la rive, pénétré par le froid de cette crise nocturne qui abat les forces des êtres les plus nobles, chacun des

guetteurs regarda le visage pâle des deux autres, puis la face
blême et consternée de Riderhood.

« L'bateau de Gaffer, c'Gaffer qui a eu d'la chance, et pas d'
Gaffer ! » reprit l'honnête homme avec désespoir.

Les trois gentlemen tournèrent spontanément les yeux vers
la flamme qu'on voyait trembloter par la fenêtre. Elle était
faible et sans éclat. De même que la vie supérieure, qu'il con-
tribue à entretenir chez la plante et l'animal, le feu a peut-être
une tendance plus marquée à s'éteindre à l'heure où la nuit est
mourante, et où le jour n'a pas encore paru.

« Si j'avais l'pouvoir en main, grommela Riderhood en hochant la tête, et qu'la chose fût gouvernée par moi, que j'sois
béni si à tout hasard j'n'empoignais pas sa fille.

— Mais ce n'est pas vous qui êtes le maître, » dit Eugène, et
d'un ton si violent que l'honnête homme reprit d'un air humble
et soumis :

« Je l'sais ben, gouverneur, je l'sais ben ; j'ai pas dit non
pus que j'l'étais. Mais un homme peut dire son mot.

— Et la vermine se taire. Retenez votre langue, rat d'eau que
vous êtes ! »

Surpris de la chaleur inaccoutumée d'Eugène, Mortimer s'écria
en ouvrant de grands yeux : « Qu'est-ce qui a pu lui arriver ! »

« Impossib' d'y rien comprendre ; à moins qu'i' n'ait fait un
plongeon, » dit Riderhood, qui pensait à son homme, et qui s'essuya le front en béant d'un air inconsolable.

« Avez-vous attaché son bateau ?

— Il l'est assez comme ça, j'vous jure. Impossib' de l'acorer
pus solidement. I' n's'en ira pas avant la marée basse ; venez
avec moi ; je vas vous y conduire ; vous l'verrez ben vous-
mêmes. »

La mine peu rassurante du bateau, qui ne semblait pas de
force à porter une pareille charge, fit décliner l'invitation. Mais
Riderhood ayant assuré qu'il avait conduit à la fois jusqu'à six
personnes, tant mortes que vives, et que la barque n'en était
guère plus bas, les gentlemen entrèrent doucement dans cette
coque délabrée et s'y installèrent avec précaution.

« Nous y sommes, dit Lightwood.

— Par saint Georges, s'écria le délateur en prenant ses rames,
s'il a disparu j'y suis pas du tout, moi ! Mais i' n'm'en a jamais
fait d'aut', i' m'a toujours floué ; que Satan l'confonde ! Un
tricheur fini, que c'Gaffer ! Pas un brin de franchise, rien de
carré ; jamais droit son chemin comme un honnête homme. Un
vrai fourbe, quoi ! toujours en dessous, toujours.....

— Holà ! eh ! droit comme ça ! cria Eugène, à qui la présence d'esprit était revenue dès qu'il s'était embarqué, et dont l'avertissement n'empêcha pas le bateau d'aller se heurter contre l'obstacle. Je voudrais au moins, ajouta-t-il en retournant la phrase qu'il avait dite avant d'être du voyage, je voudrais que mon honorable collègue ne poussât pas la philanthropie jusqu'à nous noyer tous. Attention! attention! droit comme çà! Rapproche-toi, Mortimer. Encore de la grêle! Vois ce Riderhood; elle lui saute aux yeux comme une bande de chats sauvages. »

En effet, Riderhood avait tout le bénéfice de la nuée. Il courba la tête, et lui opposa sa casquette galeuse; mais la grêle le fouettait si rudement qu'il amena sa barque sous le vent d'un navire, où elle fut à l'abri. Messagère courroucée du matin, la bourrasque fut suivie d'une traînée lumineuse, qui perça les nuages, et les déchira jusqu'à ce que le jour y eût fait une large trouée grise.

Ils grelottaient tous les trois. La rivière, le bateau, les voiles, les cordages, la fumée matinale qui s'élevait du bord de l'eau : tout semblait grelotter. Humides et noires, tachetées de blanc par le givre et la grêle, les maisons, pressées les unes contre les autres, paraissaient plus basses qu'à l'ordinaire, comme si le froid les avait fait s'accroupir et se replier sur elles-mêmes. Peu de mouvement sur l'un ou l'autre bord. Fenêtres et portes étaient closes; et les grandes lettres blanches ou noires, au front des entrepôts et des quais, ressemblaient, disait Eugène, à des épitaphes sur les tombes des affaires mortes.

Tandis qu'ils avançaient lentement, longeant la rive, se glissant au milieu de la cohue flottante par de petits canaux dérobés, se faufilant çà et là, d'une allure de voleur, qui paraissait être l'allure normale de leur guide, tous les géants parmi lesquels ils rampaient semblaient vouloir écraser leur bateau. Pas une coque de navire, avec ses lourdes chaînes sortant des écubiers, décolorées depuis longtemps par les larmes du fer, qui ne parût avoir à leur égard de cruelles intentions. Pas une proue dont la figure ne menaçât de les précipiter dans l'abîme. Pas une écluse, pas une échelle indiquant sur une pile ou sur un mur la profondeur de l'eau, qui ne semblât dire, à l'imitation du loup déguisé en mère-grand' : « C'est pour mieux vous noyer, mes très-chers! » Pas une barge aux flancs bouffis, débordant au-dessus d'eux, qui ne parût aspirer la rivière afin de les engloutir. Et tout proclamait si bien la puissance destructive de l'eau, cuivre décoloré, bois pourris, pierre rongée, débris moussus, que les suites de l'écrasement ou de l'attraction de l'abîme n'effrayaient pas moins l'esprit que la catastrophe elle-même.

Après une demi-heure de cette navigation, le batelier releva ses rames. Il appuya ses mains au flanc d'une barge, les passa alternativement l'une au-dessus de l'autre, et amena peu à peu la barque sous la poulaine, dans un coin d'eau retiré et couvert d'écume. Au fond de ce coin, serré entre deux masses, comme l'avait rapporté Riderhood, était le bateau de Gaffer, ce bateau dont le plancher conservait la silhouette d'un corps humain, enveloppé d'une draperie.

« Direz-vous que j'suis un menteur? demanda l'honnête homme.

— C'est en effet le bateau d'Hexam, dit l'officier de police; je le reconnais.

— Et c'te godille, reprit Riderhood, vous voyez ben qu'elle est cassée, et qu'l'autr' godille n'est pas là. Direz-vous que je suis un menteur? »

L'officier de police entra dans le bateau. L'honnête homme s'y glissa derrière lui. Quant aux deux amis, ils regardèrent sans bouger de place.

« Et voyez, reprit Riderhood, je vous l'disais ben qu'il avait eu de la chance. » Il montrait une corde tendue, qui, attachée au fond de la barque, plongeait dans la rivière, en passant par-dessus le bord.

« Tirez cette corde et rentrez-la dans le bateau, commanda l'inspecteur.

— Facile à dire, répondit Riderhood, mais pas à faire. Tirez c'te corde! Ah! ben, oui; ce qu'elle tient s'est accroché sous la quille des barges. J'ai déjà essayé, vous pouvez l'croire, et j'n'ai pas pu. Voyez comme elle est raide.

— Elle viendra, reprit l'inspecteur. Il faut ramener ce bateau, et ce qui lui est attaché; il le faut. Essayez doucement. »

Riderhood essaya; mais la corde ne voulut pas venir.

« J'entends l'avoir, et je l'aurai, » dit l'officier de police, en faisant jouer la corde. Mais ce qu'elle tenait résista.

« Prenez garde! dit l'honnête homme; vous allez l'défigurer; ou ben vous l'sortirez du nœud, et i' sera perdu.

— Ni l'un, ni l'autre; et cela viendra; répondit l'inspecteur. Allons! ajouta-t-il avec autorité et persuasion, en s'adressant à l'objet qui était dans l'eau. Vous jouez là un vilain jeu; vous le savez bien; il faut que vous veniez; je veux vous avoir. »

Il y avait tant de puissance dans cette résolution, que l'objet céda légèrement. « Je vous le disais bien, » reprit l'inspecteur. Il défit son pardessus; et se replaçant à l'arrière: « Allons! » dit-il d'une voix ferme.

Un affreux genre de pêche! mais l'homme qui s'y livrait n'était pas plus ému que s'il avait tendu sa ligne par un beau soir d'été

dans une anse fleurie de la Tamise. Au bout de quelques minutes,
après avoir commandé aux autres de pousser un peu en avant,
de tirer un peu en arrière, etc; il dit avec calme: « Le voilà dégagé. » Et la corde et le bateau cédèrent au moindre effort.

Ayant accepté la main que lui offrait Mortimer pour l'aider à
se relever, M. l'Inspecteur remit son pardessus; puis il dit à
Riderhood: « Donnez-moi les autres godilles; je vais conduire ce
bateau au prochain débarcadère. Passez devant; et tenez-vous au
large, afin que je ne m'accroche pas de nouveau. » Ses ordres
furent obéis, et les deux bateaux se dirigèrent vers la rive.

« Maintenant, » dit l'inspecteur à Riderhood, quand ils furent
tous les quatre sur les pierres fangeuses de l'escale, « cette
besogne vous est plus familière qu'à moi; et vous devez y être
plus habile. Détachez cette corde; nous vous aiderons à la
tirer. »

Riderhood entra dans le bateau; mais à peine eut-il regardé ce
qu'il amenait, qu'il remonta l'escale en chancelant. Il était pâle
comme le jour qui venait de paraître. « Seigneur! balbutia-t-il
d'une voix haletante; i' m'a encore floué!

— Que voulez-vous dire? » s'écrièrent les trois autres.

Il désigna le bateau, et se laissant tomber sur les marches,
afin de reprendre haleine. « C'est Gaffer; c'est lui; i' m'a encore
floué! » murmura-t-il.

Laissant l'honnête homme suffoquer à son aise, les trois gentlemen saisirent la corde, et bientôt le cadavre de l'oiseau de proie,
mort déjà depuis quelques heures, fut étendu sur la rive, où une
nouvelle bourrasque vint l'assaillir, et lui masser les cheveux à
coups de grêle.

« Père, est-ce vous qui m'appelez? Père, je croyais vous avoir
entendu... ne m'avez-vous pas appelée deux fois? » Paroles qui,
de ce côté-ci de la tombe, doivent rester sans réponse. Le vent
impétueux siffle, et passe sur lui en le raillant; il le fouette de
ses habits déchirés, de ses lourds cheveux d'où l'eau ruisselle. Il
cherche à le retourner, à lui exposer la figure au jour pour augmenter sa honte. Il s'adoucit, et le fouille d'une haleine curieuse;
il soulève un haillon, le laisse retomber; se cache tout palpitant
sous une autre guenille; court dans ses cheveux et dans sa barbe;
et retrouve sa furie pour le gourmander cruellement.

« Père, est-ce vous qui m'avez appelée? Est-ce vous qui êtes maintenant sans voix? Est-ce vous qui êtes là, souffleté par le vent?
Père, est-ce vous, qui, la figure souillée des impuretés du rivage,
avez reçu le baptême de la mort? Pourquoi ne pas nous répondre? Ce corps étendu dans cette fange, père, est-il bien le vôtre?
N'y a-t-il jamais eu dans votre bateau de cadavre mouillé de la

sorte? Parlez, père! répondez aux vents, les seuls auditeurs qui vous restent. »

« Voyez-vous, dit, l'inspecteur, qui, posé sur un genou, le regardait comme il en avait regardé tant d'autres, voyez-vous, dit-il après mûre réflexion, voici comment le fait a eu lieu. Vous avez remarqué, naturellement, qu'il était pris à la fois par le bras et par le cou. Vous avez vu, on peut encore le voir, que le nœud qui lui entourait la gorge était un nœud coulant. Tenez-vous cela pour démontré?

— Jusqu'à l'évidence, répondit Mortimer.

— Vous avez également observé, cela ne fait pas le moindre doute, que la corde était fixée au bateau même? Or vous allez tout comprendre: le temps est abominable au moment où cet homme... (L'Inspecteur se baisse pour enlever des cheveux du noyé quelques grêlons avec le pan de la veste du susdit). Il se ressemble davantage, dit-il, depuis qu'il n'a plus de blanc dans les cheveux, bien qu'il ait reçu de fortes contusions. Il fait donc un temps abominable au moment où cet homme se dirige vers son poste habituel. Il porte ce rouleau de corde; il l'emporte toujours; ce fait m'est connu tout aussi bien qu'à lui. Parfois il le met dans son bateau, parfois il se le passe autour du cou. Cet homme est de ceux qui se couvrent légèrement, vous en avez la preuve. (M. l'inspecteur prend l'un des bouts de la cravate lâche qui descend sur la poitrine, et profite de l'occasion pour en essuyer les lèvres du défunt.) Il s'habille légèrement; et par la pluie, le vent ou la gelée, il se met son câble autour du cou; c'est ce qu'il a fait hier au soir (une habitude déplorable). Il va et vient dans son bateau; le froid le saisit; il est morfondu, ses mains s'engourdissent. Il voit flotter quelque chose qui rentre dans le cercle de ses affaires, et s'apprête à s'assurer dudit objet. Il prend le bout de sa corde, dont il déroule quelques tours, et le fixe dans le bateau pour que l'objet ne lui échappe pas. Il y met plus de temps qu'à l'ordinaire parce que ses doigts sont engourdis; mais il y arrive; et trop bien, comme vous voyez. L'objet en question reparaît avant la fin des préparatifs. Notre homme le saisit, et pense que, dans tous les cas, il faut s'assurer de ce qu'il y a dans les poches. Pour cela, il se penche au dessus de l'eau; et par suite d'un coup de vent, ou du remous causé par deux steamboasts allant en sens contraire, par une secousse inattendue, par une chose ou par une autre, il perd l'équilibre et tombe la tête la première. Il ne s'en inquiète pas, car il est bon nageur; mais ses bras en s'écartant, se prennent dans la corde, tirent sur le nœud coulant et le serrent de plus en plus. L'objet qu'il a cru prendre s'éloigne; et c'est lui-même

que remorque son bateau, auquel nous le trouvons attaché, pris
à sa propre ligne. Vous me demanderez comment j'ai connu ses
intentions à l'égard des poches? Je vous dirai d'abord qu'il s'y
trouvait de l'argent. Comment ai-je pu le savoir? dites-vous.
C'est à la fois simple, et certain; car le voilà. » M. l'inspecteur
leva le bras droit du mort dont la main était fermée.

« Que va-t-on faire de lui? demanda Mortimer.

— S'il ne vous répugne pas de rester là un instant j'irai avertir
celui de mes hommes qui se trouve dans le voisinage; et il s'en
chargera. Vous voyez, je parle de lui comme s'il était toujours
de ce monde, » dit l'inspecteur en se retournant et en appuyant
d'un sourire philosophique cette remarque sur la force de l'habitude.

« Eugène, » dit Mortimer. — Il allait ajouter : nous pourrions
le garder d'un peu plus loin, lorsque tournant la tête il ne vit plus
d'Eugène. Il appela en élevant la voix, et ne reçut pas de réponse. Le jour était venu tout à fait; Mortimer regarda autour
de lui; mais nulle part il n'y avait d'Eugène.

M. l'inspecteur se retrouva bientôt sur l'escale avec un agent
de police; Mortimer lui demanda s'il avait vu partir son ami.
M. l'inspecteur n'avait pas vu s'éloigner mister Wrayburn; mais
l'agitation de ce gentleman ne lui avait point échappé. « Une singulière nature, monsieur, à la fois bizarre et plaisante.

— J'aurais voulu qu'il n'entrât pas dans sa bizarrerie de me
planter là en un pareil moment, répondit Lightwood. Mais peut-
on se procurer par ici quelque boisson chaude? »

Ils le pouvaient certainement; et c'est ce qu'ils firent, près
d'un bon feu, dans la cuisine d'un cabaret voisin, où ils avalèrent
un grog qui les ranima d'une façon miraculeuse. M. l'inspecteur,
après avoir annoncé officiellement à Riderhood qu'il aurait les
yeux sur lui, s'était mis dans le coin de la cheminée comme un
parapluie mouillé, et ne s'était plus occupé de cet honnête homme,
excepté pour lui faire donner un grog, servi à part et sans doute
prélevé sur les fonds publics.

Tandis que Mortimer, assis devant le feu, avait conscience de
boire de temps à autre une gorgée d'eau chaude à l'eau de vie,
et d'avaler en même temps du xérès brûlé aux *Six-Joyeux-Portefaix*; d'être immobile sous un bateau, et de voguer sur la Tamise,
dans celui de Riderhood; d'écouter M. l'inspecteur et de dîner
avec un étranger qui s'appelait, disait-il, M. R. P.-Eugène-Gaffer-
Harmon, et demeurait à Grêle-et-Vent; tandis qu'il passait par
toutes ces vicissitudes sur le pied de douze heures à la seconde,
il s'aperçut qu'il répondait tout haut à une communication importante qui ne lui avait jamais été faite; et il se mit à tousser

en regardant M. l'inspecteur; car il sentait que ce fonctionnaire
(chose qui l'indignait) aurait pu croire sans cela qu'il s'était
endormi, ou l'avait écouté d'une oreille peu attentive.

« Ici, une minute avant nous; vous voyez, dit l'inspecteur.

— Je vois très-bien, répondit Mortimer avec dignité.

— Il a pris un grog absolument comme nous, et s'est éloigné
en toute hâte.

— Qui cela ? demanda Mortimer :

— Votre ami.

— Je sais fort bien, » répondit l'autre de plus en plus digne.

Plongé dans un brouillard, où M. l'inspecteur apparaissait
vaguement avec d'énormes proportions, et après avoir entendu
que ce fonctionnaire prenait tout sur lui, entre autres choses
d'avertir la fille du défunt, Mortimer, trébuchant et dormant, se
rendit à une place de voitures. Il appela un cab, et reçut un
brevet d'officier, commit un crime capital, passa devant un conseil de guerre, se vit condamner, mit ses affaires en ordres, et
arriva à l'endroit où il devait être fusillé, avant que le cocher eût
refermé la portière.

Rude besogne que de godiller dans les rues de la Cité, et d'y
faire avancer le cab à force de rames, pour gagner cette coupe de
cinq à dix mille livres offerte par mister Boffin. Rude besogne que
de retirer Eugène du pavé fuyant, et que de lui adresser, à une
distance incommensurable, tous les reproches qu'il mérite pour
avoir disparu de cette manière étrange. Mais il fait tant d'excuses,
et montre tant de repentir, que Mortimer, en sortant du cab,
recommande expressément au cocher d'avoir soin de lui; recommandation qui fait ouvrir au brave homme des yeux démesurés;
car il n'y a personne dans la voiture. Bref les événements de
la nuit avaient eu sur Mortimer une si grande influence, et
l'avaient tellement épuisé, qu'il en était devenu somnambule.
Trop fatigué pour se reposer, même en dormant, il s'agita jusqu'à
être fatigué de sa fatigue, et tomba enfin dans un profond sommeil.

L'après midi était déjà fort avancée lorsqu'il se réveilla.
Toujours inquiet, il envoya chez Eugène pour savoir s'il était
déjà levé. Oh! certes; et depuis longtemps; à vrai dire, il ne
s'était pas couché. Il y avait à peine cinq minutes qu'il était de
retour, et il arriva chez son ami presqu'en même temps que le
commissionnaire.

« Quel est ce vagabond crotté, déguenillé, échevelé? s'écria
Lightwood en l'apercevant.

— Mon costume est-il si bouleversé? demanda froidement
Eugène, en se dirigeant vers la glace. Un peu dérangé en effet;
mais pense donc! Quelle nuit pour un plumage!

—Quelle nuit ! répéta Lightwood. Et qu'es-tu devenu ce matin?

— Mon cher, répondit Eugène en s'asseyant sur le lit, nous nous assommions réciproquement depuis un siècle; il fallait rompre un instant nos relations, pour ne pas être avant peu obligés de nous fuir aux deux extrémités du globe. J'avais en outre sur la conscience tous les crimes du calendrier de Newgate; et toutes ces considérations, tant amicales que criminelles, m'ont décidé à faire un tour de promenade. »

XV

DEUX NOUVEAUX SERVITEURS

En proie à la fortune, mister et missis Boffin étaient assis, après déjeuner, dans la salle du Bower. La figure du mari exprimait l'attention ; l'excellent homme avait devant lui une masse de papiers en désordre, et il les contemplait du même œil qu'un malheureux civil considérerait des troupes nombreuses qu'il serait requis de passer en revue, et de faire manœuvrer sur le champ. Il avait essayé plusieurs fois de prendre des notes au sujet de ces papiers. Mais, ainsi que la plupart des hommes de sa trempe, il était doué d'un pouce excessivement défiant; et ce membre actif avait suivi si fréquemment chacune des lignes, et l'avait fait de si près, qu'il n'était pas moins difficile de déchiffrer les notes du bonhomme que les barbouillages qui lui couvraient le nez et le front.

Il est curieux de voir combien, dans la circonstance où était notre écrivain, l'encre est un article bon marché, et qui peut durer longtemps. De même qu'un grain de musc parfumera un tiroir pendant des années, sans aucune perte appréciable, de même un demi-penny d'encre barbouillera mister Boffin jusqu'à la racine des cheveux, mollets compris, avant qu'il y ait une ligne d'écrite, et sans que la quantité de liquide renfermée dans l'encrier ait baissé d'une manière apparente.

Mister Boffin se trouvait en face de difficultés si graves qu'il en avait les yeux hors de la tête, et l'haleine oppressée, lorsqu'au grand soulagement de sa femme qui observait ces symptômes avec effroi, la sonnette de la cour s'ébranla.

« Qu'est-ce qui peut venir? je me le demande, » dit l'excellente créature.

Noddy Boffin respira largement; il posa sa plume, regarda ses notes d'un air de doute, comme pour savoir s'il devait en être satisfait, et paraissait trouver qu'il n'avait pas lieu de s'en applaudir lorsque le garçon à tête de marteau annonça mister Rokesmith.

« Vraiment! s'écria Boffin; notre ami commun, aux Wilfer et à nous! Tu sais ma chère. Oui, oui; dites-lui d'entrer. » Et mister Rokesmith apparut.

« Asseyez-vous, monsieur, reprit le bonhomme en lui serrant la main. Voilà missis Boffin; vous la connaissez déjà. Eh! bien, monsieur, je ne m'attendais pas à vous voir. Il faut vous dire que j'ai été si occupé tous ces jours-ci, de choses et d'autres, que je n'ai plus songé à votre affaire; je n'ai pas eu le temps.

— Cette excuse devra servir pour nous deux, ajouta missis Boffin. Mais, Seigneur! qui nous empêche d'y penser aujourd'hui pourquoi n'en parlerait-on pas? » Mister Rokesmith s'inclina, et dit que pour son compte il y était tout disposé.

« Parlons-en donc, reprit Boffin en se tenant le menton; vous demandiez à être secrétaire, n'est-ce pas?

— Oui, monsieur.

— Il faut vous dire que ce mot-là m'a un peu embarrassé; et qu'ensuite, lorsque j'en ai causé avec missis Boffin, elle en a été également surprise. Nous avions toujours cru, je ne vous le cache pas, qu'un secrétaire était un meuble, le plus souvent en acajou, doublé de cuir ou de drap vert, avec un tas de petits tiroirs dedans; et je ne prends pas trop de liberté en vous disant que ce n'est pas ça que vous êtes.

— Assurément non, » répondit le jeune homme, qui expliqua le genre de fonctions qu'il cherchait à remplir : celles de régisseur, d'intendant, de délégué, d'homme d'affaires.

« Ainsi, par exemple, — voyons! si je vous prenais, qu'est-ce que vous feriez, dit Boffin avec sa franchise naturelle.

— Je tiendrais note exacte des dépenses, des fournitures que vous auriez approuvées; je réglerais les comptes avec vos gens, vos ouvriers, vos fournisseurs. Enfin j'aurais soin de vos papiers, » ajouta Rokesmith, en jetant sur la table un coup d'œil suivi d'un léger sourire.

Mister Boffin porta la main à son oreille tachée d'encre, et se la gratta en regardant sa femme.

« Je les classerais par ordre, poursuivit le gentleman; et sur la couverture je mettrais une note qui en rappellerait le contenu, afin de trouver immédiatement celui qu'on voudrait avoir.

— Que je vous dise, reprit Boffin, en chiffonnant dans sa main son propre griffonage ; si vous vouliez mettre le nez dans les papiers que voilà, et regarder un peu ce qu'il y aurait à en faire, je comprendrais mieux ce que je pourrais tirer de vous. »

Débarrassé en un clin d'œil de son chapeau et de ses gants, Rokesmith se plaça devant la table, réunit les papiers, y jeta les yeux, et les classa par matière. Il tira ensuite de sa poche un bout de ficelle, et chacune des liasses, dûment étiquetée, fut attachée d'une main extrêmement adroite à faire les nœuds coulants.

« Bien ! très-bien ! s'écria mister Boffin. Dites-nous maintenant de quoi il s'agit dans tout ça. Voulez-vous avoir cette bonté ? »

John Rokesmith prit chacun des papiers, et lut à haute voix la note qu'il y avait mise. Tous se rapportaient à la nouvelle demeure. Devis du peintre, tant. Estimation du menuisier, de l'ébéniste, du tapissier, tant. Estimation du carrossier, du sellier, du marchand de chevaux, tant. Estimation de l'orfèvre, tant. Total général, tant. Venait ensuite la correspondance : Acceptation de l'offre de mister Boffin, à telle date, et à tel effet. Rejet de la proposition précédente, etc. Concernant tel projet, etc., etc. Tout cela bref et méthodique.

« Ordre parfait ; première catégorie ! » s'écria Boffin, qui à chacune des phrases de Rokesmith avait fait le geste d'un homme qui bat la mesure. « Et je ne devine pas ce que vous avez fait de votre encre ! Après avoir écrit tout ça, vous voilà propre comme un sifflet. Voyons ! ajouta le brave homme en se frottant les mains avec une joie enfantine, maintenant essayons d'une lettre ; voulez-vous ?

— A qui faut-il l'écrire ?

— Ça m'est égal ; à vous, si vous voulez. »

Rokesmith écrivit rapidement, et lut bientôt la lettre suivante :

« Mister Boffin présente ses compliments à mister John Rokesmith, et lui annonce qu'il est décidé à faire l'essai dont mister Rokesmith lui a parlé, au sujet de l'emploi que celui-ci désirerait avoir. Mister Boffin prend mister Rokesmith au mot, à l'égard des émoluments, dont il ne sera question qu'à une époque indéterminée. Il est bien entendu que, sous ce rapport, mister Boffin n'est engagé d'aucune manière. Il ajoute simplement qu'il compte sur l'assurance que lui a donné mister Rokesmith de se montrer fidèle, et de se rendre utile. Mister Rokesmith voudra bien, s'il lui plaît, entrer immédiatement en fonctions. »

« Eh ! Noddy, s'écria missis Boffin en frappant dans ses mains, voilà qui est joliment tourné ! » Boffin n'était pas moins ravi du fond que de la forme. On peut dire qu'il regardait ce morceau comme un témoignage éclatant du génie humain.

« Sans compter, chéri, laisse-moi te le dire, ajouta missis Boffin, que si tu ne t'arranges pas dès à présent avec monsieur, et si tu continues à vouloir te mêler d'un tas de choses qui n'ont jamais été faites pour toi, pas plus que toi pour elles, tu y gagneras une apoplexie, et que j'en mourrai de chagrin. Sans parler de ton linge qui sera tout mangé de rouille par les taches d'encre. »

Ces paroles pleines de sagesse valurent à missis Boffin un double baiser du chéri. Puis ayant félicité Rokesmith de la façon brillante dont il avait subi cette épreuve, mister Boffin lui tendit la main, comme gage de leurs nouvelles relations. Missis Boffin en fit autant.

« Maintenant, dit l'excellent homme à qui, dans sa loyauté, il ne convenait pas d'avoir un gentleman à son service depuis cinq minutes sans lui accorder une entière confiance, maintenant Rokesmith, il faut que vous soyez au courant de nos petites affaires. Je vous ai dit, quand j'ai fait votre connaissance, ou plutôt quand vous avez fait la mienne, que les goûts de missis Boffin la poussaient vers la fashion, et que je ne savais pas si elle reculerait, ou si j'avancerais. Eh bien! c'est elle qui l'a emporté; et nous y voilà par dessus la tête.

— Je l'avais compris, monsieur, en voyant sur quel pied vous montez votre maison.

— Oui, dit Boffin; ce sera superbe. Voilà comment la chose s'est faite : mon littérateur m'a parlé d'une habitation à laquelle il est pour ainsi dire attaché; il y a un intérêt.

— Co-propriétaire? demanda Rokesmith.

— Non ; c'est une sorte de lien de famille.

— Associé? dit le gentleman.

— Peut-être bien. Dans tous les cas il me dit un jour qu'il y avait un écriteau sur la porte, et qu'on y lisait : « Hôtel éminemment aristocratique. » Bien qu'un peu haut et un peu triste (il est possible que ça fasse partie de la chose), nous avons acheté la maison. Mon littérateur nous a fait l'amitié de composer à ce sujet-là, une charmante poésie dans laquelle il complimente missis Boffin d'entrer en possession de... de... comment est-ce dit ma chère?

> Du gai, du gai théâtre des fêtes resplendissantes,
> Et des salles, des salles de lumière éblouissantes.

Justement; la poésie est d'autant plus belle qu'il y a réellement deux salles dans la maison : une par devant, une par derrière, sans compter celle des domestiques. Mon littérateur nous a encore fait des vers très-jolis au sujet de la peine qu'il est tout disposé à prendre pour égayer missis Boffin, dans le cas où elle s'ennuierait dans cette maison. Veux-tu nous les répéter, ma chère?»

Et missis Boffin s'empressa de répéter les vers où cette offre obligeante lui avait été faite :

> Je te dirai les pleurs qu'elle a versés, missis Boffin,
> Quand son fidèle amant lui fut ravi, madame.
> Comment son cœur désespéré, missis Boffin,
> S'endormit dans la tombe, et ne s'éveilla plus, madame.
> Je te dirai, si toutefois le permet mister Boffin,
> Comment le jeune chevalier resta dans la poussière,
>   Tandis qu'approchait son coursier.
> Et si mon triste récit (que pourra, je l'espère, excuser mister Boffin)
>   Te faisait soupirer,
>   Je jouerais de ma guitare légère.

« C'est à la lettre, s'écria Boffin; elle a une mémoire étonnante. Pour moi, je considère comme très-remarquable la façon dont mon littérateur nous a casés tous les deux dans ce morceau de poésie. »

Ledit morceau ayant évidemment beaucoup étonné le secrétaire, mister Boffin se trouva confirmé dans la haute opinion qu'il avait de son poëte, et fut enchanté.

«Mais voyez-vous, poursuivit-il, un littérateur à jambe de bois, est susceptible de jalousie. Il faut donc que je m'arrange de façon à ne pas éveiller celle de Wegg, et pour cela il faut que vous ayez chacun votre département?

— Eh! Seigneur, s'écria missis Boffin, est-ce que le soleil ne luit pas pour tout le monde?

— Oui, ma chère, répondit le brave homme; c'est vrai partout, excepté dans la littérature. Il faut se rappeler ensuite que j'ai pris Wegg à une époque où je ne pensais pas à devenir fashionable et à quitter le Bower; lui témoigner aujourd'hui moins d'estime qu'autrefois serait agir comme si les salles de lumière éblouissante m'avaient tourné la tête, ce qui ne sera jamais, Dieu m'en préserve! Pour lors, Rokesmith, si je vous proposais de venir loger chez nous, qu'est-ce que vous répondriez?

— Ici, monsieur?

— Non, j'ai d'autres projets pour le Bower; ce serait dans la nouvelle demeure.

— Comme il vous plaira, monsieur; je suis tout à vos ordres.

— Eh bien, reprit Boffin après un instant de réflexion, nous reparlerons de ça plus tard. Supposons pour le quart d'heure que vous restez où vous êtes, que vous entrez tout de suite dans votre emploi, et que vous surveillez tout ce qu'on fait dans l'autre maison. Ça vous va-t-il?

— Parfaitement; je commencerai aujourd'hui même. Voulez-vous me dire où est l'hôtel? »

Le secrétaire écrivit l'adresse qui lui était donnée, et missis Boffin en profita pour examiner Rokesmith avec plus d'attention. La physionomie du jeune homme l'impressionna sans doute d'une manière favorable, car elle fit à son mari un signe de tête qui disait évidemment : « Sa figure me convient. »

« Soyez sans crainte, monsieur, dit le secrétaire, je veillerai à ce que tout s'achève avec promptitude.

— Je vous en serai obligé, répondit Boffin. Mais pendant que vous êtes là, vous serait-il agréable de faire un tour dans le Bower?

— Très-agréable, monsieur; on en a tant parlé depuis quelques mois! »

Une triste demeure, offrant partout les traces de l'avarice qui l'avait possédée. Ni peinture, ni papier sur les murailles; aucun meuble, aucune trace de la vie humaine. Ainsi que les créations de la nature, celles de l'homme doivent accomplir leur destinée, ou bientôt dépérir, et chaque année de désuétude avait plus dégradé le Bower que ne l'auraient fait vingt ans d'usage. Cette espèce de rachitisme auquel arrivent les maisons que la vie n'imprègne pas suffisamment, comme si elles se nourrissaient du mouvement qu'elles renferment, se révélait partout dans la demeure du vieil Harmon : l'escalier, les balustres, la rampe avaient un air décharné, qui se retrouvait aux panneaux des boiseries, aux jambages des portes, aux châssis des fenêtres. Sans l'extrême propreté des nouveaux habitants, le peu de meubles qui étaient là aurait couvert le plancher d'une épaisse vermoulure, et l'étoffe qui garnissait quelques-uns d'entre eux était ratatinée et flétrie, comme la figure des vieillards qui ont vécu longtemps seuls.

La chambre où le vieux grippe-sou avait rendu l'âme était encore telle qu'il l'avait laissée : vieux lit à quenouilles et sans rideaux, à corniche en fer, surmontée de fers de lance comme une grille de prison; vieille courte-pointe à carreaux d'étoffes diverses; vieux secrétaire à sommet fuyant, comme un front mauvais et fourbe; vieille table massive à colonnes torses, placée à côté du lit, et portant le vieux coffret où l'on avait trouvé le testament. Contre le mur, deux ou trois vieux fauteuils affublés de housses à carreaux de diverses couleurs, et dont l'étoffe plus précieuse, cachée pour être conservée, s'était minée lentement sans avoir fait la joie d'aucun regard. Vieilleries sordides, revêtues de la livrée d'avarice comme d'un air de famille.

« C'était comme ça, dit Boffin; on n'y a pas touché.

parce qu'on attendait le fils. On avait gardé toute la maison telle qu'elle était, pour qu'à son retour le pauvre jeune homme pût la voir et approuver la donation. Même aujourd'hui, à part la salle d'en bas, où nous étions tout à l'heure, rien n'a été changé. La dernière fois que le fils est venu, c'est dans cette pièce qu'il a trouvé son père, et c'est là qu'ils ont dû se quitter, pour ne jamais se revoir. »

Les yeux de Rokesmith firent le tour de la chambre et s'arrêtèrent sur une porte qui se trouvait dans un coin.

« Là c'est un autre escalier, dit le brave homme en ouvrant cette dernière porte. Nous pouvons le prendre; vous serez bien aise de voir la cour, et il y mène tout droit. Quand il était petit, c'était par là que le pauvre enfant montait. Il avait grand'peur du patron, et je l'ai vu arrêté là bien des fois, l'air tout craintif; nous deux, moi et ma femme, nous l'avons souvent consolé sur cette marche-là, où il s'asseyait avec son petit livre.

— Et sa pauvre sœur! dit missis Boffin. Tenez, vous voyez bien où le soleil donne sur la muraille, c'est là qu'un jour ils se sont mesurés tous les deux; leurs petites mains y ont écrit leurs signatures. C'était seulement avec un crayon; mais les noms y sont toujours, et les pauvres chéris ne sont plus de ce monde.

— Nous en aurons soin, ma vieille, de ces noms-là, reprit le bonhomme, nous en aurons soin. Il ne faut pas qu'ils s'effacent de notre vivant, pas même après nous, s'il y a moyen de l'empêcher. Pauvres chers petits enfants!

— Pauvres mignons! dit missis Boffin. »

Ils avaient ouvert la porte, qui, au bas de l'escalier, donnait sur la cour; et, baignés de soleil, ils regardaient les deux noms que les petites mains tremblantes du frère et de la sœur avaient écrits sur le mur. Il y avait dans ce simple souvenir d'une enfance flétrie, et dans l'attendrissement de missis Boffin, quelque chose de touchant dont Rokesmith fut ému.

Noddy montra ensuite à son secrétaire les monceaux d'ordures qui se trouvaient dans la cour, surtout celui dont il avait hérité avant la mort du jeune Harmon. « C'était bien assez pour nous, dit-il; et, s'il avait plu à Dieu d'épargner ces chers enfants, nous aurions été assez riches; il n'y avait pas besoin du reste. »

Le jeune homme regardait et écoutait d'un air attentif. Trésors de la cour, extérieur de la maison, jusqu'au réduit qu'avaient occupé les Boffin à l'époque où ils travaillaient, tout cela paraissait l'intéresser vivement, et ce ne fut que lorsque Noddy lui eut montré deux fois les merveilles du Bower qu'il se souvint des devoirs qui l'appelaient ailleurs. « Vous n'avez pas d'instructions particulières à me donner? dit-il.

— Aucune, répondit Boffin.

— Puis-je vous demander si votre intention est de vendre le Bower?

— Non, certes, jamais, jamais; et de plus, ma vieille et moi, nous voulons le conserver tel quel, en mémoire de notre ancien maître, des chers petits qui ne sont plus, et de tout le temps que nous y avons travaillé. »

Les yeux de Rokesmith lancèrent du côté des monticules un regard tellement significatif que Boffin lui répondit :

« Quant à cela, c'est autre chose; il est possible que je les vende; pourtant ça me ferait de la peine d'en priver le quartier; ce sera si plat quand il n'y aura plus rien! Cependant je ne dis pas que je les garderai toujours, par considération pour le paysage. Mais rien ne presse; voilà tout ce que je puis dire. Voyez-vous, Rokesmith, je ne sais pas grand'chose de ce qui s'apprend à l'école; mais je suis savant en fait de balayures. Je peux vous estimer, à un schelling près, tous les tas qui sont là, vous donner le moyen d'en tirer le plus de profit; et vous pouvez me croire quand je vous dis qu'ils ne perdent pas pour attendre. Viendrez-vous demain, Rokesmith?

— Tous les jours, monsieur, et je ferai tout mon possible pour que vous entriez bientôt dans votre nouvelle maison.

— Ce n'est pas que je sois pressé, dit le bonhomme; mais quand on paye les gens pour qu'ils se dépêchent, il vaut mieux savoir qu'ils ne flânent pas. Êtes-vous de cet avis-là?

— Tout à fait, » répondit Rokesmith, qui salua et partit.

« Maintenant, se dit Boffin en tournant dans la cour, si je peux m'arranger avec Silas, tout marchera comme sur des roulettes. »

Naturellement l'aigrefin dominait la créature simple et droite; l'homme cupide l'emportait sur l'homme généreux. De pareilles victoires se voient chaque jour, c'est un fait ordinaire. Mister Podsnap lui-même ne saurait le faire disparaître. Seulement, quelle en est la durée? Ceci est autre chose. Toujours est-il que l'honnête Boffin était si bien tombé dans les filets de Silas Wegg, qu'il croyait manquer de franchise à l'égard de celui-ci en cherchant à lui être agréable. Il lui semblait, tant le rusé compère avait été habile, qu'il tramait un complot ténébreux en s'efforçant d'amener à bien ce que le madré cherchait à lui faire faire. Ainsi, tandis qu'en imagination il faisait à Wegg le meilleur des visages, il craignait de mériter qu'on ne l'accusât de lui tourner le dos. Ce fut donc au milieu des plus vives inquiétudes qu'il passa la fin de la journée, et qu'il attendit l'heure où mister Wegg s'achemina d'un pas tranquille vers la Rome impériale.

A cette époque, Noddy Boffin s'intéressait particulièrement à la fortune d'un grand capitaine qu'il appelait Bully-Saurius, et qu'il est plus facile de reconnaître sous le nom moins britannique de Belisarius. Mais l'intérêt que lui imposait la carrière de ce général, pâlissait, pour Boffin, devant le besoin qu'il avait d'acquitter sa conscience à l'égard de Wegg. Il en résulta qu'au moment où celui-ci, après avoir bu et mangé de manière à en être écarlate, prit son livre et prononça la phrase sacramentelle : « Arrivons maintenant à la décadence, » mister Boffin "arrêta tout court.

« Wegg, lui demanda-t-il, vous rappelez-vous la première fois où je vous ai dit que j'avais une proposition à vous faire?

— Une minute; le temps de consulter mon bonnet, répondit Wegg, en retournant son livre sur la table. La première fois que vous m'avez dit... j'ai une proposition... Permettez que je réfléchisse (comme s'il en avait eu besoin). Oui, certainement; oui, je me rappelle. J'étais à ma boutique; vous m'avez demandé si votre nom me plaisait; et la franchise m'a obligé de vous dire que non. J'étais loin de penser alors qu'il me deviendrait si familier.

— J'espère vous familiariser avec lui de plus en plus, mon cher Wegg.

— Vraiment? mister Boffin ; je vous en serai très-obligé. Commençons-nous la décadence? (Il feignit de vouloir prendre le livre.)

— Un petit moment, Wegg; j'ai à vous faire une nouvelle proposition. » Le littérateur, qui ne pensait pas à autre chose, ôta ses lunettes avec un air de profonde surprise.

« Et j'espère que cela vous conviendra.

— Je le souhaite également, répondit l'autre d'un air froid et réservé.

— Si on vous parlait de fermer boutique? voyons; qu'en diriez-vous?

— Je demanderais d'abord à voir le gentleman qui voudrait me dédommager d'un pareil sacrifice.

— Il est ici, Wegg, sous vos yeux. »

— Mon bienfaiteur! » allait s'écrier mister Wegg; et déjà il en avait proféré la moitié, quand un revirement d'une haute éloquence s'opéra dans ses paroles.

« Non, mister Boffin, non, dit-il. J'accepterais de n'importe qui ; mais jamais de votre part. Ne craignez pas, mister Boffin, que je souille de ma présence les lieux que votre or vous a permis d'acquérir par mon entremise. Je n'ignore pas, monsieur, qu'il serait indécent de continuer mon petit commerce sous les fenêtres de votre hôtel. J'y ai déjà pensé, et j'ai pris toutes mes mesures. Il n'est pas besoin, monsieur, de me chasser à prix d'or. Considérez-vous Stepney-Fields comme assez éloigné? Si vous trouvez que c'est trop près, monsieur, je ne refuse pas d'aller plus loin. Je dirai, en empruntant les chants du poète, dont je ne me rappelle pas exactement les paroles :

> Jeté seul ici-bas, condamné à vivre errant,
> Banni de mon asile, privé de mes parents;
> Étranger au bonheur, à tout ce qu'on nomme joie,
> Voyez ce pauvre enfant, à la douleur en proie.

— Allons, Wegg, allons! reprit l'excellent Boffin, vous êtes trop susceptible.

— Je le sais, monsieur, répondit l'autre avec une dignité opiniâtre. Je connais mes défauts; j'ai toujours été susceptible; oui, monsieur, dès ma plus tendre enfance.

— Écoutez moi, Silas. Vous vous fourrez dans la tête que je veux vous offrir de l'argent afin de vous éloigner?

— Oui, monsieur, répondit Wegg de plus en plus digne. Je ne nie pas mes défauts; je me le suis fourré dans la tête.

— Mais ce n'est pas là mon intention, Wegg. »

Cette assurance ne parut pas aussi agréable au littérateur que Noddy l'avait espéré; ce fut même avec une figure de plus en plus longue que mister Wegg lui demanda si vraiment ce n'était pas là ce qu'il prétendait? « Pas du tout, répliqua Boffin; cela voudrait dire que je ne vous crois pas capable de gagner votre argent; et vous l'êtes plus que personne.

— S'il en est ainsi, reprit Wegg sans dissimuler sa joie, c'est une autre paire de manches. Dès que je conserve mon indépendance, ma dignité d'homme est à couvert.

> Et je ne maudis plus l'instant,
> Où me trouvant chez les Boffine,
> Le seigneur de la vallée s'approchant
> Me fit une offre superfine.
> Et la lune, ce soir,
> Ne cache plus sa lumière,
> Et ne pleure plus, derrière son voile noir,
> Sur la honte du poète qui est maintenant au Bower.

Veuillez continuer, mister Boffin.

— Il faut d'abord que je vous remercie, Wegg, de la confiance que vous me témoignez, et de votre fréquent retour à la poésie; c'est une preuve d'amitié dont je vous suis bien reconnaissant.

Je désirerais donc vous voir quitter votre commerce pour vous installer au Bower, dont vous auriez la garde. C'est un joli endroit; et un homme, qui, en surplus du logement, y aurait le feu, la chandelle et une livre par semaine, y vivrait à gogo.

— Cet homme devra-t-il (nous disons cet homme pour faciliter la discussion), reprit Wegg en souriant avec malice, devra-t-il comprendre dans sa nouvelle charge les fonctions dont il s'acquittait précédemment, ou ces dernières seront-elles regardées comme extra? Supposons, par exemple, que cet homme se soit engagé à faire la lecture; disons même, pour faciliter la discussion, que cette lecture devait être faite le soir, la paye que cet homme recevait en qualité de lecteur s'ajoutera-t-elle au chiffre du gogo, ou bien y sera-t-elle confondue?

— Elle doit s'y ajouter, répondit Boffin.

— Vous avez raison; c'est ainsi que je le comprends. »

L'aigrefin quitta sa chaise, se mit en équilibre sur son pilon, étendit la main, et l'agita sur sa proie.

« Mister Boffin, dit-il, la chose est faite; pas un mot de plus. J'abandonne le commerce; j'y renonce à tout jamais. Je ne conserve que les ballades pour mes études personnelles, avec l'intention de rendre la poésie tributaire (il fut si heureux d'avoir trouvé ce mot, qu'il le répéta avec une majuscule), *Tributaire de l'amitié*. Ne vous inquiétez pas, mister Boffin, de la douleur que j'éprouve à me séparer de ma boutique. Mon père eut à supporter le même coup, lorsque, par l'effet de son mérite, il passa de l'état de marinier, qui était le sien, à un emploi du gouvernement. Il s'appelait Thomas de son nom de baptême, et je me souviens de ses paroles comme si c'était hier. Je n'étais qu'un enfant; mais l'impression fut si vive, que je me les rappelle encore.

> Adieu donc, ô ma barque bien faite!
> Adieu mes avirons, ma plaque et ma jaquette.
> Jamais, au grand jamais, à Chelsea Ferry,
> Votre pauvre Thomas ne ramera de sa vie.

Mon père a triomphé de son chagrin; et je ferai comme lui, mister Boffin. »

Tout en se livrant à ces adieux poétiques, Silas Wegg, gesticulant toujours, enlevait sa main à Boffin chaque fois que ce dernier s'efforçait de la saisir. Tout à coup il la jeta au brave homme, qui, la recueillant au vol, se sentit la conscience déchargée d'un grand poids.

Maintenant que ses affaires étaient arrangées, et qu'elles

avaient pris cette tournure satisfaisante, il désirait s'occuper de celles de Bully-Saurus, dont il était inquiet. Il les avait laissées la veille dans un état peu florissant, et le temps qu'il avait fait toute la journée avait dû nuire à l'expédition projetée contre les Perses. Mister Wegg remit donc ses lunettes; mais il était dit que ce soir-là Bélisaire ne serait pas de la partie. Avant que le lecteur eût retrouvé la place où il en était resté la veille, les pas de missis Boffin retentirent dans l'escalier avec une telle précipitation, que Noddy serait accouru, alors même que sa femme ne l'aurait pas appelé avec effroi. Il la trouva sur le palier, sa chandelle à la main, et toute tremblante.

« Qu'y a-t-il, ma chère?

— Je ne sais pas; mais, je t'en prie, viens voir toi-même. »

Très-étonné, mister Boffin alla rejoindre sa femme, et la suivit dans leur chambre, une grande pièce, située en face de celle où était mort le vieil Harmon. Boffin regarda autour de lui, et n'aperçut, en fait de choses extraordinaires, que des draps et des serviettes que sa femme était en train de serrer.

« Qu'est-ce qui a pu t'effrayer, ma vieille?

— Je ne suis pourtant pas peureuse, répondit missis Boffin; mais c'est tellement fort!

— Voyons, ma chère, qu'est-ce que c'est?

— Ce soir, Noddy, le patron et les deux enfants sont revenus dans la maison.

— Quelle idée, » s'écria Boffin, non toutefois sans éprouver dans le dos une sensation pénible.

« A quelle place as-tu cru les voir?

— Je ne peux pas dire que je les ai vus, mais je les ai sentis.

— Tu les a touchés?

— Non; je les ai sentis dans l'air. J'étais, là en train de serrer le linge, ne pensant pas plus aux enfants qu'au patron. Je chantonnais en rangeant les serviettes, quand tout à coup j'ai senti qu'une figure sortait de l'obscurité.

— Quelle figure? demanda le bonhomme en regardant autour de la chambre.

— D'abord celle du vieux, qui ensuite a rajeuni; puis celles des deux enfants, qui se sont mises à vieillir; puis une figure étrangère, et puis toutes à la fois.

— Ont-elles disparu?

— Oui, un instant après.

— Et dans ce moment-là, où étais-tu, ma vieille?

— J'étais là, devant l'armoire. Elles disparaissent donc, et me voilà remise. C'est bien, je reprends mon linge et ma chanson, je continue à trier mes serviettes, et je me dis : Seigneur ! il faut penser à autre chose pour m'ôter ça de la tête. Je me mets alors à songer à la nouvelle maison, à miss Wilfer, et mon esprit trottait, il fallait voir, quand subitement (je tenais une paire de draps) les figures semblent cachées dans les plis, et la paire de draps m'échappe. » Elle était toujours par terre ; Boffin la ramassa, et la mit dans l'armoire.

« C'est alors que tu es descendue ? demanda-t-il.

— Non ; je voulais encore essayer. Je me dis en moi-même : je vais aller dans la chambre du patron, je la parcourrai trois fois d'un bout à l'autre, bien lentement, et cela me remettra. J'y entre donc avec ma chandelle ; et, quand je suis près du lit, les voilà tous dans l'air.

— Avec leurs figures ?

— Oui ; et même je les sentais dans l'ombre, derrière la porte du coin ; ensuite elles ont glissé dans l'escalier et sont allées dans la cour. »

Mister Boffin, tout ébahi, regarda sa femme, qui, de son côté, le regardait tout éperdue. « Ma chère, dit-il enfin, je crois que ce soir nous ferons bien de congédier Wegg ; il doit venir habiter le Bower, tout cela pourrait lui fourrer dans la tête qu'il y a des revenants dans la maison, le bruit n'aurait qu'à s'en répandre, et ce serait faux ; n'est-ce pas ma vieille ?

— Jusqu'à présent, Noddy, je n'y avais jamais pensé. J'étais dans la maison quand la mort y est venue ; je m'y trouvais dans le temps de l'assassinat ; jamais je n'avais eu peur.

— C'est fini, ma vieille, et cela ne reviendra pas. On est dans l'endroit, vois-tu, on y pense toujours, et voilà.

— Je sais bien ; mais pourquoi n'était-ce jamais arrivé ? »

A ce billet tiré à vue sur sa métaphysique, le mari ne put répondre qu'une chose, à savoir : que tout ce qui existe a commencé un jour ou l'autre. Passant alors sous son bras celui de missis Boffin, il descendit avec cette dernière pour congédier son lecteur. Silas Wegg, légèrement endormi par son copieux souper, et d'ailleurs escroc par tempérament, fut ravi de partir sans avoir fait la chose qui lui était payée comme si elle avait été faite.

Le mari prit son chapeau, la femme prit son châle ; et, pourvus d'un trousseau de clefs et d'une lanterne, ils parcoururent la maison de la cave au grenier ; maison affreuse du haut en bas, à l'exception des deux pièces occupées par le digne couple. Non content d'avoir donné cette chasse aux visions d'Henrietty, ils poussèrent leur examen jusqu'à visiter la cour, les hangars, les tas d'ordures. Les recherches terminées, ils posèrent la lanterne au pied de l'un des monticules, et se promenèrent tranquillement afin de dissiper les nuages qui pourraient rester dans l'esprit de missis Boffin. « Eh bien! ma chère, reprit l'excellent homme en rentrant pour souper, tu vois que ce n'était rien; un peu de distraction, voilà ce qu'il te fallait. Te voilà calmée, n'est-ce pas?

— Oui, chéri, dit missis Boffin en ôtant son châle; me voilà bien; je ne sens plus mes nerfs; j'irais partout comme d'habitude. Mais...

— Encore? s'écria le mari.

— Je n'ai qu'à fermer les yeux...

— Eh bien! qu'est-ce qui arrive?

— Eh bien! reprit-elle les yeux fermés et en se touchant le front d'un air pensif, ils sont là; je les vois toujours : le patron qui rajeunit, les enfants qui vieillissent; ensuite un étranger, et puis tous à la fois. »

Elle rouvrit les paupières, vit son mari en face d'elle, de l'autre côté de la table, se pencha pour le taper sur la joue, et déclara, en s'asseyant, qu'il n'y avait pas au monde de meilleure figure que celle-là.

XVI

ENFANTS A GARDER ET CHOSES A REGARDER

Le secrétaire du boueur doré s'était mis à l'œuvre immédiatement, et déjà les affaires se ressentaient de sa vigilance. Pas de travaux qu'il ne toisât lui-même, pas de fournitures qu'il n'eût examinées, d'explications ou de renseignements qu'il ne vérifiât avant d'y croire. Bref, il apportait à sa besogne une ardeur et un soin non moins rares que la promptitude avec laquelle il l'expédiait.

Une chose toutefois, dans sa conduite, aurait pu éveiller les soupçons d'un homme moins inexpérimenté que Noddy Boffin. D'une réserve, d'une discrétion excessives, Rokesmith avait cependant voulu connaître jusqu'aux moindres détails des affaires du boueur, et la manière dont il les possédait prouvait qu'évidemment il avait pris connaissance du testament d'Harmon. Que Boffin eût à le consulter ou à l'éclairer à cet égard, il savait toujours de quoi il s'agissait, comprenait tout d'avance, prévenait les objections, et montrait que de ce côté-là on n'avait rien à lui apprendre. Du reste, il ne s'en cachait pas; il semblait au contraire regarder comme un devoir d'acquérir toutes les connaissances qui, de près ou de loin, se rattachaient à ses fonctions.

Il y avait là, répétons-le, de quoi faire naître une certaine inquiétude chez un homme qui aurait été plus au courant du monde que ne l'était le boueur doré. Mais d'autre part Rokesmith avait des qualités précieuses, un discernement, un tact parfait, et il déployait autant de zèle que si les intérêts du boueur avaient été les siens. Il ne recherchait ni l'autorité, ni le maniement des fonds, et laissait à Boffin tout ce qui aurait pu lu' donner de l'influence. La seule ambition qu'il parût avoir était de connaître son affaire et de s'en acquitter le mieux possible.

De même que sur son visage, il y avait dans toute sa personne quelque chose de voilé qu'on ne pouvait définir. Ce n'était pas de l'embarras, comme la première fois que nous l'avons vu chez les Wilfer; sa tenue était excellente, ses manières, à la fois simples et gracieuses, étaient remplies d'aisance, et pourtant ce quelque chose ne l'abandonnait jamais. Les écrivains ont parlé d'individus qui avaient subi une longue captivité ou bien de terribles épreuves; qui, pour sauver leur vie, par exemple, avaient tué un homme sans défense, et chez qui ce douloureux souvenir avait laissé des traces ineffaçables. Y avait-il un souvenir analogue dans le nuage dont il s'agit?

Rokesmith avait la haute main sur toutes les affaires; c'était lui qui les traitait directement, excepté dans un seul cas, et l'exception était curieuse : il lui répugnait de communiquer avec le solliciteur de mister Boffin. Deux ou trois fois, l'occasion s'en étant présentée, il avait remis cette tâche au boueur; et sa répugnance à cet égard devint si évidente, que celui-ci en fit la remarque.

« J'en conviens, répondit le secrétaire; j'aimerais mieux ne pas faire cette démarche.

— Avez-vous à vous plaindre de mister Lightwood?

— Je ne le connais même pas.

— Peut-être avez-vous eu des procès qui vous ont fait souffrir?

— Pas plus qu'un autre.

— Est-ce une prévention contre la race des gens de loi?

— Non du tout. Seulement, tant que je ferai vos affaires, permettez, monsieur, que je ne me place pas entre vous et votre solliciteur. Si vous l'exigez, néanmoins, je suis prêt à vous obéir; mais je considérerai comme une faveur réelle la liberté que vous me laisserez à cet égard. »

Il n'y avait plus d'affaire assez grave pour insister davantage. Les seules relations que mister Boffin eût conservées avec le

solliciter se rapportaient à la découverte du criminel et à des reliquats de compte pour l'achat de la maison. Une foule de choses, qui autrefois seraient allées chez Lightwood, étaient maintenant expédiées par le secrétaire, et d'une façon beaucoup plus rapide et plus satisfaisante que si elles fussent tombées entre les mains du jeune Blight. Le boueur doré le comprenait parfaitement et trouvait inutile de contrarier son secrétaire. L'affaire du crime avait elle-même beaucoup perdu de son importance. Depuis que la mort d'Hexam lui avait enlevé le bénéfice de ses aveux, l'honnête homme refusait de mouiller son front à ce pénible travail, qu'entre gens de loi, on appelle s'ouvrir un mur pour aller déposer. La lueur que Riderhood avait projetée sur la cause s'était donc évanouie. Mais les cendres que l'on avait remuées à cette occasion avaient fait penser qu'avant de replonger l'affaire dans l'ombre, il convenait d'interroger de nouveau mister Julius Handford. La trace de celui-ci était perdue, et mister Lightwood demandait à mister Boffin l'autorisation de faire annoncer les recherches dont Jules Handford était l'objet.

— Eh bien ! Rokesmith, vous déplairait-il d'écrire à Lightwodt ?

— Non, monsieur ; en aucune façon.

— Dans ce cas, adressez-lui un mot pour lui dire qu'il peut faire tout ce qu'il voudra : je ne crois pas que cela aboutisse à grand'chose.

— Moi non plus, dit le secrétaire.

— C'est égal ; il peut essayer.

— Je vais lui écrire immédiatement, et je vous remercie, monsieur, de la bonté avec laquelle vous cédez à ma répugnance. Cela vous paraîtra peu sensé ; mais bien que je ne connaisse pas mister Lightwood, il me rappelle un souvenir désagréable ; ce n'est pas sa faute, je l'avoue en toute franchise ; que pourrais-je lui reprocher, il ne sait même pas mon nom. »

Mister Boffin termina l'affaire d'un signe de tête. La lettre fut écrite, et, le lendemain, parut l'annonce qui réclamait Julius Handford. Ce dernier était requis de se mettre en communication avec Mister Lightwood, comme pouvant éclairer la justice. Une récompense était offerte à celui qui ferait connaître son adresse ou qui aiderait à le découvrir. Les renseignements devaient être donnés audit Lightwood, en son cabinet situé dans le Temple. Cette réclame parut chaque jour en tête des journaux pendant six semaines, et chaque fois le secrétaire se dit en lui-même : « Je ne crois pas que cela ait aucun résultat. »

Au nombre des occupations de Rokesmith, parmi celles qui l'intéressaient le plus, était la découverte du petit garçon que cherchait missis Boffin. Dès le premier jour Rokesmith avait montré le plus grand désir de plaire à l'excellente créature, et sachant combien elle tenait à ce projet, il s'y dévouait avec activité et persévérance. Mister Milvey et sa charmante femme avaient éprouvé des difficultés sans nombre; l'enfant qui aurait pu convenir était presque toujours une fille; ou bien il était trop jeune, ou trop âgé, ou trop faible, ou trop sale, ou trop accoutumé à vivre dans la rue et trop enclin au vagabondage; ou bien encore il aurait fallu l'acheter. Dès que l'on croyait avoir son affaire, il surgissait quelque parent affectueux qui mettait à prix la tête du marmot. Rien, dans les variations les plus folles de la bourse, ne peut être comparé à la hausse que subit immédiatement l'orphelin sur la place. Cinq mille pour cent au dessous du cours le bébé faisant à neuf heures du matin une galette avec de la boue du ruisseau; une fois demandé, cinq mille pour cent de bénéfice avec prime avant midi. Le marché est de plus en plus actif, des valeurs frauduleuses sont émises; des pères et mères se font passer pour morts et présentent eux-mêmes leurs bambins. L'orphelin pur est retiré subrepticement; des émissaires sont apostés à l'entrée des allées et des cours; aussitôt qu'ils annoncent mister ou missis Milvey, l'orphelin est caché; on le refuse; pas de courtier à moins d'un gallon de bière.

Les détenteurs d'orphelins se retirent, et se précipitent par douzaines; il en résulte des fluctuations dignes de la mer du Sud; mais, au fond de toutes ces péripéties, le principe de vente reste immuable, et ne saurait être accepté par mister Milvey.

A la fin, le révérend Frank apprend qu'il se trouve à Brentford un charmant bébé.

Le père du marmot, l'un de ses paroissiens, décédé il y a quelques mois, avait une grand'mère dans cette agréable ville. Missis Higden, l'aïeule en question, a pris l'enfant, qu'elle soigne avec tendresse, mais qu'elle n'a pas le moyen de nourrir. Le secrétaire propose à missis Boffin de se rendre à Brentford, où il examinera l'orphelin, ses tenants et ses aboutissants, ou bien il la conduira sur les lieux, pour qu'elle puisse elle-même juger de l'état des choses. Missis Boffin, ayant préféré cette dernière offre, partit donc un matin dans un phaéton de louage, conduit par Rokesmith, et emportant derrière eux le jeune homme à tête de marteau.

La demeure de missis Higden n'était pas facile à trouver dans la ville fangeuse de Brentford. Elle se cachait, au fond d'un tel labyrinthe d'arrière-bâtiments, que nos voyageurs durent laisser leur équipage à l'enseigne des *Trois-Pies*.

Après maintes questions pressantes de leur part, maintes réponses négatives de celle des autres, on leur indiqua enfin, au bout d'une allée, un très-petit cottage, ayant une planche en travers de la porte, et derrière cette planche, à laquelle il était accroché par les bras, un marmot de l'âge le plus tendre qui pêchait dans la boue avec un cheval de bois. Rokesmith découvrit immédiatement l'orphelin dans ce jeune sportsman, que distinguaient des cheveux bruns et frisés, retombant sur une figure bouffie.

Tandis que les voyageurs pressaient le pas, l'orphelin, entraîné par l'ardeur de la pêche, passa par dessus la planche et tomba dans la rue. D'une conformation rondelette, il roula comme une boule, et fut dans le ruisseau avant l'arrivée du secrétaire. L'instant d'après, missis Higden apercevait Rokesmith et missis Boffin en possession peu légitime de l'orphelin, qui, tout à l'envers, était pourpre jusqu'aux oreilles. Situation assez gauche, que les cris du marmot rendaient lugubre, et que la planche de la porte, servant de trébuchet à la fois pour missis Boffin et pour la grand'mère, l'une voulant entrer, l'autre voulant sortir, compliqua singulièrement.

Impossible de s'expliquer; l'orphelin, qui retenait son haleine, était maintenant livide, d'une rigidité effrayante, et d'un silence qui faisait regretter ses hurlements. Toutefois, il se rétablit peu à peu; missis Boffin déclina son nom, et, ramenant la paix d'un sourire, elle fut introduite chez l'aïeule, ainsi que le secrétaire. Elle se trouva dans une chambre où il y avait une énorme calandre, ayant à sa manivelle un garçon d'une longueur démesurée, avec une petite tête munie d'une grande bouche, qui s'ouvrait largement, comme pour aider les yeux à regarder les visiteurs.

Dans un coin, sous la calandre, étaient assis deux marmots de sexe différent; et lorsque le grand garçon, après avoir bayé aux nouveaux venus, fit tourner sa machine, il fut effrayant de voir cette catapulte s'élancer vers les deux bébés qu'elle menaçait d'anéantir, et dont elle s'éloigna innocemment dès qu'elle fut à un pouce de leur tête.

La chambre était carrelée, et d'une propreté scrupuleuse. Des vitres éclatantes, un lambrequin au manteau de la cheminée; à l'extérieur, des ficelles retenues par des clous, et garnissant la fenêtre du haut en bas, devaient soutenir, en été, des haricots à fleur rouge, si les Parques leur étaient propices. Mais en supposant que les dieux eussent toujours été favorables aux haricots de missis Higden, ils l'avaient été fort peu à sa bourse, car on devinait qu'elle était pauvre. C'était une de ces vieilles femmes, qui, en vertu d'une forte constitution et d'une énergie à toute épreuve, font durer le combat longtemps. Chaque année lui avait apporté de nouveaux coups, suscité de nouvelles luttes, et n'avait pu l'abattre. Encore active, elle avait l'œil noir et brillant, le visage résolu. Cependant, c'était une créature pleine de tendresse, pas une femme raisonneuse ; mais Dieu est bon, et, dans le ciel, le cœur pourra peser autant que la tête.

« Certainement, dit-elle lorsqu'on eut abordé l'affaire. Missis Milvey a eu la bonté de m'écrire ; Salop m'en a fait la lecture ; une jolie lettre ; c'est une si bonne lady ! »

Missis Boffin et Rokesmith lancèrent un coup d'œil au garçon effilé, qui, béant plus que jamais, devait représenter Salop.

« Car il faut vous dire, continua la grand'mère, que je ne sais rien tirer de l'écriture. Je lis pourtant dans ma Bible, et à peu près tout l'imprimé ; je vous dirai même que j'aime beaucoup le journal. Mais Salop, vous ne le croiriez pas, lit les nouvelles dans la perfection. Quand il arrive à la police, il prend toutes sortes de voix, suivant les personnages. »

Les visiteurs considérèrent comme une politesse de regarder Salop, qui, renversant tout à coup la tête, ouvrit la bouche tant qu'il put, et se mit à rire fort et longtemps. Les deux bambins, dont la cervelle était menacée, firent comme lui ; missis Higden les imita, l'orphelin imita sa grand'mère, et les deux visiteurs firent comme les autres, ce qui fut plus joyeux qu'intelligible. Puis, saisi de la manie industrielle, le grand garçon tourna sa mécanique avec tant de fougue et de fracas, que missis Higden le pria de s'arrêter.

« Un moment, Salop, un moment! on ne peut pas s'entendre. — Est-ce le cher petit que vous avez sur vous ? demanda missis Boffin.

— Oui, madame ; c'est Johnny, mon petit John.

— Hein! s'écria missis Boffin ; mon petit John ! entendez-vous, mister Rokesmith ? il n'y a plus qu'un des noms à lui donner. C'est un bel enfant.»

Le menton sur la poitrine, et sa petite main rondelette aux lèvres de sa grand'mère, qui la baisait de temps à autre, Johnny regardait en dessous la dame avec ses grands yeux bleus.

« Oui, répondit missis Higdon, c'est un bel enfant, et bien chéri, je vous assure ; le dernier de ma dernière petite-fille. Elle aussi est partie comme les autres.

— Est-ce que ces deux-là sont ses frère et sœur ? reprit missis Boffin.

— Oh! ciel non, madame, ce sont des minders.

— Des minders [1] ? répéta Rokesmith.

1. *Minder*, mot qui vient de *mind* : penser à, faire attention, s'occuper de. (*Note du Traducteur.*)

— Oui, monsieur, de pauvres petits qu'on me donne à garder.
Je ne peux en avoir que trois, à cause de la calandre. J'aime les
enfants, voyez-vous; et quatre pence par semaine, c'est toujours
cela. Allons ! Toddles et Poddles, venez ici. »

Toddles était le nom de gâterie du petit garçon; Poddles, celui
de la petite fille. Ils se prirent tous les deux par la main, et arrivèrent en chancelant, après de grandes enjambées, précédées de
temps d'arrêt, comme s'ils avaient eu à franchir un espace en-
trecoupé de ruisseaux. Missis Higden leur frappa de petits coups
sur la tête, puis ils poussèrent à l'orphelin une série de bottes,
qui exprimaient leur désir de l'emmener en esclavage. Cette
poussade amusa énormément les trois bambins, et le sympathique
Salop se remit à rire fort et longtemps.

Quand il convint d'arrêter le jeu, missis Higden renvoya les
minders à leur place. Toddles et Poddles, se reprenant par la
main, recommencèrent leur voyage, et parurent trouver que les
dernières pluies avaient grossi les torrents.

« Et master, ou mister Salop? demanda Rokesmith, ne sachant
pas s'il parlait d'un gamin ou d'un homme.

— Un enfant de l'amour, répondit missis Higden en baissant
la voix; parents inconnus; trouvé dans le ruisseau. Il fut porté
à la maison... » Elle s'arrêta avec un frisson de répugnance.

« A la maison des pauvres? » demanda le secrétaire.

Missis Higden prit un air résolu, et fit un signe affirmatif.

« Il paraît que cette maison-là ne vous plaît pas

— Me plaire ! s'écria la vieille femme. Tuez-moi si vous voulez,
mais vous ne m'y ferez pas rendre. Je jetterais mon Johnny sous
les roues d'une charrette, plutôt que de l'y porter. Quand nous
serons pour mourir, venez à l'endroit où nous pourrons être,
mettez le feu à notre corps, brûlez la maison avec, faites de
nous un tas de cendres, plutôt que de nous traîner là-bas. »

Une vigueur d'esprit incroyable chez cette femme veuve et
seule, honorables membres des comités. Une énergie singulière,
après tant d'années de si rude labeur et de privations si dures,
mylords et gentlemen! Comment appelons-nous cela dans nos
harangues pompeuses? une perversion de l'indépendance britannique? Est-ce ainsi que dit le *Cant?*

« N'ai-je pas lu, poursuivit la vieille femme en caressant l'orphelin, n'ai-je pas lu dans le journal comment le pauvre monde
qui frappe à cette porte-là,— Dieu m'en préserve et tous ceux qui
me ressemblent, — est renvoyé de Caïphe à Pilate et de Pilate à
Caïphe, à cette fin de le dégoûter de la chose, ou de le faire
mourir à la peine? N'ai-je pas lu comment, de promesse en promesse, ou les berne d'une semaine à l'autre, et toujours, et tou-

jours? Comment tout leur est reproché, l'abri, le docteur, la goutte de médecine, la miette de pain qu'on leur donne en rechignant? Comment, après être tombés si bas, ils en ont le cœur si malade qu'ils y renoncent, et qu'à la fin ils meurent sans secours? Je me dis alors : puisqu'il nous faut mourir, je mourrai tout comme un autre, mais au moins sans avoir eu de honte. »

Impossible, honorables comités, mylords et gentlemen, impossible de redresser la logique de ces esprits pervers, quel que soit l'effort de la science législative.

« Johnny, mon bel ange, continua missis Higden, ta grand'-mère est plus près de quatre-vingts ans que de soixante-dix; elle n'a jamais reçu un penny du fonds des pauvres, et n'a jamais rien demandé. Chaque fois qu'elle a eu de l'argent, elle a payé la taxe; elle a travaillé tant qu'elle a pu, et jeûné quand il l'a fallu. Prie Dieu, Johnny, pour qu'au dernier moment ta grand'-mère, qui est encore robuste, ait la force de quitter son lit et d'aller mourir dans un trou, plutôt que de tomber entre les mains de ces beaux messieurs sans cœur, qui se renvoient l'honnête indigent, qui le trompent, l'exténuent, l'accablent de déboires, le méprisent et le déshonorent. »

Brillant succès, honorables comités, mylords et gentlemen, que d'avoir amené les meilleurs d'entre les pauvres à penser pareille chose. Peut-on demander, avec tout le respect qu'on vous doit, si cela vaut la peine d'y penser à temps perdu?

L'effroi et la haine que la vieille femme effaça de son visage, après cette digression, montra combien ses paroles avaient été sincères.

« C'est pour vous qu'il travaille, dit Rokesmith, en ramenant l'entretien sur le jeune Salop.

— Oui, monsieur, et même très-bien, répondit missis Higden avec un bon sourire et un joyeux signe de tête.

— Est-ce qu'il demeure chez vous?

— Il y est plus souvent qu'ailleurs. On le tenait pour innocent, et on me l'a donné à garder. Je l'avais vu à l'église, et, pensant que je pourrais en faire quelque chose, je l'ai demandé au bedeau, avec qui je me suis entendue. Le pauvre petit m'avait intéressée; à ce moment-là c'était une chétive créature.

— Est-ce que Salop est son vrai nom?

— Dam! monsieur, à parler exactement, il n'en a pas. J'ai toujours entendu dire qu'on l'avait appelé comme ça parce qu'on l'a trouvé dans la rue un soir où le temps était humide, et où il faisait très-sale.

— Il paraît d'un aimable caractère.

— Oh! Seigneur, il n'y a pas un brin de lui-même qui ne soit aimable. Ainsi, monsieur, vous pouvez voir tout ce qu'il y a d'amabilité chez lui en le regardant du haut en bas. »

Le pauvre Salop était en effet très-grand, mais d'une facture malheureuse : beaucoup trop long, trop étroit, trop anguleux. Un de ces êtres mâles, dégingandés et lourds, étalant avec franchise des boutons, qui, chez lui, prenaient des proportions indiscrètes et brillaient d'un éclat surnaturel. Un capital énorme dans les genoux, les coudes, les poignets, les chevilles, et que le pauvre Salop, qui en ignorait l'emploi avantageux, avait placé de manière à être dans la gêne. Mais bien qu'enrégimenté dans la vie comme numéro 1 de l'escouade des mal tournés, le brave garçon prétendait rester fidèle au drapeau et lutter jusqu'au bout.

« Maintenant, dit missis Boffin, occupons-nous de Johnny. »

La grand'mère, sur qui l'enfant se trouvait toujours, la tête baissée, faisant la moue et abritant ses yeux bleus de son petit bras à fossettes, la grand'-mère prit de sa main flétrie la main fraîche et potelée du bambin, et en battit doucement la mesure dans sa vieille main gauche.

« Parlons de Johnny, reprit missis Boffin avec le sourire le plus engageant. Si vous voulez me le confier, il aura bon gîte et bonne table, une bonne éducation et surtout de bons amis. Que cela vous convienne, et je serai pour lui une véritable mère.

— Je vous suis bien reconnaissante, madame, et le pauvre enfant serait de même s'il avait l'âge de comprendre. » Elle frappait toujours de la main rose du marmot dans sa main sèche et ridée. « Je ne voudrais pas, poursuivit-elle, me placer devant le soleil du cher trésor, quand même j'aurais toute ma vie à recommencer, au lieu du peu de jours qui me restent. Mais je suis attachée à lui, voyez-vous, plus que des mots ne peuvent le dire. J'espère que vous ne le trouvez pas mauvais, car je n'ai plus que lui au monde.

— Le trouver mauvais ! chère femme, est-ce que c'est possible ? vous qui êtes si bonne pour lui, qui avez été le prendre, et qui le soignez si bien !

— J'en ai vu tant d'autres sur mes genoux ! » Les petits doigts roses frappaient toujours la main ridée. « Et ils sont tous partis; il n'y a plus que lui maintenant. Je suis honteuse de paraître si égoïste; mais je ne dis pas que je vous le refuse, ce serait pour lui une fortune; plus tard, après ma mort, il ferait un gentleman. Je... je ne sais pas ce que j'ai. Ne faites pas attention; je tâcherai de m'y habituer; j'essayerai, je vous le promets. »

La petite main s'arrêta, les lèvres si fermes tremblèrent, et la noble et vieille figure se couvrit de larmes.

Ici, au grand soulagement des visiteurs, le sensible Salop,

voyant pleurer sa maîtresse, renversa la tête, ouvrit la bouche, éleva la voix et se mit à beugler. Cet indice alarmant d'un malheur quelconque n'eut pas plutôt fait jeter les hauts cris à Toddles et à Poddles que Johnny, se renversant tout à coup et frappant missis Boffin de ses souliers boueux, fut en proie au plus violent désespoir. Le ridicule de la situation en détruisit le côté émouvant; missis Higden essuya ses larmes, et rétablit l'ordre avec tant de promptitude que Salop resta court au milieu d'un beuglement polysyllabique; puis, se jetant sur la calandre, il s'infligea plusieurs tours de manivelle avant qu'on pût l'arrêter.

« Allons, dit missis Boffin, qui n'était pas loin de se croire la plus cruelle des femmes, allons, rien n'est fait; n'ayez pas peur. Nous sommes tous bons amis, n'est-ce pas, missis Higden?

— Oh! oui, madame, voilà qui est sûr.

— Rien ne presse d'ailleurs, continua missis Boffin, prenez le temps d'y penser.

— Ne vous inquiétez pas, madame; j'y pensais depuis hier et j'étais bien décidée. Je ne sais pas ce qui m'a pris; mais cela n'arrivera plus, soyez tranquille.

— Alors ce sera pour le petit John; il faut qu'il s'accoutume; vous-même vous vous y habituerez en songeant que c'est pour son bien. » Missis Higden en convint gaiement.

« Seigneur! cria missis Boffin d'un air radieux, nous ne voulons attrister personne; au contraire, il faut que tout le monde soit content. Vous me ferez savoir quand vous serez décidée; en attendant, vous me donnerez des nouvelles.

— Oui, madame; j'enverrai Salop.

— Ce gentleman que voilà, répondit missis Boffin, le payera pour sa peine. Et soyez sûr, mister Salop, que vous ne sortirez pas de la maison sans avoir fait un bon repas, soyez-en sûr : de la viande, des légumes, de la bière et du poudding. »

Cette assurance acheva d'égayer les affaires, car le sympathique Salop, faisant une large grimace, rugit un éclat de rire; les deux bambins l'imitèrent, et le petit John l'emporta sur eux tous. Toddles et Poddles, trouvant l'occasion favorable pour tenter une nouvelle attaque sur Johnny, se reprirent par la main et retraversèrent le pays raviné. Puis le combat ayant eu lieu derrière missis Higden, avec un grand courage de part et d'autre, les deux pirates regagnèrent leurs escabeaux.

« Et pour vous, missis Higden, que puis-je faire? demanda missis Boffin.

— Je vous remercie, bonne madame, mais je n'ai besoin de rien; je veux travailler, les forces ne manquent pas; je fais encore

mes vingt milles quand l'occasion se présente. » La vieille femme
était fière, et accompagna ces mots d'un regard étincelant.

« Certainement, reprit missis Boffin; mais il y a de ces petites
douceurs dont on n'est pas plus mal; je le sais par expérience,
car Dieu me bénisse, je ne suis pas une lady, pas plus que vous,
missis Higden.

— Il me semble à moi, répondit la vieille femme, que vous
êtes lady de naissance, une vraie lady, ou il n'y en a jamais eu.
Mais je ne peux rien accepter; je n'ai jamais rien reçu, chère
dame, jamais, jamais. Ce n'est pas que je sois ingrate, mais
j'aime mieux le gagner que de le recevoir.

— Et vous avez raison; je parlais seulement de ces petites
choses qui peuvent s'offrir. Sans cela je n'aurais pas pris cette
liberté. »

Missis Higden porta à ses lèvres la main de la bonne lady, en
reconnaissance de ces paroles délicates. Debout devant sa riche
visiteuse, elle était singulièrement droite, cette femme pauvre,
et ce fut avec une singulière dignité qu'elle ajouta :

« Si je pouvais garder le cher enfant, sans avoir à craindre
pour lui le sort dont je parlais tout à l'heure, je ne le donnerais
pour rien au monde, car je l'aime, je l'aime, voyez-vous...
J'aime en lui mon mari mort depuis tant d'années; mes enfants,
mes petits-enfants, morts les uns après les autres. J'aime en lui
ma jeunesse, mes jours d'espoir, morts comme eux tous; et si
je vous vendais tant d'amour, je ne pourrais plus regarder votre
bonne figure. C'est un libre don que je vous fais; je n'ai besoin
de rien, je vous l'ai dit. Que je meurre bien vite quand la force
me manquera, c'est là tout ce que je demande. J'ai épargné à
tous mes morts la honte que vous savez; je me l'épargnerai à
moi-même. Il y a là, cousu dans ma robe (elle porta la main à
sa poitrine), juste assez pour me faire enterrer. Veillez seulement
à ce qu'on l'emploie comme je le dis, afin que mon corps ne
doive rien à ces gens-là, et vous aurez fait pour moi tout ce que
je désire au monde. »

Missis Boffin lui serra la main, et la courageuse figure ne
donna plus de signe de faiblesse. En vérité, mylords et gentlemen, ce visage était réellement aussi calme et presque aussi
digne que les vôtres.

Il fallait maintenant faire consentir Johnny à rester sur les genoux de missis Boffin. Les deux minders y vinrent tour à tour,
et ce ne fut qu'après les avoir vus descendre sains et saufs de ce
poste effrayant que le petit John se décida à lâcher la robe de sa
grand'mère; encore ses aspirations physiques et morales conti-
nuèrent-elles de se manifester, les unes par un air sombre, les

autres par des bras vivement tendus. Cependant la description des merveilleux joujoux qu'on trouvait chez missis Bottin humanisa ce bébé positif jusqu'à lui faire regarder la dame d'un air d'abord assez maussade, le poing dans la bouche et les sourcils froncés; puis enfin à s'épanouir peu à peu, et à rire aux éclats lorsqu'il fut question d'un superbe cheval monté sur des roulettes, et qu'un galop miraculeux menait tout droit chez le pâtissier. Saisi par les minders, le rire de Johnny s'enfla en un joyeux trio, qui produisit une hilarité générale.

Missis Boffin, enchantée de sa démarche, se leva toute radieuse; et Salop, qui n'était pas moins satisfait, se chargea de trouver une meilleure route, pour la reconduire aux Troies-Pies, où il fut regardé avec un mépris souverain par la tête de marteau.

Après avoir ramené chez elle missis Boffin, le secrétaire se rendit à la nouvelle maison, où diverses occupations l'attendaient. Le soir venu, il se dirigea vers sa demeure, et prit, pour y arriver, un chemin qui traversait les champs. Était-ce par hasard, ou avec l'intention de rencontrer miss Wilfer? Nous n'en pouvons rien dire; mais il est certain que la jolie miss avait coutume de se promener à pareille heure dans les champs en question, et qu'elle y était ce soir-là, suivant son habitude.

Miss Bella, qui n'était plus en deuil, portait les nuances les plus fraîches, et leur était parfaitement assortie; impossible de ne pas le reconnaître. Elle lisait tout en se promenant, et il est probable qu'elle ne s'aperçut pas de l'approche de Rokesmith; du moins elle n'eut pas l'air de s'en douter. « Ah! c'est vous, dit-elle en levant les yeux, lorsqu'il ne fut plus qu'à deux pas.

— Oui, miss, ce n'est que moi. Une belle soirée!

— Vrai? dit la jolie personne en jetant un regard froid sur la plaine. Je veux bien le croire, puisque vous le dites; je n'y avais pas fait attention.

— Absorbée par la lecture?

— Ou-ou-i, répondit Bella d'une voix traînante.

— Une histoire d'amour, miss Wilfer?

— Oh! ciel, non; si cela était, je ne le lirais pas.

— De quoi parle ce livre?

— Plus d'argent que d'autre chose.

— Et dit-il que l'argent soit ce qu'il y a de meilleur au monde?

— Je ne sais pas trop ce qu'il dit; vous pourrez le voir vous-même, car je n'en ai plus besoin. »

Rokesmith prit le volume dont elle se servait comme d'un éventail, et marcha à côté d'elle. « On m'a donné, dit-il, une commission pour vous, miss Wilfer.

— Pas possible! traîna la jolie miss.

— Tout sera prêt pour vous recevoir d'ici à une quinzaine de jours; et missis Boffin m'a prié de vous dire toute la joie qu'elle en éprouve. »

Bella tourna la tête vers le jeune homme, et d'un air légèrement insolent, les sourcils relevés et les paupières tombantes, elle parut lui dire : Expliquez-moi comment cette commission vous a été donnée?

« Je suis secrétaire de mister Boffin, dit Rokesmith; j'attendais une circonstance qui me permit de vous l'apprendre.

— Je n'en suis pas plus avancée, reprit Bella avec hauteur; je ne sais pas ce que c'est qu'un secrétaire.

— Oh! pas du tout? miss. » Le regard qu'il lui lança à la dérobée montra au jeune homme qu'elle ne s'attendait pas à cette réponse.

— Et vous serez toujours là? demanda miss Wilfer, comme si elle y voyait un grave ennui.

— Pas toujours, mais très-souvent.

— Seigneur! soupira-t-elle d'un air contrarié.

— Rassurez-vous, miss Wilfer, ma position sera très-différente de la vôtre; nous nous verrons fort peu, si même nous nous voyons. Je m'occuperai d'intérêts, vous de plaisirs; il me faudra gagner mon traitement, vous n'aurez qu'à plaire et à vous amuser.

— A plaire? reprit-elle en haussant les sourcils, je ne vous comprends pas.

— Lorsque je vous vis pour la première fois dans vos habits de deuil, poursuivit Rokesmith sans répondre à la question qui lui était faite, je ne m'expliquai pas cette distinction entre vous et les autres membres de la famille. J'espère ne pas être indiscret en me permettant cette remarque?

— Nullement, répondit Bella d'un ton dédaigneux (je leur disais bien que ce deuil ridicule serait remarqué de tout le monde, pensa la jolie miss); mais vous devez savoir le motif de cette différence, poursuivit-elle.

— Depuis que je suis chargé des affaires de mister Boffin, dit Rokesmith, j'ai nécessairement trouvé le mot de cette énigme, et j'ose dire, j'en ai du moins la conviction, que la perte que vous avez faite sera réparée en grande partie. Je ne parle naturellement que de la fortune. Quant à la perte d'un étranger, dont je ne saurais estimer la valeur, ni vous non plus, miss, il est douteux qu'elle soit regrettable. Mais mister et missis Boffin sont tellement généreux, tellement bien disposés à votre égard, ils ont un si grand désir... comment dirai-je? d'expier leur fortune que vous n'aurez qu'à répondre à leurs avances. » Un air de triomphe, que nul effort ne parvint à dissimuler, se répandit sur la figure de Bella. « Le hasard nous ayant réunis sous le même toit, et devant encore nous rapprocher dans l'avenir, continua le secrétaire, je me suis permis de vous dire ces quelques mots. J'ose espérer qu'ils ne vous déplaisent pas, ajouta-t-il avec déférence.

— Je n'ai aucune opinion là-dessus, répondit la jeune fille. L'idée que ces mots expriment est pour moi complétement neuve, et peut très-bien n'avoir de fondement que dans votre cerveau, mister Rokesmith.

— Vous le verrez plus tard, miss. »

Ils étaient alors en face de leur maison. Mistress Wilfer, qui regardait par la fenêtre, apercevant sa fille en conférence avec son locataire, serra immédiatement sa fanchon, et sortit, comme par hasard, pour faire un tour de promenade.

« J'apprenais à miss Wilfer, dit Rokesmith à cette lady majestueuse, que depuis quelque temps je suis l'homme d'affaires de mister Boffin.

— N'ayant pas l'honneur de connaître intimement ce gentleman, répondit la dame en agitant ses gants, avec sa dignité chronique, il ne m'appartient pas de le féliciter de l'acquisition qu'il a faite.

— Pauvre acquisition, répondit Rokesmith.

— Pardonnez-moi, répliqua mistress Wilfer ; mister Boffin peut avoir un mérite distingué, plus distingué que ne le ferait supposer la physionomie de sa femme ; mais ce serait pousser l'humilité jusqu'à la démence, que de le juger digne d'un aide plus éclairé.

— Vous êtes bien bonne, madame. Je disais aussi à miss Wilfer qu'elle est attendue prochainement dans sa nouvelle demeure.

— Ayant consenti d'une manière tacite, répondit la dame en haussant les épaules, et en agitant ses gants, à ce que ma fille acceptât les offres de mistress Boffin, je n'y mets aucun obstacle.

— Pas de sottises, s'il vous plaît, Ma, dit la belle miss.

— Taisez-vous, ma fille.

— Non, Ma ; je ne souffrirai pas de pareilles absurdités ; y mettre obstacle !

— Je dis, répéta mistress Wilfer avec une dignité croissante, que je n'y apporte aucun obstacle. Puisque mistress Boffin, dont la physionomie ferait trembler tout disciple de Lavater, demande à orner sa nouvelle habitation des charmes de l'une de mes filles, je veux bien y consentir. Qu'elle soit donc favorisée de la compagnie de mon enfant.

— Vous venez, madame, répondit Rokesmith en lançant un regard à la jeune fille, d'émettre, au sujet de miss Wilfer, une opinion que j'exprimais tout à l'heure.

— Pardonnez-moi, reprit l'auguste dame avec une effrayante

solennité ; je n'ai pas fini. J'allais expliquer (évidemment elle
n'avait pas autre chose à dire) qu'en me servant du mot charmes
je le faisais en lui attachant la signification que je ne songeais
nullement à lui donner, en aucune manière et d'une façon quelconque. »

Cette explication lumineuse fut délivrée aux auditeurs avec un
air de condescendance, et l'intime persuasion de leur rendre un
véritable service; sur quoi Bella poussa un petit éclat de rire
méprisant? — Assez là-dessus, dit-elle; plus un mot à cet égard.
Ayez la bonté, mister Rokesmith, de présenter à mistress Boffin
mes amitiés les plus tendres.

— Pardon, reprit mistress Wilfer, dites compliments.

— Mes amitiés les plus tendres, répéta la fille en frappant du
pied.

— Mes compliments, reprit la mère d'une voix monotone.

— Je présenterai les amitiés de miss Bella, et les compliments
de mistress Wilfer, dit Rokesmith d'une voix conciliante.

— Et surtout dites bien que je serai enchantée d'aller là-bas;
et que le plus tôt sera le meilleur.

— Avant de descendre au parloir, et d'y rejoindre les autres,
un dernier mot, Bella, reprit mistress Wilfer. Quand vous demeu-
rerez chez lady Boffin, où vous serez avec elle sur un pied d'é-
galité, j'espère, Bella, que vous sentirez qu'il sera gracieux de
vous rappeler que le secrétaire de la maison a droit à votre bienveillance, comme locataire de votre famille. » L'air de supériorité
qui présida à cette déclaration de patronage, n'eut d'égale que
la promptitude avec laquelle le gentleman avait baissé dans
l'esprit de la chère femme en devenant secrétaire.

Rokesmith sourit en voyant la mère se diriger vers le parloir;
mais son sourire s'effaça lorsqu'il vit la fille prendre la même direction. « Si insolente! si frivole! si capricieuse! si insensible! dit-il
avec amertume. Et cependant si jolie! si jolie! ajouta-t-il en montant l'escalier. Ah! si elle savait!... » et Rokesmith ferma sa porte.

Ce qu'elle sait pour le quart d'heure, c'est qu'il ébranle la
maison en arpentant sa chambre de long en large; et que c'est
l'un des fléaux de la pauvreté de ne pas pouvoir se débarrasser
d'un secrétaire qui marche, marche, marche dans l'ombre, au-
dessus de votre tête, ainsi qu'une âme en peine.

XVII

HIDEUX MARAI

On est maintenant en plein été; les Boffin habitent leur hôtel éminemment aristocratique et patrimonial. Observons-les, par ces jours fleuris, et regardons la foule de créatures rampantes, insinuantes, papillonnantes, et bourdonnantes que l'or attire auprès du boueur doré.

Parmi ceux qui déposent leurs cartes à la porte de l'hôtel patrimonial, avant qu'on ait fini de la peindre, sont les Véndering, hors d'haleine par l'impétuosité de leur course vers le perron aristocratique. Une carte gravée sur cuivre: mistress Véndering; deux cartes dito : mister Véndering; et toujours sur cuivre, une carte conjugale, où mister et mistress Véndering prient mister et missis Boffin de leur faire l'honneur de venir dîner chez eux avec la plus grande cérémonie.

La séduisante lady Tippins donne une carte. Sir Twemlow deux cartes. Un énorme phaéton, soupe-au-lait, dépose quatre cartes : deux mister Podsnap, une mistress Podsnap, et une miss Podsnap.

Tout le monde, sa femme, et sa fille déposent des cartes. Parfois Mistress a tant de filles que sa carte ressemble à un lot de vente à l'encan; par exemple : mistress Tapkins, miss Tapkins, miss Frédérika Tapkins, miss Antonina Tapkins, miss Malvina Tapkins, miss Euphémia Tapkins. La même lady, par la même occasion, dépose la carte de mistress Henry-George-Alfred Swoshle, née Tapkins; et en ajoute une autre portant ces mots : mistress Tapkins; « chez elle tous les mercredis; musique; Portland-Place. »

Miss Bella Wilfer vient habiter pour un temps indéfini l'hôtel aristocratique. Mistress Boffin la conduit chez sa couturière et chez sa modiste, et la voilà supérieurement habillée.

Les Véndering découvrent avec remords et promptitude qu'ils ont omis d'inviter cette charmante personne. Une mistress Véndering, et une mister et mistress Véndering, carton blanc satiné, font bien vite amende honorable sur la grande table du vestibule.

Mistress Tapkins découvre également son omission, et la répare aussitôt pour elle et pour misses Tapkins, Frédérika Tapkins,

Antonina, Malvina, Euphémia Tapkins; pour mistress Henry-George-Alfred Swoshle, née Tapkins; et ajoute une « mistress Tapkins, chez elle tous les mercredis; Portland-Place. »

L'or du boueur doré fait venir l'eau à la bouche des fournisseurs, et donne la faimvalle aux livres des marchands. Quand mistress Boffin et miss Wilfer passent en voiture, ou que mister Boffin se promène en trottinant, le marchand de poisson se découvre d'un air respectueux et convaincu. Ses garçons de boutique, avant de se la porter au front pour saluer mister ou missis Boffin, s'essuient la main à leur tablier de laine. Le saumon et le mulet doré, qui bâillent sur la tablette de marbre, semblent tourner les yeux vers ces dames avec admiration, et joindraient les mains s'ils en avaient d'une forme quelconque.

Le boucher, bien que ce soit un homme considérable, et dont les affaires sont florissantes, ne sait comment exprimer son humilité, quand les Boffin, en passant, lui volent prendre l'air dans ses massifs de bœuf et de mouton. Des cadeaux sont faits aux domestiques des Boffin; de mielleux personnages, munis d'annonces, rencontrant dans la rue les sus-dits serviteurs, essaient d'une corruption hypothétique. « Supposez, mon ami, que je sois favorisé d'une commande de mister Boffin, je saurais le reconnaître par quelque chose, qui, je l'espère, ne répugnerait pas à vos sentiments. »

Mais personne ne sait mieux que le secrétaire, qui ouvre les lettres, à quel siége est soumis l'individu qui se trouve en évidence. Que de variétés de poudre aux yeux en échange de la poudre d'or du riche boueur! Cinquante-sept églises à ériger avec des demi-couronnes. Quarante-deux presbytères à réparer avec des schellings. Vingt-sept orgues à construire avec des demi-pence. Douze cents enfants à clover avec des timbres-poste. Non pas qu'une demi-couronne, un schelling, un timbre-poste ou un demi-penny soit acceptable de mister Boffin; il est évident qu'il doit compléter la somme.

Puis la charité, s'il vous plaît, ô mon frère en Jésus-Christ! Très-gênés pour la plupart, et n'épargnant néanmoins ni les frais de papier, ni les frais d'impression. Double vélin, grand format, scellé d'une couronne ducale :

« A *Nicodème Boffin, Esquire.*

« Mon cher Monsieur,

Ayant accepté la présidence du prochain banquet annuel de l'Épargne des Familles; profondément convaincu de l'immense utilité de cette noble institution, et de la nécessité de la soutenir par un certain nombre de commissaires-souscripteurs, ce qui prouvera au public l'intérêt que des hommes disti.. ... à la fois par leur esprit, leur caractère et leur position, prennent à cette société importante, je me décide à vous prier de vouloir bien être commissaire du banquet en question.

« Sollicitant de vous une réponse favorable avant le 14 du courant, je suis, mon cher Monsieur, votre dévoué serviteur

« LINSEED.

« P. S. La souscription des commissaires n'est pas au-dessous de trois guinées. »

Bien aimable de la part du duc de Linseed; mais le post-scriptum fait réfléchir. Cette requête est lithographiée à tant par cent; et le nom et l'adresse de Nicodème Boffin, Esquire, le seul reflet de personnalité qu'elle présente, sont d'une autre main que la signature.

Il a fallu deux nobles comtes, et un vicomte pour informer, d'une manière non moins flatteuse, Nicodème Boffin, Esquire, qu'une estimable lady, habitant l'ouest de l'Angleterre, offrait d'envoyer une bourse de vingt livres au Fonds de retraite des membres peu ambitieux de la classe moyenne, si vingt individus consentaient d'abord à envoyer chacun une bourse de cent livres. Les charitables comtes et vicomtes ont bien voulu ajouter que si Nicodème Boffin désirait envoyer deux de ces bourses, même davantage, cela ne serait nullement contraire aux intentions de l'estimable dame, pourvu que chacune de ces bourses fût accompagnée du nom de quelque membre de l'honorable famille des Boffin.

Ceci appartient aux corporations mendiantes; mais il y a de plus les mendiants individuels; et que de nausées pour le secrétaire quand il faut s'occuper de ces gens-là! Notez que l'occupation est assez longue; car ils ont l'habitude de joindre à leur demande, ce qu'ils appellent leurs titres (paperasses en lambeaux, qui ressemblent aux papiers de ce nom comme la chair à pâté au veau qui l'a fournie) et dont, suivant eux, la perte serait leur ruine; ce qui oblige à les leur renvoyer. Déjà ruinés complétement, ils le seraient bien davantage, si on ne prenait pas cette peine.

Au nombre de ces correspondants sont plusieurs filles d'officiers généraux, accoutumées depuis longtemps à tous les luxes de la vie (l'orthographe exceptée), et qui, à l'époque où leurs illustres pères combattaient dans la péninsule, étaient loin de penser qu'un jour elles auraient à implorer ceux, que dans son impénétrable sagesse, la Providence a comblés d'or. Si parmi

ces élus, elles ont choisi Nicodème Boffin, Esquire, pour lui
adresser... première demande qu'elles aient faites de leur vie, c'est
parce qu'il a un cœur d'une générosité comme il n'en fut jamais.

Le secrétaire apprend aussi que la confiance conjugale est des
plus rares chez la vertu malheureuse, tant il y a d'épouses qui
prennent la plume pour demander de l'argent à l'insu de leurs
maris, qui ne l'auraient pas souffert; et tant il y a d'époux qui
adressent la même demande à l'insu de leurs femmes, lesquelles
seraient au désespoir si elles venaient seulement à soupçonner
la chose.

Il y a encore les mendiants inspirés. Ceux-ci rêvaient hier au
soir à côté d'un bout de chandelle, qui devait bientôt s'éteindre
et les plonger dans les ténèbres pour le reste de leurs nuits,
quand la voix d'un ange, murmurant à leur âme le nom de Nicodème Boffin, Esquire, leur rendit un espoir, ou plutôt une
confiance, qui depuis longtemps leur était étrangère.

Très-voisin de ce genre est celui des gens qui ont été con-
seillés. Ils dînaient d'une pomme de terre froide et d'un verre
d'eau, à la lueur d'une allumette chimique, dans leur chambre
sans feu (loyer considérablement en arrière, et propriétaire impitoyable, menaçant de les mettre dehors comme un chien),
lorsqu'un ami, doué de seconde vue, leur dit en entrant chez eux:
« Écrivez à Nicodème Boffin, vous êtes sûr de n'être pas refusé. »

Il y a les mendiants d'une noble indépendance. Ceux-là ont
toujours regardé l'or comme un vil métal. Ils ont connu des temps
prospères; mais cette façon d'envisager la fortune les a naturellement empêchés de faire des économies. Ils n'accepteront
pas de Nicodème Boffin, Esquire, la moindre pièce de ce métal
méprisé; non, mister Boffin, non! le monde pourra qualifier cela
d'orgueil, de misérable orgueil, si l'on veut; mais ils ne le rece-
vraient pas, quand même vous le leur offririez. — C'est un emprunt, monsieur; à quatorze jours de date; remboursement d'aujourd'hui en quinze; intérêts sur le pied de cinq pour cent;
payables à un établissement de charité quelconque, vous n'avez
qu'à choisir. C'est là tout ce qu'ils demandent; et si vous étiez
assez avare pour le leur refuser, comptez sur le mépris de ces
âmes d'élite.

Il y a les gens ponctuels, qui mettront fin à leurs jours mardi
prochain à une heure moins un quart, si dans l'intervalle ils ne
reçoivent, par la poste, aucun mandat de Nicodème Boffin, Esquire. Dans le cas où le mandat en question devrait arriver
mardi, après une heure moins un quart, il serait inutile de l'envoyer. Leur main aura expliqué dans une note la cruelle indif-

férence dont leur demande aura été l'objet; et ils ne seront plus que de froids cadavres.

Il y a les cavaliers tout prêts à suivre la route qui mène à la fortune. Ils ont chaussé l'éperon, le but est devant eux, le chemin facile, la monture impatiente; mais au dernier moment l'absence d'un objet particulier, d'une montre, d'un violon, d'un télescope, d'une machine électrique, les met à pied pour toujours; à moins que Nicodème Boffin, Esquire, ne leur en adresse l'équivalent en numéraire.

Il y a les mendiants qui jettent le filet au hasard sans dire ce qu'ils poursuivent. Généralement l'écriture est féminine, et la réponse doit être envoyée poste restante aux initiales indiquées. Une personne, qui ne peut pas se faire connaître à Nicodème Boffin, Esquire; mais qui l'étonnerait bien si elle lui révélait son nom, osera-t-elle solliciter l'avance immédiate d'une somme de deux cents livres auprès d'un gentleman, à qui des richesses inattendues permettent d'exercer le plus beau des privilèges qui soient accordés à l'homme?

C'est dans ce marais hideux qu'est située la nouvelle maison; dans ce marais, qu'enfoncé jusqu'à la poitrine, le secrétaire se débat tous les jours. Sans parler des inventeurs dont les inventions n'aboutissent pas. Sans compter les tripotiers qui tripotent dans tous les tripotages qui se tripotent, bien qu'on puisse regarder ces gens-là comme les alligators de cet odieux marais, et qu'ils soient toujours à l'affût pour attirer le boueur doré dans la fange où ils vivent, afin de l'y dépecer à l'aise.

Et l'ancienne maison? Est-il sûr que l'on n'y conspire pas contre l'or de Nicodème Esquire? N'y a-t-il, dans les eaux du Bower, aucun membre de la famille des requins? Peut-être que non. Toujours est-il que Silas Wegg y est installé, et qu'à en juger par ses manœuvres secrètes, il paraît caresser l'espoir d'y faire une découverte. Lorsqu'un homme à jambe de bois se met à plat ventre pour regarder sous les lits, ou gravit des échelles, en sautillant, comme un échassier de race éteinte, pour inspecter le dessus des buffets et des armoires; lorsqu'une barre de fer à la main, il est toujours à fourgonner dans les tas d'ordures, c'est que probablement il espère y trouver quelque chose.

DEUXIÈME PARTIE

GENS DE MÊME FARINE

I

PÉDAGOGIE

L'école où Charles Hexam avait pris ses premières leçons de lecture (pour les élèves de ce degré la rue est un établissement préparatoire, où s'instruisent, sans livre, ceux-même qui plus tard sauront lire), cette école était un misérable bouge, au fond d'une cour dégoûtante. Un galetas encombré, un air épais et nauséabond, un bruit assourdissant. La moitié des élèves plongés dans la torpeur, les autres luttant contre le sommeil, et ne se maintenant éveillés que par un bourdonnement analogue à celui d'une cornemuse dont on jouerait faux et sans mesure.

D'excellentes intentions chez les instituteurs, mais aucune idée du fait ; et, pour résultat de leurs efforts, une confusion déplorable.

L'école était mixte et recevait les adultes. Chacun des sexes avait une classe séparée, où les différents âges, divisés par des cloisons, formaient des groupes assortis. Mais il régnait partout la supposition ridicule et grimaçante que chaque élève, en dépit des années, avait l'esprit enfantin et d'une parfaite candeur. Cette feinte supposition, vivement encouragée par les dames patronesses, conduisait à des absurdités monstrueuses. De jeunes femmes, vieillies dans tous les vices, devaient se laisser captiver par les aventures de la petite Margery, dont le cottage était situé près d'un moulin, et qui, à peine âgée de cinq ans, morigênait le meunier, dont la cinquantaine n'avait rien à répondre. Touchante enfant qui partageait sa soupe avec les petits oiseaux, refusait un chapeau nankin, sous prétexte que les navets n'en portent pas, et que les moutons, qui mangent les navets, n'en portent pas non plus; enfant laborieuse qui tressait des chapeaux de paille, et débitait d'effroyables sermons à tout venant et hors de tout propos.

De jeunes dragueurs, peu faciles à conduire, des alouettes de boue[1], âpres à la curée, étaient nourris de l'histoire du jeune Thomas, lequel ayant bien voulu ne pas prendre à son bienfaiteur une somme de dix-huit pence, dans les circonstances les plus odieuses, fut bientôt, par un fait surnaturel, en possession de trois schellings six pence, et mena désormais une vie d'une prospérité exemplaire. Notez que le bienfaiteur ne reçut aucune aubaine. Divers criminels, fiers d'eux-mêmes, ayant écrit leurs mémoires dans le même ton, ces biographies édifiantes se trouvaient entre les mains des élèves, et les susdites alouettes y apprenaient que l'on doit faire le bien, non parce qu'il est bien de le faire, mais parce qu'on peut en tirer profit.

Les adultes, il est vrai, apprenaient à lire dans le Nouveau-Testament, et à force de trébucher de syllabe en syllabe, et de fixer leurs yeux éblouis sur les mots particuliers qui leur revenaient tour à tour, n'ignoraient pas moins la sublime histoire que si jamais elle n'avait existé.

Bref, c'était une école étourdissante, confusionnante, abrutissante, où les esprits de toutes couleurs, noirs et blancs, gris et rouges, s'embrouillaient, s'embrouillaient, s'embrouillaient, s'embrouillaient tous les soirs, et le dimanche s'embrouillaient un peu plus; car ce soir là, un amphithéâtre d'infortunés marmots était livré aux bonnes intentions des instituteurs les plus déplorables; instituteurs que personne n'aurait supportés, et qui, placés devant l'amphithéâtre en qualité d'exécuteurs en chef, étaient secondés par un aide volontaire. Il importe peu de savoir à quel endroit, et à quelle époque, il fut imaginé qu'une main violente devait frictionner du haut en bas le visage d'un élève fatigué ou distrait, ni quand et comment l'aide volontaire fut chargé de cette correction et s'enflamma d'un beau zèle pour ce touchant système.

1. *Mud-larks*, enfants, jeunes filles, quelques hommes, et souvent de vieilles femmes qui s'abattent sur le bord de la Tamise, à la marée basse, et qui piétinent la vase, y cherchant du bois, du charbon, des clous, enfin tout ce qui a pu tomber des embarcations voisines, tout ce que le fleuve a pu y déposer. *(Note du Traducteur.)*

L'exécuteur en chef avait donc pour fonction de pérorer, et son acolyte de s'élancer vers les enfants qui s'endormaient, ou qui bâillaient, ou qui remuaient, ou qui pleuraient, et de leur frotter vigoureusement la figure, parfois d'une main, comme s'il leur avait pommadé le favori gauche, parfois des deux mains, placées comme des œillères.

L'embrouillement durait une heure :

« Mes che-e-e-r-rs enfan-an-ants, nous parlerons ce soir de la venue au sépu-ulcre, au sépu-ulcre. » Cinq cents fois le mot sépulcre (généralement employé quand on parle aux chers enfants), sans jamais dire ce qu'il signifiait. L'acolyte, en guise de commentaire, frictionnait à droite, frictionnait à gauche; et la rougeole, les éruptions, la coqueluche, la fièvre, les vomissements s'échangeaient dans cette plate-bande d'enfants pourpres, comme si les malheureux s'étaient réunis pour cela.

Toutefois, même dans ce temple des bonnes intentions, un élève doué d'une intelligence rare, jointe à un désir exceptionnel de l'employer, pouvait apprendre quelque chose, et, l'ayant appris, pouvait l'enseigner avec plus de succès que le maître, attendu qu'il le savait beaucoup mieux et n'avait pas l'inconvénient d'effaroucher les esprits timides. C'est ainsi que, dans ce tohubohu, Charles Hexam avait fait des progrès, avait enseigné ce qu'il avait appris, et, sortant de ce bouge, avait pu entrer dans un pensionnat.

« Vous voulez donc aller voir votre sœur, Hexam?

— Oui, Monsieur, si vous le permettez.

— Où demeure-t-elle? J'aurais presqu'envie d'aller avec vous.

— Elle n'est pas encore installée, mister Headstone; et si cela ne vous faisait rien, j'aimerais mieux que vous attendissiez qu'elle le fût.

— Dites-moi un peu, Hexam... » Mister Bradley Headstone, chef d'institution, hautement diplômé et largement rétribué, passa l'index de sa main droite dans l'une des boutonnières de son élève, et attachant son regard sur celui-ci : «J'espère, poursuivit-il que votre sœur est pour vous une société convenable?

— Est-ce que vous en doutez, monsieur?

— Je n'ai pas dit cela. »

Mister Headstone retira son doigt de la boutonnière, le regarda de plus près, en mordilla le côté, et l'examina derechef.

« Voyez-vous, Hexam, un jour vous serez des nôtres; vous êtes sûr, avec le temps, de passer de bons examens; la seule question est de savoir... »

Il regarda et mordit tour à tour son index pendant si longtemps, qu'à la fin Charles Hexam reprit d'une voix interrogative :

« La question est de savoir ?

— S'il ne vaudrait pas mieux pour vous, répondit Bradley, que toute relation fût rompue.

— Abandonner ma sœur, monsieur !

— Je ne dis pas cela ; je n'en sais rien ; c'est un point que je vous soumets. Je vous prie seulement d'y réfléchir ; vous savez quelle position vous pouvez vous faire chez moi.

— Après tout, dit Charles avec effort, c'est elle qui l'a voulu.

— Elle en a senti la nécessité, répliqua mister Headstone ; et voyant qu'une séparation était indispensable, soyez sûr qu'elle en a pris son parti. »

L'écolier parut faire un nouvel effort, comme pour triompher d'un sentiment pénible ; puis tout à coup relevant la tête :

« Elle n'est pas installée, dit-il ; mais c'est égal, je serais bien aise, monsieur, que vous vinssiez avec moi ; vous la verriez ; elle ne nous attend pas, et vous la jugeriez vous-même.

— Êtes-vous bien sûr de n'avoir pas besoin de la prévenir ? demanda le chef d'institution.

— Ma sœur, répondit Charles avec fierté, n'a pas besoin qu'on l'avertisse ; elle n'a rien à cacher et ne craint pas qu'on la surprenne. » La confiance qu'il avait en Lizzie se faisait jour plus aisément que la pensée que nous l'avons vu combattre. Si le mauvais côté de sa nature était d'être foncièrement égoïste, il avait du moins en lui un bon sentiment : l'affection qu'il gardait à sa sœur ; et jusqu'ici la tendresse avait été la plus forte.

« Je suis libre ce soir, reprit le maître, et ne demande pas mieux que de vous accompagner.

— Merci, monsieur ; si vous le voulez bien, nous allons partir. »

Avec son habit noir et son gilet décents, sa chemise blanche et décente, le nœud décent et régulier de sa cravate noire, son pantalon poivre et sel décent, sa montre d'argent dans son gousset décent, et le cordon de crin décent qui lui entourait le cou, mister Bradley Headstone représentait un jeune homme de vingt-six ans d'une décence accomplie. On ne le voyait jamais avec d'autres vêtements, et malgré cela il les portait avec raideur, comme s'il y avait eu entre eux et lui un manque d'adaptation, qui rappelait l'ouvrier endimanché. Il avait acquis mécaniquement un grand fond de pédagogie ; il pouvait faire mécaniquement de l'arithmétique mentale, chanter à première vue mécaniquement, jouer mécaniquement de divers instruments à vent, même du grand orgue de l'église. Son esprit, dès sa plus tendre enfance, avait été un lieu d'emmagasinage mécanique ; toutes les marchandises y étaient disposées de manière à pouvoir

14

répondre tout de suite aux exigences du détail : histoire dans telle case, géographie dans telle autre ; mathématiques à droite, économie politique à gauche ; histoire naturelle, physique, astronomie, botanique, musique, etc., chaque objet à sa place. Cet ordre excessif communiquait à sa figure quelque chose de compassé, et l'habitude de poser des questions et d'en subir lui avait donné l'air soupçonneux d'une personne qui est à l'affût et qui redoute un guet-à-pens. Une sorte d'inquiétude, passée à l'état chronique, se peignait sur sa figure. Celle-ci révélait une intelligence naturellement lente et distraite, qui avait fait de rudes efforts pour acquérir ce qu'elle possédait, et qui, maintenant, travaillait à le conserver. Il paraissait toujours craindre qu'il ne s'égarât quelque chose de son entrepôt mental, et semblait sans cesse en faire l'inventaire pour s'assurer qu'il n'y manquait rien.

Supprimer telle quantité, pour faire place à telle autre, lui causait par dessus tout une préoccupation qui imposait à ses manières une contrainte perpétuelle. Et cependant, bien qu'étouffées sous la cendre, on surprenait chez lui assez de force et de vie ardente pour faire croire que si, à l'époque où il n'était que l'enfant d'un pauvre, le jeune Bradley avait été envoyé à la mer, il ne serait pas resté le dernier homme de l'équipage. A l'égard de son humble origine, il était fier, ombrageux, susceptible et désirait qu'on l'oubliât. Peu de personnes d'ailleurs en avaient connaissance.

Dans les quelques visites qu'il avait faites à l'école dont il a été question plus haut, Bradley avait remarqué le frère de Lizzie, un enfant d'une rare intelligence, qui ferait honneur à la maison où il achèverait ses études. Peut-être se mêlait-il à ce calcul un souvenir personnel : la pensée du petit pauvre dont l'existence devait rester inconnue. Toujours est-il que, pour un motif ou pour un autre, il avait attiré chez lui le précieux élève, qui, moyennant certaines fonctions que celui-ci remplissait avec zèle, le dédommageait des frais de nourriture et de logement.

Telles étaient les circonstances, qui, le soir dont nous parlons, avaient réuni Bradley Headstone et Charles Hexam ; un soir d'automne, car six mois pleins s'étaient écoulés depuis l'époque où M. l'inspecteur avait ramené le corps de Gaffer.

Les écoles de Bradley (il en avait deux) étaient situées dans le quartier plat qui descend vers la Tamise, quartier où viennent se rejoindre le Kent et le Surrey, et dont les chemins de fer enjambent les jardins, qu'ils feront bientôt disparaître. Construites depuis peu, ces écoles ressemblaient tellement à celles dont les environs étaient semés qu'on pouvait croire que c'était un seul et même édifice, qui doué, comme le palais d'Aladin, de la faculté de changer de place en usait sous vos yeux.

Tout le quartier semblait être sorti en bloc d'une boîte de joujoux dont un bambin désordonné aurait planté au hasard les différentes pièces. Là un côté de rue, ici un cabaret solitaire ne faisant face à rien; plus près une maison non terminée et déjà tombant en ruines; plus loin une église; à gauche un immense entrepôt qu'on venait de finir; là-bas une ancienne villa délabrée. Puis un méli-méla de fossés bourbeux, de châssis étincelants, de terrains herbus, de jardins potagers, d'arches en briques, de fange, de fumée, de brouillard, comme si l'enfant avait donné un coup de pied à la table et s'était endormi.

Cependant au milieu des écoles, des maîtres d'école et des écoliers, tous taillés sur le même modèle et conçus, quant à la monotonie, dans le système du dernier évangile, se trouvait encore l'ancien patron d'après lequel tant de créatures, de fortunes diverses, ont été façonnées pour le bien et pour le mal. Il apparut sous la forme de miss Peecher, qui sortit de chez elle au moment où mister Bradley sortait de son côté avec le jeune Hexam. Miss Peecher allait arroser les corbeilles du petit jardin poudreux qui s'attachait à son petit pensionnat : petite résidence à petites fenêtres, pareilles à des trous d'aiguilles, et à petites portes, semblable à des couvertures de livres de classe.

Petite, proprette, lustrée, méthodique et souriante, la joue comme une cerise et la voix mélodieuse, telle était miss Peecher. Petite ménagère, petite pelote, petit coffre à ouvrage, petites tables, petite série de poids et mesures, petite femme : tout de la même dimension. Elle pouvait écrire, sur un sujet quelconque, un petit essai, de la longueur d'une ardoise, commençant tout en haut dans le coin gauche, finissant tout en bas à main droite, et strictement selon la règle. Si mister Bradley Headstone lui avait adressé par écrit une demande en mariage, il est probable qu'elle aurait fait sur la question un petit essai complet de la longueur susdite; mais elle aurait certainement répondu oui, car elle l'aimait. Le cordon de crin décent qui entourait le cou du chef d'institution, et qui retenait sa montre, était pour elle un objet d'envie; elle aurait voulu de même lui entourer le cou et retenir cet insensible, car il ne l'aimait pas.

L'élève favorite qui aidait miss Peecher dans ses petits travaux de ménage, était également dans le jardin; elle portait une cruche d'eau pour remplir le petit arrosoir, et comprenait suffisamment l'état du cœur de sa maîtresse pour se dire qu'à son tour elle devait aimer Charles Hexam.

Il y eut donc une double palpitation parmi les giroflées quand le maître et l'élève s'arrêtèrent devant la petite porte du jardin.

« Une belle soirée, miss Peecher.

— Très-belle, mister Headstone; vous allez faire un tour?

— Oui, miss, nous allons même assez loin.

— Un temps magnifique pour une longue promenade.

— C'est plutôt pour affaire que pour notre plaisir, répondit le maître. »

Miss Peecher, renversant son arrosoir, en secoua les dernières gouttes sur une plante, comme si elles avaient pu transformer celle-ci en Jack's bean stalk [1] et demanda de l'eau à l'élève, qui causait avec le jeune Hexam.

« Bonsoir, miss Peecher.

— Bonsoir, mister Headstone. »

L'habitude qu'elle avait prise en classe d'étendre le bras, comme pour appeler un cab, ou faire arrêter un omnibus, chaque fois qu'elle voulait parler à miss Peecher, était si forte chez l'élève, qu'elle le faisait souvent lorsqu'elles étaient seules, et cela lui arriva au moment dont nous parlons.

« Qu'y a-t-il, Mary-Anne? demanda la maîtresse.

— S'il vous plaît, madame; Charles m'a dit qu'ils allaient voir sa sœur.

— Cela ne peut pas être, répondit miss Peecher; mister Headstone n'a pas d'affaire avec miss Hexam. »

Nouveau signe de l'élève.

« Qu'y a-t-il, Mary-Anne?

— S'il vous plaît, madame; peut-être est-ce une affaire de Charles.

— C'est possible, répondit l'institutrice; je n'y avais pas songé; cela n'a, du reste, aucune importance. »

Nouveau signe.

« Qu'y a-t-il, Mary-Anne?

— S'il vous plaît, madame; ils disent qu'elle est très-jolie.

— Oh! Mary-Anne! Mary-Anne! » reprit miss Peecher, dont le front se colora légèrement, et qui hocha la tête avec un peu d'humeur. « Combien de fois vous ai-je dit de ne pas employer d'expressions aussi vagues? Ils disent! qu'entendez-vous par là? Ils: quelle partie du discours? »

1, *Tige de fève de Jack.* Allusion à un conte populaire de l'autre côté du détroit: Jack a trouvé une fève, il la jette sur le fumier; il en sort une énorme tige, portant de nombreux échelons; Jack la escalade, arrive dans le palais d'un ogre, où une princesse est retenue prisonnière, délivre celle-ci et redescend avec elle.

(*Note du Traducteur.*)

Mary-Anne se croisa les bras derrière le dos, ce qui est la pose d'examen, et répondit : « Pronom personnel.

— A quelle personne?

— A la troisième.

— De quel nombre?

— Du pluriel.

— Combien de personnes entendez-vous désigner? deux, trois, quatre, ou davantage?

— Pardon, madame, répondit l'élève toute confuse, maintenant qu'elle y pensait. Je ne parlais que de son frère, ajouta-t-elle en décroisant les bras.

— J'en étais convaincue, dit miss Peecher en retrouvant son sourire. Une autre fois, je vous en prie, Mary-Anne, soyez plus attentive. Il dit, n'est pas du tout la même chose que ils disent, ne l'oubliez pas. Quelle différence y a-t-il entre ces deux propositions : il dit, et ils disent? »

Mary-Anne se recroisa immédiatement les bras, attitude indispensable en pareille occasion, et s'empressa de répondre :

« L'une est à la troisième personne du singulier, présent de l'indicatif du verbe dire, qui est un verbe actif. L'autre est à la troisième personne du pluriel du verbe dire, qui est un verbe actif.

— Pourquoi le verbe dire est-il un verbe actif, Mary-Anne?

— Parce qu'il gouverne l'accusatif, miss Peecher.

— Très-bien, Mary-Anne, très-bien, on ne peut mieux. Une autre fois, n'oubliez pas d'appliquer la règle. »

Ayant terminé son arrosage, miss Peecher rentra dans sa petite chambre, et repassa les principaux fleuves et les principales montagnes du globe, hauteur, largeur, longueur et profondeur, avant de prendre les mesures d'un corsage qu'elle allait se confectionner.

Pendant ce temps-là, ayant franchi le pont de Westminster qui les avait conduits dans le Midlessex, Bradley Headstone et Charles Hexam côtoyaient la Tamise, et se dirigeaient vers Millbank. Il y a, dans cette région, une petite place borgne qui porte le nom de Smith-Square, et sur laquelle débouche une petite rue qui s'appelle la rue de l'Église. Au centre de la place est en effet une église hideuse, qui ressemble à quelque monstre pétrifié, couché sur le dos et les quatre jambes en l'air. Le maître et l'élève aperçurent dans un coin, près de cette église, un arbre, une forge, un chantier de bois de construction et un marchand de ferraille. Pourquoi le fragment de chaudière et la grande roue, qui se voyaient dans la cour du ferrailleur, étaient-ils à demi enterrés? Nul n'en savait rien, et ne semblait désireux de l'apprendre. Comme le meunier de la chanson, ils ne s'inquiétaient de personne, et personne ne s'inquiétait d'eux.

Après avoir fait le tour de la place, et remarqué l'espèce de léthargie où ce square était plongé, comme s'il avait avalé du laudanum, Charles et Bradley prirent une petite rue, où de petites maisons s'élevaient d'un seul côté.

« C'est ici que doit demeurer ma sœur, dit Charles en s'arrêtant devant l'une des maisonnettes. Elle s'y est logée provisoirement, après la mort de mon père.

— Depuis cette époque êtes-vous allé souvent la voir? demanda Bradley.

— Seulement deux fois, répondit Hexam avec embarras; mais c'est autant sa faute que la mienne.

— Comment gagne-t-elle sa vie?

— Elle a toujours été bonne ouvrière, et travaille pour une maison de confection où l'on fait des trousseaux de marins.

— Travaille-t-elle dans sa chambre?

— Quelquefois; je crois cependant qu'elle est plus souvent à l'atelier que chez elle. »

Le coup de marteau d'Hexam avait à peine retenti, que la porte s'ouvrit au moyen d'un ressort, dont le claquement se fit entendre. Une porte ouverte, au fond d'une petite entrée, laissa voir une petite pièce, et dans cette pièce un enfant, une naine, une petite fille, une créature quelconque, assise sur un petit fauteuil de forme antique, placé derrière une espèce d'établi.

« Je ne peux pas me lever, dit l'enfant; j'ai le dos si malade et les jambes si faibles! mais je suis la maîtresse de la maison.

— Il doit y avoir ici d'autres personnes? demanda Charles d'un air étonné.

— Pas pour l'instant, répondit la petite fille d'un ton vif; il n'y a ici que moi, la maîtresse de la maison. Que voulez-vous, jeune homme?

— Je viens voir ma sœur.

— Beaucoup de frères ont des sœurs, retourna l'enfant; comment vous appelle-t-on? »

La drôle de petite personne, y compris son drôle de petit visage, qui n'était pas laid du tout, avec ses yeux gris et brillants, offrait un composé d'angles si aigus, et de lignes tellement acérées, qu'on devait s'attendre à ce que ses manières et ses paroles fussent piquantes et tranchantes; impossible qu'il en fût autrement, sortant d'un pareil moule.

« Je m'appelle Hexam, répondit l'écolier.

— Je m'en doutais, dit la petite fille; votre sœur rentrera

bientôt. Je l'aime beaucoup, c'est ma meilleure amie. Asseyez-vous, monsieur. Et ce gentleman, quel est-il?

— Mister Headstone, mon maître de pension.

— Asseyez-vous, monsieur; et d'abord, veuillez fermer la porte; je ne peux pas le faire moi-même, j'ai si mal au dos et les jambes si faibles! »

La porte fermée, ils prirent chacun une chaise, pendant que la petite personne, qui s'était remise à l'ouvrage, étendait de la colle sur de petits morceaux de carton, ou de petites plaques de bois très-minces et de formes diverses, qu'elle assemblait ensuite. Les ciseaux et les couteaux, placés à côté d'elle, montraient que la petite personne avait taillé elle-même toutes ces plaquettes; et les bouts de ruban, de soie et de velours qui jonchaient l'établi, annonçaient qu'après avoir été convenablement bourrés, les cartonnages seraient brillamment recouverts. Ses doigts agiles étaient d'une incroyable dextérité, et lorsque, rapprochant deux petites feuilles de carton, la petite ouvrière les réunissait en les faisant mordre un peu l'une sur l'autre, elle lançait à ses visiteurs, du coin de ses yeux gris, un regard où se concentrait tout ce qu'il y avait en elle de pénétration et de finesse.

« Je parie, dit-elle, que vous ne devinez pas quel est mon métier?

— Vous faites des pelotes, répondit Charles.

— Et avec cela?

— Des essuie-plumes, dit mister Headstone.

— Et puis encore? Vous êtes maître de pension, mais vous ne devinerez pas.

— C'est quelque chose où il entre de la paille, répondit Bradley en désignant celle qui était sur l'établi; seulement, je ne sais pas ce que c'est.

— Battus! s'écria la petite personne; je ne fais des pelotes et des essuie-plumes que pour utiliser mes rognures; mais la paille appartient à mon vrai métier. Voyons! essayez encore: qu'est-ce que je fais de ma paille?

— Des paillassons de salle à manger.

— Oh! des paillassons! quelle réponse pour un maître d'école! Voyons, je vais vous souffler: j'aime mon amie par C, parce qu'elle est charmante; je la déteste, parce qu'elle est capricieuse; je l'ai prise à l'enseigne du *Cavalier d'Or*; je lui fais présent d'un chapeau; je la nomme Coquette, et je l'envoie à Cythère. Maintenant, qu'est-ce que je fais de ma paille?

— Des chapeaux de dame.

— Et de belles dames, encore! s'écria la petite personne en faisant un signe affirmatif. Je suis habilleuse de poupées.

— Est-ce un bon état? »

L'enfant haussa les épaules, et secoua la tête. « Non, dit-elle, on vous paye mal, et on vous presse tant! J'ai eu, la semaine dernière, une poupée qui s'est mariée; il a fallu passer les nuits, et ce n'est pas bon pour moi, qui ai le dos si malade et les jambes si faibles! »

Ils regardaient la petite créature d'un air de plus en plus surpris.

» Je regrette, dit Bradley, que vos belles dames soient si exigeantes.

— Elles sont toutes comme cela, répondit l'habilleuse en haussant les épaules; et si peu de soin de leurs affaires! et changer de mode tous les huit jours. Je travaille pour une poupée qui a trois filles. Bonté divine! il y a de quoi ruiner le mari. » La fine créature poussa un petit éclat de rire strident et malicieux, et regarda les visiteurs du coin de l'œil. Elle avait un petit lutin de menton singulièrement expressif, qui, au moment où elle lança ce coup d'œil, se releva comme s'il avait été mu par le même fil que les yeux.

« Êtes-vous toujours aussi occupée qu'aujourd'hui? demanda Bradley.

— Souvent bien davantage. Ce soir, je n'ai rien qui me presse. J'ai fini avant-hier un deuil considérable; une poupée, pour laquelle je travaille, avait perdu l'un de ses serins. » La petite personne poussa un nouvel éclat de rire, et hocha plusieurs fois la tête comme pour ajouter: Oh! le monde! le monde!

« Vous n'êtes pas seule toute la journée, reprit Bradley; est-ce qu'il n'y a pas dans le voisinage quelques enfants?...

— Miséricorde! » s'écria la petite personne en poussant un cri aigu, comme si on l'avait piquée. « Ne me parlez pas des enfants, je ne peux pas les souffrir. Je connais leurs tours et leurs manières, » dit-elle, en agitant son petit poing qu'elle avait placé à la hauteur de ses yeux.

Peut-être n'y avait-il pas besoin de l'expérience de l'instituteur pour attribuer l'amertume de ces paroles aux infirmités de la pauvre créature. Dans tous les cas, le maître et l'élève le comprirent ainsi.

« Toujours courant et criant, jouant et se battant, poursuivit la petite infirme; toujours saute, saute, sautant sur le trottoir, et le barbouillant avec de la craie pour leur marelle. Ah! je connais leurs manières! (Le petit poing s'agita de nouveau.) Et ce n'est pas tout! disant des sottises au monde par le trou de la serrure, et contrefaisant le dos et les jambes des personnes. Oh ! je les connais bien ! je vous le promets. Il y a, sous l'église, des portes noires qui mènent dans des souterrains noirs ; je voudrais ouvrir un de ces souterrains, les y fourrer tous, puis fermer la porte, et souffler du poivre par le trou de la serrure.

— Du poivre ! A quoi bon ? s'écria Charles.

— Pour les faire éternuer, répondit-elle ; et pendant qu'ils seraient là, pleurant et rougissant, je me moquerais d'eux comme ils se moquent des autres. »

Un brandissement du petit poing, qui s'agita devant ses yeux, parut la soulager, car elle ajouta d'un air calme :

« Non, non, non, pas d'enfants ; de grandes personnes. »

Il était difficile de deviner l'âge de cette étrange créature. Son pauvre corps ne fournissait à cet égard aucune donnée, et son visage était à la fois si vieillot et si jeune, qu'il ne vous renseignait pas mieux. Douze ou quinze ans pouvaient approcher de la vérité.

« J'ai toujours préféré les grandes personnes, continua la pauvre infirme ; tant de raison ! puis si tranquilles. Elles ne sont pas toujours à danser, à cabrioler. Je ne veux pas en voir d'autres en attendant que je me marie. Je suppose que je me marierai un de ces jours ; il faudra bien que je m'y décide. »

Elle prêta l'oreille à des pas qu'elle entendait au dehors ; puis un coup léger fut frappé à la porte. « En voici une, par exemple, que j'aime de tout mon cœur, » dit-elle avec un sourire, tandis que sa main tirait le cordon. Et Lizzie, vêtue de noir, entra dans la chambrette.

« C'est toi, Charles, » s'écria-t-elle en le pressant dans ses bras, comme autrefois, ce dont il parut éprouver une certaine honte.

« Allons, chère, allons, dit-il, sois plus calme. Voilà mister Headstone qui a bien voulu m'accompagner. »

Les yeux de la jeune fille rencontrèrent ceux de Bradley. Celui-ci, évidemment, s'attendait à voir une personne bien différente. Ils se saluèrent en balbutiant quelques mots de politesse. Lizzie était troublée par cette visite inattendue ; Bradley n'était pas à son aise, mais jamais il n'y était complétement.

« J'ai dit à monsieur que tu n'étais pas installée, reprit l'élève ; il n'en a pas moins été assez aimable pour exprimer le désir de te voir ; je l'ai donc amené. Comme tu es fraîche ! »

Bradley paraissait être du même avis.

« N'est-ce pas ? s'écria la petite personne, qui avait repris son ouvrage, bien que le jour déclinât rapidement. N'est-ce pas, qu'elle a bonne mine ? vous le trouvez comme moi, je le crois sans peine. Mais parlez donc, vous autres. »

Une, deux, trois,
Qu'on entende votre voix,
Et ne pensez plus à moi. »

Elle accompagna cet impromptu d'une pointe de son doigt effilé vers chacune des personnes présentes, et se remit à l'ouvrage.

« Je ne m'attendais pas à ta visite, dit la sœur. Je pensais que si tu voulais me voir, tu me donnerais rendez-vous dans ton quartier, comme tu as fait la dernière fois. Vous comprenez, monsieur, dit-elle à Bradley Headstone, qu'il m'est plus facile d'aller là-bas, qu'à lui de venir ici, puisqu'en sortant de l'atelier je me trouve à moitié chemin.

— Vous ne vous voyez pas souvent, répondit Bradley, toujours mal à son aise.

— Non, dit-elle, en secouant la tête d'un air triste. Vous êtes toujours content de lui, mister Headstone?

— On ne peut pas davantage; la carrière lui est ouverte, il n'a plus qu'à la suivre.

— Je l'ai toujours espéré; mais que de reconnaissance! C'est bien, Charley, continue. Il vaut mieux que je n'aille pas le voir, que je ne me place pas entre lui et son avenir, n'est-ce pas, monsieur? »

Bradley, qui, avant de connaître Lizzie, avait conseillé à Charles de s'éloigner de sa sœur, et qui sentait que son élève attendait sa réponse, éprouva un redoublement de malaise.

« Votre frère, balbutia-t-il, est fort occupé; vous le savez vous-même. Il faut qu'il travaille sans relâche; on ne peut pas nier que moins il sera distrait, mieux cela vaudra pour ses études. Quand il se sera fait une position, qu'il aura pu s'établir... ce sera tout différent. »

Lizzie secoua la tête, et répliqua, en souriant, avec douceur:

« C'est là ce que je lui ai toujours dit; n'est-ce pas, Charley?

— Ne parlons pas de cela, répondit l'écolier. Comment vont tes affaires, Liz?

— Pas mal, chéri; je ne manque de rien.

— Et tu loges dans cette maison?

— Oui; ma chambre est en haut; une jolie chambre, bien claire, bien tranquille, bien gaie.

— Et la jouissance de ce parloir pour recevoir ses visites, » dit la petite ouvrière. Elle se fit une lorgnette de sa petite main osseuse, et y plongea un œil malicieux en rapport avec son menton. « N'est-ce pas, mignonne, toujours cette chambre à notre service pour recevoir nos visiteurs? »

Un léger mouvement de Lizzie, qui agita la main comme pour faire taire l'habilleuse de poupées, fut remarqué de Bradley Headstone. L'habilleuse, à son tour, saisit la remarque de celui-ci; elle se fit une jumelle de ses deux mains, la tourna vers l'observateur, et hochant la tête avec finesse :

« Ah! ah! s'écria-t-elle, je vous y prends, vous l'espionnez! »

L'incident pouvait n'avoir aucune suite; mais Bradley observa que la jeune fille, qui avait gardé son chapeau, proposa immédiatement d'aller faire un tour de square, et le fit avec un peu de hâte, comme pour échapper aux indiscrétions de la petite ouvrière. Le maître et l'élève souhaitèrent donc le bonsoir à l'habilleuse de poupées, qui, après leur départ, s'étendit dans son fauteuil, et croisant les bras, se mit à chanter d'une voix douce et rêveuse.

« Vous avez à causer, dit Bradley; je vous laisse; je vais flâner près de la rivière. »

Tandis que sa personne guindée s'éloignait à travers la brume, l'élève dit à sa sœur avec une certaine violence :

« Quand donc, Lizzie, demeureras-tu dans une maison décente? Je croyais que tu l'aurais fait plus tôt.

— Je suis très-bien où je suis, Charley.

— Très-bien où tu es je suis honteux d'y avoir amené mister Headstone. Et cette petite sorcière, comment as-tu fait sa connaissance?

— Par hasard, du moins je l'ai cru d'abord, mais il doit y avoir autre chose; car cette enfant... Tu te rappelles les affiches qui étaient à la maison?

— Que le diable les brûle! Je veux les oublier, non m'en souvenir; tu devrais en faire autant. Pourquoi me demandes-tu cela?

— Parce que cette enfant est la petite fille du vieil ivrogne.

— Quel ivrogne?

— Tu sais bien : l'homme au bonnet de nuit et aux chaussons de lisière.

— Comment as-tu fait pour le savoir? Tu es une singulière fille! dit Charley en se grattant le nez d'une manière qui exprimait à la fois sa vexation de ce qu'il entendait, et sa curiosité d'en apprendre davantage.

— Le père de la pauvre enfant est employé dans la maison où je travaille, répondit la sœur; voilà comment je l'ai su. Un malheureux, comme était le grand-père : tremblant de tous ses membres, ne se tenant pas, toujours ivre; et cependant bon ouvrier dans sa partie. La mère est morte; et cette pauvre enfant, chère petite créature! si souffrante, si infirme, entourée d'ivrognes dès le berceau, en supposant qu'elle en ait eu un, s'est faite elle-même ce qu'elle est aujourd'hui.

— Cela ne me dit pas pourquoi tu es liée avec elle.

— Tu ne le vois pas, Charley! »

L'écolier détourna la tête d'un air maussade. Ils étaient alors à Millbank, et avaient la Tamise à leur gauche; sa sœur lui toucha l'épaule, et lui montra la rivière.

« Expiation, restitution, peu importe le mot, tu sais ce que je veux dire, reprit-elle; c'est là aussi que notre père est mort, Charley. »

Pas une parole attendrie, pas un signe d'émotion! Puis tout à coup, après un morne silence, et d'une voix mauvaise :

« Quand je fais tant d'efforts pour arriver, dit-il, ce serait bien dur, Liz, de te trouver sur ma route comme un obstacle.

— Moi, Charley!

— Oui, toi, Lizzie. Pourquoi revenir sur le passé? Il faut rompre avec tout cela, comme le disait ce soir mister Headstone, à propos d'autre chose. Nous n'avons qu'un parti à prendre : suivre une direction nouvelle, et marcher droit au but.

— Sans regarder en arrière, Charley? pas même pour essayer de réparer le mal?

— Tu rêveras donc toujours! reprit l'écolier avec impatience. C'était bon autrefois, quand assis devant le feu, nous interrogions le vide qui était auprès de la flamme. Mais à présent, c'est le monde réel qu'il faut voir.

— Ah! Charley, c'était bien la réalité que je découvrais alors.

— Non, Lizzie, tu es dans l'erreur; je ne veux pas t'abandonner; au contraire, je veux t'élever avec moi; je n'oublie pas ce que tu as fait; ce soir encore, je disais à M. Headstone: «c'est ma sœur qui l'a voulu. Eh! bien, ne m'empêche pas de réussir; ne me force pas à reculer, à redescendre; je n'en demande pas davantage; assurément ce n'est pas trop exiger. »

Sa sœur, qui, tout en l'écoutant, n'avait pas cessé de le regarder, lui répondit avec calme :

« Ce n'est pas par égoïsme que j'ai choisi cette maison, Charley; si je n'écoutais que mon désir j'irais bien loin de la rivière.

— Jamais trop loin à mon avis. Il faut t'en séparer, Liz; pourquoi rester près d'elle, quand je m'en éloigne? tu sais à quelle distance je veux m'en tenir.

— Si je reste dans son voisinage, dit-elle en se passant la main sur le front, c'est bien involontaire; mais je ne crois pas devoir la quitter.

— Te voilà encore dans tes rêves, Liz! A qui la faute si tu es près de la Tamise? Qui a choisi cette maison où tu es avec un ivrogne, un tailleur (ou quelque chose comme cela) et une caricature d'enfant, ou de sorcière, on ne sait pas même ce que c'est? Je te demande d'en sortir, et tu parles comme si on te condamnait à y vivre. Je t'en prie sois plus pratique. »

Elle s'était montrée pour lui assez pratique pendant tant d'années de lutte et de souffrance; elle aurait pu le lui dire; mais elle se contenta de lui frapper sur l'épaule deux ou trois fois d'une façon caressante. C'était ainsi qu'elle l'apaisait quand il était enfant, et que, ployant sous ce fardeau trop lourd, elle le promenait dans les rues. Les larmes vinrent aux yeux de Charley; puis s'essuyant les yeux d'un revers de main :

« Je te jure, dit-il, que je veux être un bon frère, et te prouver que je n'oublie pas ce que je te dois. Je voulais seulement dire qu'il faudrait réprimer ton imagination. J'aurai plus tard un pensionnat; tu viendras avec moi; il ne faudra plus rêver alors; pourquoi ne pas commencer tout de suite? Est-ce que tu es fâchée, Liz ?

— Non, Charley, non.

— Je ne t'ai pas fait de peine?

— Non, Charley. »

Mais cette réponse fut moins vive et moins nette que la précédente.

« Je n'en avais pas l'intention. Voilà M. Headstone qui s'arrête, et regarde la marée ; cela signifie qu'il est temps de partir. Embrasse-moi, Liz; je ne voulais pas te faire de peine ; embrasse-moi, et dis que tu le sais bien.

— Oui, Charley ; j'en suis sûre. »

Ils s'embrassèrent, et allèrent rejoindre mister Headstone.

« Notre chemin est celui de votre sœur, » dit le maître à l'écolier; et de plus en plus gauche, il offrit avec roideur son bras à la jeune fille. Mais à peine y avait-elle posé la main, que Lizzie la retira vivement. Il regarda autour de lui, comme s'il eût pensé qu'elle avait aperçu quelque chose qui lui inspirait cette action.

« Je ne rentre pas encore, dit-elle; puis vous avez une longue course à faire, et vous marcherez plus vite sans moi. »

Se trouvant alors près du pont du Wauxhall, ils se décidèrent à en profiter pour traverser la Tamise. Bradley tendit la main à la jeune fille ; Lizzie lui toucha le bout des doigts et le remercia des bontés qu'il avait pour son frère.

Le maître et l'élève marchaient rapidement et en silence; ils étaient presque arrivés au bout du pont, lorsqu'un gentleman apparut, le nez au vent, le cigare à la bouche, l'habit largement ouvert, les mains derrière le dos. Quelque chose dans l'allure insouciante de ce personnage, dans l'air de flânerie arrogante

avec lequel il s'avançait, prenant sur le trottoir deux fois plus
de place qu'un autre, ce quelque chose frappa vivement l'élève.
Quand passa le gentleman il l'examina avec intention, et s'arrêta
pour le suivre du regard.

« Quel est ce monsieur? demanda Bradley.

— Mais, répondit Charles en fronçant le sourcil d'un air préoccupé, c'est ce Wrayburn! »

Le maître observait son élève non moins attentivement que celui-ci examinait le gentleman.

« Que vient-il faire de ce côté? Pardon, monsieur; mais j'en
suis tout surpris. »

Bien que l'écolier se fût remis en marche, et qu'il semblât revenu
de sa surprise, Bradley n'en remarqua pas moins qu'il retournait
la tête, et que son visage reprenait l'air soucieux et intrigué qu'il
avait eu d'abord.

« Vous ne paraissez pas aimer ce gentleman, dit Bradley.

— Je ne l'aime pas du tout, répondit Charles.

— Qu'a-t-il pu vous faire?

— La première fois que je l'ai vu il m'a pris le menton de la
manière la plus insolente.

— A propos de quoi?

— Parce qu'en parlant de ma sœur, j'avais dit un mot qui lui
déplaisait.

— Il la connaît donc?

— Il ne la connaissait pas alors, répondit l'écolier toujours
pensif.

— Et maintenant? »

Charles était si absorbé qu'il ne songea pas à répondre, et que
Bradley dut répéter sa question.

« Oui, monsieur, dit-il enfin.

— Je suis sûr qu'il va la voir, reprit le maître.

— Impossible, dit vivement Charley; il ne la connaît pas assez
pour cela. Je voudrais bien l'y prendre! »

Ils hâtèrent le pas, et marchèrent quelque temps en silence;
puis le maître dit à l'élève, en lui serrant le bras au-dessus du
coude:

« Vous alliez me parler de ce gentleman; comment avez-vous
dit qu'il se nommait?

— Eugène Wrayburn, répondit Charles; un avocat sans cause.
La première fois qu'il a vu ma sœur, c'était du vivant de mon
père, dans notre ancienne maison. Il venait pour affaire; non pas
une affaire à lui, car il n'en a jamais eu; c'est un de ses amis
qui l'avait amené.

— Et plus tard?

— Autant que je sache il n'est revenu qu'une fois, à l'époque où mon père mourut par accident. Le hasard voulut qu'il fût au nombre de ceux qui découvrirent le corps. Je suppose qu'il flânait de ce côté-là, prenant des libertés avec le menton des autres. Toujours est-il que ce fut lui qui se chargea d'apprendre la nouvelle à ma sœur. Pour cela, il alla chercher miss Abbey, une de nos voisines. Personne ne sachant mon adresse, il fallut attendre que Lizzie eût repris connaissance ; et je n'arrivai que dans l'après-midi. Il rôdait alors autour de la maison, et, flânant toujours, il s'éloigna dès qu'il m'eut aperçu.

— Vous n'en savez pas davantage ? »

— Non, monsieur. »

Headstone lâcha lentement le bras de son élève, comme si les paroles qu'il venait d'entendre l'avaient rendu pensif ; et ils continuèrent à marcher côte à côte.

« J'imagine » reprit le maître après un long silence ; et il s'interrompit d'une façon curieuse, — « que votre sœur, » nouvelle pause, « a reçu quelque instruction ?

— Non, monsieur, aucune,

— Sans doute en raison des préjugés de votre père ? si j'ai bonne mémoire vous étiez dans le même cas. Cependant... votre sœur est loin d'avoir le langage et les manières d'une personne ignorante.

— Elle a beaucoup réfléchi, beaucoup songé, monsieur ; trop peut-être, n'ayant personne qui la dirigeât. Le foyer de la maison était son livre : j'avais coutume de le dire ; et quand elle était là, regardant brûler le charbon, il lui venait une foule d'idées, parfois très-surprenantes.

— Je n'aime pas cela, dit Bradley.

La vivacité avec laquelle cette observation était faite surprit un peu le frère ; mais il vit là une preuve de l'intérêt que lui portait son maître, et il aborda un sujet qui depuis longtemps lui tenait au cœur. « Je ne vous en ai jamais parlé, dit-il ; vous comprenez, monsieur, que jusqu'à présent cela m'était impossible. Toutefois il est cruel de songer que si je parvenais à me créer la position dont vous me donnez l'espoir, je serais... non pas déshonoré, le mot est trop fort, mais conduit à rougir d'une sœur qui a été excellente pour moi.

— Oui, répondit le maître en glissant rapidement de cette question à une autre. Il y a dans les choses possibles un point à considérer : un homme, qui aurait fait son chemin, pourrait admirer votre sœur, et avec le temps songer à l'épouser. Ce serait alors pour lui un obstacle réel, et un chagrin sérieux, si, passant par dessus l'inégalité de condition et de fortune, il se trouvait en face d'une pareille ignorance.

— C'est là ce que je voulais dire, monsieur.

— Oui, répliqua Bradley ; mais vous n'êtes que son frère dans la supposition précédente le cas est bien plus grave. Ce serait un lien volontairement contracté ; de plus il faudrait la faire connaître ; tandis que rien ne vous y oblige. Ce n'est pas de votre faute ; vous ne vous pouvez pas empêcher qu'elle ne soit votre sœur ; au lieu que le mari n'était pas forcé de la prendre.

— Tout cela est vrai, monsieur. Depuis la mort de mon père, qui lui a rendu sa liberté, je me suis dit plusieurs fois qu'une femme comme elle acquerrait facilement les connaissances indispensables pour être au niveau des autres. Croyez-vous que miss Peecher...

— Non : ne vous adressez pas à miss Peecher, interrompit Bradley du ton décisif que nous lui avons déjà vu prendre à l'occasion de miss Hexam.

— Seriez-vous assez bon pour y songer, monsieur ?

— Oui, Charles ; j'y penserai sérieusement, soyez-en sûr. »

Le maître et l'élève gardèrent ensuite le silence jusqu'à la porte de l'institution. Il y avait de la lumière à l'une des petites fenêtres du pensionnat de jeunes filles. Dans le coin de cette fenêtre, Mary-Anne se tenait aux aguets, pendant que miss Peecher, assise auprès de la table, piquait le joli petit corsage qu'elle venait de se tailler sur un patron de papier brun.

(N. B. Miss Peecher et ses élèves étaient peu encouragées par le gouvernement dans l'art non-scolastique de la couture.)

Le visage tourné vers la fenêtre, l'élève favorite leva la main.

« Qu'est-ce que c'est, Mary-Anne ?

— C'est mister Headstone qui revient de la promenade. »

Nouveau signe une minute après.

« Qu'est-ce que c'est, Mary-Anne ?

— Il est rentré, madame, et a fermé la porte. »

Miss Peecher étouffa un soupir ; et pliant son corsage, afin d'aller se coucher, elle en transperça d'une aiguille acérée l'endroit où aurait été son cœur si elle l'avait eu sur elle.

II

TOUJOURS PÉDAGOGIQUE

La petite habilleuse de poupées, fabricante de pelotes et d'essuie-plumes, restée dans son vieux fauteuil, chanta dans l'ombre jusqu'au retour de Lizzie. Seule personne de la famille qui fût digne de confiance, elle avait été promue, dès le bas âge, à la dignité de maîtresse de maison.

« Eh! bien, Lizzie-Mizzie-Wizzie, dit la petite créature en interrompant ses chants, quelles nouvelles au dehors?

— Et au dedans, quelles nouvelles? reprit la jeune fille en lissant les cheveux qui ruisselaient à profusion de la tête de son amie.

— Laissez-moi voir, comme dit l'aveugle, répondit la petite personne. La dernière nouvelle c'est que je n'épouserai pas votre frère.

— Vraiment?

— N-non, dit-elle en secouant la tête et le menton ; ce garçon-là ne me plaît pas.

— Et son maître, qu'en dites-vous?

— Je dis que je crois qu'il est bien ce qu'il paraît? »

Lizzie arrangea les beaux cheveux sur les épaules contrefaites ; puis elle alluma la chandelle. On vit alors un petit parloir sombre, mais propre et rangé avec soin. La jeune fille posa la lumière sur la cheminée, loin des yeux de la petite personne. Elle ouvrit la porte de la chambre, celle de la maison, et mit le petit fauteuil en face de la rue. Toutes les fois qu'il faisait beau, cet arrangement avait lieu, après la journée faite. Pour le compléter Lizzie vint s'asseoir tout près du petit fauteuil, et s'empara affectueusement de la petite main décharnée qui se hissait pour lui atteindre le bras.

« Voilà le meilleur instant pour la Jenny qui vous aime, » dit la petite créature. Elle s'appelait Fanny Cleaver de son vrai nom ; mais elle l'avait remplacé par celui de Jenny Wren.

« Aujourd'hui, poursuivit-elle, je me disais, tout en travaillant, combien je serais heureuse de vous garder jusqu'à mon mariage, au moins jusqu'à ce que j'aie un prétendu. Il ne pourra pas me coiffer, ni me monter dans ma chambre, ni me soigner, ni rien faire aussi bien que ma Lizzie ; mais il reportera mon ouvrage et m'en ira chercher. Ah ! je le ferai trotter, je vous le promets. »

La petite personne avait bonne opinion d'elle-même, fort heureusement pour elle ; et rien, dans son esprit, n'était plus arrêté que les épreuves et les tourments qu'elle ferait subir à son mari.

« N'importe où il puisse être maintenant, et quoi qu'il fasse, je connais ses ruses et ses manières, continua Jenny Wren. Qu'il y prenne garde! je l'avertis de bien se tenir.

— N'êtes-vous pas un peu dure pour lui? demanda la jeune fille en souriant, et en lui lissant les cheveux.

— Non, répondit la petite miss d'un air expérimenté; si vous n'êtes pas dur pour ces drôles-là, ils n'ont aucune attention. Je me disais donc que je serais bien heureuse, si je vous gardais près de moi; mais il y a là un si! Ah! qu'il est gros, n'est-ce pas?

— Je n'ai pas l'intention de vous quitter, chérie.

— Ne dites pas cela, vous partiriez tout de suite.

— Vous ne comptez donc pas sur moi?

— Plus que sur l'or et sur l'argent; mais.... »

Elle s'interrompit, cligna les yeux et le menton, et prenant un air d'une finesse prodigieuse: « Ah! Ah! dit-elle.

Qui vient ici?
Un ami.
Que veut-il?
Un grain de mil. »

Une figure d'homme, en effet, s'arrêta devant la porte.

« Ne serait-ce pas mister Wrayburn? demanda la petite ouvrière.

— On le dit, lui fut-il répondu.

— Êtes-vous assez aimable pour entrer?

— Je ne suis pas aimable du tout; néanmoins j'entrerai. »

Il tendit la main aux deux jeunes filles, et s'appuya contre la porte, du côté de miss Hexam. Il avait flâné, dit-il, en fumant son cigare; et avait fait le tour pour revenir par là, et dire bonsoir en passant. « N'avez-vous pas vu votre frère? ajouta-t-il.

— Oui, répliqua Lizzie un peu troublée.

— Aimable condescendance de sa part. Qui donc était avec lui?

— Son maître de pension.

— Effectivement; il en avait bien l'air. »

Personne n'aurait pu dire ce qui annonçait que Lizzie fût émue; ses manières étaient parfaitement calmes, et cependant on ne pouvait pas douter de son trouble. Eugène conservait toute son aisance; mais peut-être, quand elle avait les yeux baissés, concentrait-il sur elle plus d'attention qu'il n'en avait jamais accordé à un sujet quelconque.

« Je n'ai rien à vous apprendre, dit-il; mais je tiens à vous rappeler de temps à autre qu'on a l'œil sur Riderhood; je ne laisse pas mon ami perdre la chose de vue.

— Je n'en doutais pas, monsieur.

— En général on peut douter de moi; je l'avoue, dit froidement Eugène.

— Pourquoi cela? demanda la piquante Jenny.

— Parce que, dit-il, je suis paresseux comme un mauvais chien.

— Et pourquoi ne pas devenir un bon chien?

— Parce que, ma chère, il n'y a personne qui me fasse m'en donner la peine. Avez-vous songé à ma proposition, Lizzie, ajouta-t-il en baissant la voix, non pour se cacher de la petite ouvrière, mais parce que la chose était sérieuse.

— Oui, monsieur; mais c'est plus fort que moi; je ne peux pas m'y décider.

— Faux orgueil, dit-il.

— J'espère que non, mister Wrayburn.

— Faux orgueil, répéta Eugène; autrement, pourquoi refuseriez-vous? Ce n'est rien pour moi; vous savez ce que j'en fais. Moi qui n'ai jamais été, et ne serai jamais utile à personne, je vous propose de vous rendre service en payant quelques misérables schellings pour que vous receviez des leçons qui vous seraient inutiles, si vous n'aviez pas été la sœur la plus désintéressée. Vous avez reconnu que l'instruction était bonne, puisque vous avez fait tant de sacrifices pour en donner à votre frère; pourquoi refuser d'en acquérir? surtout quand miss Wren en profiterait. Si j'offrais de donner les leçons moi-même, ou si je voulais y assister, vous auriez raison, ce serait inconvenant; mais je ne m'en mêlerai pas. Faux orgueil, Lizzie. Une juste fierté vous empêcherait de vous exposer à rougir devant votre frère, qui est un ingrat, et qui aura honte de vous. Un orgueil bien placé ne recevrait pas des maîtres de pension, amenés ici comme des médecins consultants dans un cas grave. Un noble orgueil voudrait s'instruire; et vous en doutez si peu que vous commenceriez dès aujourd'hui, si vous aviez ce que votre faux orgueil m'interdit de vous procurer. Vous ne voulez pas? Très-bien. Je n'ajouterai plus qu'un mot: vous nuisez à vous-même, et à la mémoire de votre père.

— A sa mémoire? dit-elle avec anxiété.

— N'est-ce pas lui faire injure, que de perpétuer le résultat de son aveugle entêtement; de ne pas vouloir réparer ses torts, et de faire à jamais retomber sur lui l'ignorance à laquelle il vous a condamnée? »

La corde qu'il touchait avait déjà vibré pendant la visite précédente; mais sous l'influence de celui qu'elle écoutait maintenant, cette corde sensible rendait un son bien plus fort. Elle sentait que chez lui, ordinairement si froid et si léger, la conviction, le regret sérieux, le désintéressement, l'ardeur généreuse s'éveillaient au contact de ce qu'elle éprouvait elle-même, et en était inséparable. Elle se demanda si ce n'était pas une méprise

qui avait motivé son refus. D'une position tellement inférieure à
la sienne, n'avait-elle pas calomnié les intentions du gentleman,
et attribué son offre généreuse à un motif qui la faisait rougir?
La pauvre enfant ne supporta pas cette idée; coupable à ses
yeux de l'avoir méconnu, elle baissa la tête, comme si elle avait
fait au gentleman une grave injure, et fondit en larmes.

— Oh! ne pleurez pas, dit Eugène avec une douceur infinie.
Je ne voulais que vous montrer la chose sous son véritable jour;
bien qu'au fond, je l'avoue, un peu d'égoïsme y fût mêlé; car
c'est pour moi une déception très-vive. » Une déception de ne pas
lui rendre service! « Je n'en mourrai pas, reprit-il en riant:
dans deux jours, il n'y paraîtra plus; toutefois la déception
n'en est pas moins réelle. Je m'étais mis dans la tête de faire
cela pour vous et pour miss Wren. Bien peu de chose! mais
être utile, si peu que ce fût, était si nouveau pour moi que le
fait avait son charme. C'est ma faute, j'ai commis une mala-
dresse; j'aurais dû paraître ne m'occuper que de miss Wren,
débiter de la morale, poser en Sir Bienfaisant. Mais je ne sais
pas faire de phrases, et j'aime presque autant recevoir un refus
que d'essayer. »

S'il avait eu le projet d'aller au devant de la pensée de Lizzie,
il avait parfaitement rencontré; s'il l'avait fait par hasard, l'inspiration avait été fâcheuse.

« Cela s'est offert à moi si naturellement, poursuivit-il, la
balle me semblait adressée; comment ne pas la saisir? Vous
vous rappelez les circonstances qui m'ont rapproché de vous. Le
hasard a voulu qu'il me fût possible de surveiller ce Riderhood.
Au moment le plus sombre de votre existence, j'ai pu vous offrir
une légère consolation en vous affirmant que je ne croyais pas à
ce faux témoignage. Je vous ai dit alors que j'étais le plus paresseux, le plus triste des hommes de loi, mais que dans cette
affaire, où la déposition était écrite de ma main, je saurais vous
être utile; que vous pouviez être assurée du concours de Lightwood, et que nous vous aiderions à réhabiliter la mémoire de
votre père. C'est ainsi que m'est venue la pensée bien naturelle
de vous aider également à décharger votre père du blâme dont
je vous parlais tout à l'heure, et que cette fois il a mérité. Je
désire que vous m'ayez compris, car je regrette sincèrement de
vous avoir fait de la peine. Je n'aime pas à protester de mes
bonnes intentions; j'ai cela en horreur, mais je vous assure que
dans cette circonstance je ne pense à rien qui ne soit honnête et
loyal; j'ai besoin que vous le sachiez.

— Croyez bien que je n'en doute pas, mister Wrayburn. » Elle
avait d'autant plus de remords qu'il montrait plus de délicatesse.

« Je suis heureux de l'entendre ; et cependant si vous n'aviez pas méconnu mes intentions, il est probable que vous auriez accepté.

— Je ne sais pas, mister Wrayburn.

— Pourquoi refuser, maintenant que vous les avez comprises ?

— Il m'est difficile de vous parler, reprit-elle avec embarras ; sitôt que j'ai dit une chose vous en voyez toutes les conséquences.

— Eh bien ! dit Eugène en riant, acceptez les conséquences, et ôtez-moi ma déception. Aussi vrai que je vous estime et vous respecte, aussi vrai que je suis votre ami sincère, et un pauvre diable de gentleman, j'affirme ne pas comprendre pourquoi vous hésitez. »

Il proféra ces mots avec une apparence de franchise, de loyauté, qui gagna la pauvre fille, et qui, non-seulement la persuada, mais lui fit penser qu'en le refusant elle avait subi l'influence des défauts contraires aux qualités dont il faisait preuve, à commencer par un fol et sot orgueil.

« J'accepte, dit-elle ; et j'espère, mister Wrayburn, que vous ne m'en voudrez pas d'avoir hésité si longtemps ; j'accepte pour Jenny et pour moi. Vous voulez bien que je réponde pour vous, chère amie ? »

La petite créature, les coudes appuyés sur les bras de son fauteuil, et le menton dans les mains, répondit affirmativement sans changer d'attitude, et le fit d'un ton si vif que le monosyllable parut être lancé plutôt qu'articulé.

« Affaire conclue, dit Eugène en tendant la main à Lizzie ; qu'il n'en soit plus question. Je ne crois pas qu'on accorde souvent tant d'importance à une pareille bagatelle. »

Il se mit ensuite à babiller avec la petite couturière.

« J'ai envie, dit-il d'acheter, une poupée.

— Vous auriez tort, répliqua Jenny.

— Pourquoi cela ?

— Parce que vous la casseriez, comme font tous les enfants.

— Cela fait aller le commerce, ma chère. Plus il y a de ruptures d'engagements, de contrats et de marchés, mieux s'en trouvent les gens de loi.

— Je ne connais rien à ces affaires-là, répondit miss Wren ; mais vous feriez mieux d'acheter un essuie-plumes ; surtout de vous en servir.

— Si chacun était aussi laborieux que vous, ma petite fée travailleuse, on se mettrait à l'ouvrage dès qu'on pourrait marcher ; ce qui serait une mauvaise chose.

— Mauvaise pour le dos et pour les jambes, est-ce comme cela que vous l'entendez ? demanda miss Wren en rougissant.

— Non, non, non, dit Eugène, qui pour rien au monde n'aurait voulu blesser la pauvre infirme ; ce serait mauvais pour les affaires ; si chacun travaillait comme vous, il n'y aurait que des habilleuses de poupées.

— C'est un peu vrai, répondit la petite personne ; il y a quelque fois dans votre tête une espèce d'idée. A propos d'idées, ma Lizzie, je me demande comment il se fait, quand je suis là, dans cette chambre, travail-travail-travaillant toute seule, que je sente des fleurs.

— Je répondrai comme un être banal, dit languissamment Eugène, car la maîtresse de la maison commençait à l'ennuyer, que vous sentez des fleurs parce qu'il y a des fleurs que vous sentez.

— Je ne crois pas, dit la petite créature, qui, le menton appuyé sur une main, regardait vaguement devant elle. Il n'y a pas de fleurs dans le quartier : ce n'est pas cela ; et pourtant, quand je suis à l'ouvrage, je sens des milliers de roses, jusqu'à me figurer que j'en vois des tas sur le carreau. Je sens l'odeur des feuilles tombées, au point d'allonger la main et de croire que je vais en entendre le frou-frou. Je sens l'aubépine et toutes sortes de fleurs que je ne connais pas, car j'en ai vu bien peu dans ma vie.

— De jolis rêves, chère mignonne, dit miss Hexam en regardant Eugène, comme pour lui demander si cette illusion n'était pas donnée à la pauvre petite en dédommagement de ce qu'elle avait à souffrir.

— Vous avez raison, Lizzie, de bien jolis rêves ! et les oiseaux que j'entends, oh ! comme ils chantent ! » s'écria la petite ouvrière en étendant la main et en levant les yeux vers le ciel

Il y avait dans son geste et sur ses traits quelque chose d'inspiré qui la rendait vraiment belle. Puis le menton s'abaissa lentement et se reposa sur la main.

« Je crois poursuivit la pauvrette, que mes oiseaux chantent mieux et que mes fleurs sont plus parfumées que les autres, car lorsque j'étais petite (à l'entendre, on aurait dit qu'il y avait plus d'un siècle), les enfants que je voyais à mon réveil ne ressemblaient pas du tout à ceux que j'ai vus depuis lors. Ils n'étaient pas comme moi, ils n'avaient pas froid, n'étaient pas déguenillés, pas battus, jamais malades. Ils ne me faisaient pas trembler comme les autres, en poussant des cris aigus, et ne se moquaient pas du monde. Il y en avait beaucoup, beaucoup, tous en toilette blanche, avec quelque chose de brillant sur la tête et au bas de la robe ; je n'ai jamais pu l'imiter, bien que je l'aie encore devant les yeux. Ils descendaient en longues files étincelantes qui passaient devant moi comme une guirlande posée de biais, et ils demandaient tous ensemble : « Quelle est celle-là qui souffre?» Alors je disais mon nom. « Viens jouer avec nous, » reprenaient-ils; et quand j'avais répondu que je ne jouais jamais, ils se mettaient à pleurer; puis ils venaient me prendre, et je m'envolais avec eux. Oh! que j'étais bien! et quel doux repos jusqu'au moment où ils me ramenaient ici, disant tous : « Prends patience, nous reviendrons. » Avant de les voir, je savais qu'ils étaient de retour, car je les entendais répéter : « Quelle est celle-là qui souffre?» Et je leur criais : « Enfants bénis! c'est moi; venez vite me prendre, et que je m'envole avec vous. »

Peu à peu la main s'était levée, l'extase était revenue, la pauvre infirme était d'une beauté radieuse. Elle resta ainsi pendant un moment, l'air attentif, le sourire sur les lèvres; puis elle jeta les yeux autour de la chambre, et se rappelant à elle-même :

« Quelle triste personne je fais! dit-elle. N'est-ce pas, mister Wrayburn? Je dois vous ennuyer; mais je ne vous retiens pas.

— C'est-à-dire, miss Wren, que vous désirez que je m'en aille, répondit Eugène, qui était tout disposé à profiter de la permission.

— C'est aujourd'hui samedi, répliqua la petite créature; mon enfant va rentrer; un vilain enfant, qui m'oblige à des gronderies sans fin. J'aimerais autant que vous ne le vissiez pas.

— Une poupée? » reprit Eugène, dont le regard demandait une explication.

Mais ayant vu Lizzie articuler seulement des lèvres ces deux mots : « Son père! » il s'en alla immédiatement. Arrivé au coin de la rue, il s'arrêta pour allumer un cigare et peut-être pour s'interroger sur ce qu'il venait d'entreprendre. A ce sujet, la réponse fut nécessairement vague : sait-il bien ce qu'il fait, celui qui fait tout avec indifférence?

Comme il tournait le coin, Eugène fut heurté par un individu qui grommela quelques mots inintelligibles, probablement d'excuse; il suivit cet homme du regard, et le vit s'arrêter devant la porte de miss Wren. A peine l'arrivant fut-il entré, que Lizzie se leva pour quitter la chambre.

« Ne partez pas, miss Hexam, balbutia-t-il d'un air humble et d'une voix épaisse. Ne fuyez pas un malheureux qui a une santé si misérable; faites au pauvre malade l'honneur de votre compagnie; ça ne... se gagne pas. »

La jeune fille murmura qu'elle avait à faire chez elle, et monta dans sa chambre.

« Comment va ma Jenny? demanda l'homme timidement;

comment va la meilleure des filles, l'objet de la plus tendre affection d'un pauvre cœur brisé ? »

La petite personne étendit le bras d'une façon impérative, et répondit avec une aigreur involontaire : « Allez vous asseoir, et tout de suite. Allons, dans votre coin ! »

Le misérable parut vouloir répondre ; mais il pensa qu'il valait mieux obéir, et alla s'asseoir dans le coin, sur une chaise particulière.

« O-o-oh ! s'écria la petite infirme en agitant l'index, vilain enfant ! méchant drôle ! dans quel état vous êtes ! Y pensez-vous, dites un peu ? »

Usé, flétri, tombant en ruines, ce corps tremblotant allongea les deux mains d'une manière suppliante. Des larmes abjectes coulèrent de ses yeux, et firent reparaître çà et là le rouge de son masque noirci. La lèvre inférieure, livide et tuméfiée, s'agita sous un vagissement ignoble. Cet amas de haillons indécents, depuis les souliers déchirés jusqu'aux cheveux rares et prématurément blanchis, prit une attitude rampante, non pas avec la conscience de cet affreux renversement des rôles entre le père et la fille, mais pour demander piteusement que les reproches lui fussent épargnés.

« Je connais vos tours et vos manières, cria miss Wren ; je sais d'où vous sortez, vilain enfant (ce n'était pas difficile). Oui, je le sais, vieux drôle ; n'est-ce pas honteux ? »

Même sa respiration oppressée et râlante, pareille au bruit d'une horloge détraquée, n'éveillait que le mépris.

« Se faire esclave, et du matin au soir, pour en arriver là ! poursuivit la pauvre fille. A *quoi* pensez-vous donc ? »

Il y avait dans ce mot *quoi*, prononcé avec énergie, quelque chose dont l'ivrogne s'effrayait stupidement. Chaque fois qu'il l'entendait ou qu'il en pressentait le retour, le misérable s'affaissait sur lui-même jusqu'aux dernières limites du possible.

« Je voudrais qu'on vous prît et qu'on vous enfermât, dit la petite ouvrière ; qu'on vous fourrât dans un trou noir où les rats, les araignées, toutes sortes de vilaines bêtes, vous mordraient partout, partout ! Je connais leurs manières : vous seriez joliment piqué, pincé, tourmenté. N'êtes-vous pas honteux ?

— Oh ! oui, balbutia-t-il.

— Alors, à *quoi* pensez-vous donc ?

— Les circonstances... qui sont plus fortes que moi, plaida le misérable, que cette phrase exténua.

— Je vous en donnerai, moi, des circonstances qui seront plus fortes que vous, répliqua Jenny avec colère. Je vous dénoncerai à la police ; elle vous mettra à l'amende de cinq schellings, que vous ne pourrez pas payer. Je ne payerai pas pour vous, et l'on vous déportera pour le reste de vos jours.

— Oh! non, gémit l'ivrogne. Pauvre malade, je ne serai pas longtemps à charge aux autres!

— Allons, dit la petite personne en frappant sur la table, et en hochant la tête et le menton, vous savez ce qu'il faut faire : donnez votre argent; allons, vite. »

La brute se mit à fouiller dans ses poches.

« Une somme énorme que vous avez dépensée, j'en suis sûre; nous allons bien voir. Mettez là ce qui vous reste; allons! allons! jusqu'au dernier farthing. »

Ce fut pour lui toute une affaire que de réunir la somme : cherchant dans cette poche où il ne se trouvait rien, ne cherchant pas dans celle-ci où il aurait dû fouiller; cherchant une poche où il n'y en avait pas et n'en trouvant pas où il y en avait une.

« Est-ce tout? demanda la maîtresse de la maison, lorsqu'il y eut sur la table un monceau de schellings et de pence.

— Tout ce que j'ai, répondit l'ivrogne.

— Je n'en suis pas sûre; allons, retournez vos poches, à l'envers, et qu'elles y restent. »

Si quelque chose pouvait le rendre plus abject et plus tristement ridicule, ce fut la manière dont il obéit à cette injonction.

« Je n'ai là que sept schellings, huit pence et un demi-penny, s'écria miss Wren après avoir compté l'argent. Vous voulez donc mourir de faim, prodigue que vous êtes?

— Oh! non, je vous en prie, ne me laissez pas jeûner, balbutia-t-il en pleurnichant.

— Si on vous traitait comme vous le méritez, répondit miss Wren, on vous nourrirait des brochettes qui enfilent la viande qu'on vend pour les chats, seulement des brochettes. Maintenant allez vous coucher. »

Il se leva péniblement, trébucha plusieurs fois et joignit les mains : « Des circonstances, bégaya-t-il, plus fortes que...

— Allez vous coucher, répéta miss Wren; allons, vite! »

Pressentant l'arrivée d'un quoi plus terrible que jamais, il se hâta d'obéir. On l'entendit se traîner lourdement dans l'escalier, et se jeter sur son lit. Un instant après, Lizzie était redescendue.

« Soupons-nous, chère mignonne? dit-elle en entrant.

— Miséricorde! il le faut bien, répondit miss Wren en haussant les épaules; on a grand besoin de prendre des forces. »

Lizzie étendit la nappe devant la pauvre créature, y plaça la maigre pitance qui composait leur ordinaire, prit une chaise et se mit à table. « A quoi, pensons-nous, mignonnette?

— Je pense, répondit la petite personne d'un air méditatif, à ce que je lui ferai s'il devient ivrogne.

— Vous saurez bien l'en empêcher, ma Jenny.

— Il est possible que je n'y réussisse pas. Ces garnements sont si trompeurs, avec leurs ruses et leurs manières! Mais si jamais cela lui arrive (le petit poing s'agita vivement), je ferai rougir une cuiller pendant qu'il sera au lit; j'aurai quelque chose sur le feu, dans une casserole; je prendrai cela tout bouillant, avec ma cuiller; de l'autre main je lui ouvrirai la bouche (peut-être même dormira-t-il la bouche ouverte), et je lui verserai ma graisse sifflante dans la gorge; alors il étouffera.

— Vous ne ferez jamais une pareille atrocité, s'écria Lizzie.

— Vous croyez? Il est possible que vous ayez raison; mais c'est dommage, cela m'aurait fait plaisir.

— Je suis bien sûre du contraire.

— Vous ne croyez même pas que j'en aurais envie? Enfin vous savez mieux que moi. Seulement, vous n'avez pas toujours vécu avec des ivrognes; et puis vous n'avez pas le dos malade et les jambes faibles. »

Pendant le souper, Lizzie essaya de lui reparler de ses doux rêves; mais le charme était rompu. C'était la maîtresse d'une maison pleine de soucis poignants et de honteuses misères, dont l'étage supérieur renfermait un être avili, qui, même en dormant, lui imprimait la souillure de sa dégradation. Elle était maintenant aigrie et positive; revenue en ce monde, et toute à ses calculs; retombée sur la terre, et ne songeant plus au ciel.

Pauvre habilleuse de poupées! que de fois les mains qui auraient dû l'élever et la soutenir l'avaient traînée dans la boue! Que de fois, quand elle demandait un guide, on l'avait égarée sur la route éternelle! Pauvre, pauvre petite habilleuse de poupées!

III

IL FAUT AGIR!

Assise un beau jour dans une attitude méditative (peut-être dans la pose où nous la voyons sur les monnaies de cuivre), Britannia s'est aperçue que Vénéering lui est nécessaire au parlement.

Elle a découvert que c'est un homme représentatif, ce qui, par le temps qui court, ne fait pas le moindre doute, et que la fidèle chambre de Sa Majesté n'est pas complète sans lui. Britannia fait donc savoir à un gentleman de sa connaissance, ayant qualité pour cela, que si Vénéering consent à débourser la somme de cinq mille livres[1], il pourra joindre à son nom les deux initiales M. P., au modeste prix de deux mille cinq cents livres par lettre. Il est bien entendu que personne ne touchera aux cinq mille livres; mais qu'une fois déposées, elles disparaîtront par l'effet d'une conjuration magique.

Le gentleman autorisé va droit à Vénéering et lui fait part de la commission. Vénéering est excessivement flatté; mais il lui faut le temps d'aller chez certains individus et de s'assurer de leur concours. « C'est un devoir pour lui, dit-il, dans une occasion aussi grave, de demander à ses amis s'ils se rallieront à sa personne. »

Dans l'intérêt même de son client, le gentleman ne peut accorder qu'un très-faible délai, car Britannia connaît quelqu'un qui est tout prêt à déposer six mille livres. Il donne cependant quatre heures à Vénéering. Celui-ci va trouver Anastasia; il lui dit qu'il faut agir, et se précipite dans un cab.

Anastasia, qui tient bébé, le remet à sa nourrice; elle se presse le front de ses mains aquilines, afin de calmer ses pensées palpitantes, dit qu'on attèle, et répète d'un air égaré, composé d'Ophélia et de n'importe quelle femme antique, célèbre par son dévouement conjugal : « Il faut agir, il faut agir! »

Vénéering, dont le cocher a reçu l'ordre de charger les passants avec l'impétuosité des gardes du corps à Waterloo, est conduit à fond de train à Duke-street, quartier Saint-James. Twemlow est chez lui, sortant des mains d'un artiste secret qui, dans un but quelconque, lui a travaillé les cheveux avec des jaunes d'œuf. L'opération exigeant que la chevelure reste dressée pendant deux heures pour sécher peu à peu, Twemlow est parfaitement approprié à la réception d'une nouvelle ébouriffante. Il ressemble à la fois au monument de Fish-street[2] et au

---

1. 125,000 fr.

2. Colonne élevée en souvenir de l'incendie qui détruisit les cinq sixièmes de la cité de Londres, en 1666, consuma trente mille deux cents maisons, quatre-vingt-neuf églises, quatre portes monumentales, beaucoup de chapelles, d'écoles, d'hôpitaux, etc. Cette colonne, la plus haute qui existe (plus de soixante et un mètres d'élévation), est surmontée d'une urne en bronze doré d'où s'échappent des flammes.

(*Note du traducteur.*)

roi Priam, lors d'un certain incendie pas tout à fait inconnu, en sa qualité de sujet soigné par les classiques.

« Mon cher Twemlow, s'écrie Vénéring en lui prenant les deux mains, vous qui êtes le meilleur et le plus ancien de mes amis (plus aucun doute, pense Twemlow, c'est bien moi), croyez-vous que votre noble cousin, lord Snigsworth, consente à se laisser inscrire parmi les membres de mon comité? Je ne demande pas la présence de Sa Seigneurie, je ne parle que de son nom; croyez-vous qu'il le donne?

— Je ne le pense pas, répond Twemlow avec abattement.

— Mes opinions politiques, reprend Vénéring, qui jusqu'alors avait ignoré qu'il eût une opinion quelconque, sont absolument les mêmes que celles de lord Snigsworth; et peut-être, non pour moi, mais par intérêt pour la chose publique, par attachement au principe, lord Snigsworth me donnerait-il son nom?

— C'est possible, répond Twemlow; néanmoins... » Dans sa perplexité, oubliant les jaunes d'œuf et se grattant la tête, il se déconcerte d'autant plus qu'il se rappelle la position où il se trouve.

« Entre amis aussi intimes que nous le sommes, poursuit Vénéring, il faut, en pareil cas, n'y mettre aucune réserve. Si je vous demande quelque chose qui vous déplaise ou qui présente la moindre difficulté, promettez-moi de me le dire avec une entière franchise? » Twemlow est assez bon pour le promettre, avec la ferme intention de ne pas manquer à sa parole.

« Vous répugnerait-il d'écrire à lord Snigsworth pour lui demander cette faveur? reprend donc Vénéring. Si la chose est accordée, je n'oublierai pas naturellement que je le devrai à votre influence. Vous présenteriez le fait à Sa Seigneurie au nom de l'intérêt public, et seulement à ce point de vue. Auriez-vous quelque motif qui vous empêcherait de le faire?

— Vous m'avez arraché une promesse, dit Twemlow en portant la main à son front.

— Oui, mon ami.

— Vous tenez à ce que je lui sois fidèle?

— Assurément.

— En ce cas-là, au total, notez-le bien, répond Twemlow avec une grande subtilité, voulant dire que s'il avait été en dehors du total il aurait fait la chose immédiatement, je vous demanderai la permission de n'avoir à ce sujet aucun rapport avec lord Snigsworth.

—Comment donc! cher ami, » dit Vénéring, horriblement désappointé, mais en lui serrant les mains avec un redoublemen de ferveur.

Il n'est pas étonnant que le pauvre Twemlow refuse d'infliger une lettre à son noble cousin. Celui-ci, qui est goutteux de caractère ainsi que de tempérament, et dont le vieux gentleman reçoit la petite rente qui le fait vivre, en exige les intérêts avec une extrême rigueur. Chaque fois que Twemlow visite Sa Seigneurie, elle le soumet à une espèce de loi martiale, lui ordonne d'accrocher son chapeau à certaine patère, de s'asseoir sur une certaine chaise, de parler de certains sujets, à certaines gens, et de se livrer à certains exercices, tels que de chanter les louanges du vernis de la famille (sans parler des tableaux), et de s'abstenir des vins précieux, à moins qu'on ne l'invite formellement à en boire.

« Toutefois je peux faire une chose, dit Twemlow, je peux agir.» Vénéering lui serre de nouveau les mains et lui rend grâces.

« Je vais aller au club, poursuit le gentleman, dont l'esprit s'échauffe. Voyons un peu, quelle heure est-il?

— Onze heures moins vingt.

— Je serai là-bas à midi moins dix, et n'en sortirai pas de la journée.

— Merci mille fois, s'écrie Vénéering, qui sent ses amis se rallier autour de lui. Je savais que je pouvais compter sur vous. Je l'ai dit à Anastasia au moment de partir; car, mon cher Twemlow, vous êtes le premier que j'aie voulu voir dans cette occasion. J'ai dit à missis Vénéering : Il faut agir.

— Vous avez eu raison, grandement raison, répond Twemlow. Dites-moi : agit-elle?

— De toutes ses forces, réplique Vénéering.

— Parfait! s'écrie Twemlow en petit gentleman galant; le tact d'une femme est inappréciable. Avoir le beau sexe pour nous, c'est être sûr de la victoire.

— Mais vous ne m'avez pas dit, reprend Vénéering, ce que vous pensez de mon entrée au parlement?

— Je pense, dit Twemlow d'une voix émue, que c'est le premier club de Londres. »

Vénéering lui rend grâces de nouveau, en lui pressant les mains. Il plonge au bas de l'escalier, s'élance dans son cab, et dit au cocher de fondre vers la Cité, au mépris de la sécurité publique.

Twemlow, pendant ce temps-là, rabat sa chevelure, et l'arrange de son mieux, ce qui n'est pas beaucoup dire; après l'application de ces matières glutineuses, elle devient rétive, et présente une croûte qui lui donne un faux air de pâtisserie. Twemlow arrive cependant au club à l'heure dite. Il s'assure d'une large fenêtre, prend tout ce qu'il faut pour écrire, saisit tous les journaux; et s'établit à ce poste inamovible de façon à

être pour Pall-mall un sujet de contemplation respectueuse.
Lorsqu'en entrant quelqu'un lui fait un signe de tête il prend la
parole. « Connaissez-vous Véneering? demande-t-il.

— Non, dit l'autre; membre du club?

— Oui, répond Twemlow. Il est candidat pour Vide-Pocket.

— Ah! je souhaite qu'il en ait pour son argent. »

L'individu bâille et s'éloigne.

Vers six heures, Twemlow se figure qu'il est exténué à force
d'avoir agi, et regrette, dans l'intérêt public, de ne pas être agent
parlementaire.

Quant à Véneering il est tombé du petit salon de Twemlow
dans le cabinet de Podsnap. Il a trouvé celui-ci lisant le journal,
et tout disposé à se mettre en frais oratoires, car il venait de
découvrir d'une façon miraculeuse que l'Italie n'était pas l'Angleterre. Véneering a demandé pardon à Podsnap d'arrêter le
flot de ses paroles de sagesse, et l'a informé de l'événement qui
se prépare. Il a rappelé à Podsnap que leurs opinions sont les
mêmes; a fait entendre qu'il a formé ses opinions politiques en
écoutant Podsnap, tandis qu'il était aux pieds de celui-ci. Enfin
il a exprimé le vif désir de savoir si Podsnap lui prêterait son
concours.

Paroles austères de Podsnap, qui a dit ensuite : « Me demandez-vous conseil? » Le candidat a balbutié qu'un ami aussi
précieux... « Oui, oui, tout cela est fort bien a répliqué Podsnap;
mais êtes-vous décidé à prendre ce bourg de Vide-Pocket aux
conditions qu'il vous impose; ou demandez-vous si, à mon sens,
vous devez l'accepter ou le refuser ? »

Le candidat a répété que le désir de son cœur et la soif de
son âme étaient de voir Podsnap se rallier à sa personne.

« En ce cas, Véneering, a dit Podsnap en fronçant les sourcils,
je vous répondrai avec franchise ; le parlement m'intéresse fort
peu ; vous devez le comprendre, dès que vous ne m'y voyez pas. »

Véneering n'en a jamais douté; il sait très-bien que si Podsnap voulait être à la Chambre, il y serait dans cet espace de
temps que les êtres légers appellent un clin d'œil.

« Pour moi, cela n'en vaut pas la peine, a continué Podsnap
d'une voix radoucie; loin d'ajouter à ma position cela ne pourrait
que l'amoindrir. Mais je n'ai pas la pensée de me donner comme
exemple à un homme dont la situation est toute différente.
Vous trouvez que, pour vous, la chose en vaut la peine et qu'elle
importe à vos intérêts; n'est-ce pas là votre manière de voir?

— Certainement, dit Véneering; pourvu que Podsnap consente
à se rallier à sa personne.

— Ainsi donc ce n'est pas un conseil que vous demandez,

c'est mon appui ; n'est-il pas vrai ? Fort bien ; j'agirai pour vous. »

Le candidat lui a rendu grâces, et lui a dit que Twemlow était à l'œuvre, qu'il agissait déjà. Podsnap a désapprouvé que quelqu'un eût agi avant lui ; c'était un manque de déférence ; mais il le passait à Twemlow, une vieille femme, bien apparentée, et complétement inoffensive.

« Je n'ai rien de particulier à faire aujourd'hui, a continué Podsnap, et vais aller voir quelques personnes influentes. J'étais invité dîner ; mais j'enverrai mistress Podsnap, et j'irai dîner chez vous ; il est important que nous sachions ce qui a été fait, et que les notes soient comparées. Voyons un peu ; il nous faudrait une couple d'hommes énergiques, ayant l'usage du monde, et qu'on pût envoyer de côté et d'autre.

— Boots et Brewer ? a insinué Véneering après un instant de réflexion.

— Que j'ai vus chez vous ? dit Podsnap ; très-bien. Qu'ils prennent chacun un cab et qu'ils se mettent en campagne. »

Véneering n'a su comment exprimer la béatitude qu'il éprouvait d'avoir un ami doué d'une si haute capacité administrative. Cette mise en campagne de Boots et de Brewer l'enchante ; une idée vraiment électorale, et qui porte à s'y méprendre le cachet des affaires. Quittant Podsnap au galop, Véneering s'est abattu chez les deux gentlemen, qui se sont ralliés avec enthousiasme, se sont élancés chacun dans un cab, et ont pris deux directions opposées.

Véneering se rend maintenant auprès du confident de Britannia ; il opère avec lui certaines transactions délicates et adresse une profession de foi aux électeurs indépendants du bourg de Vide-Pocket. Il leur annonce qu'il revient parmi eux, pour briguer leurs suffrages, comme le marin, longtemps absent, retourne au séjour de sa première enfance. Jamais il n'a mis les pieds dans ce village, et ne sait même pas au juste où il est situé ; mais la phrase n'en est pas moins excellente.

De son côté missis Véneering ne reste pas oisive. A peine les chevaux sont-ils attelés qu'elle est dans la voiture, et se fait conduire chez lady Tippins.

Cette charmeresse demeure dans les parages aristocratiques, au-dessus d'une corsetière, dont la montre possède une figure à mi-corps, de grandeur naturelle, et d'une beauté distinguée, en jupon bleu, ayant un lacet dans la main, et regardant les passant par-dessus l'épaule avec un air de surprise et d'innocence. Il y a de quoi être surprise, en effet, de se trouver s'habillant dans un pareil endroit.

Lady Tippins est chez elle, dans un demi-jour voisin de l'obscurité, et le dos tourné vers la fenêtre comme la figure au corset, mais par un motif bien différent. L'aimable femme est très-surprise de voir sa chère missis Vénéering à pareille heure, «en pleine nuit!» dit la charmante créature, tellement surprise que l'émotion qu'elle en éprouve lui a presque relevé les paupières. La visiteuse, non moins émue, lui apprend d'une manière incohérente que Vide-Pocket est offert à son mari. C'est le moment de se rallier. Il faut agir, a dit Vénéering. Voilà pourquoi elle est ici, femme dévouée, suppliant, comme épouse et comme mère, sa chère lady Tippins d'agir. Sa voiture est à la disposition de cette chère lady. Quant à elle, propriétaire de cet équipage tout neuf, elle rentrera chez elle à pied; elle marchera, s'il le faut, avec des pieds sanglants. Elle agira (sans dire de quelle manière) jusqu'au moment où, n'ayant plus de force, elle tombera de lassitude auprès du berceau de bébé.

« Mon amour, dit lady Tippins, calmez-vous; nous l'y ferons entrer; nous allons agir. »

Et non-seulement Lady Tippins agit; mais elle fait agir les deux chevaux de Vénéering. Elle brûle le pavé jusqu'au soir, frappe chez toutes ses connaissances, déploie tout le charme de son esprit, et joue de son éventail vert avec un immense succès.

« Très-cher, qu'allez-vous dire? Que supposez-vous que je sois maintenant? Jamais vous ne le devinerez. Je m'occupe d'élections; oui, cher ami, agent électoral. Pour quel endroit me direz-vous? pour Vide-Pocket. Et d'où vient que je m'en mêle? Parce que celui qui a acheté ce bourg des bourgs est le plus cher ami que j'aie au monde. Et quel est cet ami si cher? Un appelé Vénéering. Sans compter que sa femme est une de mes chères amies. Ah! positivement : j'oubliais leur bébé, un autre ami des plus chers! Et nous sommes en train d'agir : une petite farce que nous jouons pour sauver les apparences. N'est-ce pas très-amusant? Le piquant de l'affaire c'est que personne ne connaît ces Vénéering, et qu'ils ne connaissent personne. Ils ont une maison comme dans les contes de fée, et ils donnent des repas des *Mille et une Nuits*. Très-curieux à voir, mon cher. Voulez-vous les connaître? Venez dîner chez eux; ils ne vous gêneront pas. Qui voulez-vous trouver-là? Organisons un petit cercle, nous ferons bande à part; et je m'engage à ce qu'ils nous laissent tranquilles. Il faut absolument que vous voyiez leur argenterie : des chameaux de vermeil; une véritable caravane. Allons! venez chez mes Vénéering; ils sont à moi; c'est ma propriété. Et vous votez pour nous; c'est entendu: mieux que cela, vous me promettez d'agir; toute votre influence, toutes sortes de pouffs, une masse de phrases. Car vous savez, nous ne donnerions pas six pence ; fi donc ! nous ne voulons entrer là que par les vœux spontanés de ces incorruptibles et indépendants tels et tels. »

Il est certain que la séduisante Tippins n'a pas complétement tort de penser que tout ce ralliement des amis a pour but de sauver les apparences ; mais elle se trompe quand elle croit que cela n'a pas d'autre utilité. Prendre des cabs, et aller et venir, est beaucoup plus important que ne le suppose la chère créature ; du moins le fait est considéré comme tel, ce qui revient absolument au même. Une foule de réputations vagues et colossales n'ont pas eu d'autre base ; et c'est surtout à l'égard du Parlement que le procédé est efficace. Soit qu'il s'agisse d'y faire entrer ou d'en faire sortir quelqu'un ; d'y pousser un homme, ou d'y maquignonner un chemin de fer ; qu'il s'agisse du cabinet ou de l'opposition, d'une loi ou de toute autre chose, rien n'est plus avantageux que de courir n'importe où, à fond de train ; bref, de monter en cab et d'agir.

La chose est tellement dans l'air que loin d'être seul à croire qu'il agit de façon à tout enlever, Twemlow est distancé par Podsnap, qui l'est à son tour par Boots et par Brewer.

Le soir, à l'heure du dîner, quand tous ces rudes travailleurs se réunissent chez Véneering, il est bien entendu que les cabs de Boots et de Brewer ne s'éloigneront pas. Des seaux d'eau seront apportés de la place voisine, et lancés aux jambes des chevaux devant la porte même du candidat, afin que, l'occasion étant donnée, les deux gentlemen puissent immédiatement sauter en cab et disparaître. Ces messagers volants recommandent au domestique de veiller à ce que leurs chapeaux soient mis dans un endroit où il soit facile de les retrouver ; et tout en dînant ils ont l'air de pompiers qui attendent des nouvelles d'un horrible incendie.

Pendant le potage missis Véneering fait observer d'une voix éteinte qu'il ne faudrait pas beaucoup de journées pareilles pour excéder ses forces. « Cela excéderait également les nôtres, dit Podsnap ; mais nous l'y ferons entrer.

— Certes, nous l'y ferons entrer : vive Véneering ! s'écrie lady Tippins, en jouant avec grâce de son éventail.

— Nous l'y ferons entrer, dit Twemlow.

— Nous l'y ferons entrer, disent à la fois Boots et Brewer. »

A parler franchement il serait difficile de dire pourquoi il n'y entrerait pas, puisque le marché est conclu, et que personne n'y met obstacle. Néanmoins ils sont tous d'avis qu'il faut continuer d'agir ; car si l'on n'agissait pas il pourrait arriver quelque chose.

Lour fatigue n'est pas moins unanime. Ils sont tellement épuisés par l'action précédente, ils ont tous tellement besoin de reprendre des forces pour l'action future, que cela exige une action particulière de la cave de Vénéering. Il est donc ordonné au chimiste d'aller chercher la fleur de la fleur du caveau; et il en résulte que le ralliement devient d'une expression de plus en plus difficile.

Lady Tippins établit d'un air badin qu'il faut s'allier à ce très-cher Vénéering.

Podsnap demande à se ralli-égosiller autour de cet honorable ami. Boots et Brewers sont tout prêts à se rallirallirouler; et Vénéering, profondément ému, les remercie tous d'avoir bien voulu ralliraripailler autour de sa personne.

Dans ce moment d'exaltation Brewer est frappé d'une idée qui éclipse tout ce qui a été fait jusqu'ici. Il regarde à sa montre, et de même que Guy Fawkes, il va se rendre à la Chambre afin de voir ce qui s'y passe.

« Je resterai dans les couloirs, auprès de la salle des conférences, dit-il d'une voix mystérieuse. Si les choses ont l'air de bien aller, je ne reviendrai pas, et demanderai mon cab pour neuf heures du matin.

— C'est ce qu'il y a de mieux à faire, » dit Podsnap.

Vénéering ne pourra jamais reconnaître ce dernier service. Des larmes affectueuses viennent aux yeux de missis Vénéering. Boots éprouve un sentiment d'envie; il sent qu'il perd du terrain, et n'est plus qu'un esprit de second ordre. Tout le monde se presse à la porte pour voir partir Brewer.

« Votre cheval est-il frais? demande celui-ci à l'homme du cab, en examinant la bête.

— Frais comme du beurre, répond le cocher.

— En ce cas, filons bon train; Chambre des communes, » dit Brewer. Le cocher saute sur son siége; le gentleman saute dans le cab; il est acclamé par les autres.

« Et remarquez bien ce que je vous dis, ajoute mister Podsnap, Brewer est un homme de ressources; il fera son chemin, soyez-en sûrs. »

Enfin le moment est venu d'adresser quelques mots de circonstance aux électeurs de Vide-Pocket, et Vénéering, accompagné seulement de Podsnap et de Twemlow, prend le chemin de fer pour se rendre à cet endroit retiré. Le confident de Britannia est à la station avec une voiture découverte, sur laquelle sont placardés ces mots comme sur un mur : Vénéering for ever! (vive Vénéering.) Il emmène les gentlemen; et tous les quatre se dirigent au milieu des rires de la populace, vers une faible mairie, juchée sur des béquilles, au-dessus de quelques oignons, et quelques lacets de bottines, qui, d'après le confident de Britannia, constituent un marché.

C'est de la fenêtre de cet édifice que Vénéering s'adresse à la terre attentive. Au moment où il se découvre, Podsnap, qui probablement en est convenu avec Anastasia, expédie ces trois mots par le télégraphe à cette épouse et mère : « Il va parler. »

Vénéering se perd immédiatement dans ses détours oratoires.

« Ecoutez, écoutez ! » crient Podsnap et Twemlow, chaque fois qu'il lui est impossible de sortir de quelque fâcheuse impasse.

« Ecoutez ! é-é-coutez !!! » s'écrient ces gentlemen, avec un air plaisamment convaincu ; comme si l'ingéniosité de cette recommandation leur causait un plaisir infini.

Mais il y a dans le discours de Vénéering deux points d'une telle force, que l'on suppose que c'est le confident de Britannia qui les lui a soufflés pendant la brève conférence qu'ils ont eue en arrivant.

Premier point : L'orateur établit une comparaison neuve entre le pays et un navire, qu'il appelle le vaisseau de l'État, et dont la barre du gouvernail est tenue par le ministère. En employant cette métaphore, Vénéering a pour but d'apprendre à Vide-Pocket que l'ami qui est à sa droite, le respectable Podsnap, a une fortune considérable. « Et quand le vaisseau de l'État, s'écrie-t-il, est attaqué dans ses œuvres vives ; quand l'homme qui est au gouvernail est incapable de le conduire, ces grands assureurs maritimes, qui vont de pair avec nos princes-marchands, célèbres dans le monde entier, répondent-ils du navire ? Consentent-ils à signer la moindre police d'assurance, à courir le moindre risque à son égard ? Ont-ils la moindre confiance en lui ? Si j'en appelais, gentlemen, à l'honorable ami qui est à ma droite, à lui qui est un des membres les plus respectés, et les plus grands, de cette classe si grande et si respectée, il me répondrait: non! »

Second point : Il est nécessaire d'annoncer que Twemlow appartient à la famille de lord Snigsworth, dont il est proche parent. Vénéering suppose donc les affaires publiques dans une situation tellement anormale que la société s'en écroulerait, bien qu'il ne soit pas sûr que cela n'existe pas, tant les paroles de l'orateur sont peu intelligibles pour les autres, et probablement pour lui-même.

« Oui, gentlemen, ajoute-il, si je recommandais un pareil programme à une classe quelconque de la société, j'affirme qu'il serait reçu avec dérision. Oui, je serais désigné à tous par le doigt du mépris, si je recommandais ce programme à n'importe lequel des estimables commerçants de votre ville... Je m'arrête, car ici je dois être personnel, et dire: notre ville. Que répondrait ce digne

commerçant ? Il répondrait : « Arrière, qui me présente un pareil
programme ? » Oui, gentlemen, dans sa juste indignation, il répondrait : « Arrière, qui me présente un pareil programme ! »
Supposez maintenant que je monte plus haut dans l'échelle sociale ; que, prenant le bras du respectable ami qui est à ma gauche,
et que, me promenant avec lui dans les bois héréditaires de sa
famille, sous les vieux hêtres de Snigsworthy-Park, je me sois
approché du noble manoir ; qu'ayant traversé la cour, franchi le
seuil de la porte et monté l'escalier ; que, passant de chambre en
chambre, je me sois enfin trouvé en l'auguste présence de lord
Snigsworth, proche parent de mon ami ; supposez, gentlemen,
que j'aie dit à ce vénérable comte : Mylord, je suis ici, devant
Votre Seigneurie, présenté par le proche parent de Votre Seigneurie (l'ami qui est à ma gauche), pour soumettre ce programme
à Votre Seigneurie. Quelle réponse Sa Seigneurie m'aurait-elle
faite ? Elle m'aurait dit : « Arrière, qui me présente un pareil programme ? » Oui, employant dans sa sphère supérieure, sans en
avoir conscience, les mêmes expressions que le digne et honnête
commerçant de notre ville, le noble et proche parent de l'ami
qui est à ma gauche répondrait dans son courroux : « Arrière,
qui me présente un pareil programme ! »

L'orateur finit son discours sur ce dernier succès, et Podsnap
envoie ces trois mots à missis Véneering : « Il s'assied. »

On dîne à l'hôtel avec le confident de Britannia ; puis arrivent
le scrutin, le dépouillement, la déclaration ; et finalement Podsnap télégraphie à missis Véneering : « Nous l'avons fait entrer ! »

Un second dîner magnifique est préparé à leur intention chez
Véneering, où les attend lady Tippins, en compagnie de Boots et
de Brewer. Il est modestement reconnu par tous les convives
que chacun d'eux, pris individuellement, a fait nommer le candidat ; mais il est concédé par tout le monde que l'idée de Brewer
de se rendre à la Chambre, et de voir ce qui s'y passait, a
été le coup de maître.

La fin du repas est signalée par un épisode touchant qui sera
raconté à plusieurs reprises dans le courant de la soirée.
Naturellement disposée aux larmes, missis Véneering, après tant
de jours de surexcitation, est plus larmoyante que jamais. Au
moment où elle va quitter la table avec lady Tippins, elle articule
ces mots d'une voix faible et pathétique :

« Vous allez dire que c'est une folie, je le sais d'avance ; il
faut cependant que je vous le raconte. J'étais assise à côté du
berceau de bébé (c'était la veille de l'élection), et bébé s'agitait
beaucoup en dormant. »

Le valet chimiste, qui regarde les convives d'un air sombre, a

ne envie diabolique de répondre que c'est le vent qui en était
cause et de résigner son emploi; mais il étouffe ce désir et continue ses analyses.

« Après un instant d'agitation pour ainsi dire convulsive, bébé
frotté ses petites mains l'une contre l'autre et s'est mis à sourire. » Anastasia faisant ici une longue pause, mister Podsnap
se figure qu'il est obligé de demander pourquoi?

« Ne seraient-ce pas, me suis-je dit alors, répond Anastasia en
cherchant son mouchoir, ne seraient-ce pas les fées qui lui ap-
prennent que bientôt son papa sera Membre du Parlement? »

Anastasia est tellement subjuguée par l'émotion que tous les
convives sont obligés de se lever pour faire place à Vénéering, qui
se précipite vers elle, et emporte ce corps insensible, dont les
pieds traînent sur le tapis d'une façon émouvante.

Les fées ont-elles parlé des cinq mille livres, et bébé en a-t-il
été satisfait? Personne ne se le demande.

Le pauvre Twemlow, qui n'en peut plus, est profondément
touché. Il continue de l'être après son retour au-dessus des écuries de Duke-street; mais étendu sur son canapé, ce doux et
timide gentleman est frappé d'une idée terrible qui chasse toute
émotion. « Miséricorde! maintenant que j'y pense, ce Vénéering
n'avait jamais vu un seul de ses commettants avant la visite qu'il
leur a faite aujourd'hui. »

Après avoir parcouru sa chambre, l'esprit dans une affreuse
angoisse, la main portée à son front, l'innocent Twemlow revient
à son canapé et murmure d'une voix gémissante: « Cet homme
me tuera ou me rendra fou. Il est venu trop tard dans ma vie;
je n'ai plus la force de le supporter! »

IV

OU CUPIDON EST SOUFFLÉ

Pour nous servir du froid langage du monde, missis Lammle
et miss Podsnap ont fait promptement connaissance. Pour employer l'ardent langage de missis Lammle, elle et sa chère
Georgiana se sont rapidement unies d'esprit et de cœur.

Toutes les fois que Georgiana peut échapper à l'esclavage de la Podsnaperie, rejeter les couvertures du phaéton soupe-au-lait, sortir du cercle où parade sa mère, et préserver ses pauvres petits orteils gelés des atteintes de la caracolade, elle se rend chez missis Lammle. A cela nul empêchement. Missis Podsnap, accoutumée à s'entendre appeler magnifique par de vieux ostéologues qui poursuivent leurs études dans les dîners de cérémonie, peut fort bien se passer de sa fille. De son côté, mister Podsnap, en apprenant où va Georgiana, se gonfle du patronage qu'il accorde aux Lammle. Que ces jeunes gens, incapables de s'élever jusqu'à lui, aient avec empressement saisi le bas de son manteau; que, dans leur impuissance à jouir de son soleil, ils se soient épris du pâle reflet de sa lumière, que leur distribue sa jeune lune, c'est à la fois naturel et bienséant. Cela lui donne de ces Lammle une meilleure idée qu'il n'en avait ou jusqu'alors: ils savent au moins apprécier la valeur d'une excellente relation.

Et pendant que Georgiana se rend chez son amie, mister Podsnap, bras dessus bras dessous avec mistress Podsnap, va de dîner en dîner, installant sa tête opiniâtre dans sa cravate, en ayant l'air d'exécuter sur la flûte de Pan une marche triomphale en son honneur : « Voici Podsnap! le conquérant Podsnap! trompettes et tambours sonnez et battez aux champs ! »

L'un des traits caractéristiques de mister Podsnap, et qui, sous une forme ou sous une autre, se rencontre généralement dans toute la Podsnaperie, c'est qu'il ne permet pas à qui que ce soit la moindre observation sur ses amis et connaissances. « Vous êtes bien osé! une personne que j'approuve, qui a un certificat de _moi_! C'est _moi_ que vous frappez à travers cette personne, moi, Podsnap le Grand. Je me soucie fort peu de la dignité de cette personne, mais j'ai un soin particulier de celle de Podsnap.» Il en résulte que, si devant lui, quelqu'un mettait en doute la solvabilité des Lammle, cet audacieux se ferait vertement rabrouer. Mais cette irrévérence ne vient à l'idée de personne, car Vénéering, un membre du Parlement, assure qu'ils sont fort riches. Il peut du reste le croire, pour peu qu'il en ait le désir, n'ayant aucun renseignement qui puisse l'en empêcher.

La maison qu'habite le jeune ménage dans Sackville street, Piccadilly, n'est qu'une résidence provisoire. Elle suffisait parfaitement à mister Lammle avant qu'il fut marié; mais aujourd'hui cela ne convient plus. Les jeunes époux sont donc sans cesse à visiter de somptueux hôtels dans les quartiers les plus riches, et toujours sur le point d'acheter un de ces palais; mais sans jamais rien conclure. Ils se font ainsi une réputation brillante. « L'affaire des Lammle! » s'écrie-t-on dès qu'un hôtel princier est libre; et l'on écrit aux Lammle pour leur apprendre cette découverte. Enchantés, ils vont voir cette demeure splendide; mais malheureusement ce n'est pas encore là ce qu'ils rêvent. Bref, ils ont éprouvé tant de déceptions de ce genre qu'ils commencent à croire qu'il leur faudra construire la résidence princière dont ils ont besoin; ce qui double leur réputation brillante. Beaucoup de personnes de leur connaissance en prennent en dégoût leurs propres hôtels, et sont envieuses du palais imaginaire des Lammle.

En attendant, les élégantes draperies, les meubles rares placés au premier étage de la petite maison de Sackeville, sont empilés sur le squelette[1], et si jamais celui-ci a murmuré tout bas: «Je suis là, dans ce cabinet,» c'est à l'oreille de bien peu de gens; dans tous les cas, ce n'est pas à celle de miss Podsnap. Ce qui surtout ravit Georgiana, c'est le bonheur conjugal de missis Lammle, et ce bonheur est fréquemment le sujet de la conversation.

«Je suis sûre, dit miss Podsnap, que mister Lammle est pour vous comme un amant; c'est à dire je suppose que...

— Georgiana! chère âme, interrompt missis Lammle en agitant l'index, prenez garde.

— Bonté divine! s'écrie miss Podsnap, qu'est-ce que j'ai dit?

— Mister Lammle! répond Sophronia, en hochant la tête d'un air badin, il ne faut pas dire cela, vous savez.

— Non, c'est Alfred; je suis bien contente; j'avais peur d'avoir dit une inconvenance; je dis toujours à Ma quelque chose de shocking.

— Avec moi, chère belle...

— Oh! vous n'êtes pas maman; et c'est dommage, je voudrais bien que vous la fussiez.» Missis Lammle adresse le plus doux sourire à son amie, qui le lui rend de son mieux; puis elles se mettent à goûter dans le boudoir.

«Ainsi, ma Georgiana, Alfred répond à l'idée que vous vous faites d'un amant?

— Je ne dis pas cela, s'écrie la petite miss en commençant à

1. *Piled over the skeleton*, façon de parler d'une chose cachée sous des apparences trompeuses. Expression très-employée au siècle dernier, à l'époque où un certain nombre de personnes disparurent sans qu'on pût en retrouver les traces. On dit alors proverbialement au sujet d'un fait dont on ne pouvait donner la preuve: Ah! si l'on trouvait le cadavre! Ah! si le cadavre pouvait parler! et cette phrase s'appliqua aux moindres choses, à de fausses dents, de faux cheveux, à tout ce qui semblait être l'objet d'une dissimulation quelconque.

(*Note du traducteur.*)

cacher ses coudes. Je ne me figure pas ce que peut être un
amant; les horreurs qui viennent chez Ma pour me tourmenter
n'en sont pas. Tout ce que je voulais dire, c'est que mister...

— Encore! Georgiana.

— C'est qu'Alfred vous aime tant! Il a pour vous des attentions si délicates! n'est-il pas vrai?

— Très-vrai, dit Sophronia avec une singulière expression. Je
pense qu'il a pour moi autant d'amour que j'en ai pour lui.

— Quel bonheur! dit miss Podsnap.

— Savez-vous, ma Georgiana, reprend missis Lammle, qu'il y
a dans votre enthousiasme pour Alfred quelque chose d'inquiétant
pour moi.

— Oh! ciel! j'espère que non.

— Cela ne ferait-il pas supposer dit missis Lammle avec malice, que le petit cœur de ma Georgiana est...

— Oh! je vous en supplie! n'allez pas croire..., répond
miss Podsnap en rougissant. Je vous assure que je ne faisais son
éloge que parce qu'il est votre mari et qu'il vous aime. »

Sophronia paraît être éclairée d'une lumière subite; mais le
regard qui l'exprime s'éteint sous un froid sourire; et, attachant
les yeux sur son assiette, tandis qu'elle relève les sourcils:
« Vous vous méprenez sur le sens de mes paroles, dit-elle. Je
pense tout simplement que le petit cœur de ma Georgiana commence à éprouver un vide.

— Non, non, non, s'écrie la pauvre miss; je ne voudrais pas,
pour des milliers de livres, entendre parler de cela.

— De quoi ne veut-on pas entendre parler? demande Sophronia, qui a toujours son froid sourire, les sourcils relevés, et les
yeux sur son assiette.

— Vous savez bien, dit miss Podsnap. Si quelqu'un s'en avi-
sait, le dépit, la timidité, la haine, me rendraient folle. Je suis
heureuse de voir combien vous vous aimez, votre mari et vous;
mais c'est tout différent. Je ne voudrais pour rien au monde être
l'objet de pareille chose. Que cela m'arrive, je demande qu'on
l'éloigne, qu'on l'écrase. »

Alfred, qui s'est glissé dans le boudoir sans qu'on s'en aper-
çût, est appuyé sur la chaise de Sophronia. Au moment où
miss Podsnap le découvre, il porte à ses lèvres l'une des papillottes flottantes de mistress Lammle et envoie le baiser à Georgiana.

« Qu'est-ce que j'entends, dit-il, on parle de haine et de mari?

— Voilà ce que c'est que d'écouter aux portes, répond Sophronia, on entend dire du mal de soi. Mais depuis quand êtes-vous
là?

— J'arrive à l'instant, chère âme.

— Alors je peux continuer; deux minutes plus tôt, et vous entendiez ma Georgine chanter vos louanges.

— Si on peut nommer cela des louanges, dit la jeune personne tout émue; seulement, parce que vous êtes si dévoué à mon amie.

— Sophronia, cher trésor! dit Alfred en lui baisant la main, ce qu'elle reconnaît en lui baisant sa chaîne de montre. Mais ce n'est pas moi, qu'on veut faire écraser, j'espère? continue Alfred en prenant une chaise et en s'asseyant entre les deux amies.

— Demandez à Georgiana, chère âme, lui dit sa femme.

— Oh! ce n'était personne, répond miss Podsnap.

— S'il faut tout vous dire, car vous voulez tout savoir, curieux adoré que vous êtes, reprend l'heureuse épouse, il s'agissait de l'inconnu qui osera prétendre au cœur de Georgiana.

— Vous ne parlez pas sérieusement? dit Alfred d'un air grave.

— En disant cela, cher amour, je ne suppose pas que Georgiana fût sérieuse; mais je vous rapporte ses paroles.

— Singulière chose que ce jeu du hasard! Vous ne le croirez jamais : je venais ici pour parler d'un aspirant à la main de Georgiana.

— Je suis toujours prête à vous croire, mon Alfred.

— Moi, également, chère âme. »

(Que ces échanges sont délicieux! et quels regards les accompagnent!)

« Je vous en donne ma parole, Sophronia.

— Nous savons ce qu'elle vaut, dit-elle.

— Mieux que personne. Eh! bien, chère âme, je ne suis entré dans ce boudoir que pour y prononcer le nom du jeune Fledgeby. Parlez de ce jeune homme à Georgiana, très-chère.

— Je ne veux pas, » s'écrie miss Podsnap, en se bouchant les oreilles.

Sophronia éclate de rire; elle prend les mains de sa jeune amie qui les lui abandonne; et, tantôt déployant les bras, tantôt les rapprochant, elle prend la parole en ces termes : « Sachez donc, petite oisonne adorée, qu'il y avait une fois un personnage qui s'appelait Fledgeby. Il était jeune et riche, d'une excellente famille. Il connaissait deux autres personnages, unis d'un amour tendre, et qu'on appelait Alfred et Sophronia. Or, ce jeune Fledgeby, se trouvant un soir au théâtre, aperçut avec mister et mistress Lammle une certaine héroïne du nom de...

— Pas miss Podsnap; je vous en prie, s'écrie l'héroïne presque en larmes.

— Et cependant, continue Sophronia avec un rire folâtre et

d'une voix caressante, ouvrant les bras de la jeune miss et les
fermant tour à tour comme un compas, c'était bien ma petite
Georgiana Podsnap. Alors ce jeune Fledgeby vint trouver Alfred
Lammle...

— Oh! je vous en pri-ie-ie-ie! s'écrie Georgiana, comme si une
violente compression eût fait sortir cette prière de ses lèvres. Je
le déteste pour avoir dit cela.

— Que pensez-vous qu'il ait dit, ma chère? demande en
riant mistress Lammle.

— Je ne sais pas, répond la jeune personne d'un air égaré;
mais c'est égal, je le hais tout de même.

— Chère belle, reprend missis Lammle, en riant toujours de
son rire séduisant, le pauvre garçon n'a dit qu'une chose, c'est
qu'il était ahuri.

— Bonté divine! qu'il doit être sot.

— Le malheureux a supplié Alfred de l'inviter à dîner, et de
le prendre en quatrième pour aller au théâtre. Ainsi donc, il
dînera demain ici et viendra avec nous à l'Opéra. Oui, chère; et
voilà toute l'histoire. Mais ce qui va bien vous surprendre, c'est
qu'il est plus timide que vous, et qu'il a infiniment plus peur de
ma petite Georgiana qu'elle n'a peur elle-même de qui que ce soit
au monde. »

Georgiana, qui, dans son trouble, s'étire les doigts d'un air
courroucé, ne peut s'empêcher de rire en pensant qu'elle fait
peur à quelqu'un. Profitant de cette heureuse disposition,
missis Lammle parvient à la calmer, et finit, à force de caresses,
par la rallier à ses projets. L'insinuant Alfred lui prodigue à son
tour ses flatteries délicates et lui promet d'être à sa disposition
pour écraser Fledgeby dès qu'elle en éprouvera le besoin.

Il est donc entendu que ce jeune homme viendra pour admirer,
et Georgiana pour qu'on l'admire. C'est avec la sensation toute
nouvelle que cette perspective fait naître dans son cœur, que la
jeune personne, munie des baisers nombreux de sa chère Sophronia, se dirige vers la maison paternelle, suivie de six pieds
de valet mécontent. Jamais elle ne rentre au logis sans qu'une
pareille mesure dudit article ne soit venue la chercher.

Quand ils furent seuls, mistress Lammle dit à son mari :

« Si je ne me trompe, monsieur, vos manières irrésistibles ont
produit de l'effet sur cette petite. Je vous parle de cette conquête, parce que je lui crois plus d'importance pour vos affaires
que pour votre amour propre. »

Sophronia rencontra dans la glace le sourire satisfait de son
mari, et jeta sur ce dernier un coup d'œil dédaigneux, qui fut
recueilli par Alfred. Puis ils se regardèrent tranquillement,

comme si leur image seule eût pris part à ce jeu de physionomie.

Il pouvait se faire qu'en dépréciant la pauvre victime dont elle parlait avec aigreur, mistress Lammle essayât de se justifier vis-à-vis d'elle-même. Il se pouvait également qu'elle n'y réussît pas, car il est difficile de résister à la confiance, et elle était sûre d'avoir celle de Georgiana. Pas un mot de plus ne fut échangé entre les deux époux. Une fois que les termes du complot sont arrêtés, les conspirateurs n'aiment peut-être pas à y revenir.

Le lendemain arriva; il ramena miss Podsnap, et amena Fledgeby. A cette époque, la jeune personne connaissait presque toute la maison, et avait vu la plupart de ceux qui la fréquentaient. Il y avait toutefois au rez-de-chaussée, donnant sur une cour de derrière, qu'elle mangeait en partie, une pièce élégante, qu'on appelait la chambre de mister Lammle. Cette pièce aurait pu tout aussi bien porter le nom de cabinet, ou celui de bibliothèque; mais il s'y trouvait un billard; et de plus fortes têtes que celle de Georgiana auraient eu de la peine à déterminer si les individus qui s'y réunissaient étaient des gens de plaisir ou bien des gens d'affaires.

Entre cette pièce et les hommes qu'on y voyait entrer, il existait plus d'un point de ressemblance: trop de clinquant, trop d'argot, trop d'odeur de cigare, trop de souvenirs d'écurie. Le cheval apparaissait, d'un côté, dans la décoration, de l'autre, dans la conversation, et semblait aussi indispensable aux amis d'Alfred Lammle, que les affaires qu'ils traitaient soir ou matin, à des heures indues, en vrais bohèmes et par surprise, comme on fond sur une proie.

Il y avait là des amis qui venaient toujours de France, et y allaient toujours pour des messages de bourse: emprunt grec, espagnol, indien, italien, mexicain; et pair, et prime, escompte, trois quarts et sept huitièmes. D'autres amis, qui rôdaient et flânaient toujours dans la Cité ou dans les environs: et grec, italien, espagnol, indien, mexicain, escompte, et pair, et prime, trois quarts et sept huitièmes.

Ils étaient tous fiévreux, pleins de jactance, d'un laisser-aller indéfinissable. Tous buvaient et mangeaient d'une façon prodigieuse, et faisaient des gageures de boisson et de mangeaille. Tous parlaient d'argent, nommaient le chiffre, et passaient l'argent sous silence: « Tom, quarante-cinq mille. Joé, deux cent vingt-deux, part individuelle. »

Ils semblaient diviser le monde en deux classes: les enrichis, et les ruinés. Ils étaient toujours pressés, et paraissaient n'avoir rien à faire, excepté quelques-uns, pour la plupart asthmatiques et lippus; ceux-ci étaient armés de porte-crayons en or, que les énormes bagues de leurs index rendaient difficiles à tenir, et sans cesse démontraient aux autres comment on fait fortune. Enfin ils juraient tous comme des palefreniers; et leurs gens d'écurie, moins habiles et moins respectueux que les autres, semblaient aussi loin du type de leur état, que leurs maîtres de celui de gentleman.

Fledgeby n'était pas de cette espèce; il avait la joue comme une pêche, ou plutôt composée de la pêche et du mur de brique trois fois rouge sur lequel elle mûrit. C'était un jeune homme très-gauche, très-mince (ses ennemis disaient très-maigre), avec de petits yeux, des cheveux jaunes, et qui se cherchait sans cesse des favoris et des moustaches attendus avec impatience. Cette recherche soumettait son esprit à des fluctuations continuelles, et le faisait passer de la confiance au désespoir. Il y avait des moments où il s'écriait : « Par Jupiter ! les voilà donc ! » Il y en avait d'autres où, complétement découragé, il secouait la tête, et n'y comptait plus. Le voir dans ces moments de déception, la main, qui lui en avait donné la certitude, soutenant cette joue qui refusait de produire, et le coude appuyé sur le coin de sa cheminée, comme sur une urne funéraire contenant les cendres de son ambition, était quelque chose de navrant.

Ce n'est pas de la sorte que nous le voyons aujourd'hui. Magnifiquement vêtu, le claque sous le bras, ayant tiré de l'examen de son visage des conclusions consolantes, il se livre à de menus propos avec mistress Lammle. Pour rendre hommage à l'exiguité de ses discours et à ses manières saccadées, les familiers de Fledgeby l'ont surnommé Fascination, et ne l'appellent jamais autrement; toutefois, quand il n'est pas là.

« Fait chaud, missis Lammle, dit-il.

— Moins chaud qu'hier, répond Sophronia.

— Possible, reprend Fascination, qui a la répartie prompte. Mais je crois que demain il fera diablement chaud. » Après une pause, il jette un nouvel éclair. « Sortie aujourd'hui, missis Lammle? »

Elle a fait une petite course en voiture.

« Certaines gens ont l'habitude des longues promenades, poursuit-il; mais, s'ils les font trop longues, ils dépassent le but. »

Ainsi en haleine, il pourrait lui-même se surpasser dans sa prochaine saillie, si miss Podsnap n'était pas annoncée. Sophronia vole au-devant de sa chère petite, elle lui prodigue ses caresses, et, les premiers transports calmés, lui présente Fledgeby.

Arrive enfin mister Lammle, qui est toujours en retard. Il en est de même des habitués de sa chambre : toujours retenus plus ou moins par de secrètes missions ou des renseignements à recueillir ; et grec, italien, espagnol, indien, mexicain, pair, prime, escompte, trois quarts et sept huitièmes.

Un petit dîner fin est immédiatement servi. Mister Lammle, dans tout son éclat, s'assied à sa place, son domestique derrière sa chaise, et derrière le domestique les doutes qui suivent partout ce dernier au sujet de ses gages.

Mister Lammle fait appel à ses qualités les plus brillantes, car Fledgeby et miss Podsnap se sont enlevé la parole, et se jettent mutuellement dans les plus singulières attitudes. Georgiana essaye de cacher ses coudes, et se consume en efforts incompatibles avec le maniement de la fourchette. Fascination, qui est en face d'elle, fait tout ce qu'il peut pour ne pas la voir, et trahit sa perplexité en cherchant ses favoris avec son verre, son couteau et son pain. Il faut donc que mister et missis Lammle se décident à leur souffler leurs rôles, et ils s'en acquittent de la manière suivante :

« Georgiana, » dit en souriant mister Lammle, qui lui parle à voix basse, et dont le brillant costume rappelle celui d'Arlequin, « vous n'êtes pas comme à l'ordinaire. »

La jeune personne balbutie qu'elle est toujours comme cela.

« Oh ! Georgiana, vous qui êtes si naturelle, qui avez tant d'abandon ! vous qui nous reposez de ce monde factice par votre simplicité, votre grâce naïve et franche ! »

Miss Podsnap regarde la porte comme si elle nourrissait vaguement la pensée de prendre la fuite.

« J'en appelle à Fledgeby, dit Alfred en élevant la voix.

— Oh ! non, s'écrie timidement Georgiana, pendant que missis Lammle reçoit la parole qui lui est passée.

— Mille pardons, cher Alfred ; je ne vous cède pas encore mister Fledgeby, nous avons ensemble une discussion personnelle. »

Il fallait, pour discuter ainsi, que Fascination fût un mime de premier ordre, car il n'avait pas encore remué les lèvres.

« Une discussion personnelle ! s'écrie mister Lammle ; je suis jaloux ; de quoi s'agit-il, mon amour ?

— Faut-il le dire, mister Fledgeby ?

— Oui, dites-le, répond Fascination, qui s'efforce d'avoir l'air de comprendre.

— Il s'agit de savoir, dit missis Lammle, si mister Fledgeby est dans son assiette ordinaire ; je prétends que non, et je soutiens que vous vous en êtes aperçu.

— Précisément, ce que je disais à Georgiana. Et que répond Fledgeby?

— Croyez-vous, Alfred, que je vous ferai nos confidences sans que vous nous fassiez les vôtres? dites-nous d'abord ce qu'a répondu Georgine.

— Elle prétend qu'elle est toujours comme cela, et j'affirme le contraire.

— Comme mister Fledgeby; les mêmes paroles! » s'écrie missis Lammle.

Tout cela est en pure perte; ils continuent à ne pas vouloir se regarder, pas même quand le brillant Alfred propose de boire un vin étincelant en l'honneur de la circonstance. Le regard de Georgiana va de son verre à mister et à missis Lammle; mais il ne veut pas s'adresser à mister Fledgeby. Celui de Fascination exécute le même manège, et ne peut pas se tourner vers miss Podsnap. Il faut cependant mettre Cupidon en scène; l'impresario l'a décidé; son nom est sur l'affiche, il doit paraître.

« Chère Sophronia, dit mister Lammle, je n'aime pas la couleur de votre robe.

— Oh! Alfred, une si jolie nuance! je m'en rapporte à mister Fledgeby.

— Et moi, à Georgiana.

— Georgine, mon amour, n'allez pas vous mettre contre moi. Eh bien, mister Fledgeby?

— N'est-ce pas du rose? » demande Fascination. Mais il le voit maintenant; c'est bien le nom de cette couleur, ce qui signifie, sans doute, que c'est la couleur des roses. Le fait est chaudement confirmé par mister et missis Lammle.

Fascination croit avoir entendu dire que la rose était la reine des fleurs, et l'on peut de même appeler cette robe charmante, la reine des robes.

« Ah! très-bien: un mot heureux, Fledgeby, » s'écrie mister Lammle.

Cependant, l'avis de Fascination est que chacun a son goût, du moins la plupart des gens; et, et, et, et...., une foule d'et, sans rien qui leur succède.

« Oh! mister Fledgeby, dit missis Lammle; me trahir de la sorte! abandonner mon pauvre rose, et vous déclarer pour le bleu!

— Victoire! s'écrie mister Lammle; votre robe est condamnée, cher trésor.

— Mais qu'en dit ma Georgine, reprend Sophronia en allongeant la main vers celle de la chère petite.

— Elle dit, répond Alfred, qu'à ses yeux vous êtes toujours

charmante, quelle que soit la toilette que vous portiez, et que si
elle avait su qu'elle s'exposait à recevoir un aussi joli compliment, elle n'aurait pas mis une robe bleue. A quoi je lui réponds
que sa modestie n'y aurait pas gagné, attendu que la nuance de
sa robe aurait toujours été la couleur de Fledgeby. Mais, à son
tour, que dit ce galant chevalier?

— Une chose bien naturelle, dit Sophronia en flattant la main
de la chère petite, comme si c'était Fledgeby qui l'eût caressée;
il répond que ce n'est pas du tout un compliment; c'est l'expression d'un hommage qu'il n'a pas su retenir. Et il a raison, mille
fois raison, » ajoute missis Lammle en redoublant ses caresses.

Mais ils ne se regardent pas! Mister Lammle, dont les dents,
les yeux, les boutons, les pierreries étincellent, et paraissent
grincer, fronce les sourcils en leur jetant un coup d'œil furtif, et
semble éprouver le désir de les prendre tous les deux par la tête
et de les frapper l'un contre l'autre.

« Connaissez-vous l'opéra qu'on joue ce soir, Fledgeby?
dit-il tout à coup, afin de ne pas crier que le diable vous emporte!

— Très-peu, murmure Fascination; je n'en connais pas
une note.

— Et vous, ma Georgine? demande missis Lammle.

— N-n-non, bégaie Georgiana, troublée par cette coïncidence.

— Mais alors, s'écrie missis Lammle, ravie de la conclusion
que ces prémisses font entrevoir, vous ne le connaissez ni l'un ni
l'autre; c'est charmant! »

Le paralysé Fledgeby sent lui-même que c'est le moment de
frapper un grand coup, et s'y décide en jetant ces paroles moitié
à mistress Lammle, moitié dans l'air: «Je m'estime fort heureux
d'avoir été réservé par... » Il s'arrête court; et mister Lammle,
qui l'examine derrière le buisson qu'il forme en rapprochant ses
favoris, lui offre le mot : destinée.

« Ce n'est pas cela, répond Fledgeby; c'est le destin que je
voulais dire. Je considère comme très-heureux que le destin ait
écrit sur le livre... le livre qui lui est propre, que je doive entendre cet opéra pour la première fois, dans la circonstance mé-
morable qui me fait y aller avec miss Podsnap. »

A quoi Georgiana répond, en accrochant ses deux petits doigts
l'un avec l'autre, et en regardant la nappe : « Je vous remercie;
mais, d'habitude, quand nous allons au théâtre, nous sommes
toutes seules, et j'aime beaucoup cela. »

Obligé, pour cette fois, de se contenter de ces paroles, Alfred laisse aller Georgiana , comme s'il ouvrait la porte d'une cage, et miss Podsnap sort de la salle accompagnée de Sophronia.

Le café est servi au salon. Alfred, qui a l'œil sur Fledgeby, lui montre que miss Podsnap a vidé sa tasse, et qu'il faut aller l'en débarrasser. Cet exploit est non-seulement accompli avec succès, mais enjolivé d'une remarque originale, à savoir : que le thé vert est considéré comme excitant. Ce qui fait émettre à Georgiana ce balbutiement irréfléchi : « En vérité! comment cela se fait-il ? » Problème que Fascination n'est pas disposé à résoudre.

On annonce que la voiture est prête.

« Ne faites pas attention à moi, mister Fledgeby, s'écrie Sophronia; j'ai les mains occupées par ma robe et mon manteau; prenez ma chère fille. »

Et Fledgeby donne le bras à miss Podsnap. Missis Lammle vient après; mister Lammle ferme la marche, et les suit de l'air farouche d'un conducteur de troupeau. Mais, une fois dans la loge, il est d'une verve étincelante, et engage avec sa femme, au nom de Georgiana et de Fledgeby, une conversation ingénieuse. Ils sont ainsi placés : missis Lammle, Fascination, miss Podsnap, mister Lammle. Sophronia fait à son voisin différentes questions qui n'exigent pour réponse que des monosyllabes. Alfred agit de même à l'égard de la jeune miss. Parfois Sophronia se penche au bord de la loge, et s'adresse à mister Lammle:

« Cher Alfred, mister Fledgeby me fait remarquer très-justement, à propos de la dernière scène, que la véritable constance n'a pas besoin des stimulants qu'on lui donne au théâtre.

— Mais, cher trésor, répond Alfred, cette jeune fille, ainsi que Georgiana me le faisait observer, n'a pas de motif suffisant pour croire à l'amour du gentleman.

— Elle a raison, cher Alfred; mais mister Fledgeby lui répond telle chose.

— Fort bien, reprend mister Lammle; mais Georgiana lui dit avec finesse... etc. »

Moyennant ce procédé, les deux jeunes gens ont ensemble une longue conversation, et peuvent exprimer une foule de sentiments délicats sans desserrer les lèvres, si ce n'est pour répondre de temps à autre oui et non à leurs interprètes.

Fledgeby prend congé de miss Podsnap à la portière de la voiture, et les Lammle déposent Georgiana chez elle. Pendant la route, missis Lammle a dit à plusieurs reprises, avec une malice pleine de tendresse : « Oh ! petite Georgiana ! petite Georgiana ! » C'est peu de chose, mais le ton dont ces paroles ont été prononcées ajoutait évidemment : « Vous avez fait la conquête de cet heureux Fledgeby. »

Les Lammle sont enfin chez eux. Sophronia est assise d'un air maussade et fatigué. Elle regarde son seigneur et maître, qui débouche violemment une bouteille d'eau de Seltz pour se faire un soda. Alfred est tellement sombre qu'il a l'air de tordre le cou à une malheureuse créature, et d'en avaler le sang. Tout en essuyant ses favoris, où perlent des gouttes empourprées, il rencontre les yeux de sa femme, et s'arrête.

« Eh bien ! dit-il d'une voix qui est loin d'être agréable.

— Est-ce qu'il vous fallait absolument un pareil nigaud ? demande Sophronia.

— Je sais ce que je fais ; d'ailleurs, il est moins sot que vous ne le pensez.

— C'est peut-être un génie ?

— Moquez-vous, et prenez vos grands airs ; mais sachez-le bien : toutes les fois qu'il s'agit de ses intérêts, ce nigaud-là s'attache, et prend comme une sangsue. Dès qu'il est question d'argent, c'est un compère qui tiendrait tête au diable.

— Même à vous ?

— Oui ; aussi digne de moi que je le suis de vous-même. Il n'a aucune des qualités de la jeunesse, pas d'autres charmes que ceux qu'il a déployés ce soir. Mais parlez-lui d'affaires, et le nigaud s'évanouit. S'il est imbécile en fait de toute autre chose, sa sottise elle-même le sert dans ses projets.

— Dans tous les cas, a-t-elle une fortune qui lui soit propre ?

— Oui ; une fortune à elle. Vous avez si bien travaillé aujourd'hui, Sophronia, que je consens à vous répondre ; mais vous savez que j'interdis les questions. Après avoir tant travaillé, vous devez être lasse ; allez vous coucher. »

V

OU MERCURE EST SOUFFLEUR

Mister Lammle était dans le vrai ; Fledgeby méritait les éloges qu'il lui avait donnés ; c'était bien le plus vil de tous les chiens à deux pattes qui eussent jamais vécu. Et l'instinct, un mot que vous comprenez tous, allant carrément sur quatre pattes, et la raison, sur deux pattes, la vilenie quadrupède n'est jamais aussi complète que la vilenie bipède.

Le père de Fledgeby était usurier; il avait prêté de l'argent à la mère de ce gentleman, à une époque où celui-ci attendait, dans la sombre et vaste antichambre de ce monde, qu'il lui fût possible de naître. Incapable d'acquitter sa créance, la dame, qui était veuve, épousa le créancier; et dans le délai voulu, Fledgeby fut sommé de comparaître devant le greffier qui enregistre les naissances. Il serait curieux de rechercher comment, sans cette opération usuraire, Fledgeby aurait employé ses loisirs jusqu'au jugement dernier.

Sa mère, en se mariant, avait offensé sa famille. Ici-bas, rien de plus facile que de blesser votre famille, quand votre famille a besoin de se débarrasser de vous. Celle de la mère de Fledgeby s'indignait de ce que la dame était pauvre, et rompit avec elle parce que la pauvre femme devint à peu près riche. Mistress Fledgeby tenait à une grande famille; elle avait l'insigne honneur d'être cousine de lord Snigsworth; cousine tellement éloignée, il est vrai, que le noble lord ne s'était pas fait scrupule de l'éloigner un peu plus, et de la chasser du cousinage. Mais elle n'en était pas moins cousine.

Parmi les affaires prématrimoniales que la dame avait faites avec le père de Fledgeby, était un emprunt désastreux, hypothéqué sur une somme reversible. La réversion s'étant produite aussitôt leur mariage, mister Fledgeby avait empoché la somme, et l'avait consacrée à ses bénéfices personnels. Il en était résulté subjectivement de graves divergences d'opinion; et objectivement des échanges de tire-bottes, de tric-trac, et autres projectiles domestiques. En outre cette conduite avait poussé la femme à faire tout ce qu'elle pouvait pour dépenser de l'argent; et le mari tout ce qu'il ne pouvait pas pour le lui interdire.

L'enfance de Fledgeby avait donc été fort orageuse; mais les vents et les flots étaient descendus dans la tombe; et resté seul Fledgeby avait prospéré. Il avait un appartement dans l'Albany[1], et affichait une certaine élégance. Mais le feu de sa jeunesse était composé d'étincelles arrachées par la meule; et quand ces étincelles, dépourvues de chaleur, jaillissaient de toute part, on pouvait être sûr qu'il aiguisait ses outils, et qu'il surveillait cette opération d'un œil aussi économe qu'attentif.

Le lendemain de la soirée où les deux jeunes gens avaient été mis en présence, mister Lammle alla déjeuner avec Fledgeby Il y avait sur la table un très-petit pain, deux très-petites plaques

1. Série de maisons placées entre Piccadilly et les jardins de Burlington. Ces maisons sont louées, toutes garnies, à des personnes riches qui ne résident pas à Londres habituellement. (*Note du traducteur.*)

de beurre, deux toutes petites tranches de jambon, très-peu de
thé, deux œufs détestables, et une masse de porcelaine de luxe,
achetée de hasard.

— Que pensez-vous de Georgiana? demanda mister Lammle.

— Je vais vous le dire, répliqua Fledgeby.

— Dites, mon bon.

— Vous vous trompez, si vous croyez que je vais vous répondre.

— Dites-moi ce qui vous plaira, mon cher.

— Vous vous trompez encore; je ne veux rien dire du
tout. »

Alfred lui jeta un regard étincelant et fronça les sourcils.

— Écoutez, dit l'autre, vous êtes profond; mais vous êtes vif.
Moi pas; ai-je de la profondeur? peu importe; mais je suis
calme; et je sais me taire.

— Vous avez la tête carrée, Fledgeby.

— C'est possible; dans tous les cas j'ai la langue courte, ce
qui revient au même; et je vous dirai, mister Lammle, que je
ne réponds jamais aux questions qu'on m'adresse.

— La mienne était si simple!

— Elle en avait l'air; mais les choses ne sont pas toujours ce
qu'elles paraissent. J'ai vu un homme déposer comme témoin
dans une affaire criminelle; les questions qu'on lui faisait paraissaient très-simples, et se trouvaient fort graves quand il y avait
répondu. En retenant sa langue il aurait évité une foule de piéges
où elle l'a fait tomber.

— Si j'avais retenu la mienne, dit Alfred d'un air sombre, vous
n'auriez pas connu l'objet de ma question.

— Paroles inutiles, répondit Fledgeby en se tâtant la joue
avec calme. Vous ne me ferez pas discuter; j'y suis mal habile;
mais je sais gouverner ma langue.

— Vous le savez et vous le pouvez, dit Alfred, qui cherchait à
le radoucir. Quand vous buvez avec les gens de notre connaissance, plus ils deviennent bavards, plus vous êtes silencieux;
plus ils s'épanchent, plus vous rentrez en vous-même.

— Je ne trouve pas mauvais que l'on me devine, répliqua
Fledgeby avec un rire intérieur; mais je ne veux pas qu'on m'interroge.

— Enfin quand chacun de nous raconte ses aventures, personne encore ne sait un mot des vôtres.

— Et n'en saura jamais rien, dit Fledgeby, qui de nouveau
se mit à rire en lui-même.

— Assurément! s'écria mister Lammle, avec un élan de franchise; et il étendit les mains, comme pour montrer à l'univers
cet homme supérieur qu'il était heureux de connaître. Si je

n'avais pas su, poursuivit-il, ce dont mon Fledgeby était capable, je ne lui aurais pas proposé notre petit arrangement.'

— Mister Lammle, dit Fascination en hochant lentement la tête, je ne m'y laisse pas prendre. Je n'ai pas de vanité, cela ne rapporte rien ; non, non, non ; les compliments ne font qu'augmenter ma réserve. »

Alfred repoussa son assiette ; (le peu qui s'y trouvait rendait le sacrifice léger). Il enfonça ses deux mains dans ses poches, s'étendit sur sa chaise, et contempla son vis-à-vis. Un instant après il retira sa main gauche, en rapprocha ses favoris cannelle, et du fond de cette broussaille, continua à regarder Fascination. Enfin rompant le silence, il dit avec lenteur :

« Que diable ce garçon-là a-t-il ce matin ?

— Voyez-vous, répondit Fledgeby en clignant d'une façon ignoble, ses ignobles yeux, qui, par parenthèse étaient trop près l'un de l'autre, voyez-vous, Lammle, je sais fort bien qu'hier au soir je ne me suis pas montré sous un heureux jour. Vous et votre femme, au contraire — une femme habile, extrêmement agréable — vous avez paru avec avantage. Je ne suis pas fait pour briller en pareille circonstance, et tous deux vous étiez sur votre terrain. Vous en avez profité, c'est à merveille ; mais il ne faut pas en conclure que vous pouvez me parler comme si j'étais votre pantin ; car je ne le suis nullement.

— Et tout cela, s'écria Alfred après avoir regardé cette bassesse, qui avait accepté le plus vil des concours, et poussait l'indignité jusqu'à se retourner contre ses aides, « tout cela au sujet de la question la plus simple !

— Vous deviez attendre le moment où je vous en aurais parlé, reprit Fledgeby. Je n'aime pas que vous m'attaquiez avec votre Georgiana, comme si elle et moi nous vous appartenions.

— Fort bien, répondit Alfred ; lorsque vous serez d'humeur assez gracieuse pour me dire quelque chose, veuillez n'y pas manquer.

— C'est ce que j'ai fait ; ne vous ai-je pas dit qu'hier, vous et votre femme, vous aviez conduit tout cela d'une manière remarquable. Continuez d'agir ainsi, et je remplirai mon rôle ; mais ne vous glorifiez pas. »—Mister Lammle haussa les épaules.—« Assez là-dessus poursuivit Fascination ; rappelez-vous seulement que je sais me taire, quand je le trouve bon, et parler quand cela me convient. Voulez-vous un second œuf ? ajouta-t-il avec répugnance.

— Merci, répondit Alfred d'un ton bref.

—Peut-être avez-vous raison ; vous vous en porterez mieux, reprit Fledgeby, dont l'humeur en devint beaucoup plus douce. Vous offrir une seconde tranche de jambon serait encore moins raisonnable; vous seriez altéré, jusqu'à ce soir; mais voulez-vous un peu de pain et de beurre?

— Merci, répéta Lammle.

Moi je vais en prendre, » dit Fledgeby; ce qui était la conséquence du refus précédent. Si Alfred avait accepté, le pain aurait subi aux yeux de Fascination un tel assaut qu'il aurait fallu ne plus y toucher, et peut-être s'abstenir de dîner.

Ce jeune homme, car il n'avait pas plus de vingt-trois ans, joignait-il à l'avarice d'un vieillard l'une ou l'autre des passions de la jeunesse? Personne ne pouvait le dire, tant le secret qu'il s'était promis à lui-même était fidèlement gardé. Il savait ce que valent les apparences; c'est un placement avantageux; et il était mis et logé d'une façon élégante. Mais tout ce qu'il possédait, depuis l'habit qu'il avait sur le dos, jusqu'à la porcelaine qu'on voyait sur sa table, provenait d'une extorsion; et chacun de ces objets lui rappelant la ruine de quelqu'un, tout au moins une perte pour celui qui l'avait cédé, acquérait à ses yeux un charme tout spécial. Il entrait dans ses calculs de prendre part, d'une façon restreinte, aux gageures des courses. S'il gagnait, il faisait de nouvelles affaires, et se montrait plus dur que jamais. S'il perdait, il se mettait à la portion congrue, et mourait à peu près de faim jusqu'à ce qu'il fût rentré dans ses fonds.

Que l'argent ait tant de prix aux yeux d'un âne assez vil et assez inepte pour ne pas savoir l'échanger contre une satisfaction quelconque, c'est assurément bizarre; mais il n'est pas d'animal qui soit aussi sûr d'en avoir sa charge, que l'être stupide qui ne voit écrit sur la face de la terre et du ciel que les trois lettres L. S. D. Non pas les initiales de Luxure, Sensualité, et Débauche, qu'elle représentent souvent. Mais celles de Livres, Schellings et Deniers. Pas de renard que l'on puisse comparer à cet âne qui concentre sur l'argent tout ce qu'il a de force et de chaleur, afin d'en obtenir la multiplication.

Fledgeby se donnait pour un gentleman vivant de ses rentes; mais il plaçait des fonds à gros intérêts dans diverses entreprises, et faisait une espèce de courtage interlope. Tous ses intimes, d'ailleurs, à commencer par mister Lammle, avaient quelque chose d'interlope dans leur parcours sous bois de la forêt de l'Agiot, situé sur les confins de la Bourse et de Dividende-Market.

« Je suppose, dit Fledgeby, tout en mangeant son pain et son beurre, que vous avez toujours fréquenté les femmes.

— Toujours, répondit mister Lammle, très-assombri par sa dernière rebuffade.

— Par goût? demanda Fledgeby.

— Il a toujours plu au sexe de me rechercher, dit Alfred avec humeur, mais de l'air d'un homme qui n'a pu s'en défendre.

— Une jolie chose que le mariage, du moins pour vous, mister Lammle. »

Alfred sourit méchamment, et se donna une tape sur le nez.

« Pour feu mon père, continua Fledgeby, ce fut une chose assez triste; mais Geor..., comment s'appelle-t-elle?

— Georgiana, répondit Alfred.

— Ce nom là m'est inconnu; j'y pensais hier; on devrait dire Georgine.

— Pourquoi? demanda mister Lammle.

— Parce que, répondit Fascination d'un air méditatif, vous avez la scarlatine, quand vous la gagnez. Vous descendez de ballon en parach... Non; cela ne va pas. Disons donc Georgette; c'est-à-dire Georgiana.

— Vous faisiez une remarque à son sujet, insinua l'autre après un instant de silence.

— Je disais que Georgiana, répondit Fledgeby très-mécontent d'être remis sur la voie, ne me paraissait pas d'humeur violente.

— La douceur d'une colombe, mon cher.

— C'est tout simple, vous ne direz pas autrement, réplique Fascination, qui retrouvait sa finesse dès qu'on touchait à ses intérêts; mais c'est ce que je pense et non ce que vous dites qui importe. Je disais donc, en songeant au ménage de mon père, que Georgiana ne me semblait pas du genre querelleur. »

Mister Lammle était bravache par nature, non moins que par habitude. Voyant que les affronts se multipliaient, et que tous les moyens de conciliation avaient échoué, il lança un regard menaçant dans les petits yeux de Fledgeby. Ce qu'il aperçut dans les prunelles du jeune homme l'ayant satisfait, il se leva, et frappant sur la table de manière à faire danser la porcelaine:

« Vous êtes un insolent, monsieur, cria-t-il avec fureur; que signifie cette conduite?

— Je disais... Ne vous fâchez pas! balbutia Fledgeby.

— Vous êtes un insolent, vous dis-je; un insolent coquin, répéta Lammle.

— Vous savez... gémit Fascination, je disais seulement.

— Grossier vagabond, vulgaire impudent! Si votre domestique était là, je lui demanderais six pence de votre bourse, afin de payer le nettoyage de mes bottes, car vous ne valez pas qu'on en fasse la dépense, et je vous donnerais un coup de pied.

— Vous ne le feriez pas, j'en suis sûr, plaida Fledgeby.

— Je le ferais parfaitement, répondit Alfred, en s'avançant

vera le jeune homme ; vous allez en avoir la preuve : donnez-moi votre nez. »

Fledgeby se couvrit la figure, et dit en reculant : « Je vous en prie ! ne le faites pas.

— Votre nez, monsieur ? » répéta l'autre.

Le nez toujours couvert, Fledgeby réitéra sa supplique en nasillant.

« Ce drôle ! reprit Alfred qui fit saillir sa poitrine, ce drôle ! Il s'autorise de ce que je l'ai choisi entre tous pour le faire profiter d'une bonne occasion ; il se prévaut de ce que j'ai dans le coin de mon pupitre, un sale billet où il reconnaît me devoir une misérable somme, payable après un certain événement, qui ne peut s'accomplir que par mon entremise et celle de ma femme ; il s'en autorise pour être impertinent envers un homme comme moi ! Votre nez, monsieur !

— Non ; arrêtez ! je vous demande pardon, s'écria Fledgeby.

— Que dites-vous, monsieur, reprit Lamule, feignant une colère qui ne lui permettait pas d'entendre.

— Je vous demande pardon, répéta Fledgeby.

— Parlez plus haut, monsieur. La juste indignation du gentleman outragé me fait bouillir le sang dans la tête ; et je ne vous entends pas.

— Je vous demande pardon, expliqua laborieusement Fledgeby.

— En homme d'honneur, répondit mister Lammle après une pause, et en se jetant sur une chaise, en homme d'honneur, je m'avoue désarmé. »

Fledgeby s'assit également, bien que d'une façon moins bruyante, et découvrit son nez peu à peu. Toutefois, après le rôle délicat et personnel, pour ne pas dire public, que venait de jouer cet organe, Fascination n'osa pas le moucher immédiatement. Ce ne fut que plus tard qu'il surmonta ses scrupules, et prit modestement cette liberté, avec excuse sous-entendue.

« Lammle, dit-il d'un air bas et rampant, lorsque la chose fut terminée, j'espère que nous revoilà bons amis.

— N'en parlons plus, répondit Alfred.

— J'ai été trop loin, continua Fascination ; je me suis rendu désagréable ; mais je ne voulais pas vous blesser.

— N'en parlons plus, répéta mister Lammle d'un air magnanime. Donnez-moi — Fledgeby frissonna. — Donnez-moi votre main. » Les mains se pressèrent, à la grande joie des deux amis ; car Alfred n'était pas moins lâche que l'autre ; il avait été bien près de demander grâce, quand la frayeur qu'il aperçut dans les yeux de Fascination, lui rendit fort à propos le courage de changer de rôle.

Le déjeuner s'acheva au milieu de l'entente la plus cordiale. Fascination reconnut son incapacité dans l'art de plaire, et réclama l'assistance de ses coadjuteurs. Il fut donc arrêté que mister et missis Lammle poursuivraient leurs manœuvres; qu'ils feraient tous deux la cour pour Fledgeby, et que rien ne serait épargné pour lui assurer la victoire.

Mister Podsnap est loin de soupçonner les filets et les piéges qui sont tendus à sa jeune personne. Il la croit en sûreté, au fond du Temple de la Podsnaperie, attendant l'époque où elle prendra le Fitz-Podsnap qui l'enrichira de tous ses biens.

Ce serait appeler la rougeur au front de cette jeune personne modèle, que de supposer qu'elle puisse avoir à se mêler de pareille matière, si ce n'est pour épouser celui qu'on lui présentera, et pour recevoir, par acte en bonne forme, le douaire considérable qui lui sera attribué. Qui donne en mariage cette femme à cet homme? Moi, Podsnap! Périsse l'audacieuse pensée qu'une créature quelconque puisse se placer entre moi et ma jeune personne.

Fascination n'a recouvré son assiette, et la température habituelle de son nez, qu'après le départ de mister Lammle. Bien que ce soit un dimanche il se dirige vers la Cité, et marche en sens contraire du flot vivant qui s'en échappe. Il arrive ainsi aux environs de Sainte-Mary-Axe, dans un quartier où la tranquillité domine. La maison jaune, aux étages surplombants, à la façade recouverte de plâtre, devant laquelle il s'arrête est d'un calme profond. Tous les volets sont fermés, et les mots Pubsey et Cie semblent dormir sous la fenêtre du bureau qui se trouve au rez-de-chaussée, et donne sur la rue assoupie.

Fascination a frappé et sonné, refrappé, resonné; personne ne paraît. Il traverse la rue qui est étroite, et lève son regard sur les fenêtres de l'étage supérieur: personne n'abaisse les siens vers lui. Fledgeby s'impatiente; il retraverse la rue, et tire le bouton de la sonnette, comme si c'était le nez de la maison, et qu'il voulût se venger sur elle de la scène du matin. L'oreille collée au trou de la serrure, il paraît cependant acquérir la certitude qu'on a remué à l'intérieur. Son œil, appliqué au même endroit, confirme sans doute le témoignage de son oreille; car il tire avec colère le nez de la maison, et le tire, et le tire, et continue de tirer jusqu'au moment où un nez humain apparaît sous le portail.

«Enfin! s'écrie-t-il; vous jouez là un vilain jeu. »

Celui auquel il s'adresse est un vieux juif, revêtu d'une ancienne houppelande, à longue jupe et à larges poches. Un homme vénérable, à tête chauve et luisante, garnie, sur les côtés, de longs cheveux gris flottants qui se mêlent avec la barbe. Un vieillard, qui, d'un geste oriental plein de grâce, incline le front et avance les mains, la paume tournée vers la terre, comme pour apaiser le courroux d'un supérieur.

« Où étiez-vous donc ? reprend Fledgeby dont la colère éclate.

— Généreux chrétien, répond le juif, c'est aujourd'hui fête ; je n'attendais personne.

— Au diable les fêtes ! dit Fledgeby en entrant. Est-ce que le dimanche vous regarde ? Fermez la porte. »

Le vieillard s'incline et s'empresse d'obéir. Sur le carré, pendu à un clou, est son chapeau à forme basse, à larges bords, aussi vieux que la houppelande, et rouillé par le temps. Son bâton est dans le coin, près du chapeau ; non pas une canne, un vrai bâton. Fledgeby entre dans la pièce où est la caisse. Il se perche sur un tabouret, et retrousse le bord de son chapeau. Quelques boîtes légères sont posées sur les planches dont la pièce est garnie. Des rangs de fausses perles, accrochées de côté et d'autre ; des horloges de pacotille, des vases de fleurs communes, différents objets, rien que des bibelots de fabrique étrangère, sont là comme échantillons. Perché sur son tabouret, le chapeau sur la tête, et les jambes pendantes, le jeune Fascination n'a guère meilleur aspect que le vieux juif qui est près de lui, tête découverte et les yeux baissés. Les vêtements du vieillard ont pris cette teinte de rouille que nous a présenté le feutre accroché sur le carré ; ils sont pauvres, mais n'ont pas l'air ignoble ; tandis que pour Fledgeby c'est justement le contraire.

« Vous ne m'avez toujours pas dit ce que vous faisiez, reprend celui-ci en se grattant la tête avec le bord de son chapeau.

— Je prenais l'air, monsieur.

— Dans la cave, sans doute, que vous n'entendiez pas sonner ?

— Non, monsieur ; j'étais sur la maison.

— Est-ce là qu'on fait des affaires ?

— Monsieur, répond le vieillard d'un air grave et patient, pour faire des affaires il faut être au moins deux ; et la fête me laissait seul.

— On n'est pas à la fois l'acheteur et le vendeur, reprend Fledgeby, n'est-ce pas comme cela que disent les Juifs ?

— Je n'en sais rien, monsieur ; dans tous les cas ce serait la vérité, répond le vieillard avec un pâle sourire.

— Il faut bien la dire quelquefois ; vous mentez assez souvent.

— Le mensonge, monsieur, réplique le vieillard avec calme, est trop commun chez les hommes, quelle que soit leur nation. »

Un peu déconcerté, Fledgeby se gratte de nouveau la tête avec son chapeau pour se donner le temps de réfléchir.

« Par exemple, ajoute-t-il, comme si c'était lui-même qui eût parlé le dernier, qui a jamais entendu dire qu'un juif ait été pauvre?

— Les juifs, monsieur, répond le vieillard en souriant avec grâce. Ils entendent souvent parler de juifs qui sont dans la misère, et ils s'empressent de les secourir.

— Au diable! riposte Fledgeby; vous me comprenez de reste. Vous voudriez me faire accroire que vous êtes dans la débine; mais si vous me disiez combien vous avez tiré de mon père, cela me donnerait meilleure opinion de vous que tous vos semblants de pauvreté. » Le vieillard courbe la tête, en avançant les mains comme il a fait au début.

« Pas de poses de sourd et muet, dit Fledgeby; exprimez-vous en langage de chrétien, et répondez.

— Le malheur et la maladie se sont abattus sur moi, dit le vieillard, et je me suis vu si pauvre, que j'ai dû à votre père les intérêts avec le principal. Son fils, en héritant de la créance, a eu la générosité de me faire remise de la dette, et de me placer ici. »

Il fait le geste de saisir le bord d'une robe imaginaire, dont il revêt le noble jeune homme, et de la porter à ses lèvres. L'action est pleine d'humilité; mais accomplie d'une manière pittoresque, et sans avilir celui qui s'en acquitte.

« Vous ne voulez pas en dire davantage, reprend Fledgeby, en regardant le vieillard avec des yeux cruels, comme s'il avait le désir de lui arracher une dent. Tout ce que je fais à cet égard est inutile. Vous avouerez du moins, Riah, que personne ne vous croit pauvre.

— Non, personne, répond le vieillard en secouant la tête d'un air grave. Si je leur disais que rien de tout cela n'est à moi, ils le prendraient pour un mensonge. Si je leur affirmais que tout ce qu'il y a ici est à un gentleman chrétien, dont je ne suis que le serviteur, et à qui je dois compte du moindre grain de verre, ils se mettraient à rire. Lorsqu'à propos d'affaires plus importantes, je dis à ceux qui empruntent...

— J'espère, vieux drôle, interrompt Fledgeby que vous n'oubliez pas ce qu'il faut dire?

— Quand je leur assure (jamais je n'en dis davantage) qu'il m'est impossible d'accorder telle chose, de répondre à telle autre; qu'il faut que je voie le patron; que je ne suis qu'un pauvre homme sans argent, sans crédit, ils s'impatientent, n'en veulent rien croire, et me maudissent au nom de Jéhovah.

— Parfait! dit Fledgeby, parfait!

— Il en est d'autres qui me répondent : A quoi bon ces détours? Ne pouvez-vous pas traiter les affaires sans cela? Allons,

allons, mister Riah; nous connaissons les ruses de votre peuple; (mon peuple)! Si l'argent doit être prêté, donnez-le; s'il ne doit pas l'être, gardez-le; mais soyez franc.

— Parfait, tout cela, parfait! s'écrie Fascination.

— Nous savons bien, disent-ils, nous savons bien; il suffit de vous regarder pour savoir à quoi s'en tenir. »

En effet, pense Fledgeby en le regardant, vous avez le physique de l'emploi; tout ce qui convient; je suis un habile homme de l'avoir découvert. Je n'ai pas l'esprit vif; mais je l'ai sûr. » Pas un de ces mots n'échappe à Fledgeby; il craindrait, en laissant voir le prix qu'il attache à son juif, que celui-ci ne pensât à faire augmenter ses gages; ce qui serait doublement fâcheux. En examinant le vieillard, qui a la tête et les yeux baissés, il a compris qu'il n'y fallait rien changer; que rogner d'un pouce ses cheveux blancs, son bâton, son chapeau, sa houppelande, que rendre son front moins chauve, ses habits moins râpés, serait diminuer de plusieurs centaines de livres les bénéfices qu'il procure. « Pensez-y, Riah, dit-il enfin, attendri par cette considération, je veux encore acheter de ces créances; occupez-vous en.

— Ce sera fait, monsieur.

— En jetant les yeux sur les comptes, je vois que cette branche de commerce est assez productive. Je désire qu'elle se fasse sur une plus grande échelle. D'ailleurs, j'aime à connaître les affaires des autres; soyez donc à l'affût.

— J'y serai, monsieur.

— Faites savoir dans les bons endroits que vous achèterez ce genre de papiers en masse; par livres s'il le faut, en supposant que l'examen du paquet vous fasse flairer une bonne affaire. Encore un mot : n'oubliez pas de m'apporter les livres pour l'inspection périodique, mardi matin vers les huit heures. »

Riah tire de sa poitrine un vieux portefeuille, et prend note de cet ordre.

« Plus rien à vous dire, ajoute Fledgeby en se levant; si ce n'est que je vous recommande de prendre l'air dans un endroit où vous entendrez la sonnette. A propos, comment se fait-il que vous preniez l'air sur la maison? Grimpez-vous dans une cheminée, placez-vous votre tête dans le pot qui la surmonte?

— Il y a, monsieur, un endroit qui est couvert en plomb; et j'y ai fait un petit jardin.

— Pour y enterrer votre argent, vieux drôle?

— Un carré grand comme l'ongle, dit Riah, suffirait pour cacher mon trésor. Douze shillings par semaine trouvent bien à s'enterrer d'eux-mêmes.

— J'aimerais à connaître le chiffre de votre avoir, reprend Fledgeby, qui caresse cette fiction des économies du vieillard, et se plaît à supposer que le juif a dû s'enrichir avec ce qu'il lui donne. Mais avant que je m'en aille, poursuit-il, montrez-moi votre jardin.

— C'est que, dit le vieillard avec hésitation, à vous parler franchement... j'y ai de la compagnie.

— Par saint Georges ! s'écrie le maître, à qui appartient la maison ?

— Elle est à vous, monsieur ; et je n'y suis que votre serviteur.

— Je pensais que vous l'aviez oublié, reprend Fledgeby, qui cherche sa barbe en regardant celle de Riah. Ainsi vous recevez chez moi ?

— Venez voir, monsieur, les personnes que je me permets d'y introduire, et vous reconnaîtrez qu'elles ne peuvent faire aucun mal. »

Passant le premier en faisant un salut, que, par parenthèse le gentleman n'aurait jamais pu obtenir de sa tête et de ses mains, le vieillard se mit à monter l'escalier. Tandis qu'il avançait, les doigts sur la rampe, traînant sa longue redingote noire, véritable manteau, dont il drapait chaque marche tour à tour, on l'aurait pris pour le chef d'une pieuse caravane, allant en pèlerinage au tombeau d'un prophète. A l'abri de pareilles idées, Fledgeby se demandait seulement quel âge pouvait avoir cet homme quand sa barbe avait commencé à poindre ; et il songea de nouveau à la part avantageuse que cet accessoire prenait au rôle du vieux juif.

Quelques marches de bois, placées sous un appentis qui les obligeait à se courber, les conduisirent au faîte de la maison. Arrivé à la dernière marche, le vieillard se retournant vers Fledgeby, lui désigna ses hôtes : Lizzie Hexam et Jenny Wren. Par un vieil instinct de sa race, le bon juif avait étendu pour elles un morceau de tapis sur le plomb de la toiture. Elles y étaient assises, et avaient pour dossier un groupe de tuyaux noirs sur lequel s'élevait une plante sarmenteuse qu'on y avait palissée. Les deux jeunes filles étaient penchées au-dessus d'un livre ; deux visages attentifs : celui de miss Wren plus intelligent ; celui de Lizzie plus appliqué. A côté d'elles étaient deux ou trois volumes, et deux paniers ; l'un renfermait quelques mauvais fruits ; l'autre, quelques rangs de perles, et des bouts de clinquant. Un petit nombre de caisses, où végétaient d'humbles fleurs, et quelques arbustes à feuilles persistantes, complétaient le jardin. Autour de cet oasis, océan d'antiques cheminées, vieilles douairières, qui faisaient tournoyer leurs capuchons, et balançant leurs panaches enfumés, avaient l'air de jouer de l'éventail en se rengorgeant.

Ayant détourné les yeux pour répéter de mémoire ce qu'elle venait d'apprendre, Lizzie aperçut le gentleman et se leva; Jenny, découvrant à son tour le chef du domaine, lui adressa ces paroles d'un ton peu respectueux : « Qui que vous soyez, je ne me lève pas; j'ai le dos malade et les jambes faibles.

— Monsieur est mon maître, » dit Riah en s'avançant.

(Il n'en a pas l'air, pensa miss Wren en clignant l'œil et le menton.)

« Celle-ci, continua le vieillard, est une petite ouvrière. Expliquez au maître, Jenny.

— Habilleuse de poupées, dit miss Wren d'un ton sec. Très-difficile. Des formes si vagues! On ne sait jamais où elles ont la taille.

— Son amie : aussi laborieuse que sage, reprit le vieux juif en désignant Lizzie. Mais elles le sont toutes les deux, autant l'une que l'autre. Toujours travaillant, depuis le matin de bonne heure jusqu'au soir bien tard; et à temps perdu, les jours de fête, comme aujourd'hui par exemple, elles étudient dans les livres.

— On en tire peu de profit, dit le jeune homme.

— Cela dépend des gens, répliqua miss Wren.

— Je les ai connues, s'empressa de dire le vieillard, évidemment pour enlever la parole à Jenny, je les ai connues en vendant à miss Wren nos rognures et nos mauvais chiffons. Portés par sa petite clientèle aux joues roses, nos rebuts vont dans la meilleure compagnie. Elle leur en fait des robes, des chapeaux, des coiffures; et il y en a qui, avec ces toilettes, sont présentées à la cour.

— Ah! dit Fledgeby, dont cette information réveilla l'intelligence. Elle a, je suppose, acheté aujourd'hui ce qu'il y a dans son panier?

— Et payé aussi, je suppose, ajouta miss Wren.

— Voyons ce que c'est, dit le soupçonneux jeune homme. Combien a-t-elle payé cela?

— Bel et bien deux schellings, » répondit miss Wren.

Le vieillard fit deux signes de tête à Fledgeby qui le regardait : un par schelling.

— Pas mal vendu, reprit Fascination en fouillant de l'index le contenu du panier. Vous avez bonne mesure, miss Une-Telle.

— Essayez de dire Jenny, répondit la petite ouvrière.

— Bonne mesure, miss Jenny; mais ce n'est pas mal vendu. Et vous, miss, ajouta Fascination en se tournant vers Lizzie, nous achetez-vous quelque chose?

— Non, monsieur.

— Vous ne vendez rien?

— Non, monsieur. »

Miss Wren lui jeta un regard de côté, et, posant sa main sur le bras de son amie, elle attira la jeune fille, qui s'agenouilla près d'elle. « C'est pour nous un grand bonheur de venir ici, dit la petite habilleuse; nous en sommes bien reconnaissantes; un endroit si paisible! Vous ne savez pas ce que le repos est pour nous. N'est-ce pas, ma Lizzie, qu'on y est bien? Tant de calme et tant d'air!

— Du calme! répéta Fledgeby en tournant la tête d'une façon méprisante vers le bruit de la Cité. Et un air... Pouah! fit-il en regardant les cheminées fumeuses.

— Puis c'est si haut, continua miss Wren; on voit courir les nuages au-dessus des rues étroites, sans s'inquiéter de ce qui s'y passe. On voit les flèches d'or se dresser vers les montagnes qui sont dans le ciel, d'où les vents descendent, et l'on éprouve la même chose que si on était morte. » La pauvre créature leva les yeux et tendit ses petites mains transparentes vers les nuages.

« Que peut-on éprouver quand on est mort? demanda Fledgeby avec embarras.

— Oh! répliqua Jenny en souriant, on est si tranquille, si reconnaissante de la paix qui vous entoure! Vous entendez crier les vivants qui travaillent, qui s'appellent les uns les autres, au fond des rues noires où l'on étouffe; et vous avez tant pitié d'eux! Vous êtes délivrée d'une chaîne si lourde! vous sentez un bonheur si étrange, à la fois doux et triste, mais si grand! »

Ses yeux tombèrent sur le vieillard, qui, les mains jointes, la regardait d'un air recueilli.

« Tout à l'heure, poursuivit-elle en le désignant, j'ai cru le voir sortir de la tombe. Il avait l'air si fatigué en se courbant pour passer sous la porte! Puis il a repris haleine; il s'est redressé, il a regardé le ciel, le vent a soufflé sur sa tête, et l'existence qu'il mène en bas a été finie. Puis on l'a fait rentrer dans l'ombre. C'est vous, dit-elle en jetant à Fledgeby un de ses regards incisifs. Pourquoi l'avez-vous fait redescendre?

— Il y a mis le temps, murmura le maître.

— Mais vous n'êtes pas mort, vous, dit-elle; allez vivre en bas. »

L'idée parut bonne à Fledgeby; il salua de la tête, se retourna et repassa sous la porte. Comme le vieillard le suivait, la petite ouvrière cria de sa voix argentine au vieux juif : « Ne restez pas longtemps; revenez vite, et soyez mort. »

Tout en descendant, ils entendaient la petite voix mélodieuse répéter d'un accent de plus en plus faible : « Revenez vite, et soyez mort. »

Au bas de l'escalier, Fledgeby s'arrêta; il se mit à l'ombre du grand chapeau, et dit au vieillard, en balançant le gourdin qu'il avait pris machinalement :

« La grande est une jolie fille; celle qui n'est pas folle.

— Et aussi bonne que belle, répondit Riah.

— Psitt! fit sèchement Fascination. Dans tous les cas, j'espère qu'elle aura la bonté de ne pas introduire ici de jeune drôle qui pourrait briser les volets et forcer les serrures. Veillez-y bien, et ne faites pas d'autres connaissances, si jolies qu'elles puissent être. Vous n'avez pas dit qui j'étais, je suppose?

— Je m'en garderais bien, monsieur.

— Si elles le demandent, répondez-leur que je me nomme Pubsey, ou Compagnie; tout ce qu'il vous plaira, excepté mon nom. » D'une race chez qui la gratitude est profonde et à toute épreuve, le fidèle serviteur inclina la tête et porta réellement à ses lèvres le pan de l'habit du jeune homme, mais avec tant de délicatesse que l'autre n'en sut rien.

Tandis qu'en s'éloignant Fledgeby se glorifiait d'avoir eu l'habileté de mettre le doigt sur ce juif, le vieillard regagnait son jardin. A mesure qu'il montait, la douce voix résonnait à ses oreilles d'une façon plus distincte; et levant la tête, il aperçut le visage de la petite ouvrière, qui, entouré de ses longs cheveux ainsi que d'une brillante auréole, se penchait vers lui en répétant, comme dans une vision : « Montez, et soyez mort! »

VI

ÉNIGME INSOLUBLE

Mortimer Lightwood et Eugène Wrayburn se trouvaient chez eux, dans la maison où nous les avons déjà vus. Ce soir-là, toutefois, ils n'étaient pas dans le cabinet de l'éminent solicitor, mais dans une autre pièce lugubre, au fond d'un appartement situé sur le même palier, et dont la porte noire, pareille à celle d'une prison, portait ces mots :

Appartement privé.
M. Eugène Wrayburn.
M. Mortimer Lightwood.
(Étude et cabinet de M. Lightwood en face.)

Tout annonçait une installation récente : les lettres de l'inscription qu'on vient de lire étaient d'un blanc parfait et sentaient fortement la peinture. La fraîcheur des meubles, comme celle de lady Tippins, était un peu trop vive pour que l'on pût croire à sa solidité. Les dessins des tapis, d'un relief et d'un éclat insolites, se détachaient de l'étoffe et sautaient aux yeux des spectateurs. Mais le Temple, habitué à faire baisser de ton les hommes et les choses qui ont de fréquents rapports avec lui, devait bientôt avoir raison de cet éclat.

« Eh bien ! dit Eugène, qui était assis à l'un des coins de la cheminée, je suis assez satisfait ; je voudrais que le tapissier le fût également.

— Pourquoi ne le serait-il pas ? demanda Mortimer, qui occupait l'autre coin.

— C'est vrai, dit Eugène d'un air pensif, il ne connaît pas l'état de nos finances ; il est donc possible qu'il n'ait pas d'inquiétude.

— Nous le payerons, dit Mortimer.

— Vraiment ? fit Eugène avec une indolente surprise.

— J'ai bien l'intention de lui payer ma part, reprit Mortimer, un peu blessé.

— Moi aussi, répliqua Eugène ; sois tranquille, je pense tellement à lui payer la mienne que j'y penserai probablement toujours. »

Mortimer, allongé dans son fauteuil, regarda son ami, qui, étendu dans le sien, avait les jambes placées devant le feu, et il prit cet air amusé qu'Eugène éveillait toujours chez lui, sans avoir rien fait pour cela.

« Dans tous les cas, dit-il, tu as grossi le mémoire par tes caprices.

— Appeler caprices des vertus domestiques ! s'écria Eugène en jetant les yeux au plafond.

— Cette cuisine, où jamais rien ne sera cuisiné, dit Lightwood, n'est-ce pas...

— Mon cher, interrompit l'autre en levant la tête avec nonchalance, combien de fois t'ai-je dit qu'il ne s'agit pas de l'utilité matérielle de ces objets de ménage, mais de leur influence morale.

— L'influence morale d'une batterie de cuisine sur ce garçon-là ! s'écria Mortimer.

— Fais-moi la grâce, dit Eugène d'un air sérieux, de venir examiner cette partie de notre logement que tu dénigres avec tant de légèreté. » Il prit une bougie et conduisit Mortimer dans une petite pièce transformée en cuisine, et dont le mobilier complet avait été choisi avec soin.

« Tu vois, dit-il : barillet à farine, boîte aux épices, rouleau à pâtisserie, moulin à café, tournebroche et lèchefrite, dressoir garni d'élégante vaisselle, poêles et casseroles, bouilloire charmante, cafetières de toute grandeur, arsenal de couvre-plats. Tous ces objets peuvent avoir sur mon esprit une énorme influence. Ils n'agissent pas sur toi, parce que ton état est désespéré; mais sur moi, c'est différent. Je dirai même que je sens déjà poindre les vertus domestiques. Fais-moi le plaisir de passer dans ma chambre. Remarque ce secrétaire, meuble discret et solide en bel et bon acajou, autant de cases que de lettres dans l'alphabet. Je suppose que Jones m'adresse un papier quelconque : j'étiquette soigneusement, et je mets dans le casier J. C'est presqu'une recette ; l'opération est des plus satisfaisantes. Mortimer, poursuivit-il en s'asseyant sur son lit, et du ton d'un philosophe qui instruit son disciple, je souhaite que mon exemple t'amène à contracter des habitudes d'ordre et de méthode, et que les moyens d'influence morale que j'ai réunis autour de nous t'encouragent à la culture des vertus domestiques. »

L'autre se mit à rire et accompagna cet élan de gaieté de ses commentaires habituels : « Que tu es ridicule, Eugène ! que tu es absurde! » Mais quand son rire fut achevé, quelque chose de sérieux, sinon d'inquiet, se peignit sur son visage. En dépit de cette pernicieuse affectation d'indifférence et de lassitude, qui était devenue chez lui une seconde nature, il avait pour son ancien camarade un profond attachement. Du jour où, bien jeunes tous les deux, ils s'étaient connus en pension, Mortimer avait pris Eugène pour modèle en même temps que pour ami, et à l'heure dont nous parlons, il ne l'imitait pas moins, ne l'admirait pas moins, ne l'aimait pas moins qu'autrefois.

« Eugène, dit-il, si tu pouvais être sérieux une minute, j'essayerais de te parler sérieusement.

— Sérieusement! s'écria Eugène; premier effet. Parle, mon ami, parle.

— Je vais le faire, répondit l'autre, bien que tu ne sois pas sérieux.

— Dans ce besoin de gravité, murmura Eugène d'un air méditatif, je reconnais l'heureuse influence du baril à farine; c'est très-satisfaisant.

— Eugène, reprit Mortimer sans faire attention à ces paroles, et en posant la main sur l'épaule de son ami, tu me caches quelque chose. »

Eugène le regarda, mais sans répondre.

« Il y a déjà longtemps, poursuivit Mortimer. Au début, quand il a été question de nos arrangements de vacances, tu étais tout entier à nos projets de canotage. Jamais, depuis que nous vivons ensemble, tu n'avais eu autant d'ardeur pour un plaisir quelconque. Au moment d'en jouir, tu ne t'en es plus soucié; au contraire, c'était pour toi une chaîne que tu brisais sans cesse. J'ai pu te croire six fois, dix fois, vingt fois quand tu me répondais, comme toujours, que c'était par prudence, pour ne pas nous lasser l'un de l'autre. Mais à la fin j'ai pensé naturellement que cette défaite recouvrait quelque chose. Je ne te demande pas ce que c'est, puisque tu n'as pas jugé à propos de me le dire; mais avoue que j'ai raison.

— Ma parole d'honneur, répondit Eugène après un instant de silence et avec un sérieux réel, je n'en sais rien, je t'assure.

— Tu n'en sais rien, Eugène?

— Sur mon âme. De tous les gens de la terre, c'est moi que je connais le moins; et je ne peux pas te répondre.

— Quelque chose te préoccupe.

— Tu crois?

— Un intérêt que tu n'avais pas jadis.

— Je ne sais réellement pas, dit Eugène en secouant la tête, après une nouvelle pause. Quelquefois je pense que oui, quelquefois je pense que non. Tantôt je me sens entraîné vers un certain objet, tantôt je sens que la chose est absurde, elle me fatigue et m'embarrasse. Franchement, je ne saurais te répondre; je te le dis en conscience, je le ferais si je le pouvais. » Il mit la main sur l'épaule de Lightwood, et se leva. « Il faut prendre les gens comme ils sont, dit-il; tu me connais, Mortimer, tu sais que lorsqu'il m'arrive d'être assez raisonnable pour voir que je suis une énigme vivante, je m'abrutis en essayant de me deviner. Tu sais que je n'y réussis jamais. Comment te répondrais-je, puisque je ne trouve pas ce que tu me demandes? Devinez, devinette: qu'est-ce que ceci veut dire? tu connais la formule: « Peut-être ne me le direz-vous pas? » Assurément, je suis forcé d'en convenir. »

Il y avait dans ces paroles quelque chose de tellement vrai, que Mortimer fut obligé d'y croire. Il connaissait trop son insouciant ami, pour ne voir dans sa réponse que le désir d'éluder sa question; elle était faite, d'ailleurs, avec un air de franchise affectueuse, qui ne permettait pas d'en soupçonner la sincérité.

« Ami, dit Eugène, essayons d'un cigare. Si je puise dans sa fumée quelque renseignement, je t'en ferai part sans réserve. »

Ils revinrent dans le salon; et, trouvant qu'il y faisait trop chaud, ils se mirent à la fenêtre. Le cigare à la bouche, ils regardèrent la petite cour qui se trouvait au-dessous d'eux, et qui alors était éclairée par la lune.

« Pas la moindre information, dit Eugène, après un instant de silence. Je le regrette sincèrement, et t'en fais mes excuses; mais rien n'arrive.

— Je souhaite qu'il n'en arrive rien, répondit Mortimer; rien de fâcheux pour toi, ou... »

Eugène lui posa la main sur le bras; et, prenant un peu de terre dans un vieux pot de fleur qui se trouvait sur la fenêtre, il la lança avec adresse à un petit point lumineux qui était en face de lui; puis, ayant touché le but, il reprit sous forme de question : « Rien de fâcheux pour moi, ou ?...

— Pour un autre, répondit Lightwood.

— Comment ? » dit Eugène, en prenant une nouvelle motte de terre, et en la jetant au même endroit avec la plus grande précison; pour quel autre ?

« Je ne sais pas, » répliqua Lightwood.

La troisième boulette à la main, Eugène posa de nouveau les doigts sur le bras de son ami; il le regarda d'un air légèrement soupçonneux; mais le visage de Mortimer n'annonçait aucune arrière-pensée. « Deux vagabonds attardés dans le labyrinthe judiciaire, » dit Eugène en prêtant l'oreille à des pas qui retentissaient au dehors, et en se penchant à la fenêtre. » Ils entrent dans la cour, et cherchent un nom à la porte n° 1. Ne la trouvant pas, ils se dirigent vers la suivante. J'envoie ma boulette au n° 2 de ces vagabonds, c'est-à-dire au moins grand. Ayant touché le fond du chapeau, je fume avec sérénité, et m'absorbe dans la contemplation des astres. »

Les deux individus levèrent les yeux vers la fenêtre; ils échangèrent un ou deux grognements, et reprirent la lecture des noms qui étaient sur la porte. Probablement ils découvrirent ce qu'ils cherchaient, car ils entrèrent sous le portail.

« Quand ils reparaîtront, dit Eugène, je les bombarderai tous deux. » Et il prépara deux boulettes à cette intention.

Que le nom de Mortimer ou le sien pût être l'objet des recherches de ces deux personnages, ne lui était pas venu à l'esprit. Il fallait néanmoins que ce fût l'un ou l'autre, car, peu de temps après, on frappa violemment à leur porte. « Je suis de service; ne bouge pas, dit Mortimer, je vais ouvrir. »

Eugène resta à la fenêtre sans se faire prier; et, peu curieux de savoir qui arrivait, il continua de fumer tranquillement, jusqu'à ce que Mortimer lui eut dit quelques mots en lui touchant l'épaule. Il retourna la tête, et reconnut dans les visiteurs Charles Hexam et le maître de pension.

« Vous rappelez-vous ce garçon-là, Eugène ? dit Mortimer en lui montrant l'écolier.

— Oui, » répondit-il froidement, après avoir regardé Charley.

Cette fois, il n'avait pas songé à lui prendre le menton; mais Charley, qui en avait eu peur, s'était caché le bas de la figure avec son bras, en tressaillant de colère. Eugène se mit à rire, et du regard il interrogea son ami au sujet de cette étrange visite.

« Il a quelque chose à communiquer, dit Lightwood.

— Probablement à vous, Mortimer.

— Je l'avais cru d'abord; mais c'est vous qu'il demande.

— Oui, c'est vous que je demande, dit Charley, et vous saurez tout ce que j'ai à dire, mister Wrayburn. »

Passant des yeux sur l'écolier, comme s'il n'y avait eu personne à cet endroit-là, Eugène arrêta son regard sur Bradley; puis, se tournant vers Mortimer : « Quel est celui-ci ? demanda-t-il avec une suprême indolence.

— Je suis l'ami d'Hexam, son maître de pension, répondit Bradley Headstone.

— Mon cher monsieur, reprit Eugène, vous devriez donner à vos élèves de meilleures manières. »

Chose remarquable, ni l'un ni l'autre ne s'occupaient d'Hexam, et pendant toute la visite ils se regardèrent, quel que fût celui qui prit la parole, ou à qui on l'adressât. Ils avaient tous les deux, intérieurement, la perception claire et nette de leur rivalité.

« Il est des circonstances, mister Wrayburn, répondit Bradley d'une voix frémissante, où les sentiments de mes élèves parlent plus haut que mes leçons.

— Il est probable, reprit Eugène en savourant son cigare, que cela arrive souvent, quelles que soient les circonstances. Mais vous prononcez mon nom d'une manière très-correcte, monsieur; quel est le vôtre, s'il vous plaît?

— Peu vous importe de le connaître; ce n'est...

— Vous avez raison, interrompit Eugène, il ne m'importe pas du tout; je peux vous appeler Maître de pension, ce qui suffit parfaitement; le titre est fort honorable. »

Cette réponse était d'autant plus amère pour Headstone, que c'était son emportement qui la lui avait attirée. Il essaya d'empêcher ses lèvres de frémir, mais elles n'en tremblèrent qu'un peu plus fort.

« Mister Wrayburn, dit Charles Hexam, j'ai besoin de vous parler, tellement besoin, que nous avons cherché votre adresse dans l'annuaire. Nous sommes allés à votre cabinet, et ne vous y trouvant pas, nous sommes venus ici.

— Vous vous êtes donné beaucoup de peine, Maître de pension, dit Eugène, en faisant tomber la cendre de son cigare; j'espère que vous en serez dédommagé.

— Et je suis bien aise de vous parler en présence de mister Lightwood, continua Charley, puisque c'est par lui que vous avez connu ma sœur. »

Eugène détourna un moment les yeux du maître de pension pour voir l'effet que ces paroles avaient produit sur Mortimer. En les entendant, celui-ci, qui était debout de l'autre côté de la cheminée, avait baissé la tête, et il regardait le feu.

« C'est encore mister Lightwood qui a fait que vous l'avez revue, poursuivit Charley, car vous étiez avec lui quand on a retrouvé mon père ; si bien que le lendemain, lorsque je suis arrivé, vous étiez près d'elle. Depuis cette époque vous l'avez vue souvent, très-souvent, et je veux savoir pourquoi.

— Cela valait-il la peine que vous avez prise, Maître de pension ? demanda Eugène d'un air complétement désintéressé. Vous le savez mieux que moi ; mais il me semble que c'est beaucoup de dérangement pour rien.

— Je ne sais pas pourquoi, mister Wrayburn, répondit Bradley avec une fureur croissante, vous vous adressez à moi plutôt...

— Soyez tranquille, Maître de pension, je ne vous parlerai plus, » dit Eugène.

Il proféra ces mots avec une placidité si provocante, que la respectable main droite, saisissant le respectable cordon qui tenait la respectable montre, l'en aurait volontiers étranglé. A partir de ce moment Eugène garda le silence, et toujours debout au coin de la cheminée, la tête sur la main et le cigare à la bouche, il continua de fumer en regardant mister Bradley, qui, les doigts crispés autour du cordon de sa montre, se sentait devenir fou.

« Mister Wrayburn, reprit Charley, non-seulement vous allez voir ma sœur, mais nous savons encore autre chose. Ce n'est pas elle qui nous l'a dit, elle ignore même que nous l'avons découvert ; mais ce n'en est pas moins vrai. Nous avions pris des mesures pour la faire instruire ; son éducation devait être dirigée par mister Headstone, dont l'autorité est plus compétente que la vôtre. Vous aurez beau penser ce que vous voudrez en fumant votre cigare, il est plus fort que vous là-dessus. Et qu'est-ce qui arrive ? Vous ne le savez pas, mister Lightwood ? Nous découvrons que ma sœur prend des leçons en cachette de nous ; que ma sœur, qui fait la sourde oreille aux plans que nous imaginons pour son bien, moi, son frère, et mister Headstone, l'autorité la plus compétente, comme le prouvent tous ses diplômes, nous trouvons que ma sœur accepte les propositions d'un autre, et qu'elle fait tout ce qu'elle peut pour apprendre, car il faut se donner du mal, je le sais bien, moi, et mon maître aussi. Mais

on n'a pas de leçons gratis ; l'idée nous en vient tout de suite :
qu'est-ce qui paye? Nous faisons des recherches, et nous découvrons que c'est mister Wrayburn. De quel droit paye-t-il
pour ma sœur? Voilà ce que je lui demande. Quelles sont ses
intentions? Est-ce qu'il devait prendre cette liberté sans mon
consentement? Quand je m'élève dans l'échelle sociale par mes
propres efforts et les bontés de mister Headstone, il est bien
juste qu'on ne nuise pas à mon avenir et à ma respectabilité en
déshonorant ma sœur. »

Faiblesse de forme, égoïsme du fond, ce discours était pitoyable. Mais habitué au cercle restreint d'une classe, et aux idées
mesquines, Bradley se montra fier de l'éloquence de son élève.

« Que mister Wrayburn le sache bien, continua Hexam, qui
désespérant d'attirer l'attention d'Eugène s'adressait à Mortimer,
je m'oppose formellement à ce qu'il aille chez ma sœur. Il ne faut
pas pour cela qu'il se figure qu'elle s'intéresse à lui ; ce n'est
pas à craindre.» — Il se mit à ricaner; Bradley en fit autant.
Eugène souffla sur son cigare pour en détacher la cendre. —
«Mais je ne veux pas qu'il la voie, cela suffit. Elle tient plus à
moi qu'à lui. Je lui ferai une position quand j'aurai fait la mienne;
elle le sait bien et n'ignore pas de qui dépend son avenir.
Mister Headstone l'a compris tout comme elle. C'est une bonne
fille; mais elle a des idées romanesques ; non pas au sujet de
mister Wrayburn, mais au sujet de la mort de mon père, et il
l'encourage dans ses idées pour se faire valoir. Elle s'imagine
qu'elle lui doit de la reconnaissance; elle n'en est peut-être pas
fâchée, mais moi cela ne me va pas; c'est à mister Headstone et
à moi seulement qu'elle doit être reconnaissante. Et je le dis à
mister Wrayburn, si elle ne m'écoute pas, tant pis pour elle;
qu'il se mette cela dans la tête. »

Il y eut un instant de silence pendant lequel Bradley parut
très-gauche et très-embarrassé.

« Maître de pension dit Eugène, en examinant son cigare qu'il
avait retiré de sa bouche, ne pensez-vous pas qu'il serait temps
d'emmener votre élève?

— Mister Lightwood, reprit Charley, le visage enflammé par
cette dernière insulte, j'espère que vous tiendrez note exacte de
mes paroles, quand même votre ami dirait le contraire. Vous y
êtes forcé, mister Lightwood; car, je le répète, c'est vous qui
lui avez fait connaître ma sœur, et Dieu sait qu'on n'avait pas
plus besoin de lui qu'on ne le regrettera quand on ne le verra
plus. Maintenant que j'ai dit tout ce que j'avais à dire, et que
mister Wrayburn a été obligé de l'entendre, nous n'avons plus
rien à faire ici.

— Allez m'attendre en bas, Hexam, » lui ordonna Bradley.

L'élève obéit d'un air indigné et le plus bruyamment possible. Lightwood alla se mettre à la fenêtre, s'y appuya et regarda dans la cour.

« Vous ne m'estimez pas plus que la boue de vos souliers, commença Bradley avec une certaine réserve, car sans cela il n'aurait pas dit un mot de plus.

— Je vous assure, maître de pension, répondit Eugène, que je ne songe nullement à vous.

— Ce n'est pas vrai, dit l'autre; vous le savez bien.

— C'est grossier, répliqua Eugène; mais vous ne le savez pas.

— Je sais au moins, mister Wrayburn, qu'il me serait impossible de lutter d'insolence avec vous. Le jeune homme qui vient de sortir pourrait vous battre en quelques minutes sur une demi-douzaine de points scientifiques, et vous l'avez mis de côté comme un inférieur; vous voudriez, je n'en doute pas, agir de même à mon égard.

— C'est possible, dit Eugène.

— Mais je ne suis pas un enfant, reprit Bradley en serrant le poing, et je *veux* être écouté, monsieur.

— En votre qualité de professeur, vous êtes bien sûr de l être; cela doit vous satisfaire.

— Non, monsieur, répliqua l'autre en blêmissant. Parce qu'on s'est plié aux exigences des fonctions que je remplis, et qu'on s'observe chaque jour pour s'acquitter de ses devoirs avec honneur, supposez-vous, monsieur, qu'on ait abdiqué tout sentiment humain?

— Je suppose, répondit Eugène, que vous êtes trop violent pour un maître de pension.

— Violent avec vous, monsieur, j'en conviens; et je m'estime de l'être en pareille circonstance. Avec mes élèves je n'ai pas d'emportement.

— Non; c'est avec vos maîtres.

— Mister Wrayburn !

— Maître de pension.

— Je m'appelle Bradley Headstone, monsieur.

— Comme vous le disiez tout à l'heure, mon cher monsieur votre nom ne me regarde pas.

— Monsieur.... commença Bradley ; puis s'essuyant le visage, et tremblant des pieds à la tête : Que je suis malheureux, s'écriat-il, de ne pas pouvoir me dominer, et de paraître si faible, quand un homme, qui n'a pas souffert dans toute sa vie ce que j'ai subi en un jour, a tant d'empire sur lui-même! » Il parlait avec désespoir, et agitait les mains comme pour se déchirer. Eugène l'examinait avec attention, et paraissait trouver qu'il devenait amusant.

Il y eut une pause. « Eh ! bien, Maître de pension, reprit Eugène avec un soupçon d'impatience, tandis que Bradley cherchait à surmonter sa colère, dites ce que vous avez à dire; et laissez-moi vous rappeler que votre élève vous attend.

— En accompagnant le jeune Hexam, répondit Bradley avec effort, j'ai eu l'intention, dans le cas où vous le traiteriez légèrement, d'ajouter, en ma qualité d'homme qui saurait se faire entendre, que le sentiment qui a dicté ses paroles est juste et digne.

— Est-ce tout? demanda Eugène.

— Non, monsieur, répliqua l'autre avec colère. Il fait bien de ne pas souffrir que vous alliez voir sa sœur, et de blâmer énergiquement les services, ou pis encore, que vous vous permettez de rendre à miss Hexam.

— Est-ce tout? demanda Eugène.

— Non, monsieur. J'ai à vous dire que rien ne justifie vos procédés, et qu'ils sont injurieux pour miss Hexam.

— Êtes-vous son maître de pension, en même temps que celui de son frère, ou cherchez-vous à l'avoir pour élève? »

Ce coup de poignard fit jaillir le sang au visage de Bradley, qui ne put que balbutier avec effort. « Qu'entendez-vous par là, monsieur?

— Une ambition très-naturelle, dit froidement Eugène. Miss Hexam, dont vous parlez un peu trop, est si différente du milieu où elle a toujours vécu, et des gens obscurs et grossiers qui l'entourent, que votre désir n'a rien de surprenant.

— Prétendez-vous me jeter à la face l'obscurité d'où je suis sorti, mister Wrayburn?

— Ne sachant rien à cet égard, et ne désirant pas en savoir davantage, l'intention que vous m'attribuez n'est guère probable.

— Vous faites allusion à ma naissance, monsieur; vous me reprochez mon origine; mais j'ai su me frayer un chemin en dépit de l'une et de l'autre; j'ai donc le droit d'être plus fier que vous, et de me trouver plus de valeur.

— Comment vous reprocher ce que j'ignore, vous jeter des pierres que je n'ai pas dans la main? Ce problème est digne d'intéresser un maître de pension. Est-ce tout?

— Non, monsieur. Si vous croyez que ce jeune homme...

— Qui doit s'ennuyer d'attendre, dit poliment Eugène.

— Si vous croyez qu'il est sans appui, vous avez tort, mister Wrayburn. Je suis le protecteur et l'ami de Charles Hexam; et vous ne tarderez pas à l'apprendre.

— En attendant, observa Eugène, il est toujours dans l'escalier.

— Vous avez cru n'avoir à faire qu'à un enfant sans expérience, et pouvoir agir comme bon vous semblerait. En faisant ce calcul déloyal, vous vous êtes trompé, monsieur. Ce n'est pas seulement à lui, mais à moi que vous devez répondre ; je le soutiendrai jusqu'au bout et j'exigerai, s'il le faut, la réparation qui pourra lui être due. Je suis tout dévoué à sa cause, et ma main lui est ouverte.

— La porte aussi, dit Eugène ; singulière coïncidence.

— Je méprise vos faux-fuyants, monsieur ; je vous méprise vous-même, répliqua Bradley. Votre nature basse et vile me reproche l'infériorité de ma naissance, cela me fait vous apprécier à votre juste valeur. Mais si vous ne tenez pas compte de cette vérité et de ce qui vous a été signifié, vous me trouverez toujours aussi animé contre vous que s'il s'agissait pour moi d'un fait personnel et que vous me parussiez digne d'occuper ma pensée. » Ayant dit ces mots, il partit avec une raideur et une mauvaise grâce dont il avait conscience, tandis qu'Eugène le regardait avec une tranquillité pleine d'abandon ; et la lourde porte se referma sur son ardente colère.

« Un curieux monomane, dit Eugène ; il semble persuadé que tout le monde a connu ses parents. »

Lightwood, qui, par discrétion, s'était mis à la fenêtre, revint dans la chambre et se promena de long en large.

« Je crains, reprit Eugène, en allumant un nouveau cigare, que cette visite, mon cher, ne t'ait paru ennuyeuse. Si, comme dédommagement, il te plaisait d'aller chez lady Tippins, je m'engage à lui faire la cour.

— Eugène ! Eugène ! dit Mortimer en pressant le pas, tout cela me désole. Et dire que j'ai été si aveugle !

— Comment cela, cher ami ?

— J'aurais dû m'en douter, ce certain soir, lorsque, dans cette taverne du bord de l'eau, tu m'as demandé si je ne me sentais pas coupable de trahison en pensant à cette jeune fille.

— Je crois me rappeler cette phrase, dit Eugène.

— Et que sens-tu maintenant quand tu penses à elle ? reprit Mortimer. »

Au lieu de répondre à cette question, Eugène tira quelques bouffées de son cigare, et dit simplement :

« Il n'y a pas, dans toute la ville de Londres, de jeune fille qui vaille mieux qu'elle, pas de meilleure et de plus pure ni dans ma famille, ni dans la tienne.

— Je te l'accorde ; après ?

.— Ah! voilà, dit-il en regardant Mortimer d'un air d'incerti.
tude; c'est l'énigme que j'avais renoncé à résoudre.

— As-tu l'intention de l'abandonner après l'avoir séduite?

— Non, cher ami.

— Songes-tu à l'épouser?

— Non.

— As-tu le projet de retourner chez elle?

— Mon cher, je n'ai aucun projet, aucune intention, je n'en
ai jamais eu, je suis incapable d'en avoir. Si je faisais un projet
quelconque, il ne me resterait plus de force pour le réaliser.

— Eugène! Eugène!

— Ne prends pas cet air funèbre et ne me fais pas de reproches,
mon ami... Je ne sais pas te répondre; que puis-je faire de plus
que d'avouer mon ignorance? Rappelle-toi ce couplet qui, sous
prétexte de gaieté, est bien ce que j'ai connu de plus triste :

> Arrière la mélancolie ;
> Ne permettons pas au chagrin
> D'assombrir l'humaine folie;
> Et tous, gaiement, jusqu'à la fin,
>   Chantons tralla !

Ne chantons pas tralla, qui ne signifie rien; mais chantons
qu'il faut renoncer à deviner cette énigme.

— Es-tu vraiment en relation avec cette jeune fille, Eugène?
Tout ce que son frère a dit est-il vrai?

— J'accorde ces deux points à mon honorable et savant ami.

— Qu'en arrivera-t-il? Que vas-tu faire? Où cela te conduira-t-il?

— Est-ce que la manie interrogante du maître de pension est
contagieuse, Mortimer? Tu es troublé par le besoin d'un cigare;
prends un de ceux-ci, je t'en conjure; allume-le au mien, qui est
d'un calme parfait: à merveille. Maintenant rends-moi justice;
avoue que je tâche de m'améliorer, et que ces ustensiles de ménage, dont tu parlais avec mépris, t'apparaissent sous un nouveau
jour. Sachant ce qui me manque, je me suis entouré des objets
qui peuvent me faire acquérir les vertus domestiques. Recom-
mande-moi à leur salutaire influence et à la société fortifiante de
mon meilleur ami. »

Ils étaient debout à côté l'un de l'autre, enveloppés tous les
deux d'un léger nuage de fumée. « Ah! dit Mortimer d'une voix
affectueuse, que je voudrais que tu pusses répondre à mes trois
questions : Que va-t-il arriver? Que vas-tu faire? Où cela te
conduira-t-il?

— Cher ami, réplique Eugène en poussant le fanal pour que l'autre vît mieux la franchise qui se peignait sur son visage, crois-moi, je te répondrais si c'était possible; mais il faudrait pour cela que j'eusse trouvé ce que je ne cherche même plus. Et se frappant le front et la poitrine: « Devinez, devinette; me direz-vous ce que cela peut-être? Non, sur mon âme, je ne peux pas, et j'y renonce. »

VII

PACTE AMICAL

La nouvelle position de mister Boffin a tellement changé les habitudes de celui-ci, que la lecture de la décadence impériale se fait à présent le matin et dans l'hôtel éminemment aristocratique. Il y a cependant telles circonstances où le boueur doré, cherchant un refuge contre les caresses de la fashion, se présente le soir au Bower afin d'anticiper sur les faits du lendemain; et là, sur le vieux banc comme autrefois, il suit la fortune déclinante de ces anciens maîtres du monde, qui en sont maintenant réduits à leurs dernières ressources.

Plus digne du poste qu'il occupe ou moins bien rétribué, mister Wegg se féliciterait de ces visites, qu'il eût trouvé flatteuses; mais en sa qualité de mystificateur généreusement payé, il en éprouve du ressentiment. C'est la règle commune; le serviteur incapable, quel que soit le maître qu'il ait à servir, en veut toujours à celui qui l'emploie. Même parmi ces nobles êtres, nés Gouvernants et Honorables, ceux qui ont montré le plus d'incapacité dans les places les plus hautes, n'ont jamais manqué de faire l'opposition la plus vive à qui se servait d'eux, et de manifester leur mauvais vouloir soit par le soupçon et la calomnie, soit par une plate insolence. Ce qui est vrai du serviteur public à l'égard de son maître, ne l'est pas moins en tout lieu du serviteur privé.

Depuis que Silas Wegg a pénétré dans *notre maison*, ainsi qu'il nomme l'hôtel dont le coin l'a vu si longtemps sans abri; depuis qu'il sait que, dans ses moindres détails, elle diffère absolument de l'idée qu'il s'en était faite, cet homme aux vues subtiles, non moins pour se dédommager de son erreur que pour ne pas se

démentir, affecte des airs mélancoliques en songeant au passé,
comme si la maison et lui avaient déchu du rang qu'ils occupaient.

« Oui, monsieur, dit-il à Boffin en hochant la tête d'un air
triste et rêveur, c'était là notre maison. L'hôtel patrimonial d'où
j'ai vu tant de fois sortir, et où j'ai vu tant de fois rentrer
miss Élisabeth, maître Georges, tante Jane, oncle Parker, ces
illustres personnages (dont il a inventé le nom)! Faut-il donc
qu'elle en soit arrivée là! Bonté divine! »

Il y a tant de douleur dans ses lamentations, que l'excellent
Noddy prend une part réelle à son chagrin, et se demande si, en
achetant cette maison, il n'a pas fait à ce pauvre ami un tort
irréparable.

Deux ou trois entrevues diplomatiques où il a déployé la plus
grande finesse, tout en disant avec indifférence que c'était le
hasard qui l'amenait à Clerkenwell, ont permis à Silas de conclure son marché avec m'ster Vénus.

« Rapportez-moi au Bower samedi soir, a dit mister Wegg
après cette conclu'on; et si une goutte de Jamaïque peut vous
plaire, je ne suis pas homme à vous le reprocher; nous pas-
serons la soirée ensemble.

— Vous savez, monsieur, a répondu l'autre, que je suis d'une
triste compagnie; néanmoins il sera fait selon votre désir. »

C'est pour cela que le samedi soir mister Vénus sonne à la
porte du Bower. La porte ouverte, mister Wegg aperçoit sous
le bras de l'arrivant une espèce de bâton, enveloppé de papier
brun, et fait cette remarque d'un ton sec : « Je pensais que vous
auriez pris un cab.

— Non, monsieur, répond Vénus; porter un paquet n'est pas
au-dessus de moi.

— Certes, réplique Silas, qui ne témoigne pas entièrement
son déplaisir; mais certains paquets sont au-dessus d'un pareil
transport.

— Voici votre emplette, mister Wegg, dit poliment Vénus en
lui tendant le paquet; je suis heureux de la rapporter à la source
d'où elle émane. »

Silas Wegg le remercie. « Maintenant ajoute-t-il, que c'est
une affaire faite, je peux vous dire, en ami, que si j'avais consulté un avocat, il est possible que vous eussiez été contraint de
me rendre ça purement et simplement. C'est un point de droit
que je vous soumets.

— Y pensez-vous, mister Wegg? c'est un achat loyal, après
marché débattu.

— On ne peut pas trafiquer de chair humaine dans ce pays,

mister Vénus, reprend Silas en hochant la tête. Pouviez-vous acheter des os ?

— Légalement parlant ? demande Vénus.

— Oui, répond Silas.

— En matière de droit, je ne suis pas compétent, réplique l'anatomiste, qui rougit et dont la voix s'élève; mais je peux juger du fait, et, comme tel, j'aurais dû... faut-il continuer, monsieur.

— A votre place, j'en resterais là, dit Wegg d'un ton conciliant.

— J'aurais dû exiger le prix de cet objet avant de m'en dessaisir. Je ne sais pas ce que dit la loi, mais je suis certain du fait. »

Comme Vénus est irritable, sans doute en raison de ses chagrins, et qu'il n'entre pas dans les vues de Silas de l'aigrir, celui-ci ajoute avec douceur : « Je ne disais cela que par manière de parler; une simple question, une hypothèse.

— Veuillez plutôt, répond Vénus, en faire une acquithèse; je vous avoue franchement que je n'aime pas vos manières de parler. »

Passant alors du froid pénétrant de la cour dans la salle de mister Wegg, où brillent un bon feu et la clarté du gaz, mister Vénus s'adoucit et fait compliment à son hôte de la maison qu'il occupe.

« Je vous l'ai toujours dit, poursuit-il, si vous avez le pied au lower, vous êtes dans une belle passe.

— Je ne me plains pas, répond l'autre avec un soupir; mais, vous le savez, il n'y a pas d'or sans alliage. Approchez-vous du feu, asseyez-vous, et faites-vous un grog. Voulez-vous jouer un petit air de pipe ?

— Je n'y suis pas très-fort, réplique Vénus; mais je vous accompagnerai d'une ou deux bouffées de temps à autre. »

Mister Vénus mêle un peu de rhum à son eau chaude; mister Wegg en fait autant. Vénus allume et jette une ou deux bouffées; mister Wegg allume et la fumée tourbillonne.

« Vous disiez, reprend Vénus, que votre or n'était pas sans alliage ?

— Profond mystère ! retourne Wegg. Il m'est pénible de songer que les anciens habitants de cette demeure ont péri de mort violente; et qu'on ignore qui les a fait disparaître.

— Auriez-vous quelque soupçon, mister Wegg ?

— Non; je sais qui a profité du crime; voilà tout. »

Ayant dit ces paroles, Silas Wegg reprend sa pipe, et regarde le feu. Son visage exprime la ferme résolution de ne pas man-

quer de charité; on dirait qu'il a saisi par la jupe cette ver-
théologale, au moment où elle croyait de son devoir de le fuir,
et qu'il la retient malgré elle.

«Je pourrais bien, dit-il, communiquer certaines observations
mais je les garde pour moi. Voilà une immense fortune qui tombe
du ciel à une personne qui ne doit pas être nommée. Voici, d'autre
part, une petite allocation, tant par semaine, qui me tombe des
nues, augmentée, il est vrai du chauffage et de l'éclairage. Lequel
de nous deux est supérieur à l'autre? Ce n'est pas celui dont je
tairai le nom; mais je me soumets. Je prends mon allocation et
mon chauffage; lui sa fortune; ainsi va le monde.

— Ah! mister Wegg, ce serait bien heureux pour moi, si je
pouvais accepter les coups du sort avec ce calme-là.

—Voyez, reprend Silas, avec un geste oratoire de sa pipe et de
sa jambe de bois, dont l'élan manque de le renverser, voyez
encore (et cette fois cela m'indigne), celui qui ne doit pas être
nommé est un être crédule; on s'empare facilement de son esprit,
et c'est ce qui a été fait. Il m'avait à sa droite, où je comptais
sur un avancement fort naturel; peut-être penserez-vous que je
l'avais mérité?» Murmure affirmatif. « Eh! bien, il me laisse
ma place; et met au-dessus de moi un'étranger dont les flatteries
lui ont tourné la tête. Lequel des deux, pourtant, a le plus de valeur? Qui fait de la poésie? Qui se mesure avec les Romains,
civils et militaires, jusqu'à en être enroué, comme si on n'avait
été nourri que de sciure de bois depuis sa première enfance!
Je vous le demande; est-ce moi, ou cet étranger? Cependant la
maison lui est ouverte à tout moment du jour; il y a sa chambre.
Et sur quel pied l'a-t-on mis? Il touche par an un millier de
livres. Tandis qu'on me relègue au Bower, où l'on vient me trouver, comme un vieux meuble, quand on a besoin de moi; ce n'est
pas le mérite qui l'emporte. Ainsi va le monde? J'en fais l'observation, parce qu'il m'est impossible de ne pas le voir: j'ai un
œil auquel rien n'échappe; mais ce n'est pas pour me plaindre.
Vous connaissiez le Bower, mister Vénus?

— Jamais je n'en avais franchi le seuil.

— Mais vous êtes venu jusque-là?

— Oui, mister Wegg; j'ai même regardé plus d'une fois dans
la cour, avec curiosité.

— Avez-vous aperçu quelque chose?

— Rien que les tas d'ordures, mister Wegg. »

Toujours préoccupé de ce qu'il cherche, Silas promène ses
yeux dans la chambre et les roule autour de Vénus, comme s'il y
avait chez celui-ci quelque chose à découvrir.

« Cependant, reprend-il, on pourrait croire, qu'étant lié avec mister Harmon, vous n'avez pas été sans lui faire des visites; la politesse l'exigeait, et vous êtes naturellement poli.

— C'est vrai, répond Vénus, en clignant ses yeux fatigués, et en faisant courir ses doigts dans sa tignasse poudreuse, j'étais d'humeur sociable avant d'être aigri par une certaine réponse; vous savez à quoi je fais allusion. Depuis lors j'ai perdu toute amabilité; je n'ai plus que du fiel.

— Vous n'avez pas tout perdu, mister Vénus, dit le littérateur avec condoléance.

— Si, monsieur; tout absolument. On peut trouver cela insensé; mais je suis capable de me jeter sur mon meilleur ami, aussi bien que sur un autre; et même c'est lui que j'attaquerai de préférence. »

Faisant une passe instinctive avec sa jambe de bois pour se protéger contre Vénus, qui s'est lové subitement en disant ces paroles, mister Wegg tombe sur le dos avec sa chaise, et se disloque. Il est relevé par le misanthrope inoffensif qui a provoqué sa chute, et il se frotte la tête.

— Vous avez perdu l'équilibre, mister Wegg, dit Vénus en lui tendant sa pipe.

— Il y a de quoi, grommelle Silas; quand un homme qui vous fait une visite se conduit comme un diable à surprise, et s'échappe de sa boîte au moment où l'on ne s'y attend pas.....

— Je vous demande pardon, mister Wegg; je suis tellement aigri!

— Je le sais bien; mais corbleu! un homme qui se possède peut être aigri et rester sur sa chaise. Si la personne qui vous irrite n'aime pas les os, moi je n'aime pas les bosses, dit Wegg, en se frictionnant.

— Je ne l'oublierai pas, monsieur.

— Vous serez bien bon; je vous en saurai gré. » Mister Wegg se calme peu à peu; il abandonne l'ironie, et reprend sa pipe. « Vous parliez de mister Harmon, dit-il, comme de l'un de vos amis.

— Non, monsieur; ami n'est pas le mot. Je le voyais quelque fois; et de temps en temps nous faisions une petite affaire ensemble. Il était toujours à fureter dans ses ordures, à examiner, à questionner, mais ne répondant jamais: aussi cachotier qu'il était curieux.

— Cachotier! s'écrie Wegg d'un air avide.

— Il en avait l'air, répond Vénus.

— Ah! s'écrie mister Wegg en jetant de nouveau les yeux autour de la salle. Et que trouvait-il dans les ordures? Lui avez-vous entendu dire, mon cher ami, comment il s'y prenait pour faire ses découvertes ? Quand on vit sur les lieux, on aimerait à le savoir. Était-ce par le haut qu'il attaquait ses monticules, ou bien par la base ? Procédait-il en sondant (Silas accompagne ces mots d'une pantomime expressive), ou creusait-il en différents endroits ?

— Je ne vous dirai ni l'un ni l'autre, mister Wegg.

— En bon camarade, Vénus ! un peu de rhum ; pourquoi ni l'un ni l'autre ?

— Parce que je suppose que c'est en faisant le triage des balayures, et en les passant à la claie ; tous les monticules, vous savez, sont passés et triés.

— Nous les verrons ensemble, et vous me direz votre opinion. Un nouveau grog, mister Vénus. » Chaque fois qu'il répète ces mots, Silas Wegg, sautillant sur sa jambe de bois, rapproche sa chaise de celle de l'anatomiste. « Demeurant sur les lieux, comme je le disais tout à l'heure, reprend-il quand son hôte a fini de manipuler son grog, j'aimerais à savoir, — dites-moi cela comme à un frère, — si en même temps qu'il faisait des trouvailles dans ses tas d'ordures, il n'y cachait pas certaines choses.

— Cela devait être, » répond Vénus.

Mister Wegg met ses lunettes, et regarde Vénus avec admiration. « Vous, qui êtes mon semblable, et dont je prends la main aujourd'hui pour la première fois, ayant négligé, d'une manière incompréhensible, ce témoignage d'une confiance sans borne qui unit l'homme à un autre homme, dit Silas en tenant la main de Vénus, dites-moi, on cette qualité, la seule dont je veuille me prévaloir, car je méprise tous les liens inférieurs qui m'attachent à cette noble créature dont le front est dressé vers le ciel, et que j'appelle mon frère, dites-moi, au nom de ce titre affectueux, que pensez-vous, mister Vénus, que le vieil Harmon ait caché ?

— Ce n'était qu'une simple supposition, répond l'autre.

— La main sur la conscience » (elle est sur le grog ; mais l'apostrophe n'en est pas moins pressante) : « expliquez-vous, mister Vénus, et faites-moi part de votre supposition.

— Monsieur, répond lentement l'homme aux squelettes, après avoir avalé son grog, c'était un de ces vieux gentlemen à profiter des occasions que peut fournir un lieu comme celui-ci, pour y déposer en secret de l'argent, des valeurs, peut-être des papiers.

— En homme qui a toujours fait l'ornement de l'humanité (Silas Wegg reprend la main de Vénus, et l'étend comme s'il voulait dire la bonne aventure), en homme auquel le poète songeait peut-être lorsqu'il écrivait ce passage d'une poésie nationale :

Arrive, la barre au vent, serre-le de près;
Bout de vergue à bout de vergue oppose.
De nouveau , je te crie, mister Vénus, donne-lui une autre dose.
A l'abordage, monsieur! autrement il s'enfuirait.

En homme que l'on doit tenir pour un chêne britannique, oui
monsieur, car tel vous êtes, expliquez-moi cette parole; qu'entendez-vous par ces papiers?

— Si l'on considère, répond Vénus, que le vieux gentleman
avait brisé toute relation avec ses proches, fermé son cœur à tout
sentiment naturel, on en vient à penser qu'il a dû faire un certain nombre de testaments et de codicilles. »

La main du littérateur s'abaisse et frappe celle de Vénus avec
un bruit pareil au claquement de langue des gourmets. «Jumeaux
d'opinion, comme de sentiment! s'écrie Silas avec enthousiasme.
Un nouveau grog, mister Vénus. »

Le littérateur, dont la jambe de bois et la chaise sont maintenant tout près de l'homme aux squelettes, fait rapidement un mélange de rhum et d'eau chaude pour Vénus et pour lui. Il présente
l'un des verres à l'artiste, prend le sien, en touche le bord de
l'autre, le porte à ses lèvres, le repose sur la table ; et mettant
ses deux mains sur les genoux de son visiteur, il lui parle en ces
termes: « Ce n'est pas, mister Vénus, que je me plaigne d'être
mis à l'écart pour cet étranger, bien que je n'aie pas plus d'estime pour lui que pour une pratique insolvable. Ce n'est pas
par intérêt, bien que l'argent soit une bonne chose et que je ne
sois pas assez orgueilleux pour dédaigner quelque profit; c'est
par amour pour la morale. »

Mister Vénus, dont les yeux rouges clignent tout à coup, demande à mister Wegg ce qu'il veut dire.

« Je parle d'un petit arrangement à faire entre nous; vous le
voyez d'ici.

— Jusqu'à présent je ne vois rien, mister Wegg.

— Si quelque chose doit être découvert, mon cher Vénus, dé-
couvrons-le ensemble. Convenons amicalement de nous associer
pour les recherches; convenons amicalement de partager les
profits. Et cela, par amour pour la morale, ajoute Silas d'un ton
rempli de noblesse.

— Alors, répond Vénus en relevant les yeux, après avoir mé-
dité un instant, les mains dans sa chevelure, comme s'il ne pouvait fixer son attention qu'en se tenant la tête, si nous faisons
quelque trouvaille, la chose se passera entre nous; et le secret
devra être gardé: n'est-ce pas comme cela qu'il faut l'entendre?

— Cela dépendra, mister Vénus. Supposez que ce soient des

espèces, de l'argenterie, ou des bijoux, il est évident que cela
nous appartiendra. »

Vénus se frotte le sourcil d'un air dubitatif.

« Rien de plus juste, reprend Silas ; car autrement ces objets,
restant ignorés, seraient vendus avec les ordures qui les renferment, et l'acquéreur se trouverait en possession d'une chose
qu'il n'aurait pas achetée, ce qui blesserait la morale.

— Supposons que ce soit des papiers ? dit l'homme aux squelettes.

— D'après leur contenu, répond vivement le littérateur, nous
les offririons à ceux qu'ils pourraient concerner.

— Par amour pour la morale, mister Wegg?

— Toujours, mister Vénus. Si après cela les personnes à qui
nous les aurions cédés en faisaient mauvais usage, ce serait
leur affaire. J'ai sur vous, monsieur, une opinion qu'il n'est pas
facile d'exprimer. Depuis le soir où je vous ai vu noyant dans
le thé votre esprit si vaste, j'ai senti que vous aviez besoin d'être
stimulé par un intérêt puissant; or, vous trouverez dans la proposition que je vous fais, un but assez glorieux pour réveiller
votre énergie. »

Le littérateur expose le projet qui l'occupe, et s'étend sur les
qualités que le monteur de squelettes apporterait dans cette
recherche : une patience à toute épreuve, l'habitude d'un travail
délicat, le talent de réunir de petites parcelles et d'en composer un tout, la connaissance des divers tissus, les vagues in-
dications qu'il a déjà, et qui peuvent amener les découvertes les
plus importantes.

« Moi au contraire, ajoute Silas, je ne conviens nullement à ce
genre d'opération. Que je veuille sonder ou creuser, j'ai la main
trop lourde pour le faire sans qu'il en reste de traces. Avec vous,
mister Vénus, ce serait bien différent. »

Silas fait en outre observer, d'un air modeste, qu'une jambe
de bois n'est pas apte à monter aux échelles, ni à siéger sur un
perchoir quelconque ; puis, lorsqu'il s'agit de le promener sur
une colline poudreuse, ce membre fictif a l'inconvénient d'en-
foncer profondément, et de cheviller son propriétaire à l'endroit
où il se pose. Mister Wegg rappelle ensuite cette particularité
phénoménale, que c'est de la bouche de Vénus qu'il a entendu
parler pour la première fois de cette croyance populaire aux
trésors cachés dans les tas d'ordures ; croyance, qui, certainement,
n'existe pas sans cause. Enfin, revenant à la morale, dont l'intérêt lui est cher, il pressent la découverte de quelque objet qui
pourrait accuser mister Boffin ; car il faut bien l'admettre, on ne
peut pas le nier, c'est lui qui a profité du meurtre. Il prévoit

déjà que ce criminel sera livré par les auteurs de la découverte;
et cela, dit-il, en insistant sur ce point, sans nul souci de la récompense, qu'ils accepteront cependant, pour ne pas manquer
aux principes.

L'artiste, dont la chevelure poudreuse représente deux oreilles
de chien, a prêté la plus grande attention aux paroles précédentes. Le littérateur, qui a fini son exposé, ouvre les bras
comme pour témoigner de la pureté de ses désirs, et les referme
en attendant une réponse. Mister Vénus attache sur lui ses yeux
clignottants, et garde le silence.

« Je vois, dit enfin celui-ci, que vous avez déjà essayé, et que
vous n'avez découvert que les difficultés de l'entreprise.

— Essayé n'est pas le mot, répond Silas Wegg. A peine ai-je
effleuré les monticules; à peine, mister Vénus.

— Assez, toutefois, pour voir que la chose est difficile. »

Le littérateur fait un signe de tête.

« Je ne sais que vous répondre, mister Wegg, reprend l'artiste après un instant de réflexion.

— Consentez, réplique naturellement la jambe de bois.

— Si je n'étais pas aigri, je dirais non, mister Wegg; mais
dans ma situation morale, poussé à la folie et au désespoir, je
suppose que c'est oui. »

Mister Wegg saisit les deux verres, en présente un à Vénus,
trinque de nouveau, et boit en lui-même à la santé de la jeune
fille, qui a poussé l'autre à ce désespoir avantageux. Les articles
du pact amical sont répétés plusieurs fois, et mutuellement accep-
tés. Ils se résument par ces trois mots : discrétion, fidélité, persévérance. Mister Vénus pourra venir à toute heure au Bower afin
de s'y livrer à ses recherches; on prendra toutes les précautions indispensables pour ne pas éveiller l'attention des voisins.

« J'entends marcher ! dit Vénus.

— Où cela? demande Wegg en tressaillant.

— Dans la cour....., Pst ! »

Une poignée de main a ratifié le contrat; les associés chan-
gent de conversation ; ils reprennent leurs pipes, et allongés sur
leurs chaises, ils fument tous les deux en causant. Impossible
d'en douter: c'est bien un bruit de pas; ce bruit approche de
la fenêtre, et l'on frappe au carreau.

« Entrez, » crie mister Wegg. Il veut dire faites le tour, et
passez par la porte; mais une main soulève le châssis de la
vieille fenêtre en guillotine; et, se détachant sur le fond obscur de
la nuit, une figure d'homme regarde dans la salle. « Mister
Wegg est-il là? Ah! pardon je l'aperçois. »

L'intrus se fût présenté de la façon ordinaire, que sa visite

aurait fait éprouver un certain malaise aux complices; mais
cette tête, qui apparaît tout à coup, surgissant des ténèbres, les
impressionne vivement, surtout Vénus. Il dépose sa pipe, se rejette en arrière, et regarde le visiteur avec effroi, comme s'il
voyait son bébé hindou sorti du bocal pour venir le chercher.
« Bonsoir, mister Wegg, reprend le trouble-fête. La porte d'entrée ne ferme plus; vous aurez la bonté d'y voir.

— N'est-ce pas mister Rokesmith? balbutie le littérateur.

— Lui-même; ne vous dérangez pas, mister Wegg; je n'ai
qu'un mot à vous dire. Bien que la porte fût ouverte, j'ai eu
d'abord envie de sonner, pensant que vous pouviez avoir un
chien; mais je n'ai pas voulu vous déranger inutilement.

— Je voudrais en avoir un qui vous eût étranglé, murmure
Silas Wegg en se levant, le dos tourné à la fenêtre. Pst: le flatteur dont je vous parlais, mister Vénus.

— Est-ce quelqu'un de ma connaissance, mister Wegg? demande le secrétaire.

— Non, monsieur; c'est un de mes amis qui vient me voir
quelquefois.

— Mille pardons mister Wegg; mais mister Boffin m'a prié de
vous dire, en passant, de ne jamais l'attendre. Il serait désolé
de vous faire rester chez vous sous prétexte qu'il peut venir.
Vous imposer un sacrifice quelconque n'est pas dans ses intentions; il aime mieux courir la chance de ne pas vous rencontrer. »
Le secrétaire souhaite le bonsoir, ferme la fenêtre, et disparaît.
Les deux amis écoutent s'éloigner le bruit de ses pas, et entendent la porte de la cour se refermer derrière lui.

— Et voilà pour quel homme j'ai été mis de côté! dit Silas
Wegg. Que pensez-vous de cet être-là, mister Vénus? »

Celui-ci apparemment n'en pense rien de bien clair, car
tous ses efforts pour trouver une réponse n'aboutissent qu'à ces
mots : « Il a un air singulier.

— Vous voulez dire un air double, reprend Silas avec amertume. Un caractère faux, mister Vénus; un esprit ténébreux.

— Y a-t-il quelque chose contre lui? demande l'artiste.

— Quelque chose, monsieur! Ah! j'éprouverais un bien grand
soulagement, si, n'étant pas l'esclave de la vérité, je pouvais me
dispenser de répondre. Ce n'est pas quelque chose, mister
Vénus; c'est tout qui est contre lui. »

Voyez dans quelles absurdités ces autruches sans plume se
cachent la tête pour ne pas voir ce qui les inquiète : c'est pour
Silas Wegg une satisfaction indicible de se coiffer de cette idée
que le secrétaire de Boffin a l'esprit ténébreux. « Penser que par
cette nuit resplendissante, dit-il en reconduisant son associé

jusqu'au portail (ils ont multiplié les grogs au point d'en être plus irrités que jamais), penser que d'indignes flatteurs, des esprits ténébreux marchent sous le ciel étoilé comme s'ils étaient honnêtes!

— Le spectacle de ces orbes, répond Vénus en regardant les étoiles (ce qui fait tomber son chapeau), rappelle douloureusement à mon esprit ces paroles navrantes : Qu'Elle ne veut pas être considérée.....

— Je sais, interrompt mister Wegg en lui serrant la main; n'en dites pas davantage. Mais pensez combien la vue de ces astres doit augmenter en moi le sentiment, qui m'anime contre celui qu'il est inutile de nommer. Ce n'est pas que je sois méchant; mais que de souvenirs dans l'éclat de ces étoiles! Savez-vous ce qu'elles rappellent, mister Vénus?

— Oui, répond l'autre; elles rappellent ces mots, écrits de sa propre main : Qu'Elle ne veut pas.....

— Non, monsieur, interrompt Silas avec dignité. Les souvenirs qui brillent dans ces astres proviennent de notre maison, de tante Jane, de maître Georges, de miss Élisabeth, d'oncle Parker; tous maintenant dispersés, offerts en sacrifice au mignon de la fortune, au ver de terre, favori de l'heure présente! »

VIII

ENLÈVEMENT INNOCENT

Le mignon de la fortune, le ver de terre, le favori de l'heure présente, ou pour parler un langage plus simple, Nicodème Boffin Esquire, avait fini par s'accoutumer à sa riche demeure, autant qu'il devait jamais l'être. Il ne se dissimulait pas que c'était pour lui comme un fromage aristocratique et patrimonial, qui, beaucoup trop considérable pour sa consommation, nourrissait un amas de parasites; mais il regardait ce tribut, prélevé sur sa fortune, comme une espèce de taxe héréditaire dont ses biens étaient grevés, et il s'y résignait d'autant mieux que mistress Boffin et miss Wilfer semblaient dans le ravissement. Il faut dire que Bella était pour eux une acquisition précieuse; beaucoup trop jolie pour n'être pas séduisante partout, elle avait trop de pénétration pour ne pas se mettre au niveau de sa nouvelle existence. Y avait-elle gagné sous le rapport du cœur? la chose n'était pas certaine; mais que son goût et ses manières se fussent améliorés, ce n'était douteux pour personne. Elle commença donc l'éducation de missis Boffin, et alla jusqu'à souffrir des fautes de cette dernière, comme si elle en avait été responsable. Non pas que l'aimable créature pût jamais rien faire de grave, même aux yeux des autorités mondaines qui la fréquentaient, et qui, d'un commun accord, trouvaient les Boffin d'une « vulgarité ravissante. » Mais l'excellente femme faisait-elle un faux pas sur la glace où les enfants de la Podsnaperie sont contraints de patiner, miss Bella en éprouvait une confusion non moins grande que si, elle-même, fût tombée devant les artistes les plus habiles dans ce genre de patinage.

Miss Wilfer était trop jeune pour examiner de près la situation qui lui était faite; et l'on ne devait pas s'attendre à ce qu'elle pût juger du plus ou moins de convenance et de stabilité qu'offrait cette position. Enfin comme elle avait toujours murmuré contre le sort qu'elle avait eu dans sa famille, à une époque où elle ne connaissait pas d'autre manière de vivre, il n'était pas étonnant qu'elle préférât sa nouvelle résidence à la maison paternelle.

« Un homme précieux, » dit mister Boffin, deux ou trois mois après son installation dans la demeure aristocratique. « Un homme d'une valeur inestimable; mais je ne le comprends pas. » Il s'agissait de Rokesmith; et Bella, ne le comprenant pas davantage, trouva le sujet assez intéressant.

« Impossible d'être plus dévoué à mes affaires, continua Boffin; il s'en occupe à toute heure, et en fait plus à lui seul que cinquante hommes de loi. On ne peut douter de l'intérêt qu'il me porte; et cependant il y a chez lui de ces manières d'être qui vous barrent le chemin, de ces choses qui vous arrêtent court, au moment où vous croyez pouvoir le suivre et lui prendre le bras pour faire un tour de promenade.

— Puis-je savoir ce que vous voulez dire, monsieur? demanda Bella.

— Certainement, répondit Boffin; ainsi, par exemple, il ne veut voir personne, excepté vous. Quand nous avons du monde, je voudrais le faire dîner avec la compagnie; eh bien! non; impossible de l'obtenir.

— S'il se croit trop grand seigneur pour cela, dit la jolie miss, avec un léger mouvement de tête, je le laisserais tranquille.

— Non, répondit Boffin d'un air pensif. Il ne se croit pas au-dessus de nous.

— Peut-être, alors, se regarde-t-il comme inférieur; c'est son affaire, dit la jeune fille.

— Ce n'est pas cela non plus, répliqua le brave homme. Non, reprit-il après un instant de réflexion; Rokesmith est modeste; mais il ne se croit pas inférieur aux gens qui viennent ici.

— Qu'est-ce qui l'empêche d'accepter alors? demanda Bella.

— Je veux être pendu si je le sais. Dans les premiers temps, mister Ligthwood paraissait être le seul qu'il ne voulût pas voir; à présent c'est tout le monde. »

« Oh! pensa miss Bella : en vérité! j'y suis maintenant. » Mortimer Ligthwood avait dîné deux ou trois fois chez les Boffin; elle l'avait rencontré ailleurs, et elle était bien sûre d'avoir attiré son attention. « C'est un peu fort! Un secrétaire, un locataire de Pa! me prendre pour objet de sa jalousie! »

Qu'elle eût tant de dédain pour le locataire de Pa était certainement bizarre; mais il y avait des choses plus étranges que celle-là chez cette jeune fille doublement gâtée, par la pauvreté d'abord, ensuite par la fortune. Laissons toutefois ces anomalies s'arranger entre elles et s'expliquer d'elles-mêmes.

« C'est trop fort! continua de penser la jolie miss, dont le mépris allait croissant. Ce locataire, avoir de pareilles prétentions; et tenir à distance des gens qui pourraient convenir! Trop fort, en vérité, que les circonstances soient justement favorables à un simple secrétaire, qui demeure chez Pa! »

Il n'y avait cependant pas très-longtemps que miss Bella avait été vivement émue en découvrant que le locataire de Pa avait l'air de l'aimer. Il est vrai qu'à cette époque l'hôtel aristocratique et la couturière de missis Boffin n'étaient pas en jeu.

« Un personnage très-ennuyeux que ce secrétaire, pensait la jolie miss; très-importun, en dépit de ses goûts de retraite. Toujours de la lumière dans son cabinet quand nous revenons de l'opéra, toujours auprès de la voiture pour nous donner la main. Toujours alors une joie impatientante sur le visage de missis Boffin; et chez lui une satisfaction abominable, comme s'il était possible d'approuver ce qu'il se met dans la tête. »

Quelques jours après Rokesmith se trouva par hasard seul avec elle dans le salon. « Vous ne me donnez jamais de commissions pour votre famille, lui dit-il. Je serais heureux d'exécuter vos ordres à ce sujet-là.

— Je ne vous comprends pas, répondit Bella en laissant tomber ses paupières.

— Vous n'avez rien à faire dire à Holloway? »
Elle rougit légèrement; et ce fut d'un ton bref et hautain qu'elle demanda ce qu'il supposait qu'elle pût avoir à dire.

« De ces paroles affectueuses que vous leur envoyez de temps à autre, je n'en doute pas; et dont il me serait très-agréable d'être le porteur; vous savez, miss, que je vais là-bas tous les jours.

— Inutile de me le rappeler, monsieur. »

Elle avait mis trop de précipitation à lancer ce reproche, elle le comprit en voyant le regard de Rokesmith. «Ils m'envoient peu de ce que vous appelez des paroles affectueuses, dit-elle en se réfugiant dans un mauvais procédé.

— On me demande fréquemment de vos nouvelles, reprit le secrétaire; et je donne celles que j'ai pu me procurer.

— J'espère qu'elles sont exactes, dit Bella.

— Si vous en doutiez, miss, je le regretterais vivement; cela ne serait point en votre faveur.

— Oh! monsieur, je n'en doute pas; le reproche est juste, je l'ai mérité; je vous demande pardon, mister Rokesmith.

— Je vous supplie de n'en rien faire; et pourtant cela vous montre sous un admirable jour, répondit-il avec chaleur. Oubliez cette parole, miss, je vous en prie; c'est moi qui sollicite mon pardon. Pour en revenir à ceux qui me demandent de vos nouvelles, peut-être supposent-ils que je vous rapporte ce qu'ils me disent à ce sujet; mais comme vous ne me parliez pas d'eux, je craignais de vous importuner.

— J'irai demain les voir, monsieur, dit-elle en ayant l'air de s'excuser, comme s'il lui avait reproché son indifférence.

— Devrai-je leur en faire part? demanda-t-il en hésitant.

— Comme vous voudrez, monsieur.

— En ce cas, j'annoncerai votre visite. » Il attendit un moment, dans l'espoir qu'elle prolongerait la conversation; et voyant qu'elle ne disait rien il salua et partit.

Lorsqu'elle fut seule, miss Bella fut frappée de deux choses assez curieuses : la première c'est qu'elle se sentait l'air contrit; la seconde c'est que l'intention d'aller voir sa famille ne lui était venue qu'au moment où elle en avait parlé à Rokesmith. «Qu'est-ce que cela signifie? se dit-elle en elle-même; il n'a sur moi aucune influence; pourquoi me préoccuper d'un être dont je ne me soucie pas. »

Mistress Boffin ayant insisté pour que l'expédition du lendemain se fît avec la voiture, miss Bella se rendit chez elle en brillant équipage. Sa mère et sa sœur, qui, depuis la veille, se demandaient s'il en serait ainsi, et qui étaient cachées derrière le rideau pour la voir arriver, convinrent dès qu'elles aperçurent le coupé, de le laisser à la porte le plus longtemps possible pour l'édification des voisins. Puis elles descendirent dans la petite pièce où nous avons déjà vu la famille, et où ces dames accueillirent Bella avec la plus noble indifférence.

Le petit parloir était bien minable, l'escalier bien étroit, bien tortueux; la petite maison et son contenu formaient un bien douloureux contraste avec l'hôtel aristocratique. « C'est à ne pas croire, se dit Bella, que j'aie pu vivre dans un pareil endroit. » La sombre majesté de la mère, la folle impertinence de la sœur n'amélioraient pas les choses. Bella aurait eu besoin d'encouragement, et n'en recevait de personne.

« Vous nous faites beaucoup d'honneur, dit la noble dame, en offrant aux lèvres de sa fille une joue aussi sympathique que le dos d'une cuiller. Vous trouvez sans doute que votre sœur a grandi, miss Bella?

— Ma, vous avez raison de la gronder, elle le mérite, dit l'impétueuse cadette; mais il est ridicule de parler de ma croissance, je ne suis plus d'âge à grandir.

— J'étais mariée que je grandissais encore, proclama l'auguste mère.

— C'est possible, répliqua Lavvy, mais il ne fallait pas dire cela. »

Le regard impérieux dont cette réponse fut accueillie, aurait pu décontenancer un adversaire moins brave; mais il fut sans effet sur Lavinia; et laissant sa noble mère prodiguer les coups d'œil enflammés, elle se retourna vers sa sœur : « Je suppose, lui dit-elle, que vous ne seriez pas déshonorée si je vous embrassais, Bella? Vous allez bien? Et vos Boffin, comment vont-ils?

— Silence! s'écria mistress Wilfer, je ne tolèrerai pas cette légèreté.

— Comment se portent vos Sbboffin alors, reprit Lavinia, puisque Boffin est trop léger.

— Taisez-vous, pie-grièche, dit la mère avec sévérité.

— Pie-grièche ou pivert, cela m'est bien égal, répondit Lavinia en secouant la tête. Je serais aussi volontiers l'une que l'autre; mais je ne veux pas grandir après mon mariage.

— Vous ne voulez pas! vous ne voulez pas! répéta solennellement mistress Wilfer.

— Non, Ma, je ne veux pas; rien ne m'y fera consentir. »

La dame agita ses gants, et prenant une voix pathétique : « Il fallait s'y attendre, soupira-t-elle; une de mes filles me délaisse pour des gens orgueilleux et prospères; une autre de mes filles me méprise, cela devait être : l'abandon a provoqué l'insulte. »

Ici Bella prit enfin la parole. « Mister et missis Boffin, dit-elle, sont prospères, sans aucun doute; mais vous avez tort, Ma, de les traiter d'orgueilleux, car ils ne l'ont jamais été.

— Vous savez bien, reprit Lavinia, que mister et missis Boffin sont la perfection même; il serait honteux de l'ignorer, Ma.

— En effet, répondit l'auguste mère, en accueillant avec courtoisie le retour de l'insolente, il paraît que nous sommes requis d'avoir cette opinion. Voilà pourquoi, Lavinia, j'ai blâmé la légèreté de vos paroles. Missis Boffin, dont la physionomie est telle que je ne puis y penser avec le calme convenable, missis Boffin et votre mère ne sont pas sur un pied d'intimité. On ne doit pas supposer un instant que ces gens-là osent parler de notre famille en disant les Wilfer; je ne puis donc pas condescendre à dire les Boffin. Un pareil ton, nommez-le familiarité, légèreté, égalité, comme bon vous semblera, impliquerait un genre de relations qui n'existent pas entre nous. Ai-je su me faire comprendre? »

Sans faire semblant d'avoir entendu cette question, qui, pourtant avait été posée avec une emphase et un geste oratoires dignes du barreau, Lavinia rappela à sa sœur qu'elle ne leur avait pas dit comment se portaient les gens dont elle lui avait demandé des nouvelles.

« C'est inutile, répondit Bella en étouffant son indignation; ces gens-là, comme vous dites, sont trop bons et trop généreux pour qu'on les mêle à de pareils entretiens.

— Pourquoi y mettre des formes? demanda mistress Wilfer d'une voix ironique; la périphrase est polie; mais à quoi bon? Pourquoi ne pas dire ouvertement qu'ils sont trop au-dessus de nous? L'allusion est facile à saisir; il n'est pas besoin de déguiser votre pensée.

— Ma, répondit la jeune fille en frappant du pied, vous et Lavinia, vous feriez perdre patience à une sainte.

— Infortunée Lavvy! s'écria la mère avec commisération: toujours attaquée, ma pauvre enfant! »

Mais Lavvy, désertant de nouveau le parti maternel, riposta avec aigreur: « Ne me patronez pas, Ma; je me défendrai bien moi-même.

— Une chose m'étonne, reprit mistress Wilfer en s'adressant à Bella, qui, au fond, était moins intraitable que sa sœur, une chose m'étonne, c'est que vous ayez eu le temps, et le désir, de vous arracher à mister et à missis Boffin pour venir nous voir. C'est que nos faibles droits, mis en regard des liens puissants qui vous unissent à ces gens-là, ont eu quelque poids dans la balance. Je sens toute la gratitude que je dois éprouver de ce triomphe accidentel sur mister et missis Boffin. »

La bonne créature appuyait avec amertume sur la première lettre de ce nom détesté, comme si les torts de ceux qui le possédaient avaient été représentés par cette initiale, et qu'elle eût préféré de beaucoup les Doffin, les Moffin, ou les Poffin.

« Vous m'obligez à vous dire, répliqua Bella, que je suis fâchée d'être venue, et que je ne remettrai les pieds chez vous que lorsque je serai sûre d'y trouver mon père. Il est assez généreux, lui, pour ne pas insulter mes bienfaiteurs; assez délicat pour se rappeler l'espèce de lien qu'une position pénible a établi entre eux et moi. C'est lui que j'ai toujours préféré; je l'aime mieux que vous tous ensemble, et ce sera lui que je préférerai toujours. » La Bella, ne trouvant pas de consolation dans sa délicieuse toilette, se mit à fondre en larmes.

« O Wilfer! s'écria la noble Ma, en levant les yeux et en apostrophant le vide, quelle torture pour votre cœur, si vous étiez là, et que vous entendissiez diffamer en votre nom celle qui est votre épouse, la mère de vos enfants! Mais quelle que soit l'amertume dont il juge à propos de m'abreuver, le Destin vous épargne cette épreuve. » Et mistress Wilfer se mit à fondre en larmes.

« Je déteste les Boffin, s'écria Lavvy à son tour; je me moque pas mal d'être grondée; je veux les appeler comme cela, les Boffin, les Boffin, les Boffin! je les exècre; ils ont mis Bella contre moi. Je le leur dirai en face, je le veux (ce qui n'était pas absolument exact), je leur dirai qu'ils sont exécrables, odieux, infâmes, stupides! » Et Lavinia se mit à fondre en larmes.

Tout à coup la porte de la rue se referma bruyamment, et l'on vit Rokesmith franchir la cour d'un pas rapide. « Laissez-moi aller lui ouvrir, dit mistress Wilfer en se levant avec résignation. Nous n'avons pas de salariés pour remplir cet office. D'ailleurs je n'ai rien à cacher. Si notre locataire voit sur mes joues les traces d'une émotion récente, qu'il les interprète à sa guise. »

Elle rentra quelques instants après, du pas majestueux dont elle était sortie, et fit cette proclamation d'une voix héraldique: « Mister Rokesmith est chargé d'un message pour miss Bella Wilfer. »

Le jeune homme suivit de près ces paroles, et vit naturellement que les choses allaient fort mal. Il feignit toutefois de ne pas s'en apercevoir, et s'adressant à miss Bella: « Mister Boffin, lui dit-il, avait l'intention de mettre ce petit paquet dans la voiture, et de vous prier de l'accepter par amitié pour lui. Mais vous êtes partie plutôt qu'il ne pensait, et comme il en était désolé, je lui ai offert de réparer ce petit malheur. »

Bella prit l'objet qui lui était présenté et remercia Rokesmith.

« Nous nous sommes un peu querellées, dit-elle; mais pas plus qu'à l'ordinaire. Vous connaissez les manières aimables que nous avons entre nous. Deux minutes plus tard vous ne m'auriez pas trouvée, j'allais partir. Adieu, Ma, adieu Lavvy. »

un baiser à chacune ; et Bella se dirigea vers la porte. Rokesmith fit un mouvement pour la suivre ; mais l'auguste mère
s'avança, et dit avec gravité : « Pardon ; permettez que j'use de
mon privilége maternel, et que je reconduise ma fille à la voiture
qui l'attend. »

Il s'excusa, et céda le pas à la noble dame. Ce fut vraiment
un spectacle admirable que de voir mistress Wilfer ouvrir largement la porte de la rue, et les gants déployés, demander à haute
voix : « Le domestique mâle de mistress Boffin ; » puis jeter au
susdit laquais l'ordre suivant, d'un ton non moins digne que
bref : « La voiture de miss Wilfer. » Et telle qu'un lieutenant de
la Tour de Londres qui remet à qui de droit un prisonnier d'État,
l'auguste dame laissa partir sa fille. L'effet de ce cérémonial,
dont les voisins furent stupéfiés, se prolongea plus d'un quart
d'heure, et s'augmenta de la présence de mistress Wilfer, qui,
plongée dans une extase d'une sérénité sublime, passa tout ce
temps-là sur le haut du perron.

Une fois dans la voiture, Bella ouvrit le papier qu'elle tenait à
la main ; elle y trouva une bourse charmante, et dans celle-ci
un billet de cinquante livres. « Quelle bonne surprise pour ce
pauvre Pa ! dit-elle ; je vais aller le trouver dans la Cité. »

N'ayant pas l'adresse du magasin où travaillait son père, mais
sachant que c'était aux environs de Mincing-Lane, elle se fit
conduire au coin de cette ruelle obscure. Arrivée là, elle envoya
le domestique mâle à la recherche de la maison Chiksey-Vénéering-et-Stobbles, avec la mission de dire à R. Wilfer qu'une dame
l'attendait et serait enchantée de le voir. Ces paroles mystérieuses, tombées de la bouche d'un valet de pied, causèrent tant
d'émotion dans le bureau des comptables qu'un jeune éclaireur
fut immédiatement chargé de suivre Rumty, d'aller voir de quelle
dame il s'agissait, et de revenir faire son rapport. L'émoi, comme
on le pense bien, ne fit que s'accroître lorsque l'émissaire, revenu
précipitamment, rapporta que la dame en question était une
jeune fille, première catégorie, dans un coupé numéro un.

Rumty, lui-même, la plume derrière l'oreille, sous son chapeau rougi, arriva tout essoufflé à la portière de la voiture ; et il
avait été pris par la cravate, attiré dans le coupé, à demi-étran-
glé, chaudement embrassé avant d'avoir reconnu sa fille. « Chère
enfant ! Bonté divine ! balbutia-t-il enfin ; que tu fais donc une
charmante lady ! Quelle jolie femme ! Miséricorde ! Je songeais à toi ;
je pensais que tu étais ingrate, que tu oubliais ta mère et ta sœur :

— Je viens justement de les voir, cher Pa.

— Et comment as-tu trouvé ta mère ? demanda Rumty avec
hésitation.

— Très-désagréable ainsi que Lavinia.

— Cela leur arrive quelquefois, dit le patient chérubin. J'espère que tu as été indulgente, ma toute belle ?

—Non, Pa ; j'ai été fort désagréable aussi. Peu importe, je vous emmène avec moi ; nous irons dîner quelque part.

— Ma chère, c'est inutile. J'ai mangé tout à l'heure une tranche de..... si toutefois il est permis de proférer le nom d'un pareil mets dans cette voiture, une tranche de cervelas. » Rumty prononça le mot à voix basse, en jetant des yeux modestes sur la garniture jaune du coupé.

— Cela n'empêche pas, dit sa fille.

— Il est vrai, ma chère, que c'est quelquefois insuffisant, confessa Rumty, en se passant la main sur les lèvres. Mais quand des circonstances auxquelles vous ne pouvez rien mettent un obstacle invincible entre vous et le saucisson d'Allemagne, vous n'avez qu'une chose à faire, (il baissa de nouveau la voix par déférence pour le coupé) c'est de vous contenter de cervelas.

— Pauvre Pa ! Je vous en prie, venez avec moi ; nous finirons la journée ensemble. On vous le permettra bien ?

— Oui, ma chère ; je vais aller le demander.

— Auparavant, dit Bella, qui lui avait déjà pris le menton, lui avait ôté son chapeau, et lui relevait les cheveux comme elle faisait jadis, il faut avouer que si je parle à tort et à travers, comme une folle que je suis, jamais je ne vous ai manqué sérieusement.

— De tout mon cœur, chère petite. J'ajouterai seulement (il jeta un coup d'œil vers la portière) que d'être ainsi coiffé par une jolie femme dans un élégant équipage, arrêté au coin d'une rue, cela pourrait attirer l'attention. »

Elle éclata de rire et lui remit son chapeau. Mais quand elle le vit s'éloigner en trottinant, et que frappée de l'air minable de ses habits, elle songea à la résignation et à la douceur qu'il avait toujours montrées, elle ne put retenir ses larmes. « Je déteste ce secrétaire ! Avoir pensé que j'oubliais ce pauvre Pa ! Et cependant cela semblait un peu vrai, » se dit-elle en elle-même.

Bientôt reparut l'excellent homme, qui, dans sa joie d'avoir obtenu congé, avait l'air plus enfantin que jamais. « Enlevé du premier coup, chérie ! Pas la moindre observation. Vraiment c'est bien aimable !

— A présent, Pa, dites-moi où je pourrai vous attendre, pendant que vous allez me faire une commission ; car je vais renvoyer la voiture.

— Cela demande qu'on y réfléchisse. Tu es réellement si jolie, expliqua le chérubin, qu'il faut que ce soit un endroit paisible. »

Après avoir réfléchi quelque temps, il indiqua les environs du jardin de Tower-Hill, près de Trinity-House. Ils y arrivèrent en cinq minutes ; et Bella, en renvoyant le coupé, chargea le domestique d'un billet au crayon pour missis Boffin, à qui elle annonçait qu'elle était avec son père.

« Maintenant, Pa, écoutez bien ce que je vais vous dire, et promettez-moi d'être obéissant.

— Je te le jure, ma belle.

— D'abord, pas de réplique. Vous allez prendre cette bourse, vous irez dans le magasin de confection le plus rapproché ; vous y achèterez un habillement complet ; tout ce qu'il y aura de plus cher : le plus beau chapeau, la plus belle paire de bottes, cuir breveté, n'oubliez pas. Vous mettrez tout cela ; et vous viendrez me retrouver.

— Mais Bella.....

— Prenez garde, Pa, dit-elle en le menaçant du doigt, vous avez juré d'obéir. » Les yeux du pauvre chérubin s'humectèrent ; Bella, qui elle-même avait les paupières humides, les sécha d'un baiser, et Rumty s'éloigna de nouveau.

Une demi-heure après il était revenu, et si brillamment transformé que, dans son admiration, Bella ne put s'empêcher de tourner vingt fois autour de ce pauvre père avant de lui prendre le bras. « Maintenant, dit-elle, en se serrant contre lui, il faut emmener cette jolie femme, et la faire dîner quelque part.

— Où cela, ma chère ?

— A Greenwich, répondit-elle bravement ; surtout ne manquez pas de lui offrir ce qu'il y aura de meilleur. »

Se dirigeant vers la Tamise, afin de prendre le bateau, il demanda timidement à Bella si elle n'aurait pas désiré que sa mère fût de la partie.

« Pas du tout ; je suis trop contente de vous avoir à moi toute seule. J'étais votre préférée ; je veux l'être encore. Ce n'est pas la première fois que nous nous sauvons pour nous promener ensemble ; vous rappelez-vous, cher Pa ?

— Si je me le rappelle ! Bien souvent le dimanche, lorsque ta mère était un peu... tu sais, elle y est sujette, dit-il, après une petite toux.

— Oui, Pa ; et je crois bien n'avoir jamais été sage. Pauvre Pa ! comme j'étais mauvaise ! je me faisais toujours porter ; vous auriez dû me mettre à terre. Je vous obligeais à faire le dada, et à galoper quand vous auriez bien mieux aimé vous asseoir et lire votre journal. N'est-il pas vrai, cher Pa ?

— Quelquefois. Mais seigneur ! la belle enfant ! et quelle aimable compagne !

—Aujourd'hui, je voudrais l'être pour vous, Pa.

—Tu es sûre de réussir, cher trésor. Tes frères et sœurs ont été mes compagnons, chacun à leur tour ; mais seulement jusqu'à un certain point. Ta mère a toujours été une de ces compagnes, qu'un homme quelconque aurait certainement... révérée ; et dont... il aurait dû... graver les paroles dans sa mémoire... afin de... de... de l'imiter, s'il...

—Si le modèle lui avait plu, dit Bella.

—Ou...!, fit le chérubin d'un air pensif ; ou peut-être s'il avait eu ce qu'il fallait pour cela. Suppose qu'un homme, par exemple, ait eu besoin de marcher constamment, toujours tout droit et de la même allure, ta mère devenait pour lui une compagne inappréciable. Mais qu'on ait simplement le goût de la promenade ; qu'on aime à flâner un peu, et que de temps en temps on veuille trotter, il sera très-difficile d'être au pas avec elle. Suppose encore, reprit-il après un instant de réflexion, qu'il faille traverser la vie sur un air quelconque, sur un seul, et qu'on vous ait attribué la marche funèbre de Saül. C'est un air admirable, parfaitement adapté à certaines circonstances, mais dont la mesure est difficile à garder dans le train des affaires quotidiennes. Quand on a travaillé depuis le matin, et qu'on rentre chez soi accablé de fatigue, s'il faut souper au son de cette musique sévère, ce que l'on mange vous pèse sur l'estomac. Si parfois on est d'humeur à s'égayer l'esprit en chantant une petite chanson ou en dansant une hornpipe, et que cette marche funèbre vous accompagne forcément, vos joyeux projets peuvent en être dérangés.

—Pauvre Pa! murmura la jeune fille.

— Tandis qu'avec toi, ma belle, poursuivit le chérubin sans même songer à se plaindre, on est toujours d'accord, toujours.

— J'ai cependant bien peur d'avoir un mauvais caractère ; geignant sans cesse, et tant de caprices! Je n'y avais jamais pensé ; mais tout à l'heure dans la voiture, quand je vous ai aperçu, pauvre Pa, je me le suis bien reproché.

—Non, chère enfant, non ; ne parle pas de cela. »

Un heureux homme que Pa dans ses habits neufs! on le sentait à son babil. Tout bien considéré, peut-être ce jour-là était-il le plus beau qu'il eût jamais connu, sans même excepter celui où son héroïque épouse l'avait accompagné à l'autel au son de la marche funèbre.

La promenade sur la Tamise avait été délicieuse ; et la petite pièce où le dîner se trouvait servi, était un délicieux cabinet donnant sur la rivière. Le poisson, le vin, le punch étaient délicieux ; et Bella plus délicieuse que tout le reste ; mettant ce pauvre Pa en

gaieté, le rendant expansif, et d'une manière charmante; lui
faisant demander les meilleures choses, sous prétexte que la jolie
femme les désirait. Bref, agissant de telle façon que le chérubin
ne se sentait pas d'aise, en songeant qu'il était le père d'une
aussi adorable fille.

Assise à côté de lui, elle regardait les navires qui s'éloignaient
avec la marée descendante, et à chacun d'eux c'était un voyage
différent qu'elle faisait avec Pa. Tantôt celui-ci était propriétaire d'un massif charbonnier, à larges voiles, et se rendait à
New-Castle, d'où il rapporterait des diamants noirs qu'il échange-
rait contre une fortune. Tantôt il partait pour la Chine sur ce beau
trois mâts, et faisait un commerce d'opium qui le plaçait bien
au-dessus de Chiksey-Vénéering-et-Stobbles. Puis il revenait de
Canton avec des soieries et des châles sans nombre pour la toilette de sa fille. Tantôt le sort fatal de John Harmon était un rêve;
il débarquait sain et sauf, la jolie femme lui convenait à merveille, lui-même était charmant, et le voyage nuptial avait lieu
sur cette barque élégante. Partout flottaient des banderolles; un
orchestre harmonieux était sur le pont, et Pa était installé dans la
grande cabine. Tantôt ce pauvre John était bien mort, et un
prince-marchand, d'une fortune colossale, avait épousé la jolie
femme. Il était si riche, si riche que tout ce qui était sur la Tamise,
voiliers et vapeurs, lui appartenait. Ses canots, ses barques de
promenade formaient une véritable flotte; et ce petit yacht insolent, avec sa grande voile blanche, portait le nom de Bella, en
l'honneur de la jolie femme, qui, moderne Cléopâtre, avait une
cour à bord. A Gravesend elle s'embarquait sur ce trois ponts
majestueux; le vaillant général, aussi riche que brave, dont cette
fois elle était la femme, ne voulait pas entendre parler de victoire, s'il n'était pas près d'elle; et soldats et marins, jac-
quettes bleues et habits rouges prenaient pour idole la charmante créature.

« Et ce navire, remorqué par un vapeur, le voyez-vous là-bas?
Où pensez-vous qu'il aille? Dans la région des cocotiers. Il est
frété pour un heureux mortel, qui porte le nom de Pa, et qu
lui-même est à bord, chéri de tout l'équipage. Il va, parmi les
récifs de corail, chercher des bois odorants, les plus beaux que
vous ayez jamais vus, les plus précieux dont on ait jamais parlé.
Ce sera toute une fortune, et cela doit être. La jolie femme qui
le possède vient d'épouser un prince indien, tout drapé de ca-
chemires, et dont le turban est constellé de diamants et d'émeraudes. Il a des traits superbes, le teint bronzé, un amour sans
égal; mais il est trop jaloux. » Elle babillait ainsi, d'une voix
fine et joyeuse, avec des airs charmants, dont le père était ravi

« Tout le monde, dit-il, en conviendra : tu as bien gagné depuis que tu as quitté la maison. »

Bella secoua la tête d'un air de doute. Elle n'en savait rien ; tout ce qu'elle pouvait dire c'est qu'il était largement pourvu à ses besoins, même à ses fantaisies ; et que chaque fois qu'elle faisait allusion à son départ, mister et missis Boffin ne voulaient pas en entendre parler « Mais il faut, poursuivit-elle, que je vous fasse une confidence : je suis la créature la plus intéressée qu'il y ait au monde.

— Je ne l'aurais pas cru, dit le chérubin en jetant les yeux sur ses habits, et en les reportant sur le dessert.

— Ce n'est pas cela, reprit-elle ; si j'aime l'argent, c'est pour le dépenser.

— Tu as cela de commun avec tout le monde, répliqua Rumty.

— Non ; il est bien rare que cela arrive jusque-là. O...oh ! s'écria-t-elle en faisant jaillir cette exclamation avec un effort qui tordit son menton à fossette, je suis si cupide ! » Rumty la regarda d'un air inquiet, et lui demanda depuis quand elle s'en était aperçue.

« Justement, voilà ce qui est affreux, répondit Bella. Autrefois je connaissais la pauvreté, je m'en plaignais, mais je ne pensais pas à autre chose. Puis on m'a dit que je serais riche, alors j'ai songé vaguement à ce que je ferais de ma fortune. Elle m'a échappé, la pauvreté m'est devenue plus odieuse, et quand j'ai retrouvé aux mains des autres cette fortune qui aurait dû être à moi, quand j'ai vu chaque jour ce qu'on pouvait en faire, je suis devenue horriblement cupide.

— Tu te figures cela, chère enfant.

— Rien n'est plus vrai, je vous assure, » dit-elle en secouant la tête. Et relevant ses beaux sourcils tant qu'elle put, elle regarda son père avec un effroi comique. « C'est un fait, poursuivit-elle, je ne pense qu'à me procurer de l'argent.

— Bonté divine ! Et par quel moyen ?

— Je veux bien vous le dire, Pa ; cela m'est égal. Vous m'avez toujours aimée, vous. Et puis je vous regarde plutôt comme un jeune frère, dont les bonnes grosses joues ont quelque chose de vénérable. D'ailleurs, ajouta-t-elle en riant, et en le menaçant du doigt, vous êtes en mon pouvoir ; c'est une escapade que nous faisons là ; si vous me trahissez, je dirai à Ma que vous avez dîné à Greenwich.

— Très-bien, chérie. Cependant, reprit-il d'une voix tremblante, il serait mieux de n'en pas parler.

— Je savais bien que cela vous ferait peur, s'écria-t-elle. Mais ne dites rien de ma confidence et je garderai votre secret. Maintenant, Pa, je vais donner un petit coup à votre chevelure qui

20

a été horriblement négligée depuis mon départ. » Rumty abandonna sa tête à la jolie coiffeuse, qui, tout en causant, lui séparait les cheveux. Elle prenait une mèche tantôt d'un côté, tantôt de l'autre, et par un curieux procédé, la tortillait sur ses deux index qu'elle retirait tout à coup en sens contraire, sans s'inquiéter des mouvements du chérubin, qui à chaque fois tressaillait et fermait les yeux.

« Oui, Pa, il me faut de l'argent, reprit-elle ; c'est une chose entendue, et comme je ne peux pas en demander, en emprunter, ou en voler, il faut absolument que j'en épouse.

— Bella ! dit son père d'un ton de reproche, en levant les yeux vers elle, autant que le permettait la position où il était maintenu.

— Pas moyen de faire autrement ; et je cherche sans cesse une fortune à captiver.

— Bella ! ma chère !

— C'est comme je vous le dis, Pa. Si jamais spéculateur a été absorbé par l'idée fixe de s'enrichir, c'est bien moi. La chose est ignoble, je le confesse ; mais que voulez-vous ? Je trouve affreux d'être pauvre, je ne veux pas l'être ; et pour cela il faut épouser de la fortune. Vous voilà frisé à ravir, Pa ; le garçon, qui apportera la carte, va en être étonné.

— Mais, ma chère, à ton âge ! c'est alarmant.

— Je vous le disais bien, reprit-elle avec une gravité plaisante ; vous ne vouliez pas me croire. N'est-ce pas odieux ?

— Assurément, si c'était vrai ; mais tu ne le penses pas, Bella.

— Quand je vous dis que je ne songe pas à autre chose. Me parlerez-vous d'amour ? fit-elle avec mépris, bien qu'à voir sa taille et son visage rien n'eût été plus naturel. Autant me parler de chimères ; oui, Pa ; mais pauvreté et richesse, voilà qui est réel.

— Cela fait trembler, commença Rumty.

— Dites-moi, Pa : avez-vous épousé de la fortune ?

— Non, chère enfant ; tu le sais bien. »

Elle fredonna la marche funèbre, et dit, qu'après tout, cela ne faisait pas grand'chose. Puis voyant qu'il avait l'air triste, elle le prit par le cou, et l'embrassa de manière à lui rendre sa gaîté. « Ne faites pas attention, Pa, cette dernière phrase était une plaisanterie. Rappelez-vous seulement que vous ne devez pas me trahir. De mon côté je ne vous dénoncerai pas ; mieux que cela, je vous dirai tout ; quelles que soient les choses qui pourront se tramer, je vous en ferai la confidence, je vous le promets. »

Obligé de se contenter de ces paroles, R. Wilfer sonna, et paya la carte. Lorsque le garçon fut parti Bella s'empara de la bourse,

la roula sur la table, la frappa avec son petit poing, afin de
l'aplatir; et la fourrant avec effort dans le gousset du gilet neuf:

« Maintenant, dit-elle, écoutez bien : tout ce qu'il y a là-
dedans est pour vous, Pa. Vous leur ferez des cadeaux, vous
payerez des notes, vous achèterez des affaires, vous le dépen-
serez comme il vous plaira. Et dites-vous bien que si c'était le
produit de sa cupidité, votre misérable fille n'oserait peut-être
pas en disposer de la sorte. » Elle empoigna les deux bords de
l'habit neuf, et y déployant tant de force que le chérubin en fut
mis obliquement, elle boutonna l'habit sur le précieux gousset.
Puis elle enferma ses fossettes dans les brides de son chapeau,
dont elle fit le nœud d'une main savante, et ramena son père à
Londres.

Arrivée à la porte de l'hôtel aristocratique, elle y adossa le
chérubin, le prit tendrement par les oreilles, qui lui semblèrent
deux anses très-convenables pour cet objet, et l'embrassa jusqu'à
lui faire cogner sourdement la porte avec sa tête. Ceci terminé,
elle lui rappela de nouveau leurs conditions, et le renvoya
gaiement. Pas si gaiement, toutefois, qu'elle n'eût les yeux humides en le voyant s'éloigner dans l'ombre. Pas si gaiement,
qu'elle ne dît à plusieurs reprises avant d'avoir le courage de
frapper à la porte : « Ah! pauvre père, pauvre cher petit père!
si laborieux et si misérable! » Pas si gaiement, que le mobilier
splendide ne lui parût la regarder avec impudence, et insister
pour qu'elle le comparât au mobilier paternel. Pas si gaiement
qu'arrivée dans sa chambre elle ne se sentît désolée, et ne se
mit à fondre en larmes; désirant parfois que le vieux boueur ne
l'eût pas connue, parfois que le jeune Harmon ne fût pas mort,
et vînt l'épouser. « Désirs contradictoires, se dit-elle; mais il
y a tant de contradictions dans ma vie! Mes goûts et ma fortune
sont tellement opposés, que je ne peux pas être conséquente. »

IX

TESTAMENT DE L'ORPHELIN

Le lendemain matin de bonne heure, le secrétaire, plongé dans
l'affreux marais, était à travailler, lorsqu'on vint lui dire qu'un
jeune homme appelé Salop attendait dans le vestibule. Avant

de nommer ce personnage, le domestique avait fait une pause décente, pour exprimer que ce nom incongru avait été imposé à sa répugnance par le jeune homme en question, et que si ledit jeune homme avait eu le bon sens et le bon goût d'hériter d'un autre nom il aurait épargné une rude épreuve à la délicatesse du porteur.

« Faites-le entrer, répondit le secrétaire, missis Boffin sera enchantée de le voir. »

On introduisit Salop qui resta près de la porte, révélant à divers endroits de sa personne des boutons aussi nombreux qu'incompréhensibles.

« Je suis bien aise que vous soyez venu, dit Rokesmith, je vous attendais tous les jours. »

Salop expliqua que ce n'était pas l'envie de venir qui lui avait manqué, mais que Johnny étant malade, il avait attendu pour apporter de bonnes nouvelles.

« En ce cas il va mieux ? reprit le secrétaire.

— Non, répondit Salop. » Il secoua fortement la tête, puis exprima cette opinion que l'orphelin avait dû l'attraper des minders. Questionné à cet égard, il répondit que ça lui était venu sur tout le corps et particulièrement sur la poitrine. Pressé de s'expliquer, il raconta qu'il y en avait par endroit que l'on ne couvrirait pas avec une pièce de six pence. Interrogé sur le nom de la maladie, il répliqua que c'était aussi rouge que tout ce qu'il y avait de plus rouge, mais qu'il n'y avait pas de mal à ça, car il fallait que ça fût dehors, et qu'il y aurait du malheur si ça venait à rentrer.

Rokesmith espérait qu'on avait eu recours au médecin. Effectivement, on avait porté Johnny au docteur. « Et qu'a dit celui-ci ? » Réflexion prolongée du pauvre Salop.

« N'est-ce pas la rougeole ? demanda le secrétaire. » Non, c'est quelque chose de plus long que ça, répondit l'autre, qui parut considérer le fait comme honorable pour lui, et pour le petit malade.

« Cela va désoler missis Boffin, reprit le secrétaire.

— Missis Higden l'a bien dit ; c'est pour ça qu'elle m'a pas envoyé, espérant toujours que l'enfant se remettrait.

— Il guérira, je l'espère bien, dit Rokesmith en se retournant.

— Moi aussi ; mais ça dépendra ; il ne faut pas que ça vienne à rentrer. »

Et continuant d'exposer le fait, Salop répéta qu'il ignorait si Johnny l'avait gagné des minders, ou si les minders l'avaient gagné de Johnny. On avait pourtant renvoyé les minders chez eux ; mais ils avaient tout de même été malades. Missis Higden ne faisait pas autre chose que de s'occuper de Johnny, et l'avait nuit et jour sur les genoux. Tout l'ouvrage de la calandre retombait donc sur Salop, qui n'avait pas de temps de reste. En disant ces paroles, l'honnête garçon rougit et rayonna, heureux et fier qu'il était d'avoir pu rendre service.

« Cette nuit, comme je tournais la manivelle, continua Salop, on aurait cru que c'était la respiration de Johnny. D'abord, tous les deux ont ronflé, que c'était superbe; ensuite la machine a branlé; après cela elle s'est remise, sans tourner aussi bien; on aurait dit une crécelle qui allait par secousse. Puis elle a tourné tout doucement, tout doucement, et je ne savais plus si c'était la calandre, ou notre Johnny que j'entendais respirer. Lui-même n'en savait rien; car chaque fois que la mécanique s'emmêlait et que le bruit devenait plus sourd, il s'écriait : « J'étouffe, grand'mère. » Alors missis Higden le mettait debout, en le tenant dans ses bras, et me disait : « Attends un peu, Salop. » Je m'arrêtais, lui aussi; puis il se mettait à respirer, moi à tourner, et nous allions tous ensemble. »

A mesure que la description s'était allongée, les yeux et la bouche de Salop s'étaient élargis; mais quand il eut terminé tout son visage se contracta pour réprimer ses larmes; puis disant qu'il avait chaud, il s'essuya les yeux du revers de sa manche, et s'en débarbouilla péniblement avec une gaucherie singulière.

« C'est malheureux, dit Rokesmith; il faut que j'aille prévenir missis Boffin; attendez-moi, Salop. »

Il attendit bouche béante, les yeux fixés sur le papier de la muraille, jusqu'au retour du secrétaire qui ramenait missis Boffin. Derrière eux arrivait Bella, encore plus agréable à voir que le plus magnifique papier.

« Mon pauvre petit John ! s'écria missis Boffin.

— Oui m'ame, répondit Salop.

— Est-ce qu'il est très-mal, très-mal? demanda la douce créature. »

Voulant être de bonne foi, et trouvant sa franchise en opposition avec la réponse qu'il aurait voulu faire, le pauvre garçon renversa la tête, et jeta un sanglot accompagné d'un reniflement.

« Si mal que cela! s'écria missis Boffin. Et missis Higden qui ne m'a pas avertie!

— Je crois bien qu'elle a eu peur, m'ame, répondit l'autre avec hésitation.

— Peur de quoi, bonté du ciel ?

— Peut-être, m'ame, reprit humblement Salop, craignait-elle de faire du tort à notre Johnny. La maladie est si coûteuse, et donne tant d'embarras! Elle a vu tant de gens qu'on renvoyait parce qu'ils étaient maladifs !

— Elle n'a pas pu croire que je refuserais la moindre chose à ce pauvre enfant ?

— Non m'ame ; elle aura craint de lui faire perdre sa position : elle espérait peut-être que vous ne le sauriez pas. »

Il savait bien ce qu'il disait. L'instinct de missis Highden la poussait, ainsi que les animaux, à se faire oublier quand elle était malade, et son idée fixe était de se traîner dans un coin pour y mourir à l'abri de tous les regards. Le sentiment de son devoir, aussi bien que son cœur, ne lui inspirait qu'une chose : prendre l'enfant qui lui était si cher, le cacher comme un criminel, et faire qu'il n'eût pas d'autre secours que les soins dont sa tendresse ignorante, sa patience et son dévouement pouvaient l'entourer.

Les récits honteux que nous lisons chaque semaine de l'année, mylords et gentlemen, les rapports révoltants de l'inhumanité officielle ne passent pas inaperçus du peuple comme de nous autres. De là ces préjugés aveugles, opiniâtres, désastreux, qui paraissent si étonnants à notre munificence, et qui n'ont pas plus de raison d'être, — Dieu sauve la Reine, et confonde leur politique, — pas plus que la fumée n'a de raison de provenir du feu.

« Ce pauvre enfant ne doit pas rester là-bas, reprit missis Boffin ; dites-nous ce qu'il faut faire, mister Rokesmith. »

Il y avait déjà pensé ; toutes les mesures nécessaires pouvaient être prises en moins d'une demi-heure ; il allait s'en occuper, et reviendrait chercher missis Boffin pour la conduire à Brentford. « Emmenez-moi, je vous en prie, dit Bella. » Et Rokesmith fut chargé de se procurer une voiture assez grande pour les contenir tous.

En attendant Salop vit se réaliser, dans le cabinet même du secrétaire, ce rêve fantastique d'un repas composé de viande, de bière, de légumes et de pudding, d'où ses boutons provoquèrent plus que jamais le regard des spectateurs, excepté deux ou trois, qui, vers la ceinture, se cachèrent modestement dans un pli.

Le secrétaire reparut à l'heure dite avec la voiture ; il monta sur le siège, Salop par derrière, et l'on arriva aux Trois-Pies, où missis Boffin et miss Wilfer se rendirent à pied chez missis Higden. Chemin faisant on s'était arrêté devant une boutique de joujoux, et l'on avait acheté ce magnifique cheval dont la description avait touché le cœur de l'ambitieux Johnny. Missis Boffin y avait joint un oiseau jaune, possédant une espèce de cri artificiel ; une arche de Noé, remplie d'animaux ; enfin une poupée revêtue du brillant uniforme des gardes, et que les officiers de ce corps d'élite, eux-mêmes, n'auraient pas distingué de leurs camarades, si elle avait été de grandeur naturelle.

Chargés de ces merveilles, ils entrèrent chez missis Higden ; la vieille femme était dans le coin le plus sombre et le plus reculé de la chambre ; elle avait Johnny sur ses genoux.

« Comment va mon cher enfant, Betty ? demanda missis Boffin, en s'asseyant près de la grand'mère.

— Mal, très-mal, répondit missis Higden ; je commence à craindre qu'il ne soit pas plus à vous qu'à moi. Tous ceux qui lui appartiennent sont là-haut ; j'ai dans l'idée qu'ils l'attirent auprès d'eux, et qu'ils ne vont pas tarder à nous le prendre.

— Non, non, dit missis Boffin.

— Sans cela aurait-il sa petite main fermée comme s'il tenait le doigt d'une personne ? Regardez plutôt, » dit la vieille femme en écartant la couverture qui enveloppait l'enfant, et en montrant sa petite main droite qu'il tenait crispée sur sa poitrine. « C'est toujours comme cela, continua Betty ; je ne peux pas m'expliquer pourquoi.

— Pensez-vous qu'il dorme ? demanda missis Boffin.

— Je ne crois pas. Dors-tu, mon Johnny ?

— Non, répondit l'enfant d'un air de douce pitié pour lui-même, et sans ouvrir les yeux.

— C'est la dame, Johnny. Elle apporte le cheval. »

Johnny avait entendu nommer la dame avec la plus complète indifférence ; mais pour le cheval ce fut autre chose ; il ouvrit les yeux, finit par sourire en contemplant ce joujou phénoménal, et voulut le prendre dans ses bras. Mais ce superbe coursier était beaucoup trop grand, et fut posé sur une chaise, où le bambin put le tenir par la crinière, ce dont il se lassa bientôt.

Il avait refermé les yeux ; et missis Boffin n'entendant pas ce qu'il murmurait, la grand'mère approcha l'oreille de ses lèvres, en lui demandant ce qu'il avait dit. Il le répéta deux ou trois fois, et l'on comprit que tout en regardant son cheval il avait aperçu autre chose. Il demandait « le nom de la jolie dame ? » Bella fut d'autant plus touchée de cette question, qu'elle lui rappelait les paroles de son père, et cette soirée de la veille dont elle était encore émue. Ce fut donc par un mouvement plein de naturel qu'elle s'agenouilla devant le cher petit. Elle le serra dans ses bras, et le pauvre bébé lui rendit ses caresses en la regardant avec cette admiration naïve que la beauté inspire à l'enfance.

Missis Boffin, pensant que l'occasion était favorable, posa la main sur le bras de la grand'mère, et de sa voix la plus affectueuse : « Nous sommes venus, lui dit-elle, pour emmener ce cher enfant ; nous le mettrons dans un endroit où il sera mieux soigné qu'ici. Vous comprenez..... »

La vieille femme n'en écouta pas davantage; elle se leva tout à coup; et les yeux enflammés, se précipita vers la porte, en serrant l'enfant dans ses bras. « Sortez d'ici, cria-t-elle d'un air égaré. Je vois maintenant ce qui vous amène. Non, non, laissez-moi; je ne veux pas; je le tuerai plutôt moi-même.

— Écoutez, dit Rokesmith avec douceur; écoutez, missis Higden; vous n'avez pas compris.

— Je comprends trop bien au contraire; je sais ce qu'il en est, monsieur. Je l'ai toujours évité, et je n'en veux pas; non jamais, ni pour moi, ni pour l'enfant, tant qu'il y aura assez d'eau dans le pays pour recouvrir notre corps. »

L'effroi, la répugnance, l'horreur poussés à leurs dernières limites enflammaient ce visage usé, et lui donnaient une expression de folie, terrible à voir quand même cette vieille femme en eût été le seul exemple. Mais cette folle terreur, mylords et gentlemen, apparaît fréquemment chez un certain nombre de vos semblables.

« Ils m'ont chassée toute ma vie, s'écria missis Higden, ils ne me prendront pas vivante. Non, tout est fini de vous à moi. J'aurais barricadé porte et fenêtre, et me serais laissé crever de faim plutôt que d'ouvrir, si j'avais su ce que vous veniez faire chez nous. »

Mais rencontrant l'honnête et douce figure de missis Boffin, la grand'mère se calma. S'accroupissant alors près de la porte, elle se courba sur son précieux fardeau pour le faire taire, car l'orphelin pleurait. « La peur me trompe peut-être, reprit-elle humblement. Si j'ai tort, dites-le moi, et que le Seigneur me pardonne. Je suis prompte à m'effrayer, je le sais bien; puis la fatigue et les veilles m'ont affaibli la tête.

— N'en parlons plus, répondit missis Boffin; c'est une méprise, voilà tout. A votre place, j'aurais senti la même chose et dit les mêmes paroles.

— Que le Seigneur vous bénisse, répliqua la vieille femme en étendant la main.

— Voyez-vous, Betty, reprit l'aimable et compatissante créature, en serrant la main de la vieille mère qu'elle garda entre les siennes, voilà notre intention; j'aurais dû m'expliquer, et je l'aurais fait d'abord si j'avais été plus sage. Nous voudrions conduire Johnny dans un endroit où il n'y a que de petits malades. Une maison où tout est disposé pour les recevoir; il y a là de bons médecins, d'excellentes femmes habituées aux enfants, et qui passent leur vie à les soigner et à les distraire.

— Est-il bien vrai que cela existe? demanda missis Higden avec admiration.

— Oui, ma chère, je vous en donne ma parole; d'ailleurs vous pourrez le voir, Betty. Si ma maison avait été plus convenable, j'aurais pris chez moi le pauvre trésor; mais il n'y serait pas bien.

— Emmenez-la où vous voudrez, chère dame, répliqua la grand'mère en baisant la main de missis Boffin. Je ne suis pas tellement endurcie que vos paroles et votre figure ne puissent m'inspirer toute confiance, et je croirai en vous, tant que je pourrai voir et entendre. »

Il fallait se hâter; Rokesmith pensait avec douleur qu'un temps précieux avait déjà été perdu. Il envoya Salop chercher la voiture, fit envelopper l'enfant, dit à la grand'mère de mettre son chapeau, rassembla les joujoux, expliqua au malade que ces trésors devaient l'accompagner, et fit si bien que tous les préparatifs étaient achevés quand parut la calèche. Une minute après, ils étaient en route, laissant derrière eux le pauvre Salop, qui soulageon son cœur oppressé par un fougueux tournement de sa manivelle.

L'arche de Noé, l'oiseau jaune, l'officier des gardes et le magnifique cheval ne furent pas moins bien accueillis à l'hospice des enfants que leur petit propriétaire; mais le docteur dit à Rokesmith : « Il y a plusieurs jours que vous auriez dû l'amener; il est trop tard maintenant. »

On les conduisit néanmoins dans une pièce aérée, où le pauvre Johnny revint à lui-même, soit qu'il se réveillât, soit qu'il sortît d'un évanouissement. Il se trouvait alors dans un bon petit lit, surmonté d'une tablette suspendue à portée de sa main, où étaient rangés l'arche de Noé, l'oiseau jaune et le cheval; le tout surveillé par le brillant officier des gardes, à la satisfaction non moins grande de sa patrie que s'il eût paradé pour elle.

Une belle image coloriée, placée au chevet de la petite couchette, représentait un pauvre petit malade sur les genoux d'un ange qui devait aimer les enfants. Johnny, chose merveilleuse, était devenu tout à coup membre de la petite famille. Comme lui, tous les autres étaient dans de petits lits bien blancs; excepté deux d'entre eux qui, assis dans de petits fauteuils, à côté de la cheminée, faisaient une partie de dominos. Tous les malades avaient leur tablette où se voyaient des maisons de poupée, des chiens laineux, pourvus d'un aboiement pareil à la voix de l'oiseau jaune; des saltimbanques vêtus d'habits mauresques, des ménages de bois, des soldats de plomb, bref tous les trésors de la terre.

Voyant que, dans son admiration placide, Johnny murmurait quelque chose, la garde qui était près de lui s'inclina pour entendre ce qu'il disait. Le pauvre bébé voulait savoir si tous les enfants qui se trouvaient là étaient ses frères et sœurs? On lui répondit affirmativement. Si c'était le bon Dieu qui les avait mis tous ensemble? Même réponse affirmative. S'ils allaient tous guérir? Bien certainement; et l'on ajouta qu'il serait du nombre.

La parole était si peu développée chez Johnny, même quand il se portait bien, que maintenant il ne s'exprimait guère que par monosyllabes; il n'en fut pas moins compris.

Mais il fallait le nettoyer, l'arranger, lui appliquer le traitement qu'il devait suivre, et bien que tout cela fût exécuté avec plus de soin et d'adresse que tout ce qui avait été fait pour lui depuis qu'il était au monde, on l'aurait fatigué, sans une circonstance merveilleuse qui l'absorba complétement. Rien moins que l'apparition sur sa petite table de tous les animaux du globe, qui se dirigeaient vers l'arche dont il était possesseur : l'éléphant à la tête du cortège, la mouche à l'arrière-garde. Le ravissement qu'un tout petit frère, couché dans le lit voisin, et qui avait la jambe cassée, éprouva de ce spectacle en augmenta singulièrement l'effet; puis le sommeil les prit tous les deux au milieu de cette extase.

« Vous ne craignez pas de laisser ici le cher trésor? dit tout bas missis Doffin à la grand'mère.

— Non, madame; je le fais bien volontiers; et que de reconnaissance! oh! merci de tout mon cœur. »

Elles embrassèrent l'enfant, et partirent. Missis Higden reviendrait le lendemain matin; la chose était convenue. Elle ignorait, ainsi que missis Doffin, ces paroles du docteur: « maintenant il est trop tard. »

Rokesmith, qui était dans la triste confidence, sachant que cette démarche serait agréable à l'excellente femme qui avait été la seule joie de l'enfance de John Harmon, revint dans la soirée, afin de juger de l'état du petit malade que l'on appelait ainsi en mémoire de celui qui n'était plus.

Si tous les membres de la petite famille que Dieu avait rassemblée n'étaient pas endormis, tous du moins étaient tranquilles. Le pas léger d'une femme allait d'un lit à l'autre, et à la lueur assoupie des lampes on voyait passer un visage calme et doux. Çà et là une petite tête se soulevait pour être embrassée, car les pauvres petits étaient caressants; et le baiser reçu, la petite tête se laissait recoucher sans mot dire.

Le petit frère à la jambe cassée gémissait; il s'agita pendant quelques minutes, puis il tourna les yeux vers la tablette voisine, afin de revoir tout le personnel de l'arche, et s'endormit en regardant l'éléphant. Restés sur les tablettes dans la position où ils se

trouvaient quand le sommeil avait surpris leurs possesseurs, les
joujoux, dans leur innocent désordre, semblaient représenter les
rêves des chers bambins.

Le médecin lui-même était revenu. Il avait trouvé Rokesmith
auprès de Johnny ; et tous les deux ils regardaient le pauvre bébé
d'un air compatissant.

« Qu'est-ce que tu veux ? demanda le secrétaire, en aidant le
pauvre ange qui cherchait à se soulever.

— Lui, tout, » murmura Johnny.

Le médecin était habile à deviner les enfants. Il prit le cheval,
l'oiseau jaune, l'officier, toutes les bêtes de l'arche, et les posa
sur la tablette du petit voisin. Johnny sourit faiblement, il s'allongea comme s'il voulait dormir, puis se soulevant sur le bras
qui le soutenait, il chercha de ses lèvres la figure de Rokesmith,
et balbutia : « Un baiser pou' la jolie dame. »

Ayant ainsi légué tout son avoir, et mis ses affaires en ordre,
l'orphelin quitta ce monde après avoir dit ces mots.

X

UN SUCCESSEUR

Certains pasteurs ressentent le plus profond malaise des
auspices favorables sous lesquels la liturgie les condamne à
enterrer les morts ; mais le révérend Milvey pensait qu'il y avait
dans son ministère une ou deux choses (on pourrait dire trente-
six) qui, voulût-on y réfléchir, étaient faites pour troubler la
conscience d'une manière bien plus grave. C'était il est vrai un
homme indulgent que le révérend Milvey ; il observait bien du
coulage et de la corruption dans la vigne du Seigneur ; mais il
n'en était pas d'une sagesse plus farouche, et se disait seulement
que plus il voyait de mal dans l'étroit espace qu'il pouvait embrasser, mieux il se figurait ce que devait connaître l'Omnis-
cience, qui n'en restait pas moins bonne. Si donc il avait eu à
dire les paroles consolantes qui troublent quelques-uns de ses
collègues, et touchent profondément des cœurs sans nombre, s'il
avait eu à les dire dans une circonstance bien autrement sca-
breuse qu'à propos de Johnny, il l'aurait fait sans scrupule, dans
toute la compassion et l'humilité de son âme. En lisant l'office

des morts sur le petit orphelin il songea à ses six enfants, non à sa pauvreté, et ses yeux furent mouillés de larmes. Sa charmante femme, qui l'écouta sérieusement, jeta un regard ému dans la petite fosse; puis ils se donnèrent le bras, et rentrèrent paisiblement chez eux.

Il y eut de la douleur à l'hôtel aristocratique, et de la joie au Bower. Si l'on voulait un orphelin, se dit mister Wegg, il était lui-même sans parents, et l'on ne pouvait pas mieux choisir. Pourquoi s'en aller à Brentford, battre les buissons à la recherche d'orphelins qui ne vous ont jamais fait de sacrifice et n'ont aucun droit à vos bontés, quand vous en avez un sous la main, qui a délaissé pour vous miss Élisabeth, maître Georges, oncle Parker et tante Jane? Mister Wegg éprouva donc une joie très-vive lorsqu'il apprit l'événement. Un témoin du fait, qui ne doit pas être nommé jusqu'à nouvel ordre, raconta même plus tard que, dans la solitude du Bower, il leva sa jambe de bois à l'instar des danseurs d'opéra, et fit une pirouette triomphante sur le pied qui lui restait.

A cette époque, missis Boffin trouva chez Rokesmith plutôt les soins d'un fils pour sa mère, que les procédés d'un jeune homme pour la femme de celui qui l'occupe. Il avait toujours eu pour elle une déférence affectueuse, et la lui avait témoignée dès la première heure de son entrée en fonctions. Quelle que fût la singularité des goûts de l'excellente créature, de sa toilette, ou de ses manières, jamais il n'y avait rien vu de ridicule. Parfois, auprès d'elle, son visage avait un air amusé; mais il semblait que la satisfaction qu'il éprouvait au contact de cette nature expansive et radieuse aurait pu s'exprimer tout aussi bien par une larme que par un sourire. Il avait pris une part active à la recherche de l'orphelin, avait prouvé par ses paroles et par ses actes, combien ce projet d'élever un enfant en souvenir de John Harmon lui était sympathique; et maintenant, que le généreux espoir de missis Boffin était trompé, il prenait au chagrin de l'excellente femme une part respectueuse et sincère, dont elle ne savait comment lui exprimer sa reconnaissance.

« Je vous remercie, lui dit-elle un matin, je vous remercie de tout mon cœur. Vous aimez les enfants, mister Rokesmith.

— Tout le monde les aime, j'espère.

— Cela se devrait, reprit-elle; mais on ne fait pas toujours ce qu'on doit.

— Il y a parmi nous, répondit Rokesmith, des gens qui suppléent à ce qui manque chez les autres. Mister Boffin me disait que vous aviez toujours été excellente pour les enfants.

— Pas meilleure que lui, je vous assure; à l'entendre, c'est toujours moi qui fais le bien. Mais ce sujet-là paraît vous attrister, cher monsieur.

— Vous croyez, madame?

— Je crois le comprendre. Êtes-vous d'une nombreuse famille ? Il secoua la tête d'une manière négative. « J'avais une sœur; elle est morte, dit-il.

— Avez-vous encore votre père et votre mère?

— Non, madame.

— Et vos autres parents?

— Je ne sais même pas si j'en ai jamais eu. »

A ce point du dialogue, miss Wilfer entra sans qu'on l'entendît. Voyant qu'elle n'était pas remarquée, elle s'arrêta, ne sachant pas si elle devait rester ou partir.

« C'est peut-être une indiscrétion, reprit missis Boffin; mais n'attachez pas d'importance aux paroles d'une vieille femme, et dites-moi : Êtes-vous bien sûr de n'avoir pas eu de chagrins d'amour ?

— Très-sûr, madame; pourquoi me demandez-vous cela?

— Parce que je vous trouve quelquefois un air contraint qui n'est pas de votre âge. Vous n'avez pas encore trente ans ?

— Non, madame. »

Jugeant qu'il devenait indispensable d'annoncer sa présence, Bella se mit à tousser pour attirer l'attention; elle s'excusa en disant qu'elle allait partir, et qu'elle l'eût déjà fait si elle n'avait pas craint de les interrompre.

« Ne vous éloignez pas, répondit missis Boffin; nous avons à parler d'une affaire qui vous intéressera. Mais j'ai besoin de Noddy; seriez-vous assez bon l'un ou l'autre pour aller me le chercher. »

Rokesmith s'acquitta de la commission, et revint bientôt accompagné de Boffin, qui arrivait en trottinant. De quelle affaire s'agissait-il? Bella se le demandait, et en fut vaguement troublée jusqu'à ce que missis Boffin eût expliqué l'objet de la réunion.

« Asseyez-vous près de moi, chère belle, dit l'excellente femme, en s'installant sur une large ottomane qui occupait le milieu du salon, et en passant son bras sous celui de la jeune fille. Toi, Noddy, viens te mettre en face de nous; vous, mister Rokesmith, asseyez-vous là. Maintenant, voilà ce que c'est : J'ai reçu de missis Milvey la lettre la plus aimable; mister Rokesmith a eu la bonté de me la lire, car je ne suis pas forte pour débrouiller l'écriture. C'est pour me proposer un autre orphelin que m'écrit missis Milvey, et cela m'a fait réfléchir.

— Une vraie machine à idées, murmura Noddy avec admiration. Pas très-facile à mettre en mouvement; mais une fois partie, c'est comme une mécanique.

— Cela m'a donc fait réfléchir, répéta missis Boffin, toute radieuse du compliment de son mari, et j'ai pensé à deux choses. Premièrement, je n'ose plus me servir du nom de John Harmon; c'est un nom malheureux, et je me ferais des reproches si, l'ayant donné à un autre, le cher petit venait encore à mal tourner. »

Mister Boffin demanda si ce n'était pas une croyance superstitieuse, et soumit la question à son secrétaire.

« Je ne vois là, répondit celui-ci, qu'une affaire de sentiment; le nom, comme le dit missis Boffin, a toujours été malheureux; un triste souvenir vient encore de s'y rattacher; il s'est effacé de nouveau; pourquoi chercher à le faire revivre? Puis-je demander à miss Wilfer ce qu'elle en pense?

— Plus que personne je le trouve douloureux, dit Bella en rougissant; il l'a du moins été pour moi jusqu'au moment où il m'a fait venir ici; mais ce n'est pas à cela que je songe; le pauvre enfant à qui on l'avait donné m'a témoigné tant d'affection que je serais jalouse de voir son nom porté par un autre; ce nom m'est devenu cher, et il me semble que je n'ai pas le droit d'en disposer.

— Qu'en dites-vous? demanda Boffin à Rokesmith.

— Je le répète, affaire de sentiment, répondit le jeune homme, et celui de miss Wilfer est d'une délicatesse toute féminine.

— Mais toi, Noddy, qu'en penses-tu? demanda l'excellente femme.

— Ma vieille, répondit le boueur doré, je pense tout à fait comme toi.

— En ce cas, reprit missis Boffin, ne touchons plus à ce malheureux nom. Comme dit mister Rokesmith, affaire de sentiment; mais, Seigneur! que de choses en sont là! Je passe à l'autre idée qui m'est venue. Quand il a été question d'adopter un orphelin, j'ai fait remarquer à Noddy combien il serait consolant de penser qu'un petit malheureux profiterait de la fortune de John, et serait protégé en souvenir de l'abandon de ce cher enfant.

— Vous l'entendez, s'écria Noddy, vous l'entendez! C'est vrai qu'elle a dit cela; répète-nous-le, ma vieille.

— Non; j'ai autre chose à faire, répondit missis Boffin; d'ailleurs tu le pensais tout comme moi. C'était donc pour qu'il y eût quelqu'un d'heureux en mémoire du cher petit; eh bien, après le malheur qui nous est arrivé, je me suis demandé si avant tout je n'avais pas songé à m'être agréable. Sans cela pourquoi aurais-je voulu un bel enfant? Pourquoi tenir à ce qu'il fût à mon goût? Quand on veut faire du bien, il ne faut voir que la chose, et ne pas consulter ses caprices.

— Il est naturel, dit Bella (peut-être y avait-il dans ses paroles un peu de susceptibilité en raison des liens étranges qui
avaient existé entre elle et John Harmon), il est naturel que vous
n'ayez pas voulu donner un nom qui vous était cher à un enfant
moins intéressant que celui qui l'avait porté d'abord.

— Merci, répliqua missis Boffin en lui serrant la main ; c'est
bon à vous, chérie, d'avoir trouvé cette raison-là ; j'espère que
vous avez dit vrai ; mais cependant je n'oserais pas l'affirmer.
Dans tous les cas, ce motif-là n'existe plus puisque le nom est
mis de côté.

— Il restera comme souvenir, reprit Bella d'un air rêveur.

— Très-bien, chère fille ; comme un souvenir précieux.
J'ai donc pensé à prendre un orphelin, n'importe lequel ; non
pas un favori dont j'aurais fait un joujou ; mais un malheureux
qui sera secouru parce qu'il a besoin de l'être.

— Pas beau alors? dit Bella.

— Non, répondit bravement l'excellente femme.

— Rien d'agréable?

— Pas nécessaire. Il y a de par le monde un pauvre garçon
qui manque précisément d'avantages physiques ; il est même
assez disgracié pour que cela l'empêche de réussir. Mais il est
honnête, laborieux, d'une bonne nature, et mérite qu'on s'intéresse à lui. Si vraiment je suis sincère, bien décidée à ne pas
être égoïste, c'est lui que je choisirai. »

Ici apparut le valet de chambre dont la délicatesse avait déjà
été blessée par ce nom inconvenant ; il s'approcha de Rokesmith
et lui annonça l'inacceptable Salop. Les membres du conseil se
regardèrent.

« Faut-il l'introduire ici, madame? demanda Rokesmith,

— Certainement, » répondit missis Boffin.

Le valet disparut, revint avec Salop, et se retira d'un air de
dégoût.

La générosité de missis Boffin avait mis Salop en grand deuil.
Sur la demande formelle de Rokesmith, le tailleur avait eu
recours à une foule d'expédients pour que les boutons de clôture
et de suspension fussent invisibles ; mais telle était la force
de l'habitude chez ce corps défectueux, qu'en dépit de
toutes les ressources de l'art, le malheureux Salop n'en restait pas moins un véritable argus au point de vue des boutons : brillant, scintillant, clignotant par tous ces yeux de
métal, en face des spectateurs éblouis. La fantaisie artistique
d'un chapelier inconnu, l'avait coiffé d'un chapeau muni d'un
crêpe tuyauté par derrière, couvrant la forme du haut en bas, et
se terminant par un gigantesque pompon noir, dont la raison était

confondue et le bon goût révolté. Une influence particulière
dont ses jambes étaient le siège, avait déjà relevé son pantalon au-dessus des chevilles, et lui avait fait deux poches au
niveau des genoux. La même puissance ayant agi dans les bras,
les manches se retroussaient de manière à découvrir les poignets,
et ce qui manquait à la partie inférieure, avait été s'accumuler
au coude. C'est ainsi qu'avec l'ornement additionnel d'une petite
queue à sa veste, et un gouffre béant à la ceinture, Salop fut
présenté au conseil.

« Comment va Betty, mon brave garçon, demanda missis Boffin.

— Merci, m'ame, répondit Salop; elle ne va pas mal; elle m'envoie à cette fin de vous présenter ses respects et de vous faire
des remercîments pour le thé, et pour toutes les faveurs qu'elle
vous doit; et par le désir de savoir comment vous allez tous.

— Vous ne faites que d'arriver, Salop?

— Oui, m'ame, tout juste.

— Alors vous n'avez pas dîné?

— Non, m'ame; mais j'y pense bien; je n'ai pas oublié vos
ordres généreux pour qu'on ne me laisse jamais partir sans
m'avoir donné un repas de viande, de bière, et de poudding.
Attendez donc, c'est pas tout; il y avait quatre choses, je les
ai comptées à mesure; de la viande, ça fait un; de la bière, ça
fait deux; du poudding ça fait trois; et des légumes ça fait bien
quatre. » Salop renversa la tête, ouvrit une large bouche, et se
mit à rire avec bonheur.

« Comment vont les minders? demanda missis Boffin.

— Ils se remettent tout à fait, m'ame; c'est un plaisir de les
voir. »

Missis Boffin regarda les membres du Conseil, et appela Salop
en lui faisant signe d'approcher. « Seriez-vous content de dîner
ici tous les jours? lui demanda-t-elle.

— Les quatre choses tous les jours? de la viande, de la bière...
Oh! m'ame! » L'émotion fut tellement forte qu'il en écrasa son
chapeau entre ses mains, et releva le pied droit en arrière.

« Oui, Salop, tous les jours; et si vous le méritiez comme je
le suppose, on prendrait soin de vous de toutes les façons.

— Oh! m'ame... » Il s'arrêta brusquement au milieu de son
extase, et recula en hochant la tête d'un air sérieux. « Non, dit-il,
non; je ne peux pas; il y a missis Higden; elle passe avant tout.
Personne ne pourra jamais être pour moi meilleure qu'elle n'a
été; voilà qui est sûr. Il faut tourner la manivelle. Qu'est-ce que
deviendrait missis Higden si la calandre ne marchait pas? »

A la seule pensée de voir sa bienfaitrice dans une pareille dé-
tresse, Salop devint pâle et manifesta la plus vive douleur.

« Vous avez raison, Salop, cent fois raison, s'écria missis Boffin; ce n'est pas moi qui dirai le contraire. Mais on trouvera
quelqu'un pour tourner la machine, on va s'en occuper. Vous
pourrez venir; et l'on vous mettra à même d'être plus utile à
missis Higden qu'en faisant marcher la calandre.

— Pas besoin de ça, Ma'ame, répondit Salop avec enthousiasme. Est-ce que je ne peux pas tourner la nuit? Je viendrai
ici le matin, et je m'en irai le soir. Je me passerai bien de dormir. A supposer d'ailleurs que j'aie besoin d'un petit somme,
reprit-il après un instant de réflexion, je peux bien le faire en
tournant; cela m'est arrivé combien de fois! et je ne m'en suis
pas trouvé plus mal. »

Dans l'élan de sa reconnaissance l'honnête Salop baisa la main
de missis Boffin, puis s'éloigna pour donner un libre cours à son
émotion. Il se rejeta en arrière, ouvrit une bouche démesurée,
et poussa d'affreux hurlements. Cela faisait le plus grand honneur
à sa sensibilité; mais on pouvait en induire, qu'en certaines
circonstances, il devait être un voisin peu agréable. En effet au
bruit de cette émotion retentissante, le domestique ouvrit la
porte; et voyant qu'on n'avait pas besoin de lui, il s'excusa en
disant qu'il avait cru qu'il y avait des chats dans le salon.

XI

AFFAIRES DE CŒUR

De sa petite maison à petites fenêtres, pareilles à des trous
d'aiguille, et à petites portes semblables à des couvertures de
livres, la petite miss Peecher observait avec soin l'objet de sa
tendresse. Bien qu'on le prétende affligé de cécité, l'amour est
un guetteur vigilant, et miss Peecher lui faisait faire un service
actif auprès de Bradley Headstone. Non pas qu'elle eût de penchant naturel pour l'espionnage et les menées ténébreuses; non
pas qu'elle fût dissimulée, déloyale ou perfide; mais elle aimait
l'insensible Bradley avec tout le stock d'amour primitif que renfermait son cœur, et que personne n'avait encore vérifié. Si son
ardoise et son crayon avaient eu les propriétés latentes de
l'encre invisible et du papier sympathique, une foule de petits
traités, bien faits pour étonner ses élèves, auraient surgi pen-

dan la leçon de calcul, entre les colonnes de chiffres, sous l'influence du sein brûlant de miss Peecher. Car bien souvent, après la classe, dans ses moments de loisir et de solitude, elle confiait à sa fidèle ardoise la description d'un tableau imaginaire, où par un soir embaumé, deux formes humaines se promenaient dans les jardins maraîchers du voisinage. L'une de ces créatures, d'une taille élevée et du sexe mâle, se penchait au-dessus d'un petit corps rondelet, du genre féminin, et soupirait ces paroles à voix basse : « Emma Peecher, si tu voulais m'épouser ! » La tête féminine s'appuyait alors sur l'épaule masculine, et le rossignol chantait !

Bien qu'invisible aux élèves, qui ne soupçonnaient pas sa présence, Bradley Headstone se retrouvait dans toutes les leçons. Était-il question de géographie, il s'échappait triomphant du Vésuve et de l'Etna, porté par des torrents de lave. Il émergeait, sain et sauf, des sources chaudes de l'Islande, ou voguait majestueusement sur les eaux sacrées du Nil et du Gange. L'histoire faisait-elle la chronique d'un roi de la terre, c'était lui qui apparaissait en pantalon poivre et sel, son cordon de montre autour du cou. S'agissait-il de pages d'écriture, les majuscules B H de la plupart des élèves étaient de six mois en avance sur les autres lettres de l'alphabet, tant les modèles leur avaient fourni de fréquentes occasions d'être étudiées. L'arithmétique mentale s'appliquait à pourvoir Bradley Headstone d'une garde-robe phénoménale : 89 cols de satin à 2 schellings, 9 pence, 1/2 penny ; 2 grosses de montres d'argent, à 4 livres, 15 schellings, et 6 pence ; 74 chapeaux noirs à 8 schellings ; etc.

Le vigilant guetteur, saisissant toutes les occasions de braquer ses yeux sur l'être adoré, apprit bientôt à miss Peecher que Bradley était beaucoup plus grave, plus soucieux que de coutume ; qu'il errait çà et là d'un air abattu et rêveur, préoccupé de quelque problème qui n'était pas compris dans le syllabus pédagogique. Réunissant ceci et cela ; entendant par ceci les fréquentes apparitions de Charles Hexam et son intimité avec Bradley ; par cela, comprenant la visite qu'ils avaient faite à la sœur de l'écolier, le guetteur malin confia à miss Peecher qu'il soupçonnait fortement cette jeune fille d'être au fond du problème.

« Je voudrais bien, murmura la pauvre miss, tout en faisant ses bulletins hebdomadaires un jour de demi-congé, savoir comment s'appelle la sœur d'Hexam. » L'élève favorite qui était là travaillant à l'aiguille, et l'oreille attentive, leva aussitôt la main.

« Qu'est-ce que c'est, Mary-Anne ?

— Madame, elle s'appelle Lizzie.

— Je ne crois pas que ce soit possible, répondit l'institutrice d'une voix professorale. Ce nom de Lizzie, Mary-Anne, est-il un nom chrétien ? »

Mary-Anne posa son ouvrage, quitta sa chaise, se croisa les bras derrière le dos, ainsi qu'on doit le faire quand on est interrogée, et répondit : « Non, madame ; c'est une corruption.

— Qui l'a nommée ainsi ? » demanda l'institutrice ; mais elle s'arrêta en voyant l'élève sur le point de répondre que c'était son parrain ou sa marraine, et dit en se reprenant : « De quel mot est-ce la corruption ? c'est là ce que je demandais.

— D'Élisabeth, ou d'Élisa, miss Peecher.

— Très-bien, Mary-Anne. Qu'il y ait eu des Lizzie dans l'Église primitive doit être considéré comme un point fort douteux. » En disant cela, miss Peecher faisait preuve d'une extrême sagesse. « Alors, poursuivit-elle, ne devons-nous pas dire, pour parler correctement, que la sœur d'Hexam s'appelle Lizzie ; mais que ce n'est pas son véritable nom ?

— Oui, madame.

— A présent, continua miss Peecher, qui se plaisait à prolonger cet examen fictif et à lui donner la forme officielle, comme si elle ne l'avait fait que dans l'intérêt de son élève, dites-moi, Mary-Anne, où demeure cette jeune personne que l'on appelle Lizzie, bien que ce ne soit pas son véritable nom ? Réfléchissez avant de répondre.

— Elle demeure rue de l'Église, Smith-Square, près de Mill-Bank.

— Rue de l'Église, Smith-Square, près de Mill-Bank, répéta miss Peecher comme si elle avait eu sous les yeux le livre classique où se trouvait cette adresse ; c'est bien cela. A quelle occupation cette jeune fille se livre-t-elle ? réfléchissez, ne vous pressez pas.

— Elle a un poste de confiance chez un confectionneur de la Cité.

— Oh ! fit miss Peecher d'un air pensif ; puis elle répéta d'une manière affirmative : un confectionneur de la Cité ; fort bien.

— Et Charley.... »

Mary-Anne s'arrêta brusquement sous le regard étonné de miss Peecher. « Je voulais dire mister Hexam, reprit-elle.

— Je suis bien aise de vous entendre réparer cette faute. Vous disiez que mister Hexam .?

— N'est pas content de sa sœur, répondit l'élève ; elle ne veut pas accepter ses conseils, et obéit à ceux d'un autre. Il dit encore...

— Mister Headstone dans le jardin ! s'écria miss Peecher en jetant dans la glace un regard triomphant. Très-bien répondu. Mary-Anne ; vous prenez l'excellente habitude de mettre de l'ordre dans vos idées, cela ira bien. »

La discrète Mary-Anne alla se rasseoir; elle reprit son ouvrage, se mit à coudre, à coudre; et cousait avec ardeur quand l'ombre du chef d'institution annonça que celui-ci était sur le point de paraître. « Bonsoir, miss Peecher, dit Bradley en poursuivant son ombre, et en la remplaçant.

— Bonsoir, mister Headstone. Mary-Anne, donnez une chaise.

— Merci, dit Bradley, en s'asseyant avec sa raideur habituelle. Ceci n'est pas une visite; je suis entré en passant pour vous demander un petit service, en qualité de voisin.

— En passant? demanda-t-elle.

— Oui, miss; je vais faire une assez longue course. »

(Rue de l'Église, Smith-square, près de Mill-Bank), pensa miss Peecher.

« Hexam est sorti pour aller chercher quelques livres dont il a besoin, continua Bradley; il rentrera probablement avant moi; j'ai pris la liberté de lui dire que je mettrais la clé ici; voulez-vous me permettre de vous la laisser?

— Certainement, mister Headstone. Vous allez donc faire une longue promenade?

— Ce n'est pas pour me promener; c'est plutôt.... pour affaire. »

(Rue de l'Église, Smith-square), repensa la pauvre miss.

« Je regrette d'être obligé de partir aussi vite, dit Bradley en posant la clé sur la table. Vous n'avez pas de commission dont je puisse me charger?

— Merci, mister Headstone; de quel côté allez-vous?

— Du côté de Westminster.

— Mill-Bank! se dit-elle encore. Merci; je ne veux pas vous donner cette peine, monsieur.

— Vous ne m'en donneriez pas si c'était sur ma route, »

Ah! pensa la pauvre Miss, je ne vous en donne pas; mais vous m'en faites, vous! Et malgré le calme de ses manières et de son sourire, ce fut avec une vive douleur qu'elle le vit s'éloigner.

Miss Peecher avait raison; c'était bien rue de l'Église que se rendait mister Headstone. Il se dirigeait vers la demeure de l'habilleuse de poupées en ligne aussi droite que la sagesse de ses ancêtres, manifestée par la construction des rues qu'il avait à suivre, pouvait le lui permettre; et il marchait la tête basse, préoccupé d'une idée fixe. Il n'en avait pas d'autre depuis le moment où il avait vu Lizzie pour la première fois. Il lui semblait que cette idée avait supprimé chez lui tout ce qui pouvait l'être; qu'elle avait réduit au silence tout ce qui n'était pas elle; et qu'en un instant l'empire qu'il avait sur lui-même s'était complétement évanoui.

Le coup de foudre est une expression assez répandue pour que l'on n'ignore pas que chez certaines natures où le feu couve sous la cendre, ainsi que chez l'homme qui nous occupe, la flamme éclate, se propage comme un incendie fouetté par le vent, et détruit ou domine toutes les autres passions. De même qu'il y a une foule de créatures faibles et imitatrices, toujours disposées à prendre feu pour la première idée fausse qui va être émise, — quelque tribut à payer à quelqu'un, par exemple, pour quelque chose qui n'a pas été fait, ou qui l'a été par un autre, — de même ces natures vigoureuses sont toutes prêtes à s'enflammer au premier choc.

Bradley Headstone poursuivait sa route en songeant, et d'après son visage tourmenté, on pouvait conclure qu'il essayait de soutenir une lutte dans laquelle il était vaincu. En se sentant dominé par sa passion pour la sœur d'Hexam, il éprouvait une sorte de honte mêlée de colère, bien qu'en même temps il concentrât tout ce qu'il avait de cœur et d'intelligence sur les moyens à prendre pour faire agréer son amour.

L'habilleuse de poupées était seule quand il parut devant elle. Oh! pensa la pénétrante fillette, est-ce bien vous? je sais qui vous êtes, mon ami; je connais vos allures.

« La sœur d'Hexam, n'est pas encore de retour, dit Bradley.

— Vous êtes vraiment sorcier, répondit miss Wren.

— J'attendrai, si vous voulez bien le permettre; car j'ai besoin de lui parler.

— Besoin de lui parler! reprit la petite personne; asseyez-vous, monsieur; j'espère que ce besoin est réciproque. »

Bradley jeta un regard défiant sur la figure rusée qui se penchait de nouveau au-dessus de l'établi, et dit, en essayant de vaincre son trouble : « Vous ne supposez pas, j'imagine, que ma visite puisse déplaire à la sœur d'Hexam?

— Encore! s'écria miss Wren; ne l'appelez donc pas comme cela! vous me faites souffrir, dit-elle en exécutant avec ses doigts une volée de claquements pleins d'impatience; appelez-la par son nom; car je n'aime pas votre Hexam.

— Vraiment!

— Pas du tout, répondit-elle en fronçant le nez pour exprimer son aversion. Un égoïste; il ne songe qu'à lui; comme vous tous, d'ailleurs.

— Nous tous? Je dois penser alors que vous ne m'aimez pas non plus.

— Heu! heu! fit-elle en haussant les épaules et en se mettant à rire; je ne vous connais guère.

— Tous! reprit le maître de pension légèrement piqué; vous voulez dire un certain nombre.

— Tous les hommes, excepté vous, répliqua miss Wren. Regardez bien cette lady : c'est miss Vérité en grande toilette. »

Il jeta les yeux sur la poupée qu'elle lui présentait, et qui l'instant d'avant était couchée sur l'établi où la petite ouvrière lui cousait sa robe dans le dos.

« Je mets l'honorable miss Vérité contre le mur, dans ce petit coin d'où ses yeux bleus peuvent rayonner sur vous, dit miss Wren en dirigeant contre lui deux petits coups de son aiguille comme pour lui traverser les prunelles. J'en prends à témoin miss Vérité, je vous défie de me dire ce que vous venez faire ici.

— Voir la sœur d'Hexam.

— Pas possible! retourna miss Wren dont le menton s'agite. Et pour quel motif venez-vous la voir?

— Dans son intérêt.

— Oh! miss Vérité! s'écria la petite habilleuse, l'entendez-vous?

— Dans son propre intérêt, et dans celui de son frère, reprit Headstone en s'échauffant; dans son intérêt seul, en homme qui lui est entièrement dévoué.

— Puisque nous en sommes là, miss Vérité, dit la petite Jenny, il faut absolument que je vous mette la face contre le mur. »

A peine avait-elle fait ce qu'elle venait de dire, que la sœur d'Hexam arriva. Lizzie témoigna quelque surprise en apercevant Bradley, auquel Jenny montrait son petit poing, et désignait miss Vérité qui leur tournait dos.

« Voilà, ma chérie, dit la fine créature, un homme du plus entier dévouement qui désire vous parler dans votre seul intérêt et dans celui de votre frère. Je sens qu'il ne doit pas y avoir de tierce partie dans un entretien aussi délicat; soyez assez bonne pour aider votre servante à remonter chez elle, et ce tiers importun se retirera immédiatement. »

Lizzie prit en souriant la main que lui tendait la petite habilleuse; mais elle ne bougea pas.

« Vous savez qu'abandonnée à elle-même cette tierce personne boite effroyablement, dit miss Wren; elle ne pourra pas se retirer avec grâce si vous lui refusez votre assistance.

— Qu'elle reste où elle est, répliqua Lizzie, en caressant les cheveux de la petite ouvrière. Puis se retournant vers le maître de pension : « Vous venez de la part de Charles? demande-t-elle.

— Pas précisément, répondit-il; votre frère est instruit de ma visite; mais ce n'est pas lui qui m'envoie. »

Il prit une chaise, la lui offrit d'une main hésitante, lui jeta un regard embarrassé, et alla se rasseoir. Miss Wren, les coudes sur son établi, le menton dans ses mains, le regardait de côté, d'un air attentif. Lizzie l'observait également, bien que d'une manière différente.

« Le fait est, commença-t-il, la bouche tellement sèche qu'il parlait avec peine, et d'autant plus gauche, plus roide, plus indécis qu'il en avait conscience, le fait est qu'Hexam n'ayant pas, du moins je le suppose, de secrets pour moi, m'a confié toute cette affaire. » Il s'arrêta, et Lizzie lui demanda de quelle affaire il voulait parler.

« Je croyais, reprit-il en jetant sur elle un coup d'œil furtif, cherchant en vain à soutenir son regard, et baissant les yeux dès qu'il rencontrait les siens, je croyais superflu jusqu'à friser l'impertinence de m'expliquer à ce propos. Je veux parler des projets que votre frère avait faits pour vous, et auxquels vous avez préféré ceux de mister... N'est-ce pas Eugène Wrayburn qu'il se nomme? »

Il essaya de la regarder; mais il baissa les yeux. Lizzie n'ayant pas répondu, il reprit la parole avec un nouvel embarras. « Votre frère, dit-il, me fit part de ses projets le soir même où nous sommes venus ici, comme j'étais encore sous l'impression de cette visite. »

Peut-être ces mots n'avaient-ils pas grande importance; mais Jenny Wren allongea la main, et retourna lentement, d'un air rêveur, l'honorable miss Vérité. Cela fait, elle reprit sa première attitude.

« J'approuvai fortement son projet, continua Headstone, en laissant errer ses yeux du côté de la poupée, et en les attachant sur cette dernière plus longuement que sur Lizzie. A votre frère revenait naturellement le droit de prendre une pareille mesure, et j'espérais l'aider à la mettre à exécution. C'eût été pour moi d'un immense intérêt, un plaisir inexprimable. Aussi dois-je reconnaître que lorsqu'il vit échouer ses plans j'en ressentis un véritable chagrin, et pour ne rien cacher, une déception très-vive. » Cet aveu parut lui donner du courage; dans tous les cas, il poursuivit d'un ton plus ferme et plus animé, bien qu'avec une tendance curieuse à serrer les dents, et avec un mouvement convulsif de la main droite, dont il pressait la paume de la main gauche, comme celui qui ressent une atroce douleur, et qui ne veut pas crier : « Je suis d'une nature violente, et cette déception m'a profondément ému; je le suis encore. Je ne montre pas ce que j'éprouve; nous autres, nous sommes forcés de nous contraindre, obligés par état de nous maîtriser. Mais revenons à votre frère. Il a pris la chose tellement à cœur, qu'il en a fait des remontrances, — oui, j'étais présent, — des remontrances à mister Eugène Wrayburn ; n'est-ce pas ainsi qu'on l'appelle? Et cela sans succès; on le suppose, du moins, quand on ne s'aveugle pas sur le caractère de ce gentleman. »

Il la regarda cette fois avec plus de hardiesse; son visage en feu passa du rouge au blanc, redevint pourpre, et changeant encore, resta d'une pâleur mortelle.

« Enfin j'ai résolu de venir seul, de vous voir, d'en appeler à vous-même; de vous supplier de quitter la voie que vous avez prise. Au lieu de vous confier à un étranger, miss Hexam, à un être qui s'est conduit de la façon la plus insolente à l'égard de votre frère, préférez-lui le seul parent qui vous reste, et l'ami de ce parent. »

Lizzie, à son tour, avait changé plusieurs fois de couleur; son visage exprimait une certaine colère, une assez forte aversion, et même une légère nuance de crainte; néanmoins ce fut avec beaucoup de fermeté qu'elle fit la réponse suivante : « Je suis convaincue, dit-elle, que c'est un motif honorable qui vous amène; vous avez toujours été si généreux pour mon frère que je n'ai pas le droit de douter de vos intentions. Mais je n'ai qu'une chose à répondre à Charley : j'ignorais qu'il s'occupât de moi lorsque j'ai accepté les offres qui paraissent lui déplaire. Celles-ci ont été faites avec une extrême délicatesse, et appuyées de raisons auxquelles, personnellement, il ne doit pas être moins sensible que moi-même. C'est là, monsieur, tout ce que j'ai à dire à mon frère. »

Le maître de pension resta bouche béante; et ses lèvres tremblèrent en entendant cette réponse, dont elle avait soin de l'exclure.

« J'aurais dit à Charley, s'il était venu, reprit-elle après un instant de silence, que la personne qui nous donne des leçons, car Jenny les prend avec moi, est très-douce, très-patiente, et fait tous ses efforts pour nous instruire; si bien que nous espérons n'avoir plus besoin d'elle avant peu; nous en saurons assez pour étudier toutes seules. Charley doit connaître beaucoup d'institutrices; et s'il était venu, je lui aurais dit pour sa satisfaction que la nôtre sort d'un établissement où l'on est parfaitement élevée.

— Je voudrais savoir, répondit Bradley en broyant lentement ses paroles comme s'il avait eu à les faire sortir d'un moulin rouillé, je voudrais savoir (j'espère que cela ne vous blessera pas), si vous auriez consenti...—Non.—J'aimerais à pouvoir dire, et sans vous offenser, que j'aurais voulu avoir cette occasion de venir ici avec votre frère, et de vous consacrer mon expérience et mes faibles talents.

— Je vous remercie beaucoup, monsieur.

— Mais, poursuivit-il en essayant de tordre sa chaise d'une main furtive, et en regardant Lizzie d'un air sombre, tandis qu'elle avait les yeux baissés, j'ai peur que vous n'eussiez pas fait à mes humbles services un accueil favorable. »

Elle garda le silence, et le malheureux, la contemplant toujours, se débattit contre lui-même avec une angoisse indicible. Il tira son mouchoir, s'essuya le front et les mains, puis faisant un effort : «Je n'ai plus qu'une chose à dire, reprit-il, mais c'est la plus importante. Il y a un motif qui s'élève contre... cela; un motif personnel, que je ne peux pas vous expliquer maintenant, et qui pourrait, je ne dis pas qui devrait, vous faire changer d'avis. Continuer m'est impossible; voudriez-vous comprendre qu'il doit y avoir une nouvelle entrevue à cet égard?

— Avec Charley, monsieur?

— Avec ... Eh! bien oui; puisque vous désirez qu'il y soit. Il est nécessaire qu'une nouvelle entrevue ait lieu, dans des circonstances plus favorables; alors je compléterai l'explication.

— Je ne comprends pas, monsieur, répliqua Lizzie en secouant la tête.

— Ne cherchez pas à comprendre, dit-il, et ce n'est que l'affaire doit vous être soumise une autre fois.

— Quelle affaire, monsieur? Je n'ai rien de plus à dire, ni à entendre à cet égard.

— Vous... le saurez un autre jour. Puis il reprit avec désespoir : Tout cela est incomplet... et je ne peux pas! — Je suis ensorcelé. Bonsoir, » murmura-t-il d'une voix qui demandait grâce; et il lui tendit la main.

Au moment où, avec hésitation, pour ne pas dire avec répugnance, Lizzie lui effleura les doigts, il trembla des pieds jusqu'à la tête, et son visage d'une pâleur mortelle se crispa, comme sous l'influence d'une vive douleur. Elle se retourna; mais il avait disparu.

Les yeux fixés sur la porte par laquelle il venait de sortir, la petite ouvrière resta dans la même attitude jusqu'à ce que Lizzie, ayant mis l'établi de côté, vint s'asseoir auprès d'elle. Regardant alors son amie, comme elle avait regardé Bradley, miss Wren fit claquer rapidement ses mâchoires ainsi qu'il lui arrivait quelquefois; puis elle s'allongea dans son petit fauteuil, et se croisant les bras: «Hum! dit-elle, s'il est de cette nature-là, je parle de celui qui doit me faire la cour,— il peut se dispenser de venir. Il ne serait pas commode à faire trotter, et l'on ne pourrait guère le rendre utile. Il prendrait feu, et sauterait avant la fin de l'opération.

— Vous en seriez débarrassée, répliqua Lizzie.

— J'en doute, reprit miss Wren; il serait homme à ne pas vouloir partir seul, et à me faire sauter avec lui; je connais ses allures.

— Le supposez-vous assez cruel pour vouloir vous faire souffrir? demanda Lizzie.

— Ce ne serait peut-être pas avec intention; mais j'aimerais autant qu'il y eût dans la chambre voisine un baril de poudre entouré d'allumettes flambantes. »

Il y eut un moment de silence.

« C'est un homme étrange, reprit Lizzie d'un air pensif.

— Je voudrais bien qu'il nous fût étranger; » dit miss Wren.

Lizzie lui dénoua les cheveux pour les peigner et les brosser, comme elle faisait tous les soirs; et l'opulente chevelure se répandit sur le pauvre petit corps qui avait grand besoin de ce magnifique manteau.

« Non, chérie, pas à présent, dit la petite babilleuse; causons tranquillement au coin du feu. »

A son tour elle enleva ce qui retenait les cheveux noirs de son amie; et la lourde masse, tombant de son propre poids, se divisa en se déroulant. Jenny, sous prétexte de comparer les deux nuances, et de jouir du contraste, fit deux ou trois passes avec ses doigts agiles, et appliqua sa joue sur l'une des mèches brunes qui ruisselaient auprès d'elle. En un instant elle parut voilée de ses cheveux blonds, tandis que le beau visage de Lizzie, complétement dégagé, recevait en plein la douce lumière de la flamme.

« Parlons un peu de mister Wrayburn, » dit la petite ouvrière.

Quelque chose scintilla parmi les cheveux blonds. Si ce n'était pas une étoile il fallait que ce fût un œil. En ce cas c'était l'œil de miss Wren, dont le regard était aussi brillant et aussi attentif que celui du petit oiseau dont elle avait pris le nom[1].

« Pourquoi parler de mister Wrayburn? demanda Lizzie.

— Une idée à moi; je voudrais savoir s'il est riche.

— Pas du tout.

— Il est pauvre?

— Oui, pour un gentleman.

— Ah! c'est vrai; il est gentleman. Est-ce de la même espèce que nous?» Elle secoua la tête d'un air pensif et répondit: oh! non, non, non. »

Son bras entourait la taille de Lizzie; elle écarta, en soufflant dessus, les cheveux qui lui couvraient le visage; son œil moins voilé scintilla plus vivement, et parut plus attentif. « Celui qui

1. Wren, roitelet.

se présentera pour moi, reprit-elle, ne devra pas être gentleman ; s'il l'était par hasard, je l'enverrais bien vite faire son paquet. Mais je n'ai pas captivé mister Wrayburn. Quelqu'un a-t-il fait sa conquête, Lizzie ?

— C'est probable.

— Et qui donc ?

— Une belle dame à qui il aura inspiré de l'amour, et que de son côté il aime tendrement.

— Je n'en sais rien. Mais que penseriez-vous de lui, très-chère, si vous étiez une lady ?

— Moi, une lady ! quelle idée ! s'écria-t-elle en riant.

— Eh ! bien oui, une idée ; répondez-moi tout de même.

— Une lady ! moi, pauvre fille, qui ai si souvent ramé pour mon père ; moi, qui justement avais conduit le bateau le soir même où je l'ai vu pour la première fois ; moi, qui me suis trouvée, ce soir-là, si intimidée par son regard que je suis sortie de la chambre. » (Vous n'étiez pas une lady ; et il ne vous en a pas moins regardée, pensa miss Wren). «Moi, continua Lizzie à voix basse et d'un air pensif ; moi, une lady ! quand cette accusation pèse toujours sur la mémoire de mon père ; quand cette tache qu'il essaya d'effacer nous reste encore !

— Ce n'est qu'une idée, une supposition, reprit la petite habilleuse ; vous pouvez bien répondre.

— Vous allez trop loin, Jenny ; mes idées ne vont pas jusque-là. »

Un éclair jeté par le feu qui s'était assoupi, montra qu'elle souriait d'un air rire triste et rêveur. «Puisque j'y tiens, reprit miss Wren. C'est une idée, un caprice ; il faut bien faire ce que je veux ; je suis si malheureuse ! J'ai passé aujourd'hui des moments si durs avec mon vilain fils ! Allons, regardez le feu, Lizzie, comme vous faisiez autrefois dans ce vieux moulin-à-vent qui vous servait de maison. J'aime tant ces histoires-là ! Cherchez la place où vous lisiez la bonne aventure ; vous savez bien, celle de votre frère.

— Le petit creux à côté de la flamme ?

— Justement ; regardez ; vous y trouverez une lady.

— Plus facilement que je ne puis le devenir, chère mignonne.»

L'œil brillant de Jenny attacha son regard ferme sur le visage rêveur qui souriait au brasier. «Eh bien ! dit la petite créature, avons-nous trouvé notre lady ? »

Lizzie fit un signe affirmatif, et demanda si elle devait avoir de la fortune.

«Cela vaut mieux puisqu'il est pauvre.

— Faisons-la donc très-riche. Faut-il qu'elle soit jolie ?

— Assurément; c'est une condition que vous pouvez remplir, Lizzie.

— Elle est donc très-belle, et...

— Quelle opinion a-t-elle de lui? demanda miss Wren à voix basse, l'œil attaché sur la figure pensive qui regardait toujours le feu.

— Elle est contente, bien contente d'avoir une grande fortune, parce qu'alors il sera très-riche. Elle est heureuse, oh! bien heureuse d'être belle parce qu'il sera fier de sa beauté. Son pauvre cœur...

— Eh! bien, dit miss Wren, son pauvre cœur?

— Est à lui tout entier; avec tout son amour, toute sa foi. Elle serait joyeuse de mourir avec lui; plus encore de mourir pour lui. Elle connaît ses défauts; mais elle sait qu'ils viennent de son abandon, de l'isolement où il se trouve, de ce qu'il n'a rien à aimer, rien à protéger; rien qui réclame son estime et son appui. Si elle pouvait lui dire: laissez-moi remplir ce vide, laissez-moi vous prouver combien je suis peu occupée de moi-même, vous montrer tout ce que je pourrais faire, tout ce que je pourrais souffrir pour vous, et vous deviendrez meilleur à cause de moi, qui suis pourtant si peu de chose, et qui, en dehors de l'attachement que j'ai pour vous, ne mérite pas un souvenir! »

Tandis que le visage qui regardait le feu s'inspirait du sentiment qu'exprimaient ces paroles, et arrivait à l'extase, la petite habilleuse avait rejeté ses beaux cheveux en arrière, et le regard qu'elle attachait sur la figure de son amie était devenu plus grave, et comme empreint d'alarme. Elle baissa la tête quand les paroles eurent cessé, et laissa tomber un gémissement.

« Vous souffrez? demanda Lizzie comme réveillée tout à coup.

— Oui, répondit-elle; mais ce n'est pas de l'ancien mal. Couchez-moi; ne me quittez pas, fermez la porte, et restez là. » Puis détournant la tête, elle murmura tout bas en se parlant à elle-même: « Pauvre Lizzie! pauvre Lizzie! Revenez en longues files brillantes, ô mes beaux enfants! revenez pour elle, pas pour moi, enfants bénis; elle a plus besoin que moi d'être secourue. »

En disant ces mots-là la petite couturière avait tendu les mains vers le ciel, et accompagnait ce geste du regard éloquent et pur que nous lui avons déjà vu. Elle se retourna ensuite vers son amie, et lui jetant les bras autour du cou, elle se berça comme un enfant qui souffre.

XII

OISEAUX DE PROIE

Rogue Riderhood demeurait au fond du Trou de Limehouse, parmi les gréours, les fabricants de mâts, de poulies et de rames ; les constructeurs de bateaux, les magasins de voiles ; bref dans une espèce de cale de navire, remplie d'industriels se rattachant à la marine, quelques-uns ne valant pas mieux, quelques autres valant beaucoup plus, et aucun ne valant moins que lui.

Si peu délicat qu'il fût en général sur le choix de ses relations, le Trou de Limehouse se montrait fort réservé à l'égard de Riderhood ; il lui tournait le dos plus souvent qu'il ne lui tendait la main, et ne buvait jamais avec cet honnête travailleur, à moins que ce ne fût lui qui payât. Une partie considérable du Trou avait encore assez d'esprit public et de vertus privées pour ne pas vouloir, même dans son abaissement, entretenir de bons rapports avec un délateur. Disons toutefois, ce qui diminuait la moralité de ce sentiment, que les individus qui en faisaient profession n'avaient pas pour un témoin consciencieux beaucoup plus d'estime que pour un faux témoin.

Sans la fille dont nous lui avons entendu parler, mister Riderhood aurait fort bien pu n'avoir dans son Trou aucun moyen d'existence. Mais Plaisante Riderhood s'était créé dans Limehouse une petite position. Elle tenait sans patente, sur la plus mince échelle, ce que dans le langage populaire on désigne sous le nom de *boutique à laisser*, et prêtait de petites sommes sur les menus objets qu'on lui laissait en gage. A vingt-quatre ans, miss Riderhood était déjà dans la cinquième année de sa carrière commerciale. La boutique avait été fondée par sa mère ; et à la mort de celle-ci, un capital de quinze schellings, qu'elle s'était secrètement approprié, lui avait permis de continuer les affaires. L'existence de ce capital, enfoui dans un traversin, avait été le sujet des dernières paroles que la défunte lui avait dites avant de succomber à des excès de gin et de tabac, totalement incompatibles avec l'union de l'âme et du corps.

Pourquoi miss Riderhood se nommait-elle Plaisante ? Peut-être fut-il une époque où sa mère aurait pu le dire ; mais ce n'était pas bien sûr. Quant à elle, jamais elle n'avait reçu de renseignements à cet égard. Plaisante elle se trouvait, et ne pouvait l'empêcher; on ne l'avait pas plus consultée sur ce point que sur l'événement qui l'avait fait naître, et lui avait créé le besoin d'avoir un nom. Elle possédait également (venant de son père) un œil louche qu'elle aurait sans doute refusé si on lui avait demandé son avis. A part cela, elle n'était pas précisément laide bien qu'elle fût très-maigre, eût la figure terreuse, la physionomie inquiète, et grandement l'air de son âge.

De même qu'il est des chiens, soit qu'ils chassent de race, soit qu'on les y ait dressés, qui se jettent sur certaines créatures et les déchirent jusqu'à un certain point; de même (nous n'entendons pas faire une comparaison blessante) miss Riderhood, qu'elle le fît naturellement, ou qu'on l'y eût habituée, regardait tous les matelots comme une proie à laquelle elle pouvait mordre. Apercevait-elle une jaquette bleue, elle se jetait dessus immédiatement; au figuré bien entendu. Cependant, à tout prendre, elle n'était pas d'une mauvaise nature; et l'on en conviendra si l'on observe sous quel triste jour son expérience lui faisait envisager une foule de choses. Une noce venait-elle à passer? Plaisante n'y voyait que deux individus allant chercher l'autorisation de se quereller et de se battre impunément. Un baptême? elle n'y apercevait qu'un petit païen, allant recevoir un nom totalement superflu, puisqu'on ne l'appellerait jamais que par une épithète plus ou moins injurieuse; un petit malheureux dont personne n'avait besoin, et qui serait tapé et bousculé, par tout le monde jusqu'à ce qu'il devînt assez fort pour taper et bousculer à son tour. Voyait-elle un enterrement? elle n'y trouvait qu'une cérémonie improductive, conférant à ceux qui en faisaient partie une distinction temporaire, excessivement coûteuse; une mascarade funèbre, seule réunion à laquelle le défunt eût jamais invité ses connaissances. Lui désignait-on un père de famille? ce n'était à ses yeux que le duplicata de son propre père, qui depuis qu'elle était au monde ne lui avait témoigné sa sollicitude que par les volées de coups de poing, ou de lanière de cuir, dont il la gratifiait de temps à autre. C'est pourquoi nous disons que, tout bien considéré, Plaisante Riderhood n'était vraiment pas mauvaise. Il y avait même chez elle une légère teinte de romanesque; et par un soir de juillet, lorsqu'adossée au montant de la porte, les bras croisés, elle quittait des yeux la rue fumante, et regardait coucher le soleil, il est possible qu'elle eût quelque vision lumineuse d'une île embaumée de l'Océanie ou d'ailleurs (ses idées en géographie étaient peu précises) où il serait doux de parcourir, avec un être sympathique, les bosquets d'arbres à pain, en attendant les navires que la brise amènerait d'Europe ; car des matelots à exploiter formaient une partie essentielle du paradis de Plaisante.

Un soir, mais non pas en été, comme miss Riderhood venait à sa porte, elle fut aperçue par un homme qui était appuyé à la maison d'en face. Il faisait presque nuit et un vent glacé soufflait avec violence. De même que la plupart des femmes du Trou, Plaisante offrait cette particularité que sa chevelure formait un nœud ébouriffé et lâche, continuellement défait, et ne pouvant entrer dans une combinaison quelconque sans avoir été préalablement tordue. A peine fut-elle donc au seuil de sa boutique, où elle venait, voir ce qui se passait, que Plaisante prit ses cheveux à deux mains et les releva, suivant son habitude. C'était dans ce quartier une coutume si générale que lorsqu'il survenait une querelle, ou tout autre cause d'intérêt, on voyait ces dames accourir de tous les points, le peigne à la bouche, et relevant leurs cheveux.

Il fallait descendre trois marches pour entrer dans la boutique de Plaisante ; une misérable échope dont un homme quelle que fût sa taille, pouvait toucher le plafond avec la main ; cependant sur la petite fenêtre mal éclairée, parmi un ou deux mouchoirs de couleurs éclatantes, un pantalon purée de pois, quelques montres sans valeur, quelques mauvaises boussoles, un pot à tabac et deux pipes en sautoir, une bouteille de brou de noix, et quelques atroces sucreries, servant de couverture au principal trafic du lieu, se voyait un écriteau portant cette inscription :

PENSION POUR LES MATELOTS

Ayant aperçu miss Riderhood, le personnage d'en face traversa la rue, et si rapidement qu'il fut près d'elle avant qu'elle eût fini de se coiffer.

« Votre père y est-il ? demanda cet homme.

— Je pense que oui ; entrez, » répondit Plaisante en achevant son nœud.

C'était un piége que cette réponse ; Riderhood n'était pas là ; sa fille le savait de reste ; mais le questionneur ayant l'aspect marin, il ne fallait pas le laisser partir.

« Asseyez-vous près du feu, dit Plaisante, les gens de votre métier sont les bienvenus chez nous.

— Merci, » dit l'inconnu.

Il avait en effet la tournure et les mains d'un matelot ; cependant tout en reconnaissant leur souplesse caractéristique, Plaisante vit du premier coup d'œil que ses mains n'étaient pas

calleuses. Il était assis, le bras gauche négligemment passé sous
la cuisse, l'autre appuyé sur le bras du fauteuil de bois, tandis que la main à demi ouverte, semblait avoir laissé échapper
le câble qu'elle tenait l'instant d'avant.

« Cherchez-vous une pension? lui demanda Plaisante.

— Je n'ai encore rien décidé à ce sujet, dit l'inconnu.

— Vous ne cherchez pas par hasard une boutique à laisser?

— Non, répondit-il.

— Non, reprit Plaisante; vous êtes trop bien équipé pour ça.
Mais si vous en aviez besoin, vous trouveriez ici l'un et l'autre.

— Je le sais dit l'inconnu, en jetant les yeux autour de la
pièce, je suis déjà venu chez vous.

— Cette fois-là avez-vous laissé quelque chose?

— Non, répondit-il en secouant la tête.

— Est-ce que vous auriez mangé ici?»

Même réponse négative.

« Qu'est-ce que vous veniez faire alors? Je ne me souviens pas
de vous avoir vu?

— En effet vous n'avez pas dû me voir; il faisait nuit, et je
suis resté près de la porte, pendant que mon camarade parlait
à votre père; mais je me rappelle très-bien l'endroit, dit-il
en regardant autour de lui.

— Y a-t-il longtemps de cela?

— Oui, un bout de temps; quand je suis revenu de mon dernier voyage.

— Il y a donc longtemps que vous n'avez embarqué?

— Mais oui; j'ai été malade; puis j'ai travaillé dans le port,
cela m'a empêché de reprendre la mer.

— Voilà qui explique l'état de vos mains.

— Vous êtes fine observatrice,» dit-il avec un rapide sourire,
auquel se joignit un regard qui embrassa Plaisante des pieds à la
tête.

Ce regard causa à miss Riderhood une certaine inquiétude,
et ce fut d'un air soupçonneux qu'à son tour elle examina l'étranger. Non-seulement il avait changé tout à coup de manières, et
l'avait fait de sang-froid; mais le ton qu'il avait eu d'abord, et
qu'il venait de reprendre, indiquait chez cet homme une certaine confiance en lui-même : comme le sentiment d'une force
cachée qui lui donnait quelque chose de menaçant.

« Votre père rentrera-t-il bientôt? demanda l'inconnu.

— Je l'ignore.

— Il n'y a pas longtemps qu'il est sorti, puisque vous pen-
siez qu'il était là.

— Je croyais qu'il venait de rentrer.

—Alors il est parti depuis longtemps.

—Je ne veux pas vous tromper, dit Plaisante; il est sur la rivière.

—A son ancienne besogne?

—Que voulez-vous dire? demanda-t-elle en reculant d'un
pas; que diable venez-vous faire ici?

—Parler à votre père; vous le verrez bien; ce que j'ai à lui
communiquer n'est pas un secret pour vous; et rien n'empêche que vous ne restiez-là. Mais vous n'avez rien à tirer
de moi; aucun profit, miss Riderhood; pas même une pièce de
six pence. Je ne cherche ni pension, ni boutique à laisser; rayez
cela de votre esprit, et nous pourrons nous entendre.

—Mais vous êtes marin? s'écria miss Riderhood, comme s'il
y avait dans cette qualité une raison suffisante pour qu'il lui
rapportât quelque chose.

—Oui et non; je l'ai été, je peux l'être encore; mais je ne
le suis plus actuellement, et ne rentre pas dans le cercle de vos
affaires. Me croyez-vous sur parole? »

La conversation en était arrivée à ce point de justifier l'ébou-
lement du chignon de Plaisante. Elle releva donc ses cheveux et
les remit à leur place, tout en regardant l'inconnu. L'inventaire
de ce costume nautique, usé par la tempête et façonné aux allures de celui qui le portait, lui fit remarquer un énorme couteau, fourré dans une gaîne passée dans la ceinture, et mis à
portée de la main. Un sifflet était suspendu autour du cou; et la
tête plombée d'un assommoir sortait de la poche du pardessus.
L'étranger regardait Plaisante d'un air calme, plutôt même avec
douceur; mais ces appendices meurtriers, les gros favoris, et
l'épaisse chevelure d'un blond fauve qui lui hérissaient la tête et
les joues en faisaient un homme effrayant.

« Me croyez-vous? » redemanda-t-il après un instant de silence. Plaisante répondit par un signe de tête aussi bref que muet.
L'inconnu se leva, et resta devant le feu, les bras croisés, regardant la flamme de temps à autre; tandis que miss Riderhood,
croisant aussi les bras, s'appuyait au coin de la cheminée.

« Y a-t-il maintenant au bord de la rivière beaucoup de vols
et d'assassinats? demanda l'inconnu.

—Non, répondit Plaisante.

—Pas un seul?

—On s'en plaint quelquefois du côté de Wapping et de Ratcliffe; mais on dit tant de choses qui ne sont pas.

—Assurément; d'ailleurs ce n'est pas nécessaire.

—C'est ce que je dis toujours, reprit miss Riderhood; à quoi
bon voler les matelots? Ce n'est pas comme s'ils gardaient pour

eux tout ce qu'ils possèdent. Miséricorde! ils le lâchent bien sans qu'on le leur prenne.

— Vous avez raison, dit l'inconnu ; il n'y a pas besoin de violence pour avoir leur argent.

— Bien sûr, dit Plaisante ; qu'est-ce ça leur fait, d'ailleurs? quand ils n'en ont plus ils se rembarquent et vont en gagner d'autre. Ça les force à reprendre la mer; et c'est ce qu'il y a de mieux pour eux; ils ne sont jamais à leur aise que quand ils sont à flot.

— Je vous demandais cela, reprit l'étranger en regardant le feu, parce qu'il m'est arrivé une fois d'être attaqué, et laissé pour mort.

— Pas possible! dit Plaisante; à quel endroit?

— Autant que je puis croire, répondit-il en se passant la main sur le menton, et en enfonçant la gauche dans la poche de son paletot, cela devait être dans ces parages.

— Étiez-vous ivre? demanda Plaisante.

— Oui ; mais pas d'une honnête boisson; une gorgée avait suffi ; une seule, vous comprenez. »

Plaisante hocha la tête d'un air sérieux, voulant dire qu'elle comprenait fort bien ; et qu'elle blâmait ce procédé.

« Un commerce honnête, à la bonne heure, dit-elle; mais ça c'est autre chose. On n'a pas le droit de traiter un marin de cette façon-là.

— Cette opinion vous honore, répondit l'inconnu avec un sourire farouche; d'autant plus, murmura-t-il entre ses dents, que je ne crois pas que ce soit celle de votre père. Oui, j'ai passé là un mauvais quart d'heure, reprit-il un instant après; j'y ai perdu tout mon avoir; et, dans mon état de faiblesse, il a fallu rudement lutter pour sauver mes jours.

— Ont-ils été punis, au moins?

— Le châtiment fut terrible; mais ce n'est pas moi qui l'ai causé, répondit l'inconnu d'un ton grave.

— Qui donc? » demanda Plaisante.

Il leva l'index vers le ciel; puis abaissa la main avec lenteur, y posa son menton, et regarda le feu d'un air pensif. Plaisante dirigea sur lui son œil louche, et se sentit de plus en plus inquiète; il avait l'air si mystérieux, si sévère et si calme!

« De façon ou d'autre, je suis bien aise, reprit-elle, qu'ils aient été punis. Tout ça fait du tort au commerce honnête. Pour moi, les actes de violence contre les marins me déplaisent autant qu'à eux. Je suis là-dessus de l'avis de ma mère: Faites du commerce, disait-elle; mais pas de vols et pas de coups. »

Miss Plaisante, en fait d'honnête commerce, aurait pris (c'était même ce qu'elle faisait chaque fois qu'elle le pouvait) trente schellings par semaine pour une pension qui n'en valait pas cinq, et apportait dans le prêt sur gage des principes analogues. Mais du moment où l'on franchissait les bornes, qui, à ses yeux, limitaient le droit commercial, elle prenait fait et cause pour les marins, autant par conscience que par sentiment, et les défendait contre son père, à qui, cependant, il était bien rare qu'elle osât résister.

«Non; pas de vols et pas de...» Elle fut interrompue brusquement par la voix de Riderhood, et par le chapeau de ce dernier qui l'atteignit en plein visage. Accoutumée à ces manifestations de la sollicitude paternelle, Plaisante, avant de relever ses cheveux, qui naturellement s'étaient défaits, s'en essuya tranquillement la figure ; un procédé commun à toutes les femmes du Trou, qui, chaque fois qu'une altercation verbale ou pugilistique les a échauffées, ne manquent jamais d'y recourir.

«J'veu êt' pendu si j'sais qui t'a appris à caqueter, sotte perruche, » grommela Riderhood en se baissant pour reprendre son chapeau, et en la menaçant du coude et de la tête; car le sujet délicat dont il était question le blessait particulièrement. Il était en outre de fort mauvaise humeur.

« Qué que tu perruches là? N'as-tu rien à faire maintenant, ça'à te croiser les bras, et à jaser toute la soirée.

— Ne la tourmentez pas, dit l'étranger, elle causait avec moi.

— Qu'je n'la tourmente pas! riposta Riderhood; savez-vous ben qu'elle est ma fille?

— Oui.

— Eh! ben, je n'veux pas être sermonné, perruché par elle, ni par un aut', entendez-vous? Et maintenant, qué que vous voulez?

— Avant que je vous le dise, il faut vous taire, répliqua rudement le visiteur.

— C'est bon, dit Riderhood en baissant la voix; j'vas m'taire; mais n'me perruchez pas.

— Avez-vous soif? demanda l'inconnu avec la même rudesse.

— Tiens! est-ce qu'on n'a pas toujours soif? répondit Riderhood, comme indigné de l'absurdité de cette question.

— Que voulez-vous boire? reprit le visiteur.

— Du Xérès, si vous en êtes capab'. »

L'étranger tira de sa poche un demi-souverain, et le donna à Plaisante, en la priant d'aller chercher une bouteille de Xérès, « surtout pas débouchée, » dit-il en appuyant sur ces mots, et en regardant Riderhood.

« J'suis prê à jurer, murmura celui-ci avec un sinistre sourire, qu'vous avez quéque chose en vue. Est-c'que je vous connais? Non, non, non; connais pas.

— Non, dit l'autre, vous ne me connaissez pas. » Et ils se regardèrent mutuellement d'un air maussade, en attendant miss Plaisante.

« Y a des petits verres su' la planche, dit Riderhood à sa fille; donne-moi celui dont la patte est cassée; pour un homme qui gagne sa vie à la sueur de son front, c'est tout c'qu'i faut. »

Cette demande, qui de prime-abord semblait assez modeste, montra bientôt ce qu'il fallait en penser. L'impossibilité de faire siéger le verre sur la table exigeait qu'on le vidât aussitôt qu'il était plein; et Riderhood s'arrangea de manière à le faire remplir trois fois pour une.

Le verre à la main, cet honnête homme occupait un côté de la table; l'inconnu se trouvait en face de lui; et Plaisante, sur un tabouret, entre l'inconnu et la cheminée. Le fond du tableau, composé de mouchoirs, de vestes, de chemises, et autres vêtements déposés en gage, représentait dans l'ombre une certaine quantité d'auditeurs. Il y avait surtout un costume complet du sud-ouest, qui, surmonté du chapeau, ressemblait à un gros marin, de formes peu élégantes, tournant le dos à la société et si curieux d'entendre ce qui se disait, qu'il s'était arrêté au moment où il mettait sa veste, les bras arrondis, et les épaules jusqu'aux oreilles, en attendant qu'il complétât l'opération.

L'étranger prit le Xérès, le plaça devant la chandelle, et regarda le haut du bouchon. S'étant convaincu du bon état de celui-ci, il tira de sa poche un couteau rouillé, ouvrit la bouteille, dévissa le bouchon, l'examina attentivement, le posa sur la table, prit le bout flottant de sa cravate, et en essuya l'intérieur du goulot. Tout cela fut exécuté avec le plus grand calme. Riderhood avait tout d'abord tendu son verre, et demeurait le bras allongé tandis que l'inconnu semblait absorbé par les menues opérations que nous venons de décrire. Enfin, ayant été rempli, son verre s'approcha de ses lèvres; il fut vidé, et s'abaissa peu à peu jusqu'à toucher la table, où il fut posé sens dessus dessous. En même temps, le regard de Riderhood avait aperçu le couteau du visiteur, et s'y était fixé. Au moment où l'inconnu avançait la bouteille pour remplir de nouveau les verres, Riderhood se leva, s'appuya sur la table pour examiner le couteau de plus près et regarda l'étranger.

« Qu'est-ce que vous avez? demanda celui-ci.

— C'couteau, je l'connais, répondit l'honnête homme.

— Cela doit être. »

L'inconnu remplit les verres; Riderhood vida le sien jusqu'à la dernière goutte; et revenant au couteau. « C'est, dit-il...

— Attendez, fit l'inconnu, j'allais boire à la santé de votre fille. A votre santé, miss Riderhood.

— C'couteau es: c'lui d'un nommé Radfoot?

— Oui.

— George Radfoot, un marin d'ma connaissance.

— Précisément.

— Qu'est-i d'venu?

— Il est mort; et d'une triste façon; horrible à voir!

— D'quoi parlez-vous? demanda Riderhood.

— De son cadavre; affreusement défiguré par les assassins.

— Lui! assassiné? Par qui donc? »

Pour toute réponse, le visiteur haussa les épaules; il remplit le verre de Riderhood, qui, l'ayant vidé, regarda alternativement sa fille et son vis-à-vis. « J'suppose, commença-t-il, qu'vous n'voulez pas dire à un honnête homme... » Il s'arrêta brusquement, son verre à la main, comme fasciné par le paletot de l'inconnu; il se pencha au-dessus de la table, regarda la manche de ce paletot, en releva le parement pour en examiner la doublure (ce que l'étranger lui laissa faire avec le plus grand calme), et s'écria :

« V'là qu'est sûr! J'me trompe pas, c'est ben le paletot à Radfoot.

— Oui; celui qu'il avait la dernière fois que vous l'avez vu.

— C'est vous qui l'avez tué; v'là qu'est sûr. »

Il ne lui en fit pas moins remplir son verre. L'inconnu haussa de nouveau les épaules, et ne témoigna pas la moindre confusion.

« J'veux êt'pendu si j'comprends ce garçon-là, dit Riderhood, après s'être jeté son vin dans le gosier. Expliquez-vous un peu, dites-nous quéque chose de clair.

— Je veux bien, » répondit l'autre en se penchant à son tour au-dessus de la table; et il ajouta d'une voix grave et pénétrante : « Vous êtes un affreux menteur. »

Riderhood se leva et fit semblant de vouloir jeter son verre à la face de l'étranger; celui-ci, toujours impassible, se contenta d'agiter l'index de l'air d'un homme qui en sait plus long qu'on ne le suppose; ce que voyant, l'honnête témoin se ravisa, reprit sa place et posa son verre sur la table.

« Quand vous êtes allé au Temple, chez cet homme de loi, débiter le conte que vous aviez forgé, dit l'inconnu d'un ton en quelque sorte confidentiel et d'un calme exaspérant, il est possible que vous ayez fortement soupçonné l'un de vos amis; je pense même que vous avez dû le faire.

— Moi? j'sais même pas d'qui qu'vous parlez.

— A qui était ce couteau? demanda l'autre.

— A c'lui que j'vous ai dit, répliqua Riderhood, en évitant de proférer le nom de Radfoot.

— Et ce paletot?

— A lui aussi, dit-il, refusant toujours de nommer son camarade, suivant l'usage des prisons.

— Vous lui avez probablement fait l'honneur de lui attribuer le crime, et vous le jugiez fort habile d'avoir su éviter les poursuites; mais la difficulté pour lui n'était pas de rester caché, elle aurait été au contraire de reparaître au grand jour.

— Où allons-nous? grommela Riderhood en se levant de nouveau, comme réduit aux abois, où allons-nous, qu'des garnements, vêtus des effets d'un mort, entrent ché un brave homme qui gagne son pain à la sueur de son front, et s'en viennent de but en blanc l'accuser de telle ou telle chose? J'vous l'demande, pourquoi est-ce que je l'aurais soupçonné?

— Parce que vous le connaissiez, dit le visiteur; vous l'aviez secondé plus d'une fois, et vous saviez ce qu'il était, sous des apparences loyales. Parce que le soir même, qui dans votre pensée a dû être celui du meurtre, il est venu ici, une heure après avoir quitté le navire, et que c'est vous qui lui avez indiqué la chambre. N'y avait-il pas un étranger avec lui?

— C'était pas vous toujours; j'suis prê à le jurer dans un Alfred David, répondit l'honnête homme. Vous parlez avec assurance, j'dis pas non; mais les choses vous noircissent. Vous m'jetez à la figure qu'Radfoot a disparu, qu'on n'en a pus entendu parler; quoiqu'y a là d'étonnant? Est-c'qu'y en a pas des cinquantaines de marins qu'ont disparu depuis dix fois pus longtemps qu'lui, et dont on n'parle pas? Est-c'qu'on peut savoir c'qu'i deviennent, avec leurs changements de nom, leurs rembarquements du jour au lendemain, et ceci, et cela? On n'y pensait plus; tout à coup on les revoit. Est-c'qu'on s'en occupe? D'mandez à ma fille; vous avez assez perruché tous les deux pendant que j'y étais pas; jasez là-dessus maintenant. Avec vos soupçons que j'devais l'soupçonner! Voulez-vous savoir c'que j'soupçonne moi? eh! ben, le v'là: vous me dites qu'on a tué Radfoot; moi j'demande comment qu'vous l'avez su? Vous avez son couteau et vous portez ses hardes; j'demande comment qu'ça se fait? Passez-moi la bouteille. Et toi, ajouta-t-il en se tournant vers sa fille et en remplissant son verre, si c'était pas gaspiller d'bon Xérès, j't'enverrais ça par la tête pour t'apprendre à perrucher avec c't individu-là. C'est du caquet des uns et des aut' qu'les gens comme lui tirent leurs soupçons; au lieu que moi, j'les tire du raisonnement; comme c'est le fait d'un honnête homme, qui gagne sa vie à la sueur de son front. »

Il remplit son verre, tandis que Plaisante, dont le chignon sympathique s'était défait dès qu'elle avait été apostrophée, relevait ses cheveux et les arrangeait comme la queue d'un cheval à vendre.

« Avez-vous fini ? demanda l'étranger.

— Non, répondit Riderhood; j'ai b'soin d'savoir comment c'est qu'Radfoot est mort, et comment qu'ça se fait qu'vous avez les hardes.

— Si vous le savez jamais, ce ne sera pas aujourd'hui.

— Quand j'dis qu'c'est vous qui l'avez tué, reprit Riderhood avec un geste de menace.

— Je suis le seul, répartit l'inconnu en hochant la tête, d'un air grave, qui sache la vérité à cet égard, le seul qui puisse affirmer que votre déposition n'était pas vraie, et qui puisse ajouter avec certitude que vous saviez qu'elle était fausse. Voilà tout ce que j'ai à vous dire. »

Regardant l'inconnu de ses yeux louches, Riderhood médita pendant quelques instants; il remplit son verre, et en lança le contenu dans son gosier par trois jets successifs.

« Ferme la porte, dit-il à sa fille en posant son verre sur la table; donne un tour de clef, et rest'là-bas. Si vous savez tant de choses, m'sieur, reprit-il en se plaçant entre la porte et l'inconnu, pourquoi-t-est-c'que vous n'avez pas été les dire à mist' Lightwood?

— Cela ne regarde que moi, répondit l'étranger avec calme.

— Savez-vous pas qu'les choses que vous vous vantez d'savoir, si toutefois c'est pas vous qui avez fait le coup, valent de cinq à dix mille liv'? demanda Riderhood.

— Je le sais fort bien; et quand je réclamerai cet argent-là, vous en aurez la moitié. »

L'honnête homme se rapprocha de l'inconnu. « Je sais cela, reprit le visiteur, comme je sais que pour gagner le prix du sang, vous, Roger Riderhood, vous avez accusé un homme dont vous connaissiez l'innocence; comme je sais que vous avez trempé avec Radfoot dans plus d'une affaire ténébreuse; comme je sais qu'il m'est possible de vous faire condamner pour ces actes; et je le ferai, je vous le jure, portant moi-même témoignage contre vous, si vous osez me provoquer.

— Père, cria Plaisante, laissez-le partir; ne vous attirez pas de mauvaise affaire, je vous en prie.

— As-tu fini d'jaser, sotte perruche? » cria Riderhood. Puis d'un air rampant et d'une voix suppliante : « M'sieur, reprit-il, vous m'avez pas dit c'que vous désiriez d'moi. Est-i' juste, m'sieur, d'dire que j'vas vous provoquer lorsque j'sais pas même c'que vous voulez que j'fasse?

— Peu de chose, répondit l'inconnu : cette accusation ne peut pas rester pendante; il faut détruire ce que le prix du sang a fait faire.

— C'est bon; mais, Shipmate...

— Ne m'appelez pas Shipmate, dit l'étranger.

— Cap'taine, en ce cas; vous n'y trouverez pas à redire, c'è un titre honorab', et qui vous convient, vous en avez tout à fait l'air. Eh! bon, cap'taine, j'vous le d'mande, est-ce que Gaffer n'est pas mort?

— Oui, dit l'autre avec impatience; après?

— Est-ce que des paroles peuv' offenser un mort, je vous le d'mande, cap'taine?

— Elles offensent sa mémoire et nuisent à ses enfants; combien en a-t-il laissé?

— Vous parlez de Gaffer, cap'taine?

— De qui est-il question? reprit l'inconnu en faisant un mouvement du pied, comme pour repousser l'infâme. J'ai entendu dire qu'il avait un fils et une fille; a-t-il d'autres enfants? c'est à miss Riderhood que je m'adresse.

Plaisante regarda son père pour obtenir la permission de parler.

« Pourquoi n'pas répond', qué diable? s'écria l'honnête homme. Répond au cap'taine; tu parl' assez quand i' n'faut pas, sotte perruche, mauvaise rosse. »

Ainsi encouragée, Plaisante expliqua au visiteur qu'il n'y avait bien que deux enfants : Lizzie, la fille dont on lui avait parlé, et son frère Charley; tous les deux très-respectables.

« Et cette tache retomberait sur eux! ce serait terrible, dit l'inconnu en se levant, tant l'émotion que lui causait cette pensée était vive. « Une chose affreuse! murmura-t-il en parcourant la boutique de long en large; mais pouvait-on le prévoir! » Puis, s'arrêtant tout à coup : « Où demeurent ces enfants-là?... »

Plaisante répondit qu'à la mort du père la fille était seule avec lui; mais qu'elle avait quitté le quartier aussitôt après l'enterrement.

« Pourriez-vous me procurer son adresse? » demanda l'inconnu.

Cela ne faisait pas le moindre doute.

« Combien faudra-t-il de temps?

— Un jour à peine. »

L'étranger dit qu'il y compterait, et reviendrait le lendemain

Riderhood, qui avait écouté ce dialogue en silence, s'adressa alors au visiteur.

« Cap'taine, reprit-il d'une voix obséquieuse, faudrait pas perd' de vue, au sujet d'ces malheureuses paroles qu'j'ai dites à propos de Gaffer, qu'il avait toujours été un franc coquin, valeur d'son métier, pour tout dire. Et quand j'suis été chez miss' Lightwood, et qu'j'l'ai trouvé avec c't aut' gouverneur pour lui faire ma déclaration, j'ai pu ôt' un peu trop ardent pour la cause d'la justice, je n'dis pas; ou, pour voir la chose d'une aut' façon, j'ai pu ôt' excité par les sentiments qu'éprouve un homme quand y a là une potée d'argent qu'on lui met sous les yeux, c'qui l'pousse à y fourrer la main par amour pour sa famille. Il est possib', en outre, que l'vin des gouverneurs était... j'n'veux pas dire travaillé... mais un peu trop fort, et qui vous échauffait la tête. Y a encore aut' chose qu'i n'faut pas oublier, cap'taine : une fois qu'Gaffer a été mort, j'ai ti dit aux gouverneurs: C'que j'ai déposé, j'le dépose toujours, j'maintiens tout c'qui a été écrit? Non; j'le dis ouvertement; pas d'détours, cap'taine; j'ai dit, au contraire, j'ai pu m'tromper; j'ai réfléchi; i' s'peut qu'la chose n'ait pas été couchée su' l'papier d'une façon ben exacte. Une erreur a pu se glisser par ci, par là; et puis, en bloc, j'voudrais pas jurer d'tout ça. J'aimerais mieux perd' vot' estime, cap'taine, que d'faire une chose pareille. J'ai déjà, autant que j'peux voir, été mal jugé par plusieurs personnes; même par vous, cap'taine, si j'vous ai ben compris. C't égal, je renoncerais plutôt à ma déposition que d'ôt' parjure; et voilà. Si vous appelez ça conspirer, appelez-moi conspirateur.

— Vous signerez, répondit l'inconnu sans s'inquiéter de ce verbiage, vous signerez une déclaration établissant que tout ce que vous avez dit sur Gaffer est complétement faux ; ce papier, signé de votre main, sera donné à miss Hexam. Je me charge de sa rédaction, et vous y apposerez votre signature lors de ma prochaine visite.

— Quand est-c'que vous reviendrez, cap'taine ?

— Bientôt ; soyez tranquille, je vous tiendrai parole.

— Est-c'que vous n'direz pas vot' nom, cap'taine ?

— Ce n'est pas mon intention.

— J'voudrais pas vous offenser, reprit Riderhood en rampant vers la porte, à mesure que le visiteur avançait ; mais quand vous dit' à un homme qu'i' devra signer ceci et cela, vous lui donnez des ordres que vous l'prenez d'un peu haut, mon cap'taine ; est-c'que vous n'trouvez pas ? »

L'inconnu s'arrêta et le regarda fixement.

« Père! je vous en conjure, lui cria sa fille en portant à ses lèvres une main tremblante, ne vous mettez pas dans l'embarras.

— Écoutez-moi, cap'taine, écoutez-moi, dit l'honnête homme en se mettant de côté, je voudrais seulement vous rappeler vos belles paroles au sujet d'la récompense.

— Quand je la réclamerai vous en aurez votre part, » répondit l'inconnu, d'un ton qui ajoutait clairement cette apostrophe: chien que vous êtes! Puis, le regardant avec calme, il dit à voix basse, et comme surpris de rencontrer un type aussi complet du mal: « Quel odieux scélérat vous faites! » Il hocha la tête deux ou trois fois pour affirmer ce compliment, ouvrit la porte, se retourna vers Plaisante avec bienveillance, lui souhaita le bonsoir, et sortit de la boutique.

L'honnête homme resta plongé dans la stupeur jusqu'au moment où le verre sans pied et la bouteille de Xérès attirèrent son attention. Du regard, ils lui passèrent dans les mains, et le reste de la liqueur lui arriva dans l'estomac. L'opération terminée, il vit clairement que les jaseries de la perruche étaient la seule cause de ce qui s'était passé. Rappelé à ses devoirs paternels par cette considération, il jeta une paire de bottes fortes à Plaisante, qui se baissa pour éviter le coup, et se mit à pleurer, pauvre fille! en se servant de ses cheveux en guise de mouchoir de poche.

XIII

SOLO ET DUO

Le vent soufflait tellement fort que l'inconnu en fut presque renversé, lorsque, sortant de chez Riderhood, il se trouva au milieu de l'obscurité et de la fange de Limehouse. Les portes claquaient violemment; le gaz, balloté dans tous les sens, finissait par s'éteindre; les enseignes s'agitaient dans leurs cadres; et l'eau des ruisseaux, fouettée et dispersée, volait çà et là et retombait sous forme de pluie.

Indifférent à la tourmente, la préférant même à un temps moins mauvais parce qu'elle rendait les rues désertes, l'inconnu jeta autour de lui un regard investigateur. « C'est bien cela, autant que je puis le croire, murmura-t-il. Je n'étais jamais venu ici avant ce jour-là, et n'y suis pas revenu depuis lors. Jusqu'à présent j'ai bien retrouvé ma route; mais quel chemin avons-

...us pris ensuite? Nous avons tourné à droite en sortant de la ...utique; c'est ce que je viens de faire; mais après? Avons-...ous suivi cette allée, ou remonté cette ruelle? Je ne m'en sou-viens plus. »

Il suivit l'allée, prit la ruelle, ne reconnut pas plus l'une que l'autre, s'égara complétement, et finit par se retrouver au point de départ. «Je me rappelle qu'il y avait aux fenêtres supérieures des perches sur lesquelles séchaient des hardes; au rez-de-chaussée un cabaret borgne; du fond d'un passage, appartenant à cette buvette, s'échappaient le râclement d'un violon, et le piétinement des danseurs; mais tout cela existe dans la ruelle, aussi bien que dans l'allée. En fait d'autres détails, il ne m'est resté dans l'esprit qu'un mur, une entrée sombre, un escalier, puis une chambre. »

Il changea de direction; mais sans plus de résultat; les murs, les entrées sombres, les escaliers, et les chambres se retrouvaient partout. Ainsi qu'il arrive à la plupart des gens égarés, il décri-vait un cercle, et revenait toujours au même point. «C'est comme cela, dit-il, dans tous les récits d'évasion : la piste des fugitifs semble toujours prendre la forme du globe qui porte ces mal-heureux; on dirait l'effet d'une loi secrète. »

Arrivé dans un endroit que le vent avait fait déserter, il ôta sa perruque et ses favoris d'étoupe, les cacha sous son paletot de marin, et offrit avec Julius Handford, ce gentleman disparu et vainement réclamé par les journaux, plus de ressemblance qu'il n'y en eut jamais entre deux frères. Il redevint en même temps le secrétaire de mister Boffin; car entre John Rokesmith et Julius Handford la ressemblance n'était pas moins grande. « Rien qui puisse me conduire à la scène du crime, dit-il; non pas que j'y tienne absolument, mais étant venu jusqu'ici j'aurais été bien aise d'en parcourir le chemin. » Renonçant alors à ses recherches, il se dirigea de manière à sortir de Limehouse, et passa près de l'Église. Il s'arrêta devant la grille du cimetière, contempla la grande tour, qui se dressait comme un spectre et bravait la tour-mente. Il regarda les pierres blanches qui recouvraient les tombes, et représentaient les morts, couchés dans leurs linceuls; puis, compta les neuf heures que sonnait la cloche de l'horloge.

« C'est une situation dans laquelle bien peu de gens se sont trouvés, dit-il : regarder un cimetière par une nuit de tempête; sentir que l'on ne tient pas plus de place parmi les vivants, que les morts qui vous entourent; et savoir qu'on est enterré quelque part, comme ils le sont ici. Je ne m'y accoutume pas. Un esprit qui reviendrait sur la terre, et que personne ne reconnaîtrait, ne se sentirait pas plus étranger, plus seul ici-bas que je ne le suis parmi les hommes. Mais c'est le côté fantastique de la position; elle en a un réel, et tellement épineux que je ne puis résoudre les difficultés qu'il présente. J'y songe cependant tous les jours; mais ainsi que la plupart des hommes, j'élude sans cesse le point qui m'embarrasse. Il faut pourtant vider la question, et ne plus la tourner, aller droit au but, et prendre un parti.

« Quand je fus rappelé à Londres, cette ville qui n'éveillait en moi que les plus tristes souvenirs, j'y revins avec un sentiment de répulsion pour la mémoire de mon père, pour l'argent qu'il me laissait, pour la femme que j'étais forcé de prendre. Je me défiais de l'intention qui m'avait imposé ce mariage. Je me défiais de moi-même; j'avais peur d'être pris de vertige en face de cette fortune; peur de me sentir ingrat pour ces deux chères créatures auxquelles nous devions, ma sœur et moi, les seuls rayons de notre enfance. Je revenais timide, inquiet, divisé par des sentiments contraires, effrayé de moi-même et des autres; ne connaissant de la fortune paternelle que la bassesse qui l'avait accompagnée.

— Arrête-toi, et réfléchis; est-ce bien cela, John Harmon?

— Exactement.

« Il y avait à bord un nommé Georges Radfoot qui remplissait les fonctions de contre-maître. Je ne le connaissais pas, et n'avais entendu son nom pour la première fois qu'une semaine avant notre départ : j'étais sur le navire, à surveiller l'embarquement de mes effets, lorsque je fus accosté par l'un des commis de l'agence, lequel m'ayant appelé mister Radfoot, me montra des papiers qu'il avait à la main. Ce fut de la même manière que deux jours après il m'entendit nommer : il était à bord, quand l'un des commis lui toucha l'épaule en lui disant: « Excusez-moi, mister Harmon... » Nous étions de la même taille, de la même grosseur; mais je ne crois pas qu'il y eût entre nous de ressemblance frappante, et il était aisé de nous reconnaître quand nous étions ensemble.

« Quelques paroles échangées à l'occasion de ces méprises nous mirent facilement en rapport. La chaleur étant excessive, il eut l'obligeance de me faire avoir sur le pont une cabine située à côté de la sienne, et qui était beaucoup plus fraîche que celle que j'occupais. Il avait fait, comme moi, ses études à Bruxelles, y avait appris le français, que je parlais également, et racontait de sa jeunesse — Dieu sait jusqu'à quel point c'était vrai — une histoire qui ressemblait à la mienne. Enfin, comme lui, j'avais été dans la marine. Tout cela nous ayant rapprochés, nous en arrivâmes aux confidences, et d'autant plus facilement que tout le monde à bord savait le motif qui m'appelait en Angleterre. Il connut mes inquiétudes, et ma pensée, bien arrêtée de voir la femme qui m'était destinée, afin de la juger par moi-même sans qu'elle pût deviner qui j'étais. Je voulais également surprendre missis Boffin.

« Il était donc convenu avec Radfoot qu'il m'aiderait à me procurer des habits de matelot, que nous irions nous installer dans le voisinage de miss Wilfer, et que nous verrions ensuite à profiter des circonstances. En supposant que nous ne pussions arriver à aucun résultat, la situation n'en serait pas plus mauvaise; cela ne ferait que retarder de quelques jours ma visite à mister Lightwood. Ce qu'il y avait dans ce projet d'avantageux pour Radfoot, c'était la nécessité où je me trouvais de disparaître pendant un jour ou deux. Il fallait qu'en sortant du navire je fisse perdre ma trace; sans cela je pouvais être observé ou reconnu, et le plan était manqué. C'est ainsi que je débarquai, ma valise à la main, ainsi que misters Kibble et Potterson l'ont déclaré devant le coroner.

« Je me dirigeai vers le Trou de Limehouse, comme il était convenu, et j'attendis Radfoot à côté de l'église près de laquelle je viens de passer. Peut-être, si la chose était nécessaire, pourrais-je me rappeler le chemin que j'avais suivi jusque-là; mais j'ignore celui que nous avons pris ensuite pour aller chez Riderhood. Je ne sais qu'une chose, c'est que nous avons fait des détours sans nombre, qui probablement avaient pour but de m'empêcher de me reconnaître. Lorsque Radfoot s'arrêta chez Riderhood, et lui demanda où nous pourrions trouver un logement, ai-je conçu le moindre soupçon? Aucun; cela n'est pas douteux. Je crois que c'est Riderhood qui lui procura le narcotique; mais je ne l'affirmerais pas. Tout ce que je peux dire, c'est qu'ils avaient été de compte à demi dans plus d'une scélératesse; leur intimité évidente et le caractère de Riderhood ne me laissent à ce sujet aucune incertitude. Quant au narcotique dont il a fait usage à mon égard, je n'ai que deux raisons pour supposer qu'il venait de Riderhood : la première, c'est qu'en sortant de chez celui-ci, Radfoot changea de poche un petit paquet dont l'enveloppe n'avait pas été touchée; la seconde, c'est que Riderhood, je l'ai su depuis, a été mis en prison pour avoir volé un matelot à qui pareille drogue avait été administrée.

« Nous n'avions pas fait un mille à partir de cette boutique, lorsque nous arrivâmes à un porche étroit, une espèce de corridor où se trouvait un escalier qui nous conduisit dans une chambre. La nuit était très-noire et il pleuvait à verse. Je crois encore entendre la pluie tomber sur les dalles du passage, qui n'était pas couvert. La chambre donnait sur la Tamise, sur un

dock ou sur une crique, et la marée était basse. Non-seulement
j'aurais pu le savoir par l'heure qu'il était alors ; mais, en attendant le café, j'écartai le rideau de la fenêtre, un rideau brun,
et je vis que les lumières peu nombreuses du voisinage se réflé-
taient dans la vase. Radfoot avait sous le bras un sac de toile où
se trouvait un habillement complet. Je n'avais pas emporté de
vêtements puisque je voulais acheter un costume de matelot.
« Vous êtes trempé, me dit-il (je me rappelle ces paroles comme
si c'était hier), tandis que moi, sous mon waterproof, je n'ai
pas un fil de mouillé. Prenez ces habits et mettez-les ; il vous
vont aussi bien, si ce n'est mieux, que les hardes que vous achèterez demain. Pendant ce temps-là, j'irai presser le café et dire
qu'on nous le monte brûlant. » Il revint un instant après ; j'étais
vêtu de ses habits. Il était accompagné d'un nègre ayant une
veste blanche, comme un chef de cuisine. Le nègre apportait le
café, et le posa sur la table sans me regarder une seule fois.
Tout cela est d'une vérité rigoureuse ; j'en suis certain.

« Je passe maintenant à des impressions maladives, incohérentes, mais tellement fortes que je peux compter sur leur exactitude. Seulement il y a entre elles des vides qui ne me laissent
aucun souvenir et auxquels ne se rattache aucune notion du
temps. A peine avais-je bu quelques gorgées de café que Radfoot me sembla prendre des proportions colossales et qu'une
influence irrésistible me poussa à me jeter sur lui. La lutte eut
lieu près de la porte et fut de courte durée. Il était facile de se
débarrasser de moi : je frappais à l'aventure, emporté que j'étais
dans un tourbillon qui me donnait le vertige et faisait jaillir des
flammes qui me séparaient de mon adversaire. Enfin je tombai
sans mouvement.

« Tandis que j'étais là, gisant sur le carreau, un pied me retourna ; je fus pris par la cravate et traîné dans un coin. J'entendis plusieurs voix d'hommes ; un pied me retourna encore ; je
vis, étendu sur le lit un individu qui me ressemblait et qui portait mes vêtements. Un silence dont il m'est impossible d'apprécier la durée, et qui pour moi fut aussi bien d'un an que d'une
semaine ou d'un jour, fut rompu tout à coup par une lutte violente que se livraient des hommes dont la chambre était pleine.
Celui qui me ressemblait, et qui avait ma valise à la main, fut
attaqué. On me foula aux pieds, on tomba sur moi ; j'entendis
frapper avec force, et je me figurai qu'on abattait un arbre. Je
n'aurais pas pu dire qui j'étais, je ne le savais pas, j'avais disparu ; mais je pensais à un bûcheron, au bruit de la cognée, et
il me semblait vaguement que j'étais dans une forêt. Est-ce encore exact ? Oui, toujours, si ce n'est qu'il m'est impossible de

ne pas dire *Je*, et que je n'étais pour rien dans tout cela. Je ne me connaissais plus et n'avais aucun souvenir de moi-même.

« Ce ne fut qu'après avoir glissé dans quelque chose, qui me fit l'effet d'être un tuyau, entendu un bruit de tonnerre accompagné de craquements et de pétillements, comme dans un incendie, que la conscience de ma personnalité me revint. « C'est John Harmon qui se noie! Courage, John Harmon! invoque le ciel, et tâche de te sauver. » Je pense avoir crié cela dans mon agonie. Puis il se passa quelque chose d'inexprimable; mon horrible pesanteur se dissipa, et je sentis que c'était moi qui me débattais dans l'eau, où je me trouvais seul. J'étais faible, oppressé, engourdi, emporté par la marée qui m'entraînait rapidement. Sur les deux rives s'enfuyaient les lumières, comme si elles avaient eu hâte de s'éloigner pour me laisser périr dans l'ombre. La marée descendait; mais je ne connaissais plus le cours de la rivière. A la fin, me guidant avec l'aide du ciel vers une rangée de bateaux qui se trouvaient le long d'une jetée, je me cramponnai à l'un d'eux. Je fus aspiré sous la quille, et remontant de l'autre côté, j'arrivai mourant sur la rive.

« Étais-je resté longtemps dans l'eau? Je ne saurais le dire; assez cependant pour être gelé jusqu'au cœur. Le froid néanmoins me fut favorable, car ce fut l'air glacé de la nuit, joint à une pluie torrentielle, qui me rappela à moi-même. La chaussée dépendait d'une taverne où j'arrivai en rampant. Les gens de la maison supposèrent que, dans mon ivresse, j'étais tombé sur la pierre où ils m'avaient trouvé; car je ne pouvais rien dire; mes pensées étaient confuses, et le poison que j'avais pris m'avait presque enlevé la parole. Comme il faisait nuit et qu'il pleuvait encore, je pensais toujours être au soir où j'avais accompagné Radfoot; mais nous étions au lendemain; il y avait dans ma vie une lacune de vingt-quatre heures.

« Je dois être resté deux jours dans cette taverne; j'en ai souvent fait le compte. Oui, deux jours pleins. C'est pendant ce temps-là qu'il me vint à l'esprit de faire servir à mes projets l'événement auquel je venais d'échapper. L'effroi que j'éprouvais d'un mariage forcé, la crainte de perpétuer le misérable sort de la fortune de mon père, de cet argent qui paraissait être destiné à ne produire que le mal, agissaient fortement sur mon esprit, rendu craintif par l'oppression qui pesa sur mon enfance. Je ne m'expliquais pas alors comment je me trouvais sur la rive opposée à celle de Limehouse; aujourd'hui je ne le comprends pas davantage. Mais pourquoi sortir de la question?

« Je n'aurais pas pu exécuter mon projet sans les valeurs que je portais autour du corps dans une ceinture imperméable :

quarante et quelques livres; une mince fortune pour un homme qui en attendait plus de cent mille; mais cela me permettait de réaliser mon plan. Sans ces valeurs je n'aurais pas pu me rendre au café de l'Échiquier, ni louer l'appartement de mister Wilfer.

« J'étais à l'hôtel depuis douze jours, lorsqu'on retrouva le corps de Radfoot. Les tortures morales qui m'assiégèrent à cette époque, affreux cauchemar qui était la conséquence du poison, me firent croire que j'y avais passé beaucoup plus de temps; je sais néanmoins le contraire. Ces tortures se sont affaiblies peu à peu; et je crois maintenant en être délivré; cependant il m'arrive quelquefois d'être obligé de m'arrêter au milieu d'une phrase et de réfléchir pour trouver les mots dont j'ai besoin.

« Me voilà encore sorti de mon sujet; la conclusion est cependant assez prochaine pour que je n'essaye pas d'y échapper. Allons droit au but, puisqu'il faut l'atteindre. Je me procurais les journaux tous les matins, afin d'y chercher la nouvelle de ma disparition; mais on n'en parlait pas. Un soir, étant sorti pour prendre l'air (je ne quittais ma chambre qu'à la nuit close), je vis un rassemblement autour d'une affiche placardée à White-hall. Cette affiche annonçait qu'on avait trouvé dans la Tamise le corps de John Harmon, et que les coups et blessures dont il portait les traces faisaient naître les soupçons les plus graves. Venaient ensuite le signalement, les détails du costume, les papiers qui se trouvaient dans mes poches, enfin l'endroit où il fallait aller pour reconnaître le cadavre. Poussé par un sentiment irréfléchi, dont la force m'égarait, je courus à l'adresse indiquée. Je fus mis en présence du défunt; j'eus sous les yeux le spectacle de la mort à laquelle j'avais échappé; et dans ce tableau, dont l'horreur venait se joindre aux tortures que le poison me faisait souffrir, je reconnus Radfoot. On l'avait tué pour lui arracher ma valise, et probablement on l'avait jeté dans la rivière en même temps que moi, qu'il avait voulu assassiner.

« Je fus ce soir-là au moment de déclarer ce que je savais, bien que je n'eusse aucun renseignement sur le coupable et que la seule chose que j'eusse à dire, c'était que la victime, au lieu de se nommer John Harmon, s'appelait George Radfoot. Le lendemain, tandis que je me demandais ce que j'allais faire, le bruit de ma mort se répandit. J'hésitais toujours; pendant ce temps-là, ma mort se confirmait. L'enquête, le gouvernement, le pays tout entier déclaraient que j'étais mort. Je ne pouvais pas prêter l'oreille cinq minutes aux bruits extérieurs sans entendre dire que je n'étais plus. Ainsi mourut John Harmon; Jules Handford disparut à son tour et fut remplacé par Rokesmith. La démarche que celui-ci vient de faire a pour but de réparer le tort que son silence a causé à des innocents, et qu'il était loin de soupçonner. C'est par mister Lightwood, dont on lui a rapporté les paroles, qu'il en a eu connaissance ; et il fera tout son possible pour réparer ce dommage, ainsi que l'équité l'y oblige.

« Est-ce bien tout ce qu'il y avait à dire ? Oui, j'ai tout rappelé fidèlement, tout ce qui est arrivé jusqu'ici. Mais après ? L'avenir est plus difficile à sonder que le passé ; dire ce qu'il faudrait faire serait moins long que de raconter ce qui a été fait ; mais la tâche est plus rude. Harmon est bien mort ; faut-il le faire revivre ?

« Et pourquoi. — Pour éclairer la justice à l'égard du crime le plus odieux. Pour lui dénoncer un passage obscur, un escalier, une pièce à rideau brun, où le café est servi par un nègre ; pour rentrer dans la fortune de mon père et en acheter celle que j'aime ; car c'est plus fort que moi, je l'aime en dépit de tout raisonnement ; (Est-ce que la raison a quelque chose à voir à cela !) Mais elle aimerait le mendiant du coin plutôt que de m'épouser pour moi-même. Quel emploi de cette fortune ! que ce serait bien digne de l'usage qui en a toujours été fait !

« Voyons la thèse contraire : pourquoi John Harmon doit-il rester dans la tombe ? Parce qu'autrement ce serait dépouiller ses vieux amis, et que si la fortune est entre leurs mains, c'est lui qui l'y a fait tomber. Parce qu'il les voit jouir de cet argent ; parce qu'ils en font bon usage, qu'ils en effacent la rouille, et le purifient de ses souillures. Parce qu'ils ont adopté Bella, et pourvoiront à son avenir ; parce qu'il y a chez Elle assez de chaleur et de sensibilité pour que ces germes se développent, et arrivent à porter des fruits durables, si elle reste dans d'heureuses conditions ; parce que la place qu'elle occupait dans le testament de mon père avait aggravé ses défauts, et que déjà elle redevient meilleure. Parce que son mariage avec John Harmon, après ce que je lui ai entendu dire à elle-même, serait un acte dérisoire, dont nous aurions mutuellement conscience ; un marché qui nous avilirait à nos propres yeux, et nous rendrait méprisables l'un pour l'autre. Parce que s'il revenait sans l'épouser, John Harmon n'en perdrait pas moins sa fortune, qui retournerait alors à ceux qui l'ont aujourd'hui.

« Mais quelle sera ta part, John Rokesmith ? Ma part est d'avoir retrouvé mes anciens amis aussi fidèles, aussi tendres que si j'étais vivant ; se faisant de ma mémoire un mobile à des actions généreuses, qu'ils accomplissent en mon nom. Quand ils auraient pu, négligeant mon souvenir, passer avidement sur ma tombe pour saisir la fortune que leur donnait ma mort, je les ai trouvés s'attardant sur le chemin, et se rappelant, dans leur sincérité naïve, l'amour qu'ils avaient eu pour moi, à l'époque où je n'étais qu'un pauvre enfant.

« J'ai appris, de la bouche même de celle que j'aurais épousée si j'avais été de ce monde, cette vérité révoltante, que je l'aurais achetée comme un sultan achète une esclave, car elle n'a pas la moindre amour pour moi.

« Ma part ? Mais si les morts ont jamais su de quelle manière les vivants se conduisaient envers eux, qui donc, parmi eux tous, a plus que moi trouvé ici-bas de fidélité et de désintéressement ! Si je m'étais présenté, ces nobles amis m'auraient accueilli à bras ouverts ; et, pleurant de joie, m'auraient tout rendu avec bonheur. J'ai disparu ; ils ont pris ma place en me regrettant, sans être gâtés par la fortune. Qu'ils y restent, et que Bella garde la position qu'ils lui ont assurée.

« Que me reste-t-il à faire ? A mener la vie tranquille que je me suis créée près d'eux, jusqu'à ce qu'ils soient habitués à leur nouvelle existence, et que la foule d'escrocs se soient jetés sur une proie nouvelle. La méthode que j'ai introduite dans leurs affaires, et avec laquelle je m'efforce tous les jours de les familiariser, sera je le suppose assez bien établie alors pour qu'ils puissent diriger leur fortune. Je sais qu'il me suffira de demander pour obtenir. Lorsque le moment sera venu, je réclamerai une somme équivalente à celle que l'on m'a volée, afin de me retrouver comme avant ; et John Rokesmith reprendra son ancienne existence. Quant à John Harmon, il ne doit pas reparaître. Pour que dans un avenir lointain je n'aie pas à me faire d'illusions sur les sentiments de Bella, et que je ne me dise pas qu'elle eût peut-être accepté mon amour, si je le lui avais offert, j'en subirai l'épreuve, bien que je sache d'avance la réponse qui me sera faite.

« J'ai tout examiné, tout pesé du commencement à la fin, et je me sens plus tranquille. »

Cette conférence avec lui-même l'avait tellement absorbé qu'il ne s'était aperçu ni du chemin qu'il avait fait, ni du vent contre lequel il avait lutté d'instinct. Arrivé à un endroit de la Cité, où il y avait des voitures de place, il se demanda s'il retournerait directement chez lui. Il décida qu'il irait d'abord à l'hôtel, se disant qu'il valait mieux y déposer le paletot de Radfoot qu'il avait alors sur le bras, que de l'emporter à Holloway, miss Lavinia et son auguste mère étant d'une curiosité sans pareille à l'égard de tout ce qu'il possédait.

Mister et missis Boffin n'y étaient pas, miss Wilfer se trouvait au salon. Ne se sentant pas très-bien elle n'avait pas voulu sortir; et avait demandé dans le courant de la soirée si mister Rokesmith était dans son cabinet.

« Présentez mes compliments à miss Wilfer et annoncez-lui que je suis de retour, » dit-il au valet de chambre qui lui donnait ces détails.

Miss Wilfer envoya ses compliments à mister Rokesmith, et le fit prier, si toutefois cela ne le dérangeait pas, de vouloir bien monter au salon avant de partir. Cela ne dérangeait pas mister Rokesmith, qui monta immédiatement.

Qu'elle était jolie! oh! qu'elle était jolie! Si le père Harmon avait seulement laissé sa fortune à son fils sans y mettre cette clause obligatoire, et, qu'ayant rencontré cette adorable créature, ce fils avait eu le bonheur de s'en faire aimer!

« Etes-vous malade, mister Rokesmith?

— Pas du tout, miss; je me porte à merveille; mais on m'a dit que vous étiez souffrante; je l'ai appris avec regret.

—Oh! presque rien; un peu de migraine seulement; j'ai craint la chaleur du théâtre, et je suis restée. Je vous demandais si vous étiez malade parce que vous êtes d'un pâle...

— C'est que j'ai fait ce soir un travail difficile. »

Elle était au coin du feu, sur une ottomane; son petit bijou de table à côté d'elle, portant son livre et son ouvrage. Ah! quelle vie différente pour John Harmon s'il avait eu le privilége de s'asseoir là, d'entourer du bras cette jolie taille, et de dire de sa voix la plus douce: « J'espère qu'en mon absence le temps à paru bien long. Que tu fais donc une délicieuse déesse du foyer, ma charmante! » Mais le secrétaire, qu'un abîme séparait de John Harmon, resta debout, à une distance peu considérable comme espace, énorme comme obstacle à franchir.

« Mister Rokesmith, dit Bella, en prenant son ouvrage et en l'examinant aux quatre coins, je tiens à vous expliquer pourquoi l'autre jour je vous ai traité durement. Vous n'avez pas le droit de censurer ma conduite. »

La façon piquante dont elle lui jeta ce regard à demi-boudeur, à demi-blessé, aurait paru adorable à John Harmon. « Vous censurer, miss! au contraire; vous ne saurez jamais tout le bien que je pense de vous.

— Vraiment, monsieur? Est-ce avoir bonne opinion de moi que de supposer que j'oublie ma famille depuis que je suis heureuse?

— L'ai-je supposé?

— Oui, monsieur; cela ne fait pas de doute.

— Je me suis permis de vous rappeler une légère omission, à laquelle vous arriviez... naturellement; rien de plus.

— Oserai-je, monsieur, vous demander pourquoi vous vous êtes permis cela? J'espère que le mot n'a rien qui vous blesse; c'est vous qui l'avez dit.

— Si j'ai pris cette liberté, miss, c'est parce que je vous porte un intérêt aussi profond que sincère. Je voudrais vous voir toujours parfaite; je voudrais... Puis-je continuer, miss?

— Non, monsieur, répondit-elle en s'animant, vous êtes allé déjà trop loin; et si vous avez quelque générosité, quelque honneur, vous n'en direz pas davantage. »

A la vue de cette figure hautaine dont les yeux étaient baissés, de cette respiration rapide, agitant les boucles brunes qui retombaient sur ce cou ravissant, John Harmon aurait sans doute gardé le silence; c'est ce que fit Rokesmith.

« J'ai voulu, reprit-elle, vous parler une fois pour toutes, et je ne sais comment le faire. J'y ai pensé toute la soirée; car j'y suis résolue; je sens que je le dois, et je vous prie, monsieur, de m'accorder un instant. »

Il ne répondit rien. Elle fit un léger mouvement comme pour lui adresser la parole, car elle lui tournait le dos, répéta ce mouvement plusieurs fois, et se décida enfin à lui parler en ces termes:

« Vous savez, monsieur, quelle est ma position; vous connaissez ma famille; je n'ai personne que je puisse charger de vous exprimer ce que j'ai à vous dire; il faut donc que je m'en acquitte moi-même. Est-il généreux, est-il honorable de votre part de vous conduire comme vous le faites envers moi?

— Il est peu honorable d'être fasciné par vous, miss? peu généreux de vous être tout dévoué?

— C'est au moins déplacé, » dit Bella.

John Harmon, répudié de la sorte, aurait pu trouver qu'il y avait là hauteur et mépris.

« Pardonnez-moi si je poursuis ma pensée, dit le secrétaire, mais je suis contraint de m'expliquer pour me défendre. J'espère que ce n'est pas une faute irrémissible, même de ma part, de vous faire l'honnête déclaration d'un dévouement...

— L'honnête déclaration! interrompit Bella.

— Pouvez-vous dire le contraire, miss?

— Je demande à n'être pas questionnée, mister Rokesmith. Vous m'excuserez si je n'accepte pas d'interrogatoire, dit-elle en s'abritant sous un air de dignité blessée.

— C'est peu charitable, miss Wilfer, car ce sont vos paroles qui ont amené cette question; je veux bien l'écarter, mais ce que j'ai déclaré n'en existe pas moins. Je ne retire pas l'aveu de mon attachement pour vous, d'un attachement aussi vif que profond et dévoué.

— Je le repousse, dit Bella.

— Je m'attendais à cette réponse; il faudrait que j'eusse été sourd et aveugle pour en être surpris. Mais vous pardonnerez cette faute qui porte en elle son châtiment.

— Quel châtiment, monsieur?

— Ce que je souffre n'est-il rien? Mais pardon, je ne vous interroge pas.

— Vous vous autorisez d'un mot qui m'a échappé, dit Bella avec une légère nuance de remords, pour me faire passer pour une... Je ne sais pas... J'ai dit cela sans réflexion; si j'ai eu tort, je le regrette; mais vous le répétez de sang-froid, après y avoir songé, ce qui n'est pas mieux. Quant à ce que vous disiez tout à l'heure, je désire qu'il n'en soit plus question, ni à présent ni jamais; comprenez-le bien, mister Rokesmith.

— Ni à présent, ni jamais? dit-il.

— Oui, monsieur, reprit-elle avec une animation croissante, je vous demande de cesser des poursuites qui me déplaisent, et de ne pas profiter de la place que vous occupez dans cette maison pour m'en rendre le séjour désagréable. Je vous demande de renoncer à l'habitude que vous avez prise d'attirer les regards de missis Boffin, ainsi que les miens, sur des attentions que je trouve peu convenables.

— J'ai attiré les regards de missis Boffin?...

— Je le crois, interrompit Bella; dans tous les cas, si vous n'y êtes pas arrivé, ce n'est pas votre faute.

— J'espère que vous vous trompez, miss; je serais désolé qu'il en fût ainsi, mais je ne le pense pas. Toutefois, soyez sans crainte, désormais rien de tout cela n'aura lieu.

— Je suis heureuse de cette assurance, elle me soulage, dit Bella. J'ai d'autres projets d'avenir; ma vie est arrangée d'une manière différente; pourquoi gâter la vôtre?

— Ma vie! dit le secrétaire, ma vie! » Le ton bizarre dont il proféra ces mots, ainsi que l'étrange sourire dont cette exclamation fut accompagnée, étonna la jeune fille; mais le sourire s'effaça immédiatement, et ce fut d'un air triste qu'il ajouta, au moment où ses yeux rencontrèrent ceux de Bella : « Vous avez employé tout à l'heure des mots bien durs, miss Wilfer; il y a, je n'en doute pas, quelque chose qui les justifie dans votre pensée, mais je ne saurais les comprendre. Excusez-moi donc si j'en demande l'explication. Ma conduite à votre égard, avez-vous dit, serait peu généreuse, peu honorable : qu'ai-je fait pour mériter ces reproches?

— J'aurais préféré que cette question n'eût pas lieu, dit-elle avec hauteur.

— Moi aussi j'aurais mieux aimé ne pas la faire; mais vos paroles me l'imposent. Je vous en prie, répondez-moi, sinon par obligeance, du moins par équité.

— Eh bien, monsieur, dit-elle en s'efforçant de contenir son impatience, est-il généreux d'user contre moi de la faveur dont vous jouissez auprès de mister et de missis Boffin?

— Contre vous?

— Est-il honorable de chercher à vous servir de leur influence pour appuyer des projets que vous savez ne pas me convenir, et que je vous prie formellement d'abandonner? » Est-il honorable de vous être faufilé dans cette place en vous disant que je viendrais ici? Peut-être cependant ne l'avez-vous pas fait pour cela. et je voudrais qu'il n'en fût rien; mais est-il généreux de profiter de l'occasion pour agir à mon préjudice?

— Misérable complot! dit le secrétaire.

— Oui, » affirma Bella.

Il y eut un instant de silence; puis il lui dit simplement : « Vous êtes dans l'erreur, miss Wilfer, dans une profonde erreur. Je ne peux pas dire que ce soit de votre faute, vous ne savez pas si je mérite mieux que cela de votre part.

— Mais vous, monsieur, vous savez comment je suis ici, répondit-elle avec irritation; vous connaissez les moindres détails de ce testament. N'est-ce donc pas assez d'avoir été léguée comme un cheval, un chien, ou un oiseau, sans que vous aussi. vous disposiez de ma personne? Faut-il, qu'au moment où je cesse à peine d'être la risée de tout le monde, je devienne l'objet de vos prétentions, comme si je devais toujours être à la merci d'un étranger?

— Croyez-moi, dit Rokesmith, vous vous trompez complétement.

— Je serais bien aise d'en avoir la preuve.

— Je doute au contraire que vous en fussiez satisfaite. Bonsoir, miss. J'aurai soin de cacher cette entrevue à mister et à missis Boffin, et de leur en dissimuler le résultat; mais soyez bien sûre que ce dont vous vous êtes plainte ne se renouvellera jamais; c'est fini pour toujours.

— En ce cas je me félicite d'avoir parlé; cela m'a été pénible; mais il fallait en venir là. Si je vous ai blessé, pardonnez-le moi. Je suis sans expérience, d'humeur prompte; et puis une enfant gâtée; mais au fond moins mauvaise que je n'en ai l'air, et que vous paraissez le croire. »

Il sortit du salon au moment où Bella, toujours inconséquente, disait ces mots avec une extrême douceur. Quand il fut parti elle se jeta sur l'ottomane en murmurant : « Je ne savais pas que dans la jolie femme il y eût un pareil dragon. » Elle se leva brusquement, se regarda dans la glace, et dit à son image : « Vous vous êtes gonflé les traits, petite sotte! » Elle parcourut plusieurs fois le salon d'un pas agité, et reprit avec impatience : « Je voudrais que Pa fût ici, pour causer de mariage d'intérêt. Mais, pauvre père! mieux vaut qu'il n'y soit pas; je lui tirerais trop les cheveux. » Elle jeta son ouvrage, jeta son livre, se promena, vint se rasseoir, se mit à chanter un air, le chanta faux, et s'en impatienta.

Quant à Rokesmith, il s'enferma dans son cabinet, et enterra John Harmon à une profondeur bien autrement grande que celle où il avait reposé jusqu'ici. Puis il prit son chapeau, et, marchant à grands pas sans savoir où il allait, il recouvrit la fosse et y entassa montagne sur montagne; si bien qu'au point du jour, lorsqu'il rentra chez lui, John Harmon gisait sous une chaîne alpestre; et les montagnes s'accumulaient toujours, au tintement de ce glas funèbre, dont le fossoyeur activait son travail : « Recouvrons-le; écrasons-le; empêchons qu'il ne ressuscite! »

FIN DU TOME PREMIER

TABLE DES MATIÈRES

PREMIÈRE PARTIE
ENTRE LA COUPE ET LES LÈVRES

DEUXIÈME PARTIE
GENS DE MÊME FARINE

Coulommiers. — Typ. P. BRODARD et GALLOIS.

LIBRAIRIE HACHETTE ET Cie

79, BOULEVARD SAINT-GERMAIN, PARIS

EXTRAIT DU CATALOGUE

BIBLIOTHÈQUE DES MEILLEURS ROMANS ÉTRANGERS

Ainsworth (W.) : *Abigail*, traduit de l'anglais par Révoil. 1 vol.

— *Crichton*, traduit par Ch. Romey. 2 vol.

— *Jack Sheppard ou les Chevaliers du brouillard*. 2 vol.

Anderson : *Livre d'images sans images*, traduit de l'allemand par F. Minssen. 1 vol.

Anonymes : *César Borgia, ou l'Italie en 1500*, traduit de l'anglais par E. Scheffter. 2 vol.

— *Les pilleurs d'épaves*, traduit par Louis Stenio. 1 vol.

— *Miss Mortimer*, traduit par E. de Valbezen.

— *Paul Ferroll*, traduit par Mme H. Loreau. 1 vol.

— *Violette, chronique d'opéra*, imitée par Old-Nick. 1 vol.

— *Whitehall*, traduit par E. Scheffter. 2 vol.

— *Whitefriars*, traduit par E. Scheffter. 2 vol.

— *La veuve Barnaby*, traduit par Mme Ambroise Tardieu. 2 vol.

— *Tom Brown à Oxford*, imité de l'anglais par J. Girardin. 2 vol.

— *Mehalah*, traduit de l'anglais par Yorick Bernard-Derosne. 1 vol.

— *Molly Bawn*, traduit de l'anglais par Mme A. Tardieu. 1 vol.

Austen (Miss) : *Persuasion*, trad. de l'anglais par Mme Letorsay. 1 vol.

Azeglio (M. d') : *Nicolas de Lapi*, traduit de l'italien par Paul Vinçor. 2 vol.

Beaconsfield (Lord) : *Endymion*, trad. de l'anglais par J. Girardin. 2 vol.

Beecher-Stowe (Mrs.) : *La case de l'oncle Tom*, traduit de l'anglais par Louis Enault. 1 vol.

— *La fiancée du ministre*, traduit par H. de l'Espine. 1 vol.

Bersezio (V.) : *Nouvelles piémontaises*, traduites de l'italien par Amédée Roux. 1 vol.

— *Les anges de la terre*, traduit par Léon Dieu. 1 vol.

Black (W.) : *Anna Beresford*, trad. de l'anglais par A. Vaillant. 1 vol.

Blakmore (R.) : *Erema*, traduit de l'anglais par Fr. Bernard. 2 vol.

Braddon (Miss) : *Œuvres*, traduites de l'anglais, 40 volumes :

> *Aurora Floyd*. 2 vol.
>
> *Henri Dunbar*. 2 vol.
>
> *La trace du serpent*. 2 vol.
>
> *Le secret de lady Audley*. 2 vol.
>
> *Le capitaine du Vautour*. 1 vol.
>
> *Le testament de John Marchmont*. 2 vol.
>
> *Le triomphe d'Eléonor*. 2 vol.
>
> *Lady Lisle*. 1 vol.
>
> *Ralph l'intendant*. 1 vol.
>
> *La femme du docteur*. 2 vol.
>
> *Le locataire de sir Gaspard*. 2 vol.
>
> *L'allée des dames*. 2 vol.
>
> *Rupert Godwin*. 2 vol.
>
> *Le brasseur du lieutenant*. 2 vol.
>
> *Les oiseaux de proie*. 2 vol.
>
> *L'héritage de Charlotte*. 2 vol.
>
> *La chanteuse des rues*. 2 vol.
>
> *Un fruit de la mer Morte*. 2 vol.
>
> *Lucius Davoren. D. M.* 2 vol.
>
> *Joshua Haggard*. 2 vol.
>
> *Barbara*. 1 vol.
>
> *Vixen*. 2 vol.

Bulwer Lytton (Sir Ed.) : *Œuvres*, traduites de l'anglais, 27 volumes :

> *Devereux*. 2 vol.
>
> *Ernest Maltravers*. 1 vol.
>
> *Le dernier des barons*. 2 vol.
>
> *Le désavoué*. 2 vol.
>
> *Le dernier jour de Pompéi*. 1 vol.
>
> *Mémoires de Pisistrate Caxton*. 2 vol.
>
> *Mon roman*. 2 vol.
>
> *Paul Clifford*. 2 vol.
>
> *Qu'en fera-t-il?* 2 vol.
>
> *Rienzi*. 2 vol.
>
> *Zanoni*. 2 vol.
>
> *Eugène Aram*. 2 vol.
>
> *Alice ou les mystères*. 1 vol.
>
> *Pelham ou aventures d'un gentleman*. 2 vol.
>
> *Jour et nuit, ou heur et malheur*. 2 vol.

Caballero (F.) : *Nouvelles andalouses*, traduites de l'espagnol par A. Germont de Lavigne. 1 vol.

Caccianiga : *Le baiser de la comtesse Savina*, traduit de l'italien par L. Dieu. 1 vol.

— *Les délices du farniente*, traduit par le même. 1 vol.

— *Le bocage de Saint-Alipio*, traduit par le même. 1 vol.

Cervantès : *Nouvelles*, traduites de l'espagnol par L. Viardot. 1 vol.

Craik (Miss Mullock) : *Deux mariages*, traduit de l'anglais par Mme J. Ala. 1 vol.

— *Une noble femme*, traduite par Stryienski. 1 vol.

— *Mildred*, traduit par Mme E. Robert. 1 vol.

Cummins (Miss) : *L'allumeur de réverbères*, traduit de l'anglais par J. Belin de Launay et Ed. Scheffler. 1 vol.

— *Mabel Vaughan*, traduit par Mme Loreau. 1 vol.

— *La rose du Liban*, traduit par Ch. Bernard-Derosne. 1 vol.

Currer-Bell (Miss Brontë) : *Jane Eyre*, traduit de l'anglais par Mme Lesbazeilles-Souvestre. 2 vol.

— *Le professeur*, traduit par Mme Loreau. 1 vol.

— *Shirley*, trad. par Ch. Romey. 2 vol.

Dasent : *Les Vikings de la Baltique*, traduit de l'anglais par Emile Montégut. 2 vol.

Dickens (Ch.) *Œuvres*, traduites de l'anglais, 28 volumes :

   Aventures de M. Pickwick. 2 vol.
   Barnabé Rudge. 2 vol.
   Bleak-House. 2 vol.
   Contes de Noël. 1 vol.
   David Copperfield. 2 vol.
   Dombey et fils. 3 vol.
   La petite Dorrit. 2 vol.
   Le magasin d'antiquités. 2 vol.
   Les temps difficiles. 1 vol.
   Nicolas Nickleby. 2 vol.
   Olivier Twist. 1 vol.
   Vie et aventures de Martin Chuzzlewit. 2 vol.
   Les grandes espérances. 2 vol.
   L'ami commun. 2 vol.
   Le mystère d'Edwin Drood. 1 vol.

Dickens et Collins : *L'abîme*, traduit de l'anglais par Mme Judith. 1 vol.

Disraeli : *Sybil*, traduit de l'anglais. 2 vol.

— *Lothair*, traduit par Bernard-Derosne. 2 vol.

   Voir ci-dessus *Beaconsfield*.

Edwardes (Mrs. Annie) : *Un bas-bleu*, traduit de l'anglais par Gem. 1 vol.

Edwards (Miss Amélia) : *L'héritage de Jacob Trefalden*, traduit de l'anglais par Guidi. 2 vol.

Farina (S.) : *Amour aveugle*. — *Bourrasques conjugales*. — *Un homme heureux*. — *Valet de pique*. Nouvelles traduites de l'italien, par S. Blandy. 1 vol.

— *Le trésor de Donnina*, traduit par le même. 1 vol.

Fleming (M.) : *Un mariage extravagant*, traduit de l'anglais par Ch. Bernard-Derosne. 2 vol.

— *Le mystère de Catheron*, traduit par le même. 2 vol.

— *Les chaînes d'or*, traduit par Yorick. 1 vol.

Freytag (G.) : *Doit et avoir*, traduit de l'allemand par W. de Sucker. 3 vol.

Fullerton (Lady) : *L'oiseau du bon Dieu*, traduit de l'anglais par Mlle de Saint-Romain. 1 vol.

— *Hélène Middleton*, traduit par M. Villaret. 1 vol.

Gaskell (Mrs.) : *Œuvres*, traduites de l'anglais. 7 volumes :

   Autour du sofa. 1 vol.
   Marie Barton. 1 vol.
   Marguerite Hall (nord et sud). 2 vol.
   Ruth. 1 vol.
   Les amoureux de Sylvia. 1 vol.
   Cousine Philis. — *L'œuvre d'une nuit de mai*. — *Le héros du fossoyeur*. 1 vol.

Gerstaecker : *Les deux convicts*, traduit de l'allemand par Révoil. 1 vol.

— *Les pirates du Mississipi*, traduit par le même. 1 vol.

— *Aventures d'une colonie d'émigrants en Amérique*, traduit par X. Marmier. 1 vol.

Gœthe : *Werther*, traduit de l'allemand par L. Enault. 1 vol.

Gogol (N.) : *Tarass Boulba*, traduit du russe par L. Viardot. 1 vol.

Grenville Murray (E.) : *Le jeune Brown*, traduit de l'anglais par J. Butler. 2 vol.

— *La cabale de boudoir*, traduit par le même. 2 vol.

— *Veuve ou mariée ?* traduit par le même. 1 vol.

— *Une famille endettée*, traduit par le même. 1 vol.

— *Étranges histoires*, traduit par le même. 1 vol.

Hacklænder : *Boutique et comptoir*, traduit de l'allemand par A. Materne. 1 vol.

— *La vie militaire en Prusse*, traduit par le capitaine L. Lemaître. 4 vol. Chaque vol. se vend séparément.

— *Le moment du bonheur*, traduit par A. Materne. 1 vol.

Hall (capitaine Basil) : *Scènes de la vie maritime*, traduites de l'anglais par A. Pichot. 1 vol.

— *Scènes du bord et de la terre ferme*, traduites par le même. 1 vol.

Hardy (T.) : *Le trompette-major*, traduit de l'anglais par Yorick Bernard-Derosne. 1 vol.

Harwood (J.) : *Lord Uswalter*, traduit de l'anglais par Léon Bochet. 2 vol.

Hauff : *Nouvelles*, traduites de l'allemand par A. Materne. 1 vol.

— *Lichtenstein*, traduit par de Suckau. 1 vol.

Haworth (Miss) : *Une méprise*. — *Les trois soirées de la Saint-Jean*. — *Morwell*. Nouvelles traduites de l'anglais par Paul de Beausire-Seyssel. 1 vol.

Hawthorne : *La lettre rouge*, traduit de l'anglais par E. D. Forgues. 1 vol.

— *La maison aux sept pignons*, traduit par le même. 1 vol.

Heiberg (L.) : *Nouvelles danoises*, traduites du danois par X. Marmier. 1 vol.

Helm (Mme) : *Madame Théodore*, traduit de l'allemand par Camille Voldy. 1 vol.

Hildreth : *L'esclave blanc*, traduit de l'anglais par M. F. Mornand. 1 vol.

Hillern (Mme de) : *La fille au vautour*, traduit de l'allemand par J. Gourdault. 1 vol.

— *Le couvent de Marienberg*, traduit par le même. 1 vol.

Immermann : *Les paysans de Westphalie*, traduit de l'allemand par Desfeuilles. 1 vol.

James : *Léonora d'Orco*, traduit de l'anglais par Mme de Morvan. 1 vol.

Jenkin (Mrs.) : *Qui casse paye*, trad. de l'ang. par Mme Léon Georges. 1 vol.

Jerrold (D.) : *Sous les rideaux*, traduit de l'anglais par A. Le Roy. 1 vol.

Kavanagh (J.) : *Tuteur et pupille*, traduit de l'anglais par Mme H. Loreau. 2 vol.

Kingsley : *Il y a deux ans*, traduit de l'anglais par H. de l'Espine. 2 vol.

Kompert : *Nouvelles juives*, traduites de l'allemand par Daniel Stauben. 1 vol.

Lawrence (G.) : *Œuvres*, traduites de l'anglais par Ch. Bernard-Derosne. 8 volumes :

   Frontière et prison. 1 vol.

   Guy Livingstone ou à outrance. 1 vol.

   Honneur stérile. 2 vol.

   L'épée et la robe. 1 vol.

   Maurice Dering. 1 vol.

   Flora Bellasys. 2 vol.

Lennep (J. Van) : *Les aventures de Ferdinand Huyck*, traduites du hollandais par Wocquier et D. Van Lennep. 2 vol.

— *La rose de Dekama*. 1 vol.

Longfellow : *Drames et poésies*, trad. de l'anglais par X. Marmier. 1 vol.

Ludwig (O.) : *Entre ciel et terre*, traduit de l'allemand par A. Materne. 1 vol.

Manzoni : *Les fiancés*, traduit de l'italien par Giovanni Martinelli. 2 vol.

Marsh (Mrs.) : *Le contrefait*, traduit de l'anglais par L. Bochet. 1 vol.

Mayne-Reid : *La piste de guerre*, traduit de l'anglais par V. Boileau. 1 vol.

— *La quarteronne*, traduit par L. Stenio. 1 vol.

— *Le doigt du destin*, traduit par H. Vattemare. 1 vol.

— *Le roi des Séminoles*, traduit par B. H. Révoil. 1 vol.

— *Les partisans*, traduit par Héphell. 1 vol.

Melville (Whyte) : *Les gladiateurs ; Rome et Judée*, Roman antique traduit de l'anglais par Ch. Bernard-Derosne. 2 vol.

— *Katerfelto*, trad. par le même. 1 vol.

— *Digby Grand*, traduit par le même. 2 vol.

— *Kate Conventry*, traduit par le même. 1 vol.

— *Satanella*, trad. par le même. 1 vol.

Mügge (T.) : *Afraja*, traduit de l'allemand par W. et E. de Suckau. 2 vol.

Nouvelles du Nord, traduites du suédois, de A. Blanche, Frederika Bremer, J.-L. Rudeberg, etc., par Léouzon Le Duc. 1 vol.

Ouida : *Ariane*, traduit de l'anglais par B. Buisson. 2 vol.
— *Pascarel*, imité par J. Girardin. 1 vol.

Ponchkine : *La fille du capitaine*, trad. du russe par L. Viardot. 1 vol.
— *Poèmes dramatiques*, traduits par L. Tourguéneff et L. Viardot. 1 vol.

Poynter (E.-E.) : *Hetty* (Among the Hills), traduit de l'anglais par C. Stryienski. 1 vol.

Reade et Dion Boucicault : *L'île providentielle*, traduit de l'anglais par L. Bochet. 2 vol.

Reuter (F.) : *En l'année 1813.* Épisode de la vie militaire des Français en Allemagne, traduit de l'allemand par E. Zeys. 1 vol.

Sacher-Masoch : *Le legs de Caïn*, contes galiciens, traduits de l'allemand. 1 vol.
— *Le Nouveau Job. — Le laid.* Nouvelles traduites par Mme Noémi Mangé. 1 vol.
— *A Kolomea*, contes juifs et petits-russiens, traduits par A. Strebinger. 1 vol.
— *Entre deux fenêtres. — Servatien et Pancrace. — Le Castellan.* Nouvelles traduites par Mlle Strebinger. 2 vol.

Segrave (A.) : *Marmorne*, traduit de l'anglais par Ch. Bernard-Derosne. 1 vol.

Smith (J.) : *L'héritage* (Dick Tarleton), traduit de l'anglais par Ed. Scheffter. 3 vol.

Spielhagen (F.) : *Le mariage d'Ellen*, traduit de l'allemand par Mlle Heinecke. 1 vol.

Stephens (Miss) : *Opulence et misère*, traduit de l'anglais par Mme H. Loreau. 1 vol.

Thackeray : *Œuvres*, trad. de l'anglais. 9 vol.
    Henry Esmond, par Léon de Wailly. 2 vol.
    Histoire de Pendennis, par Ed. Scheffter. 3 vol.
    La foire aux vanités, par G. Guiffrey. 1 vol.
    Le livre des Snobs, par G. Guiffray. 2 vol.
    Mémoires de Barry Lindon, par L. de Wailly. 1 vol.

Thackeray (Miss) : *Sur la falaise*, traduit de l'anglais par Mme E. Marcel. 1 vol.

Tourgueneff (I.) : *Mémoires d'un seigneur russe*, traduit du russe par E. Charrière. 2 vol.

Townsend (V.-F.) : *Madeline*, trad. de l'anglais par Mme S. Le Page. 1 vol.

Trollope (A.) : *Le domaine de Belton*, traduit de l'anglais par E. Dailhac. 1 vol.
— *La veuve remariée*, traduit par Mme A. Tardieu. 2 vol.
— *Le cousin Henry*, traduit par Mme H. Martel. 1 vol.

Trollope (Mrs.) : *La pupille*, traduit de l'anglais par Mme de la Finelière. 1 vol.

Wichert : *Les perturbations. — Au bord de la Baltique. — Le vieux cordonnier.* Nouvelles trad. de l'allemand par Mlle H. Heinecke. 1 vol.

Wilkie Collins : *Le secret*, traduit de l'anglais par Old-Nick. 1 vol.
— *La pierre de lune*, traduit par Mme de Clermont-Tonnerre. 2 vol.
— *Mademoiselle ou Madame? — Un drame dans la vie privée.* Nouvelles. 1 vol.
— *Mari et femme*, traduit par Ch. Bernard-Derosne. 2 vol.
— *La morte vivante*, traduit par le même. 1 vol.
— *La piste du crime*, traduit par C. de Cendrey. 2 vol.
— *Pauvre Lucile!* 2 vol.
— *Cache-cache ou le mystère de Marie Gryce*, traduit par C. de Cendrey. 2 vol.
— *La mer glaciale. — La femme des rêves.* 1 vol.
— *Le spectre d'Yago.* Nouvelles traduites par le même. 1 vol.
— *Les deux destinées*, traduit par A. Hédouin. 1 vol.
— *L'hôtel hanté*, traduit par H. Dallomagne. 1 vol.

Wood (Mrs.) : *Les filles de lord Oakburn*, traduit de l'anglais par L. Bochet. 2 vol.
— *Le serment de lady Adélaïde*, traduit par le même. 2 vol.
— *Le maître de Greylands*, traduit par le même. 1 vol.
— *La gloire des Verner*, traduit par do l'Estrive. 2 vol.

Zschokke : *Addrich des mousses*, traduit de l'allemand par W. de Suckau. 1 vol.
— *Le château d'Aarau*, traduit par le même. 1 vol.

Coulommiers. — Typ. P. BRODARD et GALLOIS.

Original en couleur

NF Z 43-120-8

www.ingramcontent.com/pod-product-compliance
Lightning Source LLC
Chambersburg PA
CBHW060929030726
47503CB00003B/523